U0742010

乾隆期五

張寅彭 編纂
劉 奕 點校

上海古籍出版社

第五册目次

帶經堂詩話

帶經堂詩話提要

《帶經堂詩話》三十卷首一卷，據紹興李洪德重鐫乾隆二十七年初刊本點校。編輯者張宗柟（一七〇四—一七六五），字汝棟，號含廣，又號花津圃人，浙江海鹽人。諸生。有《吟廬小稿》、《度香詞》等。張氏祖上與漁洋三兄弟有舊，本人於漁洋亦有嗜痂之癖，省試十五回不售，遂退而彙纂漁洋論詩語，歷時數載，凡三易稿。有乾隆二十五年自序，書約成於此時。全編三十卷，分八門六十二類，加首一卷御筆、應制二類，共六十四類；輯自《漁洋文》等十八種著作，非僅詩話、筆記之類，凡二千餘則。體例、取捨皆頗具用心。八門之中，又以前四門最能薈萃漁洋詩學之精華。如綜論門六類，源流、體制二類述各體；品藻、推較、指瑕三類褒貶歷代詩人詩作，趣尚大抵在王孟一路；評駁類專論前人詩説，開宗即言「最喜鍾嶸《詩品》、嚴羽《詩話》、徐禎卿《談藝録》」，而多駁明人之見。懸解門之六類佇興、入神、要旨、真訣、微喻、清言，專輯關乎「神韵」説之言。總集門六類，纂輯類録《五七言詩凡例》，並評議前人選本之得失；删訂類亦專指斥前人選本之可議者；序論類爲應時輩所請所作之序文；題識類爲讀書識語，多爲唐宋以下之名家别集；家學類述父祖兄弟之涉詩行狀；自述類爲本人及有關者之詩作詩事。衆妙門之標舉、指數、合作、佳句、賦物、押韵六類，大抵爲摘句圖，其中合作類爲最愜意者，押韵類爲朋儕唱和之什。後四門較爲叢雜，考證門、記載門各分至十六類，叢譚門之瑣綴類多至九十餘則，幾佔全編十之六七；外紀門之問答類録郎廷槐、劉大勤《詩問》兩種，評杜類録漁洋評杜語，所取皆較早之本，頗存舊貌，後者翁方綱曾予校勘，乃泰半屬漁洋兄王士禄之語。張氏曾從許嵩廬（昂霄）處得漁洋詩學之真傳，即所謂「知五、七言之分，則知古今體之合」。卷四纂輯類録《五七言詩凡例》後按語，又引許氏語，謂漁洋之精於五言妙諦，實本郝伯常《元遺山墓誌》之識遺山。此祕既得，宜有此編之合旨也。故《石洲詩話》許其「於漁洋論次古今詩俱得其概，學者頗皆問詩學於此書」。至於門類繁瑣、重文併録諸弊，誠如《越縵堂日記》所指，然亦由漁洋涉歷廣泛、議論多方、思致綿密所致，非如此則不能盡顯其詩學之深細也。乾隆間漁洋詩話之大型彙編者不止此一家，如乾隆十三年即有安濬德之《漁洋詩話拾唾》，乾隆末又有喻端士之《諧聲别部》，後又有王煜《彙編漁洋詩話》等，然皆不如張氏此編有功漁洋詩學之鉅也。此書版本甚夥，人民文學出版社戴鴻森點校本據同治十二年廣州藏修堂本整理，最爲通行，惟此本略有删節處，今據乾隆初刻本復其舊。

寒坪兄手書一通

漁洋先生爲海内詩宗，其論詩，識既超邁，語無偏執，於古今源流得失，無能出其範圍，可謂詩話中之集大成者。吾弟杜門却埽，潛心典籍，更與先生有夙契。是編分門别類，彙集兼收，足稱大觀。附識諸條，皆堪爲風雅羽翼，兼有關於人品學問，不特出語雅馴，無一點塵坌氣也。至於盡美盡善，有口不能言、筆不能書者，願弟詳加審定，一歸精核。吾年七十又一矣，不勝樂觀其成耳。兄宗松草復。

自序

宗柟幼入家塾，見先大父詩稿，有次和新城王公之作。知公與伯兄考功西樵，爲先曾大父同年友，而其叔兄進士東亭，又曾大父典試所得士，心竊識之。稍長，侍先君側，聞與客談次，新城三王，並著盛名，尤以公爲海寓詩宗。退而讀所謂《精華録》者，如之帝所，睹鈞天廣樂，如至海上，望蓬萊三山，往來胸臆弗釋也。弱冠，就婚古密，旋賦悼亡而歸，取道山左。一夕，宿曹縣旅舍中，夢有人呼告曰：「新城王尚書來矣。」亟趨至門外，揖公入，延居上席，摳衣再拜。微覘其儀度，豐頤修髯，宛如《精華録》中所繪。公則藹乎其言，若引掖後進者然，然不甚了了。方欲拱立請益，而忽爲僕人驚寤矣。趣裝上馬，儻怳久之。已而買舟南下，泊禾城，遇熟識苕賈，持新印《漁洋詩話》相售。篷窗篝火，味其言，若有夙因者。嗣是讀書南曲，凡屬公著述，必展轉購藏，而於論詩之語，尤津津齒頰間。會花溪許蒿廬昂霄先生館涉園久，課諸弟之暇，曉牖夜檠，輒取公詩話爲余拈示。余閒有所質，亦相説以解。嘗謂余曰：「詩中五言、七言之界，談詩家未有及之者，自遺山發其端，至新城而大暢其説。亦猶詞中小令、慢詞之界，填詞家亦無有言之者，自玉田發其端，至秀水而直揭其旨。皆所謂驚世絶俗之談，至當歸一之論，斷千百年公案者也。知五、七言之分，則知古、今體之合矣。君既寢味漁洋，盍彙編詩話，以資解悟？」余謝唯唯。顧愚惰無似，曩時屬稿，牽率未就，痛罹先慈大故，苫塊餘生，幾不省筆硯爲何物矣。星霜洊更，還理舊業，越數年乃獲蕆事。嘗几坐退思軒中，追維疇昔，庭訓師承，朝夕于斯。今書策几杖依然，先君棄養，忽三十年，而花溪之墓草亦宿已久矣。悲夫！輟簡泫然，爲識其緣起如此。乾隆二十五年歲在上章執徐孟春，海鹽後學張宗柟謹書。

帶經堂詩話纂例

花津圃人纂

漁洋山人詩筆縱横，上溯八代、四唐之源，旁涵宋、金、元、明之變，體兼衆美，妙極天成。汪太史堯峰少所許可，首推爲本朝大家，良非虚語。平生緒言，祇手纂《漁洋詩話》一册，其他散見諸書，無慮二千餘條。愚分類彙鈔，都爲一集，於以啓前賢之扃鐍，作後學之津梁，未必非藝林一快也。

山人倣元秀容作《論詩絶句》，又嘗拈「神韵」二字示學者，於表聖「美在酸鹹之外」、滄浪「一味妙悟」之旨，别有會心。然觀其與人書云：「近撰《五言詩凡例》，此書成，未敢以示人。」又云：「此處正覓解人不得。」豈即遺山首章之意，雖稍費疏鑿，不妨仍使涇渭並流邪？抑水月鏡象，固有難以舉似者邪？是中三昧，須慧心領取，鈍根人那得知。

錢尚書牧齋截取「唐無五言古詩」一句，爲滄溟罪案。朱太史竹垞截取「詩有别才，非關書也」二句，爲滄浪罪案。其下語氣未了，如墮渺茫。兩公尚爾，信夫持論之難也。愚録詩話三[十]卷，悉準原文，各種中唯專説詩者，倣此。若割裂句意，重誣昔人，吾則何敢。

古今纂例，大都采擷菁英，去繁就簡。愚於是編，則非特繁簡之謂，蓋意主詩話，義例固殊。山人雜著，有首尾論詩，中多參涉者，有姓氏爵里，彼此叠見者，率從芟節，不待言矣。其或遐稽博引，而末乃證以詩篇者，如論國士橋絶句，「豫讓不報中行氏」以下，作者本意已明，上文述思、孟二子語，從金氏箋注，略而不録，殊覺徑浄。又有首述詩句，而下祇詳其名物者，如坡詩「胡椒銖兩多」云云，冒辟疆《宣鑪歌》注云云，臚陳滿頁，卻無一處可删。至如《馬訟圖》、《義虎行》，洎神靈幽異之事，自非縷析原委，不且影響模糊，讀之如嘷囈邪。偶舉例餘，敢云詳略得宜，庶幾志辭無害。

彙纂十有八種，類以經之，年以緯之。顧年月後先，互有參錯，兹從自撰年譜，及諸書自序，約略編次。其間牴牾，亦屬無礙。不似注詩家，時事舛午，致滋疑網。間有數類，取便檢觀，於編年之中，小變其例。或以體格爲次，或以時代爲次，第如一代中原依諸書鱗次，不復細分前後耳。餘則辯駁相承，稗乘雜出，無庸繩以一轍，仍與全編一例也。

凡重出條數，一字不易者，祇注「亦見某書」。小異者，分注各句下。大段異同，且屢見者，審視語氣，取一條爲冠，并録各條，標明某書於上，與前後條序次不致混淆。又如一事覆陳，却須分屬他類，數端錯雜，自可併繫某條，各有指歸，殊非臆爲離合。

文集與説部重見頗多，如序論題識，標類略仍其舊，此外綴緝諸條，互爲出入。竊欲從分類之中，微窺品詩之旨，故每於詞氣抑揚間，三致意焉。語有之：「矇人道黑白，聾者辨宮徵。」覽者舉此相誚，則愚不能辭矣。

山人躬際昌期，服官四十五載，詩名上徹九重，拜賜宸章，感恩述事，遇綦隆矣。若夫天潢毓秀，侍從賡歌，《魚藻》《柏梁》，鏗耀千古，特冠簡端，用昭當代右文之盛。

統列二門，曰「綜論」，曰「懸解」，妙諦微言，胥萃是矣。語意有顯有隱，稍示區別，實則互相證明。

正如宗鏡傳燈，或則妙引初機，或則直參上乘，乃至無有語言文字，是真入不二法門。捨筏登岸，詩禪一致，山人故嘗云然。

選詩凡例及唐、宋諸集跋語，直是老眼無花，照見古人心髓。即序同時作者，具存微旨，特文氣紆餘，體裁自别。愚於每段剪截處，細意斟酌，不敢稍涉支離。凡若此類，歸之「總集門」中。諸如「衆妙」，殆天社任氏所稱「幽蘭叢桂，奇玉特珠」者歟？

載籍極博，徵信爲難，而詩家興寄無端，尤須妙會。山人援據精覈，又善言作者胸臆。讀卷中考證，更覆按諸詩，不唯宿疑冰釋，抑且餘味甘回。有謂詩當以不解解之，否則必求其人其事以實之，二者交譏。試與吾誦味斯編，當有無窮意境，破空而出。

「總集」、「衆妙」二門，品次古今，如游覽者，佳處領其要矣。若乃記載見聞，或文以人重，或事以辭傳，吐正氣於幽潛，激頽波於流俗，詩以庀史，猶前人志也。

嘻笑怒駡，皆成文章。山人吐屬風流，讀其書如聆其謦欬，并列「叢譚」一門，以資嗢噱。又《漁洋詩話》中六條，與詩了不相涉，緣手纂所存，奚容刊削，取附是門，視他種爲變例。而凡諸類中無可遷就者，亦統著於此焉。

古詩中五言、七言分界，與平仄抑揚字例，自來詩話，鮮有詳者。唯《詩問》一帙，載山人答語，發前賢所未發。又評次杜集，雖非全本，覺妙緒歷然，與諸書印合。録爲「外紀」，寘之卷尾。

節録諸條，或前後段事有關繫，語多風趣者，細書「附録」，以符是編體例。各種互見者亦然。至他家緒論，及管窺偶得，則書「附識」，或書「某案」以别之。第所見不廣，擇焉不精，彌增慚恧。插架諸書，纂輯幾無遺矣。山人已刻未刻書目，詳見《精華録訓纂》。惠氏且云：「未見者十有一二。」愚僻處海隅，孤陋實甚，嗣有所獲，尚期續補。集成，署以「帶經堂」，聊避《漁洋詩話》之名云。

余兄含广纂漁洋山人詩話，凡爲門八，爲類六十有四，總卅一卷。分别部次，條理秩如，猶復口誦心維，若有不甚愜者。蓋三易稿而後卒業。客問於余曰：「子之兄之爲是纂也，于兹數年，意亦勤矣，顧不能無疑焉？分析諸類，或失則繁，重見諸詩，或失則複，猶曰繁瑣者之易資檢閲也，複舉者之足徵異同也，殆弗厭其詳矣。若所纂文集諸條，前此詩話有之乎？且序論之文，如所謂放筆爲直幹者，視雜著稍别。今也參錯其間，讀之得毋不類乎？」余應之曰：「是則然矣，抑非無説以處此。在昔虞山蒙叟撰《列朝詩小傳》，秀水朱竹垞先生撰《静志居詩話》，其於史論軼事，博極蒐羅，而詩綜緝評，亦有剪截序跋者。夫今人纂著，蘄無戾乎前賢，有裨於後學，唯其是而已。果其是也，雖創焉可也。矧其體例之固出於因也，試觀《池北偶談》諸書，其中與文集同者什居二三，山人自著已若是矣，而何致疑其不類耶？余兄是纂，凡遇筆勢瀾翻宕逸自喜者，以其無關旨要，文雖佳，不具録。又或片言隻字，偶涉於詩，不置可否，亦姑舍旃。閒語及此，唯切切焉挂漏是懼。蓋其持擇之慎，詳略異宜，殊不自以爲是，亦曰庶幾備一家之言云爾。」客稍稍意解。既揖而退，遂述其語以爲後序。弟宗𣔻拜手。

帶經堂詩話彙纂書目

《漁洋文》十四卷　順治庚子後

《蜀道驛程記》二卷　康熙壬子

《古詩選》凡例　康熙癸亥

《皇華紀聞》四卷　康熙甲子

《南來志》一卷　康熙甲子

《北歸志》一卷　康熙甲子

《廣州遊覽小志》一卷　康熙甲子

《池北偶談》二十六卷　康熙己巳

《蠶尾文》八卷　康熙庚午

《蠶尾續文》二十卷　康熙乙亥

《秦蜀驛程後記》二卷　康熙丙子

《隴蜀餘聞》一卷　康熙丙子

《居易録》三十四卷　康熙辛巳

《香祖筆記》十二卷　康熙壬午

《漁洋詩話》三卷　康熙乙酉

《古夫于亭雜録》五卷　康熙丙戌

《唐人萬首絶句選》凡例　康熙戊子

《分甘餘話》四卷　康熙己丑

帶經堂詩話目録

曩客雲間之洛郵，假録《漁洋晚年定論》、《古夫于亭問答》二種。歸以示含广兄，賞玩移時，手鈔數過。見者或未盡謂然，兄益珍祕，曰：「不足爲外人道也。」蓋纂輯是編，實權輿於此。雖然，堂下斵輪，糟魄爲喻，雲門説法，稗販是訶，解人不易，自昔如斯。世有深契單提不可思議者，吾與讀山人詩話矣。乾隆庚辰浴佛日，芷齋弟載華跋。

《漁洋詩話》三卷，蓋先生乙酉歸田後，雜書論詩之語，以應友人所請，無暇刺取諸書，自序中固已云爾。顧諸書卷衺，餘百四十，後學既箇閲爲煩，而窮鄉寒畯，欲購其全，尤非易易。舅氏含广翁，鱗次諸書，薈萃爲一，觀詩話者，得此不啻如珍珠船也。翁於夏五謬屬以鳩工飭材，剾復分讐勘之勞，逮易箑以鑪，始克告竣。爰綴數語，以志開雕之歲月。乾隆壬午醉司命日，甥雲間楊源曼圃氏跋。

帶經堂詩話卷首

漁洋山人

御筆類

上幸金陵，親書御製《古北口》絶句賜張學士英，詩云：「斷山踰古北，石壁開峻遠。形勝固難憑，在德不在險。」予過桐城，於學士齋中見之。《皇華紀聞》。并録一。《南來志》。過敦復學士新齋，循山麓詰屈上，軒砌紅梅數株已放，最高處有竹圃。張燈置酒，姚楚雄文燮畊壺亦至。出畫縑及送行詩，恭覩上在金陵賜學士御製《古北口》詩。二公談龍眠山居之樂，令人神爽飛越。

黄州知府于成龍，永寧人，貢士。爲上所深知，數年中歷藩、臬司使，巡撫順天。上親製詩賜之，有「郊圻王化始，鎖鑰重臣膺」之句。

御製《登城》詩云：「城高千仞衛山川，虎踞龍盤王氣全。車馬往來雲霧裏，民生休戚在當前。」真帝王詩也。

世祖御書賜宏覺禪師云：「洞房昨夜春風起，遥憶美人湘江水。枕上片時春夢中，行盡江南數千里。」唐人岑參詩也。在都城西善果寺。已上《池北偶談》。

同年户部王尚書鷺人岳以御書御製詩一首見示，詩云：「錦纜無勞列畫艭，輕橈自愛倚船窗。勤民不憚周行遠，早又觀風向浙江。」可仰見省事寧人之意，不唯書法之工也。尚書時官閩浙總督云。

康熙二十三年，上南巡江南，提督昭武將軍楊捷迎駕，賜御書御製五言一首：「岐陽方較獵，腰裹盡龍媒。仗下黄金勒，横秋號逸材。」紙尾題「詠馬」二字，用御璽。

戊午夏，予與翰林掌院學士今刑部尚書澤州陳公廷敬、侍讀學士故刑部侍郎謚文敏崑山葉公方藹、侍講學士今禮部尚書桐城張公英同内直，每有御製，必命和進。一日，賜侍衛輔國公俄啓詩云「觀德由來尚古風，手彎滿月緑沉弓」云云。俄啓蓋以宗室宿衛，有穿楊貫札之能，故聖製云然。臣士禛恭和云：「宸章高視漢歌風，絶藝争誇兩石弓。自是君王勤拊髀，一時龍種盡英雄。」蓋此題有三難：御製首倡，一也；旌俄啓之射，二也；宗室而兼宿衛，三也。詩僅四句，包此三義，所以難也。壬戌，賜宴乾清宫，賦《昇平嘉宴》，倣柏梁體詩，御製首倡云：「麗日和風被萬方。」和者自内閣大學士已下，凡若干人。士禛時以祭酒領成均，句云：「三德槆案，山人自撰年譜作「九德」。六行爲士坊。」翊日，詩成恭進，上手製詩序，御書之，詩則詔故詹事禮部侍郎沈文恪荃書之，刻石養心殿，摹搨裝潢，九月九日宣賜與宴諸臣人一本，真昇平盛事云。

御書賜吏部尚書庫勒納素扇詩云：「亂陰堆裏結茅廬，已共紅塵跡漸疏。莫問野人生計少，窗前流水枕前書。」末書「録唐《山中》」。又賜大學士伊桑阿洋扇一，御書唐人朱慶餘詩云：「林居向晚饒清景，惜去非關戀酒杯。石浄每因杉露滴，地偏漸覺水禽來。藥蔬秋後供僧盡，竹杖吟中望月迴。紅葉閑飄籬落迥，行人遠見草堂開。」賜大學士阿蘭泰素扇一，御書唐人方干詩云：「東南雲路落斜行，入樹穿郝見赤城。遠近常時皆藥氣，高低無處不泉聲。映巖日向牀頭没，濕燭雲從柱底生。更有仙花與靈鳥，恐君多半未知名。」

賜禮部尚書張英扇，御書唐詩：「忽見寒梅樹，花開漢水濱。不知春色早，疑是弄珠人。」左都御史沙海得「登登山路行將盡」一首。

御書賜吏部尚書庫勒納詩云：「滇海奇遊萬里餘，天平樓閣化人居。鹿門不獨偕龐隱，彤管猶能續《漢書》。」尚書以問諸公，以爲唐人詩也，遍簡《萬首絶句》不可得。一日，會議東闕門，吏侍彭十兄羡門孫遹舉以問予，予曰：「此必贈吴郡范長白徐夫人小淑之作耳。」熊尚書青岳賜履、陳尚書説巖廷敬詢予何以知之，予曰：「此易解耳。范嘗官雲南監司，而歸隱吴之天平山。時趙宧光凡夫亦有才婦，曰陸卿子，隱居寒山，與徐齊名。徐有《絡緯吟》，陸有《元芝》、《考槃》二集，皆爲時傳誦，故以龐公、班大家擬之，可不疑也。」彭公曰：「是也。此御筆臨董宗伯書，當即思白作。吾輩但謂是唐詩，誤矣。」深歎予爲善説詩，遂記之云。

御書扇賜户部左侍郎思格則詩云：「宫連太液見滄波，暑氣初消秋意多。一夜輕風蘋末起，露珠翻盡滿池荷。」

賜内閣學士徐嘉炎御書一聯云：「樹影不隨明月去，溪聲長送落花來。」又唐人張旭「隱隱飛橋隔野烟」絶句詩一首。又□親王賜嘉炎一聯云：「樓中飲興因明月，江上詩情爲晚霞。」又賜絶句詩一首云：「玉臺詞藻重徐陵，經笥由來博雅稱。每見趨陪鵷鷺側，神仙風度在觚稜。」

五月二十三日，臣左都御史王士禛内直南書房，恩賜御書素縑一幅云：「曈曈曙色上帆檣，野水波添滿路光。知是皇畿程日近，林風吹送柰花香。」蓋舟行御製近詩也。六月二十日，再賜御書大字一聯云：「烟霞盡入新詩卷，郭邑閑開古畫圖。」

上親征額魯特，御製前、後《出塞》詩，氣象高渾，非貞觀、開元所及，略就記憶者載于此。《彈琴峽》云：「琮琤流水意，彷彿似鳴琴。曲度泉歸壑，聲兼峽泛吟。空山傳逸響，終古奏清音。不御金徽久，泠泠會素心。」《瀚海》云：「四月天山路，今朝瀚海行。積沙流絶塞，落日度連營。戰伐因聲罪，馳驅爲息兵。敢云黄屋重，辛苦事親征。」《賜將士食》云：「萬騎擁雕弓，長鳴向北風。龍荒彌曠遠，虎旅正驍雄。戰鼓黄雲外，旌門紫氣中。朕躬方蓐食，與爾六軍同。」《勦滅噶爾丹大捷》云：「殘寇疲宵遁，横衝節制兵。我師乘鋭氣，誰許丐餘生。貔虎三軍合，鯨鯢一戰平。愧稱謀畫定，討罪荷天成。」

七月二十四日，與諸公内直，賜御書唐詩湘竹金扇，其一面畫人物、山水、花鳥，臣得人物，其詩乃

「主人能政訟庭閑」云云，末題「臨董」二字。已上《居易録》。

召户部郎中陳奕禧入南書房，命書大小字各三幅，賜御書御製《塞上詩》一幅，詩云：「半嶺黄雲合，風悲鼓角聞。野羱沙草外，落日自成群。」

五月十五日，朝退，御乾清門，賜滿漢大學士、尚書、侍郎御書扇各一，士禛得御製虎丘五言律詩一首。

上南巡視河，駐蹕江天寺，即金山寺，御賜今名。江蘇巡撫臣宋犖扈從，奏云：「臣家有别業在西陂，乞御書『西陂』二大字賜臣，不令宋臣范成大石湖獨有千古。」玉音云：「此二字頗不易書。」犖再奏云：「二字臣求善書者多不能工。刑部尚書王士禛少與臣爲同學，嘗云：『二字倘得御書，乃爲不朽盛事。』」上笑而書之，即以頒賜。頃之，駕回行宫，又命侍衛取入，重書賜焉。西陂有緯蕭草堂、釣家芰梁諸勝，常邀予輩同人賦詩，今果獲御書張之，不世之遇也。古名臣别業，最著無如午橋、平泉，皆地以人重，顧未聞有此，矧輞川、盤洲以下乎？犖有詩紀恩，中一首云：「御筆傳來訝再三，西陂寶墨秘龍函。一時盛事流傳速，已入漁洋續《偶談》。」

康熙己卯，南巡視河工迴蹕，有御製詩云：「行遍江南水與山，柳舒花放鳥綿蠻。明朝又入邳徐路，鳳闕龍樓計日還。」會予以御史大夫入直南書房，因獲恭覩，歎爲太平和吉之音云。

康熙四十一年五月，頒賜御書，大理少卿臣李斯義得臨黄庭堅書一幅，其詩云：「談經草榭鬢華生，初擁閩山傳節行。江入桐廬青欲斷，溪從劍浦碧來迎。茶雖户種租宜薄，鹽不家煎價賴平。要使《祈招》歌德意，君恩豈爲遠人輕。」四十三年十一月，李以副都御史遷福建巡撫，前詩竟爲之讖云。

康熙中嘗命畫苑寫《耕織圖》，御製詩冠其上方，刻印頒行。按此圖始于宋於潛令四明樓璹作《耕織圖》以獻思陵，各繫五言八句詩，逐段有憲聖皇后題字。已上《香祖筆記》。

予官御史大夫時，嘗蒙御筆賜一堂聯云：「烟霞盡入新詩卷，郭邑閑開古畫圖。」又嘗被賜御書「帶經堂」、「信古齋」二扁，今分懸東、西二第中堂，誌聖恩，示子孫，不敢諠也。《分甘餘話》。

鎮國公敬一主人諱國鼐，世祖章皇帝之庶兄也。居瀋陽，以庚戌七月薨於京師。性淡泊，如枯禪老衲。好讀書，善彈琴，工詩畫，精曲理，樂與文士遊處。常見其仿雲林小幅，筆墨淡遠，擺脱畦逕，雖士大夫無以踰也。有《恭壽堂詩》一卷，頗多警策，今略録數篇。《登醫無閭山觀音閣》云：「平生愛丘壑，歷勝恣登眺。醫閭夙所期，兹焉愜懷抱。鳥道薄層雲，盤紆凌樹杪。繫馬憩中林，拂石坐荒草。野衲候柴荆，朱顏髮皓皓。問渠來何時，云在此山老。修嶺逸驚麏，斜陽急歸鳥。古洞駕長虹，細泉屢迴繞。亭亭堦下松，百尺參青昊。托根獲斯地，子落無人掃。逶迤度幾峰，下瞰群山小。曠然豁心目，頓覺離紛擾。再上白雲關，萬象咸可了。石門破蒼靄，返景墮空杳。烟霞情所鍾，登涉險亦好。大海面巖岫，波光動林表。自古遞相傳，其中有蓬島。安期與羨門，往事終緬邈。滉瀁失端倪，氣色變昏曉。豈識天地心，物理費探討。泠然此游豫，何用心悄悄。」《戊申春日行次薊門登獨樂寺》云：「春雨濕歸鞅，行色藉以沐。落日投薊門，遂寄禪宫宿。誰爲初地功，高樓倚空築。梯雲歷層楹，聊縱千里目。迴飈遞晚鐘，薄霧籠寒竹。芳草麗郊原，新林變川陸。豈意道路人，復此慰幽獨。臨風思近睽，倚檻恣遥矚。渤海杳漭沆，盤山亘紆曲。安期駐秦鑾，廣成降帝屋。聖哲既已往，陳蹟遺巖谷。空同與滄溟，烟波恒斷續。」《宿向陽寺》云：「聖朝存象法，古寺復聞鐘。花引山門路，雲開野殿松。高齋談静理，遠嶼淡秋容。日暮還攜杖，月明林外峰。」《贈正寓》云：「老僧多逸興，五十學吟詩。意出烟霞外，情深摇落時。依巖營丈室，愛菊坐東籬。欲共探幽勝，邀君整杖藜。」《遊千山祖越寺登蓮花峰》云：「七嶺行初盡，千巖宿霧開。路迴青嶂側，寺入白雲隈。洞户聞清籟，碑文暗緑苔。蓮花天際出，漸覺絶塵埃。」《龍泉寺》云：「梵宇起中天，重巖響碧泉。虚堂清曉露，幽壑静鳴蟬。窗引螺峰翠，松含象嶺烟。空憐名勝地，塵世幾高眠。」《宿香巖寺絶頂》云：「雨霽空山夕，尋幽入杳冥。雲封千澗白，露濯萬峰青。飛鳥依簷宿，流泉伏枕聽。朦朧空翠裏，孤月自亭亭。」《大安寺》云：「萬仞盤危磴，千峰此獨尊。山光澄宿霧，海色上朝暾。野殿松杉古，殘碑文字存。悠然雲外想，何必問花源。」《悼剩和尚》云：「一葉流東土，花飛遼左山。同塵多自得，玩世去人間。古塔烟霞在，禪關水月閑。空悲留偈處，今日共躋攀。」《贈御院焦冥道士》云：「蓬壺連魏闕，羽客侍金門。丘壑心寧遂，烟霞氣自存。談經清漏永，掃徑落花繁。西出函關叟，何曾返故園。」《秋懷》云：「終朝成兀坐，何處可招尋。極目遼天闊，幽懷秋水深。浮雲窺往事，皎月對閑心。興到一樽酒，沉酣據玉琴。」《立秋》云：

「蕭蕭夜雨滿皇州，景物淒其大火流。懷抱不堪聞落葉，相思何處是南樓。關河朔氣催征雁，塞草西風勁紫騮。回首雲山忘歲月，一聲蟬噪又新秋。」《秋懷寄耿駙馬》云：「八月霜飛秋色深，郊原草木日蕭森。孤踪漫憶懸遼海，萬騎還悲扈上林。曾記郵亭風雨夕，獨懷京國歲寒心。他時花滿西山麓，好對潺湲理玉琴。」《丙午七夕立秋》云：「寂寞天孫駐七襄，殷勤烏鵲駕河梁。相逢預恨離筵促，別後應知清漏長。玉露初含丹桂冷，金風時動碧羅香。宵殘歸路遲環佩，機杼經年罷晚粧。」《丙午中秋》云：「碧天如水夜初涼，三五蟾光滿帝鄉。何處笙歌侵曉漏，幾家砧杵急秋霜。仙臺深閉金莖露，月殿高懸桂子香。獨抱幽懷渾不寐，西風雁唳到虚堂。」虞山孫暘録其詩傳之。已下宗藩附。《池北偶談》。

宗室紅蘭主人工詩畫，有《玉池生集》。又刻郊、島二家詩，曰《寒瘦集》。生于富貴，而其胸懷蕭灑乃爾，亦奇。又鎮國將軍博問亭，自號東皋主人，亦以詩名，刻《白燕樓詩》若干卷。《香祖筆記》。并録一。

《分甘餘話》。宗室玉池生又號紅蘭主人，常刻郊、島詩，名《寒瘦集》。以天潢之貴，而嗜好如此，亦奇人也。又宗室東皋主人者，攻詩最久，有《東皋集》。今俱下世矣。

宗楠附識：昔於韞玉山房見畫扇花鳥，設色淡雅，致有生趣。先君命之曰：「此曩時京邸所獲紅蘭主人筆也。」紅蘭諱岳端，字兼山，今《别裁集》録其詩及香松主人各二首。香松諱德普，字修庵，折節下交，家西山，翁嘗游其門，頗任意簡傲，亦絶不爲忤，蓋有閒平之風焉。其後又有紫幢主人，諱文昭，字子晉，查田太史曾有詩寄酬，見《敬業堂續集》。

應制類

康熙辛酉冬，雲南平。壬戌上元，賜宴，賦柏梁體詩。兵部左侍郎焦公毓瑞有「天河洗甲通蠻鄉」之句。《漁洋文》。并録一。

《池北偶談》。壬戌上元，賜群臣宴于乾清宮，異數也。凡賜御酒者二，大學士、尚書、侍郎、學士、都御史，皆上手賜，通政使、大理卿以下，則十人爲一班，分左右列，命近侍賜酒。且諭：醉者，令宫監扶掖。獨光禄卿馬世濟以文毅公雄鎮子，右通政陳汝器以贈兵侍前福建巡海道副使啓泰子，特召至御座側賜酒。翌日，上首唱柏梁體《昇平嘉讌詩》，詩別載。群臣繼和，汝器句云：「勵節褒忠感賜觴。」蓋紀實云。

上嘗問内閣及内直諸臣以布衣四人名字，即富平李因篤、慈溪姜宸英、無錫嚴繩孫、秀水朱彝尊也。後公卿薦舉，獨宸英不得與。繩孫目疾，是日應制，僅爲八韵詩，閣中閲卷已不録，上特令與因篤、彝尊二人同授翰林。是時宸英方在京師，不免向隅，信遇合有定命也。閲卷四人，大學士高陽李公、寶坻杜公、臨朐馮公、掌院學士崑山葉公。《池北偶談》。

附録：《池北偶談》又云：「康熙十七年，内閣奉上諭，求海内博學宏詞之儒，以備顧問著作。時閣部以下内外薦舉者一百八十六人。十八年三月朔，御試體仁閣下，中選者彭孫遹等五十人，有旨俱以翰林用，開局編修《明史》。候補少卿一人邵吴遠，改侍讀。監司湯斌、李來泰、施閏章三人，郎中吴元龍一人，改侍講。進士彭孫遹，中書舍人袁佑等，授編修。貢、舉、監生、生員、布衣倪粲等，授檢討。以原任翰林院掌院學士徐元文爲監修官，翰林院掌院學士葉方藹、右春坊庶子兼侍講張玉書爲總裁官，開局内東華門外。」又云：「己未宏博之徵，内外薦剡百八十餘人，不至者四人：浙江應撝謙嗣寅、江西魏禧冰叔、山西范鄗鼎彪西、陝西李顒中孚。范登順治辛丑進士，闡明絳州辛復元全先生之學，與應、李以理學著於南北。唯魏以古文擅名，其兄際瑞、弟禮皆有詩名，時號『寧都三魏』。」又《古夫于亭雜録》：「博學宏詞之徵，御試首題《璿璣玉衡賦》，前蘇松糧儲道參議、壬辰進士臨川李仲章來泰冠場，雖彭羡門少宰壓卷，亦當遜之。李改翰林院侍講，一典湖廣鄉試，未幾卒。」

宗柟附識：遼海劉廷璣《在園雜志》：「己未召試博學鴻才，内外薦舉到京者五十九人，户部給與食用。十八年三月初一日，除老病不能入試外，應試者五十人。先行賜宴，後方給卷，頒題《璿璣玉衡賦》、《省耕二十韻》。讀卷者李高陽相國霨、杜寶坻相國立德、馮益都相國溥、葉掌院學士方藹，取中一等二十名，二等三十名。奉旨邵吴遠授爲侍讀，湯斌、李來泰、施閏章、吴元龍授爲侍講，彭孫遹、張烈、汪霦、喬萊、王頊齡、陸棻、錢中諧、袁佑、汪琬、沈珩、米漢雯、黄與堅、李鎧、沈筠、周慶曾、方象瑛、錢金甫、曹禾授爲編修，倪燦、李因篤、秦松齡、周清原、陳維崧、徐嘉炎、馮勗、汪楫、朱彝尊、邱象隨、潘耒、徐釚、尤侗、范必英、崔如岳、張鴻烈、李澄中、龐塏、毛奇齡、吴任臣、陳鴻績、曹宜溥、毛升芳、黎騫、高詠、龍燮、嚴繩孫授爲檢討，俱入翰林。其年邁回籍者，杜越、傅山、王方穀、朱鍾仁、申維翰、王嗣槐、鄧漢儀、王昊、孫枝蔚，俱授内閣中書舍人。猗歟休哉，掄才之典，於斯爲盛。」案此所載稍詳，顧余所見齒録及先後授職，互有異同，俟再考之。

又云：陸友記天下湯泉知名者七：匡廬、汝水、尉氏、驪山、鳳翔之駱谷、和州之惠濟、渝州陳氏山居。燕之昌平亦有温泉，而不及遵化之石門。李太僕日華云：温泉有三種，朱砂者水光赤，琉黄者有琉氣，乳石則流白而無氣。黄山朱砂，汝上琉黄，石門鍾乳也。温泉與孝陵密邇，康熙二十年，車駕謁陵畢，命宰臣李霨以下往觀，皆應制賦詩，刻石泉上。

六月，上在暢春苑，出畫扇示内直諸臣禮部張英等，命各賦詩。畫作二白鷺、一青蓮華，題曰「路路清廉」云。已上《居易録》。

康熙辛酉二月，上謁孝陵，諸公卿三品已上皆從，多賦詩紀事。刑書蔚州魏公環溪象樞一詩極令人感動，詩曰：「薊門西望望皇畿，共侍鑾輿展謁歸。禮罷稜門雲自闔，夢迴寢殿淚頻揮。老臣將去填溝壑，何日重來拜翠微。廿載承恩無寸補，鐘鳴漏盡尚依依。」予謂五六句最沁人心脾，然是後漢宦者張讓語耳。已下時事附。

辛亥秋，駕將出關謁陵，又有遣大臣巡察之議。侍講學士張貞生面奏過戇，鐫級南歸。一時賦詩贈行者甚多，宋荔裳按察云：「三殿衮衣何事補，西江遷客累朝多。」高念東侍郎云：「讀書學道千秋事，士所當爲正自多。」家兄西樵云：「言聽便爲天下福，計違不負一生心。」學士留别詩云：「秋風送客復乘船，江遠帆孤一夢懸。焚草燈前期報國，披肝殿上願回天。聖明豈是誠難格，臣戇還應術未全。賴有宗工交勗勉，臨岐申贈繞朝鞭。」予亦贈詩三首，其一云：「上殿似聞辛慶忌，行吟休擬楚靈均。」學士尋奉特旨召用。聖主知人之明，度越千古矣。

高侍講士奇扈從清涼山雜詩云：「仙蹕陪遊陟井參，年來萬里閱崎嶔。東西行遍關山路，三度春風宿羽林。辛酉扈從巡歷喀爾沁，壬戌扈從奉天府，癸亥扈從清涼山，皆以二月出都。」「輕寒未放杏花枝，樹底停鞭感歲時。不止今年負花事，漫將遊跡比分司。元王惲《完州詩》：「誰著分司王老子，杏花香裏過今春。」滱水濺濺出谷流，沙原路僻草新抽。雞聲亭午山郵外，報道郵籤過定州。」「佛頂分來五髻青，浮空鳳刹玉輿停。茜衫黄帽摇金鐸，宫錦齊開梵字經。」「紫府仙山實奥區，長松鬱鬱壑争趨。興來那得句龍爽，重寫峰巒入畫圖。句龍爽有《紫府仙山圖》，載《宣和畫譜》。」「新安城上有高樓，金粉香銷幾百秋。傳是章宗遊賞地，纖花細草滿春洲。」「野淀瀰漫一望迷，漁莊蟹舍接通隄。遠天雲樹熹微裏，只少樓臺似浙西。」已上《池北偶談》。

王輔臣之叛，秦隴震驚。甘肅提督孫思克與靖逆侯張勇、奮威將軍王進寶同心討賊，會故大學士文襄公圖海大軍入關，累戰累捷，賊束手請降，河西三大將之功爲多。予昔作《平涼凱歌》，其一云：「河西三將氣如虹，百戰功名次上公。文襄進封公。詔下一時齊虎拜，漢朝争羡竇安豐。」此詩曾經御覽云。《居易録》。

香山碧雲寺後，故明逆璫魏忠賢墓，江南道監察御史張瑗題請勅毁，奉旨：「魏忠賢碑墓着仆毁剷平。」瑗賦詩紀事云：「彰癉表天道，誅賞昭王綱。伊誰實職之，蘭臺凛秋霜。道唯鉏姦宄，庶以全善良。攬轡出都門，陟睇西山岡。廬舍匝阡陌，各各營農桑。厥俗一以樸，民氣尤悦康。榛莽化蘭蕙，無復嘷豺狼。尋憩古佛刹，紺碧何輝煌。背負諸墓碣，封樹皆貂璫。逆閹塚踰制，陵園相頡頏。

穹碑矗霄漢，長松繞垣墻。以彼稔凶惡，萬死奚足償。搏噬縱鷹犬，湯鑊烹鸞凰。天地盡瞑晦，白日無晶光。古多寺人禍，兹禍踰漢唐。國步倏鯢卼，社稷旋淪亡。彼身已寸磔，墓胡留山陽？我見髮上指，衝冠心激昂。及此不鏟薙，無乃忤蒼蒼。拜疏請明旨，聖德奮乾綱。碑仆墓亦毁，狐兔將安藏。堯舜除四凶，海宇稱平章。誅惡及勝國，來者心自臧。岩壑湔穢濁，草木回芬芳。聊以佐史筆，憲紀于焉張。」瑗字蘧若，祁門人，予辛未科南宫所取會元也，以編修改御史。一時賦詩紀事者甚衆。《香祖筆記》。

大内南書房在乾清門内西廊下，内直翰林官居之，其出入皆奉旨，由某門侍衛某人導引伴送。壬戌後，特旨内直官許於禁中乘馬至所出入之門，故朱簡討彝尊紀恩詩云：「迴思身賤日，足繭萬山中。」蓋異數云。《分甘餘話》。

帶經堂詩話卷一

漁洋山人

綜論門一

源流類

李白云：「興寄深微，五言不如四言，七言又其靡也。」此獨謂《三百篇》耳。若後來韋、孟等作，有何興寄？但如嚼蠟耳。《風》《雅》中如「燕燕于飛，差池其羽」、「我來自東，零雨其濛。鸛鳴于垤，婦歎于室」、「昔我往矣，楊柳依依。今我來思，雨雪霏霏」、「蕭蕭馬鳴，悠悠旆旌」、「其新孔嘉，其舊如之何」等句，後千萬世，縱有能言，更從何處着筆耶？《香祖筆記》。并録七。

《池北偶談》。予六七歲始入鄉塾，受《詩》，誦至《燕燕》、《緑衣》等篇，便覺棖觸欲涕，亦不自知其所以然。稍長，遂頗悟「興觀群怨」之旨。宋玉融陳叔盌與樂軒陳藻讀《國風》於古寺，至《采蘋》，藻揜卷而泣，頓悟中庸之旨。叔盌以告網山林亦之，網山遂以藻見於其師林艾軒，曰：「吾嘗謂《詩》不歌，《易》不畫，無悟入處，今於元潔尤信。知此者可與言詩。」然《采蘋》之詩，亦未見可泣處。

《分甘餘話》。《燕燕》之詩，許彦周以爲可泣鬼神。合本事觀之，家國興亡之感，傷逝懷舊之情，盡在阿堵中，《黍離》、《麥秀》，未足喻其悲也。宜爲萬古送别詩之祖。

《漁洋詩話》。《宋景文筆記》：《詩》：「蕭蕭馬鳴，悠悠旆旌。」顔之推愛之。「昔我往矣，楊柳依依。今我來思，雨雪霏霏」。謝玄愛之。「訏謨定命，遠猶辰告。」安石以爲佳語。

《古夫于亭雜録》景文云：「蕭蕭馬鳴，悠悠旆旌。」顔之推愛之。「昔我往矣，楊柳依依。今我來思，雨雪霏霏」。謝玄愛之。「訏謨定命，遠猶辰告。」安石以爲有雅人深致。愚案：玄與之推所云是矣。太傅所謂雅人深致，終不能喻其指。

同上。顔之推標舉王籍「蟬噪林逾静，鳥鳴山更幽」，以爲自《小雅》「蕭蕭馬鳴，悠悠旆旌」得來，此神契語也。學古人勿襲形橅，正當尋其文外獨絶處。

《池北偶談》。《詩・國風》如《燕燕》、《蒹葭》、《豳風・東山》、《七月》諸篇，述情賦景，如化工之肖物。即如《小雅・無羊之什》云：「或降於阿，或飲於池。或寢或訛，爾牧來思。何蓑何笠，或負其餱。麾之以肱，畢來既升。」即使史道碩、戴嵩畫手擅場，未能至此，後人如何着筆？

《漁洋詩話》。余因思《詩》三百篇，真如化工之肖物。如《燕燕》之傷别；「籊籊竹竿」之思歸；「蒹葭蒼蒼」之懷人；《小戎》之典制；《碩人》次章寫美人之姚冶；《七月》次章寫春陽之明麗，而終以「女心傷悲，殆及公子同歸」；《東山》之三章「我來自東，零雨其濛。鸛鳴于垤，婦歎于室」，四章之「其新孔嘉，其舊如之何」，寫閨閣之致，遠歸之情，遂爲六朝、唐人之祖；《無羊》之「或降于阿，或飲于池。或寢或訛，爾牧來思。何蓑何笠，或負其餱。麾之以肱，畢來既升」，字字寫生，恐史道碩、戴嵩畫手，未能如此極妍盡態也。

夫古詩，難言也。《詩》三百篇中，「何不日鼓瑟」、「誰謂雀無角」、「老馬反爲駒」之類，始爲五言權輿。至蘇、李、《十九首》，體製大備。自後作者日衆，唯曹子建、阮嗣宗、左太冲、郭景純數公，最爲挺出。江左以降，淵明獨爲近古，康樂以下其變也。唐則陳拾遺、李翰林、韋左司、柳柳州獨稱復古，少陵以下又其變也。綜而論之，則劉勰所謂「結體散文，直而不野」，漢人之作，敻不可追。慷慨磊落，清峻遥深，魏晉作者，抑其次也。極貌寫物，窮力追新，宋初以還，文勝而質衰矣。《漁洋文》。

盛唐諸公五言之妙，多本阮籍、郭璞、陶潛、謝靈運、謝朓、江淹、何遜。邊塞之作，則出鮑照、吴筠也。唐人於六朝，率攬其菁華，汰其蕪蔓，可爲學古者之法。《居易録》。

宋明以來，詩人學杜子美者多矣。予謂退之得杜神，子瞻得杜氣，魯直得杜意，獻吉得杜體，鄭繼之得杜骨。它如李義山、陳無己、陸務觀、袁海叟輩，又其次也，陳簡齋最下。《後邨詩話》謂簡齋以簡嚴掃繁縟，以雄渾代尖巧，其品格在諸家之上，何也？《池北偶談》。并録一。

《香祖筆記》。明初詩人，共推高季廸爲冠。而大復獨以海叟爲冠，空同許爲知言。今讀其詩，古詩學魏、晉，近體學杜，皆具體而微耳，遽躋之青丘生之列，未免失倫。故予謂從來學杜者無如山谷。山谷語必己出，不屑稗販杜語，後山、簡齋之屬，都未夢見，况其下如海叟者乎？亦見《蠶尾續文》。

明末暨國初歌行，約有三派：虞山源於杜陵，時與蘇近。大樽源於東川，參以大復。婁江源於元、白，工麗時或過之。《分甘餘話》。

體製類

孫季昭云：章句，孔安國曰：自古而有篇章之名。故《那》序曰：「得《商頌》十二篇。」《東山》序曰：「一章。」言其完足也。句則古者謂之言。《論語》曰：「一言以蔽之，曰思無邪。」則以一句爲一言。趙簡子稱子太叔「遺我以九言」，皆以一句爲一言。秦漢以來諸儒，各爲訓詁，乃有句。詩家有四言、五言、六言、七言，則又以一字爲一言也。《古夫于亭雜録》。

《炙輠録》云：歌、行、引，本一曲爾，一曲中有此三節。凡始發聲謂之引。引者，導引也。既引矣，其聲稍放，故謂之行。行者，其聲行也。既行矣，於是聲音遂縱，所謂歌也。唯一曲備三節，故引自引，行自行，歌自歌，其音節有緩急，而文義有終始，故不同也。正如大曲有入破、滚煞之類。今詩家分之，各自成曲，故謂之樂府，無復異製矣。又姜白石《詩説》云：載始末曰引，體如行書曰行，放情曰歌，兼之曰歌行，悲如蛩螿曰吟，通乎俚俗曰謡，委曲盡情曰曲。《池北偶談》。

《捫蝨新話》云：琴有古人之雅琴、頌琴。蓋古之爲琴，皆以歌乎詩，古之《雅》、《頌》，即今之琴操耳。舜《南風歌》、楚《白雪辭》本合歌舞。漢高帝《大風歌》、項王《垓下歌》亦入琴曲，今琴家遂有《大風起》、《力拔山操》。文中子與楊素、蘇瓊、李德林語，歸而援琴鼓《蕩之什》，乃知其聲至隋末猶存。予嘗不解雅琴、頌琴之義，見此了然，然不知何以獨不言「風」耳。《居易録》。

《西京雜記》：「戚夫人善鼓瑟擊筑，歌《出塞》、《入塞》、《望歸》之曲。」此遠在《十九首》、蘇李之前，漢詩最古者，唯此及《安世房中歌》耳。《晉・樂志》以爲李延年造，不知何據。今在樂府横吹。郭茂倩《樂府詩》所載，則始六朝劉孝標、王褒諸人，而古辭不傳，可惜也。《香祖筆記》。

《玉堂嘉話》：「《柘枝舞》本《拓拔舞》，金人以名不佳，改之。」按：《樂府雜録》，健舞曲有《柘枝》，軟舞曲有《屈柘》。《樂苑》，羽調有《柘枝曲》，商調有《屈柘枝》，舞因曲爲名。又雜見《教坊記》、《羯鼓録》。唐沈亞之《柘枝賦》云：「柘枝信其多妍。」其本曲首句七字，第二第三句皆五字，第四句復七字。薛能有三首，止是五言六句。温庭筠《屈柘詞》，所謂「楊柳縈橋緑，玫瑰拂地紅」，則五言律詩也。《柘枝》自唐世已盛傳，烏得云自金人始耶？并録一。

《蠶尾文》。《玉堂嘉話》頗多舛謬，如云：「《柘枝舞》本《拓拔舞》，金人以名不佳，改之。」按：《樂府雜録》，健舞曲有《柘枝》，軟舞曲有《屈柘》。《樂苑》，羽調有《柘枝曲》，商調有《屈柘枝》。又雜見《教坊記》諸書。唐沈亞之賦云：「柘枝信其多妍。」薛能有《柘枝詩》。温岐有《屈柘詞》。柘枝自唐世已盛傳，烏得云金人改名耶？

《容齋隨筆》載：樂府有《白鴿鹽》、《神雀鹽》，即《昔昔鹽》、《刮骨鹽》之類。已上《居易録》。

《琵琶録》云：羽調《緑腰》。注云：即「録要」也。本自樂工進曲，上令録出要者以爲名，誤爲「緑腰」也。白樂天詩注又謌爲「六么」。乃其曲又有高平仙吕，非羽調。吴楚材《彊識略》云然。《香祖筆記》。

沈約云：「樂人以音聲相傳，訓詁不復可解。凡古樂録，大字是辭，細字是聲，聲辭合寫，故致然爾。」此言甚明白，故今人强儗漢《鐃歌》等篇，必不可也。

漢樂府鼓吹二十二曲，今所存《朱鷺》已下是也。魏繆襲、吴韋昭、晉傅玄皆儗之，率淺俗，無復古意，其詞尤多狂誖。如昭之《關背德》、襲之《平南荆》、玄之《宣受命》、《唯庸蜀》等篇，狺狺狂吠，讀之髮指。而左克明、郭茂倩皆取以附漢曲之後，何其謬也。無已，寧取柳宗元、謝翺耳。已上《古夫于亭雜録》。

樂府古詩不必輕擬，滄溟諸賢，病正坐此。前人擬古，莫妙於陸機、江淹。馮班云：「江、陸擬古詩，如搏猛虎，禽生龍，急與之角，力不暇，氣格悉敵。今人擬古，如牀上安牀，但覺怯處，種種不逮。」此論良是。若傅玄《艷歌行》云：「一顧傾朝市，再顧國爲墟。」呆拙之甚，所謂點金成鐵手也。王弇州云：平子《四愁》，千古絶唱。傅玄擬之，致不足言，是笑資耳。玄又有《日出東南隅》一篇，汰去菁英，竊其常語。尤可厭者，本詞「使君自有婦，羅敷自有夫」，綽有餘味，乃益以「天地正位」之語，正如低措大記舊文不全，時以己意續貂，罰飲墨水一斗可也。諒哉！

鄭漁仲曰：「繼三代之作者，樂府也。樂府之作，宛同《風》《雅》。今之行於世者，章句雖存，聲樂無用。崔豹之徒，以義説名；吴兢之徒，以事解目：蓋聲失則義起，樂府之道幾乎熄矣。」此言樂府原爲詩樂之用，而事義則必有所由起，均不可廢也。愚謂《風》《雅》之後有樂府，如唐詩之後有詞曲。聲聽之變，有所必趨；情辭之遷，有所必至。古樂之不可復久矣，後人之不能漢、魏，猶漢、魏之不能《風》、《雅》，勢使然也。如漢《朱鷺》、《翁離》之作，魏、晉諸臣擬之，以鳴其一代之事，易名别調，各極其長，豈以古今同異爲病哉？後世文士如李太白，則沿其目而革其詞，杜子美、白樂天之倫，則創爲意而不襲其目，皆卓然作者，後世有述焉。近乃有擬古樂府者，遂顯以擬名。其説但取漢、魏所傳之詞，句橅而字合之，中間豈無「陶」、「陰」之誤，「夏五」之脱？悉所不較。或假借以附益，或因文而增損，踢踏牀屋之下，探胠縢篋之閒，乃藝林之根蝨，學人之路阱矣。以此語於作者之門，不亦恧乎？夫才有長短，學有通塞，取古今之人一一强同，則千里之謬，不容秋毫，肖貌之形，難爲覿面。若曰樂府，則樂府矣，盡人而能爲樂府也。若曰必此爲古樂府，使與古人同曹而並奏之，其何以自容哉？李于鱗曰：「擬議以成其變化。」噫！擬議將以變化也，不能變化而擬議，奚取焉？予知其不可而不能不爲也，第命曰古樂府，而不敢以擬稱云。右蒙陰公文介公孝與（鼒）〔鼐〕樂府自序也。虞山錢牧翁嘗亟取東阿于文定公論樂府之説，不知文介此論與文定若合符節。予嘗見一江南士人擬古樂府，有「妃來呼豨豨知之」之句。蓋樂府「妃呼豨」皆聲而無字，今誤以「妃」爲女，「呼」爲唤，「豨」爲豕，湊泊成句，是何文理？因於《論詩絶句》著其説云：「草堂樂府擅驚奇，杜老哀時託興微。元白張王皆古意，不曾辛苦學妃豨。」亦于、公二公之緒論也。已上《池北偶談》。

宗枏附識：于公《穀山筆麈》：「短簫鐃歌，漢之黄門鼓吹也。漢曲二十有二，存者十八，《務成》、《玄雲》、《黄雀》、《釣竿》四篇，其辭已亡。魏吴以下，準其曲數，各制鐃歌一部。漢曲多不可解，蓋樂府傳寫，大字爲辭，細字爲聲，聲辭合寫，故致錯迕。魏晉所制，如以某曲當某曲，皆各叙其開創功德，與漢曲本辭絶不相蒙，體制亦復不類。而謂之當者，想祖其音節，或準其次第然耳。宋何承天私造鐃歌十五篇，皆即漢曲舊名之義，而以己意詠之，與其曲之音節不復相準，謂之擬題。自是以後，江左、隋、唐皆相繼模倣，唯取其名義，而樂府之法蕩然盡矣。近代一二名家，嗜古好奇，往往采掇古詞，曲加模擬，詞旨典奥，豈不彬彬，第其律吕音節已不可考，又不辨其聲詞之謬，而横以爲奇僻，如楚人學齊語，可詑楚，不可欺漢。令古人有知，當爲絶倒耳。」又云：「近世王、李諸公，好古釣奇，各模擬鐃歌十八曲。歷下之詞旨頗近，而不能自爲一詞。婁東稍脱落，即不甚似。然其舊曲之名，與其詞不可解者，即二公亦不知也。」

樂府之名，其來尚矣。世謂始於漢武，非也。按《史記》，高祖過沛詩《三侯之章》，又令唐山夫人爲《房中之歌》，《西京雜記》又謂戚夫人善歌《出塞》、《入塞》、《望歸》曲，則樂府始於漢初。武帝時，增《天馬》、《赤蛟》、《白麟》等十九章，以李延年爲協律都尉，集五經之士，相與次第其聲，通知其意，而樂府始盛。其云始武帝者，託始焉爾。東漢之末，曹氏父子兄弟雅擅文藻，所爲樂府，悲壯奥崛，頗有漢之遺風。降及江左，古意寖微，而清商繼作，於是楚調、吴聲、西曲、南弄，雜然興焉。逮於有唐，李、杜、韓、柳、元、白、張、王、李賀、孟郊之輩，皆有冠古之才，不沿齊、梁，不襲漢、魏，因事立題，號稱樂府之變。若考開元、天寶已來，宫掖所傳，梨園弟子所歌，旗亭所唱，邊將所進，率當時名士所爲絶句耳。

故王之涣「黄河遠上」、王昌齡「昭陽日影」之句，至今艷稱之。而右丞「渭城朝雨」，流傳尤衆，好事者至譜爲《陽關三叠》。他如劉禹錫、張祜諸篇，尤難指數。由是言之，唐三百年，以絶句擅場，即唐三百年之樂府也。《蠶尾續文》。

唐人所歌樂府詞曲，率是絶句。然又多剪截律詩，别立名字，殊不可曉。如王右丞「風勁角弓鳴」一首，截取前四句，名《戎渾》。「揚子談經處」一首，截取前四句，名《崑崙子》。旗亭伶人所歌高常侍「開篋淚霑臆」一首，《萬首》作「濡」。本是長篇，截取前四句，名《凉州歌》是也。又考《教坊記》諸曲名，如《胡渭州》、《穆護子》、又作「砂」。《凉州》、《伊州》、《甘州》之類皆載，而無《戎渾》、《崑崙子》之名。《池北偶談》。并録一。

《居易録》。唐樂府往往節取當時詩人之作，率緣情切事，可以意會理解。然亦有不可解者，如《陸州歌》第一「分野中峰變」，乃節王右丞《終南山》詩後四句，《凉州歌》第三「開篋淚沾臆」，乃節高常侍歌詩前四句也。不知與邊塞閨情何涉而取之？

唐張祜詩：「内人已唱春鶯囀，花下傞傞軟舞來。」按《教坊記》，伎女入宜春院，謂之内人，亦曰前頭人。凡出戲日，所司先進曲名，上以墨點者即舞，謂之進點。教坊人唯得舞《伊州》，餘悉讓内人。如《垂手羅》、《回波樂》、《蘭陵王》、《春鶯囀》、《烏夜啼》之屬，謂之軟舞。又有《緑腰》、《蘇合香》、《屈柘》、《凉州》、《甘州》、《柘枝》、《黄麞》、《拂林》、《胡渭州》、《達摩支》之屬，謂之健舞。又有《劍器》、《胡旋》、《胡騰》等。按《記》中所列曲名，如《小秦王》、《武媚娘》，皆李唐本朝事，與《吕太后》並列不避忌。《竹枝》本名《竹枝子》，與《采蓮子》、《漁歌子》、《山花子》、《水仙子》、《南鄉子》、《赤棗子》、《生查子》等並列，今獨去「子」字，但云「竹枝」。若《楊柳枝》，則其本名。又有字舞、花舞、馬舞。

古樂府詩云：「百金買寶刀，懸著中梁柱。一日三摩娑，劇于十五女。」等是快語，語有令人骨騰肉飛者，此類是也。已上《香祖筆記》。

徐巨源世溥云：「江陵去揚州，三千三百里。已行一千三，所有二千在。」此有何情何景，而古雅雋永，味之不盡。凡作六朝樂府，當識此意，故録其語。《古夫于亭雜録》。并録一。《分甘餘話》。樂府：「江陵去揚州，三千三百里。已行一千三，所有二千在。」愈俚愈妙，然讀之未有不失笑者。余因憶再使西蜀時，北歸次新都夜宿，聞諸僕偶語曰：「今日歸家，所餘道路無幾矣，當酌酒相賀也。」一人問所餘幾何，答曰：「已行四十里，所餘不過五千九百六十里耳。」余不覺失笑，而復悵然有越鄉之悲。此語雖譃，乃得樂府之意。己丑十一月十八日，對雪讀古樂府，偶書。

羅明仲嘗語李賓之，三言詩亦可自爲一體，以扇命作。李援筆題云：「揚風帆，出江樹。家遥遥，在何處？」其意致頗近古。予邑高士徐夜字東癡，少時作樂府云：「轆轤鳴，井深淺。樓高高，去何遠。」長白黄山人者，善琵琶，嘗爲譜之，視西涯作尤高古矣。《詩談》云：「三言起于散騎常侍夏侯湛。」《居易録》。

方勺引劉中壘，謂「泥中」、「中露」，衛二邑名。《式微》之詩，蓋二人所作，是爲聯句所起。此説甚新，然不知有據依否。《香祖筆記》。

宗柟附識：南豐曾氏《列女傳目録序》云：「向號博極群書，而此傳稱《詩·芣苢》、《柏舟》、《大車》之類，與今序詩者之説尤乖異，蓋不可考。至於《式微》之一篇，又以謂二人之作，豈其所取者博，故不能無失歟？」今案諸家詩解皆不取其説，殆與曾氏所見同。然以泥中、中露爲二邑，實本于毛氏萇云。

作古詩須先辨體。無論兩漢難至，苦心摹倣，時隔一塵。即爲建安，不可墮落六朝一語；爲三謝，不可雜入唐音。小詩欲作王、韋，長篇欲作老杜，便應全用其體，不可虎頭蛇尾。此王敬美論五言古詩法。予向語同人，譬如衣服，錦則全體皆錦，布則全體皆布，無半錦半布之理，即敬美此意。又嘗論五言感興宜阮、陳，山水閒適宜王、韋，亂離行役，鋪張叙述，宜老杜，未可限以一格，亦與敬美旨同。

坡公送蘇伯固五言詩云：「三度别君來，此别真遲暮。白盡老髭鬚，明日淮南去。酒罷月隨人，淚溼花如霧。後夜逐君還，夢繞江南路。」公自注：「効韋蘇州。」予云：此《生查子》詞耳。

宗柟附識：予弟芷齋述許蒿廬先生云：按此詩今見《東坡續集》，題云《古離别》。又見《東坡詞》中，調寄《生查子》。漁洋云云，洵具慧眼矣。然坡公自注云云，亦戲語耳。

聯句有人各賦四句，分之自成絶句，合之仍爲一篇。謝朓、范雲、何遜、江革輩多有此體。頃見朱太史《騰笑集》中《蠶尾續文》無「中」字。有《古藤書塢《續文》作「屋」。送吴徵君魏上舍聯句》，甚得齊梁之意，今録於此：《續文》無此四字。「握手古藤下，秋深旅愁積。歸來西溪旁，猶及種春麥。吴雯我亦袖輕鞭，明發辭紫《續文》作「巷」，疑誤。陌。倦鳥不同飛，各自張旅《續文》作「羽」。翮。魏坤。二子澹雅才，肯爲時俗役。英詞迭相應，如以桐扣石。陸嘉淑。柳塘水濛濛，蒲坂山驛驛。改歲君到時，古藤花滿格。查嗣瑮。大房一斗泉，釀酒冰雪白。酒熟君不來，落花良可惜。朱彝尊。」益都「益都」上《續文》有「明」字。董楠，字孟才，工部尚書可威之叔也，嘗撰《古今聯句詩集》六卷，與張之象《回文類聚》皆不可少之書。已上《池北偶談》。

謝公問王子猷：「云何七言詩？」答曰：「昂昂若千里之駒，汎汎若水中之鳧。」二語已盡歌行之妙。是時七言作者未盛，子猷又不以詩名，而其言如此。《漁洋詩話》。

唐人省試應制排律率六韵，載諸《英華》者可考。至杜子美、元、白諸人，始增益至數十韵，或百韵。近日詞林進詩，動至百韵，誇多鬬靡，失古意矣。《池北偶談》。

宗柟附識：芷齋云：《螻齋詩話》有謂排律無單韵，如老杜集中止有十韵、十二、十四、二十、二十四、三十、四十、五十韵之類，並無十一、十三、十五者。考之杜集，良然。然考盛唐諸家，用五韵、七韵者頗多。駱丞「樓觀滄海日，門對浙江潮」亦七韵，不害爲名作。其餘九韵、十一韵、十三韵、二十五韵者各有之。

金翰林學士趙秉文，嘗述党承旨懷英論詩云：「律詩最難工。五十六字，皆如聖賢，中有一字不經鑪錘，便如一屠沽兒厠其間也。」按此五代人劉昭禹語，党述之耳。《香祖筆記》。并録一。

《居易録》。同年劉吏部公甗云：「七律較五律多二字耳，其難什倍。譬開硬弩，衹到七分，若到十分滿，古今亦罕矣。」予最喜其語。因思唐宋以來，爲此體者，何翅千百人，求其十分滿者，唯杜甫、李頎、李商隱、陸游及明之空同、滄溟二李數家耳。

唐人拗體律詩有二種：其一蒼莽歷落中自成音節，如老杜「城尖徑仄旌旆愁，獨立縹緲之飛樓」諸篇是也。其一單句拗第幾字，則偶句亦拗第幾字，抑揚抗墜，讀之如一片宫商，如許渾之「溪雲初起日沉閣，山雨欲來風滿樓」、趙嘏之「湘潭雲盡暮山出，巴蜀雪消春水來」是也。

宗柟附識：予弟詠川述蒿廬先生云：按前一種即老杜集中所謂「吴體」，大抵八句皆拗。至後一體，唐人尤多，然每首中不過一聯拗耳。又安溪李文貞云：近體詩句字平仄固有律令，然五言倡句第三字、七言倡句第五字皆用平聲者，正也；間用仄字，則下字仄聲必易以平。若適當兩平叠之倡句，即此體不可用，又當變而通之，于和句用平聲爲對可也。然此體在唐初亦不拘，杜、韓、柳則極嚴。唯五言和句首兩字，七言和句第三、第四字，遇下字應用平者，上字必不可用仄。安溪所論倡句，謂不用韵之句也。皆用平聲者，謂或用平平仄，或用平仄仄也。下字仄聲必易以平者，如張文昌「長因送人處」，老杜「西望瑶池降王母」之類是也。又老杜「驍騰有如此」，摩詰「迴看射雕處」，亦此例。用平聲爲對，則如老杜「帶甲滿天地」一聯，「鴻雁幾時到」一聯，「谷口舊相得」一聯，「映階碧草自春色」一聯，及晚唐「殘星幾點雁横塞」一聯，「溪雲初起日沉閣」一聯，皆是。然此體當屬拗體，特五言與七言微有分耳。又按，五言和句第二字應用平者，其下三四兩字例應用仄，七言和句第四字應用平者，其下五六兩字例應用仄，故上兩字亦須用兩平，音節方諧。此例詩家無不知之，然近日輇材末學，則竟有不知者矣。又云：查初白先生嘗論古詩有二種，一種莽莽蒼蒼，音節自然入古，如老杜《兵車行》之類是也。文成法立，意到筆隨，殆不可以平仄求之。一種追琢推敲，循音按節，讀之抑揚高下，鏗鏘如出金石，杜、韓、蘇集中難以枚舉。古詩雖繁，要不越此二種矣。與此條語意彷彿相類。

古人贈答，有通篇用事，切其人姓氏者，雖非詩家所貴，亦不易也。憶昔毘陵鄒訏士祇謨、吴興沈鳳于爾燝有贈余長律及長短句，皆通篇用王氏事，組織甚工，惜不能記憶矣。

宗枏按：《江湖載酒集·六么令》一闋，壽劉宣人編修，用劉氏事，語意自然。然此或長短句偶一爲之可耳，專工此類，殊損詩格。

余嘗謂柳子厚「漁翁夜傍西岩宿」一首，末二句蛇足，删作絶句乃佳。東坡論此詩亦云：「末二句可不必。」已上《分甘餘話》。　并録二。

《居易録》。坡公《吴興飛英寺》詩起句云：「微雨止還作，小窗幽更妍。盆山不見日，草木自蒼然。」古今妙絶語。然不若截取四句作絶句，尤雋永。如柳子厚「漁翁夜傍西巖宿」，只以「欸乃一聲山水緑」作結，當爲絶唱，添二句反蛇足，而聾者顧深贊之，可一笑也。予嘗定故友程職方周量詩，愛其一首云「朝行青山頭，暮歇青山曲。青山不見人，猿聲相斷續」云云，删作絶句，其妙什倍。此可爲知者道耳。

《漁洋詩話》。南海程周量可則有詩云：「朝行青山頭，暮歇青山曲。青山不見人，猿聲聽相續。」本是古詩，余直删作絶句，以爲有不盡之意，程深服之。又常言柳子厚「漁翁夜傍西巖宿」一首，如作絶句，以「欸乃一聲山水緑」結之，便成高作，下二句真蛇足耳，而盲者顧稱之，何耶？

宗柟按：「猿聲」句兩本不同，今俱從原本較録。後皆放此。

昔人謂《竹枝》歌詞雖鄙俚，尚有三緯遺意。山谷聞人歌劉夢得《竹枝》，歎曰：「此奔軼絶塵，不可追也。」夢得後工此體者，無如楊廉夫、虞伯生。他如「黄土作墻茅蓋屋，庭前一樹紫荆花」、「黄魚上得青松樹，阿儂始是棄郎時」等句，皆入妙。近見彭羡門孫遹《嶺南竹枝》，深得古意。詩云：「木棉花上鷓鴣啼，木棉花下牽郎衣。欲行未行不忍别，落紅没盡郎馬蹄。」「妾家溪口小迴塘，茅屋藤扉蠣粉墻。記取榕陰最深處，閑時來過喫檳榔。」「半年水宿半山居，冬採香根夏採珠。珠好須從蚌中覓，香燒還仗博山鑪。」又山陰徐緘《竹枝》云：「句踐城南春水生，水中鬬鴨自呼名。伯勞飛遲燕飛疾，郎入城時儂出城。」亦本色語也。《池北偶談》。

《漁洋詩話》。《竹枝》古稱劉夢得、楊廉夫，近彭羡門尤工此體，如《廣州竹枝》云：「木棉花上鷓鴣啼，木棉花下牽郎衣。欲行未行不忍别，落紅没盡郎馬啼。」「半年水宿半山居，冬采香根夏采珠，珠好須從蚌中覓，香燒還仗博山鑪。」山陰徐緘伯調《越中竹枝》云：「勾踐城南春水生，水中鬬鴨自呼名。伯勞飛遲燕飛疾，郎進城時儂出城。」皆本色語也。汪鈍翁又擬葉水心作《洞庭橘枝詞》。并録三。

《香祖筆記》。唐人《柳枝詞》專詠柳，《竹枝詞》則汎言風土，如楊廉夫《西湖竹枝》之類。前人亦有一二專詠竹者，殊無意致。宋葉水心又創爲《橘枝詞》。亡友汪鈍翁琬編修亦擬作二首，其一云：「郎行時節橘花零，南風吹來香滿庭。今年橘實大如斗，勸郎莫羨楚江萍。」《居易録》。葉水心有《橘枝詞》三首，記永嘉風土。其第一首云：「蜜滿房中金作皮，人家短日挂疏籬。判霜剪露裝船去，不唱楊枝唱橘枝。」如柳枝之專詠柳也。第二、第三首則汎言風土，如《竹枝》體。近汪鈍翁亦嘗作《橘枝詞》，蓋本此。

品藻類

予撰五言詩，於魏獨取阮籍爲一卷，而别於鄴中諸子。晉取左思、郭璞、劉琨爲一卷，而别於三張、二陸之屬。陶淵明自爲一卷。宋取謝靈運爲一卷，附以諸謝；鮑照爲一卷，附以顔延之之屬。蓋予之獨見如此。偶讀嚴滄浪《詩話》云：「黄初之後，唯阮公《詠懷》極爲高古，有建安風骨。晉人舍阮嗣宗、陶淵明外，唯左太冲高出一時。陸士衡獨在諸人之下。」又云：「顔不如鮑，鮑不如謝。」與予意略同。又晉人張、陸輩，唯景陽殊勝，在太冲之下，諸家之上。傅玄篇什最多，而可録極少。如《擬北方有佳人》云：「一顧亂人國，再顧亂人家。」千古笑柄，較諸嘉隆七子剿襲古樂府，尤紕謬也。《池北偶談》。

古人山水之作，莫如康樂、宣城、盛唐王、孟、李、杜及王昌齡、劉眘虚、常建、盧象、陶翰、韋應物諸公，搜抉靈奥，可謂至矣。然總不如曹操「水何澹澹，山島竦峙」二語。此老殆不易及。《古夫于亭雜録》。

昔人評謝康樂詩如初日芙蓉，顔延之詩如鏤金錯采。梁武帝取其語以入《書評》，云：「李鎮東書如芙蓉之出水，文采之鏤金。」《池北偶談》。

六朝人謂文爲筆。齊梁間江左有「沈詩任筆」之語，謂沈約之詩，任昉之文也。然余觀彦昇之詩，實勝休文遠甚，當時唯玄暉足相匹敵耳，休文不足道也。《分甘餘話》。

唐司空圖與王駕論詩曰：「國初雅風特甚。沈、宋始興之後，傑出於江寧，宏肆於李、杜。右丞、蘇州，趣味澄夐，如清沇之貫達。大曆十數公，抑又其次。元、白力勍而氣孱，乃都市豪估耳。」又與李生論詩曰：「江嶺之南，凡是資於適口者，若醯非不酸也，止於酸而已，若鹺非不鹹也，止於鹹而已。酸鹹之外，醇美者有所乏耳。王右丞、韋蘇州，澄澹精緻，格在其中，豈妨於遒舉哉？」晚唐詩以表聖爲冠，觀此二書持論，可見其所詣矣。《池北偶談》。

附録此條前段：《一鳴集》十卷，雜著八卷，碑版二卷。前有自序云：所撰《密史》別編。又有《絶麟集述》，亦其自著也。

宋、元論唐詩，不甚分初、盛、中、晚。故《三體》、《鼓吹》等集，率詳中、晚而略初、盛，攬之憒憒。楊(仲)〔士〕宏《唐音》始稍區別，有「正音」，有「餘響」，然猶未暢其説，間有舛謬。迨高廷禮《品彙》出，而所謂正始、正音、大家、名家、羽翼、接武、正變、餘響，皆井然矣。獨七言古詩以李太白爲正宗，杜子美爲大家，王摩詰、高達夫、李東川爲名家，則非。《蠶尾續文》作「稍誤」。是三家者，皆當爲正宗，李、杜均之爲大家，岑嘉州而下爲名家，則確然不可易矣。《續文》有「聖人復起，不易吾言」八字。《香祖筆記》。

鍾退谷惺論高、岑云：「唐人如沈宋、王孟、李杜、錢劉，雖兩人並稱，皆有不能强同處。唯高、岑心手如出一人。」此語謬矣。所舉數家，唯李、杜門庭判然，其他皆不甚相遠。推而至於元白、張王、温李、皮陸之流，莫不皆然。獨高、岑迥不相似，五言古則高古樸，岑靈秀，七言古則高雄渾，多正調，岑奇峭，多變調。强而同之，不已疏乎？《居易録》。

汪鈍翁琬嘗問予：「王、孟齊名，何以孟不及王？」予曰：「正以襄陽未能脱俗耳。」汪深然之，且曰：「他人從來見不到此。」并録一《漁洋詩話》。汪鈍翁問余：「王、孟齊名，何以孟不及王？」答曰：「孟詩味之未能免俗耳。」汪深歎其言，謂從無人道及此。

宗柟附識：汪鈍翁《説鈴》：「王推官與予論唐王、孟詩。余謂襄陽稍涉俗，王亟歎爲知言，且曰：『近體洵有之，歌行古風無是也。』」按此數語更爲明畫。第襄陽涉俗之言，乃鈍翁所答，與此二條互異，何也？

予又嘗謂鈍翁：李長吉詩云：「骨重神寒天廟器。」「骨重神寒」四字，可喻詩品。司空表聖與王駕評詩云：「王右丞、韋蘇州趣味澄夐，如清沇之貫達。元、白力勍而氣孱，乃都市豪估耳。」元、白正坐少此四字，故其品不貴。已上《香祖筆記》。

唐五言詩，開元、天寶間，大匠同時並出。王右丞而下，如孟浩然、王昌齡、岑參、常建、劉眘虚、李頎、綦毋潛、祖詠、盧象、陶翰，之數公者，皆與摩詰相頡頏。獨儲光羲詩多龍虎鉛汞之氣，田園樵牧諸篇，又迂闊不切事情，而古今稱「儲王」，何也？高適質樸，不免笨伯。杜甫沉鬱，多出變調。李白、韋應物，超然復古。然李詩有古調，有唐調，要須分别觀之。《居易録》。

東坡謂柳柳州詩在陶彭澤下、韋蘇州上。此言誤矣。余更其語曰：「韋詩在陶彭澤下，柳柳州上。」余昔在揚州，作《論詩絶句》，有云：「風懷澄澹推韋柳，佳句多從五字求。解識無聲弦指妙，柳州那得並蘇州。」又嘗謂陶如佛語，韋如菩薩語，王右丞如祖師語也。《分甘餘話》。并録一。《古夫于亭雜録》。秦少游五言：「雨砌墮危芳，風軒納飛絮。」六朝佳句也。余少時在廣陵，有句云：「露檻警孤鶴，風櫺散叢菊。」汪鈍翁《説鈴》取此一聯，云：「二句已逗漏柳柳州矣。」今全篇删去，不載集中。蓋余《論詩絶句》云：「風懷澂澹推韋柳，佳處多從五字求。解識無聲弦指妙，柳州那得並蘇州。」與東坡之論特相反，故鈍翁云云。

《墨客揮犀》云：李格非善論文章，嘗曰：諸葛公《出師表》，李令伯《陳情表》，陶淵明《歸來引》，沛然如肺肝流出，殊不見有斧鑿痕。數君子在後漢之末，兩晉之間，未嘗以文章名世，而其詞意超邁如此。蓋文章以氣爲主，氣以誠爲主。故老杜謂之「詩史」者，其大過人在誠實耳。《香祖筆記》。

宗柟附識：愚纂是編，剪截諸條，首尾一歸詩話。唯論文及詞，間有與詩意相參者，則仍之。若此條語氣直下，無從節録，更非他條可比，覽者勿訝其攔入也。餘放此。

七言古詩，諸公一調。唯杜甫横絶古今，同時大匠，無敢抗行。李白、岑參二家，别出機杼，語羞雷同，亦稱奇特。《居易録》。

余偶論唐宋大家七言歌行，譬之宗門，李、杜如來禪，蘇、黄祖師禪也。《香祖筆記》。并録二。《漁洋詩話》。七言歌行，杜子美似《史記》，李太白、蘇子瞻似《莊子》，黄魯直似《維摩詰經》。亦見《古夫于亭雜録》。

同上。七言歌行，至子美、子瞻二公，無以加矣。而子美同時，又有李供奉、岑嘉州之創闢經奇。子瞻同時，又有黄太史之奇特。正如太華之有少華，太室之有少室。

許彦周謂張籍、王建樂府宫詞皆傑出，所不能追蹤李、杜者，氣不勝耳。余以爲非也，正坐格不高耳。不但李、杜，盛唐諸詩人所以超出初唐、中、晚者，只是格韻高妙。《分甘餘話》。

温庭筠詩：「古戍落黄葉，浩然離故關。高風漢陽渡，初日郢門山。」此晚唐而有初唐氣格者，最爲高調。至於「雞聲茅店月，人跡板橋霜」，乃近俗諦，世人顧亟賞之，而罕知前作之妙，豈知詩者哉？《古夫于亭雜録》。

嘗戲論唐人詩，王維佛語，孟浩然菩薩語，劉眘虚、韋應物祖師語，柳宗元聲聞辟支語，李白、常建飛仙語，杜甫聖語，陳子昂真靈語，張九齡典午名士語，岑參劍仙語，韓愈英雄語，李賀才鬼語，盧仝巫覡語，李商隱、韓偓兒女語。蘇軾有菩薩語，有劍仙語，有英雄語，獨不能作佛語、聖語耳。《居易録》。

唐人詩之多者，除李白、杜甫外，唯退之、樂天爲最。退之詩可選者多，不可選者少，去其不可者甚難。樂天詩可選者少，不可選者多，存其可者亦難。宋人之詩多者，莫如子瞻、務觀。子瞻貫析百家，及山經、海志、釋家、道流、冥搜、集異諸書，縱筆驅遣，無不如意，如風雨雷霆之驟合，砰礴戛擊，角而成聲，融然有度，其用實處多，而用虚處少，取其少者爲佳。務觀閑適，寫郵林、茅舍、農田、耕漁、花石、琴酒事，每逐月日記寒暑，讀其詩，如讀其年譜也。然中間勃勃有生氣，中原未定，夢寐思建功業，其真朴處多，雕鎪處少，取其多者爲佳。《蠶尾文》。

宋人詩，至歐、梅、蘇、黄、王介甫而波瀾始大。前此楊、劉、錢思公、文潞公、胡文恭、趙清獻輩，皆沿西崑體，王元之獨宗樂天。然予觀宋景文近體，無一字無來歷，而對仗精確，非讀萬卷者不能，迥非南渡以後所及。今人耳食，譽者毁者，皆矮人觀場，未之或知也。《香祖筆記》。并録四。

《池北偶談》。宋梅聖俞初變西崑之體。予每與施愚山侍讀言及《宛陵集》，施輒不應，蓋意不滿梅詩也。一日，予曰：「『扁舟洞庭去，落日松江宿。』此誰語？」愚山曰：「韋蘇州、劉文房耶？」予曰：「乃公鄉人梅聖俞也。」愚山爲爽然久之。

宗柟附識：勇參云：《艮齋雜説》：楊用修嘗舉數詩示何仲默，曰：「此何人詩？」答曰：「唐詩也。」楊笑曰：「此乃吾子所不觀宋人之詩也。」何沈吟久之，曰：「細看亦不佳。」按此與施事頗類，然侍讀評量，固自不誣，而何之熏染習氣，得勿爲新都所哂乎？

《居易録》。蘇子美與梅聖俞齊名，永叔稱之曰「蘇梅」，且云：「子美筆力豪雋，以超邁横絶爲奇。聖俞覃思精微，以深遠閒澹爲意。雖善論者不能優劣也。」梅集、蘇集，予家皆有之，聖俞詩實勝子美。然子美有言：「平生不幸，寫字被人比周越，作詩比梅堯臣。」此言妄矣。文士相輕習氣，自古而然。《香祖筆記》。陳士業云：陸務觀《梅宛陵别集序》：「蘇翰林多不可古人，唯次韵和淵明及先生二家詩而已。」是坡公又有和梅之作，今集中無可考見，亦未有知其事者矣。《古夫于亭雜録》。余觀宋景文詩，雖所傳篇什不多，殆無一字無來歷。明諸大家用功之深如此者絶少，宋人詩何可輕議耶？

宗柟附識：《景文集》百卷久失傳，衹存詩集四卷，行世亦少。《説鈴》云：「宋人文章能學昌黎者，唯歐陽文忠得其序記遒逸處，宋景文得其碑誌奇崛處。今人不習《新唐書》，便相指摘，何異矮人觀場？」又云：「指摘《新唐書》者，以爲序事舛互，蓋祖吴氏《糾繆》説耳。然史家之言，率多失實，盲左腐遷，濫觴已著，不當專呵宋也。」案：宋慶曆中，因《舊書》蕪冗，詔修《新書》，當時有「事增于前，文省于舊」之稱。劉元城謂事增文省，正《新書》之失。司馬温公、唐子西亦少之。唯南宋時周平園乃極口《新書》之美。近冰蘧吕氏亦謂《舊書》之失在昧義而冗其文，《新書》之疏在修文而害其義。較其分數，《新書》差優。猶憶蒿廬先生校注李義山詩時，曾語余曰：「反覆兩《書》，毋論史筆，即時事年月職官遷轉，《舊書》必詳著之，《新書》則疏漏多矣。」蓋兩書得失相參，未宜偏舉，當如《南》《北史》之例，並列正史中可爾。

劉淵才恨曾子固不能詩，今人以爲口實。今觀《類稿》中諸篇，亦荆公之亞，但天分微不及耳。若皇甫持正、蘇明允、陳同父，乃真不能詩也。《池北偶談》。

宗柟附識：芷齋述蒿廬先生云：淵才之語，亦見《冷齋夜話》，方虚谷《律髓》辨其謬矣。又按放翁題跋據司空表聖語，謂持正自有詩集，故文集中無詩，非不作也。李習之亦然。

許顗彦周云：「東坡詩如長江大河，飄沙卷沫，枯槎束薪，蘭舟繡鷁，皆隨流矣。珍泉幽磵，澂澤靈沼，可愛可喜，無一點塵滓，只是體不似江河耳。」余謂由上所云，唯杜子美與子瞻足以當之。由後所云，則宣城、水部、右丞、襄陽、蘇州諸公皆是也。大家名家之别在此。《古夫于亭雜録》。并録二。

《池北偶談》。許彦周《詩話》云：「東坡詩不可輕議，詞源如長江大河，飄沙卷沫，枯槎束薪，蘭舟繡鷁，皆隨流矣。珍泉幽澗，澄澤靈沼，無一點塵滓，只是體不似江河耳。」林艾軒論蘇、黄云：「譬如丈夫見客，大踏步便出去。若女子，便有許多妝裹。此坡、谷之别也。」

《古夫于亭雜録》。虞山錢先生云：「吾讀子瞻《司馬温公行狀》、《富鄭公神道碑》，如萬斛水銀，隨地涌出，茫然莫得其涯涘也。晚讀《華嚴經》，稱性而談，浩如烟海，無所不有，無所不盡，乃喟然而歎曰：子瞻之文，其有得於此乎？文而有得於《華嚴》法界，事理開遮涌現，無門庭，無牆壁，無差擇，無儗議，世諦文字，固已蕩無纖塵，何自而窺其淺深，議其工拙乎？子由爲子瞻行狀云云，然則子瞻之文，黄州已前得之於莊，黄州已後得之於釋，吾所謂有得於《華嚴》者，信也。中唐已前，文之本於儒學者，以退之爲極則。北宋已後，文之通釋教者，以子瞻爲極則。孟氏曰：『孔子之謂集大成。』二子之於文也，其庶幾乎？」此跋論東坡，語語破的，諸家序論，皆可廢矣。余昔有題坡集後絶句云：「慶曆文章宰相才，晚爲孟博亦堪哀。淋漓大筆千秋在，字字華嚴法界來。」

蘇文忠作詩，常云「効山谷體」，世因謂蘇極推黄，而黄每不滿蘇詩，非也。黄集有云：「吾詩在東坡下，文潛、少游上，雜文與無咎伯仲耳。」此可證俗論傅會之謬。《野老記聞》載：林季野目魯直詩未必篇篇佳，但格制高耳。并録一。

《居易録》。張嵲巨山評山谷云：「譽者或過其實，毁者或損其真，皆非真知魯直者。魯直自以爲出於《詩》，於《楚詞》，過矣。蓋規橅漢魏以下者也。佳處往往與古樂府、《玉臺新詠》諸人所作合。古律詩酷學少陵，雄健太過，遂流而入於險怪。要其病在太著意，欲道古今人所未道語耳。其文專學西漢，惜才力褊局，不能汪洋趦趄。如其紀事立言，頗有類處。」此論極公，但以山谷似《玉臺新詠》，擬非其倫矣。

朱文公與徐賡載書云：「放翁詩，讀之爽然。近代唯見此人爲有詩人風致。如此篇，初不見其著意用力處，而語意超然，自是不凡，令人三歎不能已。近報又已去國，不知所坐何事，恐只是不合做此好詩，罰令不得做好官也。」文公於詩頗邃，故能識放翁詩佳處。洛陽劉文靖公謂李、杜只是酒徒，真孟浪語。

《中州集》中，如劉迎無黨之歌行，李汾長源之七律，皆不減唐人及北宋大家，南宋自陸務觀外，無其匹敵。爾時中原人才，可謂極盛，非江南所及。已上《池北偶談》。

祝希哲《書評》云：「孟頫雖媚，猶可言也。其似算子率俗書，不可言也。」王元美云：「李北海傷佻，然自雅。趙松雪稍穩，然近俗。」又云：「承旨精工之内，時有俗筆。」予謂松雪詩亦有法，所患未能免俗耳。《居易録》。

明詩本有古澹一派，如徐昌國、高蘇門、楊夢山、華鴻山輩。自王、李專言格調，清音中絶。同時王奉常小美作《藝圃擷餘》，有數條與其兄及濟南異者，予特拈出。如云：「今之作者，但須真才實學，本性求情，且莫理論格調。」又云：「詩有必不能廢者，雖衆體未備，而獨擅一家之長。如孟浩然洮洮易盡，祇以五言雋永，千載並稱『王孟』。有明則徐昌國、高子業二君，詩不同而皆巧於用短，徐有蟬蜕軒舉之風，高有秋閨愁婦之態。更千百年，李、何尚有廢興，二君必無絶響。」此真高識迥論，令于鱗、大美早聞此語，當不開後人抨彈矣。先兄考功嚢有《題襄陽集》一絶云：「魚鳥雲沙見楚天，清詩句句果堪傳。一從時世矜高唱，誰識襄陽孟浩然。」《池北偶談》。

胡元瑞論明人歌行，極尊空同，而略於大復。不知何《聽琴》、《獵圖》、《送徐少參》、《津市打魚》諸篇，深得少陵之髓，特以秀色掩之耳。胡專舉《明月》、《帝京》，陋矣。《分甘餘話》。

馮元成《雨航雜録》云：「皇甫百泉與王弇州名相埒。時人謂百泉如齊、魯，變可知道。弇州如秦、楚，强遂稱王。」此二語最是確論。《香祖筆記》。

明詩人多有早慧而年不得四十者，如高季廸、何仲默、徐昌穀、鄭繼之、高子業數公，卓爾不可及矣。薛君采、王舜耕、孫太初、殷近夫、梁公實、宗子相次之。至陳后岡、董中峰、常明卿之屬，汗血方新，而筋骨未就，秀而不實，殊可惜也。《分甘餘話》。

帶經堂詩話卷二

漁洋山人

綜論門二

推較類

何遜詩：「薄雲巖際出，初月波中上。」佳句也。杜甫偷其語，止改四字，云：「薄雲巖際宿，孤月浪中翻。」便有傖氣。論者乃謂青出于藍，瞽人道黑白，聾者辨宫徵，可笑也。《居易録》。

唐宋以來作《桃源行》最傳者，王摩詰、韓退之、王介甫三篇。觀退之、介甫二詩，筆力意思甚可喜。及讀摩詰詩，多少自在，二公便如努力挽强，不免面赤耳熱。此盛唐所以高不可及。

宗柟附識：芷齋述蒿廬先生云：善於評品，不爽累黍。初白先生評昌黎《桃源行》云：「通暢流麗，較勝右丞。」亦一時興到之語耳。或又專取右丞而詆退之、介甫兩作，總非公論。

元、白因傳香於慈恩寺塔下，忽覩章先輩八元詩，吟詠竟日，悉令除去諸家之詩，唯留章作。其五六句云：「迴梯暗踏如穿洞，絶頂初攀似出籠。」殊不成語，不知元、白何以心折如此。盛唐高、岑、子美諸公，同登慈恩寺塔賦詩，或云：「秋色從東來，蒼然滿關中。五陵北原上，萬古青濛濛。」岑或云：

「秋風昨夜至，秦塞多清曠。千里何蒼蒼，五陵鬱相望。」高或云：「秦山忽破碎，涇渭不可求。俯視但一氣，焉能辨皇州。」杜此是何等氣概，視章作，真小兒號嗄耳。每思高、岑、杜輩同登慈恩塔，高、李、杜輩同登吹臺，一時大敵，旗鼓相當，恨不厠身其間，爲執鞭弭之役。并録二。

《居易録》。唐人章八元題慈恩寺塔詩云：「迴梯暗踏如穿洞，絶頂初攀似出籠。」俚鄙極矣。乃元、白激賛之不容口，且曰：「不意嚴維出此弟子。」論詩至此，亦一劫也。盛唐諸大家有同登慈恩寺塔詩，如杜工部云：「七星在北户，河漢聲西流。」又：「秦山忽破碎，涇渭不可求。俯視但一氣，焉能辨皇州。」高常侍云：「秋風昨夜至，秦塞多清曠。千里何蒼蒼，五陵鬱相望。」岑嘉州云：「下窺指高鳥，俯聽聞驚風。」又：「秋色從西來，蒼然滿關中。五陵北原上，萬古青濛濛。」已上數公，如大將旗鼓相當，皆萬人敵。視八元詩，真鬼窟中作活計，殆奴僕儓隸之不如矣。元、白豈未覩此耶？

《香祖筆記》。章八元賦慈恩塔詩，元、白見之，云：「不意嚴維出此弟子。」其詩鄙惡俚俗，予於《居易録》已言之。姚園客乃以爲盧照鄰作，又似無目人語矣。

《筆墨閒録》云：「退之《石鼓歌》全學子美《李潮八分小篆歌》。」此論非是。杜此歌尚有敗筆，韓《石鼓詩》雄奇怪偉，不啻倍蓰過之，豈可謂後人不及前人也？後子瞻作《鳳翔八觀詩》，中《石鼓》一篇別自出奇，乃是韓公勍敵。并録二。

《池北偶談》。蘇文忠公《鳳翔八觀詩》，古今奇作，與杜子美、韓退之鼎峙。文定皆有和作，謂之《岐梁倡和集》，然魄力不逮文忠矣。文定作文忠墓誌，謂「自黄州後，其文一變，如川之方至，而轍瞠乎不能及」。然此早歲之作，亦自不敵也。《潁濱集》中，如《魏佛貍》、《湖陰曲》等篇，亦是高作。《分甘餘話》。余嘗謂東坡《鳳翔八觀詩》不減杜子美。宋人亦謂張芸叟《鳳翔吴道子畫記》不減韓退之。

晚唐人詩：「風暖鳥聲碎，日高花影重。」「曉來山鳥鬧，雨過杏花稀。」元人詩：「布穀叫殘雨，杏花開半邨。」皆佳句也。然總不如右丞「興闌啼鳥緩，坐久落花多」自然入妙。盛唐高不可及如此。已上《池北偶談》。

山谷云：「『氣蒸雲夢澤，波撼岳陽城』不如『雲中下蔡邑，林際春申君』。『疏影横斜水清淺，暗香浮動月黄昏』不如『雪後園林才半樹，水邊籬落忽横枝』。」此論最有神解。《後山詩話》别記云：「魯直謂『笙歌歸院落，燈火下樓臺』不如『落花游絲白日静，鳴鳩乳燕青春深』。『氣蒸雲夢澤』云云不如『光涵太虚室，波動岳陽樓』。」此語大減。上二聯雅俗判然，不煩秤量。下一聯，孟句雄渾天成，若「光涵太虚室」，是何等語？必記者之誤，非黄論也。《居易録》。

益都孫文定公廷銓詠息夫人云：「無言空有恨，兒女粲成行。」諧語令人頤解。杜牧之「至竟息亡緣底事，可憐金谷墜樓人」，則正言以大義責之。王摩詰「看花滿眼淚，不共楚王言」，更不著判斷一語，此盛唐所以爲高。《漁洋詩話》。

《中州集》詩：「石鼎夜吟詩句健，奚囊春醉酒錢麤。」豪句也。然不如南唐「吟凭蕭寺旃檀閣，醉倚王家玳瑁筵」風調嫻雅。予向謂徐文長詩欠雅馴者，以此。《古夫于亭雜録》。

摘瑕類

杜《八哀詩》最冗雜不成章，亦多啽囈語。而古今稱之，不可解也。《漁洋詩話》。并録二。

《居易録》。杜甫《八哀詩》鈍滯冗長，絶少剪裁。而前輩多推之，崔鶠至謂「可表裏《雅》《頌》」，過矣。試摘其累句，如《汝陽王》云：「愛其謹潔極，上又回翠麐。天笑不爲新，手自與金銀。匪唯帝老大，皆是王忠勤。」《李邕》云：「眄睞已皆虚，跋涉曾不泥。衆歸賙給美，擺落多藏穢。是非張相國，相扼一危脆。」《蘇源明》云：「秘書茂松意，溟漲本末淺。」《文苑英華》本異，亦不可曉。《鄭虔》云：「地崇士大夫，況乃氣精爽。方朔諧太枉，寡鶴誤一響。」《張公九齡》云：「骨驚畏曩哲，鬒變負人境。諷詠在務屏，用才文章境。散帙起翠螭，未缺隻字警。」云云。率不可曉。披沙揀金，在慧眼自能辨之，未可爲群瞽語白黑也。

同上。予嘗議子美《八哀詩》。《後邨詩話》先已言之曰：「如《鄭虔》之類，每篇多蕪詞累句，或爲韵拘，殊欠條鬯，不如《飲中八仙》之警策。蓋《八仙歌》每人止三兩句，《八哀詩》或累押二三十韵，以此知繁不如簡，大手筆亦然。」又云：「《八哀詩》，崔德符以爲『表裏《雅》《頌》，中古作者莫及』。韓子蒼謂其『筆力變化，與太史公諸贊方駕』。唯葉石林謂：『長篇最難。魏晉以前不過十韵，常使人以意逆志，初不以敘事傾倒爲工。此八篇本非集中高作，而世多尊稱，不敢議其病。蓋傷於多，如《李北海》、《蘇源明》篇中多累句，刮去其半方善。』石林之評累句之病，爲長篇者不可不知。」右皆確論，與予意脗合。

往讀退之《雪詩》「龍鳳交横飛」及「銀杯縞帶」之句，不覺失笑。近讀蘇子美《雪詩》，有云：「既以脂粉傅我面，又以珠玉綴我腮。天公似憐我貌古，巧意裝點使莫偕。欲令學此兒女態，免使埋没隨灰埃。據鞍照水失舊惡，容質潔白如嬰孩。」更爲噴飯。子美詩極爲歐陽所推，與石曼卿、梅聖俞齊名，而其俚惡乃至此，何耶？子美嘗自言平生作詩被人比梅堯臣，寫字比周越，可笑。所謂人苦不自知耳。

樂天作《劉白倡和集解》，獨舉夢得「雪裏高山頭白早，海中仙果子生遲」、「沉舟側畔千帆過，病樹前頭萬木春」，以爲神妙。且云：「此等語，在在處處應有靈物護之。」殊不可曉。宜元、白於盛唐諸家興象超詣之妙，全未夢見。已上《池北偶談》。并録一。

《香祖筆記》。白樂天論詩多不可解。如劉夢得「雪裏高山頭白早，海中仙果子生遲」、「沉舟側畔千帆過，病樹前頭萬木春」等句，最爲下劣。而樂天乃極賞歎，以爲「此等語，在在當有神物護持」，悖謬甚矣。元、白二集，瑕瑜錯陳，持擇須慎，初學人尤不可觀之。白古詩，晚歲重複什而七八。絶句作眼前景語，卻往往入妙，如「上得籃輿未能去，春風敷水店門前」、「可憐八月初三夜，露似珍珠月似弓」之類，似出率易，而風趣復非雕琢可及。敷水在華州東，水出羅敷谷。酈注：敷水又北逕集靈宮西。予過其地，憶白詩，亦爲之流連而不發也。亦見《蠶尾續文》。

萬楚《五日觀伎》詩最爲惡劣，滄溟持格律極嚴，而獨取此首，殊不可解。盧綸，大曆十才子之冠冕，而其《贈駙馬都尉》詩云：「鴛鴦殿裏參皇后，龍鳳樓前拜至尊。」《才調集》顧取之，尤是笑柄。《分甘餘話》。

宗柟案：卷中指斥諸詩，特舉其尤甚者，餘可類推。乃趙宫贊秋谷《譚龍録》以「沉舟側畔」爲有道之言，而於山人所論多不滿意，何猶踵白傅之謬邪？至論《三昧集》中右丞、太祝詩字句疑譌，東川《緩歌行》詞旨夸耀，不當漫取，亦屬拘墟。且云：「比歲阮翁久而自知，深不欲流布是書，且悔《池北偶譚》之刻。」語語齮齕，然乎否耶？唯于梁鍠《觀美人卧》一首，訾之良是。予反復其詩，既乖正則，又鮮古音，與滄溟取萬楚之作均不可解。又案《三昧集》前後二序，皆云四十二人，今雕本凡四十三人，或編次者誤入此首，未可知也。

惡詩相傳，流爲里諺，此真風雅之厄也。如「世亂奴欺主，時衰鬼弄人」，唐杜荀鶴詩也。「今朝有酒今朝醉，明日愁來明日當」，羅隱詩也。「但知行好事，莫要問前程」，五代馮道詩也。「閉門不管庭前月，分付梅花自主張」，南宋陳隨隱自述其先人藏一警句，爲真西山、劉漫塘所賞擊者也。

高季廸，明三百年詩人之冠冕。然其《明妃曲》云：「君王莫殺毛延壽，留畫商岩夢裏賢。」此三家邨學究語，所謂下劣詩魔，不知季廸何以墮落如此，而盲者反以爲警策。其後有彭三吾者，又云：「畫師休盡殺，夢弼要人圖。」轉入魔道矣。又胡虛白詠緑珠云：「枉費明珠三百斛，荆釵那及嫁梁鴻。」郎瑛稱之。皆所云癡人前不得説夢也。若永叔「耳目所及尚如此，萬里安能制夷狄」，所謂詩論，亦自近腐。已上《香祖筆記》。

宗柟附識：詩忌入魔。如此條所指，大率塵腐，人所共知矣。亦有意思可喜，不爲識者所取。按《静志居詩話》，季廸《楚宫詞》云：「細腰無限空相妬，不覺瑶姬夢裏逢。」《秦宫詞》云：「掖庭無用恩難報，願上蓬萊采藥船。」《魏宫詞》云：「至尊莫信陳王賦，那得人間有洛神。」思非不深，第傷于巧，不若《吴宫》之雅也。學者味此，方識得詩家上乘。夫唯大雅，卓爾不群。旨哉言乎，豈唯高文典册云爾乎？

竟陵鍾伯敬集中《早朝》詩一聯云：「殘雪在簾如落月，輕烟半樹信柔風。」閲之不覺失笑。如此措大寒乞相，乃欲周旋金華殿中，將易千門萬户爲茅茨土階耶？《古夫于亭雜録》。

宗柟按：「殘雪」一聯，若作早春即景詩，亦不失爲秀句。渠意在屏絶陳因，並欲掃卻「銀燭朝天」等作，而不覺自墮鬼趣耳。故知黜掘臼科，自在高揖群言，雅與題稱，而不爲題縛。徒求工於纖仄之途，是則竟陵所蔽也。

評駁類

余於古人論詩，最喜鍾嶸《詩品》、嚴羽《詩話》、徐禎卿《談藝録》，而不喜皇甫汸《解頤新語》、謝榛《詩説》。又云：弇州《藝苑卮言》，品騭極當，獨嫌其黨同類，稍乖公允耳。《漁洋詩話》。　并録四。

同上。鍾嶸《詩品》，余少時深喜之，今始知其踳《蠶尾續文》作「舛」。謬不少。嶸以三品銓叙作者，自譬諸九品論人、七略裁士。乃以劉楨與陳思並稱，以爲「文章之聖」。夫楨之視植，豈但斥鴳之與鯤鵬耶？又置曹孟德下品，而楨與王粲反居上品。他如上品之陸機、潘岳，宜在中品。中品之劉琨、郭璞、陶潛、鮑照、謝朓、江淹，下品之魏武，宜在上品。下品之徐幹、謝莊、王融、帛道猷、湯惠休宜在中品。而位置顛錯，黑白淆譌，千秋定論，謂之何哉？建安諸子，偉長實勝公幹，而嶸譏其「以莛《蠶尾續文》、《夫于亭雜録》俱作「筳」，語見《前漢・東方朔傳》，從「莛」爲是。扣鐘」，乖反彌甚。至以陶潛出於應璩，郭璞出於潘岳，鮑照出於二張，尤陋矣，又不足深辨也。

《香祖筆記》。古人同調齊名，大抵不甚相遠。獨劉楨與思王並稱，予所不解。建安七子，自孔文舉不當與諸人同流，此外如陳琳之《飲馬長城窟行》、阮瑀之《定情詩》、徐幹之《室思》，皆有漢人風矩，唯楨詩無一語可采。而自古在昔，並稱「曹劉」，未有駁正其非者。鍾嶸又謂其「仗氣愛奇，動多振絶，思王而下，楨爲獨步」，殊似囈語。豈佳處今不傳耶？乃秦少游亦云：「五字一何工，妙絶冠儔匹。」殆亦耳食之習。

《居易録》。皇甫百泉汸《解頤新語》殊不能啓發人意，非徐昌國禎卿《談藝録》之比。

同上。徐昌國《談藝録》云：「未睹鈞天之美，則北里爲工；不詠《關雎》之亂，則《桑中》爲雋。」當是既見空同之後，深悔其吴歈耳。而牧翁顧力揚其少作，正弇州所云舞陽、絳、灌既貴後，稱其屠狗吹簫，以爲佳事，寧不泚顙者也。

謝在杭肇淛《小草齋詩話》殊多憒憒，啓發人意處絶少。如云：「詩境貴虚，故仙語勝釋，釋語勝儒。」夫仙語如《步虚辭》等，最易厭，釋語入詩最近雅，今乃反之，豈非强作解事者？唯所云：「王右丞律選歌行絶句種種臻妙，圖繪、音律獨步一時，尤精禪理，晚居輞川，窮極山水園林之樂，唐三百年詩人僅見此耳。」如云：「明詩遠過于宋。」又云：「本朝僅數名家力追上古，然刻畫摹擬，已不勝其費力矣。其他作者雖復如林，上乘雋語，人不數篇。要其究竟，尚不及宋，宋人有實學，而本朝多剽竊故也。」右二條自相矛盾，當以後論爲允。又云：「國初詩，林鴻、高啓尚矣。鴻一意盛唐，而啓雜出元、白、長吉。」夫鴻之爲盛唐，贋鼎耳，安得與啓並稱，而且語有軒輊？此真齊人之知有管、晏而已。又云：「李西涯樂府，野狐外道。」夫西涯樂府雖變體，自是天地間一種文字，弇州晚年尚爾服膺，遽斥之爲野狐外道，可乎？約略駁正數端，以例其餘。至外篇、雜篇以下，多載晚唐、五代、宋、元詩無可采者，正與劉後村《詩話》同耳。

祝允明作《罪知録》，論唐詩人，尊太白爲冠，而力斥子美，謂其「以郕野爲蒼古，椎魯爲典雅，粗獷爲豪雄」，而總評之曰「外道」。李則《鳳皇臺》一篇，亦推絶唱。狂詩至于如此，醉人駡坐，令人掩耳不欲聞。已上《香祖筆記》。

宗柟按：《談龍録》：「阮翁酷不喜少陵，特不欲顯攻之，每舉楊大年『郕夫子』之目以語客。」觀集中所論，其推少陵至矣。如此條指斥京兆，殆無餘地。宫贊云云，或者有爲言之爾。

千家注杜，如五臣注《選》，須溪評杜，如郭象注《莊》，此高識定論，虞山皆訾之，余所未解。《分甘餘話》。

宗枏附識：蒿廬先生云：「千家注杜」四句，見《唐詩癸籤》，又見胡元瑞《筆叢》。

東坡詩筆妙天下，外國皆知仰之。子由使北詩云：「莫把文章動蠻貊，恐妨談笑卧江湖。」其盛名如此。然當時尚有指擿其用事之誤者，予《居易録》中已言之。王楙《紀聞》又云：「吴人方唯深子通絶不喜子瞻詩文。胡文仲連因語及蘇詩『清寒入山骨，草木盡堅瘦』。方曰：『做多自然有一句半句道著也。』」其狂僭至此，譬蜣螂轉糞，語以蘇合之香，豈肯顧哉？《香祖筆記》。

胡元瑞論歌行，自李、杜、高、岑、王、李而下，頗知留眼宋人，然於蘇、黄妙處，尚未窺見堂奧。在嘉、隆後，可稱具眼。《分甘餘話》。　并録一。

同上。　胡應麟病蘇、黄古詩不爲《十九首》、建安體，是欲絏天馬之足作轅下駒也。

陳去非語人云：「本朝詩慎不可讀者，梅聖俞也。不可不讀者，陳無己也。」見《卻掃編》。如此議論，殊不可解。《古夫于亭雜録》。　并録一。

《香祖筆記》。　徐敦立記陳去非語：「本朝之詩慎不可讀者，梅聖俞也。不可不讀者，陳無己也。」此意殊不可解。去非之學杜，亦予所未解也。

曹東畝論詩曰：「四靈詩如啖玉腴，雖爽不飽。江西詩如百寶頭羹，充口適腹。」余謂此齊人管、晏之見耳。四靈如襪材，窘於方幅。江西以山谷爲初祖，然東坡云：「魯直詩如啖江瑶柱，多食則發風氣。」

元瑞歷舉《中州》諸人，特標出劉迎、李汾，亦是具眼。然劉不稱其歌行，李不舉「烟波蒼蒼孟津戍」一聯，謬矣。已上《分甘餘話》。

弇州《卮言》評《中州集》云：「直於宋而太淺，質於元而少情。」二語最確。牧齋先生推之太過，所未喻也。《古夫于亭雜録》。

錢牧翁撰《列朝詩》，大旨在尊李西涯，貶李空同、李滄溟，又因空同而及大復，因滄溟而及弇州，索垢指瘢，不遺餘力。夫其駁滄溟擬古樂府、擬古詩，是也。并空同《東山草堂歌》而亦疵之，則妄矣。所録《空同集》詩，亦多泯其傑作。黄省曾，吴人，以其北學于空同，則擯之。于朱凌谿應登、顧東橋璘輩亦然。予竊非之，偶著其略于此。牧翁于予有知己之感，順治辛丑，序予《漁洋詩集》，有「代興」之語。寄予五言古詩云：「勿以獨角麟，儷彼萬牛毛。」今三十餘年，先生墓木拱矣。予所以不敢傅會先生以誣前輩者，亦欲爲先生之諍臣云爾。并録四。

《居易録》。牧齋呰謷李、何，則并李何之友如王襄敏、孟大理輩而俱貶之。推戴李賓之，則并賓之門生如顧文僖輩而俱褒之。他姑勿論，《東江集》予所熟觀，詩不過景泰、成化間沓拖冗長之習，由來談藝家何嘗推引而遽欲揚之王子衡、孟望之之上？豈以天下後世人盡聾瞽哉？

附録：《居易録》又云：「西涯相業大有可議，即劉、謝去國一語，李百喙何以自解？牧翁乃强以擬東坡，不知其人品相萬也。又欲以顧文僖、魯文恪輩追配黄、秦、晁、張，以予論之，未見其可。」又云：「牧齋力攻空同，其稍能與空同異者，則亟進之。至云空同就醫京口，吴中人士皆絶弗與通。又言高郵王磐口占詠老人燈詩，面訕空同，尤非事實。當時空同文章氣節震動天下，王磐何人，敢爾無禮。且空同劾壽寧侯，劾劉瑾，名榜朝堂，號爲黨魁，即不以詩名，世已仰之如泰山北斗。乃絶弗與通，如避豺虎蝮蛇然，何爲者耶？牧翁尊一學張禹、孔光之西涯，强擬東坡，貶一能爲汲黯之空同，曲加文致，以此修史，其顛倒是非必矣。」

同上。牧齋貶空同、滄溟二李先生至矣。吴人之師友二李者，如徐廸功、黄五嶽以及弇州，皆絶之於吴，且夷廸功於文璧、唐寅之列，比之明妃遠嫁。一日，閲馮時可元成集辨徐太室《二羅集序》云：「吴詩清淺而靡弱，不以二李劑之而何以詩哉？」元成，吴人也，其言如此，天下後世其又可欺乎？牧翁稱文徵仲詩，近同年汪鈍翁注歸熙甫詩，人之嗜好，實有不可解者，付之一笑可矣。

《池北偶談》。空同贈昌穀詩《峥嶸百年會》一篇，略云：「大曆熙寧各有人，敲金戛玉何繽紛。高皇揮戈造日月，草昧之際崇儒紳。英雄杖策集軍門，金華數子真絶倫。宣德文體多渾淪，偉哉東里廊廟珍。我師崛起楊與李，力挽一髮回千鈞。」其推唐宋大家及明初作者，可謂至矣。牧齋獨不舉此，何也？

同上。海鹽徐豐厓咸《詩談》云：「本朝詩莫盛國初，莫衰宣、正。至弘治，西涯倡之，空同、大復繼之。自是作者森起，於今爲烈。」當時前輩之論如此。蓋空同、大復皆及西涯之門，虞山撰《列朝選》，乃力分左右袒，長沙、何李，界若鴻溝。後生小子，竟不知源流所自，誤後學不淺。

楊夢山先生巍。明吏部尚書。五言古詩，清真簡遠，陶、韋嫡派也，五律尤高雅沉澹。予嘗選評其集刻之。牧齋所取，非其至者，而又云李中麓諸人咸推之。楊、李詩格，相去霄壤，顧反引李以爲楊重耶？大抵牧齋録詩，意在庀史，詩之去取殊草草，不足爲典要。讀者當分别觀之，勿爲盛名所怵，乃善耳。已上《居易録》。

史斷自胡致堂《管見》而後，以東阿于文定公《讀史漫録》爲最。竟陵鍾退谷《史懷》多獨得之見，其評《左氏》亦多可喜。《詩歸》議論尤多造微，正嫌其細碎耳。至表章陳昂、陳治安兩人詩，尤有特識。而耳食者一概吠聲，可歎。《古夫于亭雜録》。

嚴滄浪《詩話》借禪喻詩，歸於妙悟。如謂盛唐諸家詩如鏡中之花，水中之月，鏡中之象，如羚羊挂角，無迹可求，乃不易之論。而錢牧齋駁之，馮班《鈍吟雜録》因極排詆，皆非也。《池北偶談》。并録三。

《古夫于亭雜録》。常熟馮班字定遠，著《鈍吟雜録》，多拾錢宗伯牙慧，極詆空同、滄溟，於弘、正、嘉靖諸名家多所訾謷。其自爲詩，但沿《香奩》一體耳。教人則以《才調集》爲法。余見其兄弟兄名舒。所評《才調集》，亦卑之無甚高論，乃有皈依頂禮，不啻鑄金呼佛者，何也？

宗柟按：《談龍録》自序云：弱冠入京師，聞先達名公緒論，心怦怦焉，每有所不能慊。既而得常熟馮定遠先生遺書，心愛好之，學之不復至于他人。此條末數語蓋謂趙氏也。至用《張釋之傳》語，山人乃亦誤同流俗耶？

《分甘餘話》。嚴滄浪論詩，特拈「妙悟」二字，及所云「不涉理路，不落言詮」，又「鏡中之象，水中之月，羚羊挂角，無跡可尋」云云，皆發前人未發之秘。而常熟馮班詆諆之不遺餘力，如周興、來俊臣之流，文致士大夫，鍛鍊周内，無所不至，不謂風雅中乃有此《羅織經》也。昔胡元瑞作《正楊》，識者非之。近吴殳修齡作《正錢》，余在京師，亦嘗面規之。若馮君雌黄之口，又甚於胡、吴輩矣。此等謬論，爲害於詩教非小，明眼人自當辨之。至敢詈滄浪爲一竅不通、一字不識，則尤似醉人駡坐，聞之唯掩耳走避而已。

《居易録》。前輩大家，各有本末，非後生小子一知半解所得擅議，近代如陳晦伯、胡元瑞之《正楊》是也。吴人吴殳，字修齡，予少時友其人。嘗著《正錢録》以駁牧齋，予極不喜之。觀洪文敏《容齋五筆》所載嚴有翼者，著《藝苑雌黄》，頗務譏詆坡公，名其篇曰《辨坡》，文敏以爲蚍蜉疑作「蜉」。撼大樹。乃知此等不度德不量力，古人亦有之矣。

帶經堂詩話卷三

漁洋山人

縣解門一

佇興類

蕭子顯云："登高極目，臨水送歸。蚤雁初鶯，花開葉落。有來斯應，每不能已。須其自來，不以力構。"王士源序孟浩然詩云："每有製作，佇興而就。"余生平服膺此言，故未嘗爲人强作，亦不耐爲和韵詩也。

祖詠試《終南《池北偶談》有"山"字。望餘雪》詩云："終南陰嶺秀，積雪浮雲端。林表明霽色，城中增暮寒。"四句即納卷。或詰之，詠曰："意盡。"閻濟美試《天津橋望洛城殘雪》詩，只作得廿字云："新霽洛城端，千家積雪寒。未收清禁色，偏向上陽殘。"主司覽之，稱賞再三，遂唱過。二事絶相類，題韵皆同。并録一。

《池北偶談》。祖詠試終南山雪詩云云，主者少之，詠對曰："意盡。"王士源謂孟浩然："每有製作，佇興而就。寧復罷閣，不爲淺易。"山谷亦云："吟詩不須務多，但意盡可也。"古人或四句，或兩句，便成一首，正此意。

香鑪峰在東林寺東南，下即白樂天草堂故阯。峰不甚高，而江文通《從冠軍建平王登香鑪峰》詩云：「日落長沙渚，層陰萬里生。」長沙去廬山二千餘里，香鑪何緣見之？孟浩然《下贛石》詩：「瞑帆何處泊，遥指落星灣。」落星在南康府，去贛亦千餘里，順流乘風，即非一日可達。古人詩祇取興會超妙，不似後人章句，但作記里鼓也。亦見《皇華紀聞》　已上《漁洋詩話》。

世謂王右丞畫雪中芭蕉，其詩亦然。如「九江楓樹幾回青，一片揚州五湖白」，下連用蘭陵鎮、富春郭、石頭城諸地名，皆寥遠不相屬。大抵古人詩畫，只取興會神到，若刻舟緣木求之，失其指矣。《池北偶談》。

宗楠案：詩家唯論興會，道里遠近，不必盡合。此神到之作，古人有之，後人正藉口不得。或謂山人此條有爲而言，潛以自解者，則又非也。

唐人五言絶句，往往入禪，有得意忘言之妙，與浄名默然，達磨得髓，同一關捩。觀王、裴《輞川集》及祖詠《終南殘雪》詩，雖鈍根初機，亦能頓悟。程石臞有絶句云：「朝過青山頭，暮歇青山曲。青山不見人，猿聲聽相續。」予每歎絶，以爲天然不可湊泊。予少時在揚州，亦有數作，如：「微雨過青山，漠漠寒烟織。不見秣陵城，坐愛秋江色。」《青山》「蕭條秋雨夕，蒼茫楚江晦。時見一舟行，濛濛水雲外。」《江上》「雨後明月來，照見下山路。人語隔溪烟，借問停舟處。」《惠山下鄒流綺過訪》「山堂振法鼓，江月挂寒樹。遥送江南人，鷄鳴峭帆去。」《焦山曉起送崑崙還京口》又在京師有詩云：「凌晨出西郭，招提過微雨。日出不逢人，滿院風鈴語。」《早至天寧寺》皆一時佇興之言，知味外味者當自得之。《香祖筆記》。

入神類

宋景文云：左太沖「振衣千仞岡，濯足萬里流」，不減嵇叔夜「手揮五弦，目送飛鴻」。愚案：左語豪矣，然他人可到。嵇語妙在象外。六朝人詩，如「池塘生春草」、「清暉能娱人」，及謝朓、何遜佳句，多此類，讀者當以神會，庶幾遇之。○顧長康云：手揮五弦易，目送歸鴻難。兼可悟畫理。《古夫于亭雜録》。

張道濟手題王灣「海日生殘夜，江春入舊年」一聯于政事堂。王元長賞柳文暢「亭皋木葉下，隴首秋雲飛」，書之齋壁。皇甫子安、子循兄弟論五言，擁馬戴「猿啼洞庭樹，人在木蘭舟」，以爲極則。又若王籍「蟬噪林逾静，鳥鳴山更幽」，當時稱爲文外獨絶。孟浩然「微雲澹河漢，疏雨滴梧桐」，群公咸閣筆，不復爲繼。司空表聖自標舉其詩曰：「回塘春盡雨，方響夜深船。」玩此數條，可悟五言三昧。并録一。《漁洋詩話》弇州云：「嘗見皇甫少元、百泉兄弟論詩五言，以『猿啼洞庭樹，人在木蘭舟』爲極則。二句乃晚唐馬戴詩。」

謝玄暉「洞庭張樂地」、李太白「黄鶴西樓月」二詩，同是絶唱。唐人劉綺莊詩：「桂楫木蘭舟，楓江竹箭流。故人從此去，遠望不勝愁。落日低帆影，迴風引棹謳。思君折楊柳，淚盡武昌樓。」妙處不減謝、李。徐昌穀「洞庭葉未下」一篇，尤爲清警。右四詩皆奇作也。已上《香祖筆記》。

或問「不著一字，盡得風流」之説。答曰：太白詩：「牛渚西江夜，青天無片雲。登高望秋月，空憶謝將軍。余亦能高詠，斯人不可聞。明朝挂帆去，楓葉落紛紛。」襄陽詩：「挂席幾千里，名山都未逢。泊舟潯陽郭，始見香爐峰。常讀遠公傳，永懷塵外蹤。東林不可見，日暮空聞鐘。」詩至此，色相俱空，政如羚羊挂角，無跡可求，畫家所謂逸品是也。《分甘餘話》。

七言律聯句神韻天然，古人亦不多見。如高季廸：「白下有山皆繞郭，清明無客不思家。」楊用修：「江山平遠難爲畫，雲物高寒易得秋。」曹能始：「春光白下無多日，夜月黄河第幾灣。」近人：「節過白露猶餘熱，秋到黄州始解涼。」「瓜步江空微有樹，秣陵天遠不宜秋。」釋讀徹：「一夜花開湖上路，半春家在雪中山。」皆神到不可凑泊。《香祖筆記》。　并録一。

《漁洋詩話》。律句有神韻天然，不可凑泊者。如高季廸：「白下有山皆繞郭，清明無客不思家。」曹能始：「春光白下無多日，夜月黄河第幾灣。」李太虚：「節過白露猶餘熱，秋到黄州始解涼。」程孟陽：「瓜步江空微有樹，秣陵天遠不宜秋。」是也。余昔登燕子磯，有句云：「吴楚青蒼分極浦，江山平遠入新秋。」或亦庶幾爾。

宗楠附識：虞山王應奎東溆《柳南隨筆》：「程松圓『秣陵天遠不宜秋』句，王新城極賞之。按此句本戴叔倫作，但以

『天遠』易『凋敝』二字耳。」

要旨類

《書》曰：「詩言志。」故《文中子》曰：「《大風》安不忘危，其霸心之存乎？《秋風》樂極哀來，其悔志之萌乎？」《居易録》。

司空表聖作《詩品》，凡二十四，有謂「冲澹」者，曰：「遇之匪深，即之愈稀。」有謂「自然」者，曰：「俯拾即是，不取諸鄰。」有謂「清奇」者，曰：「神出古異，澹不可收。」是品之最上者。《蠶尾文》并録一《香祖筆記》表聖論詩，有二十四品，予最喜「不著一字，盡得風流」八字。又云：「采采流水，蓬蓬遠春。」二語形容詩境亦絶妙，正與戴容州「藍田日暖，良玉生烟」八字同旨。

弇州云：「朦朧萌拆，情之來也。明雋清圓，詞之藻也。」四語亦妙。《香祖筆記》。

汾陽孔文谷天允云：「詩以達性，然須清遠爲尚。薛西原論詩，獨取謝康樂、王摩詰、孟浩然、韋應物，言『白雲抱幽石，緑篠媚清漣』，清也；『表靈物莫賞，蘊真誰爲傳』，遠也；『何必絲與竹，山水有清音』、『景昃鳴禽集，水木湛清華』，清遠兼之也。總其妙在神韵矣。」「神韵」二字，予向論詩，首爲學人拈出，不知先見於此。《池北偶談》。

陳后山云：「韓文、黄詩有意，故有工，若左、杜，則無工矣。然學左、杜先由韓、黄。」此語可爲解人道。《居易録》。

朱少章《詩話》云：「黄魯直獨用崑體工夫，而造老杜渾成之地，禪家所謂更高一著也。」此語入微，可與知者道，難爲俗人言。《香祖筆記》。

宋吴唯信中孚，湖州人，寓吴嘉定之白鶴邨。吴有糜先生者，於《九經注疏》悉能成誦，嘗見中孚賦絶句云：「白髮傷春又一年，閑將心事卜金錢。梨花落盡東風軟，商略平生到杜鵑。」亟下拜曰：「天才也。老夫每欲效顰，則漢高祖、唐太宗追逐筆下矣。」觀此可悟作詩三昧。韓退之詩似論，蘇子瞻詞似詩，昔人謂如教坊雷大使舞，終非本色，正此意也。《池北偶談》。

劉公子節之孔和詩云：「少陵詩竭情，右軍書趁媚。譬如今雅琴，乃是古鄭衛。此語固頗高，何以處衰季？多巧傷元化，僞古愈堪畏。强擬皇娥篇，勦取岣嶁字。不如求真至，辛澹皆可味。」旨哉言乎！《分甘餘話》。

詩以言志。古之作者，如陶靖節、謝康樂、王右丞、杜工部、韋蘇州之屬，其詩具在，嘗試以平生出處考之，莫不各肖其爲人，尚友千載者自能辨之。

三十年前，予初出交當世名輩，見夫稱詩者無一人不爲樂府，樂府必漢《鐃歌》，非是者弗屑也。無一人不爲古選，古選必《十九首》、公讌，非是者弗屑也。予竊惑之，是何能爲漢魏者之多也？歷六朝、唐、宋，以詩名其家者甚衆，豈其才盡不今若耶？是必不然。故嘗著論，以爲唐有詩，不必建安、黄初也；元和以後有詩，不必神龍、開元也；北宋有詩，不必李、杜、高、岑也。二十年來，海内賢知之流，矯枉過正，或乃欲祖宋而祧唐，至於漢魏樂府古選之遺音，蕩然無復存者。江河日下，滔滔不返，有識者懼焉。已上《蠶尾文》。

予題華子潛《巖居稿》曰：「向嘗與學子論詩云：工于五言，不必工于七言；工于古體，不必工于近體。觀鴻山及唐孟襄陽集可悟。今人自古樂府、《古詩十九首》已下無不擬者，乃妄人也。」《居易録》。

曹頌嘉禾祭酒嘗語余曰：「杜、李、韓、蘇四家歌行，千古絶調，然語句時有利鈍。先生長句，乃句句用意，無瑕可攻，擬之前人，殆無不及。」余曰：「唯句句作意，此其所以不及前人也。四公之詩，如萬斛泉源，不擇地而出，行乎其所不得不行，止乎其所不得不止。余詩如鑑湖一曲，若放翁、遺山已下，或庶幾耳。」《分甘餘話》。

宗枏附識：芷齋述蒿廬先生云：「唯句句作意，故不及前人。」真詩中三昧語也。老杜云：「得失寸心知。」諒哉！然先生此言，正所謂以魯男子之不可，學柳下惠之可者，不然，鮮不流于畫虎之誚矣。

真訣類

姜白石《詩説》《香祖筆記》云：有數則可取，録之：「人所易言，我寡言之。人所難言，我易言之。」「難説處一語而盡，易說處莫便放過。」云：「僻事實用，熟事虛用。」「學有餘而約以用之，善用事者也；意有餘而約以盡之，善措辭者也。」《筆記》有「篇終出人意表，或反終篇之意，皆妙」二句。「句中無餘字，篇中無長語，非善之善者也；句中有餘味，篇終《筆記》作「中」。有餘意，善之善者也。」「始于意格，成于句字。」「詩有四種高妙：一曰理高妙，二曰意高妙，三曰想高妙，四曰自然高妙。」「一篇全在結句。如截奔馬，辭意俱盡。如臨水送將歸，辭盡意不盡。若夫意盡辭不盡，剡谿歸櫂是也。辭意俱不盡，温伯雪子是也。」「一家之言，自有一家風味。如樂之二十四調，各有韵聲，乃是歸宿處。橅仿者，語雖似之，韵則亡矣。」右論詩未到嚴滄浪，頗亦足參微言。「温伯雪子目擊而道存。」見《莊子・田子方》篇。《漁洋詩話》。

元秋澗王惲述承旨王公論文語曰：「入手當如虎首，中如豕腹，終如蠆尾。首取其猛，腹取其楦穰，尾取其螫而毒也。」見本集。喬吉夢符論作今樂府法亦云：「鳳頭、豬肚、豹尾。大概起要美麗，中要浩蕩，結要響亮。」見《輟耕録》。《池北偶談》。

宗柟附識：《藝苑卮言》：「七言歌行，靡非樂府，然至唐始暢。其發也如千鈞之弩，一舉透革。縱之則文漪落霞，舒卷絢爛。一入促節，則淒風急雨，窈冥變幻，轉折頓挫，如天驥下坂，明珠走盤。收之則如橐聲一擊，萬騎忽斂，寂然無聲。」又云：「歌行有三難：起調一也，轉節二也，收結三也，唯收爲尤難。如作平調，舒徐綿麗者，結須爲雅詞，勿使不足，令有一唱三歎意。奔騰洶湧，驅突而來者，須一截便住，勿留有餘。中作奇語，峻奪人魄者，須令上下脈相顧，一起一伏，一頓一挫，有力無跡，方成篇法。此是秘密大藏印可之妙。」予夙愛其語，前賢曾未及此，録之。

虞伯生《送袁伯長扈駕上都》詩中聯云：「山連閣道晨留輦，野散周廬夜屬橐。」以示趙承旨子昂。

曰：「美則美矣，若改『山』爲『天』、『野』爲『星』，則尤美。」虞深服之。蓋鍊字鍊句之法，與篇法並重，學者不可不知，於此可悟三昧。《古夫于亭雜録》。

《三百篇》既亡而《楚詞》興，《楚詞》不競而古詩作。學士大夫將自兩漢以遡《風》、《雅》之濫觴，舍《楚詞》無由。宋晁无咎、朱元晦所輯録，自淮南小山而下，其聲類楚者，咸采摭不遺。而東坡、山谷教人作詩之法，亦唯曰：熟讀《三百篇》、《楚詞》，曲折盡在是矣。《蠶尾文》。

夫詩之道，有根柢焉，有興會焉，二者率不可得兼。鏡中之象，水中之月，相中之色，羚羊挂角，無跡可求，此興會也。本之《風》《雅》以導其源，泝之楚《騷》、漢魏樂府詩以達其流，博之《九經》、《三史》、諸子以窮其變，此根柢也。根柢原於學問，興會發於性情。於斯二者兼之，又斡以風骨，潤以丹青，諧以金石，故能銜華佩實，大放厥詞，自名一家。《漁洋文》。

《六經》、《廿一史》，其言有近於詩者，有遠於詩者，然皆詩之淵海也。節而取之，十之四五，極結謾諧之習，吾知免矣，一曰典。畫瀟湘洞庭，不必蹙山結水，李龍眠作《陽關圖》，意不在渭城車馬，而設釣者於水濱，忘形塊坐，哀樂嗒然，此詩旨也，次曰遠。《詩》三百五篇，吾夫子皆嘗弦而歌之，故古無《樂經》，而《由庚》、《華黍》皆有聲無詞，土鼓鞞鐸，非所以被管弦叶絲肉也，次曰諧音律。昔人云，《楚詞》、《世説》，詩中佳料，爲其風藻神韵，去《風》《雅》未遥，學者由此意而通之，摇蕩性情，暉麗萬有，皆是物也，次曰麗以則。《蠶尾續文》。

洪昇昉思問詩法於施愚山，先述余夙昔言詩大指，愚山曰：「子師言詩，如華嚴樓閣，彈指即現。又如仙人五城十二樓，縹緲俱在天際。余即不然，譬作室者，瓴甓木石，一一須就平地築起。」洪曰：「此禪宗頓、漸二義也。」

或問：詩工於發端如何？應之曰：如謝宣城：「大江流日夜，客心悲未央。」杜工部：「帶甲滿天地，胡爲君遠行。」王右丞：「風勁角弓鳴，將軍獵渭城。」「萬壑樹參天，千山響杜鵑。」高常侍：「將軍族貴兵且强，漢家已是渾邪王。」老杜：「將軍魏武之子孫，於今爲庶爲清門。」是也。已上《漁洋詩話》。

律詩貴工於發端，承接二句尤貴得勢，如懶殘履衡岳之石，旋轉而下，此非有伯昏無人之氣者不能也。如「萬壑樹參天，千山響杜鵑」，下即云：「山中一夜雨，樹杪百重泉。」「昔聞洞庭水，今上岳陽樓。」下云：「吴楚東南坼，乾坤日夜浮。」「古戍落黄葉，浩然離故關。」下云：「高風漢陽渡，初日郢門山。」「錦瑟怨遥夜，繞絃風雨哀。」下云：「孤燈聞楚角，殘月下章臺。」此皆轉石萬仞手也。《分甘餘話》。

七言律有以叠字益見悲壯者，如杜子美「無邊落木蕭蕭下，不盡長江衮衮來」、「江天漠漠鳥雙去，風雨時時龍一吟」是也。有以叠字益見蕭散者，如王摩詰「漠漠水田飛白鷺，陰陰夏木囀黄鸝」、徐昌穀「開軒歷歷明星夕，隱几蕭蕭古木秋」、王敬美「山鳥自呼泥滑滑，行人相對馬蕭蕭」是也。《詩・小雅》「蕭蕭馬鳴，悠悠旆旌」、「楊柳依依，雨雪霏霏」，此用叠字之始，後人千古受用不盡。

予少時有一聯云：「山雲遥變夏，水草静當軒。」汪茗文、程周量皆喜之。六合李侍郎聖一獨云：「律詩一聯中，銖兩須字字相稱。『軒』字恐對『夏』字不過。」余深服之。又余少時最好李太白「牛渚西江夜」、孟浩然「掛席幾千里」諸篇，數數擬之。董侍御玉虯規余云：「律詩須句句做，未可但騁逸氣。」余亦深服之。此皆余五十年論文益友，今俱宿草，追思愴然，聊記之以示來者。已上《古夫于亭雜録》。

微喻類

《莊子》：宋元君將畫圖，衆史皆至，受揖而立，舐筆和墨。有一史後至，儃儃然不趨，受揖不立，之舍，使視之，則解衣盤礴。贏君曰：可矣，此真畫者也。詩文須悟此旨。《漁洋詩話》。

越處女與勾踐論劍術曰：妾非受于人也，而忽自有之。司馬相如答盛覽論賦曰：賦家之心，得之于内，不可得而傳。詩家妙諦，無過此數語。

唐德宗使段善本授康崑崙琵琶。奏曰：且遣崑崙不近樂器十年，忘其本領，然後可教。後乃盡段之藝。知此者可與言詩矣。已上《香祖筆記》。

象耳袁覺禪師嘗云：東坡云：「我持此石歸，袖中有東海。」山谷云：「惠崇烟雨蘆雁，坐我瀟湘洞庭。欲唤扁舟歸去，傍人云是丹青。」此禪髓也。予謂不唯坡、谷，唐人如王摩詰、孟浩然、劉昚虚、常建、王昌齡諸人之詩，皆可語禪。

《僧寶傳》：石門聰禪師謂達觀曇穎禪師曰：此事如人學書，點畫可效者工，否者拙。何以故？未忘法耳。如有法執，故自爲斷續。當筆忘手，手忘心，乃可。此道人語，亦吾輩作詩文真訣。

佛印元禪師謂衆曰：昔雲門説法如雲雨，絶不喜人記録其語。見即罵曰：「汝口不用，反記吾語，異時稗販我去！」學者漁獵語言文字，正如吹網欲滿，非愚即狂。吾輩作詩文，最忌稗販，所謂「汝口不用，反記吾語」者也。

《林間録》載洞山語云：「語中有語，名爲死句；語中無語，名爲活句。」予嘗舉似學詩者。今日門人鄧州彭太史直上始摶來問予選《唐賢三昧集》之旨，因引洞山前語語之，退而筆記。夾山曰：「坐卻舌頭，別生見解，參他活意，不參死意。」達觀曰：「纔涉唇吻，便落意思，並是死門，故非活路。」已上《居易録》。

越處女與勾踐論劍術曰：妾非受於人也，而忽自有之。司馬相如答盛覽曰：賦家之心，得之於内，不可得而傳。雲門禪師曰：汝等不記己語，反記吾語，異日稗販我耶？數語皆詩家三昧。《漁洋詩話》。

嚴滄浪以禪喻詩，余深契其説，而五言尤爲近之。如王、裴《輞川絶句》，字字入禪。他如「雨中山果落，燈下草蟲鳴」、「明月松間照，清泉石上流」，以及太白「卻下水精簾，玲瓏望秋月」、常建「松際露微月，清光猶爲君」、浩然「樵子暗相失，草蟲寒不聞」、劉眘虚「時有落花至，遠隨流水香」，妙諦微言，與世尊拈花，迦葉微笑等無差別。通其解者，可語上乘。《蠶尾續文》。

捨筏登岸，禪家以爲悟境，詩家以爲化境，詩禪一致，等無差別。大復《與空同書》引此，正自言其所得耳。顧東橋以爲「英雄欺人」，誤矣。豈東橋未能到此境地，故疑之耶？

釋氏言：羚羊挂角，無跡可求。古言云：羚羊無些子氣味，虎豹再尋他不著，九淵潛龍、千仞翔鳳乎。此是前言注脚，不獨喻詩，亦可爲士君子居身涉世之法。已上《香祖筆記》。

書家謂索靖有一筆飛白書。畫家謂戚文秀畫《清濟灌河圖》，中有一筆，超騰回摺逾五丈，通貫于波浪之間。予謂文家亦有此訣，唯司馬子長之史，韓退之、蘇子瞻之文，杜、李、韓、蘇之歌行大篇足以當之。《居易録》。

附録：《居易録》又云：「戚文秀畫水一幀，袁樞題云：『戚文秀《清濟灌河圖》，爲《畫鑒》所載。秀，北宋名士推重一時，善于畫水，筆力調暢。一筆長數丈，自邊際起，貫于波濤之間，超騰迴絶，毫不失序。日與相對，怳然流動，愈看愈奇。』」

南城陳伯璣允衡善論詩，昔在廣陵，評予詩，譬之昔人云「偶然欲書」，此語最得詩文三昧。今人連篇累牘，牽率應酬，皆非偶然欲書者也。坡翁稱錢唐程奕筆云：「使人作字不知有筆。」此語亦有妙理。

畫家界畫最難，如衛賢、馬遠、夏珪、王振鵬，皆以此專門名家，不足貴也。郭忠恕畫山水入逸品，乃工界畫，斯足異耳。論詩文當以是推之。或云：忠恕以篆籀畫屋。已上《香祖筆記》。

吴道子畫鍾馗，手捉一鬼，以右手第二指抉鬼眼，時稱神妙。或以進蜀主孟昶，甚愛重之。一日，召示黄筌，謂曰：「若以拇指掐鬼眼更有力，試改之。」筌請歸，數日，看之不足，以絹素别畫一鍾馗，如昶指，并吴本進納。昶問之，對曰：「道子所畫，一身氣力色貌俱在第二指，不在拇指。今筌所畫，一身氣力意思併在拇指，是以不敢輒改。」此雖論畫，實詩文之妙訣。讀《史記》、《漢書》須具此識力，始得其精義所在。《古夫于亭雜録》。

附録：《居易録》：「吴道子畫鍾馗，以左手捉鬼，右手抉鬼目。有得之以獻蜀主者，蜀主甚愛之，常張于卧内。一日，召黄筌曰：『若用拇指掐其目，愈有力。』令筌改之。筌請歸私室，數日，别畫用拇指者，并吴畫以獻。蜀主問之，對曰：『道子畫鍾馗，一身之力氣色眼貌俱在第二指，臣今所畫，一身之力併在拇指，以故不敢輒改。』蜀主嗟賞其言。此雖論畫，實文章家要訣也。」又《分甘餘話》：「《東坡志林》記杜處士蓄戴嵩畫牛一幅，甚寶惜之。有牧童見而笑曰：『牛鬥力在角，尾當搐入兩股間。今掉尾而鬥，謬矣。』此與黄筌别畫鍾馗抉鬼眼，精神意思俱在拇指同旨。」

《新唐書》如近日許道寧輩畫山水，是真畫也。《史記》如郭忠恕畫天外數峰，略有筆墨，然而使人見而心服者，在筆墨之外也。右王楙《野客叢書》中語，得詩文三昧，司空表聖所謂「不著一字，盡得風流」者也。《香祖筆記》。　并録一。

《蠶尾續文》。予嘗聞《香祖筆記》作「觀」。荆浩論山水而悟詩家三昧矣。《筆記》無「矣」字，又無下「其言」二字。

其言曰：「遠人無目，遠水無波，遠山無皴。」又王楙《野客叢書》有云：《筆記》無「有云」二字。「太史公如郭忠恕畫天外數峰，略有筆墨，意在筆墨之外。」《筆記》有「也」字，無下文。詩文之道，大抵皆然。

宗姪茂京原祁，庚戌進士，今爲禮科都給事中，太常烟客先生孫，同年端士兄揆長子也。畫品與其祖太常頡頏。爲予雜倣荆、關、董、巨、倪、黄諸大家山水小幅十幀，真元人得意之筆。又自題絶句，多工。其二云：「蟹舍漁莊略彴邊，柳絲荷葉鬬清妍。十年零落荒園景，彷佛當時趙大年。」《西田圖》「横岡側面出烟鬟，小樹周遮雲往還。尺幅巒容寫荒率，曉來剪取富春山。」《大癡富春山嶺》。

一日秋雨中，茂京攜畫見過，因極論畫理，其義皆與詩文相通。大約謂始貴深入，既貴透出，又須沈著痛快。又謂畫家之有董、巨，猶禪家之有南宗。董、巨後嫡派，元唯黄子久、倪元鎮，明唯董思白耳。予問：「倪、董以閑遠爲工，與『沈著痛快』之説何居？」曰：「閑遠中沈著痛快，唯解人知之。」又曰：「仇英非士大夫畫，何以聲價在唐、沈之間，徵明之右？」曰：「劉松年、仇英之畫，正如温、李之詩，彼亦自有沈著痛快處。」昔人謂義山善學杜子美，亦此意也。《居易録》。并録一。

《蠶尾文》。芝廛先生刻其詩成，自江南寓書，命給事君屬予爲序。給事自攜所作雜畫八幀過余，因極論畫理。以爲畫家自董、巨以來，謂之南宗，亦如禪教之有南宗云。得其傳者，元人四家，而倪、黄爲之冠。明二百七十年，擅名者唐、沈諸人稱具體，而董尚書爲之冠，非是則旁門魔外而已。又曰：「凡爲畫者，始貴能入，繼貴能出，要以沈著痛快爲極致。」予難之曰：「吾子於元推雲林，於明推文敏，彼二家者，畫家所謂逸品也，所云『沈著痛快』者安在？」給事笑曰：「否否。見以爲古澹閑遠，而中實沈著痛快，此非流俗所能知也。」予曰：「子之論畫至矣。雖然，非獨畫也，古今風騷流别之道固不越此。唐宋以還，自右丞以逮華原、營丘、洪谷、河陽之流，其詩之陶、謝、沈、宋、射洪、李、杜乎？董、巨，其開元之王、孟、高、岑乎？降而倪、黄四家，以逮近世董尚書，其大曆、元和乎？非是則旁出，其詩家之有嫡子、正宗乎？入之出之，其詩家之捨筏登岸乎？沈著痛快，非唯李、杜、昌黎有之，乃陶、謝、王、孟而下，莫不有之。子之論論畫也，而通于詩矣。」

清言類

景文云：莊周云：「送君者，皆自厓而返，君自此遠矣。」令人蕭寥有遺世意。愚謂《秦風·蒹葭》之詩亦然。姜白石所云「言盡意不盡」也。《古夫于亭雜録》。

《漁洋詩話》。《宋景文筆記》：「莊生曰：『送君者，皆自厓而返，君自此遠矣。』讀至此令人蕭寥有遺世之意。」　并録二。

同上又云：「左太冲詩『振衣千仞岡，濯足萬里流』，使人飄飄有世表意，不減嵇叔夜『目送飛鴻』之語。」

劉勰《文心雕龍》論晉宋間詩云：「莊老告退，山水方滋。」余取其語以序宋牧仲太宰詩，牧仲遂鐫小印曰「山水方滋」。《漁洋詩話》。

劉賓客論僧詩有曰：「因定而得境，故翛然以清；由慧而遣詞，故粹然以麗。」晁伯以嘗述其言，以題黃龍諸老之詩。《蠶尾文》。

歐陽公云：「秋霖不止，文書頗稀。叢竹蕭蕭，似聽愁滴。」蘇公云：「歲云莫矣，風雪淒然。紙窗竹屋，燈火青熒。時于此間，得少佳趣。」此等寂寥風味，富貴人所不耐，而予最喜之，政苦一年中如此境不多得耳。二公蓋先得我心之所同然。歐公有刑部海棠及刑部看竹詩，今刑部詎復有此游觀之勝耶？《香祖筆記》。 并録一。

《居易録》東坡云：「歲行盡矣，風雪淒然。紙牕竹屋，燈火青熒。時於此中，得少佳趣。」予平生嘗于歲寒風雪時領略此一段風味，自謂雖三公不易，然沉酣富貴人，或難語此。

宗柟按：此後諸條，多有不涉詩語者，試於薰爐茗盌間味之，無非詩家妙境也。惜各種中此類殊尠，故所録止此。

東坡居士在儋耳，作《十八大阿羅漢頌》，予最愛其二頌，《第九尊者》云：「飯食已畢，襆鉢而坐。童子茗供，發籥吹火。我作佛事，淵乎妙哉。空山無人，水流花開。」《第十六尊者》云：「盆花浮紅，篆烟繚青。無問無答，如意自橫。點瑟既希，昭琴不鼓。此間有曲，可歌可舞。」此頌真契拈花微笑之妙者。又一頌《第十五尊者》云：「薪水井臼，老矣不能。摧伏魔軍，不戰而勝。」得非自寓之詞耶？《居易録》。

潁濱《棲賢寺記》造語奇特，雖唐作者如劉夢得、柳子厚妙於語言，亦不能過之。「入棲賢谷，谷中多大石，岌嶪相倚。水行石間，其聲如雷霆，如千乘車。行者震掉，不能自持。渡橋而東，依山循水，水平如白練，横觸巨石，滙爲大車輪，流轉洶湧，窮水之變。石壁之址，僧堂在焉。狂峰怪石，翔舞于簷上。杉松竹箭，横生倒植，葱蒨相糾。每大風雨至，堂中之人疑將壓焉。」予遊廬山至此，然後知其形容之妙，如丹青畫圖，後人不能及也。《香祖筆記》。

《西溪叢語》：洛陽董氏蓄一雷琴，中題云：「山虚水深，萬籟蕭蕭。古無人蹤，唯石嶕嶢。」四語不減東坡「空山無人，水流花開」。予嘗喜古《水仙操》叙事絶妙，而琴曲有聲無意義，欲以此補之。《居易録》。　并録三。

同上。「山虚水深，萬籟蕭蕭。古無人踪，唯石嶕嶢」。右古琴銘。「攫之幽然，如水赴谷。釋之蕭然，如葉脱木」。右文與可琴銘。二銘造語之妙，不減蘇、黄。

《香祖筆記》。陳晉州士業宏緒云：極喜古琴銘四句云：「山虚水深，萬籟蕭蕭。古無人蹤，唯石嶕嶢。」能理會此段，便是羲皇以上人。王山史宏撰嘗取俞益期牋云：「步其林則寥朗，庇其廕則蕭條，可以長吟，可以遠想。」

《分甘餘話》。古琴銘「山虚水深，萬籟蕭蕭」四句，新建陳士業述之於《寒夜録》，乃姚寬《西溪叢語》所載洛中董氏家藏雷琴也。

石林《避暑録》述景修言：「往以九月望夜道錢唐，與詩僧可久汎西湖，至孤山。時已夜分，月色正中，湖面渺然如鎔銀。傍山松檜參天，露下葉間，薿薿皆有光。微風動湖水，晃漾與林葉相射。可久清癯苦吟，坐中不勝寒，索衣，無所有，空米囊覆其背。以爲平生得此無幾。」此一段文字，非東坡不能道。景修姓張，字敏叔，常州人也。《香祖筆記》。

洪覺範作《夾山本禪師銘》云：「白塔林間，矯如飛鶴。不涉春緣，碧巖花落。」宛然坡、谷語。《古夫于亭雜録》。

雪二日，夜乍晴，上嘯臺，東望林木蒼茫，宛然范寬、倪迂之筆。會樵唱軒落成，初移筆研几榻，燭下作書，寄内兄賓公山中。書竟，偶録宋人絶句。地爐榾柮，燈火青熒，歲暮風味，恨不與賓公同之也。《漁洋文》。

戴叔倫論詩云：「藍田日暖，良玉生烟。」司空表聖云：「不著一字，盡得風流。」「神出古異，澹不可收。」「采采流水，逢逢遠春。」「明漪見底，奇花初胎。」「晴雪滿林，隔溪漁舟。」劉蜕《文冢銘》云：「氣如蛟宫之水。」嚴羽云：「如鏡中之花，水中之月，如羚羊挂角，無跡可求。」姚寬《西谿叢語》載古琴銘云：「山高谿深，萬籟蕭蕭。古無人蹤，唯石嶕嶢。」東坡《羅漢贊》云：「空山無人，水流花開。」王少伯詩云：「空山多雨雪，獨立君始悟。」《漁洋詩話》。

帶經堂詩話卷四

漁洋山人

總集門一

纂輯類

昔荀綽撰《五言詩美文》，其書不傳。而昭明之選所録五言詩，自漢迄齊、梁甚具，學詩者宗焉。然其中頗雜四言，又公讌、應教諸篇，率多蕪雜。予撰漢魏六朝五言詩，視蕭選微有異同，至其菁英，鮮闕略矣。

樂府别是聲調體裁，與古詩迥别。然漢人《廬江小吏》、《羽林郎》、《陌上桑》之類，叙事措語之妙，愛不能割。班姬《怨歌行》、卓氏《白頭吟》，被之樂府，何非詩耶？至曹氏父子兄弟，往往以樂府題叙漢末事，雖集本無「雖」字。謂之古詩亦可。予間多采摭。集本作「故並多采摭」。若六朝《子夜》、《讀曲》等歌，悉不載。

齊梁以後短句，已是唐集本作「短」。律唐絶。集本作「集」，疑誤。楊用修《五言律祖》既有專書，兹頗取其警策。絶句亦然。

《十九首》之妙，如無縫天衣。後之作者，顧求之鍼縷襞績集本作「積」。之間，非愚則妄。此後作者代興，鍾記室之評躔矣。愚嘗論之：當塗之世，思王爲宗，應、劉以下群附和之，唯阮公别爲一派。司馬氏之初，茂先、休奕、二陸、三張之屬，概乏風骨。太冲挺拔，崛起臨菑，越石清剛，景純豪儁，不減于左。三公鼎足，此典午之盛也。過江而後，篤生淵明，卓絶後先，不可以時代拘墟「拘墟」，集本作「論」。矣。

宋代詞人，康樂爲冠。諸謝奕奕，迭相映蔚。明遠篇體驚奇，在延年之上。謝之與鮑，可謂集本無「可謂」二字。分路揚鑣。仲偉之《品》，于明遠多微詞，愚所未解。集本有「矣」字。

齊有玄暉，獨步一代，元長輔之，自兹之外，未見其人。梁代右文，作者尤衆。繩以風雅，略其名位，則江淹、何遜足爲兩雄。沈約、范雲、吴均、柳惲，差堪羽翼。固知此道真賞，論定不誣，非可以東陽、零陵，身參佐命，遂堪集本作「能」。劫持一代文柄也。

陳朝寥寥，孝穆稱首。總持流品，視徐未宜並論，然華實兼美，殆欲過之。子堅蕪累，愧其名矣。

北朝魏、齊之間，顔介最爲高唱。高敖曹短章，不減斛律金，二君可敵南朝沈慶之、曹景宗。集本作「矣」字。至于集本無「至于」二字。邢、魏之流，未强人意。劉昶、蕭慤，踰淮不化，亦未易才。北集本作「後」。周寥寥，厪得子淵、子山。二人之才，一時瑜亮，而鍾儀之悲，開府爲至矣。

隋混一南北，煬帝之才，實高群下。長城、白馬二篇，殊不類陳、隋間人。楊處道沉雄華贍，風骨甚遒，已闢唐人陳、杜、沈、宋之軌，餘子莫及。集本作「非餘子所及也」。

唐五言古詩凡數變，約而舉之：奪魏晉之風骨，變梁、陳之俳優，陳伯玉之力集本作「功」。最大。

曲江公繼之，太白又繼之。《感寓》、《古風》諸篇，可追嗣宗《詠懷》、景陽《雜詩》。貞元、元和間，韋蘇州古澹，柳柳州峻潔。集本有「二公於唐音之中超然復古非可以風會論者」十八字。今輒取五家之作，附于漢魏六代作者之後。李詩篇目浩繁，厪取《古風》，未遑悉録。然四唐古詩之變，集本作「源流」。可以集本無「以」字。略覩焉。

右略論五言升降之變如此。卷之繁簡次第，雖視當時作者輩行、篇什多寡，然風氣轉移，頗示疆畛。如阮籍别于鄴下諸子，左思别于壯武諸家，叔原集本作「源」。列于諸謝，何遜、江淹冠于沈、范，諸如此類，具集本作「且」。存微旨，覽者遇于意言之外可焉。

明五言詩極爲總雜。西涯之流，源本宋賢。李何以來，具體漢魏。平心論之，互有得失，未造古人。獨高季廸、皇甫子安兄弟、薛君采、高子業、徐昌國、華子潛寥寥數公，窺見六代三唐作者之意。余别有綜論，偶于此書發大凡云爾。集本無此一條。　已上《五言詩凡例》。

愚撰《五言詩》竟，復鈔古逸、漢、魏迄唐、宋、金、元諸家長句，爲《七言詩》若干卷。謝太傅問王子猷曰：集本無「曰」字。「云何七言詩？」對曰：「昂昂若千里之駒，汎汎若集本作「如」。水中之鳧。」此命名所自也。

七言始于《擊壤歌》。《雅》、《頌》之「維昔之富不如時」、「予其懲而毖後患」、「學有緝熙于光明」，至《臨河歌》、《南山歌》以下，其辭匪一，皆七言之權輿也。鈔《古歌》一卷。若《皇娥》、《白帝》二歌，屬王嘉僞撰，則附録卷末。

《大風》、《垓下》，肇自集本作「始」。漢音。至武帝《秋風》、《柏梁》，其體大具。曹子桓《燕歌行》、陳孔璋《飲馬長城窟行》，皆唐作者之所本也。六朝唯鮑明遠最爲遒宕，七言法備矣。鈔漢魏六朝詩一卷。梁、陳、隋長篇頗多，而氣不足以舉其辭，沿及唐初，益崇集本作「流」。繁縟，愚均無取焉。

明何大復《明月篇序》謂初唐四子之作，往往可歌，集本有「其調」二字。反在少陵之上，説者以爲有功于風雅，集本無此句。踶矣。然遂以此概七言之正變，則非也。二十年來，學詩者束書不觀，集本無「束書不觀」四字。但取王、楊、盧、駱數篇，轉相仿傚，膚詞剩語，一唱百和，集本有「是」字。豈何氏之旨哉？今略取李嶠以下氣格頗高者，得四篇，以見六朝入唐源流之概。集本有「云」字。鈔初唐詩一卷。

開元、大曆諸作者，七言始盛。王、李、高、岑四家，集本作「王右丞、李東川暨高、岑四家」。篇什尤多。李太白馳騁筆力，自成一家。大抵嘉州之奇峭，集本作「陗」。供奉之豪放，更爲創獲。今鈔盛唐五家之作爲一卷，王龍標、崔司勳間取一二附之。

詩至集本有「杜」字。工部，集古今之大成，百代而下無異詞者。集本無「者」字。七言大篇，尤爲前所未有，後所莫及。集本作「不逮」。蓋天地集本作「萬古」。元氣之奥，至杜而始發之。今别于盛唐諸家，鈔杜詩一卷。

杜七言千古標準，自錢、劉、元、白以來，無能步趨者。貞元、元和間，集本有「能」字。學杜者唯韓文公一人耳。集本無「耳」字。鈔韓詩一卷。李義山《韓碑》一篇，直追集本作「追配」。昌黎，今附集本作「附之」。

卷末。

宋承唐季衰陋之後，至歐陽文忠公始拔流俗，七言長句，高處直集本作「欲」。追昌黎，自王介甫輩皆不及也。《廬山高》一篇，公所自負，然殊非其至者。鈔歐集本有「陽」字。詩一卷。

究公之後，學杜、韓者，王文公爲巨擘。七言長句，蓋歐陽公後勁，蘇、黄前茅，特其妙處微不逮數公耳。鈔王詩一卷。集本無此一條。

歐陽公見蘇文忠公，自謂「老夫當放此人出一頭地」，蓋非獨古文也，唯詩亦然。文忠公七言長句之妙，自子美、退之後，一人而已。鈔蘇詩一卷。文定視文忠，郳、莒矣。今略採集本無「採」字。十餘篇附之，以備眉山集本有「一家」二字。之派。集本作「詩」。

蘇文忠公淩踔千古，獨心折山谷之詩，數効其體，前人集本作「輩」。之虚懷如此。集本作「是」。後世腐儒，乃謂山谷與東坡争名，何其陋耶？山谷雖脱胎于杜，顧其天姿之高，筆力之雄，自闢庭户。集本作「門庭」。宋人作《江西宗派圖》，極尊之，集本有「以」字。配食子美，要亦非山谷意也。鈔黄詩一卷。

元祐文章之盛，推蘇門六君子。黄嘗自負其詩在鼂、張之上，顧無咎七言佳處，頗得文忠之逸。叔用《具茨集》寥寥無多，一鱗片甲，殆高出無咎之上，議者以爲唯陸務觀能髣髴之，非過論也。鈔二鼂詩一卷。

南渡氣格，下東都遠甚，唯陸務觀爲大宗。七言遜杜、韓、蘇、黄諸大家，正坐沉鬱頓挫少耳，集本有「然」字。要集本作「竟」。非餘人所及。鈔陸詩一卷。

南渡以後，程學盛于南，蘇學盛于北，金元之間，元裕之其職志也。七言妙處，或追東坡而軼放翁，鈔元詩一卷。《中州集》載劉迎無黨長句數篇，風格獨高，今集本無「今」字。附録。

元詩稱虞、楊、范、揭。道園自負如「漢廷老吏」，愚數觀《學古録》，其詩誠非三家所及，恨篇什稍集本無「稍」字。寡耳。鈔虞詩一卷。劉静修刻畫山水，集本作「遺山」。間有可采，略取數篇附之。

元詩靡弱，自虞伯生而外，唯吴立夫長句瑰瑋有奇氣。雖疏宕或遜前人，視楊廉夫之學飛卿、長吉，區以別矣。《淵穎集》，宋文憲公所編，愚幼而好之。集本無此句。今略其全集本作「合」。作，鈔吴詩一卷。

有明一代，作者衆多。七言長句，在明初則高季廸、張志道、集本無「張志道」字。劉子高爲最，後則李賓之。至何、李學杜，厭諸家之坦迤，獨于沉鬱頓挫處用意，雖一變前人，號稱復古，而同源異派，實皆以杜氏爲崑崙墟。近日錢受之七言學韓、蘇，其筆力學問足以赴之。愚于明詩別有論次，故集本無「故」字。此鈔不及。集本有「云」字。

愚鈔諸家七言長句，大旨以杜爲宗，唐宋以來善學杜者則取之，非謂古今七言之變盡于此鈔。集本作「遂盡於此」。觀唐人元、白、張、王諸公，悉不録，正以鈔不求備故也。舉一隅以三隅反，其在同志「同志」，集本作「後」。之君子。已上《七言詩凡例》。

宗柟按：山人選詩大旨，具此凡例中。其於五七言分界處，不啻開鑰以示矣。顧耳食者群怵于盛名，而漫不加省，腹誹者致疑于創論，而靡所適從。不知源流派別，唐宋諸賢特未盡言，至遺山微引其端，山人乃從而大暢其旨耳。曩時蒿廬先生跋所鈔遺山詩曰：「陵川郝伯常作元氏墓誌云：『先生以五言雅爲工，而出奇于長句、雜言。』余觀集中有《東坡詩雅引》云：『五言以來，六朝之謝、陶，唐之陳子昂、韋應物、柳子厚，最爲近風雅。自餘多以雜體爲之。雜體愈備，則去風雅愈遠，其理然也。』又有《别李周卿》詩云：『古詩十九首，建安六七子，中間陶與謝，下逮韋柳止。』乃知王漁洋《五言詩凡例》，其論實本於此。讀書如吾友，方許具隻眼。若歌行大篇，杜、韓、蘇三家卓絶千古。後學筆力苦孱，又未識其波瀾意度所在，因而束身中晚，或則哆口初唐，摹擬徒工，意境愈狹矣。益嘆山人所鈔與元氏脗合，固至當歸一之論也。」

嚴滄浪論詩云：「盛唐諸人，唯在興趣，羚羊挂角，無跡可求，透徹玲瓏，不可湊泊，如空中之音，相中之色，水中之月，鏡中之象，言有盡而意無窮。」司空表聖論詩亦云：「味在酸鹹之外。」康熙戊辰春杪，日取開元、天寶諸公篇什讀之，於二家之言，别有會心。録其尤雋永超詣者，自王右丞而下四十二人，爲《唐賢三昧集》，釐爲三卷。不録李、杜二公者，仿王介甫《百家》例也。張曲江開盛唐之始，韋蘇州殿盛唐之終，皆不録者，已入予《五言選》詩，故不重出也。《漁洋文》。

廣陵所刻《唐詩七言律神韵集》，是予三十年前在揚州，啓涑兄弟初入家塾，暇日偶摘取唐律絶句五七言授之者，頗約而精。如皋冒丹書青若見而好之，手鈔七律一卷攜歸。其後二十年，泰州繆肇甲、黄泰來刻之，非完書也。集中有陳太史其年及二子增入數十篇，亦非本來面目矣。《居易録》。

明興至弘治，百有餘年，李、何崛起中州。吴有昌穀徐氏爲之羽翼，相與力追古作，一變宣、正以來流易之習，明音之盛，遂與開元、大曆同風。洎嘉靖之初，後生英儁，稍稍厭棄先矩，去而規橅初唐，於時作者數家，例乏神解。唯高子業繼起大梁，自寫胸情，埽絶依傍。弇州詩評謂昌穀如白雲自流，山泉泠然，殘雪在地，掩暎新月。子業如高山鼓琴，沉思忽往，木葉盡脱，石氣自青。譚藝家迄今奉爲篤論。其弟敬美又云：「更百千年，李、何尚有廢興，徐、高必無絶響。」其知言哉！不佞束髮則喜誦習二家之詩。弱歲官揚州，數于役大江南北，停驂輟櫂，必以《廸功》、《蘇門》二集自隨。順治辛丑，泊舟海陵，嘗取二集評次，録爲一通。大抵於徐主《廸功集》而外集、别集什不取一。於高主五言，而七言則姑舍是。此本貯篋中久矣，康熙己卯居京師，燒燭檢故書，適得二集，鉛槧宛然，輒加删補，鋟版京師，以申平生瓣香二公之志云。

明詩莫盛於弘、正，弘、正之詩，莫盛於四傑。四傑者，北地空同李氏，汝南大復何氏，吴郡昌國徐氏，其一則吾郡華泉邊公。四傑之外，又稱七子，而顧華玉、朱升之、王稚欽之徒，咸負盛名，弗得與於四傑、七子之列。故千秋論定，以李、何爲首庸，邊、徐二家次之，浚川、對山、渼陂、洎東橋、凌谿已還，則皆羽翼也。昔鍾記室品詩，謂陳思爲建安之傑，公幹、仲宣爲輔；平原爲太康之英，安仁、景陽爲輔；謝客爲元嘉之雄，延年爲輔。而高棅論唐詩，亦有大家、羽翼之目。由是言之，四傑之在弘、正，其建安之陳思、元嘉之康樂歟？今李、何二集，學士家有其書。邊集一刻於胡中丞可泉，再刻於魏司理永孚。暇日參伍二刻，薙其繁蕪，掇其精要，與徐氏《廸功集》併刻於京邸。公仲子習字仲學，以詩世其家，有遺稿一卷，將録其可存者附斯集後，以備一家之言。已上《蠶尾續文》。并録四。

《香祖筆記》。吾鄉風雅，盛于明弘、正、嘉、隆之世，前有邊尚書華泉，後有李觀察滄溟。《滄溟集》盛傳于世。《華泉集》一刻于胡中丞可泉，再刻于魏推官允孚。又《逸稿》六卷，刻于王方伯桃溪。又有李中麓太常選本，山西臺察趙傒齋刻于太原。予所及見者前三本，而中麓選本獨未之見。諸本亦漸就澌滅矣。康熙己卯，予乃選刻于京師，凡四卷。亦見《蠶尾續文》。

《蠶尾續文》。邊華泉先生有二子，曰翼，曰習。習字仲學，能以詩世其家。先生自給事中一麾出守，兩視學政於晉、於梁，内陟卿寺，歷官南京户部尚書。所至登臨山水，購古書金石文字累數萬卷，而家無中人之産，身後至無以庇其子姓。仲子貧困，負薪以授徒，取給饘粥。今所存《睡足軒詩》一卷，故友徐隱君夜購得手稿重裝之。余刻《華泉集》於京師，乃取徐本重閲之，録其半，刻附先生集後。

《漁洋詩話》。余選《華泉集》刻成，又選劉吏部希尹集，得若干篇。希尹名天民，歷城人，及與華泉相倡和，古選在華泉之上，五言近體，精深華妙遠不逮邊矣。

《居易録》。嚴怡字石谿，如皋人，嘉靖間明經，與邊仲子南洲習以詩相倡和。予嘗録其三篇，附刻仲子集後。

附録：此條後段，門人許宫允山濤嗣隆曰：「怡家貧，行誼亢潔。嘗館于富室，歲暮將歸，主人設筵祖道，以優伶侑觴，酒闌，主人出兼金爲壽，且云：『先生試一權之。』怡大怒曰：『君乃以我爲商賈乎？』立散之諸伶，拂袖而歸，不持一錢。」

僕自弱冠，薄遊京輦，浮湛江介，入官中朝，常與當代名流服襄驂駕。自虞山、婁江、合肥諸遺老，流風未沫，老成具存，咸相與上下其議論，頗窺爲文之訣。加名師益友，近在家庭，忽忽不自知其樂也。彈指已往，才如夙昔，遂多死生契闊之感。憶昔與考功從容燕語，每舉《選》詩「所遇無故物，焉得不速老」之句，憮然久之。詎謂中年，備歷斯境。自考功云亡，恒欲編綴遺文，以報地下。日月既逝，人事屢遷，感子桓「來者難誣」之言，取篋衍所藏平生師友之作，爲之論次，都爲一集。自虞山而下，凡若干人，詩若干首。又取向所撰録《神韻集》一編，芟其什七附焉。通爲八卷，存殁悉載。竊取《篋中》收季川，《中州》登敏之之例，以考功終焉。《漁洋文》。

《大唐新語》謂梁簡文好作艷詩，江左化之，謂之宫體。晚年改作，追之不及，乃令徐陵撰《玉臺集》，以大其體。今觀《玉臺新詠》所録，皆靡靡之音，正足推波助瀾，何區雅鄭？此集予在京師，曾見宋刻，今《蠶尾續文》作「此」。吴中寒山趙氏翻《續文》作「臨」。刻本可謂逼真。已下别選附。

宋中丞牧仲《蠶尾續文》有「在吴中」三字。得王介甫《唐百家詩選》殘本，自第五卷王昌齡、李頎起，至第八卷錢起、盧綸、司空曙止。又自十三卷王建起，建詩二卷，逸上卷。至十六卷許渾止。中間第六卷沈千運已下，全取元次山《篋中集》，而益以李嘉祐等七人，通三十八家。蓋亦詳于中、晚，而略于初、盛。宋人選唐詩，大概如此。意初唐、盛唐諸人之集，更五代亂離，傳者較少故也。《續文》作「耶」。牧仲謂今《續文》有「世」字。所傳十卷，是章安楊蟠所改竄，非介甫元本，此雖闕本而真面目尚在。山陽閻百詩若璩云：曾見閩賈持翻刻本，正二十卷。惜無從覓《續文》作「見」。之。《續文》有「矣」字，無下文。近牧仲有書至，云已購得全本，方刻之吴門云。并録五。

《香祖筆記》。王介甫《唐詩百家選》全本，近牧仲開府寄來新刻，乃常熟毛扆所得江陰某氏藏本，計百有四人。有乾道己丑蘭皋倪仲傅序，略云：予自弱冠肄業於香溪之門，嘗見是書。頃有親戚宦南昌，得之臨川以歸。惜其道遠難致，且字畫漫滅，故鏤版以新其傳云。余按，其去取多不可曉者。如李、杜、韓三大家不入選，尚自有説。然沈、宋、陳子昂、張曲江、王右丞、韋蘇州、劉眘虚、劉文房、柳子厚、劉夢得、孟東野概不入選，下及元、白、温、李《蠶尾續文》有「皮陸」二字。諸家，不存一字。而高、岑、皇甫冉、王建數子，每人所録幾餘《續文》作「嬴」。百篇。介甫自序謂「欲觀唐詩者，觀此足矣」，然乎否耶？世謂介甫不近人情，于此可見。《續文》作「世謂介甫一生好惡拂人之性，此選亦然」。故物自可寶惜，然謂爲佳選，則未敢謂然。請以質諸後之善言詩者，當知余言不妄。

《漁洋詩話》。王介甫《唐百家詩》，宋牧仲尚書從常熟毛扆得古本刻之。余閲一過，寄牧仲書云：「《百家選》，古物自可寶惜，然去取大謬，謂爲佳選，則未敢聞命。其書載王建詩多至兩卷，不啻數百篇。而王、楊、沈、宋、陳子昂、張燕公、張曲江、王右丞、韋蘇州、劉賓客諸大家，不録一首。若謂宋次道家無此數十家文集，何以謂之藏書家？若有之，而一字不入選，尚得爲有目人耶？」後閲嚴滄浪《詩話》，已先余言之。安石一生相業，所謂好惡拂人之性，此選亦然。

《香祖筆記》。嚴滄浪云：王荆公《百家詩選》，蓋本于唐人《英靈》、《閒氣集》，其初明皇、德宗、薛稷、劉希夷、韋述之流，《蠶尾續文》作「詩」。無少增損，次序亦同。儲光羲而下，方是荆公自去取。大曆以後，其去取深不滿人意。況如沈、宋、二字《續文》在「王、楊、盧、駱」下。王、楊、盧、駱、陳拾遺、張燕公、張曲江、王右丞、賈至、韋應物、孫逖、祖詠、劉昚虚、綦毋潛、劉長卿、李賀諸公，皆大名家，而集皆無之。其序乃言「觀唐詩者，觀此足矣」，豈不誣哉？今人但以荆公所選，斂衽而莫敢議，可歎也。與予前論暗合若符節，益信予所見非謬。然予實不記憶《續文》無「憶」字。滄浪先有此論也。

同上。徐敦立云：唐人詩集行于世者，亡慮數百家，宋次道家藏最備。嘗以示王介甫，俾擇其尤者，今《百家詩選》是也。然則予前所云陳伯玉、張道濟、張曲江、王右丞、韋左司諸公之集，次道家盡無之耶？抑有之而見擯于介甫耶？如此等著聞之集皆無之，何以稱備？有之而不取，尚得爲有目人耶？

《分甘餘話》。諸説皆言王介甫與宋次道同爲三司判官時，次道出其家藏唐詩百餘編，俾介甫選其佳者。介甫使吏鈔録。吏倦於書寫，每遇長篇輒削去。今所傳本，乃群牧吏所删也。余觀新刊《百家詩選》，又不盡然。如删長篇，則王建一人入選者凡三卷，樂府長篇悉載，何未刊削？王右丞、韋蘇州十數大家，何以絶句亦不存一字？余謂介甫一生好惡拂人之性，是選亦然，庶幾持平之論爾。

内鄉李子田蓘撰《宋藝圃集》二十二卷，凡二百八十人。時在隆慶初元，海内尊尚李、王之派，諱言宋詩。而子田獨闡幽抉異，撰爲此書，其學識有過人者。然于宋初載廖融、江爲、沈彬、孟賓于之流，皆五代人也。又取馬定國、周昂、李純甫、趙渢、龐鑄、史肅、劉昂霄諸人，皆《中州集》所載金源之產，《蠶尾續文》作「金源產也」。定國又劉豫僞翰林學士也。《續文》無此句。而與《續文》有「周」字。平園、誠齋、《續文》無「誠齋」字。石湖、「石湖」上《續文》有「范」字。放翁《續文》無「放翁」字。等并《續文》作「並」。列，淄澠混淆，《續文》有「誰能别之」四字。所宜刊正。已上《香祖筆記》。

宋任淵撰《山谷精華録》八卷，詩賦銘贊六卷，雜文二卷，宋槧本也，有單丘李中麓太常開先圖書印記。淵自序云：「萬寶集于前，則萬其價，萬其色。因不無去取，擇而千之，亦自具一可否，有上選焉。黄太史《山谷集》幾萬其篇章，走嘗節其要而謬注之，什之一也。然其間猶有幽蘭叢桂，奇玉特珠，萃類拔出者，又别帙焉，是上選也。一日，雷子誠過而見之，喜欲授梓，來索實版，故併述其所以然而與之。天社任淵序。」按淵即注《陳后山集》者，惜録中取舍未愜人意耳。《居易録》。

宗枏附識：予兄筠廬曩從華山馬氏購得《山谷精華録》，乃明嘉靖間摹宋槧本，繕刻頗工。愚嘗手鈔一過，觀其録取大意，祇以備體，且多闌入游戲之作，未可云上選也。因念自宋迄今，詩文大家，代不乏人。求其無體不工，如吾郡朱太史竹垞，可稱卓絶。近已家有其集，如得明眼人詳審體裁，裒録精要，視任氏所編，殆無足言。自知學識弇陋，志焉未逮，書此以俟世之君子。

《谷音》二卷，皆宋末人詩。上卷王澮以下凡十人，率任俠節義之士。下卷詹本以下凡十五人，則藏名避世之流也。番陽布衣、瀟湘漁父以下五人，不可得其姓字。要之，皆宋之逸民也。其詩慷慨激烈，古澹蕭寥，非宋末作者所及。是時謝皋羽、林霽山輩皆以文章節義著于東南，而又有此三十人者與之遥爲應和，亦奇矣。此書毛氏汲古閣本與《月泉吟社》合刻，最工。亡友施愚山備兵湖西，又嘗刻之清江，蓋杜清碧其郡人也。適見黄少司馬《雪洲集》，記此書初得之臨淮顧德光氏，後又見江西刻本，多「帝虎」、「陶陰」之憾，閒託南都博洽之士是正，稍復其真，虞部主事吴時冕見而愛之，遂刻諸真州分署以傳。知弘、正以來，此書蓋不一刻矣。集中諸人本末，各有耿耿不没者，宜有神物在在護持之也。黄名瓚，字公獻，揚之儀真人。《香祖筆記》。亦見《蠶尾續文》。并録一。

《池北偶談》。《谷音》二卷，元清江杜本清碧所輯，其人皆節俠跅弛之士，詩亦岸異可喜。常疑清碧自撰，託名於人。及得其《清江碧嶂集》觀之，殊庸膚無足取，與所輯迥不類。《谷音》，吾友施愚山爲湖西監司時，亦嘗刻于臨江。

程孟陽嘉燧鈔選《中州集》，虞山錢先生序之。康熙丁亥，門人汪于鼎洪度寄新安舊刻本請余删補，將重鋟梓。余觀其去取，多不愜人意，報書已之。如劉迎無黨之歌行，李汾長源之七言律，爲《中州集》之冠，而去取猶未當，其他可知。《漁洋詩話》。并録一。

《古夫于亭雜録》。程孟陽嘗選元遺山《中州集》，新安有刻本。余觀其去取，率不可解。即如劉迎無黨之七言古詩，李汾長源之七言律詩，乃集中眼目，雖北宋作者無以過之，顧多從刊削，所收反叢脞不足觀。牧齋先生稱其「老眼無花，照見古人心髓」，然歟否歟？于鼎以此書寄余，余增删重刻之，余謂存而不論可也。

竹垞説吴門陸醫士其清家有洪炎玉父集，元人稅汝權《易啓蒙小傳》，顧阿瑛選元人詩亦名《玉山雅集》，又阿瑛選張伯雨詩，皆毛氏刻《十元人詩》所不載。

門人顧嗣立字俠君，彙選元詩集，自元好問迄張雨輩，起甲終癸，凡百家，與石門吴之振孟舉《宋詩鈔》並行，兩朝之詩略具二書矣。其傳例倣虞山明《列朝詩》，甚有雅裁。已上《居易録》。

海豐故太宰夢山楊公詩，予曩居京師，既選其最者，刻梓以傳。又得《檄餘録》，以授其縣人吏侍冰壺王公諾爲重刊，會其卒，未果。戊辰，於慈仁寺復得《弘正詩鈔》，蓋太宰撰集名家之作，起空同，訖石川，凡十卷，合《檄餘録》觀之，公取裁大旨約略具是矣，宜其自運之清迥絶俗也。《漁洋文》。

陳大樽《明詩選》於弘、正間持擇甚精，嘉靖以來便稍皮相，什得七八耳。至儗早朝應制之體闌入，未免可厭。萬曆以下，如湯義仍、曹能始，不愧作者，概置之鄶下無譏之列，此則大誤。須合牧齋《列朝詩集》觀之。弘嘉間，虞山先生之論不足爲據，當以陳爲正。《古夫于亭雜録》。

康熙辛丑，方畲山文自虞山過廣陵，言牧齋先生近撰《吾炙集》，載阮亭詩數篇。此集竟未之見。同時陳伯璣允衡撰《國雅》，施愚山閏章撰《藏山集》，葉訒庵方藹撰《獨賞集》，陳其年維崧撰《篋衍集》，今唯《篋衍》一集行於世。《漁洋詩話》。并録一。《古夫于亭雜録》。

纂本朝詩者數十家，大都以爲結納之具。風騷一道，江河日下，皆若輩爲之。唯錢牧齋先生《吾炙集》、施愚山《藏山集》、葉訒庵《獨賞集》、陳其年《篋衍集》，卷帙不多，猶有殷璠、高仲武唐選之風。陳伯璣《國雅》，始甚矜貴，不妄入一篇，後遂汎濫，可惜。其《詩慰》一編，先已成書，乃可傳，蓋無所瞻狥故也。上元龔賢，字半千，纂《詩遇》，率近體，專宗晚唐，亦不至惡道。

删訂類

《唐文粹》所取詩，止樂章樂府古調，而格詩不録，視後來《鼓吹》、《三體》諸唐詩特爲近古，較殷氏《英靈》、元氏《篋中》二集，稱宏備矣。予少習是書，惜其雅俗雜糅，未盡刊削。如馬異《結交》、貫休《行路難》之類，譬珠玉蒙於沙礫，恒思陶汰之，未暇也。廬居少事，輒取删之，定爲六卷，於是去俗存雅，唐賢之光燄益發越於千載之下矣。姚氏編詩起甲終癸，分類瑣屑，概爲汰去，而次第則仍其舊云。《漁洋文》。　并録五。

宗枏附識：《談龍録》：「頃見阮翁雜著，呼律詩爲格詩，是猶歐陽公以八分爲隸也。近時西亭汪氏編訂白香山詩，有云：唐人詩集中無號格詩者，即大曆以還有齊梁格、元白格、元和格，葫蘆、轆轤、進退諸格，多兼律詩而言，不專主古體也。顧格詩之義雖無考，而見諸公之文章者可證。《元少尹集序》：宗簡，河南人，著格詩若干首，律詩若干首。由是觀之，格者但别於律詩之謂。公前集既分古調、樂府、歌行，以類各次於諷諭、閒適、感傷之卷後，集不復分類别卷，遂統稱之曰格詩耳。時本于格談下復繫歌行、雜體字，是以格詩另爲古詩之一體矣。豈元少尹生平獨不爲歌行雜體乎？况公後集自序曰：邇來復有格律詩。《洛中集記》亦曰：『分司東都，及兹十二年，其間賦格律詩凡八百首。』初未嘗及歌行、雜體者，固以格字該舉之也。」按此則《文粹》所録全是格詩，而以此稱屬之律體，誤矣。趙氏之論固未可概非爾。《池北偶談》。《唐文粹》載皎然《古意》詩云：「一朝力士脱靴後，玉上青蠅生一箇。紫皇案前五色麟，忽然掣斷黄金鎖。」《才調集》載賈島詩：「妻是九重天子女，身爲一品令公孫。鴛鴦殿裏參皇后，龍鳳樓前拜至尊。」其俚已甚。予嘗合《文粹》及唐人選唐詩删爲一集，今刻於崑山。《香祖筆記》。《文選》而下，唯姚鉉《唐文粹》卓然可觀，非他選所及。其録詩皆樂府古調，不取近體，尤爲有見。余嘗取而删之，與《英靈》、《間氣》諸集删本都爲十種，並行於世。《居易録》。

附録：此條後段，亡友姜編修西溟宸英又嘗删其賦頌碑誌序記等雜文爲一編。西溟殁，此書不知流落何處。

予選五言七言詩及《唐賢三昧集》二書，皆姜西溟徵君序之。又選唐人選唐詩自《河岳英靈》已下八家，益以韋莊《又玄》、姚鉉《文粹》爲十種，乞序于朱竹垞太史。太史復書云：姚氏《文粹》既入選中，則《英華》、《鼓吹》、《三體》、《衆妙》、《聲畫》、《正音》、《萬首絶句》諸本似不應遺。顧予取吴興，以其獨載樂府古調詩，在五季詩道卑靡之後，有復古之功，非諸家所及。若《英華》、《萬首》取備，故博而雜。《鼓吹》、《三體》唯録格詩，氣格卑下，《衆妙》、《二妙》亦然。楊仲弘《唐音》，品第略具，而又多紕漏，不及高氏《品彙》之詳審。《聲畫》止題畫之作，《歲時雜詠》僅節序之篇，皆非《文粹》比也。故略論之。有暇，當取前諸本，益以《文章正宗》唐人詩、唐釋子《弘秀集》續爲一書，恨安石《百家選》無從見之耳。《蠶尾文・答秦留仙宫諭書》。再承先生書問，深感注存。知名園卻掃，鋭意著書，清詠之多，亦復盈笥，碧山舊社爲不寂寞矣。何時得辦笻笠，一訪雲林清閟之奇耶？《三昧》一集，偶然成書，妄欲令海内作者識取開元、天寶本來面目。又妄謂後世選唐人詩，較唐人自選，終隔一塵。故又嘗取殷璠、高仲武諸家之選，各加删定，而益以韋莊《又玄》、姚鉉《文粹》，通爲唐選十集，刻于玉峰。又二十年前，曾有五言詩、七言詩之選，頗有别裁。五言始《十九首》而終隋，附以唐陳拾遺、張文獻、李供奉《古風》、韋蘇州、柳柳州五人之作；七言則始《易水》、《大風》、《垓下》諸歌，而終於宋元諸大家，荆溪爲刻其本。先生試遣訊一二處索之，可朝發夕至也。

《居易録》。近日金陵有刻《唐詩十集》者，謂爲予所訂，或作序假爲予。言云「予奉此爲金科玉律，年來於此道稍有會者，得力於是書良多」云云。不勝駭異。及訪是集閲之，乃標華亭唐汝詢仲言名，大旨在通高漫士、李滄溟、鍾退谷三選之郵，而以汝詢《詩解》附之，强分甲乙丙丁等目，淺陋割裂，可一笑也。門人盛珍示方爲予較刻《唐詩十種選集》，集名適同，慮其亂真，且誤後學，當寄書使正之。

宋洪容齋纂《唐人萬首絶句》，曾表進孝宗御覽，批答甚優，又賜茶一百夸、清馥香十貼、薰香二十貼、金器一百兩。當時右文之盛，可以想見。然余觀其書，踳謬淆亂。如何遜、沈警乃梁、陳間人，概行采入。何警句「江暗雨欲來，浪白風初起」，改作絶句。至唐小説如《東陽夜怪録》諸詩皆載之，「敬去文」、「盧倚馬」之類亦載之，更爲不根。而四唐之詩，略無詮次。有一人之作而分屬數卷者，尤難檢閲。蓋當日衹欲取盈萬首，都無持擇故也。余每病之。歸田後，選鈔數百首，别爲一集，以繼《文粹》

詩選之後，面目差改觀矣。《古夫于亭雜録》。并録十。

《萬首絶句選凡例》。五言，初唐，王勃獨爲擅場。盛唐，王、裴《輞川》唱和，工力悉敵。劉須溪有意抑裴，謬論也。李白氣體高妙，崔國輔源本齊、梁，韋應物本出右丞，加以古澹，後之爲五言者，於此數家求之，有餘師矣。

同上。七言，初唐風調未諧，開元、天寶諸名家無美不備，李白、王昌齡尤爲擅場。昔李滄溟推「秦時明月漢時關」一首壓卷，余以爲未允。必求壓卷，則王維之「渭城」、李白之「白帝」、王昌齡之「奉帚平明」、王之涣之「黄河遠上」，其庶幾乎？而終唐之世，絶句亦無出四章之右者矣。中唐之李益、劉禹錫，晚唐之杜牧、李商隱四家，亦不減盛唐作者云。

宗枏附識：予兄寒坪云：「初唐風調未諧，誠然。盛唐以氣體勝，中晚以神韵勝，即其至者而論，盛唐不乏神韵，而中晚之氣體稍别矣。此漁洋之論壓卷而不及中晚也。」又云：「四首壓卷無疑，若韓翃之《寒食》、張繼之《楓橋夜泊》，即次之矣。」又評摩詰云：「『渭城朝雨』妙絶古今，卻不能言其妙在何處。辟如右軍《蘭亭》，一時興會所至，偶然得之，欲復作一首便難。」評太白云：「景與意會，振筆疾書，極宇宙之奇觀，爲古今之絶調。」評龍標云：「太白氣體高妙，全以神行，少伯文采風流，無微不入，皆七絶中之登峰造極者。」評并州云：「發端高絶，用意入微，旗亭一畫，已足千秋。樂府流傳，何以多爲？」兄爲予點定《萬首絶句》選本，最爲精審，略其數語如右，亦可識其評次之大凡矣。

同上。王弇州云：七言絶句，少伯與太白争勝毫釐，俱是神品。又云：七言絶，盛唐主氣，氣完而意不甚工。中晚唐主意，意工而氣不甚完。然各有至者，未可以時代優劣也。此論甚確。

同上。集中仙詩鬼詩妙作頗多，亦略存之，不必辨其真僞。

同上。七言如孫元晏、胡曾之《詠史》，曹唐之《小游仙》，讀之輒作嘔噦，一概不録。録元晏一首。

宗楠附識：兄寒坪云：「羅虬《比紅兒》詩亦當援此例删之。」

同上。唐絶句有最可笑者，如「人主人臣是親家」，如「蜜蜂爲主各磨牙」，如「若教過客都來喫，采盡商山枳殼花」，如「兩人對坐無言語，盡日唯聞落子聲」，如「今朝有酒今朝醉，明日愁來明日愁」，當日如何下筆，後世如何竟傳，殆不可曉。

同上。《才調集》載王之渙《惆悵詞》，容齋因之。無論其詩氣格迥異，而之渙開元時人，乃預詠霍小玉、崔鶯鶯事，豈非千古笑柄？按，《惆悵詞》乃王涣所作。涣字群吉，晚唐人，詩載計敏夫《紀事》，今正之。

同上。詩出小説家者不録。間有存者，止冷朝陽、戎昱、舒元與數首耳。

同上。元汶陽周氏撰《三體唐詩》，不專絶句。明新都楊氏撰《唐絶增奇》，非唐人之全。元趙章泉澗泉選唐絶句，其評注多迂腐穿鑿。如韋蘇州《滁州西澗》一首「獨憐幽草澗邊生，上有黄鸝深樹鳴」，以爲君子在下，小人在上之象。以此論詩，豈復有風雅耶？余爲此選，亦以補周氏、楊氏之所未及，而爲趙氏一洗膚陋之見云爾。

同上。余舊撰盛唐諸公詩曰《三昧集》，又删唐人《英靈》、《間氣》、《篋中》、《御覽》、《國秀》、《極玄》、《又玄》、《搜玉》、《才調》九集，益以宋姚氏《唐文粹》樂府古歌詩，爲十集。唯宋洪氏《萬首唐人絶句》，每欲删定，以其浩汗，輒爾中輟。後二十年始成，即此本是也。唐選更有《丹陽》、《麗則》二集，訪求數十年不可得。《漢上題襟集》聞楚潛江莫進士與先有藏本，數千里往借鈔，則詭云：「頃遊鄱陽，失之矣。」迄今以爲憾事，并記於此。

《光嶽英華集》十五卷，第一至三卷皆唐人詩，第四至十卷則元人詩，後五卷附明初詩，元末汝南許中麗仲孚氏所編。豫章揭軌序稱許氏取合作者，分律詩、歌行，凡若干首。今本僅七言律詩，無歌行，或非完書矣。然卷帙與《經籍志》合，豈焦氏所據即此本，而歌行久闕軼不傳耶？所録既皆律詩，所取者又皆圓孰穩順，不爽銖黍，下《唐詩鼓吹》遠甚。而序稱其勝楊(仲)〔士〕弘氏《唐音》，非篤論矣。然自有宋歐、梅、蘇、黄已後，律詩多變體，求其抑揚抗墜，有唐人遺音者，百無一焉，此編由極變而返之正，不爲無補。予乃删去唐詩，别次爲七卷，定爲《元詩光嶽英華集》，仍以明初詩五卷附之，通十二卷，藏之篋中。《漁洋文》。

東坡詩云：「詩文豈在多，一頌了伯倫。」朱少章謂《藝文志》載《劉伶集》三卷，伯倫非他無文章。鍾退谷謂劉眘虚生平詩才十四首。予觀獨孤及《三賢論》及殷寅所歎，眘虚之長不止于詩，詩亦豈止十四首。但此一頌、十四詩，足以不朽其人，他文可不必傳，政如白頭花鈿滿面，不如美人半妝耳。山谷《豫章集》最多，而晚年自删其詩，止存三百篇，徐昌穀自定《廸功集》，亦最少，二公正得此意。予生平爲詩不下三千首，門人盛侍御誠齋符升、曹祭酒峩眉禾爲撰《精華録》，意存簡貴，然所取尚近千首，愧山谷、昌穀多矣。《香祖筆記》。　并録二。

《池北偶談》。黄魯直晚自刊定其詩，止三百八篇。徐昌穀自選《廸功集》，亦止三百餘首。昔人自愛其名如此。

《分甘餘話》。徐昌穀少年詩所稱警句，如「文章江左家家玉，烟月揚州樹樹花」，與唐子畏「杜曲梨花杯上雪，灞陵芳草夢中烟」伯仲之閒耳，較之自定《廸功集》不啻霄壤。微空同師資之功，不能超凡入聖如此。

帶經堂詩話卷五

漁洋山人

總集門二

序論類

徐夜先生初名元善，字長公，慕嵇叔夜之爲人，更名夜，字嵇庵，又字東癡，世爲濟南新城人。先生束髮工爲詩，五言似陶淵明，巉刻處更似孟郊。中歲以往，屏居田廬，邈與世絶，寫林水之趣，道田家之致，率皆世外語，儲、王已下不及也。予在京師，數寄書索其稿，先生遜謝而已。乃就篋中所藏斷簡編綴之，得百餘首，刻梓以傳。

秀水朱文恪公之曾孫曰彝尊，字錫鬯。文紆餘澄瀹，蜕出風露，詩則捨筏登岸，務尋古人不傳之意於文句之外，今之作者未能或之先也。順治戊戌，予在都下，見錫鬯嶺外詩，嗟異之。康熙甲辰，錫鬯過廣陵，投予歌詩，適予客金陵，不及相見。丁未，始遇於京師。中間聚散不一，迨今丁巳，予復入京師，而錫鬯又將有金陵之行。過别予，以所著《竹垞文類》屬序。

康熙二十年三月，仁孝、孝昭兩皇后梓宫將歸窆於昌瑞山。維時萬乘臨送，八神開蹕，會皇上有事孝陵，王公宰相而下，扈從凡若干人。比部員外郎臣犖祇役其間，歸而輯其道路往返之詩，以視國子祭酒臣士禛。讀之終卷，作而歎曰：臣犖少以相臣子，侍衛世祖章皇帝。洎龍馭上昇，犖一麾佐郡，浮湛江外有年。今者瞻望橋陵，傷懷弓劍，其哀慕宜有過人者。又其先臣填撫兹土，犖始以羈貫之歲趨庭於此。今白首爲郎，距其先臣建節之年，俛仰之間，忽一世矣。語不云乎：「邇之事父，遠之事君。」「三百五篇，大抵皆忠臣孝子之所爲作也。」讀《回中集》，爲之感動流連，不能已已，其亦無愧於風雅之義爾矣。并録二。《漁洋文》。

《詩》三百五篇，於興觀群怨之旨，下逮鳥獸草木之名，無弗備矣。獨無刻畫山水者，間亦有之，亦不過數篇，篇不過數語，如「漢之廣矣」、「終南何有」之類而止。漢魏間詩人之作，亦與山水了不相及。迨元嘉間，謝康樂出，始創爲刻畫山水之詞，務窮幽極渺，抉山谷水泉之情狀，昔人所云「莊老告退，而山水方滋」者也。宋、齊以下，率以康樂爲宗。至唐王摩詰、孟浩然、杜子美、韓退之、皮日休、陸龜蒙之流，正變互出，而山水之奇怪靈閟，刻露殆盡。若其濫觴於康樂，則一而已矣。宋君牧仲視榷虔州，放衙無事，時時與客登高望遠，形爲歌詩。今讀《雙江倡和集》，山水之奇秀，康樂以還諸家之體製，綜括無遺，非西江山水之厚幸哉？予既爲評次之，而述其梗概如此。同上。

昔人論琴，謂初下指一聲不合，即終身無復合理。牧仲之於詩，蓋其天性合耳。黄州以前，守而未化，虔州以後，每變愈上。今所傳《雙江》、《回中》諸集，予皆爲之序論。讀《西山倡和詩》，復爲書後如此。

《蠶尾文》。述鹿軒新詩風味瀟灑，似非車前八騶人所爲。昔白樂天在蘇州賦詩云：「敢有文章替左司。」以今觀之，樂天襟韵曠達，故不減韋公，而詩格相去，何啻萬里。左司替人，求之千載上下，固難得也。先生襟韵在韋、白之間，以卷中詩論之，雖冲古未逮韋公，而豪逸實勝樂天遠甚，以之上替左司，誰爲不可？

黄州葉井叔家武昌之樊湖，以漁釣自娱，長嘯賦詩，翛然自適。既官登封數載，詩益清深雅健，纚纚可誦。比來京師，予獨取其嵩山諸詩，别次爲集，而序之曰：從來曠達之士，寄託山水以抒寫其志意，或一丘一壑，工於刻畫形似，及與語五嶽之遊，非有絶人之才，鮮不爲名山大川之所奪，此古今之通患也。嵩高位天地之中，居五嶽之首，自《禹貢》、《大雅》載記而後，代有作者，若井叔之工而且富，吾見亦罕矣，此非具絶人之才不能也。并録三。

《蠶尾文》。葉井叔嵩山諸詩，格高韵絶，不減古人。嘗寄己未、庚申之作及《郢中懷古詩》二十篇，屬予論次，風格益高。凡予所不可，君應手竄改，或竟剗削，不自愛惜。虚懷善下，交游中罕見其比。所著《嵩山詩集》、《己庚詩》、《郢中懷古詩》皆予所論次。《辛壬詩》則自廣陵寄予，未及卒業，而君死矣。

《漁洋詩話》。黄州葉井叔封，順治己亥進士，仕爲延平府推官，改登封令，遷兵馬司指揮。初以詩介其宗人訒庵方藹貭余。余曰：「君之詩未也，唯嵩山詩足傳耳。」爲序其《嵩陽集》刻之。後以博學宏辭薦，不見收。自楚屢寄新詩，求余删定。其《郢中懷古》二十首，殆無一字不佳。銓授工部主事，未上而卒。

《居易録》。武昌舉人葉道復以其父工部主事井叔遺詩來。井叔本嘉興人，寓黄州，篤實君子也。其族弟文敏公介于予，以詩來質。予盡删其舊作，獨取其嵩山詩五六十篇，爲《嵩遊集》，序而刻之。又選其己未、庚申詩刻之，列其詩于十子中。康熙己未，以博學宏辭徵，罷歸。及銓授虞衡司，井叔已前卒，年六十餘矣。井叔精《爾雅》、《説文》，所輯《嵩山志》、《嵩山石刻集記》皆可傳。

順治己亥，予在京師，始與幼華相見。其冬，予之官揚州，合肥龔端毅公集諸詞人，賦詩祖道，推幼華詩最工。康熙丙午，予在禮部，幼華自江南寄《黄湄漁人詩》一卷，一變而清真古澹，逾於其舊。戊申、己酉間，幼華知潛江縣，再變而爲奇恣雄放，類昌黎所謂「妥帖排奡」者。又十年丙辰，自潛江徵拜給事中，益朝夕就予論詩。及歸龍門，其詩益變而쟋泫澄深，渺乎莫窺其涯涘。幼華才高而氣雄，心虚而善下，於其鄉交孫豹人，於楚交顧黄公，於江淮交吴賓賢、汪舟次、季甪。有郝士儀者，善詩，隱於賈，與幼華爲友，後數年死，幼華哭以詩，其詞甚悲。又有吴周者，貧士也，嘗賦《杜鵑行》，幼華見之，與定交杵臼間。在潛江，聞周死，序刻其遺詩傳之。

德州李君霖瞻，順治三年登進士第，仕爲平陽芮城令。罷歸，來視其弟編修君京師，出視古詩一卷。大抵原本於陶，而雜采諸家之美，能自名一家。予乃點次古詩爲一卷，以近體詩二卷附焉，要其皆可傳者也。

莆田林君石來，少以詩有聲閩中。弱冠取進士高第，爲中書舍人。旬日休沐間，偕二三同志遞相倡和，若忘乎官曹之冗散者。詩温潤縝密，孚尹旁達，扶疏而直上。今次其集爲二卷，凡古近體若干首。

肅然之陰，其東面曰大谷。俗作「峪」。谷中有二十四村，皆良田沃壤，土厚而水甘，桑柘交蔭，雞犬之聲相聞，蓋隱逸之奥區也。吾内兄蕭亭先生居之，作采芝山堂，背黄鵠，面象山，流水遶户，青山在左，其西則精藍鱗次，梵唄之音，朝夕響答。茵茨數椽，莞牀蓍席，彈琴詠歌，若將終身焉者。客至，樵蘇不爨，茗飲橡栗，清言竟日而已。陶貞白有言：「吾見朱門廣廈，雖識其華樂，而無欲往之心。望高巖，瞰大澤，知難立止，恒欲就之。」蕭亭生席華膴，棄如脱屣，而甘就隱約以終老，豈時命之使然與？抑有所託而逃焉者與？毋亦有味乎貞白之言，而爲是硜硜者與？蕭亭古今詩盈千首，樂府古選尤有神解。予爲擇其最者三百餘篇，别爲選集，後世誦其詩，庶以知其人焉。

吴生天章名雯，予同年臨潁君之子，蒲州諸生。家永樂，讀書奉母，苦貧，數數出遊。有詩數百篇，古澹閎肆，得古作者精意，而自成一家之言。昔在丁、戊間，生來京師，予胠其篋，得蠹簡數十番，讀而駭歎，謂非流俗所應有。以示劉吏部、汪户部、梁侍御，其駭歎復不減予。今十餘年矣，比生再入京師，予復胠其篋，則其詩雷硠劃豁，又過於昔。予讀之，河傾燈灺不知止，惜乎三君子不在，不獲與之矜賞如曩時也。并録一。

《蠶尾續文》。漢、魏以來二千餘年，間以詩名其家者衆矣，顧所號爲仙才者，唯曹子建、李太白、蘇子瞻三人而已。本朝大一統閲六十載，作者亦多矣，余獨以仙才許蒲阪吴君。此予之私言，亦天下之公言也。君且死，語弟霞曰：「吾平生知己，無逾漁洋先生。吾即死，遺詩勿遽出，必待先生删定，雖相望二千里，而勿憚跋涉而往求焉，且謁誌墓之文，吾無憾矣。」予居田里，聞君之訃，爲哀輓以代楚些，其末云：「已空文字障，静閲莊嚴劫。何事勞結集，猶煩大迦葉。」未幾，霞至，將君遺命，予詩若爲之讖。然君姿秉殊絶，嗜書如飲食，而尤深于五際六義。游京師，士大夫無知其詩者。予過同年榮工部洞門，見其詩云：「泉逸漢祠外，雪明秦樹根。」又云：「濃雲溼西嶺，春泥霑條桑。」「至今堯峰上，猶上堯時日。」大異之，曰：「此非今人之詩也。」君再入京師，一見譚藝，輒夜分不休，如釋迦之有鶖子，溈山之有寂子，相説以解，不待往復扣擊。君固以謂予一人知己，如后山之於南豐也。己未博學鴻詞之科，君在舉中，顧獨耽寂守素，不與他人走健僕，囊巨軸，宛顔低眉，望門求知者競馳逐，膠牢澹泊，門有雀羅，予以是益重之。臨朐馮相國以扇索其詩，君大書二絶句答之，其坦率如是，卒以不遇，亦不悔也。游跡半天下，而梁、宋閒詩尤工。晚訪舊天津，復與予相見京師，時康熙辛巳，君年將六十，倦游矣。嘗買圃鄭谷之口，有竹數百挺，黄梅數十株，橘三株，中作草堂，面雷首，肘太華，怡然自足，將以終老，而迄不得遂。嗚呼！其可悲也。君詩一刻於吴中，再刻於都下，三刻於津門。今未刻尚千餘篇，予删之不少貸，所存皆卓然可傳。

汪楫，字舟次，以詩來謁。酒闌月墮，抵掌漢魏以來六代作者升降之故，當其神解意盡，麈尾奮擲，頭没杯案中，一坐屏息。其詩以古爲宗，以潔爲體，以清泠陗蒨爲致。自矜其詩，不欲版行。户部侍郎浚儀周公敦勉至再，始刻詩百篇，蓋其自命之意如此。

門人編修喬君子静，以康熙二十年冬典粤試，往返半歲，有詩若干篇，編爲一通，自洞庭、瀟湘、南嶽、九疑以至零陵、桂林諸名蹟，犁然皆具。而其詩又奇秀陗拔，與其山川相似。至於《磨厓碑》、《黨籍碑》數篇，於前代興亡、人才消長之際，尤三致意焉，非僅侈登臨遊觀之美已也。

宛陵諸梅，自宋都官而後，散居宣郡諸邑。東渚之梅，所居傍稽嶺，俯臨大溪，爲宛陵山水最佳處。梅君子翔，東渚諸梅之巨擘也。少耽墳籍，放意雲壑之間，構一樓，下瞰是谿，谿水如環如玦，遶樓徐逝。每當天籟忽發，山雨欲來，飛流濺沫之聲，交集於耳畔。愚山施先生取孟襄陽詩句名之曰「滿聽」，且爲之記，于是樓之名益著，而君之詩亦因以傳。其詩風味澄敻，絶遠世事，亦如風之刁刁然而生，水之激激然而鳴，水石怒争，鏜鞳噌吰云。

門人江子辰六，淹貫古今，予每與論史事，俯仰數千年，如指諸掌。早歲絶江淮，汎洞庭，南窮夜郎、盤瓠之鄉，發爲歌詩，浩落有奇氣。《覽古詩》一卷，則康熙丁巳適河東，行役道路之所作也。

崇禎中，楚名士首漢陽二王。二王者，士乾，懷人，世顯，亦世懷人，有才子曰戩，弱歲遊長沙，題詩嶽麓云：「不借直踏寒烟裏，麝香獨遊亭午時。」予讀之嗟異。在江南，寄予詩一編，尤怪奇詼詭。

益都孫文定公子仲愚，少承家學，文尤邃於《六經》，其詩爾雅深厚，不窳不佻。《池陽山行》之作，馳騁筆力，過歐陽永叔《廬山高》遠甚。

朱悔人名載震，楚潛江人。工詩，其《澤潞紀行》諸篇，尤力追古作。已上《漁洋文》。

翰林檢討唐先生以史官抗疏言事，罷歸。鍵户讀書，皆務窮其波瀾而詳其指歸。扁舟襆被，攬奇勝于吴、越、章、貢之間者數年，而後歸息乎般水之陽。蓋先生之胸中，浩浩然，落落然，入世世出，隨所遇而發之，故其文近於蒙莊，而其詩近於東坡。讀者欲以拘墟之見，尺寸而測之，失其意矣。并録一。《蠶尾續文》。唐先生諱夢賚，字濟武，別字豹嵒，淄川人。論詩以蘇、陸爲宗，跌宕排奡，上軼旁出。予嘗序之，以爲其文近蒙莊，其詩近東坡，識者亦不以予言爲妄也。

西堂先生歌詩，如萬斛泉，隨地湧出，世出世間，辯才無礙，要爲稱其心之所欲言。昔雲門説法如雲雨，殊不喜人記録，見即訶曰：「汝口不用，反記吾語。異日稗販我耶？」近今作者其能不爲稗販者誰歟？如吾悔庵，與雲門相視而笑可也。

又横徐先生，年七十矣，生於甌粤，不慕榮利，簞瓢晏如。其詩如《春日》、《田家》、《楊叟》、《山居》諸篇，擬諸靖節，殆無愧焉。

吾友盛侍御珍示，經明行修，晚爲朝廷執法之官，將有所表見，一蹶不振，浩然歸卧乎笠澤之濱，彈琴賦詩，以泉石自娱，若無虧成得喪之介其中者。今集中《遂初》、《山中》諸篇什具在，可考而知也。

竟陵既閑吴先生，行履高潔，終身隱居東湖之上。其烟波晴雨、水鳥樹林、漁歌樵唱之變態，當其會心，以五七字寫之。所爲歌詩數十百篇，子鼎彦刻其遺集，乞余序之。

唐末五代詩人之作，卑下嵬瑣，不復自振。非唯無開元、元和作者豪放之格，至神韵興象之妙，以視陳、隋之季，蓋百不及一焉。宋興，沿楊、劉之習者，尚數十年，而歐、梅始出。永叔評聖俞詩，清麗閑肆，涵演深遠，推尊之如古人，可謂至矣。又幾百年，風會遞遷，淫哇雜作，聖俞之詩，譬如雅琴古瀋，不諧里耳。而宛陵諸梅，有明自禹金而下，風雅益興。新安潘之恒論梅氏之詩，謂禹金宏博，季豹高古，子馬俊逸。其在今日，則淵公、杓司、耦長、子翔、定九、素五，之數子者，才具不必同，要之皆有聖俞之風者也。瞿山輯梅氏詩成，予爲序述若此。

往余在郎署，識上海葉忠節公，恂恂自下如處子，及爲歌詩，則沉鬱頓挫。其歸自贛石也，出其園城詩百篇，音節尤近子美前後《出塞》。李君協萬自翰林出爲儀曹，孤潔自好，所與遊祇吾輩數人，尤與忠節交莫逆。嘗合撰其詩刻之，世稱「葉李」，比於唐「王孟」、「錢郎」之流。

馮子大木以中書舍人典試於楚，賦詩百餘篇，詞甚麗，其天才超逸，類多頓挫悲壯，有《九歌》、《九辯》之遺風。并録一。

《蠶尾續文》。馮君廷櫆，大木其字，壬戌進士，授内閣中書舍人。丁卯，典湖廣鄉試。既撤棘，蠟屐笻杖，慨然遠想，有詩百餘篇，今所傳《晴川集》是也。歌詩尤超逸，似不從人間來。予爲刊削，存尚數百篇。

丙寅、丁卯間，予方里居，鍾子聖輿與趙子豐原、王子秋史先後來從游。會予兒涑賦《西城別墅》詩十二章，和者逾百家，而鍾子詩最奇特，巉峭似孟東野。又數年乙亥，鍾子來遊京師，偶賦《豐臺芍藥》詩四章，芊綿清麗，又似西崑三十六體，一時盛傳之。

汪君懋麟，字季角，後更號蛟門，故蛟門之名獨著。康熙二年舉鄉試，又四年成進士，以主事入史館，充纂修官，尋補刑部，仍直史館。君才通敏，不敢託史事自佚。南城武某以一車一馬，販米於南花園，宿董之貴家。董利其貲，殺之，夜以車載尸，鞭馬，曳之他去。武父得尸於道，得車馬於劉氏之門，訟之官，謂劉殺其子。君曰：「殺人而置其車馬於門，非理也。」乃微行南城外，縱其馬，馬至之貴門，輒跳躍悲鳴，衝户以入。君即令收之，訊得實，寘之貴於法，劉得釋。都人爲作《馬訟圖》，賦詩張之。君詩才票姚跌蕩，其師法在退之、子瞻兩家，而時出新意。與田公綸霞、宋公牧仲、曹君頌嘉、丁君澹汝、王君幼華、顔君修來、葉君井叔、曹君升六、謝君千仞相倡和，時號十子。歸田後，得疾，彌留，令洗硯磨墨嗅之，復令烹佳茗以進，自謂香沁心骨，口占二絶句云云，大笑，呼「奇絶」而逝。已上《蠶尾文》。

合肥李相國容齋詩僅存千首，以《南》、《雅》爲經，以《史》、《漢》、《騷》、《選》、古樂府爲緯，取材博而不雜，持格高而不亢，託興深而不詭，遣調婉而不靡，敷采麗而有則，卓然爲本朝一大宗無疑。并録一。

《鼉尾文》。容齋先生詩，鴻博絶麗，有牢籠百家、類萃萬物之概。嗣君丹壑，承其家學，少變而爲清新綿婉，其旨温以厚，其音和以雅，其辭麗以則，讀之者循環反覆，不能自休。是豈獨天分之優，蓋亦其源流之有自歟？

唐、宋、元、明已來，士大夫詩畫兼者，代不數人。青溪先生晚出，兩俱擅場，詩與畫皆登逸品。予昔爲周櫟園侍郎題先生畫山水云：「琴中賀若誰能解，詩裏淵明子細尋。古木蒼山數茅屋，青溪遺老歲寒心。」

徐學士華隱先生《江西詩》一卷，票姚跌宕，近似太白。

《周禮・大司樂》曰：「王師大獻，則奏愷樂。」《大司馬》曰：「師有功，則愷樂獻於社。」鄭康成云：「兵樂曰愷，獻功之樂也。」漢樂四品，有短簫鐃歌，即今樂府之「鼓吹」，漢鐃歌《朱鷺》以下十八曲是也。其辭最爲古質，而聲字相雜，多不可曉解。魏繆襲、吴韋昭、晉傅玄以來皆擬之，用以鋪張武功，侈陳符瑞，而其命意鑄辭，漸遠於古。漢以後開創武功，莫隆於唐，而柳宗元所造《唐鼓吹》十二曲，頗足以揚厲其盛。元和之世，削平僭亂，於時韓愈氏則有《聖德詩》，柳宗元氏則有《平淮西雅》，昔人謂其辭嚴義緯，制作如經，能萃然聳唐德於盛漢之表，所謂「鴻筆之人，爲國雲雨」者也。皇上繼序鴻業，今三十七年，厄魯特噶爾旦殄滅，翰林編修臣姜宸英製愷歌十章以獻，有愈、宗元之遺風，非魏、晉、六代以來詞人所敢望。

王子秋史少負軼才，嗜古好奇，視鄉里間舉無足當其意者，類狂；閉門苦吟，息交絶游，類狷。鄉里之人群起而譟之，秋史自信顧益堅。田司寇漪亭以視江南學休沐歸，過歷下，偶見其詩，急物色之，盛稱其才，始得列名諸生。予繼見其詩，有「亂泉聲裏纔通屐，黄葉林間自著書」之句，亟稱之於巡撫張中丞。中丞因延見，講布衣之好。於是秋史名字往往在人口。然好之者終不敵忌者之衆，故坎壈至今。秋史詩骯髒有奇氣，不屑一語雷同，而趣味澄敻，如清沇之貫逵，與其人絶相似，雖忌者不能不心折其工也。

邵子湘詩格甚高，氣甚遒，嘗觀海市於之罘，窮炎漲於扶胥，而其詩益奇恣盡變，可傳於後世無疑。

古詩之傳於後世者，大約有二：登臨之作，易爲幽奇；懷古之作，易爲悲壯。故高人達士，往往於此抒其懷抱，而寄其無聊不平之思，此其所以工而傳也。太原兄弟以詩名江左，順治中，予與端士同舉禮部，繼又識巽公、憕民。諸子與予談藝悉合，獨未識虹友以爲憾。康熙丙辰夏，相遇京師，握手極歡，出其《據青集》一卷，所謂幽奇悲壯，二者兼之。予昔在江南，嘗數至金陵，一至吴郡，獨虞山未至。虹友《虞山》詩云：「吾聞蜀道有劍門，江山形勝極險壯。」又云：「方今蜀道多兵戈，萬壑千巖氣悽愴。」其感深矣。

順治丁酉秋，予客濟南，時正秋賦，諸名士雲集明湖。一日，會飲水面亭，亭下楊柳十餘株，披拂水際，綽約近人，葉始微黄，乍染秋色，若有摇落之態。予悵然有感，賦詩四章，一時和者數十人。又三年，予至廣陵，則大江南北，和者益衆，於是秋柳社詩爲藝苑口實矣。又二十餘年，及門趙生于蘭攜其尊人君孚先生《菜根堂詩卷》過予。披其卷，則《秋柳》四章宛然在焉，棖觸今昔，遂竟其卷。先生詩不以尋摘章句取媚當世，而骯髒之氣，時勃鬱呈露於行墨之間。誦其詩，思其人，論其世，要有不可揜者。

金子素公，生爲貴公子，耽圖史，愛閑静，凡時世之樂，一無所嗜，唯嗜異書，遇善本輒傾囊橐購之不惜，所藏不下萬卷。中更憂患，巢傾卵毁，書亦星散，而其志不衰。十餘年來，典衣節食以購之，所聚復數千卷。詩尤工古選，予喜其閒適古澹，類自陶、韋門庭中來。尊人中丞公昔與予定交於蜀，常同汎浣花溪，懷古賦詩。

朱子子青家濟水，尊人司馬公與予少爲同學，朱子又從予游。家世翔貴，而性僻耽吟，往往與山林蕉萃之士争勝尺寸。班孟堅所云在綺襦紈袴之間，非其好也。其詩之工也，不亦宜乎。并録一。

《蠶尾續文》朱子青，諱緗，别字橡村，厚庵先生宏祚長子。少負逸才，其爲詩義兼《騷》《雅》，體備文質，斡之以風力，潤之以丹青，彬彬然近代一作手也。所居有雲根清嶴之堂，楓香之閣，花竹窈窕，房廊靚深，群賢翕集，更闌燭跋，筆墨横飛。説者謂金粟道人玉山雅集而後，世無此樂三百年矣。買田橡村，其地在繡江之濱，百脈之泉，周於舍下，群峰環抱，清暉娱人，鹿柴牛宫，魚牀蟹舍，謂異時將老焉，而竟亦不能待也，悲夫！所著《雲根清嶴》、《楓香》、《觀稼樓》諸集，合詩數百篇，皆予所論次。

「清風肅肅摇窗扉，窗前修竹一尺圍。紛紛蒼雪落夏簟，冉冉緑霧沾人衣。日高山蟬抱葉響，人静翠羽穿林飛。道人絶粒對寒碧，爲問鶴骨何緣肥」。此東坡題西湖壽星院詩也。予每讀之，輒如入篔簹之谷，臨瀟湘之浦，而吟嘯于渭川千畝之濱焉。朱子子驄性獨好竹，手種數百竿於讀書之齋，與其兄子青日夕坐卧其下，興至則發而爲詩，此倡彼和，甚樂也。因名其齋曰「蒼雪」，而并以名其吟卷，殆有取於坡公之詩云爾。

甲申秋，余將歸田，翰林汪安公倓出《粤行詩》一卷，請余論次。安公之詩，天機清妙，醖藉高華，此集尤得江山之助，當與石湖粤、蜀之詩抗行。安公，鈍翁從子也。

新安汪君沅，風神清冷，少肆力於聲詩，清麗芊綿，力能推陳出新。門人徵遠洪度嘗爲余言：君所尤嗜者，昔昌黎、今漁洋兩家，若謂之總萃無踰此者。又其子梓琴謂君雅慕余，至形夢寐，常欲千里負笈，而終不果也。

論詩當先觀本色。《碩人》之詩曰：「巧笑倩兮，美目盼兮。」而尼父有「繪事後素」之説。即此可悟本色之旨。彼黄眉黑妝，折腰齲齒，非以增妍，衹益醜耳。矧效西子之顰，學壽陵之步者哉？怡齋從吾學詩數年矣，風氣日上，遂能自名一家。大抵植基於阮、陳，取裁於二謝，沿溯於高、岑，而近體多近放翁。綜而論之，妙在本色，如邢夫人亂頭粗服，能令尹夫人望而泣下，自慚弗如。已上《蠶尾續文》。

宗枘附識：山人序同時詩卷，具載全集，即一二酬應之作，亦未刊削。乃愚嘗讀《他山詩鈔》一序，輒玩味不置。山人官祭酒日，查田太史曾及其門，又序稱老友陸辛齋屬以弁語，鄭重分明，情文交至，且擬以宋元數公，不爽銖黍，而「綿至之思」一語，足蔽敬業堂全詩。品藻若斯，詎同率爾？顧集中遺之，何也？特取全文，録此序曰：

老友海昌陸先生辛齋，嘗攜其愛婿查夏重詞一卷見示，且曰：「此子名譽未成，冀先生少假借之，弁以數語。」其時余官曹署，冗俗碌碌，未及爲也。及余轉官司成，則夏重與其弟德尹後先入成均，余乃得以一日之長臨之。德尹旋與友人入粤，而夏重肄業橋門，離經鼓篋，魚魚雅雅，弱不勝衣，近是黄叔度一流。乃其詩若文，則又滂葩奡兀，奔發卓犖，蛟龍翔而虎鳳躍，今之詩人或未之能先也。然且深情獨寫，孤韵一往，令人諷詠徘徊，乍不能已。蓋夏重既辛齋玉潤，且爲吾友勉齋黄門猶子，仍世通顯，胚胎濡染，昔人有云：「半千孫固應爾。」姚江黄晦木先生嘗題目其詩，比之劍南。余謂以近體論，劍南奇創之才，夏重或遜其雄，夏重綿至之思，劍南亦未之過，當與古人争勝毫釐。若五七言古體，劍南不甚留意，而夏重麗藻絡繹，宫商抗墜，往往有陳後山、元遺山風。後山凌厲峭直，力追絶險。遺山矜麗頓挫，雅極波瀾。吾未敢謂夏重所詣，便駕前賢。然使起放翁、後山、遺山諸公於今日，夏重操蝥弧以陪敦槃，亦未肯自安魯鄭之賦也。且夏重學有本根，斷斷自愛。子瞻曰：「一時文人如魯直、補之、無己、文潛、少游，吾未嘗以師資自處，皆以朋友待之。」而吾乃以一日之長臨夏重乎？顧屈指同學，其才可到昔賢者，正復無幾。蘇門諸君子與放翁、後山、遺山皆名節自持，凛凛有國士風，蓋有重于詩文者，而詩文益重。吾方處夏重于諸公之間，正以其詩，而又不敢限之于詩也。去冬，余奉使南海，夏重操長歌送行，且以詩集序見屬。歸而夏重《慎旃》二集已裒然成卷帙矣。余既已諾昨者之請，重憶辛齋疇昔之言，時已卧病請假，悤悤戒道，尪瘻在側，僕夫俶裝，援筆以完宿約。蓋於夏重與夏重之詩，皆有不能自已於言者。夏重其益勉之，異日相見，其必有更進乎此者矣。

帶經堂詩話卷六

漁洋山人

總集門三

題識類

海鹽胡孝轅震亨《唐詩統籤》戊集二百一卷，皆晚唐五代人詩。孝轅撰《統籤》，起甲訖癸，凡千餘卷，未盡刻梓，此其什一也。并録一。

《分甘餘話》。海鹽胡孝轅輯《唐詩統籤》，自甲迄癸，凡千餘卷。卷帙浩汗，久未版行。余僅見其《癸籤》一部耳。康熙四十四年，上命購其全書，令織造府兼理鹽課通政使曹寅鳩工刻於廣陵。胡氏遺書，幸不湮没。然版藏内府，人間亦無從而見之也。

宗柟附識：吾鄉前輩在明神廟時，推孝轅先生爲博雅第一。儲藏古籍，與鄭端簡公埒。遺編流轉，印記宛然。愚少時尚及覩其一二，今盡散入《雲烟過眼録》中矣。先生集名《赤城山人稿》，墓在平駕橋西北，距余居甚近，嘗偕群季斐徊丘壠間，唯餘宰木蕭疏，溪流縈繞，不勝風騷歇絶之感云。

慈仁寺故書攤買得二曹詩集各三卷，唐詩人鄴、唐二曹也。一臨桂人，一陽朔人，皆西粵産。有蔣文定公冕序，文定亦粵全州産。此集謝肇淛在杭刊于桂林，曹學佺能始序之。

唐周曇《詠史絶句》上下二卷，起唐虞，訖隋，凡二百首。每首有論斷綴詩後，詞旨陳腐，亦胡曾之流也。曇不知何時、何許人，《全唐詩話》、《唐詩紀事》皆不列其姓名。此集乃禾中項藥師寫本。僧齊己《白蓮集》十卷、《風騷旨格》一卷，有孫光憲序。嘉靖己丑柳僉跋云：「元書北宋刻，傳世既久，湮滅首卷數字，當俟善本補完，與皎然、貫休三集並傳之。」常熟馮班鈔本。已上《居易録》。并録一。

《香祖筆記》。《東坡志林》云：「唐末五代文章衰盡，詩有貫休、齊己，書有亞棲，村俗之氣大略相似。」此論固然。然齊己《白蓮集》至今尚傳，余嘗見海虞馮氏寫本，篇帙完好，略無闕佚。文章流傳，信有命乎！

宗柟附識：《居易録》：「唐黄御史滔刻集八卷，賦一卷、詩三卷、碑誌記序牋啓雜文四卷，附録一卷，首有楊誠齋、洪容齋二序，淳熙四年渝州謝諤序。《唐藝文志》云：『《黄滔集》十五卷，又《泉山秀句》三十卷。』此集初名《東家編略》，宋紹興丙子，尚書考功員外郎黄公度撰誌，滔之八世孫也。」又《池北偶譚》：「唐本《笠澤叢書》四卷，以甲乙丙丁爲次，前有自序及《江湖散人傳》，後有宋政和元年毘陵朱衮序。乃江西士夫家舊本，黄俞邰得之金陵餅肆中。自跋云：『出魯望手編，唐本古雅，殊可寶惜。』予舊藏皮襲美《文藪》十卷，有襲美自序，宋柳開仲塗序，亦皮所自編也。凡《松陵倡和集》詩，二編俱不載。」又《香祖筆記》：「唐衡州刺史吕温集十卷，詩二卷、雜文八卷。温于詩非所長，讚頌等時有奇逸之氣。如史所稱《凌烟閣功臣贊》、《張始興畫像贊》及集中《三受降城》、《古東周城》、《望思臺》、《成皋》諸碑銘，皆有可傳者。唯《武侯廟記》持論頗謬，同時劉禹錫、柳宗元亟稱之。温亦伾、文之黨，八司馬之貶，以使吐蕃，獨免于禍。與竇群、羊士諤共傾李吉甫，而其父渭亦附裴延齡，皆非長者，蓋其門風如此。」愚按：唐宋人集，近尠流傳，而舊本唐集尤爲希覯。山人雜著中，題跋唐集亦不多見。兹就指數所及，不涉詩話者，附此三條，以著大略，俾嗜古籍者有考焉。

宋岳亦齋所著書有《桯史》、《愧郯録》、《金陀稡編》各若干卷，其詩名《玉楮集》者，余夙昔聞之而未見。康熙乙卯春二月，與張子杞園同客青州，每獲秘本，輒共欣賞，此書其一也。集中《贈李微之秘監》詩自注云「微之以史館牒來索予所撰《東陲筆略》」云云，亦不及見，不知尚傳於世否，俟更訪之。《漁洋文》。

附録：《居易録》：「宋岳珂肅之《玉楮集》八卷，有嘉熙庚子自序。肅之，鄂忠武王孫，官户部侍郎。此集乃衡府高唐王家鈔本，流傳絶少。」

宋楊億、錢唯演、劉筠《西崑酬唱集》，凡五七言律詩二百四十七首，屬和者十五人，有楊文公自序。和者翰林學士李宗諤、户部員外郎直集賢院李維、著作佐郎直史館陳越、工部員外郎直集賢院劉隲、樞密直學士丁謂、駕部員外郎直祕閣刁衎、太常丞直集賢院任隨、樞密直學士張詠、恩州刺史錢唯濟、職方員外郎祕閣校理監舒州靈仙觀舒雅、翰林學士晁迥、左司諫直史館崔遵度、右諫議大夫薛映、缺秉，已上止十四人。乖厓英雄，《道院禪寂》以及《鶴相》皆仿此體，然皆不及《居易録》作「逮」。三公之神到。《居易録》有「也」字，無下文。予觀文忠烈、趙清獻二公集，律詩皆擬崑體，甚工，而石介作《怪論》三篇，獨苛于文公，何歟？并録一。

《蠶尾文》。宋翰林學士楊億大年《武夷新集》二十卷，景德丁未大年在翰林所自編定也。詩五卷，雜文十五卷，閩謝在杭寫本。大年以西崑體擅名宋初，其詩在同時錢、劉諸公之上。攬其全集，警策絶少。亦見《居易録》。

韓子蒼詩爲諸家詩話所取者，如「汴水日馳三百里」、「落日同騎欵段遊」二首最佳。頃借《陵陽集》，急披讀之，燭跋，卷亦盡，佳處乃無過此。或曰：子蒼不樂居江西宗派中，云「我自學古人」。未必然也。涪翁正法眼藏，渠易夢見？

郭祥正《青山集》，閩謝氏寫本六卷。古詩二卷，近體詩四卷，七言歌行僅二篇，或有闕文也。祥正多與王安石倡和之作，而集中不及蘇、黄一字。李端叔晚居姑熟，與祥正有隙，至爲詩相排詆最力，蓋各有所主也。方安石當國，祥正上言，請以天下計專聽相公區畫，罷一切異議者，其人可知已。已上《蠶尾文》。并録一。

《蠶尾續文》。《墨客揮犀》云：王荆公過金山寺，壁間得一絶句，反復諷詠，問知爲郭公甫所作，由此見重。尤愛其兩句云：「鳥飛不盡暮天碧，漁歌忽斷蘆花風。」又題山居云：「謝家莊上無多景，只有黄鸝三兩聲。」荆公命繪爲圖，自題其上，以金酒鍾并圖遺之。予謂此四句亦無足取，介甫事事與人異趣，此亦可見。

宗楠案：《宋詩存》謂功父爲安石所詆，未審其所據。

余訪《滄浪先生吟卷》積有歲年，康熙戊申，始得宋刻于亡友程太史翼蒼。一則幸夙願之頓酬，一則感故人之新逝，秋窗篝火，展卷憮然。并録一。《蠶尾續文》。虞山錢先生不喜妙悟之論，公一生病痛正坐此。然儀卿詩實有刻舟之誚，高新寧亦然，大抵知及之，而才不逮云。是歲重陽前一日記於京邸。

《徐節孝先生集》三十卷，附録二卷，其文率拙而碎，殊不成章，詩尤多笑柄，坡公《志林》謂如玉川子，蓋微詞也。唯江端禮子和所録問答語一卷，多可觀。然仲車獨行，其人在仕隱間，不必以詩文重也。已上《蠶尾續文》。

婺源黄昌衢刻宋《范石湖詩集》二十卷，中多闕文。吴郡門人顧嗣協迂客亦刻《石湖集》，摹宋板最工。後村云：「《石湖詩》三十四卷。」今顧刻卷數正合。并録一。《居易録》。顧迂客貽所刊《范石湖集》，有楊誠齋、陸放翁二序，凡詩三十三卷，楚詞古賦一卷，合三十四卷，金侃亦陶寫校宋板本也。亦陶，老友俊明孝章子。

朱檢討彝尊竹垞貽所刻《十家宫詞》，爲倪檢討粲雁園家宋刻本。唐陝州司馬王建、蜀花蕊夫人、石晉丞相和凝、宋宣和御製丞相王珪、珪子仲修、學士宋白、中大夫張公庠、直祕閣周彦質，又胡偉集句，凡十家。

宋華岳集十一卷，名《翠微南征録》。第一卷《開禧元年上皇帝書》，請誅韓侂胄、蘇師旦，語最伉直。餘詩十卷，率粗豪無足録。《蠶尾文》作「率粗豪使氣」。其《蠶尾文》無「其」字。上侂胄詩云：「十廟英靈儼如在，漫于宗社作穿窬。」及誅侂胄，議函首請和，又有詩云：「反漢須知爲朝錯，成秦恐不在於期。」皆不肯附和浮議，蓋陳東一流人也。然曹瞞不殺禰衡，而黄祖殺之，侂胄不殺岳，而史彌遠殺之，彌遠又出侂胄下矣。如岳詩，不以工拙論可也。《吴興掌故》云：「《翠微集》，華廉字仲清著。」不知何據。《吴越備史》五卷，武勝軍節度掌書記范坰、節度巡官林禹撰，事止忠懿王俶戊辰年。又補遺一卷，明兵部尚書王遴序。予著《五代詩話》，頗剌取之。亦見《蠶尾文》。

宋陳洎亞之詩一卷，僅二十五首，有顔復長道序，司馬文正公、文忠、文定二蘇公、孫莘老、徐仲車，及長樂林希、陳留張徽、南蘭陵錢世雄、眉山李埴皆跋其後。又嘉定丙子眉山任希夷題詩云：「如彼流泉必有源，陳家詩律自專門。后山得法因鹽鐵，不減唐時杜審言。」亞之，師仲、師道之祖也。并録一。

《池北偶談》。《猗覺寮記》云：陳后山平生尊黄山谷，末年乃云：「向來一瓣香，敬爲曾南豐。」人或疑之，非也。無己少學文於子固，後學詩於魯直，各有師承。是詩《觀究文忠公六一堂圖書》又有句云：「世雖嫡孫行，名在惡子中。」又《與林秀州書》云：「有聞於南豐先生，不敢不勉。」《答晁深之書》云：「始僕以文見南豐，辱賜以教。」云云。又《妾薄命》二篇，至有「殺身以相從」之語，自注：「爲曾南豐作。」其推尊至矣。至《答秦觀書》云：「僕於詩初無師法，一見黄豫章，盡焚其稿而學焉。」其自叙源流甚明白。唯於兩蘇公，雖在及門六子之列，而其言殊不然。其《答李端叔書》云：「兩公之門，有客四人。黄魯直、秦少游、晁無咎，長公之客也。張文潛，少公之客也。」言外自寓倔强之意，此則不可解耳。

劉克莊《後村大全集》六十卷，自四十六卷已後，皆詩話、詩餘，無詩。「無詩」二字，《蠶尾文》無。有「晉安謝氏家藏圖書」印，謝在杭鈔本也。首有林希逸二序。後村在宋末號文章大家，其詩予别有論説。此集中題跋、詩話最佳。《詩話新集》多摭中、晚唐人詩，無所取裁，可删也。

宗柟附識：此條後段：後村論揚雄《劇秦美新》及作元后誄言「天之所廢，人不敢支。歷世進移，屬在新聖」云云。蔡邕代作群臣上表，言卓「黜廢頑凶，援立聖哲」云云。又論阮籍跌宕棄禮法，晚爲《勸進表》，志行掃地。辭嚴義正。然其《賀賈相啓》略云：「像畫雲臺，令漢家九鼎之重；手扶日轂，措天下泰山之安。昔茂宏歎丘墟百年，孔明欲宫府一體。彼徒懷乎此志，公允踐于斯言。」《賀賈太師復相》云：「孤忠貫日，隻手擎天。聞勇退則眉攢杜陵老之愁，覩登庸則心動石徂徠之喜。」《再賀平章》云：「屏群陰于散地，聚衆芳于本朝。無官可酬，爰峻久虚之位；有謀則就，所謂不召之臣。」諛詞諂語，連章累牘，豈真以似道爲伊、周、武鄉之比哉？抑蹈雄、邕之覆轍而不自覺耶？按後村作此時年已八十，惜哉！竊謂山陰陸氏作《閲古》、《南園》二記，前賢病之。虞山錢尚書牧齋云：「其飲青衣泉獨盡一瓢，且曰：『視道士有愧，視泉尤有愧。』已面唾侂胄。至于《南園》之記，唯勉以忠獻事業，無諛詞，無侈言，放翁未嘗爲韓辱也。」又王學憲聞修云：「《南園記》似規似諷，絶無附麗之意。」諒哉斯言，洵不偏而不苟矣。若後村諸啓，何爲者耶？山人此段爲詞章家鍼石，愚故具録之，以視世之文采自負、名節爲輕者。

《天地間集》一卷，宋謝翺皋父編。自文信國及家鉉翁、文及翁、謝疊山、鄭協、柴望、徐直方、何新之、王仲素、謝鑰、陸䆷、何天定、王曼之、范協、吴子文、韓闕名，稱竹坡。林景怡，凡十七人，詩僅二十首。按宋文憲公作《皋羽傳》，《天地間集》五卷，此太寥寥，即皋羽之友如吴思齊、翁登、仇遠之屬，皆無一字，當是不完之書也。附《晞髪道人近集》一卷，詩四十八首，刻畫晚唐，酸澀無足録，唯「山帶去年雪，春來何處峰」一聯差佳，豈才盡耶？抑删去之詩，而後人摭拾之者耶？

宗柟附識：陸䆷之䆷，字書不載。按宋本《玉篇》縫字下注云：籒文瑢字。或是此字之譌。

宋唐庚子西《蠶尾文》無「子西」字。《眉山集》二十四卷，詩賦十卷，雜文十二卷，《三國雜事》二卷。庚自説《蠶尾文》作「記」。云：「詩最難事也。《蠶尾文》無「也」字。吾於他文不至蹇澀，唯作詩甚苦，悲吟累日，始能成篇。」予録其古今詩爲二卷。庚生三蘇之鄉，又前後與東坡貶惠州，而集中無一字及之。蓋庚起家爲張商英所薦，其貶惠州亦以商英連染，視韓子蒼異趣，《蠶尾文》有「矣」字。宜其不爲眉山之徒歟。

附録：《居易録》：「予讀唐庚集，嘗薄其爲人，其説亦著之前卷。王弱生曰：『唐子西議論文章，皆蘇氏緒論，顧以黨禁方嚴，而子西又附張商英以進，其著作多不及蘇氏，止《題巢元修傳》及之，大致譏貶上蔡司空。書論當世文學之士，止言尹師魯、王深甫，其趨時也如此。然亦何救於貶謫哉？』此論亦與予言若合符節，所謂三代直道也。」

艾軒門人莆田林禮部麟焻石來，寄林艾山光朝、林綱山亦之、陳樂軒藻、林鬳齋希逸四先生詩鈔。艾山與朱子同時，講學有重名，稱「南夫子」。綱山，其高第弟子。樂軒，又綱山高弟也。鬳齋與後村同時，予曾見所著《三子口義》。此鈔甚略，然艾山已下，皆以道學相授受，風雅非所究心也。

附録：此條後段：《艾山文鈔》一卷，其族孫兆珂所刻，云是鄭山齋本。僅二三十篇，又多表啓祭文，不足見其所長。後村稱其文高迫《檀弓》，平亦驅韓，固過情之論，要是南宋一作手。予昔從黄虞稷俞邰借觀全集，未及鈔録，至今抱憾。集中有《與王宣子書》云：「讀書如飲啖，一日不得食，便如此空茶；三朝五日或不近書卷，虧耗不少。」是真讀書人語。又云：「海中一山名眉洲，隔岸視之，約五七里許，一水可到。有千家，無一人讀書。亦有田數十頃，可耕可食，魚米極易辦。可以卜室讀書，隔絶人世，無賓客書尺之擾。」令人髣髴想像其處，如桃花源也。兆珂號博雅，所著《多識編》、《宙合編》、《檀弓述注》等書傳于世。

鄒忠公浩《道鄉集》四十卷，其子柄栩所編，有李忠定公序，邵文莊寶《蠶尾文》無「寶」字。後序，正德七年壬申重刊本也。先生受學程門，而特嗜禪理，詩文多宗門語。居衡昭時，古詩時《蠶尾文》作「有」。似樂天。《蠶尾文》有「處」字。格詩深穩，與葉石林工力相敵，北宋之雄也。零陵有市户吕絢者，嘗以錢二百萬造大舟，以俟先生。後北歸，《蠶尾文》作「後先生北歸」。吕以舟送至江南，先生謝以五絶句云：「平生親友漫紛紛，有幾書來寂寞濱。二十萬錢捐不惜，可憐湖外有斯人。」「瀟湘起柁出江湖，日日乾坤展畫圖。白酒紅魚對妻子，鴟夷還似此行無。」若絢者，抑何可使其無聞哉！

附録：此條中段：道鄉立朝大節，在諫立劉后、論章惇二事。其立后疏古今仰之，如泰山北斗。劾章惇三疏，其二云：「元祐之朋黨方絶，後來之朋黨又熾。」其三云：「惇在元祐初，詆斥先帝保甲之法，以爲非是，其言甚力。自陛下躬覽以來，凡語及先帝者，概從竄逐，唯惇久置不問云云。」則是薰蕕不分，且躋惇於元祐君子之列，其言誖矣。無怪蔡京立黨人碑，而惇倖竄名其末也。

洪文惠适《盤洲集》十三卷，有詩無文。按《經籍志》，集八十卷，此非其全也。文惠與弟文安遵、文敏邁同登館閣，文名滿天下，號稱「三洪」。時朋、芻、炎兄弟亦稱「三洪」，而功名爵位遠不及。《蠶尾文》無已上十八字。此集十卷以下，皆挽歌、樂章、詩餘，無足録。八卷、九卷皆雜詠盤洲山水草木，擬李衛公《平泉》諸詠，《紫薇》云：「十年三雁序，接翅紫薇垣。」《蠶尾文》無已上十三字。史稱其家居十六年，兄弟鼎立，以著述吟詠自樂，猶《蠶尾文》無「猶」字。可想見其盛也。其父忠宣公《松漠紀聞》及景伯《隸釋》，景嚴《泉志》，景盧《容齋五筆》、《夷堅志》、《唐人萬首絶句》，今皆傳于世。

鄭清之《安晚集》六十卷，兹本僅古近《蠶尾文》作「今」。體詩第六卷至第十二卷，殘缺多矣。詩多禪語。清之相理宗，召還真西山、魏鶴山諸君子，時號「小元祐」，亦《蠶尾文》無「亦」字。南渡賢宰執也。

宋牧仲中丞自吴中鈔寄洪炎玉父《西渡集》，僅一卷。考焦氏《經籍志》，玉父《西渡集》一卷，與此本合。然編首題「卷第一」，又似不全之書，何也？《坐上呈師川有懷駒父》七律所云：「欣逢白鶴歸華表，更想黄能出羽淵。」正在集中。其詩局促，去豫章殊遠。又《經籍志》載洪芻駒父《老圃集》、洪朋龜父《清非集》，皆止一卷。此本牧仲鈔之醫士陸其清家。

《陸右丞蹈海録》一卷，京口丁元吉撰。首《宋史·陸秀夫列傳》，次熊開傳，次輓詩有龔序。五言，方回「曾微一抔土，魚腹葬君臣」、龍仁夫「無地參黄鉞，終天慘玉衣」、仇遠「甘抱白日没，不知滄海深」、方鳳「鼇《蠶尾續文》作「鰲」。背舟中國，龍胡水底天」，七言，湯炳龍「人心自感興元詔，天意難同建武時」、盛彪「平地已無行在所，丹心猶數中興年」，數聯最警策。已上《居易録》。

宋二謝，無逸逸、幼槃薖，皆江西詩派中人。潘邠老亦派中人也。幼槃《竹友集》云：邠老嘗作詩云：「滿城風雨近重陽。」邠老亡後，無逸兄用此句足成四篇。今去重陽只數日，風雨不止，淒然有懷，作二絶句。念泉下二人不再作，不覺流涕覆面。詩云：「地下修文兩玉人，清詩傳世墨猶新。卻因風雨重陽近，獨立蒼茫淚一巾。」「阿兄温潤玉介導，我友澹薄朱絲絃。只疑蟬蜕游人世，醉插茱萸若箇邊。」邠老詩句至今藝苑流傳，爲重陽口實，而二謝同時有詩，迄無知者，因識之，續《蠶尾續文》作「緒」。成一則詩話，亦使邠老不寂寞也。集十卷，詩七卷，雜文三卷。文雅潔，楚楚有法度，不減其詩。

宋張孝祥《于湖集》僅四卷，門人謝堯仁、弟華文閣直學士孝伯序之。于湖紹興甲戌狀元，高宗謂爲謫仙人，天性倜儻。勇于爲義。真西山目《蠶尾續文》作「日」。于湖生平雖跌宕，至于大綱大節《續文》作「義」。處，直是不放過。每作爲詩文，輒問門人：「視東坡何如？」而堯仁謂其《水車》詩活脱是東坡，然較蘇氏《畫佛入滅》、《次韻水官》、《韓幹畫馬》等數篇，尚有一二分劣。又謂以先生筆勢，讀書不十年，吞東坡有餘矣。觀集中詩，亦是學步江西，尚未到后山境界，遽欲上擬坡公，妄矣。在南渡之初，亦下放翁遠甚。已上《香祖筆記》。

附録：《池北偶談》：「宋李之儀端叔《姑溪文集》五十卷，古賦詩十一卷，銘贊一卷，表啓書四卷，雜書一卷，手簡十七卷，序一卷，記二卷，題跋五卷，祭文青詞二卷，墓誌三卷，詞曲三卷。《後集》二十卷，古賦詩十三卷，銘贊一卷，序跋一卷，手簡三卷，誌狀二卷。端叔在蘇門名次六君子，曩毛氏《津逮秘書》中刻其題跋，觀全集，殊下秦、晁、張、陳遠甚，然其題跋自是勝場。」又云：「宋蘇舜欽子美《滄浪集》十五卷，首有歐陽序。古律詩八卷，誌狀二卷，書二卷，上書疏狀啓表二卷，記序雜文一卷。有施元之跋尾云：『《蘇子美集》十五卷，歐陽文忠公爲之首序。子美在寶元、慶曆間有大名，其文章瓌奇豪邁，自成一家，不幸淪落早世，故生平所著止此，而近時亦少見之。元之因俾鏤板於三衢。又得尚書汪公聖錫所藏豫章先生詩，爲子美作也，并附之左方。乾道辛卯六月己巳吴興施某書。』」又云：「宋石介守道《徂徠集》二十卷，詩疑脱『四』字。卷，辨説原釋傳録雜著五卷，論二卷，書六卷，序一卷，記一卷，啓表一卷。石門吴孟舉之振所貽宋刻也。守道最折服者柳仲塗，最詆諆者楊文公大年，觀《魏東郊詩》、《怪説》可見。其文倔强勁質，有唐人風，較勝柳、穆二家，終未脱草昧之氣。」又云：「宋柳開仲塗《河東文集》十五卷，附行狀一卷，門人張景所編。其文多拗拙，石守道極推尊之，其《過魏東郊詩》上擬之皋、夔、伊、吕，下擬之遷、固、王通、韓愈，殊爲不倫。《東郊野夫傳》，開所自述，與《補亡先生傳》皆載集第二卷。又穆修《伯長集》，代州馮秋水方伯如京順治中刻之金陵，文拗拙，亦與開類，詩尤不工。唐末宋初風氣如此，其視歐、蘇，真陳涉之啓漢高耳。」又《居易録》：「《古靈集》二十卷，宋樞密直學士陳襄述古著，李忠定公綱序，從孫知贛州輝跋，子曄撰年譜一卷，附集后。詩六卷，雜文十四卷。謝氏寫本。述古熙寧中在講筵，論薦司馬温公已下三十三人，各有品騭，皆定論也。」

元貢奎仲章《雲林詩集》，境地未能深造，歌行間工發端，而窘于邊幅，視同時虞伯生、范德機，亦諸侯之附庸也。有三山陳塏序，草廬吴澄書後，凡六卷。

元金履祥吉父《仁山集》二卷，董遵所編。仁山道學，不工詩，而《廣箕子操》一篇特工，云：「炎方之將，大地之洋，波湯湯。翠華重省方，獨立回天天無光。此志未就，死矣死南荒。不作田横，横來者王。不作幼安，歸死其鄉。欲作孔明，無地空翺翔。唯餘箕子仁賢之意，留滄茫。穹壤無窮此恨長，千世萬世聞者徒悲傷。」吴師道跋云：「宋末爲相者，曾聘先生館中。先生以奇策干之，不果用而去。先生感激舊知，後爲賦此。辭旨悲慨，音節高古，真奇作也。」此操似爲陳宜中而作。

元張伯淳《養蒙集》十卷，鄧文原、虞集序之。詩歌雜文皆膚淺不工。伯淳官翰林侍講學士，謚文穆，趙子昂之内兄也。

天台山人黄庚星父《漫稿》一卷，詩庸下，無足觀。多館山陰王修竹之作。謝皋父、林霽山輩，皆修竹客，蓋同時人也。修竹名英孫。

《邵秋堂集》二卷至五卷殘本，内府書也。詩古今體皆淺俚不成家，亦不知其名字、何許人，卷中有與鮮于伯機倡和詩。

《寧極先生詩》四卷，元吴人陳深子微著，殊淺劣。深生宋末，天曆中，奎章閣以能書薦，不赴。有讀《易》、《詩》、《春秋》諸編。集中《濟南趙君成南使羈留三紀得還其猶子求詩》一絶云：「三十六回秋月明，年年望斷雁南征。蘇郎白首還鄉去，愧殺當時李少卿。」趙不詳何許人，録之以備吾郡故事。子卿稱蘇郎，頗似杜撰。

元仇遠，字仁近，《興觀詩集》有牟巘、方鳳二序，俞希魯、蘇霖、王洪、胡儼、瞿佑諸人跋尾。此集仁近手録以贈盛元仁者，僅律詩三十八首。又《書贈士贍上人》律詩十首，皆釋子題跋，道衍其一也。别有三十首，亦皆近體。仇號山村，南宋遺老，有詩名，格調靡靡，遠在趙子昂之下。《閻妃園池》、《春日田園雜興》，此詩見《月泉吟社》。《石屋洞》數首差可觀。仁近有句云：「咸平處士真堪羨，死守梅花住裏湖。」有味乎其言之也。

宗楠附識：兄寒坪云：近歙人項夢昶刻《仇山村遺集》，四言一首，五古七首，七古十首，五律十二首，七律八十首，七絶三十六首，六絶一首，末附遺句，又詞四首，序文一，題跋三，前有方鳳、牟巘、戴表元三序，後附録元明諸公贈和詩章并題跋。項作《後序》云：「山村有《金淵集》，久已散佚。世所傳《興觀集》、《山村遺稿》，皆從手書真蹟抄得，非完本也。」

《金蘭集》三卷，元蘇人徐達、左良夫輯其友朋贈答之詩，王行止仲序之。良夫居光福山中，自號耕漁子。元末如周伯琦、高啓、鄭元祐、倪瓚、張雨、仇機沙諸名勝皆在，不減金粟道人《玉山雅集》。

《林外野言》二卷，元崑山郭翼所著詩。翼字熙仲，與楊廉夫、顧阿瑛倡和，風氣亦頗相類。王紱孟端《友石先生集》，有曾棨、王璡二序。按孟端爲人狂簡，今集中詩多卑弱，蕭灑不如倪元鎮，沉鬱不如王原吉，磊砢不如孫大雅，差與浦長源伯仲耳。已上《居易録》。

《梧溪集》七卷，景泰七年南康府知府陳敏政重刻，陳作《蠶尾續文》作「刻」。後序。集首有至正間周伯琦、汪澤民二序。序言原吉初學詩于延陵陳虞卿，虞卿與柯敬仲俱事虞邵庵，得其傳，與有元盛時楊、范諸公齊驅。惜未著其名，俟載考之。《香祖筆記》。

附録：《居易録》：「《禁扁》五卷，起甲訖戊，元東平王士點繼志著，虞集、歐陽玄序。士點，翰林學士承旨、謚文康鶚子。士熙繼學最以古文著名，士點其兄弟也。」又《香祖筆記》：「元吴師道《禮部集》二十卷，詩九卷，雜文十一卷。師道，金華蘭谿人，與許白雲講明金仁山之學，而與黄晉卿溍、柳道傳貫爲友，故其學問文章遠有統緒，時稱其爲文清勁，善持論。友人朱簡討竹垞常稱之。此本乃崑山徐少宰果亭秉義寫以見貽者。吴至治辛酉進士，仕止國子博士，致仕，加禮部郎中，故集稱『禮部』云。」又《蠶尾續文》：「近日金華刻元陳樵《鹿皮子集》，郡人盧聯所編，刻于明正德戊寅，今郃陽縣丞會稽董肇勳重刻于婺郡。凡古賦十五首爲一卷，詩三卷，卷首載宋文憲公所撰墓銘，董有序頗佳。」又云：「原刻有慈溪周旋序，佚去不載。」

于慎言，文定公慎行之兄也，十七舉省魁。自平凉省親歸，渡河，前舟皆溺，舟人恐，慎言瞑目危坐不動，舟竟無恙。舟中人羅拜曰：「郎君貴人也。」是年中省試。慎言工于詩，篆隸皆臻妙境，所著《龐眉生集》，予家有之。《皇華紀聞》。　并録一。

《漁洋詩話》。東阿于慎思，號龐眉生，文定公慎行之兄。詩才情過文定，尤工古賦。年始弱冠夭卒，有《龐眉生集》若干卷。

王文成公《龍岡漫興》詩墨迹一卷，居龍場時所書。讀此五章，其居易俟命之意，猶可想見。《蠶尾文》。　并録一。

《居易録》王文成公《龍岡漫興》詩墨迹一卷，蓋公謫龍場驛時所書。其首章云：「投荒萬里入炎州，郤喜官閑得自由。心在夷居何有陋，身雖吏隱未忘憂。春山卉服時相問，雪寨籃輿每獨遊。擬把犁鉏從許子，漫將弦誦比言游。」蓋公平生之學，得力於龍場時居多，觀卷中五章，可想見其無入不自得之樂。文成書遒勁似山谷。

許左史殿卿少與滄溟倡和，齊名鄉曲。今《梁園正續集》詩殊不足當滄溟下駟，何也？弘正間歷下有劉天民希尹者，官吏部郎，同時視邊尚書華泉稍後，其詩古選實勝邊，特近體不逮耳。而左史獨擅名者，則以滄溟、弇州輩張之也，名詎足盡信哉？

《鳴盛集》三卷，廣陵門人殷彦來謦慶自閩中手鈔寄余。集爲明初林鴻子羽著，其同郡邵銅編刻，徐㶿家藏本，銅作後序，成化三年丁亥歲也。卷首有劉尚書崧、吴興倪桓二序。

宗柟按：《古夫于亭雜録》及《蠶尾續文》再跋邵銅所編《鳴盛集》，俱作四卷，此云三卷，誤也。又如《漁洋詩話》，龐眉生名慎言，作慎思，未敢臆改，故仍元刻，餘仿此。

曹縣王叔武交李獻吉，即墨蘭疑當作「藍」。玉父交楊用修，弇州《藝苑卮言》皆及之。顧其詩皆不能成家。玉父《白齋集》，門人楊進士所貽也。玉父名田，嘉靖中御史，以疏劾席文襄書罷歸，遂不起。叔武名崇文，官副都御史。

節之詩天才奇恣，元刻載之備矣。後屬唐耕塢、鄧孝威重刻于海陵，删其拗句拗字不合者，不爲無功，然本色亦稍減矣。即此本是也。仍題數語以眎識者。已上《蠶尾續文》。

《新都秀運集》二卷，嘉靖間歙人王寅仲房所輯，歙令門人靳治荆熊封重刻之。意倣唐人《中興間氣集》，惜成家者寥寥，又雜出商賈之流，無足觀者。靳又嘗刻黄太冲宗羲《梨洲集》。金陵鄭谷口簠頃寄其《石柱看梅詩》卷十絶句，熊封又介予友曹員外升六貞吉寄其詩數百篇，請予論次。風流好事如此，非俗吏也。今遷知固原州。《居易録》。

宗柟附識：《静志居詩話》：「仲房少走大梁，問詩于獻吉，不遇，遂從少林僧習兵杖。海上用兵，依胡尚書督府，尚書不能用，竟以敗。晚緝鄉人之詩曰《新都秀運集》，其持論頗偏，與岳東伯《今雨瑶華》相類。」

《袁海叟詩集》若干卷，康熙壬午雲間門人周庶常彝策銘所寄鈔本，用羅紋箋寫之，甚工。有大復、空同二序，陸儼山序，又董宜陽題編首，謂海叟手定，國初刻于張氏者久燬，儼山編次爲别本。而陸序云：海叟集舊有刻，又别有選《行在野集》者，暇日與獻吉共讀之，又删次爲今集云。

楊孟載手録《眉庵詩集》五大册，雖書法未爲當家，然先哲故物，可寶惜也。每幅有「子京」、「墨林」、「項叔子」、「琴書清暇」等印，蓋禾中項氏藏本也。卷首自識行末有「業字號」三字，云：「余自離吴門，未嘗作詩，間有所述，不復存稿。邇來西江，意或得追理舊業，而案牘山積，雖罷竭駑鈍，猶不及十之二，矧從容筆硯間哉？固知有愧于穆之也。冬十一月，宜春侯上猶臨江，「冬」字至「侯」字一勾，下又一圈，句疑有誤。余奉省檄，執雁謁軍門，修聘禮。自己未至丙寅，往返者八月。《蠶尾續文》作「日」。凡目所覩，身所歷，念慮所思，得短章五七言古律絶句四十首。如春山早鶯，初山深谷，舌强語澀，殊不成音。

欲棄置水中，復念余友方君以常，每以不得見舊稿爲憾，姑存此以貽方君。君長于詩，尤工唐人五言，與《續文》無「與」字。余友張羽來儀爲倡和友云。吴人楊基識。」後書五言一篇云：《續文》止「今夕復何夕」云云七字。「今夕復何夕，夢我生平友。握手無所言，但道别離久。覺來聞秋蟲，空堂竟何有。不知千里道，君魂果來否。當年亦如夢，聚散一回首。起坐誰與親，鐘鳴月穿牖。」其詩分體不分卷，凡若干首，不止序所云奉使四十首也。按：孟載始以薦爲江西行省幕官，此蓋江西時所自書。首卷起《寓懷》十二首，與今本同，但今本作《感懷》耳。《續文》有「方君不知何許人」七字。按《續文》無「按」字。《眉庵集》中有《秋日《續文》無「日」字。懷方員外》詩，張《静居集》亦有《元日雪懷方員外以常》、《送方員外歸吴興》詩，所云「晴春入舊臘，積雪含清暉」是也。方蓋吴興人。

《王徵士集》四卷，都少卿玄敬所定，有玄敬及浦杲序。徵士名彝，字常宗，又號嬀蜼子。或以爲吴中四傑之一，以常宗代張《蠶尾續文》有「羽」字。來儀者。今觀其詩，歌行擬李賀、温庭筠，殊墮惡道，餘體亦不能佳，詎能《續文》作「可」。與高、楊頡頏上下乎？固知高、楊、徐、王之説，誕而無徵矣。此本嘉定門人陸廷燦扶照所刻。

《梁園風雅》，明雍丘趙彦復微生、臨清汪元范明生所撰，自李獻吉、何仲默、王子衡、高子業以下，凡八人，義例嚴潔。予嘗勸宋中丞牧仲合劉欽謨《中州文表》刻之吴中，以備河南文獻。乙酉六月，適寄到《風雅》新刻本，乃嘉定門人陸廷燦較刊者。予笑謂座客曰：「吾爲朋友謀則善矣，吾鄉文獻，乃聽其放失，可乎？」故嘗欲輯海右六郡前輩作者遺集五十家，斷自洪、永已來，如許襄敏彬、黄忠宣福、秦襄毅紘、馬文簡愉、劉文和珝、毛文簡紀、《蠶尾續文》「劉」與「毛」前後互異。王叔武宗文、靳兩城學顔、藍田玉夫、殷近夫雲霄、穆文簡孔暉、邊尚書貢、劉希尹天民、許尚書成名、王文定道、殷文莊士儋、馮閆山裕、子《續文》無「子」字。汝强唯健、汝行唯敏、汝言唯訥、李滄溟攀龍、李伯承先芳、蘇侍郎祐、二子沖、澹、原本無此四字。後「繼光」下有「子子沖澹」四字，疑有錯誤。此從《蠶尾續文》本。楊太宰巍、劉範東隅、吴太宰嶽、戚少保繼光、龔方洲秉德、于文定慎行、兄龐眉生慎言、郭魯川本、傅金沙光宅、于念東若瀛、李愚谷舜臣、李中麓開先、邢子愿侗、公文介鼐、弟舉人浮來鼒、馮文敏琦、鍾尚書羽正、謝茂秦榛、許殿卿邦才、《續文》有「王岱如瀠弟補之衮」八字。從叔祖伯石象艮、季木象春、高孩之出、鄒養浩頤賢、先伯父侍御府君與允、盧德水世潅、王湘客若之、《續文》有「王太平遵坦」五字。劉節之孔和、張元明光啓、徐東癡夜、董樵谷樵《續文》有「姜如農埰如須垓趙士喆伯濬」十二字。輩，擷其菁華，都爲一集。守官京師四十餘載，匆匆未暇。今歸田矣，而髦及之，耳目神理，非復故吾，不知斯志能終遂焉否也？聊志此，以俟他日。乙酉六月廿二日西堂書。已上《香祖筆記》。

新安吴兆非熊、程嘉燧孟陽，皆以布衣稱詩，有名萬曆、啓、禎間。吴五言學謝朓、何遜，程七言律最多名句，七言絶句尤佳。門人汪扶晨徵遠、汪于鼎洪度請余選定爲《新安二布衣詩》。二君之後，當以石湖邢昉爲第一，門人孫郎中謙請余定其全詩，因循未果，而江南已有刻本，然未經刊定，余至今以爲憾。《漁洋詩話》。

《蠶尾續文》。　并録一。

昔論明布衣詩，推吴非熊、程孟陽。嘗反復二家之詩，吴五言源出謝宣城、何水部，意得處時時近之。程七言近體學劉文房、韓君平，清辭麗句，神韻獨絶；七言絶句出入於夢得、牧之、義山之間，不名一家，時詣妙境；歌行刻畫東坡，如桓元子似劉越石，無所不憾。大抵吴以五言擅揚，七言自《秦淮鬭草篇》外，頗無可采。程以七言擅場，古體不逮今體。此其大略也。

高邑趙忠毅公南星、高陽孫文正公承宗，皆北方之偉人，天下望之如泰山北斗。二公集皆吴橋范文貞公景文刻於金陵，予兒啓汸官畿南，屬購二集，僅得忠毅公集十四卷，已軼其半，有公之子清衡印記，蓋其家藏本也。公詩長於古選，頗有法度，而又能自見其才思，惜近體軼不可見。

附録：此條後段：忠毅文尤長於碑版，如孫清簡公鑨、王公述古、張公主敬諸誌銘，吴公中行傳，李公化龍、魏公允貞、顧公憲成諸碑，於國是之是非，人才之枉直，痛切言之，可裨信史。牧齋錢公稱其文滔滔莽莽，輪寫塊壘，而起伏頓挫，不能稟合古法，要其雄健磊落，奔軼絶塵，北方之學者，未能或之先也。予謂讀其文，居然有壁立萬仞之概。

《王虎谷集》，詩文皆未成家，然一時名流，如石邦彦、喬白巖、儲柴墟、邵二泉、王陽明、韓苑洛五泉皆與倡和。《蠶尾續文》有「亦一噉名之士」句。

附録：此條前段：正德中，給事中屈銓、祭酒王雲鳳，先後疏請刊定正德元年以後現行事例，編集成書，頒布中外。又請瑾釋奠，如魚朝恩故事。銓不足言，雲鳳號稱名臣，乃亦靦顔爲此，何也？雲鳳與喬莊簡、王瓊齊名，號「河東三鳳」。莊簡尚矣，瓊與雲鳳何異華歆之龍尾乎？

吾鄉六郡，青州冠蓋最盛。明嘉靖、萬曆間，官至尚書者八九人。而世宗時，林下諸老爲海岱詩社，倡和尤盛。其人則馮閭山、黄海亭、石來山、劉山泉、范泉、楊澠谷、陳東渚，而即墨藍北山亦以僑居與焉。倡和詩凡十二卷，無刊本，余近訪得鈔本，詩各體皆入格，非浪作者。閭山名裕，即四馮之父，唯健、唯敏、唯重、唯訥。文敏琦之曾祖。山泉、范泉，則文和珝之孫也。此集惜不行於世，乃鈔而藏之。其後大司空龍淵鍾公晚年里居，復舉真率之會，多至三十人，而詩歌倡和不及前矣。海岱社詩即文敏公所選。已上《古夫于亭雜録》。

林翁古度，閩人也，少賦《撾鼓行》，爲東海屠隆所知，尤與曹氏能始相友善。蓋嘗論之，翁少與曹氏游，發三山，來建康，上匡廬，觀瀑布，游陽羨，探善權、玉女之奇，其詩清華省浄，具江左初唐之體。逮壬子以還，一變而爲幽隱鈎棘之詞，如明妃遠嫁後，無復漢宫豐容靚飾、顧影裴回、光照殿中之態。今所録篇什，率皆辛亥以前之作，而世之浮慕翁者，或未必盡知也。并録二。《漁洋詩話》。

福清林古度茂之，萬曆中詩人，與曹南宫學佺、鍾學憲惺友善。亂後，居金陵乳山。每過，余親爲撰杖結襪。康熙甲辰，林攜其萬曆甲辰以後六十年詩詣余，求爲揀擇。僅存其甲子以前詩百餘篇。施愚山見之，曰：「吾交林翁久，不知其詩清新俊逸，源本六朝初唐乃如此。」《池北偶談》。

辛丑、壬寅間，予在江南，林茂之攜其萬曆甲辰以後六十年所作，屬予論定。因爲披揀，得百五六十首，皆清新婉縟，有六朝初唐之風。施愚山過廣陵，讀之，驚曰：「世幾不知此老少年面目矣。子真茂之知己也。」

清止趙公諱進美，字韞叔，一字韞退，益都人。詩清真絶俗，得王、孟之趣。使江西時，尤刻意二謝。其《放吟》一卷，皆樂府詩，丁明末造，多悲天憫人之思，顧眄跌宕，不主故常，有邯鄲生天人之歎。後官京師，與龔芝麓尚書、曹秋岳侍郎諸公倡和，一變而高華，尚聲調，然《梨花》、《楓葉》諸篇，風致不減青丘、海叟，《使楚》一集，尤爲藝林貴重。

附録：此條前後段：公具夙慧，帖括之暇，輒私作爲詩歌古文，人稱「聖童」。十四補傳士弟子，十七中崇禎丙子鄉試第一，又四年庚辰成進士，授行人。早通二氏之説，髮未燥，作《瑶臺夢》、《立地成佛》諸傳奇，論者謂不減張小山、貫酸齋云。

館陶翰林編修耿公願魯，字公望，亦字又樸，康熙庚戌進士。爲詩秀發，如初日芙蓉，自然可愛，有《韋齋集》七卷。

孫君廷鐸，字道宣，別號夢果道人，世籍益都。予與君順治中偕上公車，逆旅解鞍，篝燈談藝，往往至乙夜不休。尤喜其五言《閑曠》、《閉關》諸作，非彭澤、右丞不足擬也。官陽江知縣。

自昔稱詩者，尚雄渾則鮮風調，擅神韵則乏豪健，二者交譏。唯今太宰説巖先生之詩，能去其二短，而兼其兩長。吾推先生詩三十餘年，世之談士，皆以爲定論而無異辭者以此。《丁丑詩》一卷，公所自書，蓋漸老漸熟之候，而書法圓美蒼勁，姿態橫生，適與其詩相稱，真兩絶也。

少陵《江頭》五詠，語多可笑，亦不成章。二蘇記園中草木各十一首，差强人意耳。下此則李衛公詠平泉草木，鏃鏃能新，非洪丞相盤洲草木雜詠所及。悔人六詩晚出，欲與衛公、二蘇公抗行，又非杜、洪前詩所及也。已上《蠶尾續文》。　并録二。

《漁洋詩話》。朱載震字悔人，楚潛江人。詩特工五言，嘗爲余作《齋前花木六詠》，最佳。昔王筠爲沈約賦《郊居十詠》，約曰：「此詩指物呈形，無假題署。」今之視昔，殆爲過之。官石泉令，卒於蜀，甚可惜也。

《蠶尾續文》。遲暮衰殘，欲焚筆硯久矣。屢讀悔人與赤抒近詩，不勝髀裏肉生之歎。

朮翼宗，字石髮，章丘人稱詩，老於布衣。余題其詩卷云：「恥食嗟來鬢已斑，吟髭撚盡一身閑。惜君生後滄溟叟，不在華鼇龔勗間。」《漁洋詩話》。

帶經堂詩話卷七

漁洋山人

總集門四

家學類

三伯祖光禄少卿養吾公象蒙，萬曆庚辰進士，起家陽城知縣，擢監察御史，官止卿寺。近始見手書詩草一卷，謹録四篇，以存其梗概。《鳳音曲》：「鳳兮鳳兮集高岡，七德九苞稱至祥，五音六律鳴朝陽。鳴朝陽，應明主。非帝庭，寧高舉。」《鶴鳴曲》：「蒼松挺挺鶴相招，振翮翩翩來九霄，警霜戛戛鳴九皋。鳴九皋，聲萬里。明月來，清風起。」《瑶琴曲》：「我攜緑綺奏薰風，一曲相思彈未終，淚垂絃絶送歸鴻。送歸鴻，坐明月。人不見，心如結。」《暮雨曲》：「忽忽白雲羅神霄，霏霏暮雨平河橋，有美一人路迢遥。路迢遥，望無極。夢相見，醒相憶。」十叔祖翼吾公象節，萬曆壬辰進士，改翰林，授簡討。少有詩名，稿今無傳，唯鄭簡庵獨復先生《新城舊事》載其二句云：「古寺人來花作供，孤城春盡草如烟。」八叔祖伯石公象艮、十七叔祖季木公象春、十八叔祖用晦公象明，詩别詳《三王公集》。季木公元名象巽，用晦公元名象履。《分甘餘話》。并録三。

從叔祖季木考功，跌宕使氣，常引鏡自照，曰：「此人不爲名士，必當作賊。」嘗奉使長《池北偶談》。

安，飲於曲江，賦詩云：「韋曲杜陵文物盡，眼中多少可兒墳。」其傲兀如此。有《題項王廟》樂府一篇云：「三章既沛秦川雨，入關更縱阿房炬，漢王真龍項王虎。玉玦三提王不語，鼎上杯羹棄翁姥，項王真龍漢王鼠。垓下美人泣楚歌，定陶美人泣楚舞，真龍亦鼠虎亦鼠。」此詩劉公戫絶愛之。公與文光禄太青友善，詩亦齊名。錢牧齋尚書云：文天瑞如魔波旬，具諸天相，能與帝釋戰鬬，遇佛出世，不免愁宫殿震壞。王季木如西域婆羅門，邪師外道，自有門庭，終難皈依正法，然其警策處，要自不可磨滅。《列朝詩》中僅録三首，又非佳作。

《居易録》。十七從叔祖季木，仕南考功郎中，以詩名萬曆間，與文光禄天瑞翔鳳齊名。牧齋論之曰：天瑞如魔波旬，具諸天相，能與帝釋戰鬬，遇佛出世，不免愁宫殿震壞。季木如西域婆羅門教，邪師外道，自有門庭，終難皈依正法。此雖戲論，其言自確。然今所傳《問山亭前後集》，汰其蕪雜，擷其菁英，可傳者尚可得什之二三也。少時詩，如「故人江漢絶，疏雨户庭過」之句，不減大復、蘇門。八叔祖伯石，仕爲姚安府同知，著《迂園詩集》，詩名遠出考功下，然謹守唐人矩矱，不失尺寸。如詠魯仲連云：「孤城一飛矢，六國有心人。」又：「蕭條兩岸柳，惆悵五更雞。」「魚藏蘆底穴，雪壓竹間廬。」「青熒茅舍火，縹緲竹林烟。」「南雁迎花早，東風帶雪多。」「月明才十日，人病已經旬。」皆五言之選也。後人不振，予購其刻板藏之。十八叔祖晦甫著《鶴隱》、《雨蘿》諸集，才不逮考功，而欲馳驟從之，故時有銜蹶之患，未能成家，今刻版僅有存者。予有三公詩選，頗有可傳。

《漁洋詩話》。十七叔祖考功季木，象春，原名象巽。天才排奡，目空一世。使秦，游曲江，有詩云：「韋曲杜陵文物盡，眼中多少可兒墳。」《題項王廟壁》云：「三章既沛秦川雨，入關更肆阿房炬，漢王真龍項王虎。玉玦三提王不語，鼎上栝羹棄翁姆，項王真龍漢王鼠。垓下美人泣楚歌，定陶美人泣楚舞，真龍亦鼠虎亦鼠。」古今判劉項，無此雄快。八叔祖郡丞伯石象艮亦有詩名，五言如：「蕭條兩岸柳，怊悵五更雞。」「魚藏蘆底穴，雪壓竹間廬。」「青熒茅舍火，縹緲竹林烟。」「孤城一飛矢，六國有心人。」「龍源花外水，鹿角雨中山。」皆中唐之選也。十八叔祖大寧令用晦，象明，原名象履。詩亦有足傳。如：「日日輕雷送雨聲，小窗歷亂竹枝橫。水痕時落還時漲，枕上看山秋欲生。」「細雨新晴百草菲，含桃初染杏初肥。奚童競撲柳花落，嬌鳥時銜榆莢飛。」「水浄欲浮蝌蚪字，苔深争迸籜龍衣。闌珊春色歸何遽，簾外輕寒臘當作「蠟」。屐稀。」又有句云：「老松帶露滴巾角，亂石欹風迎馬前。」余嘗輯爲《琅邪三公集》。

先世父侍御府君諱與允，字百斯，崇禎中以劾總兵官鄧玘忤時相，罷歸。甲申，聞國難，闔門自經。《明史》載《忠義傳》。有《隴首集》一卷，南城陳伯璣録其詩，與雁門孫白谷、簫曲黄海岸、鈐岡袁臨侯合刻之，爲《四忠詩》。錢宗伯贊之曰：「遺音危苦，孤桐玉律。吟龍戛石，梵猿嗷月。浩歌悲嘯，雷風交加。蟲豸不螫，象華其牙。」云云。《漁洋詩話》。并録一。

《分甘餘話》。先伯父侍御公《詠梅》云：「繁英任似火，冰稜自如石。南枝與北枝，不作春風格。」陳伯璣云：「公忠烈之性，已見於此。」

再從伯與玫，字文玉，甲辰進士，中書舍人，從兄士驥之父也。好爲艷體，少時有悼亡詩句云：「二十五年將就木，一千里路不通書。」「欲喚小兒求夢草，定呼妙子到稠桑。」「煢煢白兔東西顧，恰恰黄鸝四五聲。」「通德每宵談秘事，清娱隨處品名山。」皆工。有《籠鵞館集》行齊魯間。《居易録》。并録一。

《漁洋詩話》。從伯文玉與玫，工艷體詩，所著有《籠鵞館集》。《無題》云：「二十五年將就木，一千里路不通書。」「煢煢白兔東西顧，恰恰黄鸝四五聲。」「通德每宵談秘事，清娱隨處品名山。」皆工。

先府君諱與敕，字欽文，别字匡廬。少工駢麗之文，晚年猶間爲之。中歲好爲詩，不孝兄弟間請編録，輒不許，曰：「吾偶寫懷抱，如絃之有音。既絃停音寂，何用留此枝贅爲耶？」《漁洋文》。

先兄考功，平生詩不減二千餘篇。已刻者曰《表餘堂集》，曰《十笏草堂集》，曰《辛甲集》，曰《上浮集》，海内耆宿論之詳矣。杜于皇以爲埽絶依傍，期于親見古人。孫豹人以爲取法少陵，稍出入於康樂、東坡之閒。汪苕文以爲幽閑澹肆，極其性情之所之，而夷然一歸於正。尤展成以爲如深山道人，草衣木食，而神色敷腴，非食肉之相。林鐵崖以爲登臨矚望，多豪儁非常之詞，時逃於貝葉，時逃於綺語。毛馳黄以爲磅礴在中，鬱紆在外，皆忠愛悱惻之所激發。蓋諸公之論云然。而先生嘗題襄陽詩曰：「魚鳥雲沙見楚天，清詩句句果堪傳。一從時世矜高唱，誰識襄陽孟浩然。」其微旨所寄如此。予往撰《感舊集》，既援《篋中》、《中州》二集附録季川、敏之兩元之例，以先生詩終卷。今二十五年矣，適刻東癡、蕭亭二家詩於京師，乃復擇先生詩什之二三，次爲四卷，并刻以傳。仍取諸公品藻之語，略爲序述，以俟論定。或曰：「子獨無言，可乎？」曰：「不敢也。無已，則舉坡公所云『出新意于法度之中，寄妙理于豪放之外』以評是詩，其亦無溢美爾矣。」并録六。

《池北偶談》。先考功西樵兄，少時有詩曰：「雄風涼大壑，雌蜺貫秋城。」時推警策。按《法苑珠林》，又有雄雷、雌雷。

《香祖筆記》。先兄考功集詩屢經芟削，最後止刻四卷，佳句佚者頗多。略記一二，如《濰縣道中》云：「人烟通下密，橋路遶東丹。」《夏夜詞》云：「夢覺聞花漏，星河一帶横。」《感興》云：「大人有賦言仙意，内景何方駐聖胎。」此類尚夥。予少時詩，如《送人知鄞縣》云：「天晴真臘樹，日射灌門潮。」《分賦菊名孔雀尾》云：「未登嵇氏狀，卻號孔家禽。」《贈徐東癡》云：「湘東品第留金管，江左風流續玉臺。」《過郡城》云：「郭邊萬户皆臨水，雪後千峰半入城。」《舟中小飲》云：「行藏略已同仙尉，得失何妨任老兵。」餘亦頗有可存者，今略識其概耳。

《漁洋詩話》。西樵甲辰之獄，吏議羅織鍛鍊，半載始白。扁舟南下，余迎於秦郵，相見持之而泣。西樵都不及患難時事，直取一巨編擲余前曰：「弟視吾詩境地差進不？」人歎其曠達。

同上。甲辰歲，西樵戲爲《蟲豸詩》二十首，蓋有所感慨而作。余見之，曰：「此下彬《蚤虱賦》之流也。」「腹與龜腸潔，聲兼清露遥。何緣塵垢裏，强著伴金貂。」《蟬》。「早讀漆園書，夢亦羡栩栩。魏收自輕薄，胡爲波及汝。」《蝶》。「共道輸君獨，牽絲巧若神。祇應同吉網，莫便詡經綸。」《蜘蛛》。「手推故神物，名流解望塵。將軍揖客少，莫訝叩頭頻。」《叩頭蟲》。「汝腹能幾許，褌中漫鬭雄。還思蝨父語，直有魯連風。」《蝨》。「爾軀既已輕，爾行復能跳。無如湯沐頻，有時亦相弔。」《蚤》「委贄大蘭王，項領足意氣。縱解認前身，詎羨轉輪貴。」《牛領蟲》。「託體槃瓠族，豕蝨略相類。狗苟而蠅營，名實竟雙備。」《狗蠅》。雖游戲三昧，然非才人不能道也。

《分甘餘話》。西樵《古意》云：「鵁鶄兩兩栖浦沙，昨夜郎來眠妾家。滅燭入門帶星去，看郎一似菖蒲花。」最質而古。

《漁洋文》。士禛與西樵先生爲兄弟四十年，撫我則兄，誨我則師，真有如子由所云云者。先生殁，禮部公泣謂士禛曰：「而與而兄實有牙生輟弦之痛，豈但鴒原之悲也。」

宗柟案：山人《閱西樵故書泣賦》云：「痛絶人琴今已矣，牙生從此竟摧弦。」用此語也。或與上句例看，以爲不切兄弟事，固矣。

予兄弟少讀書東堂，堂之外青桐三、白丁香一、竹十餘頭而已。人跡罕至，苔蘚被堦，紙窗竹屋，燈火相映，咿唔之聲相聞，如是者蓋十年。長兄考功先生嗜爲詩，故予兄弟皆好爲詩。嘗歲莫大雪，夜集堂中置酒，酒半，出王、裴《輞川集》，約共和之。每一詩成，輒互賞激彈射，詩成酒盡，而雪不止。久之，予三人馳驅南北，獨仲兄家食以老，有詩數百篇，久沈翳篋中。暇乃擇三之一刻之，與《古鉢》同附考功集以傳。曰《抱山》者，兄少日所居堂，因以自名其詩，蓋取諸孟東野句云。已上《蠶尾續文》。并録二。

《漁洋詩話》。仲兄禮吉士禧少時有和唐祖詠《望終南殘雪》詩三首云：「微風打窗紙，凍雀鳴簷端。

起看松竹色，蕭蕭增薄寒。」「將雪無雪色，色在浮雲端。煨芋對新雪，骨與梅花寒。」「遠山直西牖，高高出林端。朝來望新霽，四顧清光寒。」

《蠶尾續文》。仲兄所刻《抱山詩集》凡二卷，嘗和月泉吟社詩五十餘章，多警策，未及鋟梓。

兄諱士祜，字叔子，一字子側，號東亭，生於常熟官署，因小字虞山。年十許歲時，嘗雪夜集東堂，長兄偶簡《輞川絶句》，命屬和。兄詩先成，有「日落空山中，但聞發樵響」之句，長兄激賞。不肖筮仕揚州時，家嚴在官舍，兄遂留侍，定省之餘，兄弟論文，不啻家塾。長兄時官吏部，寄詩云：「聞道汝兄去，提攜慰寂寥。燈花開幾許，稚子喜應饒。共試南泠水，同看北斗杓。何時如意舞，一破廣陵潮。」蓋羡兄與不肖聚首之樂，而悵己之離居也。官舍有竹亭、鶴柴，雜植梅花、辛夷、修竹，兄每婆娑讀書其閒。癸卯秋試，受知張給諫螺浮、張禮部受庵，兄有聲場屋十餘年，至是得雋，年三十二矣。甲辰，長兄以磨勘事坐累，兄職納槖饘，事白，更相慰藉。長兄賦詩四章贈兄，其略云：「諒爲死喪憂，且復數相見。炎蒸午不避，霜露曉能踐。拘幽昧消息，緩急視子面。患難故舊疏，艱虞友朋賤。傷哉鴒原心，匪石不可轉。」戊申秋，南游，汎大江，至姑孰，攬青山、白紵之勝，多所題詠。庚戌，會試，受知相國魏公、大宗伯龔公、少宰王公、閣學田公、翰林夏公，廷對在高等，已而館選不得與。辛酉，至京師，需次之暇，讀書賦詩。近和張文昌《秋懷》詩十章，詞旨和平，無悽戾之音，竊意其懷抱少舒，詎謂遂成絶筆乎！詩初學李長吉，後悔之，不復作。庚子，游京口三山，乃復爲數篇，南城陳伯璣刻傳之。遊吴興白雀寺，與萊陽宋荔裳、婁江王唯夏、虞山嚴武伯、吴江葉元禮分韻賦五言古詩，舉座歎其清絶。舟過犇牛，賦詩云：「楓葉蕭蕭露氣清，蒲叢獵獵早潮生。扁舟跂脚聞風水，便有長江萬里情。」藝林傳頌之。《漁洋文》。并録二。

《蠶尾續文》。《古鉢山人詩》一卷，凡爲古今體百篇。初與其弟士禛同學詩於兄考功氏。嘗夜雪集東堂，同和《輞川集》，山人得句云云，考功驚歎。遊吴興，與諸名勝共賦五言，詩成，諸公閣筆，以爲孟襄陽「微雲澹河漢」之比。

《漁洋詩話》。余兄弟少讀書東堂，嘗雪夜置酒，酒半，約共和王裴《輞川集》。東亭士祜得句云：「日落空山中，但聞發樵響。」兄弟皆爲閣筆。○東亭與宋荔裳、嚴武伯熊、葉元禮舒崇諸名士游吴興道場山，共賦五言詩，兄詩先成，群公歎絶，以爲「微雲澹河漢」之比。○計甫草曰：「三王並負盛名，西樵、阮亭蚤達，故聲譽易起。乃東亭之才，詎肯作籧腰哉？」東亭舉庚戌進士，早殁，余刻其詩二卷，曰《古盋集》。

王士純，字孤絳，贈光禄寺少卿十二叔祖完初公象復之孫。白皙美風姿，書法李北海，弱冠殉崇禎壬午之難。有《新月》詩云：「乍見一簾水，回頭月抱肩。黄如浮醉酒，瘦比壓琴弦。」并録一。

《古夫于亭雜録》。從兄孤絳士純詠《新月》詩云：「乍見一簾水，回頭月抱肩。黄如浮醉酒，瘦比壓琴弦。」孤絳少有叔寶神清之目，書法擅絶一時。弱冠殉崇禎壬午之難。

予所居小圃石帆亭南，有池曰春草。一日，集子弟群從賦詩，弟士驪幔亭有「天際星河倒入池」之句，予甚激賞之。已上《漁洋詩話》。

附録：《分甘餘話》：「先高祖太僕忠勤公遺墨，止有采三殿大木於黔中時所爲祝嘏詞，及史論數篇。先曾祖大司徒公著述，有《炳燭編》、《攝生編》、《百警編》，皆門生郭文毅明龍正域爲序，及諫議疏稿。先伯祖大司馬公著述，有《皇祖開天玉律》，并進疏經理牂牁奏議，總督宣大奏議，大半載陳大樽子龍《經世八編》，「八」疑當作「文」。而混入太倉王少司馬思質忬疏數篇，弇州先生父也，舛譌當改正。本兵及署太宰奏議，無專刻，今邑誌略載數篇。先祖方伯贈大司寇公著述，《群芳譜》最著，康熙四十六年特旨命翰林官汪灝、張逸少等四人續廣之，又御製序文冠諸編首。餘如《剪桐載筆》、《操觚勸説》、《心賞編》、《日省録》、《救荒成法》、《舉業津梁》等凡十餘種。先伯父侍御公著述，有《隴首集》。先兄吏部西樵有《然脂集》二百卷，《十笏草堂集》、《西湖竹枝》、《三舟倡和詞》、《廣陵倡和詞》。先仲兄禮吉有《抱山堂集》。先叔兄叔子有《古鉢集》。皆已刻梓。又從叔祖郡丞定宇公《迂園集》，少司馬立宇公《西臺奏議》、《巡撫奏議》，吏部季木公《問山亭集》、《齊音》、《李杜詩評》，大寧令用晦有《鶴隱集》，從伯文玉《籠鵝館集》，余嘗欲録其簡要，合爲一編，藏之家塾，奔走四方，卒卒未暇。今老矣，未必能終踐此志，聊志其目，存之家乘云。」

自述類上

予幼入家塾，肄業之暇，即私取《文選》、唐詩洛誦之，久之學爲五七字韵語。先祖方伯府君、先嚴祭酒府君知之，弗禁也。時先長兄考功始爲諸生，嗜爲詩，見予詩甚喜，取劉須陽一相，明相國鴻訓之父。先生所編《唐詩宿》中王、孟、常建、王昌齡、劉脊虚、韋應物、柳宗元數家詩，使手鈔之。十五歲，有詩一卷，曰《落箋堂初稿》，兄序而刻之。未幾，中辛卯鄉試，始與邑隱君徐夜東癡定交，以詩往還。予贈徐句云：「湘東品第留金管，江左風流續玉臺。」徐答云「野雁想潛窺，摹繪得其真」者是也。乙未，中會試，與海内聞人縞紵論交，交道始廣。五月，買舟歸里，始棄帖括，專攻詩。故予詩斷自丙申始。丁酉秋，倡秋柳社于明湖，即大明湖，亦名濯纓湖，又名蓮子湖。二東名士，如東武丘石常海石、清源柳燾公窿、任城楊通久聖宜兄弟、益都孫寶侗仲孺輩咸集，予首倡四詩，社中諸子暨四方名流和者不減數百家。戊戌，廷對不與館選，以觀政，留京師，始與長洲汪琬苕文、南海程可則周量、武進鄒祇謨訏士輩倡和爲詩。己亥，再入都，謁選吏部，汪、程皆官都下，又益以潁川劉體仁公㦷、鄢陵梁熙曰緝，是冬崑山葉方藹子吉、海鹽彭孫遹駿孫皆來定交相倡和。庚子，之官揚州。揚州衣冠輻輳，論交遍四方。又數之金陵、姑蘇、毘陵，所至多文章之友，從遊者亦衆。甲辰，遷禮部，與翰林李檢討天馥湘北、今兵部尚書。陳檢討廷敬子端、今都察院左都御史。臺中董御史文驥玉虬，洎梁、劉、汪、程輩，切劘爲詩歌古文，而合肥龔端毅公芝麓方爲尚書，爲之職志。己酉，奉使淮浦。庚戌冬，入都，會考功兄再官吏部，萊陽宋按察琬玉叔、嘉善曹講學爾堪子顧、宣城施參議閏章尚白、後入翰林，官侍讀。華亭沈副使荃貞蕤後復入翰林，官至詹事，兼侍讀學士，加禮部侍郎，謚文恪。皆集京師，與予兄弟暨李、陳諸子爲詩文之會。居無何，葉編修方藹子吉後官至掌院翰林學士，加禮部尚書，謚文敏。亦至。壬子七月，而予奉使入蜀，尋以内艱歸里。考功兄以癸丑七月殁。乙卯七月，再入都，故人在者，唯李、陳、葉三君，皆官翰林，彭亦時一至焉。今内閣學士，兼禮部侍郎。丙辰、丁巳間，商丘宋犖牧仲、今巡撫江西、右副都御史。郃陽王又旦幼華、從官户科給事中。安丘曹貞吉升

六、今徽州府同知。曲阜顔光敏修來、後官吏部考功郎中。黄岡葉封井叔、後官工部主事。德州田雯子綸、今巡撫貴州、右僉都御史。謝重輝千仞、今刑部員外郎。晉江丁煒雁水官湖廣按察使。及門人江陰曹禾頌嘉、後官國子祭酒。江都汪懋麟季角，刑部主事。皆來談藝，予爲定《十子詩》刻之。戊午正月，予奉旨改翰林侍讀。庚申，擢國子祭酒。時李公爲内閣學士，陳、葉二公相繼爲翰林掌院學士，沈公爲掌詹，而施、彭及汪琬、陳維崧諸君皆在翰林，亦一時之盛也。

予幼自乙酉、丙戌間避兵長白，即《史記》所稱副嶽也。《酉陽雜俎》記山中崔羅什沙彌二桃事，其峰巒洞壑，横側單複之奇，概未之及也。乙未，舉進士，後丙申春，始與邑高士徐夜東癡同遊。凡柳庵、上書堂、醴泉寺諸勝，皆至焉，刻《長白遊詩》一卷。癸丑，丁内艱，以先祭酒府君命，養疴山中，僅至柳庵、生生庵、唐李庵、醴泉寺，距昔遊已十八年。乙丑，丁外艱，丁卯，往視内兄張隱君實居賓公于山中，遂同至書堂、柳庵、葛洞，未及醴泉而返。距癸丑之遊又十三年矣。名山近在户庭，宦遊四方，輒不得歸，歸而往遊，動逾十稔。中間唯丙申之遊最樂。癸丑以先恭人艱歸，又值先兄考功之變，丁卯以乞假歸省，尋遇祭酒府君大故，豈復有山水之樂哉？即此一山之遊，今昔陵谷之感，不啻如右軍禊帖云云矣。已上《居易録》。

順治庚子仲冬，予病初起，有事南蘭陵，八日而返，得遊記六、題名七、古近體詩四十，編爲一通，曰《過江集》。程子崑崙，予畏友也，而得與之乘清宴、理遊事。延陵季子之高風，陳修撰之忠節，予之所尚論而服膺者也，而得拜其墟里，問其子孫，弔其流風餘韵。京口三山及招隱、鶴林諸寺，予十年夢寐而不獲一至，而得放舟大江，躡屐幽壑，窮極烟風雲水之變態。斯遊也，可謂不徒矣。家兄東亭懷京峴之勝，遂同斯遊，得詩凡若干首，附於後。

漁洋山在鄧尉之南，太湖之濱，與法華諸山相連綴，巖谷幽窅，筇屐罕至。登萬峰而眺之，陰晴雪雨，烟鬟鏡黛，殊特妙好，不可名狀。予入山探梅信，宿聖恩寺還元閣上，與是山朝夕相望，若有夙因，乃自號漁洋山人云。是役也，發朱方，次雲陽，抵吴閶，歸經伯鸞之溪，前後所得詩六十餘篇，題曰《入吴集》。

嘗讀東坡先生集云：少與子由寓居懷遠驛，一日秋風起雨作，中夜翛然，始有感慨離合之意。嗣是宦遊四方，不相見者十八九，每秋風起，木落草衰，輒淒然有所感，蓋三十年矣。故其《述舊》詩曰：「西風忽淒厲，落葉穿户牖。子起尋裌衣，感歎執我手。朱顔不可恃，此語君勿疑。别離恐不免，功名定難期。」而其終篇則曰：「雪堂風雨夜，已作對牀聲。」至《陳州》、《東府》諸篇，一則曰：「夜雨何時聽蕭瑟。」一則曰：「對牀定悠悠，夜雨空蕭瑟。」子由答坡公詩亦曰：「誤喜對牀尋舊約，不知漂泊在彭城。」予每循覽，愴然不能終卷。然爾時方與諸兄讀書家園，肩隨跬步，未知此語之可悲也。弱冠以來，各以世網，奔走四方，回憶曩時家園之樂不可得，然後知兩蘇公之詩之可悲，有什倍於疇昔者。蓋情隨事遷，而感慨係之矣。予以順治十七年來佐揚州，中間與禮吉一别，與東亭再别，西樵自大梁過廣陵，對牀一夕，遂别於鑾江之上。嗟乎！予兄弟少無宦情，同抱箕潁之志，居常相語，以十年畢婚宦，則耦耕醴泉山中，踐青山黄髮之約，息壤在彼，得毋笑是食言多乎？是歲癸卯，西樵奉命主中州試，東亭舉山東榜，予之居揚州且四年矣，除夕偶編次一歲所作，慨然書此。已上《漁洋文》。

予三至金陵。庚子，以鄉試分考至。渡江，日已曛黑，束炬登燕子磯，題詩石壁。翼日，金陵競傳寫之，和者甚衆。辛丑，以讞獄至，作《秦淮雜詩》、《金陵遊記》。每讞事畢，輒肩輿往烏龍潭、靈谷、瓦官諸寺，城南高座、長干諸古刹，探幽訪古，而公事未嘗廢也。乙巳，内遷禮部，解郡後，客金陵，凡前所未經歷者，如牛首、祖堂、棲霞、花山，與方文爾止共遊焉，補遊記數篇。通集所作詩文爲《白門前後集》，汪琬鈍翁序之。及乙丑祭告南海，歸過金陵，當時老友皆已淪没，唯倪粲雁園以翰林請假里居，顧予舟中。予感賦一詩云：「往日秦淮水，朱樓賦洞簫。白頭故人盡，重過石城橋。」一夕即解纜渡江矣。

順治庚子冬在揚州，病起，以公事渡江往毘陵，與京口别駕程康莊崑崙同遊金、焦、北固，及鶴林、招隱、竹林寺、海嶽庵諸名勝，有《過江集》。張吏部九徵公選序之云：「筆墨之外，自具性情；登覽之餘，别深懷抱。」知己之言也。辛丑春，以例往松江謁直指，次滸墅，聞鄧尉梅花盛開，遂輕舟入太湖口，自光福、玄墓，留聖恩寺四宜堂，賦詩數十篇而返，因自號漁洋山人，有《入吴集》。予自少癖好山水，嘗憶古人身到處莫放過之言，故在揚州日，于金陵、京口、梁谿、姑蘇諸名勝，皆于簿書期會中不廢登臨，而公事亦無濡滯者。吴梅邨偉業師謂予在廣陵「日了公事，夜接詞人」，以擬劉穆之。予豈敢望古人，若山水之癖，則庶幾近之耳。寺中齋禱無事，因憶舊遊，略述之，以示兒輩。

康熙壬子，予以户部郎中奉命典四川鄉試，所過名山如井陘、霍山、姑射、中條、雷首、太華、少華、終南、太白、雲棧、嶓冢、錦屏、天柱、岷山、青城、蟆頤、凌雲、峨嵋、烏尤、五峰、塗山、平都、上喦、瞿唐三峽、巫山十二峰、隆中、峴首、蘇門、百泉諸勝，舟車遄發，迫于王程，或至或不至，凡登望皆有詩，爲《蜀道集》，又别爲《蜀道驛程記》四卷。施愚山侍讀、曹峨眉禾祭酒、徐東癡夜隱君序之，葉文敏訒庵題長句於卷首，又以書抵予云：蜀道新詩，每一篇具有二十分力量云。

甲子十月，予自國子祭酒遷少詹事，十一月，奉命祭告南海。是冬大雪，所過如嶧山、雲龍、龍眠、灊岳、黄梅五祖、九江匡廬、南昌西山、吉安青原、贛州十八灘、八境臺、梅嶺、韶石、大廟、湞陽、中宿、羚羊諸峽、濛瀼、龍頭影、彈子磯、觀音岩、越秀、白雲、西樵、七星岩諸山，皆與粤中故人陳恭尹元孝、屈大均翁山輩賦詩，獨不及登羅浮、啖新荔，爲兩恨事耳。歸渡彭蠡，阻風南康，與南豐湯先生來賀惕庵、南康周太守燦星公、孫徵君枝蔚豹人同遊廬山白鹿洞、棲賢寺，望五老峰，觀三峽、玉淵諸名勝，又自玉京山至萬杉、開先諸寺，觀青玉峽瀑布。欲由開先往歸宗觀水簾，以風便登舟，不果，至今耿耿于懷，予詩所云「譬彼禽尚遊，五嶽得其四」是也。既渡湖口，歷石鐘、大孤、小孤、三山、天門、采石、牛渚，南眺姑孰之青山、白紵，横望九井，約略見之。渡江至滁州，逆旅即次，遂冒雨遊琅邪山醉翁、豐樂二亭，訪西澗，度清流關，及渡河，取道曲阜，謁闕里林廟，望泰山並徂徠，入青石關以歸。有《南海集》及《皇華紀聞》若干卷，《南行志》、《北歸志》、《廣州遊覽小志》各一卷。蜀道、南海之行，往返皆萬二千里，而予且倦遊矣。已上《居易録》。

宗楙按：山人宦轍所經，類多題詠。吾浙巖壑奇秀，笻屐杳然，竊爲山靈抱憾。爾讀自撰年譜，知山人隨方伯之任時才四歲，後不復至。又案：山人三奉使事俱在子年，亦一異也。

長白大谷之東，南北兩峰呀然中開，有小山突起，當綰轂之口，曰于兹山，又曰魚子。其下有流水，即《水經注》魚子水也。山之上有夫于亭，相傳陳仲子灌園處，予別業在其下。坐卧草堂，朝夕與此山相對，遐思仲子之高風，慨然如或遇之，因以「古夫于」名堂焉。予自甲申歸田，十月出都門，是年冬不雪而雨，雨且連日夜。明年春夏，兩有安德之役。其冬駃雪，乃復有詩。夏秋避暑西城別墅之鷗舫，舫在小罨畫谿之右，啓北窗則修竹數百挺，蟬鳥鳴和，不見曦景。東窗俯谿，夢覺時聞遊魚撥剌荇藻閒，亦復欣然知魚之樂。時作小詩，脱稿即付兒涑。涑輒與蕭亭、歷友、司允諸君屬和，積成卷軸，其語不越一丘一壑、鳥花猨子之閒。暇録一通，寄武林吴子寶厓、新安汪子于鼎，不足示外人也。

予次康熙戊子一歲之作爲《蠶尾後集》，得五七言絶句二百餘首，而古律詩才什之一，於是先絶句，而餘體反附其後。是歲予年七十有五，篤老矣，目昏眵不能視書，唯大字本略可辨識。偶案上有宋洪景盧氏《唐人萬首絶句》舊板本，乃日取讀之，兩月而畢。於是撰録其尤者凡九百餘首，以繼《文粹詩選》之後。弇州先生曰：「七言絶句，盛唐主氣，氣完而意不必工。中晚唐主意，意工而氣不必完。」予反復斯集，益服其立論之確。毋論李供奉、王龍標暨開元、天寶諸名家，即大曆、貞元間如李君虞、韓君平諸人，蘊藉含蓄，意在言外，殆不易及。元和而後，劉賓客、杜牧之、李義山、温飛卿、唐彦謙諸作者，雖用意微妙，猶可尋其鍼縷之跡。有所作輒欲效之，然終不能近也。故是歲所爲絶句，遂溢至二百首，諸體寥寥，未便割棄，乃存而附之卷末。予甲申歸田後詩曰《古夫于亭稿》，此卷則爲《蠶尾後集》，以綴《蠶尾》正、續兩集之後，實則《古夫于亭稿》後一年之作云。已上《蠶尾續文》。

帶經堂詩話卷八

漁洋山人

總集門五

自述類下

予少時與先兄考功同上公車，每到驛亭，輒題素壁，筆墨狼藉，率不存稿，逸去多矣。數年來，往往從友人口中得之，恍忽如夢，不忍盡割，略記于此：「河口花明錦纜春，砑繚綾子領邊巾。不知何事牽儂思，欲疊紅箋賦洛神。」徐隱君東癡嘗口誦此詩。「不見湘中舊汜人，西園蘭石愴如新。低佪十五年前句，祇有蛛絲絡暗塵。」彭少宰孫遹羨門誦之。「關河連夜雨，驛路一聲蟬。」湯右曾西厓、王戩孟穀誦之。「風迴邸閣聞鈴馱，日落關山見戍旗。彷彿夢中尋蜀道，打包身度棧雲西。」徐學士健庵誦之，且題其右云：「古驛斜陽聽鐸聲，分明棧路蜀山行。讀君題句成先讖，天遣才人過錦城。」「往跡流傳本事詩，廿年如夢不堪思。重來頭白風情盡，誰記巡檐繞柱時。」汪耀麟叔定誦之。「趙北燕南水四圍，此中避地可忘機。垂垂芡實迎秋熟，拍拍鷗群接翅飛。蟹舍都連黃篾舫，釣人相暎綠簑衣。淮南小別今三載，魚稻珠湖願竟違。」曹祭酒禾峨嵋榜旅舍曰「漁洋詩屋」。」《池北偶談》。

余自少年與先長兄考功同上公車，每停驂輟軛，輒相倡和，書之旗亭驛壁，率不留稿。諸同人見之者，後在京師往往爲余誦之，怳如昨夢。近見吴江鈕玉樵琇《觚賸》亦載余逸句。因憶丙午自里中北上，戲題德州南曲律店壁一絶云：「曲律店子黄河厓，亦地名。朝來一雨清風霾。青松短壑不能住，騎驢又踏長安街。」語雖詼嘲不足存，亦小有風趣，聊記于此。《香祖筆記》。并録一。

《蠶尾續文》康熙四十年五月二十日午，憩曲律店，憶三十年前過此，戲題絶句云：「曲律店接黄河厓，朝來一雨清風霾。青松短壑不能住，騎驢又踏長安街。」今老矣，憶斯語，爲之慨然。

順治辛丑春雨中，泊舟楓橋，寄先兄西樵二絶句云：「日暮東塘正落潮，孤篷泊處雨瀟瀟。疏鐘夜火寒山寺，又過吴楓第幾橋。」「楓葉蕭條水驛空，離居千里悵難同。十年舊約江南夢，獨聽寒山半夜鐘。」今荏苒五十年矣，西樵下世亦已三十餘年，回思往事，爲之憮然而歎。《分甘餘話》。

宗枏附識：鮑待翁《亞谷叢書》：「漁洋先生於順治辛丑遊吴，題詩楓橋，《詩話》載之。余以康熙庚子再遊鄧尉，泊舟楓橋，追憶其事，屈指剛六十年，口占一絶句云：『路近寒山夜泊船，鐘聲漁火尚依然。好詩誰嗣唐張繼，冷落春風六十年。』」翁名鉁，字冠亭，雲中人，嘗爲湖之長興令，風流好事，不沾俗吏之塵。著述數種，《叢書》其一也。

辛丑在廣陵，閩中友人許天玉公車北上，以缺資斧來告，會囊無一錢，先室張宜人笑曰：「君勿憂，我爲君籌之。」除腕上跳脱付予曰：「此不足爲許君行李費耶？」予亦一笑，持遺天玉，天玉作長歌記其事，頗援古賢媛爲比。

予奉使入蜀時，兩喪愛子，宜人病骨支牀，而予有萬里之行，宜人慮傷予心，破涕爲笑，扶病治裝，刀尺之聲與嗚咽相間，唯恐予之聞之也。予途中寄詩云：「何必言愁始欲愁，離騷端只是離憂。兩年再墮童烏淚，萬里虚爲諭蜀遊。落日深山聞杜宇，秋風古驛下金牛。傷心欲寫蠻箋寄，十樣空傳出益州。」次灞橋，再寄詩云：「長樂坡前雨似塵，少陵原上淚霑巾。灞橋兩岸千條柳，送盡東西渡水人。」已上《漁洋文》。

附録：《張宜人行述》後段：「宜人十四歸予，予性疏散，好讀書，不問家人生産，宜人以勤儉佐予，内外秩然。今已矣，予偶讀《文選》，至潘騎省《悼亡詩》，輒閉目不欲觀。又客秋過河間，和沈啓南《鈎弋夫人歌》一篇，語近不祥，輒削稿。他日入室思人，流芳已歇，遺挂在壁，憶騎省之詩，豈非神先告之乎？悲哉！」

亡室陳孺人懿行儉德，可書者非一。性慧强記，初從予口授唐絶句百首，皆成誦，吟諷中律吕。予所賦詩，亦頗能誦數十篇。禪誦之餘，每舉以相娱樂。既十四五年，扣之一無遺忘，似有慧業者然。《蠶尾文》。

宗楠案：山人年譜：康熙十五年丙辰九月，張恭人歿于家。而陳孺人卒在癸酉四月，張孺人卒在己卯六月，俱書側室。第陳於丁巳十月聘娶，視張之少從夫人俱來爲媵妾者稍異耳。讀集中《行述》二首自明。

康熙十一年六月，奉命典蜀試。七月朔，與家兄西樵考功及家人别。余方有兒渾之痛，伏枕浹旬，黽勉就道。初十日，抵平定州，夜雨，夢兒渾，髣髴如平生，枕上拭淚，成一詩。《蜀道驛程記》。

長女小字阿端，以康熙己未五月初九日生於京邸，卒年十有二。三女阿宫，以甲子九月二十日生京邸，女生而余遷宫尹，故以名之，十歲病死。始阿端之葬也，予爲詩哭之曰：「左氏嬌女詩，陳王金瓠詞。忘情非太上，萬古一銜悲。」既而自疑曰：一詩而引二事，是疑於兩女也，不祥。然孰意其果讖乎！《蠶尾文》。

宗柟按：山人自述其詩，多散見諸書，特采數條於此卷中，以見其性情之篤，非漫然者。又按：山人交遊甚廣，此下諸條，或爲平生知己，或爲布衣至誼，所謂「文章有神交有道」也，而其他則分屬各類云。

余以順治乙未舉禮部，戊戌，始赴廷對。一日期集禮部，新郎君皆在，全椒吴玉隨國對大呼入曰：「此中何者爲濟南王郎乎？」衆愕然，余方跂脚榻上，笑曰：「君自辨之。」吴直前捉余臂曰：「此即是也。」衆爲一笑。後吴以第一甲二人及第，假過真州，贈余詩云：「如此青天如此月，兩人須問大江秋。」詩詳《鑾江倡和集》。并録二。

《香祖筆記》。戊戌同年吴侍讀默岩，全椒人，榜眼及第，詩未入格，而頗有勝情。予官揚州時，嘗與其客儀真。一日過予，客園置酒，酒間作擘窠大字，及便面數事，皆即事漫興之語，令人解頤。尚記其一則云：「少陵云『一洗萬古凡馬空』，東坡云『筆所未到氣已吞』，才人須具此胸次，落筆自爾不凡，唯阮亭可以語此。」頃之，予衣領上偶見一蟣，即又云：「宰官衣領蟚上一蟣子，此正須耐煩，以爲勝俗客耳。」雖偶然游戲，皆有理趣。久之露坐，月色皎然，賦絶句云：「如此青天如此月，兩人須問大江秋。」予和之，得四首：「翰林兄弟皆名士，廨屋三間分兩頭。及第紅綾分餅日，閉門黄葉著書秋。」「嗚爐園中小山名。斜日森碧篠，人影參差曲岸頭。頃刻疾書兩丸墨，山蟬墮地數聲秋。」又二詩不具録，詳《鑾江倡和集》。

《分甘餘話》。同年吴默岩在儀真，嘗書許彦周《詩話》：老杜《丹青引》「一洗萬古凡馬空」，坡公《觀吴道子畫壁詩》「筆所未到氣已吞」，唯二公之詩各可以當之。而舉余少作《周文矩莊子説劍圖》詩「使筆如劍劍氣出」之句，以爲唯余詩足以當之。今五十年，默岩墓有宿草矣。

余少在濟南明湖水面亭賦《秋柳》四章，一時和者甚衆。後三年官揚州，則江南北和者前此已數十家，閨秀亦多和作。南城陳伯璣允衡曰：「元倡如初寫《黄庭》，恰到好處，諸名士和作皆不能及。」

宗柟按：鈍翁《説鈴》：「王十一感秋柳賦詩四章，其三云『東風作絮糝春衣』云云，嚴給事沆稱此詩風調淒清，如朔鴻關笛，易引羈愁。讀之良然。」近《别裁集》謂《秋柳》詩乃公少年英雄欺人語，爲所欺者强爲注釋，究之不切秋，并不切柳，問其何以勝人，曰佳處正在不切也。爲之粲然。竊謂四詩佳處全在情味勝人，不獨如給事所指一首也。若斤斤繩墨以求之，恐非作者本意矣。

余往如皋，馬上成《論詩絶句》四十首，從子浄名啓浣作注，人謂不減向秀之注《莊》，後不三十夭卒。西樵仲子。并録一。

《居易録》。儀封王世治刻吴江計甫草東讀予《論詩絶句》記，來徵士大夫詩歌紀事，以計此記爲予詩作也，因先呈予。世治跋云：「不肖生也晚，距先肅敏公六世，時已百餘年，守家藏集，恒虞失墜，有莫爲之後之懼。康熙壬戌七月，太丘王瑗郵致甫草計先生《讀阮亭詩記》一篇，世治讀之，不禁涕洟，深歎知己之難，而相遇之奇也。世治半世俯首老諸生，不能與當代賢士大夫挈長比藝，焜耀先澤，而甫草乃從阮亭王公『少谷山人』之句，而致其感動痛哭之辭，至欲爲先肅敏死，斯亦奇矣。嗟乎！是少谷、阮亭兩公之知先肅敏，而總藉傳于計先生之一痛也。海内文人，其誰不願爲計先生死者哉！」予康熙癸卯在揚州，一日雨行如皋道上，得《論詩絶句》四十首，蓋倣元裕之作。其一云：「三代而還盡好名，文人從古善相輕。君看少谷山人死，獨有平生王子衡。」甫草丁未於都門見此詩，因作記，今載《甫里集》。

余在甓社湖舟中作《歲暮懷人》絶句六十首，丙夜而畢。紙盡，以公牒牘尾續之，淋漓皆徧。

余少客秦淮，作《秦淮雜詩》二十餘首，陳其年詩「兩行小史艷神仙，争寫君侯腸斷句」，謂此也。又在真州作絶句云：「好是日斜風定後，半江紅樹賣鱸魚。」又：「濛濛夕照開棠色，葉葉風帆下建康。」又：「摘星樓閣浮雲裏，一傍危欄望楚江。」又：「緑楊城郭是揚州。」江淮間多寫爲圖畫。後入蜀，行夾江道中，望峨眉三峰在烟雨空濛中，賦詩云：「沈黎東上古犍爲，紅樹蒼藤竹亞枝。騎馬青衣江上路，一天風雨望峨眉。」及入粤，大雪行潛山唐婆嶺，即事賦詩云：「皖公山色望迢遥，皖水清泠不上潮。青笠紅衫風雪裏，一林楓桕馬蕭蕭。」常欲命畫師爲寫二圖，未果，每以爲憾。已上《漁洋詩話》。

余少時官廣陵，與諸名勝修禊紅橋，即席賦《冶春詩》二十四首。陳其年後至，贈余詩曰：「玉山筵上頹唐甚，意氣公然籠罩人。」劉公勇曰：「采明珠，耀桂旗，麗矣。或率而兒拜，或揚袂從風，如欲仙去。《冶春詩》獨步一代，不必如鐵厓遁作別調，乃見姿媚也。」《香祖筆記》。　并録二一。

《漁洋詩話》。余少時在廣陵，每公事暇，輒召賓客，汎舟紅橋，與袁荆州于令諸詞人賦詩，有「緑楊城郭是揚州」之句，江淮間取作畫圖。又與林茂之、張祖望、杜于皇、孫豹人、程穆倩修禊於此，自賦《冶春詩》二十首。陳其年題其後云：「官舫銀鐙賦冶春，琅邪風調更誰倫。玉山筵上頹唐甚，意氣公然籠罩人。」宗定九元鼎詩云：「休從白傅歌《楊柳》，莫向劉郎演《竹枝》。五日東風十日雨，江樓齊唱《冶春詞》。」劉公㦷曰：「耀明珠，蔭桂旗，麗矣。或率而兒拜，或矯而當熊，或揚袂隨風，如欲仙去，遺世獨立，横絶一時。不必如老鐵《花游》諸曲，遁作別調，始見姿媚也。」

《居易録》。予嘗與袁于令、杜于皇諸名宿宴于紅橋，予自爲記，作詞三首，所謂「緑楊城郭是揚州」是也。昭令酒間作南曲，被之絲竹。又嘗與林茂之、孫豹人、張祖望綱孫輩，修禊紅橋，予首倡《冶春詩》二十餘首，一時名士皆屬和。予既去揚州，過紅橋多見憶者，遂爲廣陵故事。陳其年云：「官舫銀燈賦冶春，廉夫才調更無倫。玉山筵上頹唐甚，意氣公然籠罩人。」宗梅岑云：「休從白傅歌《楊柳》，莫向劉郎演《竹枝》。五日東風十日雨，江樓齊唱《冶春詞》。」此例甚多。丙寅、丁卯間，曲阜孔尚任東塘以濬河至揚州，題詩紅橋云：「阮亭合向揚州住，杜牧風流屬後生。廿四橋頭添酒社，十三樓下説詩名。曾維畫舫無閑柳，再到紗窗祇舊鶯。等是竹西歌吹地，烟花好句讓多情。」

附録：《香祖筆記》：「屠隆長卿令青浦，梁辰魚伯龍過之，爲演《浣紗記》，遇佳詞輒浮以大白。昔袁荆州籜庵于令自金陵過予廣陵，與諸名士汎舟紅橋，予首賦三闋，所謂『緑楊城郭是揚州』者，諸君皆和，袁獨製套曲，時年八十矣。曲載《紅橋倡和》。昔張子野與東坡會飲垂虹亭，年亦八十。」

康熙三年，予與杜于皇濬、陳其年維崧輩同在如皋，修禊於昌氏水繪園，賦詩。或問杜：「阮亭詩何如？」答曰：「興酣落筆摇五嶽，詩成嘯傲凌滄洲。」又問：「君詩何如？」曰：「但覺高歌有鬼神，誰知餓死填溝壑。」《池北偶談》。并録二。

《香祖筆記》。余康熙乙巳春，將去廣陵，偶以公事至如皋，冒辟疆襄約余修禊水繪園别業。時通州八十老人邵潛潛夫及宜興陳其年、縣人許嗣隆山濤及冒氏諸子咸在坐，分體賦詩。余得七言古體，坐湘中閣，立成十章。黄岡杜于皇後至，他日，或問之曰：「阮亭詩如何？」杜曰：「酒酣落筆摇五嶽，詩成嘯傲凌滄洲。」又問：「君詩如何？」曰：「但覺高歌有鬼神，誰知餓死填溝壑。」

《漁洋詩話》。余與邵潛夫、陳其年諸名士，以康熙乙巳修禊冒辟疆水繪園，分體賦詩。余戲謂其年曰：「得紫雲捧硯乃可。」紫雲者，冒歌兒最姝麗者，爲其年所眷。許之，余坐湘中閣，立成七言古詩十章。後一日，杜茶邨自廣陵至，亦有補作。或問之曰：「阮亭詩何如？」杜曰：「酒酣落筆摇五嶽，詩成笑傲凌滄洲。」「君詩何如？」曰：「但覺高歌有鬼神，誰知餓死填溝壑。」

予在揚州日，通州布衣邵潛潛夫年八十餘，無妻子，僑居如皋。予適按部至縣，邵以書來，云苦門夫之役。予抵縣，次日晨往訪之，所居狹巷不容車騎，予下車，徒行入。蓬門陋室，卧榻與竈突相接，所刻書板充棟。出市酤，留飲，予爲引滿數觴，盡歡而罷。邑令聞之，即日免其徭役。福清林古度茂之亦八十餘，數自金陵過訪。每集諸名勝，文宴紅橋、平山堂之間，予親爲撰杖。康熙甲辰除夕，茂之以萬曆甲辰以來六十年詩，屬予刪定。不減數千篇，皆曹能始、鍾伯敬、譚友夏諸前輩所鉛黃。予爲存其甲子以前風華近六朝者，而刪其甲子後詩幾盡。施愚山閏章見之，曰：「吾與林翁久游處，非君選，不知其本色乃如是，君之功林翁大矣。」高淳老布衣邢昉孟貞，五言學韋蘇州，風格甚高。予至揚州，昉前死已久。予爲祭酒時，長山李尚書孫斯佺謁選得高淳令，予以昉家事託之，俾訪其妻子。明年，李以書來云：「邢妻老尚無恙，一弟爲老諸生，一孫，甚貧。已辦二百金爲買丞相圩腴田四十畝，不憂饔餐矣。」愚山與孟貞交最善，代爲謝予。予與孟貞終未識面，其弟、妻與孫亦不知予誰何也。成都費密字此度，獻賊破蜀後，流寓泰州，人無知者。予偶見其五言詩曰：「大江流漢水，孤艇接殘春。」愛之，賦詩云：「成都跛道士，萬里下峨岷。虎口身曾拔，蠶叢句有神。大江流漢水，孤艇接殘春。十字須千古，何爲失此人。」密見之，遂來定交。南城陳允衡伯璣客金陵，清羸善病，以予故，數來揚州，選録《國雅集》，予居之古文選樓，頗料理之。孫枝蔚豹人，三原人，僑居揚州，高不見之節。予訪之，先以詩云：「焦穫奇人孫豹人，新詩雅健出風塵。王弘不見陶潛迹，端木寧知原憲貧。」遂爲莫逆交。泰州布衣吴嘉紀，字賓賢，居東淘，苦吟不交當世。予見其所爲五言，清冷古澹，雪夜被酒，爲其詩序，馳使三百里致之。嘉紀大喜過望，買舟至廣陵謁謝，遂定交。黄州杜濬于皇，客揚州，嘗人日大雪無事，巾車造之，論詩竟日，樵蘇不爨，茶話而已。乙巳七夕，予赴京師，諸君餞于禪智寺，祖道賦詩。于皇詩云：「記逢人日雪，造我吟窮愁。」豹人詩云：「欲問忘情老，何名共命禽。」因刻《禪智録別》一卷，誌一時窮交之誼。今二十六年矣。予嘗于役淮陰，雪夜泊甓社湖，作《歲暮懷人》絶句六十首，紙盡，取公文牘尾紙雜書之皆滿。詩中所及，大半布衣也。《居易録》。并録四。

《漁洋詩話》。南通州邵潛潛夫，亦萬曆詩人，錢宗伯牧齋亟稱之。性孤僻，凡數易妻，晚竟無子。僑居如皋，年八十矣，苦徭役。余適以按部至縣，詰旦，首謁邵。邵所居委巷，乃屏輿從，徒步而入。邵曰：「適有酒一斗，能飲乎？」余欣然爲引滿。流連移晷，始别。縣令聞之，立除其役。

《池北偶談》。邵潛，字潛夫，自號五岳外臣，南通州人。性傲僻，不諧俗，好嫚駡人，人多惡之。及與李本寧、鄒彦吉、黄貞父、陳仲醇諸公遊，所著《友誼録》、《循吏傳》、《印史》諸書，多可傳者。年五十無子，娶後妻成，久之，嫌其貧老棄去，一婢又爲勢豪所奪，遂隻身客如皋城西門，年八十矣。康熙乙巳，予過皋訪之，茅屋三間，黝黑如漆。邵筋骨如鐵，白髮鬖鬖被領，雙眸炯然。具果蔌留予飲，尚盡數觴。與修禊冒氏洗鉢池，尚能與予輩賦詩。陳其年維崧云：「古今文人多窮，然未有如邵先生者。」聽其言，愴然如劉孝標所自叙也。予去廣陵，聞邵即以是歲下世矣。

《漁洋詩話》。杜茶村濬，初名詔先，黄岡人，僑居金陵。貧甚，屢客廣陵。甲辰人日大雪，時方鎖印無事，余造訪之，清言竟日。乙巳七夕，余北上京師，諸人祖於禪智寺，即席賦五言，茶村有句云：「記逢人日雪，造我吟窮愁。」謂此也。

同上。余在廣陵五年，多布衣交。甲辰内遷，乙巳七夕，諸詩老送别禪智寺，孫豹人枝蔚有句云：「欲問忘情老，何名共命禽。難言無所住，齊有淚盈襟。」

順治己亥，客京師，日聽劉公𢷜吏部鼓琴，賦詩贈之云：「與君更作他年約，黄鵠山中訪戴行。」至壬寅歲，相遇於京口。京口有黄鵠山，在城南五六里，即招隱寺，宋戴顒故居也。始悟前詩蓋有定數云。《池北偶談》。并録五。

《漁洋詩話》。劉公𢷜體仁吏部善鼓琴，常於慈仁寺精舍彈《御風操》。余贈詩云：「與君更作他年約，黄鵠山頭訪戴行。」京口黄鵠山，戴顒所居也。後五年，果相遇黄鵠山下。又沈文恪繹堂荃以箋索書，余爲書放翁詩云：「三疊淒涼渭城曲，數枝閒澹閬中花。」未幾，典蜀試，至閬中驛亭，恍然悟前詩，信數有前定哉。

《池北偶談》。世事莫非前定，所云動乎四體，有不知其所以然者。往予在淮南，好觀《棧道圖》。有興化顧生符稹工此技，妙入毫髮。予令畫絹素屏扇凡十數，自爲長歌題之。復以其一贈姊夫劉大田倬，既而予有入蜀之役，同行即劉君也。辛亥歲，在京師，沈文恪繹堂爲侍讀，以小册索書，予爲書陸放翁詩云：「殘年作客遍天涯，下馬郵亭便似家。三疊淒涼渭城曲，數枝閑澹閬中花。擘牋授簡相逢晚，理鬢薰衣一笑譁。俱是邯鄲枕中夢，墜鞭不用憶京華。」比入蜀，信宿閬中，乃憶前事，真詩讖也。因賦一詩寄沈：「葭萌關外極天涯，長憶西園夜鬬茶。萬事輪他前定在，今朝真看閬中花。」曩丁未歲四月二十九夜，夢中得絶句云：「溪鋪翡翠映烟空，溪上飛橋落彩虹。愛玩花藂憶元相，一枝渾卧碧流中。」既覺，不知所謂。末句則元微之使東川所賦亞枝紅詩也。至是過褒城亦驗。予己酉奉使淮上，過奉高，閲《泰安州志》，至嬴、博字輒心惡之。辛亥、壬子，遂連遭渾、沂兩兒之痛。入蜀時，過百牢關，作一詩懷諸兄，結押「廬」字。忽心動曰：「廬，廬居也。得勿不祥乎？」又閲劍南詩，有云「成都放榜第一人楊姓具慶下愴然有感」，又心惡之。比榜放，解元果楊兆龍也，心益動。時先慈宜人已見背，予在萬里外未知也。昔阮孝緒於鍾山聽講，母王忽病，兄弟將召之，母曰：「孝緒至性冥通，必當自到。」果心驚而返，信有是哉。

《蜀道驛程記》。在京師，沈繹堂侍講以箋索書，予爲書陸務觀《閬中》詩云：「殘年作客徧天涯，下馬郵亭便似家。三疊淒涼渭城曲，數枝閑澹閬中花。擘牋授管相逢晚，理鬢薰衣一笑譁。俱是邯鄲枕中夢，墜鞭不用憶京華。」是時予與繹堂輩方日爲文字之飲，既書此詩，意頗不懌。到閬州，始省前事豈前定耶？

《漁洋詩話》。余常夢中得詩云：「谿流翡翠映烟空，谿上飛橋落彩虹。愛玩花叢憶元相，一枝渾卧碧流中。」既覺，不知所謂。及使蜀，乃悟是元微之亞枝紅詩，即使東川作也。昭陽顧符稹工畫，余尤愛其《棧道圖》，爲賦長歌，凡扇頭絹幅屏幛間，皆令作《棧道圖》。後壬子、丙子兩使蜀，此其讖也。又常有夢中作云：「涼雲止復行，水花開更落。烟柳夕陽時，蟬聲動高閣。」

《分甘餘話》。唐鄭綮云：「詩思在灞橋驢子背上。」胡擢云：「吾詩思若在三峽，聞猿聲時也。」余少作《論詩絶句》，其一云：「詩情合在空舲峽，冷雁哀猿和《竹枝》。」用擢語也。後壬子秋典蜀試，歸舟下三峽，夜泊空舲，月下聞猿聲，忽悟前詩，乃知事皆前定。

予壬子歲過新樂縣，題詩驛壁，寄宋荔裳琬蜀臬云：「當年霧夕詠芙蕖，促席傳觴樂未疏。名忝應劉七才子，座傾沈范兩尚書。飛星過漢無留影，萍葉隨潮少定居。賴有前期不相負，秋來同釣錦江魚。」沈、范謂龔宗伯芝麓鼎孳、梁相國蒼巖清標也。時荔裳與予先後入蜀，其明年，荔裳入覲，卒京師，龔公即以是歲下世。戊辰，梁公以司馬入相，辛未卒于位。今復過此，舊館已頽，前題不復可見。俛仰二十五年間，遂如隔世，益知維摩談空理不可易也。《秦蜀驛程後記》。

康熙庚申春，予與施侍讀愚山同過宏衍庵看海棠，各有四絶句。今庚午二月重來，海棠三株皆已化去，而愚山之墓木拱矣，不勝今昔存殁之感。因復成一絶云：「十年不見謝宣城，目極澄江遠恨生。白首重吟《枯樹賦》，江潭蕉萃庾蘭成。」《居易録》。

予初以詩贄於虞山錢先生，時年二十有八，其詩皆丙申年少作也。先生一見，欣然爲序之，又贈長句，有「騏驥奮蹴踏，萬馬喑不驕。勿以獨角麟，儷彼萬牛毛」之句，蓋用宋文憲公贈方正學語也。又采其詩入所纂《吾炙集》。方盫山自海虞歸，爲余言之。所以題拂而揚詡之者無所不至。余嘗有詩云：「不薄今人愛古人，龍門登處最嶙峋。山中柯爛蓬萊淺，又見先生制作新。」「白首文章老鉅公，未遺許友一闖風。如何八代論騷雅，也許憐才到阿蒙。」今將五十年，回思往事，真平生第一知己也。《古夫于亭雜録》。　并録一。

《漁洋詩話》。虞山錢宗伯贈余古詩云：「騏驥奮蹴踏，萬馬喑不驕。勿以獨角麟，儷彼萬牛毛。」又爲作集序，有「與君代興」之語。時余年甫踰弱冠耳，其爲所賞異如此。余後有絶句云：「少年薄技悔雕蟲，拂拭當年荷鉅公。紅豆莊前人去久，花開花落幾春風。」

京口張文選公選，博物君子也。嘗題予《過江》、《入吴》兩集云：「筆墨之外，自具性情；登覽之餘，别深懷抱。」此語可與解人道。《香祖筆記》。并録一。

《漁洋詩話》。張吏部公選九徵先生題余《過江集》云：「筆墨之外，自具性情；登覽之餘，别深寄託。」

昔亡友葉文敏評余《蜀道集》詩：「毋論大篇短章，每首具有二十分力量，所謂師子搏象兔皆用全力者也。」余深愧其言。陳元孝恭尹評余《南海集》，雖不及《蜀道》之宏放，而天然處乃反過之，此亦知言。文敏又嘗語余：「兄七言長句，他人不能及，祇是熟得《史記》、《漢書》耳。」《分甘餘話》。

汪鈍翁與余順治末稱詩都下，忝齊名之目。鈍翁有詩云：「俠少場中同結駟，郎官隊裏各題詩。恥居王後吾何敢，願作雲龍上下隨。」《漁洋詩話》。

康熙丁未、戊申間，余與茗文、公諴、玉虬、周量輩在京師，爲詩倡和。余詩字句或偶涉新異，諸公亦効之。茗文規之曰：「兄等勿效阮亭，渠别有西川織錦匠作局在。」又葉文敏訒庵云：「兄歌行，他人不能到，只是熟得《史記》、《漢書》耳。」余深愧兩兄之言。

余少奉教於虞山、婁江兩先生。五十年來，書尺散佚，偶從鼠蠹之餘得兩先生尺牘手書，不勝感歎，謹録左方。○錢牧齋先生書三通。○「玉峰郵中，忽奉長箋。温文麗藻，曄如春華，東風入律，青雲干呂。捧讀數過，笑繼以忭。自分以木桃之投，而致瓊瑶之報，私心怦營，愧無以仰副德音也。衰遲潦倒，賣身空門，舊學無幾，遺忘殆盡。唯有日繙貝葉，銷閑送老。世間文字，茫然如前塵積劫。門下散華落藻，如卿雲在天，有目共覩。老人未免根觸童心，鼓動習氣，欲從蒲團上颺去，以此自笑耳。近日詩家如稻麻葦粟，今得法眼刊定，又有伯璣玄覽，共爲鑑裁，廣陵當又築文選臺矣。西樵詩渴欲請教，郵中都未見寄，惄如調饑，我勞如何？邗溝一水，不能辦十日春糧，趨侍鈴閣。京江閒阻，便如明河天塹，可一歎也。亂後纂述，不復編次，緣手散去，存者什一。荆婦近作當家老姥，米鹽瑣細枕藉，烟熏掌簿，十指如椎，不復料理研削矣。卻拜尊命，慚惶無地。杜詩非易注之書，注杜非小可之事，生平雅不敢以注杜自任，今人知注杜之難者亦鮮矣，可歎也。西江王于一苦心學四大家文字，溘逝之後，遺文散佚，倘得屬伯璣搜緝，序而傳之，俾此子不爲草亡木卒，誠藝林所仰望也。貴門人便郵，草率奉復，老懷縷縷，都無倫次，唯高明亮之。」○「僕於君家季木兄，有同年同志之誼，而司馬中丞暨令祖方伯，咸以年家穉弟，畜我愛我。松茂柏茂，如草木之有臭味，不但孔、李通家也。陵谷改遷，故舊寥闊，東望岱宗，未嘗不鬱紆感歎。頃聞門下雄駿絶出，整翮雲霄，鴻裁艷詞，衣被海内。才筆之士，靡不捧盤執匜，願拜下風。私心慶幸，以爲大槐之後，復産異人，新城門第，大振於灰沈烟燼之餘，禽息之精陰，慶在季木可知也。舍甥北還，復示大集，如觀武庫，如游玉府，未敢遽贊一言於簡端。丁老繼之枉過，言門下駐節水亭，討論風雅，風前燭下，睠念衰朽，以爲孤竹老馬猶能識道，不惜過而問焉。禪力未固，獵心復萌，繙閲再過，放筆爲糠粃之導。良以古學日遠，流俗波靡，如門下應半千之運，苕竪穎發，回斡狂瀾，鼓吹大雅，故敢傾吐樸學，申寫狂言，直道其所厚望於門下者。此時稂莠一區，鳥鼠同穴，聞僕之言，必將群喙争鳴，衆口交詛。區區之意，但得以片言自效於高明，斯世有一人知己，豈復與輇才小生争宴歔於鼠穴哉！序言草略，有懷未盡，扇頭古詩一章，聊當百一。邗溝京江，盈盈一水，貧病屏跡，投老荒村，東風解凍，尚期裹糧襆被，奉扣鈴閣，庶幾樵蘇不爨，明鐙永夕，上下揚扢，成千古佳話耳。君家群從，比復何如？季木兒郎得免負薪否？牘末附問，不盡馳念。」○「餘生暮年，銷聲息影，風浪瞥起，突如焚如，介恃天慈，得免要領。噩夢已闌，驚魂未懃，遠承慰問，深荷記存，唯有向長明鐙下，炷香遥祝而已。伏讀佳集，泱泱大風，青丘東海，吞吐於尺幅之間，良非筆舌所能贊歎。詞壇有人，餘子皆可以斂手矣。老耄叢殘，仰承推許，三復德音，慚懼交并。輇才樸學，本不敢建立門户，厠足藝林。幸奉先生長者之訓，稍知撥棄俗學，别裁僞體，采詩餘論，聊示發揮，遂使謡諑紛如，彈射横集，俗習沉痼，末學晦蒙，醯雞井猿，良可愍歎。日星在天，江河萬古，歐陽公有言，豈爲小子輩哉？八十老叟，餘年幾何？既已束身空門，皈心勝地，義天法海，日夕研求，刳心刻腎，如恐不及，何暇復沉湎筆墨，與文人才子争目睫之短長哉？非旁行之書不覩，非對法之論不作，世間文字，一一皆迴向波若唄讚之餘，游戲諷詠。禪則寒山、梵志，儒則《擊壤》、江門，可以助發道情，消除蔭界。假年送老，如是而已。《秋柳》新篇，爲傳誦者攫去。枚生已老，豈能分兔園一席，分賦忘憂，白家老嫗，刺促爨下，吟紅詠絮，邈若隔生，無以仰副嘉命，徒有永歎而已。伯璣想尚在幸舍，幸道相念。寒窗裁謝，臨風悵然。」○吳梅村先生書一通。○「增城渡江一札，想已得候見竹西，正求傳示。論詩大什，上下今古，咸歸玉尺。當今此事，非得公孰能裁乎？江表多賢，正恐不鳴不躍者，或漏珊瑚之網。如吾友許九日兄，爲寒齋二十年酬唱之友，十子才推第一，篇什流傳，定蒙鑑賞。近詣益進，私心畏且服之。而獨苦其食貧無依，即宿舂辦裝，亦復不易，而出門求友之難也。今春坐梅花樹下，讀阮亭集，躍起狂叫曰：『當吾世而不一謁王先生，誰知我者？』襆被買舟，素箏濁酒，特造門下。雖幸舍多賢，誰復出九日上者乎？其姿神吐納，書法之妙，見者傾倒，當以爲長史、玉斧之流，不徒繼美乎丁卯橋也。門下延華擥秀，或亦倦於津梁，然如此客，急宜收之夾袋，咳唾所及，增光長價。且此君青鞵布韈，由是而始，無使寥落，便增旅況，則皆名賢傳中佳話耳。」

故友劉吏部公戭，尺牘題跋，風味不減蘇、黄。偶從蠹簡中得其小札一通，别録於此：「潤州握手，謂我猶游戲人間，喜極淚下。不知公戭何人，而先生眷眷若此。揚署再晤，見退衙時，小書一屏，書《洛神賦》。壁上懸松圓詩老小景一幀，匡牀棐几，蕭然無點塵，令人意消。白沙客舍，下馬踞牀，爲我特留一日，集諸勝流，修談讌之娱。昔人有言：『不幸生末俗，猶幸識元紫芝。』僕既幸識先生，又辱眷眷若此，想曾於無量阿僧祇劫，供養承事一切慧業文人，故兹生乃享此報，不落落也。嘗與同人言，讀同時他人作，雖心知其什倍於我，竊復漫臆，儻假以問學，似若可追。至吾阮亭，即使我更讀書三十年，自覺去之愈遠。正如仙人嘯樹，其異在神骨之間。又如天女微妙，偶然動步，皆中奇舞之節。當使千古後，謂我爲知言。近所作既不欲刻布，可時寫一通見示。僕所纂《汝潁集》，蒙宣索，繕寫寄呈。先君子遺集一卷并呈，不知能邀先生跋數語不？姪子詩一幅，閨房詩一册附，發一笑粲，亦委巷語耳。近日兒女頗好文術，但爲之父兄者，愧無以教之，然不可不令先生知之也。欲言無窮，忽已紙盡，西風有便，時望嗣音。」已上《古夫于亭雜録》。

歙縣門人汪洪度于鼎，寄書曰：「生少從諸遺老遊，竊聞其緒論，以爲詩之以仙稱者，古今得四人焉，曰陳思、曰青蓮、曰眉山、曰新城。心識其語，而未測其所以然。稍長，縱觀載籍，由漢魏以迄於今，大而塞乎無垠，細而入乎無閒，集古今之大成，敻萬象而獨出者，莫先杜陵，尊之曰聖，誠莫與京矣。而新城公實亞之矣，乃未遽尊之爲聖，而僅推之爲仙，何與？毋亦其氣超乎鴻濛之先，味在於酸鹹之外，往往使人一唱三歎，恍游神於漻泬，駕鸞鶴，摘星斗，蒼蒼然遠而無所至極矣，而實不在格調音響間也。島嶼雲霞，有目者莫不瞥然一見，而實有不可即者，然則其不遽尊爲聖者，智未足以知。而其推之爲仙者，殆亦有如《列子》所云藐姑射之神人，邯鄲生所歎以爲天人者，非先生不足以當之歟！要非熟復五先生之書，咀其菁華，探其根柢，猶未知諸遺老之言之不我欺也。因思仙聖間代而生，生又同時，久擬裹糧三月，北學遊燕，執經問業，計毛髓縱難洗伐，而流風可起懦頑。逡巡至今，未果斯願。已又思鄙人居處，雖近黄山碧溪，而耳目終在塵土，倘得飛仙吹嘘所及，不必入海求蓬萊，仙仙乎亦足以遺世焉。昨歲不揣卑賤，屬敝郡吴司成代陳以《黄山始信峰草堂杏花春雨樓圖卷》，奉乞鴻章。洎司成書至，謂先生一身繫天下之重，政府精勤，雖甚存注，而筆墨未遑。生聞之而躍躍然，怦怦然，唯懼其究未易得也。敢因家弟孝廉瀶公車之便，再申前請。伏冀先生吐握之餘，錫以五字，咳唾九天，隨風珠玉，引雞犬而納之雲中，或亦度世真仙所慈憫，而不終遐棄者也。璹瑁筆脉一具，松明茶一斤附貢。主臣。」《居易録》。

雲問董□□孝廉，俞之弟也，自京師寄余書，略曰：「先生具不世出之才，悟最上乘之道，光燄萬丈，仙佛一身，天下學人如百川之赴海。不肖幼侍先伯父得仲、從兄蒼水，論詩必首推先生，全體學杜，而鎔化諸家。敝鄉吴日千、何次張、張洮侯、袁价人、張慧曉諸君子，時時過舍，亦必稱先生昆仲之詩，爲人天手眼。後養疾吴門，得見堯峰汪鈍翁先生，屈指海内詩人，唯新城爲大家，若某某，但可稱名家，未能比肩也。」云云。余深愧諸良友之言，而老成凋謝，墓有宿草久矣，可勝三歎。《分甘餘話》。

宗柟附識：《談龍録》：「余門人方扶南世舉嘗問曰：『阮翁其大家乎？』曰：『然。』『孰匹之？』余曰：『其朱竹垞乎？王才美于朱，而學足以濟之，朱學博于王，而才足以舉之，是真敵國矣。他人高自位置，强顔耳。』曰：『然則兩先生殆無可議乎？』余曰：『朱貪多，王愛好。』」按：同時諸家稱山人詩，溢美或亦有之，其奉爲大家，實無異詞。宫贊意多不滿，而推引如是，且持議甚平，固知言之選也。

白樂天自寫其集三本，一置東都聖善寺，一置廬山東林寺，一置蘇州南禪院。自云：「願以今生世俗文字之因，轉爲來世讚佛乘、轉法輪之緣。」余昔亦嘗以《漁洋集》一本付楚雲師藏之南嶽，一本付拙庵師藏之盤山。昨門人劉翰林太乙青藜言欲以八分手書余正續集，藏之嵩山少林寺。亦香山居士後一段佳話。《漁洋詩話》。并録一。

《分甘餘話》。古人著述詩文，一生心力所寄，必有所托，以思傳於後世。如白樂天寫集三本，一付廬山東林寺，一付蘇州南禪寺，一付龍門香山寺。陸魯望詩文手稿，盡實白蓮寺佛像腹中。唐求詩草實大瓢中，投諸岷江之流。皆名心未忘故也。如來自言，四十九年未曾説著一字，乃亦以身後結集，屬大迦葉，豈名心亦未盡忘耶？頃襄城劉太乙翰林書來，云欲自作八分，書余《漁洋》、《蠶尾》諸集詩，藏於少林，代余謀所託。意良厚，因述此以報之。

帶經堂詩話卷九

漁洋山人

衆妙門一

標舉類

李衛公一代偉人，功業與裴晉公伯仲，其《會昌一品制集》，駢偶之中，雄奇駿偉，與陸宣公上下。别集《憶平泉》五言諸詩，較白樂天、劉夢得，不啻過之。《池北偶談》

《徐公文集》三十卷，南唐徐鉉寶臣著。五代時，中原喪亂，文獻放闕，唯南唐文物甲于諸邦，而鉉、鍇兄弟與韓熙載爲之冠冕。常侍詩文都雅，有唐代承平之風。《香祖筆記》，亦見《蠶尾續文》

附録：此條後段：常侍入宋，與湯悦即殷崇義奉詔撰《江南録》，至金陵亡國之際，不言其君之過，但以曆數爲言。誄後主文尤極悱惻，讀者悲之。《老學叢談》記常侍入汴市一宅居，後見宅主貧甚，曰：「得非市宅虧價而至是耶？吾近撰碑文，獲潤筆二百千，可以相濟。」其人堅辭，亟命左右輦致之。其厚德如此。集外又有《稽神録》若干卷，予家有寫本。又云：南唐二徐，鉉無子，鍇有後人，居攝山前，開茶肆，號「徐十郎家」，王銍性之常訪之，鉉、鍇告勅具在。又言嘗見鍇文集有南唐宮人喬氏出家誥，今《騎省集》三十卷尚完，《楚金集》則不傳矣。

偶爲朱錫鬯太史彝尊舉宋人絶句可追踪唐賢者，得數十首，聊記於此。「亭亭畫舸繫春潭，只一作

「直」。待行人酒半酣。不管烟波與風雨，載將離恨過江南。」（張文潛耒宛丘）（鄭仲賢文寶）《絶句》。附識。「春陰垂野草青青，時有幽花一樹明。晚泊孤舟古祠下，滿川風雨看潮生。」蘇子美舜欽滄浪《淮中晚泊犢頭》。「冷于陂水淡于秋，遠陌初窮見一作「到」。渡頭。賴是一作「得」。丹青無畫處，一作「不能畫」。畫成應遣一生愁。」司馬和中池。《行色》。「竹外桃花三兩枝，春江水暖鴨先知。蔞蒿滿地蘆芽短，正是河豚欲上時。」蘇子瞻軾東坡。《惠崇春江曉景》。「黄葉西陂水漫流，籧篨風急滯扁舟。夕陽暝色來千里，人語鷄聲共一丘。」寇荆山國賓。《題閶門外小寺壁》。「露白一作「雨緑」。霜紅郭外田，山濃水淡欲寒天。參軍抱病陪清賞，一檄呼歸亦可憐。」楊克一道孚。《遺滎陽公吕希哲》。「斷腸聲裏無形影，畫出無聲亦斷腸。想得陽關更西路，北風低草見牛羊。」黄魯直庭堅山谷。《題陽關圖》。「梁州一曲當時事，一作「開元夢」。記得曾拈玉笛吹。端正樓空春晝永，小桃猶學澹燕支。」山谷二見。《和陳君儀讀太真外傳》其二。「斷雲一葉一作「片」。洞庭帆，玉破鱸魚霜一作「金」。破柑。好作新詩寄一作「繼」。桑苧，垂虹秋色滿東南。」米元章芾襄陽。《吴江垂虹亭》。「投荒萬死鬢毛斑，生入瞿唐灩澦關。未到江南先一笑，岳陽樓上對君山。」山谷三見。《雨中登岳陽樓望君山》其一。「江上荒城猿鳥悲，隔江便是屈原祠。一千五百年間事，只有灘聲似舊時。」陸務觀游劍南。《楚城》。「夜雨連明春水生，嬌雲濃暖弄微晴。簾虛日薄花竹静，時有乳鳩相對鳴。」滄浪二見。《初晴遊滄浪亭》。「目盡孤鴻落照邊，遥知風雨不同川。此中有句無人見，送與襄陽孟浩然。」東坡二見。《郭熙秋山平遠》「獨凭危堞望蒼梧，落日君山似畫圖。無數柳花飛滿岸，晚風吹過洞庭湖。」陳去非與義簡齋。《城上晚思》「來時秋雨滿江樓，歸日春風度客舟。回首荆南天一角，月明吹笛下揚州。」鄭叔起震菊山。《荆南別賈制書東歸》。「梨花淡白柳深青，柳絮飛時花滿城。怊一作「惆」。悵西闌一作「東欄」。一株雪，人生看得幾清明。」東坡三見。《東欄梨花》。「到處相逢是偶然，夢中相對兩華顛。還來共醉西湖雨，不見跳珠十五年。」東坡四見。《與莫同年飲湖上》。「烏塘渺渺路一作「緑」。平堤，堤上行人各有攜。試問春風何處好，辛夷如雪柘岡西。」王介甫安石臨川。《烏塘》。「掃地焚香閉閤眠，簟紋如一作「似」。水帳如烟。客來夢覺知何處，挂起西窗浪接天。」東坡五見。《南堂》其五。「曾作金陵爛漫遊，北歸塵土變衣裘。芰荷聲裏孤舟雨，卧入江南第一州。」宛丘二見。《懷金陵》。「皂莢郵南三四里，一作「三里許」。春江不隔一程遥。雙堤鬭起如牛角，知是隋家萬里橋。」晁无咎補之。《揚州雜詠》。「去年此日泊瓜洲，衰柳蕭蕭客繫舟。白髮天涯歎流落，今宵一作「年」。聽一作「對」。雨古宣州。」宛丘三見。《雨中題壁》。「山驛蕭條酒倦傾，嘉陵相背去無情。臨流未忍輕相別，吟聽潺湲坐到明。」石守道介徂徠。《泥溪驛中作》。「照江丹葉一林霜，折得黄花更斷腸。商略此時須痛飲，細腰宫畔過重陽。」劍南二見。《重陽》。「洞庭木一作「葉」。落萬波秋，説與南人亦自愁。欲指吴淞一作「指點吴江」。何處是，一行征一作「鴻」。雁海山頭。」无咎二見。亦見。宛丘集。《題周文翰郭熙山水》。「陌上花開蝴蝶飛，江山猶是昔人非。遺民幾度垂垂老，遊女還一作「長」。歌緩緩歸。」東坡六見。《陌上花》。「白髮先一作「前」。朝舊史官，風爐煮茗暮江寒。蒼龍不復從天下，拭淚看君小鳳團。」韓子蒼駒陵陽。《謝人送鳳團及建茶》。「濯錦江邊憶舊遊，纏頭百萬醉青樓。而一作「如」。今莫索梅花笑，古驛燈前各自愁。」劍南三見。《梅花》。「濟南春好雪初晴，行到龍山馬足輕。使君莫忘霅溪女，時作陽關腸斷聲。」東坡七見。《陽關詞》。「琵琶絃急滚《梁州》，羯鼓聲高舞《臂韝》。破費八姨三百萬，大唐天子要纏頭。」東坡八見。《讀開元天寶遺事》。「逍遥堂後千章一作「尋」。木，常一作「長」。送中宵風雨聲。誤喜對牀尋舊約，不知漂泊在彭城。」蘇子由轍潁濱。《逍遥堂會宿》。「秋來東閣涼如水，客去山公醉似泥。困卧北窗呼不醒，一作「起」。風吹松竹雨淒淒。」潁濱二見。同上。「千詩織就迴文錦，如此陽臺暮雨何。只有聰明蘇蕙子，更無悔過竇連波。」山谷四見。《題蘇若蘭迴文錦詩圖》。「落日同騎欵段遊，倦依松石弄清流。蓬萊漢殿春分手，一笑相逢太華秋。」陵陽二見。《行至華陰呈舊同舍》。「舟中一雨掃飛蠅，半脱綸巾卧翠藤。殘夢未醒一作「清夢初回」。窻日晚，數聲柔櫓下巴陵。」劍南四見。《小雨極涼舟中熟睡至夕》。「何人把酒慰深幽，開自無聊落更愁。幸有清溪三百曲，不辭相送到黄州。」東坡九見。《梅花》其二。「向來松檜欣無恙，坐久復聞南磵鐘。隱隱修廊人語絶，一作「寂」。四山滴瀝雪鳴風。」宋文淵齊愈。《絶句》。「自愛一作「作」。新詞韵最嬌，小紅低唱我吹簫。曲終過盡松陵路，回首烟波十四橋。」姜堯章夔白石。《過垂虹亭作》。「夜暗歸雲繞柁牙，江涵星一作「秋」。影雁團一作「鷺眠」。沙。行人悵望蘇臺柳，曾與吴王掃落花。」白石二見。《姑蘇懷古》。「征帆一似白鷗輕，起揭船篷看晚晴。梅子著花霜壓岸，自披風帽過臨平。」高九萬翥菊磵。《過臨平》。《池北偶談》。

宗柟附識：《能改齋漫録》：「諫議大夫宋齊愈《宫詞》云：『禁城春水碧溶溶，洗出桃花萬片紅。葉上細看無一字，始知無女怨東風。』《睢陽道中》云：『竹谿噎絶雨才通，無數深紅間淺紅。山店落英春寂寂，青旗吹盡柳花風。』」又一首，即此條所舉是也。按：齊愈以推舉僞楚伏誅，其詩罕有采録，附見于此。又芷齋述蒿廬先生云：「宋人絶句，率筆最多，間有用意爲之者，亦往往失之粗俗，否則失之尖纖耳。」閲者準此數十首以爲别裁，思過半矣。

《葉石林全集》一百卷，桑民懌家書目有之，今不可得。《建康集》八卷，則紹興八年再帥建康作也。石林，晁氏之甥，及與无咎、張文潛遊，爲詩文筆力雄厚，猶有蘇門遺風，非南渡以下諸人可望。

附録：《蠶尾文》：「葉石林學有師承，筆力雄邁，猶有東京盛時風氣，非南渡諸人所及。案《經籍志》，《石林集》百卷，今所傳止《建康集》八卷，餘率湮没。幸《避暑録話》、《燕語》、《放言》、《玉磵》等書猶存説部中。豈一人之身，其著書傳不傳亦各有數耶？石林之學，尤邃於《春秋》，觀集中答王從一教授二書可見。」

安岳馮山，字允南，詩文各十五卷，今鈔本止詩十二卷，餘皆缺。山蜀人，生當北宋全盛時，與文湖州、鮮于子駿遊，而無一語及眉山父子兄弟。閲此集，頗有佳勝。五言古《西縣道中》云：「漢水引我行，梁山邀我坐。山水已清絶，春容碧相和。下馬取酒餘，梅飄酒中墮。日落醉不去，青茸草間卧。」《郊外》云：「解巾卧柔碧。」《送王審言祕校潞州法曹》云：「上黨緣青冥，勁氣西北隅。黄河天際來，草木冬前枯。」七言古《采樵行》、《俠少行》，張、王具體。《黔江》、《八陣磧》二篇最佳。又《題鮮于秀才所居》云：「群峰屋背猿鳥啼，二江門前鷗鷺飛。雅聞君居頗奇絶，長恨不到情依依。仙翁落拓少拘撿，解舞石上凌清暉。投冠整袂或云起，塵土一踏何時歸。」此詩有子瞻風氣。五言律詩《上范蜀公二十韻》，説盡蜀公平生。《春閑》云：「春聲蜂遶屋，晴意鳥臨窗。」《新霽》云：「曉日雲輕放，林花水倒沉。」《瞿唐峽二十四韵》寫夔州山川，字字逼肖，不身歷其地者不知也。起云：「勝絶瞿唐險，西陵古地形。巴江深洞穴，蜀主舊門庭。王氣吞三峽，神功出五丁。」繼云：「衆流趨灩澦，遠意會滄溟。顧盻疑無地，幽陰似有靈。白鹽懸日月，黑石鼓雷霆。鑱鑿餘痕在，高深巨勢停。魚龍憑險怪，烟霧鎖沉冥。念昔窮探索，嘗言駭觀聽。「觀」作去聲。波濤真激箭，舟楫劇奔星。」殆欲頡頏老杜。七言律詩《和周正孺遊蠶叢》云：「抹緑郊原逢雨後，殘妝桃李覺春深。」《宿雲亭》云：「亭榭寂爲閑處所，溪山清帶古風流。」《劍州東園》云：「援琴故故彈《流水》，隱几蕭蕭聽《竹枝》。」《送李杞赴闕》云：「千番蜀屑供吟稿，一道秦川照錦衣。」《重陽寄文與可》云：「黄菊縱逢佳節好，清歡不似去年多。」《山路梅花》云：「傳聞山下數株梅，不免車帷暫一開。試向林梢親手折，早知春意逼人來。何妨歸路參差見，更遣東風次第催。莫作尋常花惢看，江南音信隔年回。」風趣盎然，昔人所云清空一氣如話者也。五古有《謝人惠兖墨》詩，蓋兖州宋時製墨有名，微是時，疑當作「詩」。世罕知之。詩云：「故人山東來，遺我數丸墨。掘丸大如指，盥手重拂拭。濃磨向日看，古瓦增潤澤。經屑不見紙，清光隱深黑。書云舊所秘，聞今已難得。庭珪死已久，至寶世罕識。御府從近存，疑有誤。人間萬金直。兖州擅高價，比歙固少抑。古松亦將盡，神奇漸衰息。文章不見貴，筆研豈可擲。牢落況此君，雖精淡無色。憐君情好古，投贈兼以臆。世事持此觀，噫嗟共冥默。」

宋謝薖幼槃《竹友集》十卷，詩七卷，雜文三卷，謝方伯在杭手鈔本。薖，臨川人，逸之弟，江西詩派二十五人之一也。在杭跋云：「幼槃詩文不傳于世，此本從内府借出，時方沍寒，京師傭書甚貴，需銓京邸，資用不贍，乃手自鈔寫。每清霜呵凍，十指如槌，幾二十日始克竣，帙藏之于家，亦足詫一段奇事也。萬曆己酉十二月二十四日辛酉。」前有苗昌言、吕本中二跋。幼槃詩，居仁稱其似宣城，非也。在江西派中，亦清逸可喜，然涪翁沈雄豪健之氣，則去之遠矣。《顔魯公祠堂》、《十八學士圖》諸長歌頗佳。格詩如「尋山紅葉半旬雨，過我黄花三徑秋」、「挼莎蕉葉展新緑，從臾榴花開晚紅」、「瘦藤拄下萬峰頂，野鶴來歸千歲巢」，皆佳句。又：「靡靡江蘺只喚愁，眼中何物可忘憂。楝花浄盡緑陰滿，纔見一枝安石榴。」甚有風致，非蘇、黄門庭中人不能道也。無逸詩尤有名，《溪堂集》視此未知何如耳。已上《居易録》。并録一。

《蠶尾文》。宋謝薖幼槃，臨川人，逸之弟，江西詩派二十五人之一。吕居仁稱其詩似宣城，未爲篤論，然亦清逸可喜，而涪翁沉雄豪健之氣，則去之遠矣。《顔魯公祠堂》、《十八學士圖》諸長句頗工。近體如「尋山紅葉半旬雨，過我黄花三徑秋」、「挼莎蕉葉展新緑，從臾榴花開晚紅」、「瘦藤拄下萬峰頂，野鶴來歸千歲巢」，皆佳句。又絶句：「靡靡江蘺只喚愁，眼中何物可忘憂。楝花浄盡緑陰滿，纔見一枝安石榴。」甚有風致，非蘇、黄門庭中人不能道也。顧安得無逸《谿堂集》及徐師川、洪龜父諸人遺集一縱讀之耶？

宗枏附識：丙子秋九月，吴門馮兄亮君過訪郵居，攜贈《竹友集》一册，卷數悉合苗、吕二家跋，後又有謝公子杲、東山黄晉良及近時侯官林君吉人、吾郡朱太史竹垞諸跋，山人跋語與此二條亦小有異同，末書「康熙三十年辛未夏六月」，雖非舊鈔，繕寫亦雅。知己佳貺，何可忘也。間有闕文譌字，惜未得善本讐勘，並録《谿堂集》以成合璧爾。芷齋云：余所有曝書亭抄宋人小集内有《谿堂集》數葉，詩僅二十九首，今厲樊榭《宋詩紀事》載無逸詩凡十六首。

錢武肅王目不知書，然其寄夫人詩疑當作「書」。云：「陌上花開，可緩緩歸矣。」不過數言，而姿制無限，雖復文人操筆，無以過之。東坡演之爲《陌上花》三絶句云：「陌上花開胡蝶飛，江山猶是昔人非。遺民幾度垂垂老，遊女還歌緩緩歸。」五代時列國以文雅稱者，無如南唐、西蜀，非吴越所及，賴此一條，足以解嘲。并録二。

《香祖筆記》。晁无咎《陌上花》八首，工妙不減蘇公。其二篇云：「孃子歌傳樂府悲，當年陌上看芳菲。曼聲更緩何妨緩，莫似東風火急歸。」「荆王夢罷已春歸，陌上花隨莫雨飛。郤唤江船人不識，杜秋紅淚滿羅衣。」

《漁洋詩話》。五代時，吴越文物不及南唐、西蜀之盛，而武肅王寄妃書云：「陌上花開，可緩緩歸矣。」二語艷稱千古。東坡又演爲《陌上花》云：「陌上花開胡蝶飛，江山猶是昔人非。遺民幾度垂垂老，游女還歌緩緩歸。」「生前富貴草頭露，身後風流陌上花。已作遲遲君去魯，猶歌緩緩妾歸家。」晁无咎亦和八首，有云：「娘子歌傳樂府悲，當年陌上看芳菲。曼聲更緩何妨緩，莫似東風火急歸。」「荆王夢罷已春歸，陌上花隨莫雨飛。郤唤江船人不識，杜秋紅淚滿羅衣。」二公詩皆絶唱，入樂府即《小秦王調》也。

宋牧仲中丞行賑邳、徐間，于邨舍壁上見二絶句，不題名氏，真北宋人佳作也：「横笛何人夜倚樓，小庭月色近中秋。涼風吹墮雙梧影，滿地碧雲如水流。」「渺渺孤城白水環，舳艫人語夕霏間。林梢一抹青如畫，應是淮流轉處山。」并録一。

《漁洋詩話》。 宋牧仲犖中丞嘗於淮北旅舍見二絶句云：「横笛何人夜倚樓，小庭月色近中秋。涼風吹墮雙梧影，滿地碧雲如水流。」「渺渺孤城白水環，舳艫人語夕陽間。林梢一抹青如畫，知是淮流轉處山。」中丞題其後云：「新詩寫向黄泥壁，未許人間識姓名。」二詩大似北宋名家。

宗楠按：後一首見《秦淮海集》，前一首俟再考。

余于宋南渡後詩，自陸放翁之外，最喜姜夔堯章。堯章又號白石道人，學詩于蕭千巖，而與范石湖、楊誠齋善。時黄岩老亦號白石，亦學詩于千巖，時稱「雙白石」云。右見《鶴林玉露》。南渡四大家爲蕭、楊、范、陸，而誠齋答堯章詩云：「尤蕭范陸四詩翁。」則謂遂初也。已上《香祖筆記》。并録一。

宗楠附識：芷齋云：「《瀛奎律髓》載范石湖鄂州南樓詩，方虚谷云：『乾、淳間詩巨擘，稱尤楊范陸，謂遂初、誠齋、放翁及公也。』初白先生評云：『《誠齋集》中稱尤蕭范陸爲四詩將，蕭名(海)〔德〕藻字東夫，今失傳，後遂以楊易蕭。』又蕭千巖次韻傳唯肖詩，初白先生評云：『南渡詩家，初稱尤蕭范陸，今蕭詩罕傳，唯《後邨詩話》中及兹集所載數篇而已。』又案《律髓》，姜白石乃千巖之壻。」

同上宋姜夔堯章《白石集》，予鈔之近百首，蓋能參活句者。白石詞家大宗，其於詩亦能深造自得。自序同時詩人，以温潤推范石湖，痛快推楊誠齋，高古推蕭千巖，俊逸推陸放翁。白石游於諸公間，故其言如此。其詩初學黄太史，正以不深染江西派爲佳。亦見《蠶尾續文》。

宗楠附識：《亞谷叢書》：「夙愛姜白石『藕花多處别開門』，洎『人生難得秋前雨』、『乞我虚堂自在眠』句。近歲禾中、廣陵先後搜其集刊行，殆無一篇不佳，《昔遊》詩十五首尤可誦。其平生造詣，《自叙》二篇足以盡之。漁洋稱其能參活句，竹垞列之於謝朓、孟浩然、徐迪功之間，良然。」愚按：姜集近刻凡四，武唐俞氏及廣陵曾、陸二氏俱詩詞合編，唯陸本最爲詳審，詩則盡去其竄入之作，詞則一遵陶南村手鈔。今柘湖所刻歌曲六卷、別集一卷，亦從陶本，特卷帙小異耳。《石帚詞》妙絶古今，昔秀水纂《詞綜》時，嘗以《白石樂府》五卷僅存二十餘闋爲憾，今得諸本刊行，藝林傳誦，此樊川所云「生百代之下未爲不幸」也。

世人謂宋初學西崑體有楊文公、錢思公、劉子儀，而不知其後更有文忠烈、趙清獻抃、胡文恭宿三家，其工麗妍妙不減前人。今所傳《西崑倡和集》則丁謂諸人也。潞公以功名，清獻以清直著聞，而詩格殊不類，亦一奇也。《漁洋詩話》。并録四。

《池北偶談》。文潞公承楊、劉之後，詩學西崑，其妙處不減温、李。五言如：「雲淡天迷楚，樓高地占秦。哀箏兩行雁，小字數鈎銀。巷陌三條月，池塘十步春。府門初夜閉，多少夜遊人。」《見山樓》「蘅薄頻牽望，楊林久駐鑣。香囊徒叩叩，雲月自苕苕。翠佩傳情密，微波託意遥。翩鴻漸高逝，翻恨隔神霄。」《蘅皋》「楊柳亭臺暮，梨花院落深。玉池波湛湛，珠幌影沉沉。遠思隨莊蝶，春懷怯雍琴。萱蘇不蠲忿，擁鼻獨清吟。」《深院》「小檻風驚葉，幽庭露泫柯。芳塵千里遠，幽恨九迴多。螢影穿簾押，蛩聲出砌莎。寸心無以寫，望月但長歌。」《秋夕》七言如：「小閣登臨春暮時，綺欄飛闥映游絲。鶯喧曲檻韓馮樹，蘚晦幽庭貢禹綦。閑對碧雲吟桂水，狂思長袂宿蘭池。徘徊望斷江邊客，采得瑶華寄與誰。」《登通山閣》「獵偏蘭叢與桂枝，巢居未必有先期。靈臺十仞鳥隨轉，阿閣三重鳳豈知。度柳暗催蟬嘒嘒，出雲高送雁離離。漢宫玉樹知何限，争忍重吟畫扇詩。」《秋風》「高樓閑背夕陽登，眇眇長懷不自勝。錦瑟有時聞北里，鈿車何日到西陵。地寒萱草猶難種，天路瑤華豈易憑。多謝蘇門清嘯客，了無塵事染壺冰。」《寓懷》「縹帙青箱次第開，慨然英氣轉難裁。莫言每事俱長往，須有清風屬後來。彈鋏始知皆瑣旅，枕戈方信是雄才。平生自信真非薄，只是休容楚鴆媒。」《閲史有感》蘇文忠公常稱潞公長律無一字無考據，世猶未知其工妙如此。内鄉李子田撰《藝圃集》，近石門昌莊生、吴孟舉撰《宋詩鈔》，皆遺潞公，予偶讀公集，摘録如右。

宗柟附識：芷齋述蒿廬先生云：「按『雲月自茗茗』乃用謝靈運《東陽谿贈答詩》語，『茗茗』當作『迢迢』，豈古字可通用耶？」

《居易録》：文潞公身都將相，功名蓋世，而其詩婉麗濃嫵，絶似西崑。予向摘其佳句，著之《池北偶談》。趙清獻詩亦有似潞公者，殊不類其爲人。如《暖風》云：「薄袂欹雲散，輕雲舞袖低。簾疏蕩樓閣，塵暗逐輪蹄。絮亂垂楊道，香流種藥畦。春窗惱春思，一枕杜鵑啼。」《芳草》云：「翠密馴文雉，叢深隱畫輪。離披金谷曉，寂寞茂陵春。古渡班荆客，長堤走馬人。芊芊似袍緑，一雨一番新。」《杜鵑》云：「響亂書窗外，人驚夢枕中。江城啼曉月，澤國怨春風。柳道盤餐緑，桃園躞蹀紅。年年來此地，留恨任西東。」《寒食》云：「城郭青烟散，郊園麗日長。鬬雞紅錦翅，游騎紫絲韁。有蝶俱含粉，無人不惜芳。儘拚花下飲，歸去醉成鄉。」《觀水》云：「澄江抵練長，極目路蒼茫。烟芷差差緑，風荷柄柄香。西流終古恨，南浦鎮時忙。擬待傳辭意，離人在楚鄉。」右數詩掩卷誦之，豈復知鐵面所爲耶？同上。

《老學庵筆記》：司馬文正公五字詩云：「烟曲香尋篆，杯深酒過花。」可謂工麗。此與文忠烈、趙清獻詩擬西崑相似也。《香祖筆記》。宋初諸公競尚西崑體，世但知楊、劉、錢思公耳，如文忠烈、趙清獻詩最工此體，人多不知。予既著之《池北偶談》、《居易録》二書，觀李子田蓘《藝圃集》載胡文恭武平宿詩二十八首，亦崑體之工麗者，惜未見其全，聊摘録數聯于左。《函谷關》：「漫持白馬先生論，未抵鳴雞下客功。」《次韻朱況雨》：「石牀潤極琴絲緩，水閣寒多酒力微。」《淮南王》：「長生不待爐中藥，鴻寶誰收篋内書。」《南城》：「蕩槳遠從芳草渡，墊巾還傍緑楊堤。」《沖虛觀》：「桐井曉寒千乳斂，茗園春嫩一旗開。」《趙宗道歸輦下》：「江浦嘔啞風送櫓，河橋勃窣柳垂隄。」注：司馬相如賦云：「媻姍勃窣上金隄。」《感舊》：「粉壁已沉題鳳字，酒壚猶記姓黄人。」《塞上》：「頡利請盟金七酒，將軍歸卧玉門關。」《殘花》：「長樂夢回春寂寂，武陵人去水迢迢。」《侯家》：「彩雲按曲青岑醴，沉水熏衣白璧堂。前檻蘭苕依玉樹，後園桐葉護銀牀。」《津亭》：「西北浮雲連魏闕，東南初日照秦樓。」《古别離》：「佳人挾瑟漳河曉，壯士悲歌易水秋。」《雪》：「色欺曹國麻衣淺，寒入荆王翠被深。」《次韵徐奭見寄》：「侏儒自是長三尺，澼絖都來直數金。」《早夏》：「睡驚燕語頻移枕，病起蛛絲半在琴。」風調與二公可相伯仲。起結尤多得義山神理。不具録。

附録：《筆記》又云：「宋初文士稱高、梁、柳、范，謂高弁、梁周翰、柳開、范果也。在楊、劉之前，而人多不知。」

宋初潘閬跅弛不羈，然其詩實有可觀。如：「久客見華髮，孤櫂桐廬歸。初月無朗照，落日有餘暉。漁浦風水急，龍山烟火微。時聞沙上雁，一一皆南飛。」右詩在唐人中亦推高作。《古夫于亭雜録》。

并録一。

《分甘餘話》。「久客見華髪，孤棹桐廬歸。新月無朗照，落日有餘暉。漁浦風水急，龍山烟火微。時聞沙上鴈，一一皆南飛。」右宋初潘閬詩也，高妙不減岑嘉州。又：「夜涼疑有雨，院静若無僧。」亦佳句。故友施侍讀愚山閏章《宿越州天衣寺》云：「月照竹林早，露從衣袂生。」亦不減閬語。

《中州集》載楊雲翼詩「金波曾醉雁門州，信有人間五月秋。萬古河山雄朔部，四時風月入南樓」云云，誠佳作也。近李梅厓中丞基和《代州》詩云：「誰識雁門今夜月，山川别樣在冰壺。」亦是佳句。而彼土之高涼，可以想見矣。

宗柟按：「金波曾醉」云云，乃閒閒趙公代州詩，次句作「端有人間六月秋」，後半云：「漢家戰伐雲千里，唐季英雄土一丘。繫馬朱闌重回首，烟波誰在釣魚舟。」全篇載《中州集》三卷，非文獻作，當時楊、趙並稱，山人因之誤記爾。

金李汾長源詩：「烟波蒼蒼孟津戍，旌旗歷歷河陽城。」不減少陵、東坡。已上《分甘餘話》。

伯庸家世雍古部人，至其父始家光州。爲御史，嘗劾姦臣鐵木迭兒十大罪，以勁直聞，非僅文章之士也。然史稱其文宏贍而精核，以先秦兩漢爲法，詩圓密清麗，大篇短章皆可傳，其詩文蓋有過人者。《漁洋文》。

附録：《居易録》：「元馬祖常伯庸《石田文集》十五卷，至元五年奉旨刊行，弘治中都御史熊翀重刊本。翀與祖常皆光州人也。元代文章極盛，色目人著名者尤多，如祖常及趙世延、孛朮魯翀、康里巎巎、貫雲石、辛文房、薩都剌輩皆是也。伯庸文五卷，向屢從劉欽謨《中州文表》見之，有文而無詩。康熙己巳冬杪，于竹垞寓齋得觀此本，留旬日而歸之。集首有趙郡蘇天爵、太原王守誠、閩陳旅三序，李東陽、熊翀二序。」

《所安遺集》一卷，元長沙進士陳泰志同著。歌行馳騁筆力，有太白之風，在元人諸名家中當居道園之下，諸公之上，而名不甚著，豈名位卑耶？《蠶尾文》。

元傅汝礪若金詩集八卷，有范德機、揭曼碩序，洪武壬戌刊本。歌行頗得子美一鱗片甲，七律亦有格調，視南宋俚俗之體相去遠甚。時借朱竹垞《蠶尾文》作「竹垞太史」。鈔本宋元人集十數種，如行黄茆白葦間，忽逢嘉樹美箭，爲之眼明。若金妻孫淑，字蕙蘭，亦工詩，見陶南村《輟耕録》。集中「湘皋烟草緑紛紛，淚灑東風憶細君」，其悼亡之作也。

《陵陽集》二十四卷，元初牟巘獻之著。詩有盛宋時坡、谷門風，題跋亦如之，雜文皆典實詳雅。其《九日詩序》云：「陶公再爲建威參軍，劉裕幕府也。忽棄去爲彭澤令，未幾又棄去。裕是時已有異志，劉穆之寧死不與九錫。王弘自江北來，首以此議風朝廷，裕遂移晉祚，而弘爲吏部尚書，爲江州刺史，遂被心腹之寄。既來江州，柴桑近在境内，於陶公時惓惓焉，豈非内懷前愧，欲附高人勝士以自湔祓耶？陶公未易致，則使人中路具酒食，候其出，醉而要之，庶幾一見。斯已甚迫，則亦可以見我胸懷本趣固有在，豈端爲一王弘哉？適乘籃輿，足以自返，其視華軒爲何物，而弘欲以此榮其歸，此又可一笑也。」云云。此論發《蠶尾文》無「發」字。前人所未發。《蠶尾文》有「特録之」三字。詩五言亦佳，不具録。獻之，蜀陵陽人，清惠公存齋子。寓吴興，所與遊《蠶尾文》作「遊與」，疑譌。好者，如劉會孟、戴帥初、仇仁近、周公謹、趙子昂兄弟，皆一時名勝，可以知其人已。

元翰林直學士謚文清宋褧《燕石集》與《石田集》，皆奉旨刊行。元時崇文如此。或謂「九儒十丐」，當是天曆未行科舉以前時語耶？文清詩温潤清麗，濟南數篇偶録于此。《渡濟河初見近城諸山》云：「華山高聳䧿山東，一帶烟霏翠掃空。安石從來多雅興，卻如新婦閉車中。」《中秋與吕仲實清話憶李溉之内翰》云：「大明湖上水涵天，月色偏宜李謫仙。應笑吾曹煞風景，碧梧窗下對燈眠。」兄本，官國子祭酒，謚正獻，工于古文，時號「二宋」。

元張翥《蜕庵集》四卷，衡山釋大杍北山編集，洪武三年錫山郎成鈔本。成不知何許人，書法妍妙，逼真《佛遺教經》，亦古物之可寶惜者。蜕庵，元末大家，古今詩皆有法度，《蠶尾文》有「蒼辣不及虞道園而情致殊勝」凡十二字。無論子昂、伯庸輩，即范德機、揭曼碩，未知伯仲何如耳。

宗柟附識：承旨字仲舉，蜕庵其别號也。曩嘗購得其詩集，卷尾有學圃李崇系跋云：「是集久無刊本傳世，從金亦陶手鈔全本借録，凡五卷。」案《經籍志》，《蜕餘集》二卷，或云三卷，未知孰是。承旨詩餘清新宕逸，有碧山、白雲風致，金元間自遺山先生外，邈焉寡儔。《蜕庵樂府》二卷，傳鈔尤少，愚訪求數十年，不獲一覯，誠倚聲家之闕事也。

元黄鎮成元鎮《秋聲集》四卷，予愛其《秋風詩》云：「秋風淅淅生庭柯，蕭蕭木落洞庭波。紅樹夕陽蟬噪急，白蘋秋水雁來多。王孫不歸怨芳草，山鬼欲啼牽女蘿。蒹葭蒼蒼白露下，望美人兮將奈何。」又《李仲明秋山小景》云：「家住夕陽三峽口，人行秋雨二峭間。不知何處真堪畫，移得柴門對楚山。」《五曲精廬》云：「歌棹曾窮九曲源，精廬迢遞隱屏前。閑尋五曲樵溪上，三十六峰秋滿船。」甚有風調。按《謚法通考》，鎮成，邵武人，至正間謚貞文處士。已上《居易録》。

余最愛范德機「雨止修竹間，流螢夜深至」兩句，少時曾擬作一聯云：「螢火出深碧，池荷聞暗香。」按元吴師道《禮部集》云：聞諸危太僕，秋夜與先生微步山中，得此句，喜甚，且曰：「句太幽，殆類鬼語，須以他語映帶之。」乃足成此篇。觀衆仲此跋，知至寶當前，識者無不能辨之也。《漁洋詩話》。并録一。

《香祖筆記》。范德機嘗得十字云：「雨止修竹閒，流螢夜深至。」既復曰：「語太幽，殆類鬼作。」吴正傳師道《禮部集》一條云：聞之危太樸，昔與先生秋夜不寐，微步山中，得此二句。喜甚，且曰云云，當以他語映帶之。因足成此章云。右二語果佳。余少時有句云：「螢火出深碧，池荷聞暗香。」故友葉文敏訒庵方藹極喜之，取入《獨賞集》。

徐禎卿「洞庭葉未下，瀟湘秋欲生」一篇，非太白不能作，千古絶調也。曹學佺亦有《秦淮送别》一篇云：「疏籬豆花雨，遠水荻蘆烟。忽弄月中笛，欲開江上船。」情致殆不減徐。徐五集中有一絶云：「渺渺太湖秋水闊，扁舟摇動碧琉璃。松陵不隔東南望，楓落寒塘露酒旗。」曹一絶可以相敵，《新林浦》云：「夾岸人家映柳條，玄暉遺跡草蕭蕭。曾爲一夜青山客，未得無情過板橋。」《池北偶談》。

古今文人，有名不大著而其詩實卓然名家者，世人多耳食，抑何從知之。如《歸田録》所載謝伯初景山《送永叔謫夷陵》詩中聯云：「長官衫色江波緑，學士才華蜀錦張。下國難留金馬客，新詩傳與竹枝孃。」明欽天監博士馬軾，字敬瞻，《送岳季方閣老》云：「五嶺瘴高烟蔽日，兩孤雲溼雨鳴秋。」結句：「祭罷鰐魚歸去晚，刺桐花外月如鈎。」右二詩即使當世專門名家操觚染翰，未必能到，論者不可狗名而失實，故特表而出之。并録一。

《漁洋詩話》。古今來詩佳而名不著者多矣，非得有心人及操當代文柄者表而出之，與烟草同腐者何限？宋歐陽文忠謫夷陵，許州法曹謝伯初景山以詩送之云：「長官衫色江波緑，學士才華蜀錦張。下國難留金馬客，新詩傳與竹枝孃。」明岳文肅正外謫，欽天監博士馬軾送以詩云：「五嶺瘴高烟蔽日，兩孤雲溼雨鳴秋。」又云：「祭罷鰐魚歸去晚，刺桐花外月如鈎。」使當時專門名家操觚腐豪，未必能道也。

明詩至楊升庵另闢一境，真以六朝之才，而兼有六朝之學者。其詩如《詠柳》「垂楊垂柳綰芳年」一篇，世共知之。又《古意》「凌波洛浦遇陳王」、《鷓鴣詞》「秦時明月玉弓縣」、《關山月》「迢迢賤妾隔湘川」、《出關擬唐人》「狼弧茫角正彎環」、《塞下曲》「長榆塞上接龜沙」諸篇，工妙天成，不減前作。又《青蛉行》、《寄内絶句》亦絶妙。大抵皆自古樂府出。益都王遵坦太平論明詩，獨推新都爲性之者，亦自有見。已上《香祖筆記》。并録二。

同上。「夜夜月爲青冢鏡，年年雪作黑山花。」唐人尉遲匡詩也。匡以詩干李林甫，反遭斥辱，《雲溪友議》具載其事，而未見全篇。升庵補作《塞上曲》，極工，今載集中。

《居易録》。升庵客滇，遊其門者，自六學士外，又有隱士董難。難字西羽，太和人，常輯轉注古音，著《韵譜》。滇志列《隱逸傳》。曾見其題玉局寺一詩極佳，録之：「杜鵑枝上春可憐，杜鵑聲裏雨如烟。萋萋滿目芳草碧，杳杳一髮青山懸。忽悲麥秀客遊次，卻憶楝風花信前。惆悵池塘緑陰樹，驚心一曲南薰絃。」風格宛似升庵。

康熙以來詩人，無出南施北宋之右，宣城施閏章愚山、萊陽宋琬荔裳也。昔人論《古詩十九首》，以爲「驚心動魄，一字千金」。施五言云：「秋風一夕起，庭樹葉皆飛。孤宦百憂集，故人千里歸。嶽雲寒不散，江雁去還稀。遲暮兼離别，愁君雪滿衣。」此雖近體，豈愧《十九首》耶？己未在京師，登堂再拜，求予定其全集。宋浙江後詩頗擬放翁，五古歌行時闖杜、韓之奥。康熙壬子春，在京師求予定其詩筆爲三十卷。其秋，與予先後入蜀。予歸之明年，宋以臬使入覲，蜀亂，妻孥皆寄成都，宋鬱鬱殁於京邸，此集不知流落何地矣。《池北偶談》。并録二。

《漁洋詩話》。康熙辛亥，宋荔裳琬、施愚山閏章皆集京師，與余兄弟倡和最久。明年壬子，荔裳補官蜀臬，余典蜀試，先後出都門。既而余以十月下峽，荔裳以明年春上峽，遂不相見。是歲，荔裳入覲，殁於京師。後二十八年庚辰，余官刑部尚書，荔裳之子思勃來京師，以《入蜀集》相示，亟録而存之。

集中古選歌行氣格深穩，余多補入《感舊集》。略其二三短章於此。《次黄州》云：「賦成赤壁人如夢，江到黄州夜有聲。」《憶故鄉海錯絶句・銀刀》一名八帶魚。云：「銀花爛熳委筠筐，錦帶吴鉤總擅場。千載鱄諸留俠骨，至今七箸尚飛霜。」《筆管鯉》云：「雕蟲小伎舊知名，食邑由來號管城。曾與江郎書《恨賦》，莫將刀筆博公卿。」《題督郵爭界石》云：「蜀國至今悲杜宇，楚人終是戀鴻溝。」可謂精切著題。

同上。余論當代詩人，目曰「南施北宋」，施謂愚山，宋謂荔裳。二君集皆經余删定。又嘗取愚山五言近體詩爲《主客圖》一卷。今施集尚存其家，未能版行，宋集經蜀亂，失其本矣。

帶經堂詩話卷十

漁洋山人

衆妙門二

指數類上

陳無己平生皈向蘇公，而學詩於黄太史，然其論坡詩，謂如教坊雷大使舞，又有詩云：「人言我語勝黄語，扶豎夜燎齊朝光。」其自負不在二公之下。然予反復其詩，終落鈍根，視蘇、黄《蠶尾續文》有「果位」二字。遠矣。任淵云：「無己詩如曹洞禪，不犯正位，切忌死語。」恐未盡《續文》作「能」。然。《續文》無下文。予獨愛其二律云：「林廬烟不起，城郭歲將窮。雲日明松雪，溪山進晚風。人行圖畫裏，鳥度醉吟中。不盡山陰興，天留憶戴公。」又：「白下官楊小弄黄，騎臺南路緑無央。含紅破白連連好，度水吹香故故長。蹲滑踏青穿馬耳，轉危緣險出羊腸。熟知南杜風流在，預怯排門有斷章。」《后山集》，南陽王文莊公鴻儒弘治十二年刻於潞安，有公序及魏衍集記，元城王雲、天社任淵二序，詩十二卷、六百七十九首，雜文八卷、一百六十九首，談叢、理究、詩話、長短句附焉，共三十卷。《池北偶談》。

宋刻晁公遡子西《嵩山集》五十四卷。公遡，公武子止弟也。古賦一卷，《神女廟賦》最奇麗。詩在叔用、无咎之下，頗《蠶尾文》作「間」。有警策。如：「人生漢南樹，風物劍西州。」「一年風物倉庚報，萬里鄉心杜宇知。」「萬里艱難炊劍首，十年流落夢刀頭。」又：「秋江水清不勝緑，還與漢江顏色同。望中白鳥忽飛去，落日丹楓相映紅。」《秋江》「折得寒香日暮歸，銅缾添水養横枝。書窗一夜月初滿，卻似小溪清淺時。」《詠缾中梅》「征衣消盡洛陽塵，泣向東風拭淚痕。不及青春歸有信，一年一到樂遊園。」《感事》「不見罘罳闕，于今已十春。素衣不忍棄，爲有洛陽塵。」《有感》皆佳。集中多與師伯渾倡和之作。師渾，蜀人，見陸務觀集。

宋嚴粲坦叔《華谷詩集》一卷，氣格卑弱，類晚唐之靡靡者。一二絶句，差有可觀。如：「秋入白蘋風浪生，癡雲未放楚天晴。青山湖外知何處，中有斜陽一段明。」《秋入》「昨夜湖心共泊船，一天星露宿寒烟。朝來極目無洲渚，知採蘋花何處邊。」《宿石潭寺寄黄炳》稍有唐人音節。華谷作《詩緝》，林希逸以爲在歐、蘇、王、劉、東萊諸鉅儒之上，今盛傳其書。又稱其五七言，幽深夭矯，意具言外，觀此集殆不然也。集中《贈李賈》詩云：「汝與吾宗好。」注：「賈與嚴滄浪遊。」華谷與滄浪蓋有宗族之誼，詩派相似，而差不及。戴石屏贈二嚴詩云：「前年得嚴粲，今年得嚴羽。我自得二嚴，牛鐸諧鍾吕。」

宗楠附識：《詩緝》三十六卷，原本舊説，時出新意，讀之心目開明。然遽云在歐、蘇、王、劉、東萊諸儒之上，過矣。近退谷孫公則謂嚴氏太巧，只似詩人伎倆，非解經身分。竊謂《詩》學自爲一宗，視他經稍別，唯虚與委蛇，妙協情事，如林氏序言「會其旨於數章，發其微於一字」，亦以意逆志之法也，巧何有焉？必繩以解經身分，是又艾軒先生所云鄭康成以《三禮》之學牋傳古詩，難與論言外之旨矣。又按：嚴氏解《詩》，間引唐宋之作，退谷所訾，此或其一端。董子云「詩無達詁」，如其與經旨比附，即以凡情證聖解也可。矧漢魏已來稱詩者，類皆鼓吹風雅，性情一也，顧可畫古今而二之耶？前賢持論各有所主，平心味之，得失自見。

郭祥正功父《青山集》，閩謝氏寫本六卷，古詩二卷，近體詩四卷，七言歌行僅二篇，或有闕文也。祥正多與王安石倡和之作，詩格亦不高。偶喜其三絶句云：「原武城西看杏花，紛紛紅雪委泥沙。何如姑孰溪頭見，照水蒙烟小謝家。」又：「渡江乘興泊江干，草襯殘花色未乾。慣在釣魚船上住，一簑一笠伴春寒。」又：「籃輿投曉出重城，桃李無言似有情。淡白輕紅能幾日，可憐吹洗過清明。」又：「稻秧才一寸，蠶子始三眠。」句。

宋樓宣獻公鑰《攻媿集》八十五卷，温陵黄氏寫本，詩僅九卷。宣獻與楊誠齋、范石湖、陸放翁同時，詩亦石湖伯仲。歌行學蘇、黄，氣或不遒。格詩苦鈍，然不爲楊、范佻巧取媚。七字如：「行盡杉松三十里，看來樓閣幾由旬。」「一百五日麥秋冷，二十四番花信風。」「水真緑浄不可唾，魚若空行無所依。」雖宋調，亦佳句也。亦見《蠶尾文》。

附録：此條前段：雜文七十六卷，諸體中題跋最勝。宋集多叢冗，此集如表狀内外制書啓之類，删去半部亦可。又云：宋人工於題跋，海虞毛氏汲古閣刻入《津逮》者不下十餘家，予讀樓宣獻《攻媿集》，題跋多至十數卷，往往可稽掌故，而毛氏遺之。

《西塘先生集》九卷，宋福清鄭介公俠著。詩文似石守道，而無其怒張叫呶之習，有德之言，仁者之勇，彷佛見之。古詩如《古交行》、《呈子京》等篇，在樂天、東野之間。近體和荆公「何處難忘酒」一章，令奸邪九原之下，猶當慚汗。已上《居易録》。

康熙己巳、庚午間，在京師，每從朱錫鬯、黄俞邰借書，得宋、元人詩集數十家。就中以長沙陳泰志同爲冠。因抄其《所安遺稿》一卷，以周弼伯弜《汶陽稿》、臨江鄧林性之《皇荂曲》、金華杜旃仲高《癖齋小集》附之。數子者，名不甚著，而其詩實足名家。亦見《蠶尾續文》。并録二。

《居易録》。南宋詩小集二十八家，黄俞邰鈔自宋刻，所謂江湖詩也。大概規橅晚唐，調多俗下。唯番陽姜夔堯章《白石集》、汶陽周弼伯弜《端平詩雋》、臨江鄧林性之《皇荂曲》三家最可觀。白石詞中大家，與誠齋、石湖、遂初諸老友善。伯弜即編《三體唐詩》者。鄧姓字稍僻，然其樂府絶句甚有義山之風，蓋鐵中錚錚者也。三君詩，予手鈔之，餘一二佳者，倣摘句圖附于後。開封趙汝鐩明翁《野谷集》，五言律時有佳句，七言俚俗，歌行漫無音節頓挫，後村序乃謂「跌宕頓挫，真剸蛟縛虎手」，又許以「建安、黄初」，妄矣。「喬松二十里，翠微三五家。」「塵埃雙老鬢，天地幾斜陽。」「持觴送南浦，鳴櫓下東甌。」「風霜先遠客，天地獨扁舟。」「秋影清涵水，烟痕淡著山。」「蘭風香楚佩，竹淚冷湘斑。」「任梅斜到牖，聽竹長侵堦。」「雨茶烹顧渚，春酒醉烏程。」「醉行沙市月，吟破渚宫秋。」「楚岸猿吟樹，湘江月滿船。」「晚紅殘照在，秋碧遠山横。」「烟巖松葉暗，風陌稻花香。」「孤雁影誰伴，亂蛩吟不休。」「曉清秋已到，葉落客先聞。」「歸雲起齋鉢，高浪送行舟。」「笠戴天童雨，鞋穿雪竇秋。」「一年春易老，雙鬢雪難消。」「烟松迷五鬣，風柳起三眠。」「篷響過雲雨，帆開逆水風。」「波及無忘晉，渠成亦利秦。」「籬落一團飛蛺蝶，汀洲數點立鵁鶄。」

笠澤葉茵《景文吟稿》。「杜宇鄉心重，楊花世事輕。」「曉霧沉山色，春禽和水聲。」「一泉走石夜多雨，萬竹圍松風似秋。」

天台戴復古式之《石屏集》，石屏以詩名，而多直率，氣骨終勝耳。「春水渡旁渡，夕陽山外山。」「黄花一杯酒，白髮幾重陽。」「忽聞啼鳥不知處，細看好山無厭時。」「一百五日客懷惡，三十六峰春雨愁。」「梅邊竹外三杯酒，歲尾年頭幾局棋。」《緑陰亭》云：「千山横碧一溪清，白鳥飛邊落照明。吏散庭堦一無事，緑陰亭上又詩成。」《巾子山翠微閣》云：「雙峰直上與天參，僧共白雲棲一庵。今古詩人吟不盡，好山無數滿江南。」《馬上》云：「青松路徑白雲關，有客來尋半日閑。十載灞橋驢子上，争如騎馬看廬山。」

四明高似孫續古《疏寮集》，劉後村謂能參誠齋活句者，《四聖觀》詩，後村亟賞之。詩云：「水明一色抱神州，雨壓輕塵不敢浮。山北山南人唤酒，春前春後客凭樓。射熊館暗花扶扆，下鵠池深柳拂舟。白髮邦人能道舊，君王曾奉上皇遊。」「花知西洛事，雁叫北人心。」「山横赤壁含情斷，水出瞿塘快意流。」

建安葉紹翁嗣宗《靖逸集》。「古柳無多樹，新蟬第一聲。」《西湖秋晚》云：「愛山不買城中地，畏客長撑屋後船。荷葉無多秋事晚，又隨鷗鷺過殘年。」《北關》云：「脱衣命僕浣塵埃，籬落人家未見梅。出得城門能幾步，船頭便有白鷗來。」

臨川危稹逢吉《巽齋稿》。「蛾眉對酒舞凉伊，舞身還逐歌聲齊。卷花萬段忽進酒，鬬高蛺蝶飛來低。」

斯植建中《采芝集》。「相逢春草外，歸隱石房西。」「春風思華嶽，夜雨夢瀟湘。」「住當南嶽寺，門對赤城霞。」「月過東西浦，潮分遠近山。」「水國今宵别，天涯隔歲歸。」「春歸芳草暗，雲入暮山長。」「野雲低水樹，春雨閉山城。」「鐘聲兩寺合，人影一溪分。」「路長沙鳥盡，人在翠微深。」「落花千點恨，疏雨一簾風。」「野店春寒雨，江城橘樹林。」「斷雲連雨雪，落日遠人烟。」「鳥啼山雨急，春盡故人稀。」「烟波春雨渡，燈火夜漁邨。」「島雨連秋曙，江風入雁聲。」「滿山晴葉雨，四壁暮蛩秋。」「一夜霜欺鬢，連朝雨送愁。」「桃花曉落水流去，山鳥晚啼風送來。」《遠山》云：「萬里色蒼然，寒林夕照邊。 舊過南嶽寺，曾向雨中看。」《鳩》云：「何處芳草多，相呼向深塢。 竹外立寒枝，山南又春雨。」《雪中寄巖泉》云：「吟罷新詩祗自看，曉風吹恨上闌干。 夜來雪滿前山路，誰對梅花説歲寒。」此君及趙汝鐩五言皆多佳句而無遠神。 羅與之與甫《雪坡稿》。「因沽江畔酒，始見竹間梅。」「一夜西風急，千山落葉深。」「閒吟小山賦，歸思大江流。」《山居》云：「雨作糟牀注，秋生鱸鱠思。 卷簾了清景，流水裊烟絲。」 河陽張弋彦發《秋江烟草》。「夏新看藕葉，夜久見蠙珠。」「春詩定多少，旬日又清明。」「前路逢梅處，同誰倚棹看。」「雲爲今夜雪，梅發去年枝。」 金華杜旃仲高《癖齋稿》，歌行有張、王風調。 如《緑珠行》、《明鏡行》、《王粲宅》、《別魏元長》、《書懷》諸篇皆可誦，《送陸放翁赴召》長句最佳。

滄洲高九萬《菊磵集》。「半夜雨聲急，一谿流水深。」「桐花快落春風老，梅子微酸晚雨晴。」「老淚怕從衣袂見，閑情但有帽簷知。」《題小姬扇》云：「湘湘未識羞，獨坐抱箜篌。 貪學者婆舞，擡身拜部頭。」《春懷》云：「江南春盡尚春寒，添盡征衣獨掩關。 日暮酒醒聞謝豹，所思多在水雲間。」《臨平》云：「征颿一似白鷗輕，起揭船篷看晚晴。 梅子着花霜壓岸，自披風帽過臨平。」《田父辭》云：「啄黍黄雞没骨肥，繞籬緑橘綴枝垂。 新釀酒，旋裁衣，正是婚男嫁女時。」 三山陳鑾之剛父《東齋集》，稍有江西風氣，而筆力苦孱。「踏徧苔溪石，梅花又滿林。」「花淡水紋麗，鳥啼人意閑。」「彎彎竹徑微微雪，小小溪橋淡淡雲。」《畫蘭》云：「托跡不辭巖谷深，異于蕭艾亦何心。清風披拂自多事，斜日淡雲香滿林。」　建安徐集孫義夫《竹所吟稿》。「齋板驚閒鷺，苔碑卧夕陽。」　清源胡仲參希道《竹莊稿》。「門掩梅花月，禽翻竹葉霜。」《界首》云：「幾重嶺隔幾重灣，路入濛濛烟雨間。獨立溪橋重回首，前頭已是劍州山。」　開封趙崇鉘元治《鷗渚吟》。《都昌即事》云：「世事可無酒，春藤還有花。山雲欲到地，街鼓又催衙。風緊魚休市，官貧飯帶沙。天機不得問，暮色欲棲鴉。」《湖中》云：「汀蒲獵獵起涼飔，碧藕香中獨立時。機事兩忘吾喪我，扁舟吟過水仙祠。」　柯山毛珝元白《吾竹稿》，《丹陽館》一篇最警策。「渡江南來第一驛，幾度華堂延雁客。百年運逐曉雲空，愁殺鞮官老無職。南徐今日古陽關，不斷歌聲祖離席。國讎已復事尤多，折損年年春柳碧。」　臨江鄒登龍震父《梅屋吟》，有真西山、劉後村、戴石屏三跋，詩稍優于倣古。《梅花》云：「約臂金寒拓綺疏，搔頭玉重壓香酥。含章簷下新妝額，試啓菱花得似無。」《江南春》云：「玲瓏樓閣江城晚，楊柳絲絲凝去聲碧烟。飛燕不歸春滿地，百花香裏聽啼鵑。」　括蒼王琮中玉《雅林稿》。「涼從曉來覺，秋向雨中深。」「九十日秋蛩共語，兩三夜雨雁供愁。」　四明陳允平衡仲《西麓稿》。「斷腸春洛浦，殘夢夜瀟湘。」「簾卷千重樹，窗開四面山。」「樓臺秋淡玉簫遠，簾幕夜寒銅漏遲。」「明月鷺鷥菱葉浦，西風蟋蟀豆花籬。」《江南謡》云：「柳絮飛時話別離，梅花開後待郎歸。梅花開後無消息，更待明年柳絮飛。」《登西樓》云：「楊柳飄飄春思長，緑橋流水繞宫牆。碧雲望斷空回首，一半闌干無夕陽。」餘如建安張至龍季靈

《雪林删餘》、壺山許棐忱父《梅屋稿》、浮玉施樞知言《橫舟稿》、菏澤李龏和父《梅花衲》、南徐朱南杰《學吟》、盱江余觀復中行《北窗稿》，概無足録。

同上。竹垞輯宋人小集四十餘種，自前卷所列江湖詩外，如劉翼躔父《心游摘稿》：「問道論詩也一宗，燒柴煨芋佛家風。要知真樂人間少，聽雨空山破寺中。」《山寺聽雨》。林希逸鬳齋《十一稿》。「寬心可要流香酒，圓夢何須正焙茶。」《入局》。《明皇按笛》、《達磨渡蘆》二圖長歌皆佳。又六言：「蚯蚓兩頭是性，桃花一見不疑。了得葛藤三昧，卻參茉莒諸詩。」鬳齋爲林艾軒理學嫡派，而詩多宗門語。鬳齋有全集。敖陶孫器之《臞翁集》，古詩歌行頗有盛時江西風氣，其《詩評》尤爲談藝家所推引。朱繼芳季實《靜佳集》。「屈指秋風與雁期，陽關西去到何時。側身一望腸堪斷，天似穹廬碧四垂。」《客路》。「不踏長安十二門，鸕鷀飛處數家邨。停橈試向灘頭問，可是嚴光末世孫。」《漁父》。「緩行松葉滑，小摘藥苗稀。」《招隱》。「大江流禹蹟，老樹見秦時。」《登眺》。「魚唼垂絲柳，鷗眠折葉茭。」《湖蕩》。「青天浮渤澥，白日走崑崙。」《對酒》。「騷客五花唐殿馬，主家七葉漢宮貂。」《謝野水郎君召飲》。「金陵王氣水東流，流到淮南古岸頭。夜半一聲天上曲，錦帆天子下揚州。」《揚州》。「相逢已恨十年遲，買酒吴山□□詩。明日送春仍送客，柳花風颺鬢絲絲。」《題李秋堂詩卷》。「老眼看花興未厭，不知頭上雨廉纖。流鶯浪語春風恨，誰拗花枝插帽簷。」《遊甘園》。「我登滄浪亭，復歌滄浪曲。歌竟復長歌，杳杳山水緑。天風吹散髮，山月照濯足。爲謝獨醒人，漁家酒初熟。」《滄浪風月》。林尚志潤叟《端隱稿》。「江亭飲罷起離愁，何事西風又越遊。潮信欲來人欲去，夕陽紅蓼滿汀洲。」《適越留别》。「杜宇一聲詩思減，楊花三月客愁多。」《春日》。「留客醉終日，愛花吟過春。」《贈許紒》。陳必復无咎《山居稿》。「冷烟寒食月，小雨浴蠶天。」《百五節》。「一夜簷花雨，十年江樹春。」《贈張駉》。「蘆蓼作秋意，汀洲生晚寒。」《舟行》。「人家半在桑柘住，春水忽迷蘆荻叢。」《舟中傚東坡》。

劉過改之《龍洲集》，叫囂排突，純是子路冠雄雞、佩豭豚氣象，風雅掃地。劉仙倫叔擬《招山集》，頗乏警秀。七言：「山僧幾輩雪垂領，水鳥數聲雲滿谿。」《西林》。黄文雷希聲《看雲集》，差有骨力，長句《西域圖》、《昭君曲》甚佳。又：「獄吏但能書牘背，相君終欲割鴻溝。」《東林拜岳王遺像》。黄大受德容《露香拾稿》。「虎穴山川險，蛟涎草木腥。」《白水漈》。武衍朝宗《藏拙稿》皆絶句，多佳作。如：「牡丹春籞正穠華，有旨今年不賞花。剪落金盤三百朵，内批分賜近臣家。」《宫詞補遺》。「桂華珠殿水精樓，柘袖籠香乙夜遊。飛下銀橋人不覺，月明三十六宫秋。」《開元廣寒詞》。「靈和殿裏最風流，三月飛花滿御樓。换得玉人眉樣巧，一春渾不下簾鈎。」《柳枝》。「飛鵲鳴鑣鼓吹喧，繁華應勝渡江前。吟梅處士今還在，肯住孤山爾許年。」《湖上》。「寶髻無光玉貌昏，銜悲空感舊承恩。君王愛問先朝事，時許車兒到殿門。」「侍輦看花上苑春，太皇宣索鳳笙頻。如今猶記當時曲，對譜閒教小内人。」《老宫人》。「鈿車轣轆輾芳塵，步鄣香移一片春。花下玉盤行禁臠，御前宣勸到湖濱。」《貴遊》。「叠叠滄波隔亂山，白鷗飛去復飛還。吟邊好思無多子，只在孤鴻落照閒。」《吴江水月塔院》。「粉靨嬌春掌上輕，玉琴聲裏見深情。花邊欲别重回首，猶恐絲絃説未明。」《阮客》。「碧雲千嶂合，紅樹九秋深。」《松陵晚泊》。「寒食梨花月，新晴楊柳風。愁消山色裏，興極酒杯中。緑髮日夜變，青春今古同。忍教行樂地，容易夕陽紅。」《飲湖亭》。張蘊仁溥《斗野集》。「春風酒棹湖堤柳，晚月吟韉輦路花。」《春朝偶題》。「雲生不没仙人跡，丹化猶啼搗藥禽。」《大滌洞天》。「丹青嶺樹明寒葉，水墨江天噪亂鴉。」《東庵》。「連山黄獨雪，一雁白蘋風。」《雪川》。「暑退涼生體氣佳，捲簾聽雨感年華。西風葉葉梧桐冷，開遍庭前白鶴花。」《秋思》。「憶著前遊十四年，三高祠下夕陽船。無錢買得鱸魚鱠，吟就橘花香裏眠。」《垂虹》。劉翰武子《小山集》。「淒涼池館欲棲鴉，彩筆無心賦落霞。惆悵後庭風味薄，自鉏明月種梅花。」《種梅》。「送客歸來月滿簷，梅花微笑隔疏簾。酒醒今夜銀屏冷，沉水熏爐旋旋添。」《客去》。長句《鴻門宴玉斗歌》、《吴門行》皆佳。張良臣武子《雪窗集》。「叢叢竹雀鬧人家，農事春來漸有涯。品字柴頭煨正暖，不知風雪到梅花。」《示長蘆仁禪師》。「白鷺悠悠去不還，渚雲汀草一生閑。暮年不入西州路，空倚梅花説住山。」《吴興投老庵》。「三十六陂春水緑，四十九年人事非。揚子江頭永嘉後，吴儂蕩槳北人稀。」《感舊》。「帖帖平湖印晚天，踏歌游女臂相牽。鳳城半掩人争路，猶有胡琴落後船。」《西湖晚歸》。趙希璐誼父《抱拙集》。「市井蕭條景物非，居人猶號永和隄。春山十里斜陽樹，漠漠殘紅杜宇啼。」《過臨平》。利登履道《骳稿》。「擁巖千修篁，中有寒泉飛。」《遊佛岩》。何應龍子翔《橘潭稿》。「樓上佳人唱渭城，樓前楊柳綰離情。一聲未是難聽處，最是難聽第四聲。」《有别》沈説唯肖《庸齋集》。「海明看出日，山晚倦行春。」《寄慈溪何贊府》。釋永頤山老《雲泉集》。「手攜一束書，秋風獨來此。松深孤月明，水冷夫容死。時看澗鼠來，食我山茶子。」《西峰日暮》。「拒霜花落碧潭秋，嬾向山巔水際遊。貪看夕陽烏桕樹，白雲紅葉亂溪流。」《秋晚》。「獨聽子規叫，况逢山月明。」《冷泉亭》。「溪色乍涼雙鷺下，雨聲纔絶一蟬鳴。」《憶舊隱》。薛嵎仲止《雲泉集》。「二十里松聲，千山雪未晴。」《太白觀雪》。「巖陰常候雨，松色不知春。」《真隱寺》。「雪渡溪流澀，厨烟柏葉香。」《閒居》。「芳草思無際，春風情最多。」《春晴》。「隨身唯一鉢，留偈别雙松。」《松風隆首座》。「離家買湖石，開印對巾山。」《送台州倅》。「湖水涵秋霽，風荷動夕陽。」《漁舍》。俞桂希郄《漁隱稿》。「西風蕭瑟入船窗，送客離愁酒滿缸。好記此時分袂處，暮烟微雨過松江。」《松江送人》。葛天民《無懷集》。「月趁潮頭上，山隨柁尾行。大江中夜滿，雙櫓半空鳴。」《訪端叔》。「一杯殘臘酒，萬古夕陽愁。」《雪後》。「寒食少逢天氣佳，十日九日雨如麻。新巢初見燕生子，小巷已無人賣花。」《即事》。「花枝照眼堂堂去，茗椀關心故故香。」《上巳》。「下塘六月關心處，西塞扁舟入手時。」《荷葉浦》。姚鏞希聲《雪篷集》。「病起春風過，閒居野草生。」《懷頤山老》。「風帆逆水上，江鶴背人飛。」《桐廬》。「王戴溪頭小隱仙，漁翁引上雪溪船。幾回倦釣思歸去，又爲蘋花住一年。」《寓雪川》。「雨徑生新草，風牀受落花。」《賃居》。「踏雨來敲竹下門，荷香清透紫綃裙。相逢未暇論奇字，先向水邊看白雲。」《訪中洲》。右諸人唯葛天民及與楊誠齋相倡和，劉改之亦前輩人，餘多摹擬四靈，家數小，氣格卑，風氣日下，非復紹興、乾道之舊，無論東京盛時已，可一概也。

宋《鼇尾續文》「宋」字在「長樂」二字上。《臞翁詩集》一卷，長樂敖陶孫器之所著。器之非江西詩派中人，而詩深得江西之體。其評詩最精，嘗《續文》作「當」，屬上句。自云：「此評手書兩紙，一貽莆陽劉潛夫，一貽同舍朱仁叔。」其自貴重如此。韓平原當國時，題詩臨安酒家壁，弔趙忠定公云：「九原若遇韓忠獻，休説渠家末代孫。」幾罹于禍。亦奇男子也。

魏野詩，「數聲離岸櫓，幾點别州山」一篇最佳。王彦輔記其一絶，亦有風致可喜：「城裏争看城外花，獨來城裹訪僧家。辛勤旋覓新鑽火，爲我親烹嶽麓茶。」已上《香祖筆記》。

元陳樵《鹿皮子集》四卷，詩學温、李，《寒食詞》一篇有《麥秀》、《黍離》之痛，古賦頗工。

元臨川何中《太虚集》，吴草廬序，吴與何中表兄弟也。中善五言詩，近體亦冲澹。《蠶尾文》無此五字。如：「聊隨碧溪轉，忽與白鷗逢。」「小雨十數點，淡烟三四峰。」「落葉半藏路，清風時滿溪。」「寒沙梅影路，微雪酒香村。」「湖雪殘波岸，船燈獨夜人。」「西風一夜雨，丹桂滿林花。」皆有唐風。又絶句：「冰合金河雪暗關，内家難覓一枝寒。祇應獨結梅花伴，水遠山長盡意看。」《見梅花》。「深淺柴烟曲塢閒，杉皮小屋遶幽潺。紫苔青石梅花路，隨意閒看雪後山。」《黄沙道中》。又「絶句」至「黄沙道中」一段，《蠶尾文》無。中自序有《易類象》三卷、《書傳補遺》十卷、《通鑑綱目測海》三卷、《通書問》一卷、《吴才老叶韵》一卷、《六書綱領》一卷、《補六書故》三十二卷、《薊丘述遊録》一卷、《措頤録》十卷、《知非堂稿》十七卷、《外稿》十六卷，今詩稿止十六卷。《蠶尾文》作「今詩止十六卷耳」。已上《居易録》。

明户部尚書邊貢詩：「朝望長白山，暮望長白山。山色有朝暮，吾心常自閑。」

崧少山人張鯤石刻絶句在醴泉寺范祠。「危閣烟霞出，峰簷麇鹿來。春泉落西澗，聲遶讀書臺。」「風晝谿楊色，烟春嵒蕙香。人言背絶壑，纔是上書堂。」「山護埋金窟，泉通畫粥廚。傳經衣盋在，常伴老龍圖。」「靈刹群峰合，名祠半日遊。難逢浮海術，易集下山愁。」按：鯤，鈞州人，今禹州。官副使。已上《漁洋文》。　并録一。

《漁洋詩話》。　鄒平長白山醴泉寺即范文正公畫粥處，四川環合，一谿帶縈。《池北偶談》作「瀠」。谿上有范公祠，祠中多前代石刻，有嘉靖十三年崧少山人張鯤八絶句最佳。節録於左：「危閣烟霞出，峰簷麇鹿來。春泉落西磵，聲繞讀書臺。」此下《偶談》多一首云：「臺前碧玉樹，葉葉上青霄。工師求大木，隆棟萬年朝。」餘俱仝。「風晝谿楊色，烟春巖蕙香。人言背絶壑，纔是上書堂。」「山護埋金窟，泉通畫粥廚。傳鐙衣盋在，曾伴老龍圖。」「靈刹群峰合，名祠半日遊。難逢浮海術，易集下山愁。」鯤，河南鈞州人，詩名不甚著，而詩之工如此。

南海屈介子大均少爲諸生，有聲，旋棄去，學浮屠法，釋名一靈，字翁山，居羅浮。久之，出游吴越。又數年，忽加冠巾，游秦隴，與秦中名士王無異宏撰、李天生因篤輩爲友。作華嶽百韵詩，固原守將某見而慕其才，以甥妻之。翁山愛玩少室，賦詩云：「同棲紅翠三花樹，對寫丹青五岳圖。」自固原攜妻至代州上谷，再遊京師，下吴會，自金陵歸粤，妻隨病死。翁山之詩尤工於山林邊塞，一代才也。同時陳恭尹字元孝、王邦畿字説作、梁佩蘭字芝五、王鳴雷字震生、陳子升字喬生，皆廣州人，工詩。元孝詩尤高，如「積雪迴孤棹，寒湘共此心」、「離憂在湘水，古色滿衡陽」。又「鄉山小别吟兼夢，水驛多情浪與風」、「桄榔過雨垂空地，瑇瑁乘潮上古城」之類，皆佳。説作句如：「雲低滄海樹，潮上夕陽城。」「曙色寒山外，秋風古渡前。」殊近錢、劉。又有絶句云：「昨冬歸去今春信，言是端陽入楚山。吟取荆州舊時事，洞庭秋盡客應還。」喬生《昔昔鹽》云：「鴛鴦樓外烏欲棲，玳瑁梁間燕吐泥。月暈圓隨漢東蚌，天河傾向汝南雞。萬方儀態華鐙出，一笑横陳翠帳低。愁見曉鴻征塞北，不知天將定遼西。」又有《南中塞下曲》一篇，極似楊用修格調。翁山詩予曾爲選百篇，以爲唐宋以來，詩僧無及者。五律如：「帆隨南岳轉，雁背碧湘飛。」「久病悲歡盡，新寒衣衲重。」絶句如：「熒熒桃李花，薄命寄君掌。河水雖東流，河魚自西上。」又《歸風詞》：「南越輕綃似碧雲，裁爲飛燕御風裙。中流舞罷將仙去，萬歲千秋復就君。」《客雁門》云：「三年作客傍滹沱，聽盡哀笳出塞歌。白髮不愁明鏡滿，秋霜只怨雁門多。」此類不能悉記也。予嘗語程職方云：「君鄉東粤人才最盛，正以僻在嶺海，不爲中原、江左習氣熏染，故尚存古風耳。」并録三。

《居易録》。

南海陳恭尹元孝寄予詩索《南海集》云：「酷似高人王右丞，在官蕭散意如冰。時名兄弟堪方駕，家學文章自一燈。滄海乘槎曾獨到，越山懷古記同登。南來新詠多如許，紙貴衡陽寫未能。」嶺南耆舊，今唯元孝及屈翁山、梁藥亭在，予乙丑别于佛山，今六年矣。元孝詩如：「離憂在湘水，古色滿衡陽。」「映花谿路閉，漱水石根虚。」「積雪迴孤棹，寒湘共此心。」「積雨江漢緑，歸心楊柳初。」「三徑草生殘雨後，數家門掩落花中。」「鄉山小别吟兼夢，水驛多情浪與風。」「檳榔過雨垂空地，瑇瑁乘潮上古城。」皆唐賢佳句也。有《獨漉堂集》，小賦尤工。行草分隸皆有法。

《漁洋詩話》。東粤詩自屈、程、梁、陳之外，又有王邦畿説作、王鳴雷震生、陳子升喬生、伍瑞隆鐵山數人，皆有可傳。説作句如：「雲低滄海樹，潮上夕陽城。」「曙色寒山外，秋風古渡前。」殊近錢、劉。又有絶句云：「昨冬歸去今春信，言是端陽入楚山。吟取荆州舊時事，洞庭秋盡客應還。」喬生《昔昔鹽》云：「鴛鴦樓外烏欲棲，瑇瑁梁間燕吐泥。月暈圓隨漢東蜯，天河傾向汝南雞。萬方儀態華鐙出，一笑横陳翠帳低。愁見曉鴻征塞北，不知天將定遼西。」《南中塞下曲》云：「膠寒竹箭猶揚越，笛散梅花已漢關。小月陣前雲出海，骨都營外火連山。江邊玉帳樓船度，馬上金錢御府頒。百尺高臺兩銅柱，漢家何日拓南蠻。」頗似楊用修格調。

同上。伍瑞隆，字鐵山，香山人。《竹枝詞》云：「蝴蝶花開蝴蝶飛，鷓鴣草長鷓鴣啼。庭前種得相思樹，落盡相思人未歸。」

《淅川志》載縣人彭侍郎凌霄《龍巢寺》詩句云：「殘碑猶宋字，逝水自秦川。」最佳。侍郎字用沈，萬曆甲辰進士，先方伯公同年也。新野馬仲良之駿有寄彭詩云：「春山春日好，高枕若爲情。窗户白雪裏，朝昏芳草生。把書看鳥滅，捲釣數魚行。」云云。

龔勗，字克懋，一字懋卿，章丘人。與濟南殷正甫、李于鱗、許殿卿爲古文辭，相友善。華鰲，字空塵，亦章丘人。妙於繪事，落筆輒題其上曰「空塵詩畫」。人丐之畫，輒瞪目不應。當其意得，迴出筆墨蹊徑之外，詩亦如之。五言尤超詣，《題王仁甫卜築》云：「大隱不在山，出處乃適意。」《送呂中甫山人》云：「秋老留紅葉，風輕轉白蘋。」《宿惠上人院》云：「愛此疏林月，兼之一磬清。」《孤坐》云：「雨霽聞啼鳥，風停數落花。」《過楊九山川上居》云：「鑪頭留宿火，花徑閉秋雲。」人以擬浩然「微雲疏雨」之句。鰲亦滄溟友。予少見其集，今無從購矣。鰲姓字亦見楊升庵集。昜有寄滄溟絶句云：「瓜田十畝濟城東，雲外青山小苑通。流水桃花迷處所，幾家春樹暮烟中。」鰲《睡起自述》云：「槐午睡方熟，息肩者稚子。老妻撼繩牀，飯熟呼不起。不能工磬折，髮亂無人理。我懶我自知，不要旁人喜。」已上《池北偶談》。

附録：此條中段：昜年六十，以歲貢仕江都縣訓導，遷威寧教諭、開平衛教授，歸五年卒。所著有《懋卿集》、《太極圖解》、《性命辨》。劉尚書白川稱爲朱元晦功臣、王伯安諍友云。

番禺黎遂球美周《蓮鬚閣集》，徐世溥巨源序，以太白、子瞻擬之，推許過情，要亦崇禎末一才士。

琅邪王若之，字湘客，孤情絶照，詩清真，無啓、禎氣習。絶句云：「素宇流孤月，清光照雁聲。似從千里外，寄與故鄉明。」「驢背肩似山，笠下眼如海。偶見漁樵人，行歌互相待。」「恰遇青山白水，忽來細雨斜風。俗駕還多高寄，便止宿于此中。」「若言造物勞人，那得伯師遮道。清涼是大藥王，一拂一濯甚好。」「片時眼界澄清，鼻觀與之俱省。脱巾解帶匡牀，消受荷花百頃。」「圖書簑笠載輕舲，雨雨風風去不停。疑是烟波垂釣者，居然呼吸有樵青。」「三十寒香遶屋栽，果然林下美人來。狂夫自許非寥落，眷屬妻孥總是梅。」聯句如：「風雨松堂集，燈殘經不明。」「風烟無市色，時令屬山秋。」「半將春事負，始有故人來。」「户外唯羅雀，牀間復門牛。」「如何横白雨，忽已失青山。」「雨餘春尚冷，江上柳初眠。」「正是春潮長，還當暮雨時。」「登高逢九日，不速恰三人。」「扁舟乘曉霽，歸棹作浮家。」「學語兒呼汲，消閒婦鬭茶。」「林端秋露滴，草際候蟲鳴。」「碧藻浮沉處，白蓮三兩枝。」皆非凡語。并録一《漁洋詩話》。

王若之，字湘客，益都人。父基，明户部尚書。若之以父任歷官河南參議。性嗜古，南渡避地姑孰，圖書鼎彝之屬尚兼兩，後死金陵。若之風神清映，如晉宋間人，工詩及尺牘。《金陵見月》云：「玉宇流孤月，清光照雁聲。似從千里外，寄與故鄉明。」《山中》云：「驢背肩似山，笠下眼如海。時見漁樵人，行歌互相待。」《江行》云：「圖書簑笠載輕舲，雨雨風風去不停。疑是烟波垂釣者，居然呼汲有樵青。」

牧齋喜李流芳長蘅詩：「穀城山曉青如黛，滕縣花開白似銀。」予亦愛之。康熙乙丑，以祭告南海之役，途出鄒、滕，憶前句，賦一詩。適門人户部主事何炯貽予長蘅詩鈔本，是詩在其中，惜全篇不稱。別有《東阿道中》一首云：「騰騰兀兀逐塵行，忽似春山爲解酲。高下欲隨人境繞，逶迤偏覺馬蹄輕。誰教柳色毵毵映，不分梨花處處生。愛煞穀城山下路，風光况復是清明。」又《滕縣道中》云：「山欲開雲柳乍風，杜梨花白小桃花。三年三月官橋路，策蹇經過似夢中。」二首風調頗佳。已上《居易録》。并録一。

《漁洋詩話》。「穀城山好青如黛，滕縣花開白似銀。」嘉定李長蘅流芳詩也，余最喜之。甲子使東粵，往返兩過滕縣，不見一花，賦詩云：「薛北滕南幾問津，遠山如畫黛眉新。唯餘底事堪惆悵，不見花開白似銀。」長蘅畫學雲林，亦是逸品。門人陸生廷燦扶照近補刻《嘉定四君子集》，余爲之序。大抵程孟陽之詩、婁子柔之文、長蘅之畫，足稱三絶。

山陰陳洪綬以畫得名，亦能詩。有《憶舊》絶句云：「豐谿梅雨山樓醉，竺塢茶香佛火眠。清福不知今日憶，神宗皇帝太平年。」《漁洋詩話》。并録一《池北偶談》。陳洪綬以畫名，予嘗見其小詩，頗有致。今録於此：「楓谿梅雨山樓醉，竹塢茶香佛火眠。清福不知今日憶，神宗皇帝太平年。」

杜参政溧子濂，别字湄村，世濟南濱州人。詩有奇氣，類山陰徐渭。陳允衡撰《國雅》，取君詩壓卷，人以爲定論。

馬君長春，字三如，世爲青之安丘人。順治丙戌舉鄉試，數困公車，不以屑意。治圃數畝，有古木數百章，修竹千挺。又植昌州海棠、紅梨各一株於草堂之側，布袍草履，日婆娑其間。性嗜茶，茶具必精好。嘗蓄名茶，客至論文，輒自煎點飲客以爲樂，蕭然欲友陸鴻漸、段碣之之流於千載之上。與從弟澄皆以詩名。康熙庚申，君寄予五言詩一章，予酷愛其語似孟東野，亦賦五言寄之。已上《漁洋文》。

王庭，字言遠，嘉興人，順治己丑進士。初仕爲廣州府知府，歷官山西布政使，廉介不苟，所至以清惠稱。罷官歸，足跡不入城市。常衣布袍行田間，人不知其二品大僚也。年踰八十乃卒。五言詩清真古澹，有陶、韋風，與石湖邢昉相上下，足稱逸品。

韓畕，字石耕，北平人。亂後遊江南，遍歷台岩諸勝。畕善鼓琴，尤工五言詩。有句云：「春愁當二月，酒渴起三更。」并録一。

《漁洋詩話》。韓畕，字石耕，北平人。徧遊吴越名勝，客死平湖。有句云：「春愁當二月，酒渴起三更。」

費密，字此度，成都人。少遇逆獻之亂，竄身西域，已乃泝漢江下游吴楚，居淮南老焉。予曾見友人几上一卷，偶取視之，其首篇云：「大江流漢水，孤艇接殘春。」詢之，乃密作也，遂賦詩與定交。密跛一足，著《鹿峰集》。并録一。

《漁洋詩話》。余在廣陵，偶見成都費密字此度詩，極擊節，賦詩云：「成都跛道士，萬里下峨岷。虎口身曾拔，蠶叢句有神。大江流漢水，孤艇接殘春。二句即密詩。十字須千古，胡爲失此人。」密遂來定交，如平生懽。

宗枏附識：芷齋述蒿廬先生云：「歐陽文忠答杜正獻見贈詩，有『報國如乖願，歸耕寧買田』之聯。其後正獻已卒，文忠復用前詩題其祠堂云：『門生今白首，墓木已蒼烟。報國如乖願，歸耕寧買田。此言今始踐，知不愧黄泉。』見《蔡寬夫詩話》。余按：此格昔人詩中僅見，漁洋贈費密詩亦頗與此格相類。」又勇參云：「案元遺山《淮右》七律一首，五六全用韓偓『細水浮花』一聯，於結處標出。山人蓋用其體也。」

劉吏部公甗體仁詩往往有風味，嘗有寄友人絶句云：「西湖小閣多晴月，好友同舟半是僧。寄語江南老桑苧，秋山紫蕨憶行縢。」公甗自編詩逸此，予爲口誦之，公甗喜，以爲予真能賞音也。又公甗友人某素嗜琴，殁數年矣，公甗一日攜諸姬郊行，過其墓，停車酹酒，使諸姬於墓下各操一曲而去。其標致如此。并録二。

《漁洋詩話》。劉公甗嘗有絶句云：「西湖小閣多晴月，好友同舟半是僧。寄語江南老桑苧，秋山紫蕨憶行縢。」自編其集，遺之。余舉似云：「如此作何以不録？」公甗笑謝曰：「賴兄爲我作行秘書。」

《居易録》。公甗詩頗有奇句，如云：「直溪東天色，湍激橡林左。」峭刻極似孟東野語。

同年子蒲州吴雯，字天章，以博學宏詞薦，在京師偶得漢銅印，文曰「河聲嶽色」。雯家蒲州中條山南永樂鎮，臨大河，對岸即華嶽三峰也。雯有詩云：「門前九曲崑崙水，萬點桃花尺半魚。」并録三。

《居易録》。天章贈所刻《寒山子詩》，詩家每稱其「鸜鵒花間弄，琵琶月下彈。長歌三月響，短舞萬人看」，謂有唐調。其詩有工語，有率語，有莊語，有諧語，至云「不煩鄭氏箋，豈待毛公解」，又似儒生語，大抵佛語、菩薩語也。天章詩情高逸，當世無輩，素耽二氏之書，有出世之志。予曾序其《蓮洋詩》，又嘗誦其句于故友葉文敏訒庵云：「泉遶漢祠外，雪明秦樹根。」「濃雲溼西嶺，春泥霑條桑。」「至今堯峰上，猶上堯時日。」凡數聯，訒庵贊歎。一日，講筵罷，先往訪之。康熙己未，以博學宏辭徵赴京師，獨不掃門時相。所居在中條山南永樂鎮，即春秋魏畢萬所封古河中府河東縣也。唐相李石、李福、李程兄弟及吕仙巖故里，有玉溪，即李商隱所居。

《漁洋詩話》。蒲阪吴雯天章，初至京師，未知名，余亟賞其詩，謂爲仙才。一日，待漏朝房，誦其句於葉文敏訒庵方藹云：「泉繞漢祠外，雪明秦樹根。」「濃雲溼西嶺，春泥霑條桑。」又：「門前九曲崑崙水，千點桃花尺半魚。」葉大驚異，下直即命駕往訪之。吴詩名大噪都下。所居永樂鎮，即唐永樂縣，有玉谿，李義山家於此。

《分甘餘話》。吴天章答人云：「自卜條南舊隱居，明星玉女對攤書。門前萬里崑崙水，千點桃花尺半魚。」又：「至今堯峰上，猶上堯時日。」又：「河聲過雷首，雨氣下風陵。」

三原孫枝蔚，老詩人也。以年授官，放還山，初得正字，賦詩云：「一官如寵鶴，萬里本浮鷗。獻賦曾非宴，童年況異劉。山人今上路，小婦免登樓。臨水看蝌蚪，唯添錯字愁。」并録二。

《池北偶談》。孫豹人遊焦山，中流風浪大作，舟人失色，孫長嘯詠詩云：「風起中流浪打船，秦人失色海雲邊。也知賦命元窮薄，尚欲西歸太華眠。」孫，三原人，流寓江都。

《漁洋詩話》。孫豹人枝蔚，三原人，居廣陵，卓犖負奇氣。一日，游焦山，中流遇風，賦詩云：「風起中流浪打船，秦人失色海雲邊。也知賦命元窮薄，尚欲西歸太華眠。」

高念東侍郎珩以康熙戊申奉命祭告南岳，在湖湘間有詩數百篇，予喜其絶句，録之。如：「行人到武昌，已作半途喜。那識武昌南，烟水五千里。」「未入衡州郭，先看衡州城。城門垂薜荔，大抵似巴陵。」「緑浄不可唾，此語足千古。天水澹相涵，中有數聲櫓。」「花放不知名，稻秀猶能長。芳草隱清流，但聽清流響。」「兩岸層層嶂，孤城面面山。横襟憑一葉，睥睨洞庭閒。」「幾月舟行久，今朝倦眼開。千峰翔舞處，一片大江來。」「南岳雲中盡，東流海上忙。他年圖畫裏，著我在瀟湘。」「芋火夜經聲，悲喜寒巖寺。宰相世間人，何與山僧事。」「磨甎竟不成，磨銅何不可。寄語馬大師，努力庵前坐。」高又有送人詩云：「故園小圃又東風，杏子櫻桃次第紅。明日春明門外路，清明消遣馬蹄中。」已上《池北偶談》。

《漁洋詩話》。高念東侍郎祭告南嶽詩多佳，略其五言絶句數首於此。「行人到武昌，已作半塗喜。那識武昌南，烟水五千里。」「未入衡州郭，先見衡州城。城門垂薜荔，大抵似巴陵。」「兩岸層層嶂，孤城面面山。横襟憑一葉，睥睨洞庭間。」「緑浄不可唾，此語足千古。天水澹相涵，中有數聲艣。」「花放不知名，稻秀猶能長。芳草隱清流，但聽清流響。」「歲月舟行久，今朝倦眼開。萬峰飛舞處，一片大江來。」「南嶽雲中盡，東流海上忙。他年圖畫裏，著我在瀟湘。」并録三。

同上。高念東少宰珩《都門清明送客》云：「故園小圃又東風，杏子櫻桃次第紅。明日春明門外路，清明消遣馬蹄中。」

《蠶尾續文》。高公蔥佩，别字念東。歸田，坐卧一小閣，不接賓客。几上唯梵夾旁行，《金剛》、《浄名》數卷外，不復觀他書。常和寒山子詩以見意。公爲詩如麻姑擲米，粒粒皆成丹砂，然不自愛惜，緣手輒散去。

鄢陵梁晳次曰緝先生長齋繡佛，於三藏十二部之書無不研究，而於《楞嚴》尤了悟初因，證果大旨。每過其居邸，繩牀藥竈外，唯經論數卷，雖身爲宰官，居然老爛頭陀也。於詩嗜陶淵明，少得句云：「明月生東隅，清輝照北牀。」長老驚異。成進士，出知西安之咸寧，入爲雲南道監察御史，謝病歸。高侍郎念東贈詩云：「燕臺襆被親相送，一箇嵩丘行脚僧。」蓋紀實云。《蠶尾文》。

薦福寺即唐勝容院也，有小雁塔。塔門石楣有明弘、正間王雲鳳、蔡天祐、段炅、安磐、王謳等題名，書甚工。左壁有康乃心《題秦莊襄王墓》絶句云：「園廟衣冠此内藏，野花歲歲上陵香。邯鄲鼓瑟應如舊，贏得佳兒畢六王。」賞詠久之。襲節孫勝玉爲言：康字太乙，郃陽名士。長安語曰：「關中二李，不如一康。」《蠶尾續文》，亦見《秦蜀驛程後記》。并録二。《漁洋詩話》。余以户部侍郎祭告西嶽，游慈恩寺，見塔上有二絶句。《題秦莊襄王墓》「園廟衣冠此内藏，野花歲歲上陵香。邯鄲鼓瑟應如舊，贏得佳兒畢六王。」問知爲郃陽康乃心太乙所作，亟稱之。翼日，詩名偏長安，而康不知也。康以此得重名，學使陸儼庭德元拔之充貢賦，是科以第五人冠其經。《居易録》。「郃陽民康乃心奉新城老先生閣下：往二十年前，曾於朋好處讀先生近體數首，玉振金聲，仰止深切，而以雲泥異勢，請教無由。歲月蹉跎，不學牆面，老作咸陽布衣，亦復何恨。不意前秋偶客長安，雁塔雅塗，謬爲海内大君子所見賞。爾時伏首山谷，一字弗知，竟未獲負笈追隨。久之，友人有書來，具言始末，而拙句遍傳都人士口矣。秋中應試，青門敏之上人始諄諄爲語，乃知楓落吴江，流播信不虛也。私念老先生海嶽宗工，握風雅之權者已數十年，十五國内外，高士鴻文，光燄萬丈，收之囊中，爲龍爲鳳，亦復何限，奚取於窮鄉僻壤，貧賤落拓，孤陋寡聞，庸庸鹿鹿之一老儒下士乎？古人云：天下有一知己，可以不恨。此言誠非敢居，然當吾世而不能相知，後世誰實相知定吾文者？悲夫，又何其言之痛也。徘徊於中，已將經歲，乃敢忘其愚賤，奉上一函。庶人之分，引嫌固宜，然載四彳亍，非名非利，無請無託，或亦斯文未喪，吾道猶存，風雨晦明，亮爲先生所不棄絶也。舊刻數紙，自慚庸陋，前有千古，後有萬年，得失之故，知在寸心，倘邀靈溟，岱蒙先生進而辱訓之，真所云饑十日得太牢也。先曾王父舊仕犁丘，家有遺文在故篋中，似爲太先生大司馬公所贈者，敬書一通奉覽。臨啓悚慄，伏唯鑒在。」右康生字太乙，郃陽人。予丙子以祭告西嶽至長安，偶遊薦福寺小雁塔，見塔上題詩三首，記其一《題秦莊襄王墓》云：「原廟衣冠此内藏，野花歲歲上陵香。邯鄲鼓瑟應如舊，贏得佳兒畢六王。」極賞其佳。從遊門人武進龔勝玉節孫曰：「康，郃陽名士也。秦人語曰：『關中二李，不如一康。』」會予匆匆入蜀，未及物色之。比歸，而灞渭水漲，阻西安兩日，水落遂行。至京師，時道其詩于公卿交游。陸郎中儼庭往提調陝西學政，爲言關中知名無踰李二曲顒及康生者。明年七月，康以書及所著《莘野集》來。偶筆於此，知「文章有神交有道」，少陵不誣也。

取道褒城縣，宿宗姪安官署，齋壁有故友趙湛秋水詩，略云：「太行九千仞，石磴盤雲間。雪壓雁門塞，冰齊熊耳山。」歎其超詣。秋水，永年人，申處士凫盟涵光友也。康熙壬戌，訪予邸舍，與談凫盟遺事，感贈一詩。初，秋水至燕，平生故人無在者，後生目笑之，意不自聊。既而予召之飲酒賦詩，人始知其耆舊，明日訪之者相望於道也。蓋秋水自述於予門人申頲者如此。今秋水觀化又十年矣。誦其詩，因感往事，書之。《秦蜀驛程後記》。

帶經堂詩話卷十一

漁洋山人

衆妙門三

指數類下

宋牧仲撫江西，一夜夢予屬賦瀟湘雁，立成五言，覺而憶之，不遺一字。詩云：「岸闊水無際，月明春雁翔。徘徊念儔侶，清影落瀟湘。」時康熙壬申四月十九日也。并録一《漁洋詩話》。宋牧仲太宰巡撫江南日，夢余屬賦洞庭雁云：「岸闊水無際，月明春雁翔。裴回念儔侶，清影落瀟湘。」余報書曰：「此又一鮑孤雁也。」

五月中，與同人、諸及門間爲結夏文字之會，一「賦得五月江深草閣寒」，一「鏡湖五月涼」，一「五月賣松風人間本無價」。龐工部雪厓塏詩云：「閑傍蒼松置短牀，南風瀟灑透衣裳。人間第一清涼散，休把千金比禁方。」「南薰灼灼自天中，五粒陰多障遠空。莫怪山僧開横口，快哉不數大王風。」「嘒嘒鳴蜩毒熱新，松枝輕颭午風匀。此間好是清涼國，遮莫鋪金肯售人。」又二首不及録。龍刑部雷岸燮詩云：「岸幘披襟意爽然，憑誰索價且高懸。東坡只欲時人買，剛道清風直萬錢。」「滿袖攜歸且嘯歌，紛紛觸熱客何多。涼風争似涼州好，此價唯須問孟佗。」又一首不及録。二君皆以翰林出爲郎署，有詩名。龐，任丘人，通禪理。龍，望江人，工詞曲，有《瓊花夢》、《芙蓉城》諸傳奇。六月連雨，至七月不絶，此事遂廢。

已上《居易録》。

無錫馬翀字雲翎，文肅公世奇之孫。起自孤露，中康熙壬子江南鄉試。詩有奇氣，時時仿李長吉，而未竟其才。游京師，所皈心者獨余與崑山葉文敏訒庵，他無所詣也。歸，未幾而病，依靈岩毅禪師於柏城庵，得領悟。一夕，索筆書偈曰：「刀斫虚空，於吾何有。十里桃花，千溪楊柳。」泊然而化，年才三十。

周體觀伯衡，遵化州人。順治己丑進士，以庶吉士出爲給事中，外補饒九南道副使，與施愚山閏章同爲江西監司，又同年也，其風流好事略相似。有《過黄州》絶句云：「不見當年劉克猷，子壯，己丑狀元。西風吹淚古黄州。舊時江路能來否，落日招魂故驛樓。」殊不愧古人也。予兄叔子士祐《重經采石感懷曹梁父》二絶句云：「憶向江干惜别離，黄昏石壁共題詩。今來寂寞空江上，獨酹青蓮夜雨祠。」「禪榻何人對寂寥，短檠和淚雨瀟瀟。若爲灑向寒江裏，月黑雲深欲上潮。」亦不減周作。梁父，姑孰文士，好交遊。其兄淼，字滄波，與予善。已上《香祖筆記》。

趙韞退按察，官湖西，有詩百餘篇。余取其《南康登樓》一絶句云：「返照臨高閣，寒烟澹澹分。城空何所有，一半是匡君。」

今日善學西崑者，無如常熟吴殳修齡。學《才調集》，無如江都宗元鼎定九、建昌楊思本因之、太原趙瑾懿侯。趙《下橋》絶句云：「東陽回首又天涯，天步艱難國步賒。一自下橋橋斷後，王孫惆悵不歸家。」《虎丘》云：「緑陰濃護好樓臺，獨櫂扁舟月下來。翹首楚天堪墮淚，湛盧何處不重迴。」楊《踏花明日值雨》云：「折得花來不贈人，膽缾相對一枝春。遥憐昨夜行歌處，落草霑泥倍愴神。」《怨詞》云：「春草日夜緑，春鳥飛且鳴。感郎千金意，猶自覺愁生。」并録二。

《漁洋詩話》。門人宗元鼎梅岑詩，以風調爲主，酷學《才調集》。七言如：「來逢鶯語詩從作，去聲。去被人留酒重醺。」「雙柑香濺佳人手，半臂寒添酒客肩。」《煬帝冢》云：「帝業興亡世幾重，風流猶自説遺蹤。但求死看揚州月，不願生歸駕六龍。」《揚子江》云：「帆勢天涯去不迴，龍笳何惜渡江來。香車若到長干路，後主荒宫花又開。」《新亭》云：「東晉江山暮雨秋，新亭人士昔時游。徒聞王導神州語，周顗先收作楚囚。」《吴音曲》云：「璧月瓊花夜夜重，隋兵已斷曲阿衝。麗華厀上能多記，偏忘牀前告急封。」《留鄒訏士祗謨》云：「新開蘭蕙正芳菲，初到鰣魚入饌肥。最好流光是三月，如何拋卻渡江歸。」

《古夫于亭雜録》。順治初，有太原進士趙瑾字懿侯官長洲知縣、江西新城進士楊思本字因之，其詩皆似《才調集》，非一時噉名者所及，而世罕知之。

淮陰張養重虞山遊浙東，過廣陵，謁余。揖甫罷，余亟問曰：「夙愛足下『南樓楚雨三更遠，春水吴江一夜生』，平生如此好句復有幾？」張退謂丘洗馬季貞象隨曰：「夙昔快意之句，不意阮亭一見便能道出。」

余最喜武林毛馳黄先舒《詠西施》絶句云：「别有深恩酬不得，向君歌舞背君啼。」此意未經前人道過。

陳户部子文奕禧詩云：「斜日一川汧水北，秋山萬點益門西。」未入蜀不知其寫景之妙。并録一《蠶尾文》。「斜日一川汧水北，秋峰萬點益門西。」視唐人「僧尋野渡歸吴嶽，雁帶斜陽入渭城」之句，不啻過之。

董易農侍御文驥《題井陘淮陰侯祠》云：「春雨王孫草，靈風古木叢。」

蔣修撰虎臣超，順治丁亥及第，不樂仕進，自言前身峨眉老僧也，後竟歿於蜀。嘗題金陵舊院云：「錦繡歌殘翠黛塵，樓臺已盡曲池湮。荒園一種瓢兒菜，獨占秦淮舊日春。」

李退庵侍郎有《讀水經注憶洞庭》一篇極佳，余和之云：「楚望經時入渺冥，岳陽樓上數峰青。曾臨南極浮湘水，坐對西風憶洞庭。斑竹想從春後長，《落梅》猶向笛中聽。新詩吟罷愁多少，腸斷當年帝子靈。」一時和者甚衆。叔兄叔子士祐詩云：「相思何處折芳馨，望斷黄陵舊日亭。秋水依稀聞落葉，楚天髣髴見揚靈。洲邊子戌三春緑，樓外君山一帶青。太息雲中君在否，不堪重問道元經。」

龔端毅鼎孳《送人出塞》云：「軍中轉粟青天上，使者論功大夏西。」

顏修來光敏，曲阜人，康熙丁未進士，官考功郎中，書法擅一時，於詩亦有功。《清流關》云：「身騎龍背上青霄，路轉峰迴出麗譙。雨氣全呑幽壑樹，風聲直送大江潮。」《渡江》云：「天際揚帆一鳥輕，四邊銀屋海門聲。巨鼇已散扶桑島，卻怪神山兩岸行。」《長干》云：「南郭浮屠高出霞，下窺黄屋如金沙。四十門中響空籟，吾將獨步青蓮花。」

宗枏附識：考功字遜甫，更字修來，别字樂圃，復聖六十七代孫也。九齡工行草書，十三嫺詩賦，康熙癸卯舉鄉試，爲先給諫典試所得士。吾家涉園門内題牓曰「蒿徑」，後有跋語數行，筆意秀逸，考功當日爲先給諫作也。

胡介，字彦遠，錢唐人，布衣食貧，而妻與女皆能詩。順治中，遊京師，《送人南歸》云：「帆檣楚國群鳥晚，橘柚吴天一雁晴。」介與淮陰丘曙戒象升、季貞象隨兄弟善。

薛行隖少宗伯所藴，孟縣人，明崇禎戊辰進士。順治初，有詩名於京師。嘗有句云：「千盤少室三花小，九曲河流一帶黄。」人多稱之。

李丹壑編修孚青，故友合肥文定公天馥子。蚤慧，能以詩世其家，然有别才。如《洛陽懷古》云：「秋來張掾多歸思，事去王郎少宦情。」殊有言外意。

宣城諸梅號多才，瞿山清輯《梅氏詩略》，余序之，今唯耦長庚在。耦長工詩畫，《琴谿》云：「田家桑落酒，風物藥栮魚。」《落梅》云：「背城花隝得春遲，凍雀銜殘尚未知。聞説緑珠堪絶世，我來偏見墜樓時。」

杜茶州濬《送人入蜀》云：「古意淮南葉，他鄉劍外州。」不減古作。

德州田霢，字子益，户侍綸霞弟也。有句云：「柔藍浮野岸，澹墨上春鱗。」

漢陽宗人戩，字孟穀。少游嶽麓，題詩云：「不借直踏寒烟裏，麝香獨遊亭午時。」其《池陽山行》長句，過歐公《廬山高》遠甚。客中州與吴雯倡和，《風穴》、《白茅寺》諸篇，工力悉敵。楚才自胡君信承諾、顧赤方景星而外，僅見此人。

馮廷櫆，字大木，德州人。康熙壬戌進士，館選不得與，以中書舍人終。近日才士之厄，未有如大木之甚者。其《晴川集》，余序而行之。《荆卿故里》云：「一卷輿圖計已疏，單車徑入虎狼都。縱然意氣傾燕市，豈有功名到酒徒。空向夫人求匕首，誰令豎子把頭顱。南來曾過邯鄲道，試問人知劍術無？」又：「寂寞黄花時節雨，淹留烏帽丈人祠。半篙谿水楓圍屋，一片山雲雪到門。」此例甚多，古選歌行尤有可傳。

張篤慶，字歷友，淄川相國憲松至發先生曾孫。文章淹博華贍，千言可立就，詩尤以歌行擅場。如《邢太保賜劍行》、《趙千里海天落照圖歌》等篇，不失空同、大復家法。郢中諸律詩，正德、嘉靖宮詞，率多傑作。丙戌客新城，與余倡和不下數十首。《和青谿張麗華小祠》云：「淒涼三閣鳳臺空，誰向長城問舊公。千古青谿谿上月，人間無復景陽宫。」「不及夷光汎五湖，千尋月殿已模糊。唯餘無恙秦淮水，猶照臨春玉樹枯。」《劍州鄧艾廟》云：「奇兵未扼一丸泥，緜竹懸軍萬仞梯。奄忽當塗更平聲典午，翻嫌多事鄧征西。」「自古奇功未可居，螳螂蟬雀竟何如。縱然制勝陰平道，衛瓘誰知擁檻車。」一滴水可知大海味也。

程先貞，字正夫，德州人，侍郎紹之孫也。有《海右陳人集》，才情不及盧德水世㴶，而深穩過之。如《豐侯歌》、《葛巴剌椀歌》、《火蓮行》諸篇，皆有逸氣。

程氏負郭有東樓，錢宗伯牧齋崇禎中爲復社事被逮，居停於此者數月，有「欲别東樓去」四詩在集中。謝方山重輝《過鐵佛寺》詩：「老屋秋風吹辟邪，蕭條負郭幾人家。裴回細詠虞山句，不見吹簫過落花。」

莆田宋珏字比玉，善八分，而小詩亦工。嘗記其一絶云：「來時梅瘦未成花，别後垂楊金作芽。他日相思如見畫，板橋西望是吾家。」

周侍郎櫟園亮工《示友》云：「海水群飛百丈高，同君城上擁弓刀。戰瘢莫向鐙前看，恐惹霜華上鬢毛。」《輓楊秀才》云：「唾地新詞破錦囊，高樓君自拜滄浪。文人命薄將軍死，誰賦城南舊戰場。」

門人張桐峰琴，淵静沉默，作歌行踔厲風發，而不失規矩。揚州人無知其工詩者，余取其詩入《感舊集》。琴舉康熙癸丑進士，未仕卒。

安丘二曹，禮部貞吉字升六，中丞申吉字錫餘，兄弟齊名。禮部在京師，和余《文姬歸漢圖》等長歌，極有筆力。中丞淪没異域，未見其止。祭告湖南，有句云：「雪花飛過洞庭去，愁對斑斑湘竹林。」

余澹心懷，莆田人，居建康，常賦《金陵懷古》詩，不減劉賓客。《謝公墩》云：「高卧東山四十年，一堂絲竹敗苻堅。至今墩下瀟瀟雨，猶唱當時奈何許。」《孫楚酒樓》云：「江南城西酒樓紅，無數楊柳迎春風。孫楚去後李白醉，千年不見紫髯公。」《雨花臺》云：「雨花臺上草青青，落日猶銜木末亭。一綫長江三里寺，千年鶴唳九秋螢。」《勞勞亭》云：「蔓草離離朝送客，驪駒愁唱新亭陌。夜深苦竹啼鷓鴣，空牀獨宿頭皆白。」順治辛丑，屬嚴子餐沆寄余廣陵，余答詩云：「千載秦淮水，東流繞舊京。江南戎馬後，愁絶庾蘭成。」「鍾阜蔣侯祠，青谿江令宅。傳得石城詩，腸斷蕪城客。」

吕潛，字半隱，故明兵部尚書大器之子，亂離後流寓江左。有詩云：「横江閣外數帆檣，立盡西風鬢欲霜。只有鄉心不東去，蚤隨烟月上瞿唐。」

林茂之詩：「客來自何處，爲言南山頭。昨夜片時雨，新添春澗流。」《入白門》云：「白門迢遞夕陽間，千里閩天一日還。依舊客情無别事，逢人都問武夷山。」《芳草》云：「春風吹百卉，草色遍相侵。

到處没馬足，有時驚客心。遠連空漢上，寒漾碧波潯。獨有明妃冢，青青恨至今。」又《孔雀庵》云：「依然一茅宇，宛在千竹林。」《秦淮新漲》云：「春雪消谿岸，江潮上水門。」《雪夜簡胡彭舉》云：「今歲山城雪，偏於昨夜深。同爲閉户客，故自絶相尋。」《同喻宣仲鷲峰寺聽秋鶯》云：「物候遷移愴客魂，啼鶯何意戀山邨。不因落葉林間滿，猶道啼春在寺門。」《潯陽别曹汝載》云：「扁舟客思共閒餘，分手那堪即到初。明月中秋九江水，愁人無暇作鄉書。」又：「雲樹見楚色，詩篇聞越吟。」「黄鳥暫啼去，清風時下來。」右皆與曹能始、吴非熊兆倡和時作，刻意六朝，未染楚派者也。并録二。《池北偶談》。

林翁茂之古度居金陵，年八十餘，貧甚，冬夜眠敗絮中，其詩有「恰如孤鶴入蘆花」之句。方爾止文寄翁詩云：「積雪初晴鳥晒毛，閒攜幼女出林皋。家人莫怪兒衣薄，八十五翁猶緼袍。」及卒，周櫟園侍郎亮工葬之鍾山。《分甘餘話》。

方盦山《冬日林茂之前輩見過》云：「積雪初晴鳥晒毛，閒攜幼女出林皋。家人莫怪兒衣薄，八十五翁猶緼袍。」盦山又有詩云：「烏衣巷口多芳草，明日重過是早春。」亦佳句。

新安汪徵遠，字扶晨，工於詩，古選尤閒澹，有王、韋之風。若黄山詩「不見庵中僧，微雨潭上來」，不愧古人。其從弟洪度，字于鼎，余嘗定其全集，歌行如《建文鐘》、《湖孰菜》等篇，皆見史筆，非苟作者。

漢武帝《秋風辭》足跡騷人，李嶠《汾陰行》能使明皇感動流涕，真絶唱也。家兄西樵吏部、從弟幼華又旦都諫皆有作，西樵云：「千秋脽上見遺祠，武帝雄風自一時。法駕逶迤齋殿啓，靈壇颯沓羽旂披。禮成侍從陪遊盛，情極君王感物悲。陳跡祇今誰髣髴，白雲南雁望參差。」幼華云：「東風紫燕入叢祠，河上人家記漢儀。古碣半淪天上水，蒼松全折雨中枝。依稀三燭流光夜，想像千官立仗時。最喜啼鶯猶未歇，看花一路到汾脽。」亦無慙才子之目。幼華詩本三首，皆佳，不具録。

孫文定《詠史》云：「田叔歸來竇后傷，蕭條梁苑下微霜。一時賓客多枚馬，不遣雄文悟孝王。」「楚人門巷瀟湘色。」竟陵胡君信承諾句。「野航人遠雁聲低。」侯官許有介友句。

同年傅侍御彤臣扆，吾邑人，博雅能詩，作詞曲亦跌宕有致。嘗於滄洲道上賦《柳枝詞》二十首，略載於此。「絶代容華照眼明，幾年聲價重金城。誰言青鬢垂垂老，一到臨風百媚生。」「零露蕭晨半未乾，日高猶自怯輕寒。連錢驄馬驕嘶過，青眼樓頭帶笑看。」「殘照芙蓉溢頰紅，珊珊仙骨玉瓏璁。幾回眠起嬌無力，披拂偏宜少女風。」「垂金小篆不曾譌，葉葉紛披擻與波。截柳編蒲無用處，祇傳新樣似元和。」「靈和前殿見風姿，成薛耽情寫艶詞。九月受風秋色裏，冶遊心醉麴塵絲。」「拂隄又復映征帆，折贈還宜女手摻。薄暮一番微雨過，江州司馬溼青衫。」并録一。

《古夫于亭雜録》。侍御傅彤臣，余同邑同年也。順治辛丑請急歸，康熙戊午應博學宏詞之徵，明年報罷，往來滄洲道中，感秋柳賦詩二十首，多可誦。身後著述散佚，聊録數章於此，以見一斑云。「灞橋橋畔美人居，性慧能爲倒薤書。一覩靚容頻問訊，十眉新樣近何如。」「絶代容華照眼明，幾年聲價重金城。誰言青鬢垂垂老，一到臨風百媚生。」「零露蕭晨半未乾，日高猶自怯輕寒。連錢驄馬驕嘶過，青眼樓頭帶笑看。」「殘照芙蓉溢額紅，珊珊骨節玉瓏璁。幾番眠起嬌無力，披拂偏宜少女風。」「垂金小篆不曾謁，葉葉紛披撇與波。截柳編蒲無用處，衹傳新樣似元和。」「靈和前殿見丰姿，成薛耽情寫艷詞。九月受風秋色裏，冶遊心醉麴塵絲。」「拂隄又復映征帆，折贈還宜女手摻。薄暮一番微雨後，江州司馬溼青衫。」

江都門人汪懋麟，字季角，亦字蛟門，詩才儁異，古文學王介甫。游吳，題寒山寺云：「吳中池館日吹簫，只有寒山寺寂寥。搖落江楓對漁火，行人歸去雨瀟瀟。」題顧符稹畫云：「昭陽顧生畫樓觀，絳闕瑶房生白雲。如螘宮人三百六，丰神都似李將軍。」

門人林石來麟焻，莆田人，康熙庚戌進士，自禮部郎中督學貴州。其《玉巖詩集》，余爲序之。閩舊無牡丹，唯塔山獨有數本，石來題詩云：「催放鼠姑花信風，錦茵銀燭照鞓紅。何當澹月慈恩寺，傳徧新詞到六宮。」「品題國色總尋常，姚魏爭誇壓衆芳。不是宣和翻舊譜，何人解賞女真黄。」

董樵《江東懷古》詩云：「春風嗚咽嗚珂地，寒雨淒涼散臘辰。」又：「春風公瑾墓，細雨吕蒙城。」樵有詩三四十卷，屬余論定，未及報而樵卒。已上《漁洋詩話》。

近少年才人負奇夭折，有雲間夏完淳存古，故吏部瑗公允彝之子。十七歲著《大哀賦》，不減庾子山，世多傳之。豫章黎祖功耆爾，前浙江提學博庵元寬之子，詩甚奇崛，意不可一世，亦十七歲江行死於盗。先是賦《吁嗟行》一篇，不數日遂死，若讖然。其詩云：「山何不攢峰，爲刃以絶我脰？天何不降玉，爲棺以封我尸？區區姓氏人不知，面目塵土何所爲。魯連好倜儻，曹公無威儀，肯如小儒舉舉衣裳學仲尼？起霾我筆燔我詩，手中提攜三尺兒，誰博白兔兩丸泥。荒雞驚起夜亂啼，神鬼駓駓得志天地悲。」南城陳伯璣允衡取其遺集入《詩慰》，新建陳士業宏緒序之，序亦奇。

吾鄉風雅，明季最盛。如益都王遵坦太平、長山劉孔和節之，尤非尋常所及。王，巡撫瀠子。劉，相國鴻訓子也。余爲作合傳。他如益都王若之湘客、諸城丁耀亢野鶴、丘石常海石、掖縣趙士喆伯濬、士亮丹澤、萊陽姜埰如農、弟垓如須、宋玫文玉、弟琬玉叔、董樵樵谷、淄川高珩葱佩、益都孫廷銓道相、趙進美韞退、章丘張光啓元明、新城徐夜東癡輩，皆自成家。余久欲輯其詩爲一集傳之，未果也。孫，本朝拜相；高，吏部侍郎；趙與琬俱按察使；丁、丘皆以教職遷知縣，丁自有集。余僅記丘《馬上見》一絶云：「薄羅衫子淩春風，誰家馬上口脂紅。馬蹏蹋入落花去，一谿柳條黄淡中。」并録二。

《池北偶談》。徐東癡言：少時於章丘逆旅見一客，袴褶急裝，據案大嚼，旁若無人。見徐年少，呼就語曰：「吾東武丁野鶴也。頃有詩數百篇，苦無人知，子爲我定之。」因擲一巨編示徐。尚記其一律云：「陶令兒郎諸葛妻，妻能炊黍子烝藜。一家命薄皆耽隱，十載形勞合静棲。野徑看雲雙屐蠟，石田耕雨半犁泥。誰須更洗臨流耳，戛戛幽禽盡日啼。」野鶴晚遊京師，與王文安鐸諸公倡和，其詩亢厲無此風致矣。《古夫于亭雜録》。

諸城丁野鶴與丘海石友善，而皆負氣不相下。一日，飲鐵溝園中，東坡集有《鐵溝行》，即其地。論文不合，丘拔壁上劍擬丁，將甘心焉，丁急上馬逸去。丁著《天史詩》，多奇句。如《老將》云：「低頭憐戰馬，落日大江東。」《老馬》云：「西風雙掠耳，落日一回頭。」此例皆警策。丘晚爲夏津訓導，《過梁山泊》詩云：「施羅一傳堪千古，卓老標題更可悲。今日梁山但爾爾，天荒地老漸無奇。」

陳其年以四六、詩餘冠絶一世，然其詩亦豪邁有奇氣。嘗贈先西樵兄及余詩云：「名士終朝能安語。」蓋反用《世説》語也。又贈山陰吕生云：「馬中赤兔人中布。」用成語尤奇。

宗楠按：檢討以才氣勝，竊謂四六第一，詩次之，詞與散文又次之。其《湖海樓詩集》，驅遣卷軸，馳騁筆力，自足雄視祠壇，微覺發越無餘，少雅歌投壺之致耳。又按：「馬中赤兔人中布」，歸安茅大理瑞徵《彭城懷古》詩已有此句，全篇載《明詩綜》。

馮班之子曰行賢，字補之，詩學白樂天，卻有自得之趣。與吴雯天章善，嘗求余論定其詩，惜逸其本矣。并録一。《居易録》。

馮補之，常熟人，能詩工書，予二十年前曾選定其詩。

顧大申，本名鏞，字震雉，號見山，善丹青，尤工設色，爲詩精深華妙，兼有寄託。在松江派中，大樽之下，諸人之上。嘗刻《詩三百篇》及《楚詞》、《選》詩爲一書，名曰《詩原》。康熙己酉，以工部郎中奉使榷贛關，作畫別余，自後不復相見。已上《古夫于亭雜録》。

黄始，字静御，吴人。有詩云：「一聲啼鳥半江月，才到兩山天欲明。」

余小時見寶應吴敏道詩一卷，頗有佳句。僅記其一絶云：「楊子江頭雨，雙橈倚緑蕪。愁心將客夢，日夜向東吴。」惜不憶其全矣。

門人周雪客在浚，櫟園先生長子也。有《汴梁懷古》詩云：「七朝亭盡昇平福，冷雨淒風哭靖康。」又有《孫吴天發神讖碑歌》，頗奇偉，即所謂囤碑者也，在義興國山。

門人湯西厓，仁和人，少以詩名，書法遒媚似東坡，以禮科給事中提督河南學政。在京師日，以黔游詩屬余論定，惜東歸匆匆，遂失其本。與吴雯天章、王戩孟穀皆布衣至交。并録二。《漁洋詩話》。　門人湯西厓右曾光禄《題辰龍關》云：「束馬懸厓險，關門鬱不開。居然横戟地，曾此挂弓回。浩蕩妖星落，蒼茫角吹哀。兵家争問道，爲語勒銘才。」《分甘餘話》。　湯西厓使黔詩多高作。《黔陽絶句》云：「白白紅紅繡袂花，盤絲繪蠟儘堪誇。自吹木葉銀環女，者卜河邊問宋家。」《中丞席觀劇》云：「探喉一串玉盤珠，華屋神仙絶代無。惱亂中丞筵上見，梨園弟子李仙奴。」「審音荀令與周郎，檀板銅槽共一牀。山雨乍收簾月白，聽風聽水按《伊》《涼》。」「管咽絃停意淺深，雲窗六扇漏初沉。已迷秦客風花路，休笑吴兒木石心。」

宗楠附識：《亞谷叢書》：「湯西厓《重過萬柳堂》云：『笙歌不記迴燈舫，魚鳥誰能認鬢絲。』《集王文靖公怡園》云：

『今日城南韋杜少，舊時池上管絃多。』七字中有無限感慨。」

汪鈍翁《過石隝》詩云：「主賓無語似相忘，浄掃青苔坐夕陽。乳燕飛飛蛙閣閣，楚萍謝絮滿池塘。」

錢唐王丹林，字赤抒，官中書舍人。嘗賦《古意四首》見投，曰《古鼎》、《古錦》、《古鏡》、《古琴》，託意甚深，詩尤高妙。爲人篤於師友，以病假歸，遂不起，惜哉。已上《分甘餘話》。

合作類

朱文公有《盛家洲訪盛温如》詩云云，温如亦有詩云：「蒼松翠竹映斜暉，野菊花開過客稀。葉底黄蟲作寒繭，雨餘胡蝶滿園飛。」「梅花樹下三間屋，挂壁枯桐盡日閒。有客過門彈一曲，斷雲殘雪滿空山。」後一首，曹能始載之《名勝志》。予過豐城，得四首，愛之，録其二。温如名璲。

宋吴曾，字虎臣，臨川人。著《能改齋漫録》，最爲淹雅，獨未見其詩。過江西，覩曾《登羅山》五言詩一篇，甚佳。有句云：「桃花破叢管，一笑爲嫣然。春雨正蒙密，澗水鳴潺湲。」甚有東坡風致。識之，俟訪其全集。已上《皇華紀聞》。

李泰伯覯文章皆談經濟，其本領尤在《周禮》一書。范文正公《居易録》無「公」字。薦之，以爲著書立言有孟軻、揚雄之風，在北宋歐、蘇、曾、王間别成一家。予嘗病其不能詩，長夏借讀《盱江集》，絶句乃頗《居易録》作「間」。有似義山者。如《王方平》云：「五百餘年别恨多，東征重得見青蛾。擗麟始擬窮歡樂，不奈閑人背癢何。」《璧月》云：「璧月迢迢出暮山，素娥「娥」字從《居易録》。心事問應難。世間最解悲圓缺，祇有方諸淚不乾。」《梁帝》云：「凝旒南面總虚名，廟祀何曾暫割牲。但學禪心能忍辱，莫羞侯景陷臺城。」《送僧遊廬山》云：「行非爲客住非家，此去廬山況不遐。要見南朝舊人物，池中唯有白蓮花。」《憶錢塘》《居易録》有「江」字。云：「當年乘醉舉歸帆，隱隱前山日半銜。好是滿江涵返照，水仙齊著淡紅衫。」皆有風致。此集乃正德乙亥南城令孫甫刊本，有祖無擇及泰伯自序，最爲完善。予家藏本差不及。

宋王銍性之《雪溪集》五卷，詩不能佳，獨《曉發石牛》一絶云：「怱怱車馬出清晨，日淡風微已仲春。松竹陰中山未盡，梅花林外有行人。」寫景頗工。性之别有《默記》若干卷，今傳于世。明清仲言之父也。

《所安集》中附載文信公《青原》詩云：「空亭横蝃蝀，斷碣偃龍蛇。活水參禪筍，真香透佛茶。晚鐘何處雨，春水滿城花。夜飲燈前客，江西七祖家。」此詩甚工。已上《蠶尾文》。

宋陳輔輔之，丹陽人，有詩云：「北山松粉未飄花，白下風輕麥脚斜。身似舊時王謝燕，一年一度到君家。」爲王介甫所知，而與蘇公尤厚善。此詩尤爲可愛，特書之。《香祖筆記》。并録一。《分甘餘話》。宋丹陽陳輔訪建康楊驥，題壁絶句云：「北山松粉未飄花，白下輕風麥脚斜。身似舊時王謝燕，一年一度到君家。」風致可愛。然輔不聞有詩名，若唐人任華、盧延讓之屬，詩反得傳於後，名之顯晦，信有數耶。

金人劉祁京叔《歸潛志》：章宗春水放海青，趙黄山渢應制，立進詩云：「駕鵝初暖下陂塘，羽騎星馳入建章。黄繖輕陰隨鳳輦，緑衣小隊出鷹坊。摶空玉爪凌霄漢，瞥眼風毛墮雪霜。共喜園陵得新薦，侍臣齊捧萬年觴。」章宗大喜之，以爲非宿構不能至此。此詩雖唐宋名人應制，不能過也。《古夫于亭雜録》。

元耶律文正《湛然居士集》十四卷，中多禪悦之語。其詩亦質率，閒有可采者，略摘數篇。「管城從我自燕都，流落遐荒萬里餘。半札秋毫裁翡翠，一枝霜竹剪瓊琚。鋒端但可題塵景，筆下安能劃太虚。聊復贈君爲土物，中書休笑不中書。」《贈李郡王筆》。「昔年萍水便相尋，握手臨風話素心。刻燭賦成無字句，按徽彈徹没絃琴。風來遠渡晚潮急，雨過寒塘秋水深。此樂莫教兒輩覺，又成公案滿叢林。」《寄平陽浄名院潤老》。「班姬零落到而今，聞道翻身入道林。歌扇舞裙忘舊業，藥爐經卷半新吟。閑眠白晝三杯酒，静對青松一曲琴。更看他年栖隱處，蓬山樓閣五雲深。」《過武川贈僕散令人》。「狐死曾聞尚首丘，悲予去國十年遊。崑崙碧聳日落處，渤海西傾天盡頭。君子云亡真我恨，斯文將喪是吾憂。尚期晚節回天意，隱忍龍庭且强留。」《過燕京和陳秀玉韵》。「閑騎白馬思無窮，來訪西城緑髮翁。元老規模妙天下，錦城風景壓河中。花開杷欖芙蓉澹，酒汎蒲桃琥珀濃。痛飲且圖容易醉，欲憑春夢到盧龍。」「閒乘贏馬過蒲華，又到西陽太守家。瑪瑙瓶中簪亂錦，琉璃鍾裏汎流霞。品嘗春色批金橘，受用秋香割木瓜。此日幽歡非易得，何妨終老住流沙。」《贈蒲察元帥》。「河中春晚我邀賓，詩滿雲箋酒滿巡。對景怕看紅日暮，臨池羞照白頭新。柳添翠色侵淩草，花落餘香著莫人。朱淑真詞：「無奈春寒著莫人。」且著新詩與芳酒，西園佳處送殘春。」《河中遊西園》。「萬里西征出玉關，詩無佳思酒瓶乾。蕭條異域年初换，坎軻窮途臘已殘。身過碧雲遊極樂，手遮西日望長安。年光迅速如流水，不管詩人兩鬢斑。」《壬午元日》。已上數作，頗有風味，皆從軍西域之作也。《池北偶談》。

虞山錢牧翁謂《梧溪集》記宋元末國事人才，多史家所未備，予讀之，信然。又如《宋高皇壽成殿汝蕘觶引》、《孟郡王忠厚佩印歌》、《制置彭大雅瑪瑙酒椀歌》之類，尤令觀者一唱三歎。予最愛其題王冕墨梅一絶云：「霜落銀河月在天，美人松下鬪嬋娟。一枝倒影吴牛角，曾似知章踏酒船。」自序云：「冕耆畫梅，嘗騎牛遊京城，名貴側目。」《居易録》。

《句曲外史雜詩》一卷，元張雨伯雨著。詩多拗體，予最喜其絶句。如：「淩波仙子塵生襪，空谷佳人玉鍊容。不奈天寒風露早，日高猶傍錦熏籠。」《三香圖》。「弁山南下幽人宅，萬箇長松水一瓢。月到三層樓上夢，鯉魚風起駕春潮。」《萬壑松濤》。「鷄犬茅茨接暝烟，平林如薺遠連天。急拔奇句無人賞，已近飛鴻滅没邊。」《黄子久畫》。頗有坡、谷遺風。自題云：「乙酉歲自春徂夏，霪雨時多，日處幽篁中，未有裹飯過子桑者。閒弄筆研，寫詩盈册，以自料理耳。詩凡五十五首，子英過之持去，勿示不知我者。雨告。」《香祖筆記》。亦見《蠶尾續文》。

吾鄉公文介公鼐，萬曆中爲詞林宿望，詩文淹雅，絶句尤工。如《習家池》云：「峴首岧嶤漢水長，習池烟樹野亭荒。羊公流涕山公醉，並枕殘碑卧夕陽。」《西郊金主釣臺》云：「花石遺綱入戰圖，薊門衰草釣臺孤。不知艮岳宫前叟，得見南軍入蔡無？」《畿南問宋遼戰地》云：「戰勝河東下薊丘，高粱失御陣雲愁。六飛不入燕山府，直見鑾輿下廣州。」《明湖獨眺》云：「窄岸平橋萬柳斜，半城春水半人家。東風吹雨宵來急，一片鄉心到海涯。」《别邢子愿》云：「南浦分攜暮雨微，平林望斷送將歸。新詩一一題團扇，隴首秋雲片片飛。」《衍元白詩寄馮用韞》云：「千里襟期付此詞，郵筒珍重寄相思。將來莫遣玲瓏唱，涙盡夷陵緩棹時。」「生平有意皆成幻，死去憑誰得報君。燈影幢幢對疏雨，一聲哀雁入秋雲。」《濟南晤李季重》云：「一望并州雁影沉，三年幽夢峼湖陰。歷城四面寒泉水，堪照青陵臺下心。」《泉林寺》云：「百里天涯一夕分，月華中斷悵離群。坐聞莊子城頭水，卻憶夷吾臺上雲。」《蘭谿望金華山水》云：「新安水色括蒼烟，煜煜金華婺女連。靈異果應仙路近，始知此是蔚藍天。」杜子美梓州金華山詩「上有蔚藍天」，謂潼川之金華山，此乃借用。「百折桐江繞釣臺，四明雲起接天台。半空突出冰輪湧，定是龍湫雁宕開。」《南樓》云：「十二樓開列玉京，分明天上落層城。簷前寂寂三珠樹，半夜鶴飛來上鳴。」《掖縣道中》云：「齊疆行盡海雲生，處處看山自問名。麥秀漸漸桑柘緑，馬頭不見曲侯城。」《襄陽》云：「江上輕帆落浴凫，鏡中倒影數峰孤。林鶯送客巖花笑，曾見銅鞮歌舞無。」《南竺寺》云：

「晚霞挂重塔，微月碧殿空。林壑松檜響，十里聞秋風。」皆不減唐人風致。而《列朝詩》取之甚少，不可解，蓋牧翁多抑西北人也。

安磐松谿，升庵先生友也。其詩風神獨絶，而世罕知之。予登凌雲寺，石壁刻詩甚夥，唯松谿四絶句最爲高唱。記其二云：「青衣江上水溶溶，隔岸遥聞戒夜鐘。暫借竹牀聽梵放，月華初到第三峰。」「林竹斑斑日上遲，鳥啼花暝暮春時。青衣不是蒼梧野，卻有蛾眉望九疑。」蓋凌雲九峰枕青衣江之東，而蛾眉三山正直其西。至其地，知其詩爲工也。已上《池北偶談》。并録一。

《漁洋詩話》。安磐，字松谿，蜀嘉定州人。正德時爲給事中，以諫南巡廷杖。余登凌雲，石壁刻詩最多，唯松谿四絶句甚工。記其二云：「青衣江上水溶溶，隔岸遥聞戒夜鐘。暫借竹牀聽梵放，月華初到第三峰。」「林竹斑斑日上遲，鳥啼花暝暮春時。青衣不是蒼梧野，卻有蛾眉望九疑。」蓋蛾眉三峰正直凌雲九峰之西，中隔三江，至其地知其詩之工也。余《嘉州竹枝》云：「分取三江作明鏡，鏡中各自照蛾眉。」

宋文憲公濂集有《題長白山居圖》詩云：「滿地雲林稱隱居，燕泥污我讀殘書。五更風急鳥聲散，時有隔花來賣魚。」予撰《長白山録》未及載入，因録於此，然不知爲何人作也。《居易録》。

粵東詩派皆宗區海目大相，而開其先路者，鄺露湛若也。露，南海人，著《嶠雅》，有騷人之遺音。《人日登越王臺》云：「登臺試人日，此日謂宜人。日照高臺色，臺非故苑春。青山白雲路，緑水流花津。醉欲呼鸞去，遥遥芳杜鄰。」《别人》云：「露斜山陗陗，鐘斷水悠悠。草緑班騅怨，花飛紅粉愁。如何雲夢月，不共漢江流。又送王孫去，淮南桂樹秋。」廣州破，抱所寶古琴而死。余爲賦《抱琴歌》云：「嶧陽之桐何牂牂，緯以五絃發清商，一彈再鼓儀鳳皇。鳳皇不來兮我心悲，抱琴而死兮當告誰，吁嗟琴兮當知之。」《漁洋詩話》。并録一。

《池北偶談》。鄺湛若，南海狂生也。負才不羈，常敝衣趿履，行歌市上，旁若無人。其詩名《嶠雅》。《過賈誼宅三間廟》云：「浮湘七澤下靈渠，牢落殘雲伴索居。庚子日斜聞鵩鳥，重陽沙涸見江魚。天高未敢重相問，年少何勞更上書。此去樊城望京國，定從王粲賦歸與。」

邊華泉尚書集有送于利四絶句。利，吾縣人，弘治己酉舉人，官揚州府同知，苑馬寺卿璧之子也。邊詩云：「送君城南橋，笑折城南柳。歸來掩關坐，皎月當窗牖。」「露下夜已久，清軒調玉琴。凄凉湘水曲，窈窕白頭吟。」「一别春城雨，兩回秋月圓。樽前不盡醉，書札但空傳。」「離腸似連環，宛轉不可絶。相送淮水秋，相思燕地雪。」《古夫于亭雜録》。

先兄考功嘗云：合肥公「流水青山送六朝」，才子語也。陳其年維崧「浪捲前朝去」，英雄語也。龔公自東粵歸，過金陵，賦詩云：「綺閣臨春玉樹飄，空江鐵鎖野烟消。興亡何限蘭亭感，流水青山送六朝。」陳有《烏絲詞》三卷，多瓌奇，閨房游俠之詞尤妙。如：「春陰簾外天如墨。」又：「玉梅花下交三九。」雖秦、李不能過也。并録一。

《漁洋詩話》。先兄西樵嘗云：合肥龔尚書「流水青山送六朝」，才子語。陽羨陳其年「浪擁前朝去」，英雄語。

宗柟附識：芷齋述蒿廬先生云：「合肥、其年二語，俱從東坡先生《念奴嬌》起句脱出。」

楊廉夫自負其五言小樂府，嘗云：「七言絶句體人易到，吾門章木能之。古樂府不易到，吾門張憲能之。至小樂府，二三子不能，唯吾能之耳。」向見吾友孫處士豹人枝蔚數章頗奇，略記於此。「蕭儼向舒州，君王怒未休。樓高苦無井，不及景陽樓。」又：「置酒宣華苑，嘉王好酒悲。韓昭方用事，涕淚莫輕垂。」

《夢溪筆談》亟稱王介甫集句：「風定花猶落，鳥鳴山更幽。」以爲上句静中有動，下句動中有静。且云：「公始爲集句詩，有多至百韻者。」黄震曰：「荆公集句諸作，其巧其博，皆不可及。」近代頗有之，然無如泗上施端教匪莪，平生集句詩數千首，屬對精切，縱横曲折，無不如意。偶舉一章，如《贈鸚鵡》長律云：「莫恨雕籠翠羽孤，劉憲。主人情義自辛劬。王初。人憐巧語情雖重，白居易。鳥憶高飛意正殊。李正平。三舍鄭牛徒識字，李山甫。千年丁鶴任歌呼。羅隱。多言應伴高吟客，嚴郊。學語還稱問字徒。崔璞。始覺琵琶絃鹵莽，白居易。終憐吉了舌模糊。孫繁。文章辨慧皆如此，白居易。事業紛呶亦大都。魏朴。歸去不煩詞客賦，羅鄴。夢來還記隴頭無。張謂。勸君不必分明語，羅隱。且自三緘問世途。胡曾。」格律寄託，兩詣妙境，奇作也。并録一。

《香祖筆記》。予平生爲詩，不喜次韵，不喜集句，不喜數叠前韵，唯少時有集黄山谷詩一絶云：《謝人送梅》「榨頭夜雨排簷滴，誰與愁眉唱一杯。瘦盡腰圍怯風景，城南名士遺春來。」如此集句，恐非李西涯所知。西涯有《集句》詩一卷。

金壇潘高《南村詩》，雅語時入古人。予最喜一絶句云：「黄鴉觳觳雨疏疏，燕麥風輕上鮆魚。記得去年寒食節，全家上冢泊船初。」已上《池北偶談》。并録一。《漁洋詩話》。金壇潘高孟升五言學韋、柳，余愛其清真古澹，謂可與王言遠庭、邢孟貞昉頡頏。陳其年與余書云：「有潘高者，貧而工詩。久别，無可言者，止此一物奉獻。潘有《寒食》一絶云：『黄鴉觳觳雨疏疏，燕麥風輕上鮆魚。記得去年寒食節，全家上冢泊船初。』」

牧仲中丞寄江西近歲所作詩四卷，中有云：「别院如山静，旗門鼓不撾。往來行藥地，開徧蜀葵花。」又云：「架上紅薔錦段張，惱人顔色殢人香。簿書叢裏抽身去，獨凭闌干到夕陽。」不獨緩帶輕裘，兼復隱囊紗帽。薛許昌自謂麤官，定緣無此勝情耳。《蠶尾文》。

天章賦予西城别墅古詩十四首，甚工，聊録數篇于左。《石帆亭》云：「風動袈裟角，洪濤四溟吼。如何不動摇，片石土囊口。爲賞正定心，添種菱三畝。」《樵唱軒》云：「采山因采真，歸來發高唱。衣上烟霞斑，雜坐無禮讓。身忘草木年，心寄尊盧上。」《小華子岡》云：「右丞禪悟人，千古生則倣。每思茱萸沜，一理欹湖棹。何意春城西，犬吠夜如豹。」《小善卷》云：「洞中過天地，居然小善卷。焚香還晏坐，獨理朱絲絃。谿劃罨畫水，人耕陽羨田。」《竹徑》云：「欹側錦石路，窈窕無凡卉。去去緑陰中，凉風動斐亹。仙人何處來，一萬青鸞尾。」《嘯臺》云：「蘇門有高士，求怒不可得。出水仍大笑，妙意誠難測。爲想鳳鸞音，崇臺願矜式。」并録三。

《漁洋詩話》。吴天章雯《題雲林秋山圖》云：「經營慘澹意如何，渺渺秋山遠遠波。豈但穠華謝桃李，空林黄葉亦無多。」

《古夫于亭雜録》。吴天章天才超軼，人不易及。嘗爲余題倪雲林畫云：「豈但穠華謝桃李，空林黄葉亦無多。」尋常眼前語，正自百思不到。晚買小圃中條之陰，有竹數百竿，梅、橘各數株，余題之曰：「中條竹隱」。乃未及歸老，而天章死矣，惜哉！其集遺言屬余删定，後世必有知之者。

《分甘餘話》。吴天章過真定，賦詩云：「鎮州荷花一萬柄，正對城門是酒家。下馬當壚更斟酌，醉臨明鏡看吴娃。」風格殆不減楊廉夫。余與海内論詩五十餘年，高才固不乏，然得髓者，終屬天章也。

龐工部塏霽公示甲戌歲新詩，其《病足》一絶句尤可喜：「短歌微吟朝復昏，吾患何有有身存。即妨美人笑躄者，春來不過平原門。」龐前翰林檢討，任丘人。已上《居易録》。

臨朐馮文毅溥《題漢文帝幸代圖》云：「漢帝當年歌大風，歡留父老樂融融。誰知將相調和後，更有君王讌賞同。每飯未嘗忘鉅鹿，故居猶自念新豐。旌旗十萬雲中駕，休擬登臺出塞雄。」

曲周劉半舫尚書榮嗣，詩雅有清裁，盧侍御德水世㴶亟稱之。《題蘭亭卷》云：「山淺圍青甸，衆芳更曲流。永和之上巳，逸少以千秋。」余夙昔喜誦之，不以虛字損其佳也。

内兄張蕭亭實居，鄒平少保忠定公孫也。家有湄園，擅丘壑之趣，今蕪矣。嘗有詩云：「桃花乍放柳初生，葉底春禽送好聲。人在西園山翠裏，斜風細雨度清明。」余刻其詩四卷。

宗柟按：《蕭亭詩選》，山人手爲點次，其中短篇佳句所最賞者，如《阿那瓌》云：「明月照白沙，黄羊逐野馬。三千河朔兒，大戰天山下。」《雨後》云：「雨歇山欲暝，夕陽在鳥背。孤亭淡清秋，花木有餘態。」《曉起行田中》云：「宿鳥驚初鳴，山深村始旦。綴花露尚滴，横樹烟未散。晨光結晴霞，嵐氣散空翠。」《閒居》云：「竹葉酒香人乍病，梨花月冷燕爭飛。」《海棠詠》云：「細雨樓臺春夢静，輕風簾幙曉妝寒。」《暮春》云：「桐花影裏櫻桃熟，鶯鳥聲中茗葉新。」《春日試筆》云：「一卷《離騷》千日酒，三春花鳥四圍山。」《王秀才過訪》云：「僕本恨人春易老，君非遊子意何悲。」《雨中》云：「好風吹白雲，一雨清煩暑。」《寄涑水》云：「夏山忽欲雨，灌木多涼風。」《柬子玉》云：「春來菜圻渾忘肉，病後花飛未卸綿。」《謝山僧送菊》云：「同居世外偏宜淡，伴我山中更耐寒。」《對酒》云：「晚涼堪對酒，相勸有青山。」又《詠白丁香》云：「人含舊恨青山外，花結新愁細雨中。」情韻劇佳，惜選中不載，附識于此。

長山劉孔和節之，相國青岳先生鴻訓子。爲詩豪邁雄放，有東坡、放翁之風。明末率義旅南渡，劉澤清忌而殺之。有《日損堂集》，一代奇才也。《題趙松雪宫女啜茗圖》云：「秋宫肅肅古衣裳，静女無愁黛亦蒼。不點疏螢和月色，絹頭已作百年涼。」「匡山遺恨捲黄沙，彩筆王孫弗憶家。忍向卷中摹舊事，直須羞煞後庭花。」《聽小史燕子彈琴》云：「高梧修竹曉沈沈，侍子垂簾拂素琴。聽盡明光三十段，碧池涼雨一時深。」

王遵坦，字太平，益都人，太僕少卿帶如濼子。博雅嗜古，詩學楊用修，源本樂府，與劉公子節之倡和齊名，有《願學齋集》。《題項王本紀》云：「英雄竟以成敗論，嗟哉帝王豈有真。亞父不用乃考終，淮陰逃死未央宫。是知仁與不仁異，楚亡漢王亦細事。垓下何必更悲歌，虞兮吕兮較若何。」《詠古玉鏡子》云：「世間銅臭久塵埋，圓璧千年出洛街。曉步想隨雙鳳珮，晚妝應照九鸞釵。微茫斑駁雲生面，錯落光明月入懷。最好瓊樓伴仙子，素娥斜捧上瑶階。」南渡依劉澤清，澤清既殺劉節之，王遂北走歸國，隨肅王定蜀，署四川巡撫，卒於閬中。

徐東癡夜《春詞》云：「一層楊柳一層風，五里桃花十里紅。但是出遊皆傍水，逢人多半在城東。」「青入緗鈎深復深，非關社日亦停鍼。明朝撲蝶南園會，預辦釵頭鬭草金。」「當壚小婦太憎生，記折梨花在古城。日出未難非馬足，暫休不肯是鶯聲。」「戲馬臺連司馬橋，城門開處馬蕭蕭。君臣遊覽飛花盡，唯見秋千入碧霄。」「一代才華怨落花，西清園内賦新茶。年年指點風流業，猶自垂楊綰暮鴉。」

淄川唐濟武翰林夢賚，順治己丑進士，官檢討，以建言罷歸。與高念東侍郎倡和，其詩源出蘇、陸。《社燕》云：「敬瑜詩賦同林鳥，合德椒房共命禽。細柳池塘音上下，釀花天氣舞晴陰。」亦袁海叟《白燕》之比。《再至金陵》云：「鬖鬖風柳緑絲偏，略似倡條髮覆肩。卻出秦淮相問訊，于今不見已三年。」「蓮葉田田蓮子稀，風翻一片蕩漁磯。祇如解制僧初散，都著西天壞色衣。」《答念東》云：「青蘿洞口舊門吟，百道鳴泉百尺陰。便説河豚堪一飽，不應苦筍爲抽簪。」

陳說巖廷敬相國少與余論詩，獨宗少陵。略記其一云：「晉國强天下，秦關限域中。兵車千乘合，血氣萬方同。紫塞連天險，黄河劃地雄。虎狼休縱逸，父老願從戎。」

屈翁山《客代州》詩：「三年爲客渡滹沲，聽盡悲笳出塞歌。白髮不愁明鏡滿，秋霜只怨雁門多。」藴藉宛轉，不減李益。

朱竹垞彝尊著書最富，如《日下舊聞》、《經籍存亡考》，皆餘百卷，又撰《詩綜》、《詞綜》若干卷。其自著詩歌雜文曰《竹垞文類》者，余爲序之。尤愛其少時永嘉諸詩，如《南亭》云：「薄雲雨初霽，返照南亭夕。如逢秋水生，我亦西歸客。」《西射堂》云：「已見官梅落，還聞谷鳥啼。愁人芳草色，緑徧射堂西。」《孤嶼》云：「孤嶼題詩處，中川激亂流。相看風色暮，未可纜輕舟。」《吴橋港》云：「聞説吴橋港，荷花百里開。當年王内史，五月櫂船迴。」《瞿谿》云：「鳥驚山月落，樹静谿風緩。法鼓響空林，已有山僧飯。」《飲吴郎宅》云：「吴郎愛客解千齡，勸飲青絲挈玉缾。落日兒童齊拍手，過江三日幾曾醒。」《祁六座上逢沈五》云：「東陽年少沈休文，五載相思兩地分。今日謝家群從在，青綾帳外更逢君。」

徐延壽，字存永，閩人，徐𤊹興公之子也。家鼇峰，藏書與曹能始、謝在杭埒。亂後，并田園盡失之。將移家湖南，道廣陵，與余定交。有《過燕子磯作》云：「馮夷吹浪齧山根，雲樹千重暗白門。故壘尚聞雙燕語，空江曾見六龍奔。楊花莫雪行人路，杜宇春風古帝魂。扣枻中流頻唤酒，客情難遣是黄昏。」已上《漁洋詩話》。

故侯常某，開平裔孫也。鼎革後，居湖孰，種菜自給，人謂之「湖孰菜」。其妻即中山女也，至是已先逝。汪于鼎洪度《湖孰菜歌》云：「腰圍寶帶盤羅珍，笙歌叢裏莫連晨。頭戴篛笠手鉏土，烈餤光中日卓午。昔人身未離朱門，自道心如游蓬户。今觀此翁殊不然，蚤向朱門曾晏眠。天傾地坼身何惜，蓬户還容受一廛。開門江天直入座，生涯况有鉏能荷。耕砂耘礫代菑畬，細風飄飄吹雨過。霜根得氣乳膏蒸，迸泥甲拆聲最清。繞塍顧盻色飛動，栩栩黄蝶知予情。一肩入市晨光爛，道塗所過香風散。只數金錢莫問名，買魚沽酒歸來貫。遥望鍾陵土一抔，有時落日重迴頭。鳳皇已逐青冥去，無夢吹簫共跨遊。」

于鼎又作《鐵券歎》，甚有史筆。其序云：「明成祖即位，封駙馬都尉王寧永春侯鐵券。旌德民得之田間，券載寧受通燕之謗，拘繫三年，靖難師至始得釋，褒其始終不改之節。則其人可知矣。」〇「老農得券隴畝旁，人間因得瞻龍光。琢鐵嵌金爲文章，山河帶礪憑永長。一代舊制何輝煌，惜哉名以靖難揚。金枝玉葉同苞桑，豈導姬旦來輔王。不然潛通奚所望，華衮字字褒忠良。承家只道永流芳，豈知隙影駒奔忙。吹簫臺空無鳳皇，銅駝陌上隨淪亡。此券流傳天意藏，金鐵不滅名彌彰。」又《建文鐘》云：「天留正統還讓帝，如以黍谷存陽氣。歲晚冰霜律未回，一綫微陽正藏閉。我來深山憩古寺，瞥見孤鐘思往事。風雷未敢信流言，貴戚何當輕易位。麤砂磨治碑版文，烈火銷融金鐵製。普天盡易洪武年，何處還稱建文歲。其時鉤連盡十族，斷支交首盈衢寺。輕生不乏有心人，百年猶爲存苗裔。赫赫雷霆九天怒，威有難加勢難至。正學緜緜一孑遺，孤鐘歷歷半行字。天軸地維未傾拆，萬古千秋此維繫。」革除一案，萬古公憤。右二篇發揮痛快，故備録之。于鼎，新安歙人，余門人也，其《息廬詩集》余所論定。

公馘爲詩矯矯有奇氣，常寄余五言云：「離居才幾日，蘭葉春風生。門外即流水，布帆東下輕。野處寡新友，良辰多遠情。思君如草色，迢遞向蕪城。」已上《古夫于亭雜録》。

帶經堂詩話卷十二

漁洋山人

衆妙門四

佳句類

唐崔國輔詩「松雨時復滴，寺門清且涼」，語最妙。宋初潘閬詩「夜涼疑有雨，院静若無僧」，亦佳，然不免作意。五代盧延遜《山寺》詩：「兩三條電欲爲雨，四五箇星猶在天。」延遜好爲俚語，此一聯乃差有致。予門人崔華有句云：「一寺千松内，飛泉屋上行。」又《宿山寺》云：「此中枕簟客初到，夜半梧桐風起時。」不減古人。延遜一聯，元文宗早行詩剿取之。《居易録》。

巴東縣寇萊公祠在巴山南麓，公在巴東，有「野水」、「孤舟」之句，爲人傳誦。然公此中詩尤多佳句，如：「印鑠殘陽後，人歸叠翠陰。」「水穿吟閣過，苔遶印牀斑。」「衆木侵山徑，寒江逼縣門。」皆錢、郎之選也。《蜀道驛程記》。

宗柟附識：《藝林伐山》載萊公《南浦》詩：「春風入垂楊，烟波漲南浦。落日動離魂，江花泣微雨。」妙處不減唐人。

和靖詩特工五言，如：「畫岩松鼠静，春棧竹雞深。」「水風清晚釣，花日重春眠。」何減昔人所舉

「草泥行郭索，雲木叫鉤輈」耶？若詠梅「疏影」、「暗香」之句，及「雪後園林才半樹，水邊籬落忽橫枝」一聯，七言唯此可稱絶唱，他殊不類，何也？《蠶尾續文》。并録二。《居易録》。東坡云：「西湖處士骨應槁，只有此詩君壓倒。」按林詩「疏影」、「暗香」一聯，乃南唐江爲詩，止易「竹」字爲「疏」、「桂」字爲「暗」耳，雖勝原句，畢竟不免偷江東之誚。如坡言，逋生平竟無一詩矣。然如「沙泥行郭索，雲木叫鉤輈」、「晝巖松鼠静，春棧竹雞深」，又詠梅「雪後園林纔半樹，水邊籬落忽橫枝」，皆不失佳句也。

《池北偶談》。林君復詩「陰沈畫軸林間寺，零亂棋枰葑上田」，寫景最工。近程孟陽嘉燧有句云：「古寺正如昏壁畫，層湖都作水田衣。」語意本林，而工又過之。

後村序宋慶之希仁詩，摘句有云：「多年翁仲在，寒食子孫稀。」又跋徐竇之詩，摘句云：「盡日飛花急，隔溪芳草深。」皆晚《蠶尾文》無「晚」字。唐人佳句，不知二集猶傳否；記訪之。

宋桑世昌《蘭亭博議》，予庚午歲曾借之朱竹垞太史，舊刻甚精妙，惜匆匆還之，未及鈔寫。《蠶尾文》無「妙」字下十字。讀《蠶尾文》作「按」。葉水心集云：世昌事事精習，詩尤工。其《即事》《蠶尾文》無「即事」二字。云：「翠添鄰塹竹，紅照屋山花。」蓋著色畫也。已上《居易録》。

劉原父、貢父博雅爲北宋第一流，惜《公是》、《公非》二集不傳，故後世之名出歐、蘇下耳。如石林拈原父詩句云：「凉風起高樹，清露墜明河。」此亦何減玄暉、仲言、襄陽、蘇州耶？《香祖筆記》。

宗柟附識：《避暑録話》：「此詩當是在長安時作，今按其全首，氣韵殊妙。題作《夏夜》，云：『涼風響高樹，清露墜明河。雖復夏夜短，已覺秋氣多。艷膚麗華燭，皓齒揚清歌。臨觴不作意，奈此粲者何。』」首句「響」字與此所載異。

洪武中，淦人黄渠有詩名，徵爲周王府伴讀，著《詩海珊瑚》。其集佚不傳，今所傳有句云：「移舟秋水渡，載酒夕陽亭。」「磐石中流坐，青山夾岸看。」「野田青處麥千頃，楊柳緑邊人幾家。」「山頭一夕風雨過，門外雙溪春水生。」「行看野岸數楊柳，驚起沙頭雙鴛鵝。」殊有風致可誦。《皇華紀聞》。

邊華泉先生仲子習，頗能詩，其佳句云：「野風欲落帽，林雨忽沾衣。」又：「薄暑不成雨，夕陽開晚晴。」而老鰥貧窶，至不能給朝夕以死，則先生清節可知也。《池北偶談》。并録二。

《漁洋詩話》。邊習，字仲學，歷城户部尚書華泉先生仲子，有《睡足軒詩》一卷，紙札草惡，猶是當日真蹟。亡友徐東癡裝潢而藏之。余既刻《華泉集》，又删存仲子詩一卷，附刻於後。其佳句云：「野風欲落帽，林雨忽霑衣。」「薄暑不成雨，夕陽開晚晴。」宛有家法。

《漁洋文》。順治癸巳，曾假閲邊習詩集於東癡先生。康熙癸卯，予在揚州作《論詩絶句》，中一首云：「濟南文獻百年稀，白雪樓空宿草菲。不及尚書有邊習，猶傳林雨忽霑衣。」著其事也。

海鹽朱朴，明嘉隆時布衣。其《西村詩》雖未脱臨摹之迹，亦有佳句。因略加揀擇，以備盛明時一種。七言如：「數峰蒼翠寺門迴，三月落花溪水深。」「楝花風過蠶蛾老，麥秀城空雉子斑。」「千年玉骨湘纍墓，萬里堅城少保家。」「雁來關塞暮天碧，龍起江湖秋水腥。」「巫峽曉風鬓短髻，楚江秋水練長裙。」「山園野色迷秦駐，海送潮頭上浙江。」「落花時節已寒食，流水陂塘還祓除。」「白雲出岫澹如掃，紅藕作花香可憐。」「月明蒼壁繫仙舫，風細幔亭流白雲。」此例皆佳。《居易録》。

《梅邨詩話》云：嘗與陳卧子共宿，問其七言律詩何句最爲得意，卧子自舉「禁苑起山名萬歲，複宫新戲號千秋」一聯。然予觀其七言，殊不止此。如：「九龍移帳春無草，萬馬窺邊夜有霜。」「左徒舊宅猶蘭圃，中散荒園尚竹林。」「禹陵風雨思王會，越國山川出霸才。」「石顯上賓居柳市，竇嬰别業在藍田。」「七月星河人出塞，一城砧杵客登樓。」「四塞山河歸漢闕，二陵風雨送秦師。」諸聯沉雄瑰麗，近代作者未見其比，殆冠古之才。一時瑜亮，獨有梅邨耳。

鍾悛初名恬，字叔静，竟陵人，惺之弟也，以諸生終。其詩絶有風骨，不肯染竟陵習氣。古詩如：「大將雖自貴，少小爲奴隸。」「男兒不殺賊，自應死邊城。」「夢想通侯貴，意氣始得雄。」近體如：「桐新春後葉，竹正午時陰。」皆佳境。有《半蔬園集》，惜不傳。已上《香祖筆記》。

吾郡楊太宰夢山先生巍，五言冲古淡泊，在高子業《分甘餘話》有「華子潛」三字。季孟間。如：「遠道令人愁，況近單于壘。」「秋風入雁門，羽書日三至。」「微微霽景流，天壤色俱素。」「鄉心生塞草，世事入秋風。」「風雨樓煩國，關山李牧祠。」「閑將流水引，夢與古人居。」「雨響殘秋地，城分不夜天。」「石古苔生徧，泉香麝過餘。」皆逼古作。并録一。《漁洋詩話》。

吾郡海豐楊太宰夢山巍先生，《存家稿》八卷，余删定爲三卷，刻於京師。謂其五言簡古得陶體，五言近體聲希味澹，固是間代清律。明作者自高蘇門之外，未見其比。

宗柟附識：《静志居詩話》：「夢山與中麓、滄溟同郡，而其詩遠法右丞、左司，近取蘇門，不蹈章丘犓鄙之音，不墮歷下叫囂之習，信豪傑之士也。當嘉靖初，北地、信陽朝華已謝，滄溟集盛唐人字句以爲律，一時宗之，正猶隋苑剪綵成花，淺碧深紅，未嘗不眩人目，然生意絶少。此時讀夢山詩，如水仙十囊、江梅一萼，嫣然薄冰殘雪之外，有不愛惜者耶？」

龔勗，字克懋，章丘人。少貧，爲人牧豕，三十始補諸生。時縣人李太常開先、袁西樓崇冕方尚金元詞曲，勗獨與歷下李于鱗、殷正甫輩以詩古文相倡和。終開平衛教授。華鼇，字空塵，亦章丘人。祖珩，御史。鼇工詩善畫，有句云：「秋老留紅葉，風輕轉白蘋。」「愛此疏林月，兼之一磬清。」「雨霽聞啼鳥，風停數落花。」與李滄溟、楊夢山相倡和，姓名亦見《楊升庵集》。

明末七言律詩有兩派，一爲陳大樽，一爲程松圓。大樽遠宗李東川、王右丞，近學大復。松圓學劉文房、韓君平，又時時染指陸務觀。此其大略也。大樽警句如：「左徒舊宅猶蘭圃，中散荒園尚竹林。」「九龍移帳春無草，萬馬窺邊夜有霜。」「九月星河人出塞，一城砧杵客登樓。」「禹陵風雨思王會，越國山川出霸才。」「石顯上賓居柳市，竇嬰别業在藍田。」「禁苑起山名萬歲，複宫新戲號千秋。」「四塞山河歸漢闕，二陵風雨送秦師。」松圓警句如：「瓜步江空微有樹，秣陵天遠不宜秋。」「梅殘燭爐西窗雨，雪沍香濃小閣雲。」「古寺正如昏壁畫，層湖都作水田衣。」「夢裏楚江昏似墨，畫中湖雨白於絲。」「遠雁如塵飛水面，亂帆疑葉下吴頭。」「迴峰涷雨皆成雪，出霧危巒半是雲。」「多年華鬢絲相似，三月春愁水不如。」「硐飲斷虹明積翠，湖飛片雨亂斜陽。」「羽聲變後寒風急，虹影消來白日過。」「城上雪聲遊子屐，縣南風色酒人家。」「嶽寺夜眠春硐雨，浦樓寒醉雪山風。」皆不愧古作者。已上《漁洋詩話》。

給事中孫君笠山，少負奇氣，俶儻自喜，承其家學，《三百篇》穿穴箋疏，泊廬陵、眉山、東萊、華谷諸家之説，以上探六義之奧旨。讀書之餘，尤善爲詩，雖舟車行役，簿書期會，未嘗輒廢。西游咸秦，南窮甌越，詩日益工。五言如：「禁烟寒食路，霽雨杜陵春。」「楓丹千籟發，山紫萬蟲悲。」「爽籟午峰竹，清流幽澗泉。」「一帆凉月轉，四面翠屏開。」七言如：「河聲入洛三門合，嶽色來秦萬里明。」「島藏諸國晴時見，風卷洪濤静夜聞。」「黄菊候中無雁到，緑榕林外有猨啼。」此類數十句，雖古作者無以加。而其憂天憫人之意亦間見於篇，有皮日休《農夫謡》，元、白《秦中謡》遺意，求之輓近，不易得也。《漁洋文》。

吾友陳伯璣，御史本子，南城人，家南昌東湖。亂後流寓鳩茲，徙舊京，晚歸東湖，葺雲卿蔬圃故址居之。伯璣弱不勝衣，雙瞳碧色，最工五言。如：「斜日明孤城，斜風下飛鳥。」「微鐘荒寺在，澹月空牀得。」「籃輿望歸鳥，日暮空城曲。」此例數十句，非韋蘇州、倪元鎮輩不能道也。伯璣嘗屬予定其詩。伯璣撰《詩慰》、《國雅》，亦録先侍御伯父、先考功兄詩，及予篇什甚夥。《皇華紀聞》。并録二。《池北偶談》。陳伯璣五言詩古澹，自成一家。如：「寒日明孤城，斜風下飛鳥。」又：「籃輿望歸鳥，日暮空城曲。」此類二十餘篇，不減王、韋。康熙癸卯，施愚山、周伯衡皆爲江西監司，爲卜築蘇雲卿東湖故居，後數年，竟羸病死。

《漁洋詩話》。南城陳伯璣允衡，清羸如不勝衣，雙瞳碧色，最工五言。如：「寒日明孤城，斜風下飛鳥。」「籃輿望歸鳥，日莫空城曲。」「疏鐘荒寺在，澹月空牀得。」此類數十句，皆王、韋門庭中語也。伯璣食貧，旅寓白門，而好表章故人遺書，所選婁堅子柔、徐世溥巨源古文尤爲不苟。後歸南昌，歿於東湖。

友人紀伯紫映鍾，金陵人，嘗有詩云：「惆悵天涯頭盡白，楊花空滿閱江樓。」佳句也。按：洪武初，欲於獅子山即盧龍山。頂作閱江樓，先令儒臣作記，故潛溪諸公集皆有此文，樓實不果作。

南州滕王閣毀於金聲桓之亂，順治中，蔡尚書士英開府江右，重新之。海内名流多賦詩，唯海鹽彭羨門孫遹擅場。其警句云：「依然極浦生秋水，終古寒潮送夕陽。」并録一。

《漁洋詩話》。南昌重建滕王閣落成，名流競爲賦詩，推彭少宰羨門擅揚。中聯云：「依然極浦生秋水，終古寒潮送夕陽。」余常喜諷詠之，謂劉文房、郎君胄無以過也。彭又題湖口句云：「湖光盡日依樓堞，山色終朝滿縣城。」亦是寫照。

宗枏附識：少宰故第，在邑東北隅。以順治甲午舉於鄉，先給諫同年友也。與喆䇓孝介先生風華標映，鄉人目爲「二難」。所著《松桂堂集》三十七卷，《南洼集》、《延露詞》各三卷，乾隆癸亥彙刻行世。山人所舉二聯，俱在《南洼集》中，特載其全篇於此。《秋日登滕王閣》云：「客路逢秋思易傷，江天烟景正蒼涼。依然極浦生秋水，終古寒潮送夕陽。高士幾回亭草緑，梅仙一去嶺雲荒。臨風不見南來雁，書札何由達豫章。」《登湖口縣城》云：「一望烟波萬頃明，女垣高與石根平。湖光盡日依樓堞，山色終朝滿縣城。寒嶺無人孤鳥下，秋林欲雨數蟬鳴。何當便作移家計，終卧滄洲寄此生。」孝介名孫貽，字仲謀，一字羿仁，《詩綜》録其詩五首，并緝山人評云：「仲謀詩宏深奥衍，窮變極奇，惜《茗齋集》不復覩其全矣。其《發南浦》句云：『白髮暗生江月滿，青山無主夕陽多。』清韵泠泠，致有餘味。」

予讀施愚山侍讀五言詩，愛其温柔敦厚，一唱三歎，有風人之旨。其章法之妙，如天衣無縫，如園客獨繭。約略舉之，若「别緒不可理，酒盡暮江頭」、「人日日初晴，朔風一夜至」、「月明無遠近，倚枕不能寐」數篇是也。至於清詞麗句，叠見層出。予嘗欲仿張爲《主客圖》之例，摘其尤者，列以爲圖，與康樂「池塘生春草」、玄暉「澄江浄如練」、仲言「露溼寒塘草，月映清淮流」并資藝苑談助。或詰予曰：「論詩固可摘裂如此耶？」予曰：「謝公與子弟論《毛詩》何句最佳，或舉『楊柳依依，雨雪霏霏』，公謂不如『訏謨定命，遠猶辰告』爲有雅人深致。夫《三百篇》尚然，況《騷》《選》以下乎？」因作《摘句圖》：○盡日孤雲在，青松滿院寒。○山月長清夜，江雲無盡時。○花亞叢中樹，烟横溪上邨。○到門聞午磬，遶屋過寒泉。○人烟梅市白，山色剡溪深。○片雨前峰過，高松獨鶴還。○江路多春雨，山村易夕陽。○野橋沙際滑，山塢雪中深。○泉聞深樹裏，山響亂流間。○共看溪上月，正照城頭山。○松火圍寒坐，溪窗聞夜漁。○夕陽沉積靄，空翠辨前山。○明月來天柱，長江入縣樓。○鶯聲花嶼暖，龍氣雨潭腥。○水緑澄湘浦，天青入洞庭。○山廚連馬櫪，官舍奪僧居。○清泉逢谷口，老樹識山家。○不辨翠微色，秋山紅葉重。○江城連夜雨，山館獨吟身。○柳葉藏洲寺，梅花雜吏人。○明月非霜雪，滿城生夜凉。○春光門外水，夕梵雨中燈。○黄葉連江下，孤帆冒雨歸。○野戍風中角，江梅雪後花。○雨色江城暮，灘聲野寺秋。○谷雲團小閣，松露響寒宵。○亂山成野戍，黄葉自江村。○波平嶽麓寺，天入洞庭船。○雲樹分曦早，江邨出霧遲。○雲氣凉依水，鶴聲清滿林。○湖影涵官閣，泉聲滿郡樓。○縣門流水對，城堞半山銜。○孤城春水岸，歸鳥夕陽邨。○樹葉春藏寺，谿聲夜滿樓。○臺迥收山郭，江清送酒杯。○浦絶叉魚艇，人荒種蛤田。○城郭千檣外，汀洲片雨中。○蘆渚起寒燒，楓林明翠微。○風起帆争郭，漁歸浦挂罾。○看雲孤閣暮，聽雨萬峰秋。○孤邨流水在，盡日白雲閑。○江帆連雉堞，烟樹暧漁邨。○江橋紅樹外，山郭夕嵐邊。○板橋三渡水，楓柏一林霜。○谿藤翻翡翠，漁艇唤鸕鷀。○雲來見滄海，雪浄聞清鐘。○樹暗江城雨，天青吴楚山。○野水合諸磵，桃花成一村。○渌水通邨港，黄魚出板橋。○高柳不藏閣，流鶯解就人。○片石此天地，荒祠自古今。○欲問垂綸意，桐江秋水深。○飛瀑林中雨，斜陽山半晴。○翠屏横少室，明月正中峰。○清磬晝長寂，片雲晴自深。○烟寺初低柳，江城半落花。○野蔓没丹竈，天風來嶽雲。○竹色翠連屋，林香清滿山。○寒雲終日住，秋色一山歸。○潭烟依檻集，山色度溪來。○露將松影白，泉與磬聲寒。○檻花經雨盡，沙鳥過江飛。○果落跳松鼠，萍開過水禽。○家傳殉國劍，身老釣魚磯。○風流滿江漢，衹覺似君稀。○邨徑半牛跡，山田多水聲。○亭空木葉下，風緩浦雲留。○暮烟隨野闊，山翠入江明。○松雨連山響，江雲入寺來。○暮雀依寒竹，仙猿下雪松。○翠合江天色，愁連今古情。○疏磬夕陽外，平田春水西。○水氣垂天闊，濤聲裂地穿。○月照竹林早，露從衣袂生。○影孤彭蠡雁，路遶洞庭波。○生猺安鼠穴，猛虎雜人群。○人老三秋後，舟臨十八灘。○風笛荷花外，漁燈葦葉間。○山勢龜蛇鬬，江流沔漢分。○驚濤自風雨，樹杪復重泉。○鷲嶺横天碧，龍湫到海深。○微雨洗山月，白雲生客衣。予嘗以暇日撰《感舊》、《山水》二集，所録愚山詩爲多。意猶未盡，因別取五言近體爲《摘句圖》，傳諸好事者。并録一。

《漁洋詩話》。施愚山游嵩山詩云：「翠屏横少室，明月正中峰。」十字令人擘結不盡。

李侍郎退庵，順治戊戌、己亥間，予在京師，辱忘年之契，論詩文一字不輕放過。其詩有云：「酒醒亭午後，人憶秣陵西。」「瓜步新添水，清明遠送行。」此例數十句，唐人絶調也。有集二十卷，手自編剗，去留甚嚴，本朝一作手也。順治辛丑過揚州，予造謁舟中，因論近日布衣詩，予舉程嘉燧、吴兆，公曰：「終須還他邢昉第一。」并録一。

《漁洋詩話》。六合李侍郎敬，字退庵，順治末與余及長洲汪若文琬、南海程周量可則論詩京邸，其説甚精。余極愛其五言，如：「酒醒亭午後，人憶秣陵西。」又：「瓜步新添水，清明遠送行。」此例數十句，皆不減古人。辛丑歸田，舟過廣陵，猶與余論詩移晷。未幾病卒。病中自訂平生詩文若干卷刻之，戒其子庋閣二十年後乃可印行，今三十餘年矣。余門人吴昺編修，其壻也，屬索諸其子至再，不可得，今無有知其姓字者矣。余嘗録二十餘篇於《感舊集》，將來或不盡湮没者，意在斯乎？

工部主事祁珊洲文友，予同年也，廣東東莞人。嘗知廬江縣，有詩云：「一夜東風吹雨過，滿江新水長魚蝦。」予每喜誦之。并録一。

《香祖筆記》。同年祁珊洲官廬江令，有絶句云：「昨夜東風吹雨過，滿江春水長魚蝦。」予戲之曰：「古人警句，例標美名，欲呼兄作『祁魚蝦』，必不樂受，奈何？因憶宋人有呼梅聖俞爲梅河豚者，敢援此例？」一座皆笑。

東武劉子羽秀才有句云：「桃花柳絮春開甕，細雨斜風客到門。」并録一。

《漁洋詩話》。諸城劉翼明，字子羽，居琅邪臺下，老而工詩。余常愛其句云：「桃花柳絮春開甕，細雨斜風客到門。」

宗柟案：劉句佳矣。吾禾李徵士秋錦句云：「元夕春生燈有市，故人船到月當門。」覺格韻較勝。别有句云：「筋力且堅花底坐，山川卻話酒闌時。」愚每於鐙殘月墮時誦味久之，灑然忘倦。

寶應布衣陶澂，字季，一字昭萬，有《著舟車集》，予爲删定。其客湖南、閩中諸詩，多似高、岑、龍標，今日一作手也。《過東阿曹子建墓》有句云：「可憐衰草地，猶是建安人。」爲時所稱。

歷城秀才王苹，字秋史，少年能詩，頗清拔絶俗，嘗有「亂泉聲裏誰通屐，黄葉林間自著書」、「黄葉下時牛背晚，青山缺處酒人行」之句。苹師田中丞漪亭雯，而友吴徵士天章雯。丙寅秋，寄詩於予，予偶以書寓張中丞南溟鵬，言苹之才，中丞特召見，引之客座。苹之才，中丞之誼，皆塵中所少。已上《池北偶談》。并録一。

《漁洋詩話》。宗人苹，字秋史，歷城人，康熙丙戌進士。詩有别才，有句云：「亂泉聲裏才通屐，黄葉林間自著書。」又：「黄葉下時牛背晚，青山缺處酒人行。」寄余云：「得名自公始，失路復誰憐。」時人亦呼爲「王黄葉」。

門人王元式，崑山人，官國子監博士。嘗有句云：「秋雨茂陵人獨卧，西風汾水雁還來。」鬱鬱不得志，謝病歸，遊贛州，今年客死鳩兹，可哀也。太倉舉人崔不雕詩尤清異出塵，有句云：「丹楓江冷人初去，黄葉聲多酒不辭。」人目爲「崔黄葉」。亦不得志以殁。予載其詩于《感舊集》。《居易録》。并録三。

《漁洋詩話》。余以順治庚子爲江南同考官，得太倉崔華不雕，工詩畫，嘗有句云：「一寺千松内，飛泉屋上行。」「欹檣坐清晝，薄冷出蘋間。」又：「谿水碧于前渡日，桃花紅似去年時。」「丹楓江冷人初去，黄葉聲多酒不辭。」此例甚多，余目爲「崔黄葉」。又崑山王朱玉元式，同出門下，後官國子博士。嘗有句云：「秋雨茂陵人獨卧，西風汾水雁還來。」余時爲祭酒，題其後云：「茂陵秋雨瀟瀟夜，愛爾哦詩四壁秋。多少長安苦吟客，瘦羊博士擅風流。」

《池北偶談》。予門人崔不凋，太倉之直塘人。性孤潔寡合，畫翎毛花卉甚工，尤工詩，清迥自異，吴梅村嘗目爲「直塘一崔」。其佳句云：「欹檣坐清晝，薄冷出蘋間。」又：「一寺千松内，飛泉屋上行。」又：「此中枕簟客初到，半夜梧桐風起時。」又：「丹楓江冷人初去，黄葉聲多酒不辭。」吴人目爲「崔黄葉」云。予《論詩絶句》云：「溪水碧於前渡日，桃花紅是去年時。江南腸斷何人會，只有崔郎七字詩。」二句亦崔詩也。

《香祖筆記》。崔華工詩畫，嘗有句云：「丹楓江冷人初去，黄葉聲多酒不辭。」予極愛之，呼爲「崔黄葉」。歷城族子苹，壬午舉人，有句云：「亂泉聲裏才通屐，黄葉林間自著書。」予亦呼爲「王黄葉」。初予少年和李清照《漱玉詞》云：「郎似桐花，妾似桐花鳳。」劉公戢戲呼「王桐花」。鄒程村云：「崔黄葉自合作王桐花門生耳。」

常愛杜詩「兩邊山木合，終日子規啼」。又明初人詩「數家茅屋臨江水，一路松風響杜鵑」，寫蜀江風景宛然在目。予曾擬作一聯送同年張仲誠沐知資縣云：「子規聲斷處，山木雨來時。」又：「嘉陵驛路千餘里，處處春山叫畫眉。」皆眼前實景也。《香祖筆記》。

南海耆舊，屈大均翁山、梁佩蘭藥亭、陳恭尹元孝齊名，號「三君」。元孝尤清迥絶俗，其詩如：「離憂在湘水，古色滿衡陽。」「帆隨南嶽轉，雁背碧湘飛。」「映花谿路閉，漱水石根虚。」「桄榔過雨垂空地，瑇瑁乘潮上古城。」「家山小别吟兼夢，水驛多情浪與風。」之類皆得唐人三昧。而平生游跡不出嶺南，故知之者較少於屈、梁。尤工書法，嘗以端石寄余，手自篆刻云：「獨漉所貽，漁洋寶之。」獨漉，元孝别號也。

鄧州彭禹峰方伯而述，雄豪磊落，陳同父一流人也。詩多軍中之作，如：「戰壘荒城蒙段外，華風邊月漢唐年。」「白露蠻江凋木葉，黃沙羯鼓下營州。」「千盤路吐檳榔隖，一線天開瑇瑁池。」此例數十句，皆有磨盾橫槊之風。

郃陽王幼華又旦才最高，初爲詩，趨古澹，後變而之雄放。自潛江令入爲給事中，乃斂才就法，七言古、五言今體多可傳，游太華、羅浮詩尤爲警策。五言如：「月明飛夜鵲，江靜抱嘉魚。」「風烟盤赤壁，波浪下黃牛。」此句亦古人所少。

安丘馬長春三如，順治丙戌舉人，與從弟進士澄源思齊名。三如有句云：「山田高于屋，牛在屋上耕。」可謂善寫難狀之景，造語不減馬第伯《封禪儀記》。源思《詠白丁香》云：「坐覺人顏澹，開憐春日長。」亦工。

鄧孝威漢儀《過大庾嶺》云：「人馬盤空細，烟嵐返照濃。」極是畫意。并録一。《分甘餘話》。鄧漢儀，泰州人。常同合肥龔端毅鼎孳使粵，過梅嶺，有句云：「人馬盤空細，烟嵐返照濃。」寫景逼真，尤似秦蜀間棧道景物，梅嶺差卑，未足當此。

閩詩派自林子羽、高廷禮後，三百年間，前唯鄭繼之，後唯曹能始能自見本色耳。丁雁水煒亦林派之錚錚者，其五言佳句頗多，如：「青山秋後夢，黃葉雨中詩。」「鶯啼殘夢後，花發獨吟時。」「花柳看憔悴，江山待祓除。」皆可吟諷。丁晉江人，歷官湖廣按察使。

會稽姜梗鐵夫句云：「青山吟鮑謝，紅燭寫莊騷。」已上《漁洋詩話》。

故友山陽丘洗馬季貞象隨與張虞山養重游浙東，行處州山中，各有即事詩。一云：「西風黄葉無人徑，破廟山神對古松。」一云：「百年無與人間事，老死深山古木中。」今人穰穰入市者，不知世有此境。《古夫于亭雜録》。

門人殷彦來寄其亡友夏生任遠遺詩，僅一卷，中有和余《秋柳》詩四首，頗可誦。其《秋夜讀九歌》云：「湘皇淚雨滋叢竹，山鬼悲風帶女蘿。」《春寒》云：「梨花落地半窗雨，柳絮入簾三日風。」皆晚唐佳句。彦來傷其不遇早夭，爲序而傳之，友道亦可風也。夏即余門人九叙從子，其妹亦能詩。《分甘餘話》。

賦物類

晉謝太傅問諸子姪《毛詩》何句最佳，或舉《小雅》「昔我往矣，楊柳依依。今我來思，雨雪霏霏。」又嘗内集，而雪驟下，太傅欣然曰：「急雪紛紛何所似？」兄女道韞最後對曰：「未若柳絮因風起。」後來惠連作《雪賦》，與希逸《月賦》並稱，而希逸又以元日朝會，雪花集衣上，奉詔賦詩。風流先後照映江左，故後人詠雪，率以陽夏爲口實。《蠶尾續文》。并録四。

《居易録》。或問余：「古人雪詩何句最佳？」余曰：莫踰羊孚贊云：「資清以化，乘氣以霏。值象能鮮，即潔成輝。」陶淵明詩云：「傾耳無希聲，在目皓已潔。」王摩詰云：「隔牖風驚竹，開門雪滿山。」祖詠云：「林表明霽色，城中增暮寒。」韋蘇州云：「怪來詩思清人骨，門對寒流雪滿山。」此爲上乘。若温庭筠：「白馬夜頻驚，三更灞陵雪。」亦奇作也。近人唯見熊侍郎雪堂文舉「輸與黃巖僧補衲，滿天風雪未開關」二語差佳。至韓退之之「銀杯」、「縞帶」，蘇子瞻之「玉樓」、「銀海」，已傖父矣。下至蘇子美「既以粉澤塗我面，又以珠玉綴我腮」，則下劣詩魔，適足噴飯耳。

《漁洋詩話》。余論古今雪詩，唯羊孚一贊，及陶淵明「傾耳無希聲，在目皓已潔」，及祖詠「終南陰嶺秀」一篇、右丞「灑空深巷静，積素廣庭閒」、韋左司「門對寒流雪滿山」句最佳。若柳子厚「千山飛鳥絶」，已不免俗，降而鄭谷之「亂飄僧舍」、「密灑歌樓」，益俗下欲嘔。韓退之「銀盃」、「縞帶」亦成笑柄，世人誅於盛名，不敢議耳。

《香祖筆記》。李義山《對雪》詩：「欲舞定隨曹植馬，有情應點謝莊衣。」雖非上乘語，然尚不失雅馴。《墨客揮犀》載羅可二句云：「斜侵潘岳鬢，横上馬良眉。」則晚唐五代惡道，所謂下劣詩魔者也。雅俗之間，不可不辨。

《蠶尾續文》。謝應雲皆人暨其弟法臣對雪倡和，嘗歷舉古人雪詩佳句，與予夙昔所見了不異。人所偶遺者，羊孚一贊，及范零陵「去日雪如花，今來花似雪」、韋蘇州「怪來詩思清人骨，門對寒流雪滿山」、温飛卿「白馬夜頻驚，三更灞陵雪」、東坡「地爐旋撥通紅火，卧聽蕭蕭雪打窗」，及宋賢「隱隱修廊人語寂，四山滴瀝雪鳴風」數則耳。

詠物之作，須如禪家所謂不黏不脱，不即不離，乃爲上乘。古今詠梅花者多矣，林和靖「暗香」、「疏影」之句獨有千古。山谷謂不如「雪後園林才半樹，水邊籬落忽横枝」。而坡公「竹外一枝斜更好」，識者以爲文外獨絶。此其故可爲解人道耳。《蠶尾文》。并録二。

宗柟附識：查田太史云：「『雪後』一聯不但格高，正以意味勝耳。」

《漁洋詩話》。梅詩無過坡公「竹外一枝斜更好」七字，及「雪後園林才半樹，水邊籬落忽横枝」。高季廸「雪滿山中高士卧，月明林下美人來」，亦是俗格。若晚唐「認桃無緑葉，辨杏有青枝」，直足噴飯。《居易録》趙子固梅詩云：「黄昏時候朦朧月，清淺溪山長短橋。忽覺坐來春盎盎，因思行過雨瀟瀟。」雖不及和靖，亦甚得梅花之神韵。

宗柟附識：「神韵」二字，尤詠物家三昧，自非天機清妙，含毫邈然，縱隸事極工，繪形唯肖，只似畫苑中一派，去徐、黄寫生之筆遠矣。王尚書弇州云：「詠物詩至難得佳，花鳥尤費手。大抵拈則滯，切則俗，惜格則遠，惜情則卑。」數語入妙，非其人不知。如青丘「雪滿山中」一聯，至今膾炙人口，《藝苑巵言》亦采之，山人獨斥爲俗格，具眼若斯，可空古今作者。又案：梅詩殊少全璧，逋翁兩聯猶有此憾，後來如放翁「孤城小驛初飛雪，斷角殘鐘半掩門」，妙絶之聯，前後亦復不稱。「倚竹真成絶代人」，并難乎爲對矣。至方虚谷所選梅花一類，及郭梅巖《梅花字字香》、僧中峰《梅花百詠》，所謂詩愈多而神愈遠爾。今之調鉛吮粉者，奈何令梅花笑人也。

陸魯望白蓮詩：「無情有恨何人見，月白風清欲墮時。」語自傳神，不可移易。《苕溪漁隱》乃云移作白牡丹亦可，謬矣。予少時在揚州過露筋祠，有句云：「行人繫纜月初墮，門外野風開白蓮。」《池北偶談》。

宗柟附識：《野客叢書》：「東坡云：『詩人有寫物之工，「桑之未落，其葉沃若」，他物不可當此。林和靖梅詩「疏影横斜水清淺，暗香浮動月黄昏」，決非桃杏詩。皮日休白蓮詩「無情有恨何人見，月冷風清欲墮時」，決非紅蓮詩。』僕觀《陳輔之詩話》謂和靖詩近野薔薇，《漁隱叢話》謂皮日休詩移作白牡丹尤更親切，二説似不深究詩人寫物之意。『疏影横斜水清淺』，野薔薇安得有此蕭灑標致？而牡丹開時，正風和日暖，又安得有『月冷風清』之氣象耶？陳標蜀葵詩曰『能共牡丹争幾許』，柳渾牡丹詩曰『也共戎葵較幾多』，輔之、漁隱所見正與二公一同。」按此論與山人足相發明，第以爲襲美作，及「月冷」字各異耳。「月白」《全唐詩》作「月曉」。

宋元憲、景文兄弟少賦落花詩得大名，刻畫可謂極工。然沈石田「青樓粉暗女子嫁，朱門鳥啼賓客稀」，更不刻畫而有言外之意。唐人「高閣客竟去，小園花亂飛」，則尤妙也。徐元歎一首云：「花意寒欲去，登樓送所思。將分春雨恨，似與遠人期。野水斷邨路，孤烟生竹籬。吾徒從此逝，忍見艷陽時。」妙亦不減唐人。

宗柟按：「高閣」一聯，玉溪生五律起筆也，其詩組織穠麗，而有此清妙之句，故知唐人地分乃爾。徐作超然，亦從此脱化來。《别裁集》評云：「落花習徑，以生新之筆湔除之。」

趙韞退觀察進美《詠楓葉》云：「郭外西風繞岸斜，長林秋静有啼鴉。微寒已入娟娟樹，遠色初分澹澹霞。千里題書臨白雁，重陽疏雨映黄花。洞庭木葉傷心日，寂寞懷人在水涯。」《梨花》云：「暮烟無語更依依，清影含春望欲稀。疏近瑣窗留月照，寒垂網户見鶯飛。共停閣外青絲騎，細舞鐙前白紵衣。莫向後庭歌《玉樹》，故宫風雨已全非。」已上《漁洋詩話》。

宗楠附識：《别裁集》評梨花詩云：「起結最佳，語超而韵遠。此詠物體也，若少陵又成一格。」

益都王太平遵坦有《詠佛手柑》詩云：「斷此黄金體，施於祇樹林。度人難下指，合掌即傳心。味向駢枝悟，香從反覆尋。諸天有真訣，巨擘競森森。」予每歎其工。太平又嘗作禪意詩數十篇。《池北偶談》。

宗楠按：佛手柑賦詠殊少，近錢唐厲孝廉樊榭七律云：「秋香新載海門船，分得兜羅别樣綿。恰稱客窗清夢後，偏宜書幌晚風前。悠揚突過千花氣，受用唯憑一指禪。我正迷方煩導示，須曼應有舊因緣。」韵致瀟灑，亦復可愛。又詠蘋婆果云：「淡白胭輕柰，匀紅頰肖梨。」是工於點染者。

唐劉希夷汝陽潭詩：「魚鱗可憐紫，鴨毛自然碧。」寫物最工，然非初唐人語，已似皮、陸。予近詠寓邸西齋叢竹有句云：「冉冉紫雲蓋，翻翻紅鵲尾。」自謂不減劉語。《香祖筆記》。

詠物詩最難超脱，超脱而復精切則尤難也。宋人詠猩毛筆云：「生前幾兩屐，身後五車書。」超脱而精切，一字不可移易。《分甘餘話》。

宗楠按：《山谷内集》詠猩毛筆凡三詩，此其和答錢穆父五律也。虚谷選此，查田太史云：「三四屬物邪？屬人邪？終覺去題太遠。使老杜爲之，必别有斡排之法。」竊謂此聯借物感人，寄慨言外故山人取之。太史於詩律極細，意境稍有未融，雖論前賢，不少寬假如此。嘗見太史手閲《律髓》一書，評次圈點，一字不輕放過，與外間傳本絶異。因亟録一副，時加玩味，真覺接引無方也。

海豐楊夢山太宰《存家稿》八卷，予喜其一絶云：「前年視我山中病，落日獨騎驄馬來。記得任家亭子上，連翹花發共銜杯。」予在京師日，曾選訂其集爲三卷，謝員外方山重輝刻之。已下藥花附。《池北偶談》。并録四。

《居易録》。予向喜陳白沙「恰到溪窮處，山山枳殼花」、楊夢山太宰「常憶任家亭子上，連翹花發共銜杯」，新異不經人道。偶閲《升庵先生集》一絶句云：「滿城幾日黄梅雨，開徧金釵石斛花。」益新。

《香祖筆記》。藥花入詩多新異，如陳白沙「恰到溪窮處，山山枳殼花」之類，予《居易録》載之矣。偶讀南宋姜堯章集一絶云：「憐君歸橐路迢迢，到得茅齋轉寂寥。應歎藥闌經雨爛，土肥抽盡縮砂苗。」亦佳。然以藥闌爲藥物之藥，則誤耳。

《隴蜀餘聞》。白芨花白色五瓣，瓣中有苞，白質紫點，内吐黄鬚，極可玩。武連、梓橦間山谷多有之。予嘗喜陳白沙詩「恰到溪窮處，山山枳殼花」、楊夢山詩「常記任家亭子上，連翹花發共銜杯」，皆未經前人道及。因得絶句云：「西風盡日濛濛雨，開遍空山白芨花。」

《香祖筆記》。新安門人汪洪度，字于鼎，夙有詩名。嘗有《詠一品妃》詩云：「敢以三春草，蒙稱一品妃。植根緣湛露，發艷借恩輝。幸自生同蔕，羞將影獨違。未須勞遠寄，念此亦當歸。」自注：「當歸花曾入禁苑，賜此名。」余按，藥花入詩最新。如人參、枳殼，皆見唐人詩，連翹見楊太宰夢山詩。余丙子使蜀，山路中見白芨花，因得「西風盡日濛濛雨，開遍空山白芨花」之句。若當歸，詩人止習用太史慈、姜伯約事，未詠其花，始見于鼎此詩耳。按崔豹《古今注》：「當歸，一名文無。《本草》云：『七八月開花，似蒔蘿，淺紫色。』」

押韻類

康熙庚申，刑侍高公珩再致政歸淄川，未行，移居宣武門西松筠庵。相國益都馮公溥過之，流連竟日。高公贈詩云：「户倚雙藤禪宇開，無人知是相公來。相看一笑忘朝市，風味依然兩秀才。」馮公和云：「隱几僧寮户不開，天親無著憶從來。而今老去渾忘卻，祇識維摩是辨才。」予亦和云：「二老前身二大士，相逢半日晝爐灰。它年古寺經行地，記取寒山拾得來。」《池北偶談》。并録一。

《蠶尾續文》。念東公以老病乞骸骨，既得請，移居宣武門西松筠庵。相國馮文毅公過之，禪喜竟日。公賦詩曰：「户倚雙藤禪宇開，無人知是相公來。相看一笑忘朝市，風味依然兩秀才。」予繼和云：「二老前身二大士，相逢半日晝爐灰。他年古寺經行地，記取寒山拾得來。」迄今松筠傳爲故事。

順治辛丑，客秦淮丁翁邀笛步水閣，見錢牧翁題沈朗倩石厓《秋柳》絶句云：「刻露巉巖石骨愁，兩株風柳曳殘秋。分明一段荒寒景，今日鍾山古石頭。」予援筆和云：「官柳烟含六代愁，絲絲畏見冶城秋。無情畫裏逢摇落，一夜西風滿石頭。」袁荆州見之，戲曰：「忍俊不禁矣。」并録二。

《漁洋詩話》。余客金陵，居秦淮邀笛步上，與主人丁翁談秦淮盛時舊事，作絶句二十首，人競傳寫。虞山錢宗伯亦嘗居此，有《題石厓秋柳小景》詩云：「刻露巉巖石骨愁，兩株風柳曳殘秋。分明一段荒寒景，今日鍾山古石頭。」余繼和云：「宫柳烟含六代愁，絲絲畏見冶城秋。無情畫裏逢摇落，一夜西風滿石頭。」袁籜庵于令見之，笑曰：「忍俊不禁矣。」《香祖筆記》。余客秦淮邀笛步，和虞山錢宗伯《石厓秋柳小景》絶句云：「宫柳烟含六代愁，絲絲畏見冶城秋。無情畫裏逢摇落，一夜西風滿石頭。」袁籜庵見而戲余曰：「忍俊不禁矣。」

予少喜徐渭詩句「椎牛千嶂外，騎象百蠻中」。昔使蜀，有詩三百餘篇，凡四押「蠻」字云：「秋河落百蠻。」「飛鳥入南蠻。」「江山真萬里，雨雪到諸蠻。」「客心争歲暮，猶自滯烏蠻。」及使粤，又有句云：「鬢從五嶺白，山入百蠻青。」後有談者，未知可追蹤文長否耳？已上《居易録》。

先兄西樵和余《秋柳》句云：「折來玉手曾三月，種向金城更幾年。」徐東癡夜和云：「爲計使人西去日，不堪流涕北征年。」仲兄禮吉士禧《弔潞府故宫》云：「不知何處忘憂館，宫柳依依似漢年。」三押「年」字，皆工。

龍石樓燮中允作《瓊花夢》傳奇成，招余輩觀之，余酒闌賦八絶句，有「自招檀痕親顧曲，江東誰似阿龍超」之句。獨門人蔣静山仁錫和云：「玉崑侖碎爲檀超。」余讀而歎曰：「蔣五此押擅場矣。」

余丙子再使蜀，於綿州見群鹿，賦詩云：「繞郭涪江碧玉流，一川豐草鹿呦呦。遠遊忽憶楊岐語，争似渠儂得自由。」蓋用楊岐方會禪師語也。余兒啓涑和之，用唐吕温《由鹿賦》：由此鹿以致彼鹿，故曰由鹿。余深賞其確切，能押險韻。又按宋景文云：䍐鳥者繫生鳥以來之，曰䍐。呂蓋得其意，而不知《説文》有此䍐字也。已上《漁洋詩話》。并録一。

《古夫于亭雜録》。余再使蜀，於綿州山中見群鹿，賦詩云：「遠遊忽憶楊岐語，只有渠儂得自由。」用宗門楊岐方會禪師語，蓋自言行役萬里，不及鹿之飲食止息得自由也。余兒啓涑和之，用唐呂温《由鹿賦》曰：由此鹿以致他鹿，故曰由鹿。可謂工切，能押險韻。宋景文云：䍐鳥者繫生鳥以來之，名䍐。䍐音由，呂得其意，而不知《説文》有此䍐字。䍐蓋與囮字、媒字義同。

余昔在京師，有答宣城梅耦長庚送木瓜詩云「作貢當年事已陳，烟林摇落重含辛」之句。陸冰修、施愚山嘉淑、閏章諸公皆次韻，陸用「受辛」字。案《宋景文公筆記》云：盎擣辛物作虀，所謂「金虀玉鱠」，東南佳味」。古説虀臼曰受辛，是臼中受辛物擣之。蓋楊德祖解「黄絹幼婦，外孫虀臼」之語。《古夫于亭雜録》。

帶經堂詩話卷十三

漁洋山人

考證門一

典制類

《文昌雜録》載元相詩：「松門待制應全遠，藥樹監搜可得知。」云唐時殿門外有藥樹，監察御史監搜之位在焉。唐制，百官入宮殿門必搜，御史掌之。太和中乃下詔，宰臣奏事，停其監搜。《池北偶談》。

宋人小説謂：唐制宮殿前雜植花柳，本朝則植松柏。明代及國朝皆無之。梁修仁作大明宮，植白楊於庭，曰：「此木易成，數年可庇。」契苾何力誦古詩曰：「白楊多悲風，蕭蕭愁殺人。」乃驚悟，更植以桐。白楊塚墓間物，而植諸宮殿之間，何其誖耶？

王建《宮詞》：「每遍舞頭分兩向，太平萬歲字當中。」今外國猶傳其制。鄭麟趾《高麗史》云：教坊女弟子奏《王母隊歌舞》，一隊五十五人，舞成四字，或「君王萬歲」，或「天下太平」。此其遺意也。亦見《蠶尾文》。

孫文定公廷銓作世祖皇帝挽詩云：「周京衅甲將歸馬，漢畤逢春自射牛。」時以爲工。予讀張文潛集論裴守真云：「守真爲太常博士，論射牲禮曰：『古者天子自射牲，漢遣侍中，今天子奠玉酌獻而已，可也。古今異宜，不必射牲。』夫射牲，古也，古也勞而今也佚，則從今。立觀舞，今也，今也勞而古也佚，則從古。守真非真能法古也，特從其佚，使人主便之而已。」按禮，祭之日，王祖牽牲，及詔於庭而麗於碑，則王射之。《國語》曰：禘郊之事，天子必自射其牲。諸侯殺牲之禮，與天子同。大夫士視殺，事之而不親，卑者之事也。

閻若璩百詩云：漢古詩「明月皎夜光」一篇，「玉衡指孟冬」，漢以十月爲歲首，此孟冬乃建申之月，指改時而言。下文「秋蟬鳴樹間」，爲明實候，故以不改者言。唐儲光羲詩「夏王紀冬令，殷人乃正月」，則又和盤托出。楊升庵曰：唐人不辯而自了然，是也。唯宋儒始生異説，明人出而益滋妄解矣。

附録：此條前段：從來辯夏正、周正者，幾成聚訟。百詩近著《博湖掌録》，有《改歲改時改月解》一篇，最博而核，聊記于此：事有爲當代所通尚，習聞習見，隨人舉及，言下輒知此屬某、彼屬某，不復煩疏解者，三正之通於民俗，亦其一也。予嘗以《豳風·七月》詩，言月，夏正也，言日，周正也。《周禮·太宰》、《小宰》，正月建子也，正歲建寅也，一篇一官之中，已交錯言之，然猶曰字有不同也。若「何以卒歲」，夏正之歲也。「曰爲改歲」，周正之歲也。《月令》季秋曰來歲，秦正之歲也，季冬曰來歲，夏正之歲也。「十月蟋蟀入我牀下」，夏正之十月也。「十月之交，朔日辛卯」，周正之十月也。《臨》卦「至于八月有凶」，商之八月也。《玉藻》「至于八月不雨」，周之八月也。《月令》「孟春乘鸞路」，夏之孟春也。《明堂位》「孟春乘大路」，周之孟春也。《臣工》詩「維莫之春」，周之暮春也。《論語》「暮春者」，夏之暮春也。《明堂位》「季夏六月」，改時與改月也。《左傳》襄十四年「正月孟春」，不改月與時也。《君牙》「夏暑雨，冬祁寒」，不改時即不改氣者也。

《雜記》「正月日至」、「七月日至」，改月卻不改節者也。《左傳》昭十七年「當夏四月」，建巳也，「於商爲四月」，建辰也。《武成》「唯四月」，《顧命》「唯四月」，建卯也。《郊特牲》「歲十二月」，《孟子》「歲十二月」，建亥也。《伊訓》「十有二月」，《三統曆》「商十二月」，建子也。《夏小正》「十月二月」，《凌人》「十二月」，建丑也。四代之制，連類錯舉，昭昭別異，然猶曰書有不同也。若曾子一人口中，「病于夏畦」，夏，夏之夏也；「秋陽以暴之」，秋，周之秋也。趙岐注：「周之秋，夏之五六月，盛陽也。」郝仲輿曰：「周以五六月爲秋，陽光燥烈，金遇火伏，暴之極乾也。」夫以暴物極乾言，有不須午未月之陽者乎？同一絳縣人之生正月甲子朔，在晉爲七十三年，在魯則七十四年也。同一史蘇之占，六年逃，明年死，在晉則合，在魯中隔一年也。所以者何？用夏正與周正之不同。不唯此也，昭元年正月，趙武相晉國，祁午曰：「於今七年。」及至秋，醫和曰：「於今八年。」所以者何？昭元年正月，仍晉平公十六年十一月，昭元年秋，則晉平公十七年之夏或秋也。以至《三統曆》殷十一月戊子後三日，得周正月辛卯朔，周正月，殷十二月。《洛誥》傳以十二月戊辰晦到明月，爲夏之仲冬，夏仲冬，周孟春。云云。按閻太原人，詠字復申之父也。博雅好古，邃於經學。愚既録解末一段，復具載全文，俾研經者有考焉。

今謂官員給假爲請急。晉令：急假者五日一急，一歲以六十日爲限。車武子早急，出詣子敬，盡急而還。又謂之取急，詳山谷《杜詩箋》。已上《居易録》。

杜詩：「户外昭容紫袖垂。」蓋唐制，天子臨朝，則用宫人引至殿上。至天祐二年，始詔罷之。是全盛之時，反不如衰亂之朝爲合禮也。故中宗時，皇后、公主及上官昭容，往往與群臣雜坐賦詩，優伶至有「裴談、李老」之謔，可謂無禮之甚者。而郎官直宿，亦有「侍女新添五夜香」之句，竟不曉侍女當是何色人也。宋明以來，乃爲嚴重矣。

秦俗尚白，民間遇吉慶事，輒麻中素衣以往。按六朝人主宴處戴白紗帽，晉人好著白接䍦，謝萬著白綸巾，南齊垣崇祖著白紗帽，《南史》和帝時百姓皆著下簷白紗帽。《唐六典》天子服有白紗帽，又唐制新進士皆白袍，故有「袍似爛銀文似錦，相將白日上青天」之句。而肅宗與李泌同出，觀者謂「衣黄聖人，衣白山人」，則人臣在君前亦可衣白矣。《清波雜志》載宋乾道中内相王日嚴謂一堂環坐皆淺素，極可憎，乞仍存紫衫。又云前此仕族子弟未受官者，皆衣白。則六朝、唐、宋皆有之，不止西方尚白也。已上《香祖筆記》。

畫家畫古人圖像，皆須考其時代，如冠舄、衣褶、車服之類，一有踳誤杜纂，後人得而指之，詩賦亦然。宋史繩祖《學齋佔畢》稱杜牧《阿房宫賦》「烟斜霧横，焚椒蘭也」二句尤不可及，謂《六經》止以椒蘭爲香，《楚辭》言椒漿蘭膏亦然。若沉檀、龍麝等字，皆出於西京以後。近世文士作《婕妤怨》、《明妃曲》，而引用梅裝、蓮步，更爲可笑，此皆齊梁間事，漢時寧有之耶？故知作詩賦作畫，皆貴考據典故，乃不貽譏後人。《古夫于亭雜録》。

遺蹟類上

定州覓韓忠獻公閲古堂、衆春園舊址，不可得，唯蘇文忠公書杜牧之「得州荒僻中，更值連江雨」

一篇石刻尚在。按此詩乃牧之刺黄州作，坡曾謫黄，後帥定武，更書之耳。杜刺池、刺黄，後乞湖州，未嘗爲定州，誌誤也。

宗柟按：《秦蜀驛程後記》：「丙子二月十三日，過清風店，抵定州，謁韓忠獻、蘇文忠二公祠。祠爲衆春園舊址，叔黨嘗通判中山，今配享蘇祠。次至閲古堂，堂在州署後圃，萬曆間知州宋子質别建續閲古堂于署東偏，今所觀者是也。」蓋宦游所至，車馬倥偬，前後詳略，自不同爾。

獲鹿西郭有山自南來，石骨刻露，清流浸趾，曰西屏山。入土門口，巖鄣蜿蜒相屬，坡詩所謂「谽谺土門口，突兀太行頂」者也。

附録：《蜀道驛程記》：「獲鹿縣彈丸山郭，群峰環抱，元好問北渡後居此。」

平定州入山西界，州有上下二城，金趙尚書秉文守此州，建湧雲樓。元好問詩云：「莫笑吾州如斗大，他州誰有湧雲樓？」

靈石縣二十里登韓侯嶺，祠在山巔，墓在祠後，壁間詩版甚多，以沁水常倫爲冠。午次仁義驛，有韓苑洛先生小詞，自跋云：「淮陰欲弔興遲遲，已有原忠壁上詩。黄鶴樓前無李白，西風惆悵寫新詞。」頗有致。友人董御史玉虬文驥題韓侯祠句云：「春雨王孫草，靈風古木叢。」予最擊賞之，可與常詩匹敵也。并録一。

《秦蜀驛程後記》。過韓侯嶺，謁祠，碑版甚夥，然多仆舊碑立近人碑。祠壁題詠。自常評事倫外，又得王御史傳、王知府溱、楊太保巍三詩，皆佳。

臨潼縣，秦驪邑，漢陰盤、櫟陽地。驪山負西城，華清宮在山北麓，宋改爲靈泉觀。《雍大記》云：「温泉在臨潼縣南一百五十步，泉凡三泓，自山麓琮錚而下，至城西門散落溪谷，流爲潼水。傳稱宮中自供奉二湯外，更有湯十六所，甃以文瑶密石，中央有玉蓮花捧湯，又以沉香木爲山，錦繡爲鳧雁，明皇時汎鈒鏤小舟嬉遊焉。」時松聲滿山，流水東逝。唐人云：「繡嶺宮前鶴髮翁，猶唱開元太平曲。」俯仰盛衰之際，爲之惘然。泉上宋元以來詩版甚多。

附録：《蠶尾續文》：「臨潼，唐昭應縣也，秦之驪邑。驪山負西城，華清宮在山北麓。按天寶盛時，山上有羯鼓、斜陽、吹笛之樓，明珠、南箏、長生之殿，及鬬鷄、舞馬、飲鹿、球場諸蹟，今皆爲樵牧之場。唯東西繡嶺，綺石層松，尚爲登眺佳處爾。」又《古夫于亭雜録》：「余昔登驪山，山之佳處在東繡嶺百龕寺一帶，林麓磵壑，映帶如畫。而西繡嶺平曠，但可造宮殿，宜輦路爾，故華清、朝元諸遺址皆在其處。」

鳳翔府治鳳翔縣，東坡先生簽判鳳翔日作《八觀詩》，石鼓今在太學，《詛楚文》、王右丞、吴道子畫皆已不存，唯東湖無恙。岐州水苦鹹濁，獨此水味絶甘美，多荷芰修竹，爲郡中遊觀之最。府署有東坡《九日獨遊開元寺懷子由》詩，石刻完好，和之。石鼓山在城東，即周宣王所鑿《獵碣》處也。

附録：《居易録》：「絳州趙師尹，字子衡，作《石鼓文音注考異》，其自序曰：『周宣中興續雅，十見籀詩石鼓之文，視《車攻》、《吉日》，不知孰爲稾草？唐貞觀中始出，太史采詩之遺，非孔子所删也。後百六十餘年至韓氏愈，尚毫髮無譌。又三百年，宋蘇氏軾摹其文，一鼓已泐。間有訓注，或未身詣鼓旁，或并罕見蘇本，唯潘迪、陶滋親見石鼓，陶與楊慎、趙宧光又皆得蘇本。競相揣量，汔無諦據。元潘氏迪作音訓，㞒歪章止一戕字。字存三百八十六，今磨滅又四十六，世無摹本，元文寖剥，從誰究詰乎？由唐距今，幾經鏬裂，幾經搨損，宋大觀中，金填其文，又經匠斲，未免以《説文》釋籀，或采諸注，則又以隸釋籀矣。《説文》所存籀書二百餘三爾，其在石鼓僅九字。全文七百餘三，而什一不見于《説文》，烏可以《説文》釋籀耶？諸家詁訓，言人人殊，此是彼非，已難揄度。鼓，孔子所不得見，許慎所不得説，而欲以意求之，其于籀果何如？又烏可以隸釋籀耶？天不欲斯文盡喪，幸存蘇本，蘇在金填匠斲先七十載，所見必真。趙氏宧光爲章句，爲補亡，恃有此爾。陶氏、楊氏同。余原本六書，考據諸氏，糾其失六十又三，亦恃有此爾。蘇不摹籀，則籀已亡，繼蘇摹籀，籀書不尚存天地乎？兹鼓在岐陽榛莽千四百餘年，而石理未損，唐至今僅千餘年，大半湮没，鑿臼也，填金也，沉諸水也。如使石能言，必且曰：吾出而晛于世，吾厄也。吾入廟而蒙以金，毋寧岐陽榛莽爾。匪剥奚駁，匪摹奚存，摹而存，非吾儒之責，誰責乎？余絳諸生也，摹注以傳僅此爾。周宣大閱，又十見籀鼓，所謂樂石者也。貞諸樂石，留諸太學，亦曰此周詩爾。孔子而在，義合存周，孔子之徒，膴仕朝列，代不乏人，奏大君，附《小雅》，與《車攻》、《吉日》並垂千古，是其在後君子。』所引據書凡五十二部，博雅士也。朱竹垞翰林著《日下舊聞》，亦作《石鼓考》三卷。」又云：「《石鼓文正誤》二卷，正德中絳人陶滋時雨撰。其自序云：『周宣王石鼓文十，其義與《車攻》、《吉日》之詩相類，而辭亦間有同者。鼓距今垂二千三百餘年，散而復合，晦而復明，意者神物護持，如韓昌黎之所言哉。不然，何歷年之遠若是也？宋薛氏尚功、鄭氏樵、施氏宿、王氏厚之各爲訓釋，不能無議焉者。如以時作時、矢作失、霥作霧，舛譌甚多，不可殫舉。然諸家皆爲模本所誤，石鼓蓋未之見也。元潘氏迪取諸家説，重爲考訂，間亦以坴作即、阪作陊。夫迪親見之猶混魯魚，矧諸家乎？滋躬詣鼓旁，詳加摩玩，文之漫剥者，猶隱然有跡可辨也，乃筆之以歸，沉潛其義，參考諸説，是者取之，誤者正之，其未詳者，不敢强爲之説。鼓之所自，諸家考辯已明，不復容喙。乃以王氏《辯疑》及古今歌詠附載于後，以見是鼓也直爲周宣之物，好異者不煩譊譊云爾。』又曰：『滋以正德戊寅歲作《石鼓文正誤》，甫成編，以諫止南狩觸罪，坐斥橋門。一日過寮友國博陸君俊卿家，見几上有舊書一册，取而閲之，乃宋蘇文忠公石鼓文摹本也。刻之者爲維揚歐氏本源，歐得之於甬東楊氏準，不知楊得之何人。滋幸天之未喪斯文也，因假歸參校同異。滋藏舊本四百六十五字，蘇本六百一十一字，九鼓篆籀皆完，唯一鼓僅存其半，惜薛尚功輩爲音釋時不獲見此。蓋文完則義足，而字之辨也易。文闕則義晦，而字之辨也難。矧石鼓之字畫奇古，句讀聱牙，顧復闕其文乎？然諸家音釋之誤，無足怪者。滋合舊編，重爲刪定，摭諸家之説，并引經傳語可爲證者載於下，將質諸博洽君子。』此書淄川畢州守載積家有舊刻本，朱簡討彝尊著《日下舊聞》，畢寫寄之，予得觀覽焉。」

棧道有四：從成和、階文出者，爲沓中陰平道，鄧艾寇蜀由之。從兩當出者，爲故道，漢高攻陳倉由之。從城固、洋縣出者，爲斜駱道，武侯屯渭上由之。從褒、鳳出者，爲今雲棧道，漢王之南鄭由之，余所經歷。谷中驚湍飛棧，鳥駭獸逸，殊有孫樵之賦不及詳者。其他三道，險阨又可想見。因憶李供奉云：「爾來四萬八千歲，不與秦塞通人烟。」歐陽四門云：「秦雖有心，蜀雖有情，五萬年間，敻不相接。」近實録也。下嶺次褒城縣。褒城古褒國，禹封其子爲褒侯，都此。元微之詩「花疑褒女笑，棧想武侯征」是也。

附録：《秦蜀驛程後記》：「自風陵埠渡黄河，抵潼關陝西境。同年楊臨淄樹滋端本，潼人也，作《關志》，有《兵略》一卷，述古今攻守得失之故甚具。其言曰：『入關有三道。潼，入關之正道也。商武關，入關之孔道也。漢祖破秦，由此入咸陽。朝邑古臨晉地，自夏陽至關，平曠百里，大河易渡，漢祖往來關中，嘗由臨晉，七國反，亦欲兵由此入，入關之隙道也。韓五泉邦靖曰：一方不靖，三險俱失。誠哉是言。然武關萬山險阻，一將偏師可以無虞。朝邑雖平曠百里，命將建營壘於中路，設礮數十，南北巡守，大河即天塹也。若潼關之守，則禁溝在關城南三十里，一曰禁谷，亦曰禁坑。最爲要地。昔黃巢從禁坑陷關，近李自成亦由禁坑破關，非一方不戒，三險俱失之明驗歟？』此設險者所當知，故備録之。」

梓橦縣鵝溪在城北，人家以絹爲業，堅潔異他處，文與可詩所云「鵝溪絹」也。杜詩：「雲溪花淡淡，春郭水泠泠。全蜀多名士，嚴家聚德星。」縣有德星、春郭二橋，以此。出南門，渡梓橦江，緣光禄山行，即杜《光禄坂》詩所謂「山行落日下絶壁」者也。

潼川州有橘亭、水亭、官閣諸蹟，以杜詩得名。州西門外跬步即牛頭山，杜詩「青山意不盡，衮衮上牛頭」者也。山高不丈許，無巖壑之觀，上有亭，即所謂牛頭山亭子，今廢。

彌牟鎮觀武侯八陣圖，唯一殘碣立道左，草木荒翳，不能通人。陸務觀有《彌牟八陣原武侯祠堂》詩。

附録：《秦蜀驛程後記》：「彌牟鎮市東西二石坊對峙，近西又一石坊，北向，坊南一碣大書『漢諸葛武侯八陣圖』，成化間四川提學僉事潘璋書。又東爲忠武侯祠，茅屋纔及肩，蓋亂後重葺者。像設琢石爲之，皆舊物。祠南有碑三，其一翰林修撰縣人楊慎撰《八陣圖記》，書篆皆出升庵筆。其一四川按察使楊瞻謁祠詩，楊慎序。其一《八陣圖修復記》，兵部左侍郎縣人楊廷儀撰，雲南按察司副使灌縣周宗義書。已上三碑北面。其陰有參議何鰲詩，廷儀與惇、恂、慥皆和，三君升庵弟也。鰲，山陰人，仕終刑部尚書，即傅會楊忠愍爰書者也。又一碑刻《漢丞相諸葛武侯八陣圖像記》，四川按察使陽信李遜撰，提學僉事前翰林國史編修濟南王勅書。南向。又有斷碑仆地，不得首尾。香臺下有麻城梅國樓詩碣。祁令將重新廟貌，拓其基址，移祠與碑面北，而大書『漢丞相諸葛忠武侯八陣圖』，揭于坊表。落成亦盛舉也，予深贊之。」

眉州遥望蟆頤山，蒼然可愛。入城謁三蘇公祠，蘇氏紗縠行舊第也，在城西偏，三面環水。堂三楹，中祀文公，文忠、文定二公左右侍。堂前二古柏，甚夭矯，數百年物也。後軒三楹枕水，題曰「木假山堂」。祠西爲瑞蓮池，甘蕉十餘本，高覆簷霤。池中有亭，長廊週之。蜀亂後，有賊號「鐵脚蠻」，據眉，祠燬，州守趙君始稍稍修復。坡公石像，明洪武中重刻，李龍眠筆也。潁濱題贊，又坡書《玉鼻騂券》，山谷跋尾，二石頗完好。保母楊氏志銘，沔陽陳晦叔重刻。碑版林立，唯富順李尚書長春四詩可讀。

凌雲山壁間多前人題字，有大書「蘇東坡載酒時遊處」，坡詩云：「生不願封萬户侯，亦不願識韓荆州。但願身爲漢嘉守，載酒時作凌雲遊。」《蠶尾續文》有「然」字。終未踐斯語也。江岸大像，開元中釋海通所鑿，未竟示寂，韋皋鎮蜀始成之。像前即三江合流處，東《續文》無「處」字、「東」字。坡詩「奔騰過佛脚」，謂此。像南競秀、清音兩亭，皆俯江干，平視三峨，極曠望之致。「振衣千仞崗，濯足萬里流」，差《續文》作「此」。足當之。殿右爲宋州守吴秘治易洞，坡公有詩。與諸子小《續文》無「小」字。飲競秀亭，青山白雲，長江萬里。罷酒，巡視石壁諸詩，得州人安磐松溪四絶句最佳，《續文》作「工」。聊記其二：「林竹斑斑日上遲，鳥啼花暝暮春時。青衣不是蒼梧野，卻有蛾眉望九疑。」「青衣江上水溶溶，隔岸遥聞戒夜鐘。暫借竹牀聽梵放，月華初到第三峰。」又隴右任倫題大佛云：「大像何年倚翠微，靈光隱隱九峰暉。可憐世歷風霜古，銷卻金衣變草衣。」餘多《續文》無「多」字。不及録。

烏尤一名青衣山，單椒秀出，在九峰之後，濃秀如金陵燕子磯。山谷遊此，爲易今名。山有爾雅臺，記稱郭景純注《爾雅》處。山下産墨魚，俗謂食研墨所化。立春後，泛子漁人以燈火照之，輒止不去。袁子讓詩云：「何人解識終軍鼠，此地猶傳翰墨魚。」按，彝陵亦有爾雅臺，未知孰是。亦見《蠶尾續文》。

叙州有東樓，見杜詩。西樓，見陸詩。山谷先生謫此，有味諫軒、無等院、流杯池諸遺蹟。江安以東，皆古江陽地，過清溪，太白詩「夜發清溪向三峽」即此。或謂李詩本「三溪」。三溪在嘉州北平羌峽，非是。

撫琴臺，《琴清英》曰：尹吉甫子伯奇至孝，後母譖之，自投江中，衣苔帶藻，忽夢水仙賜之美藥，乃撫琴而作《履霜之操》。今江濱一石屹然，云即是臺也。

符縣有西凉王祠。西凉王者，吕光也。符秦時，以將軍討李焉之亂，過此。放翁《謁西凉王祠》詩云：「我雖不識神，知是山水人。不敢持笏來，裋褐整幅巾。」蓋未詳考，賦長句正之。并録一《漁洋詩話》。蜀合江縣有西凉王神祠，神是凉王吕光。光，苻秦時討李焉之亂至此，因爲立祠。放翁詩：「我雖不識神，知是山水人。不敢持笏來，裋褐整幅巾。」蓋未詳其本末。余過謁祠，賦長句正之：「長安氏王頭有角，東掃鄴宫西定蜀。」云云。詩載《蜀道集》。

涪州普浄院有四賢祠，祀伊川、山谷、尹和靖及郡人劉尚書岌。北上石壁，壁間嵌山谷書「鈎深堂」三大字。循石磴而上，石壁益峻，有洞可十笏許，南面江水，即伊川先生紹聖中謫涪注《易》處，涪翁爲題「鈎深」者也。蔡白石一詩云：「點易巖前露未乾，臺臨水府碧濤寒。後儒若問伊陽秘，一畫當年示子安。」亦見《蠶尾續文》。

平都山訪仙都觀故址，觀王方平、麻姑二洞、八卦臺。臺前爲凌虚閣，閣上一小石碣，刻唐景龍二年麻姑會方平詩二首，俚淺可發一噱。

萬縣訪岑公洞，《蠶尾續文》作「岑公洞在萬縣南二里許」。斷碑甚多，石壁上鐫鎚殆滿，皆南、北宋人題名，獨覓魯直、務觀詩不《續文》有「可」字。得。稍南一石表西向，夾道巨碑林立，其一大書二絶句，頗類山谷，亦嘉定間人，不著名字。問所謂「東巖」者，舟人不能知。山谷詩「空巖静發鐘磬響，古木倒掛藤蘿昏」，放翁詩「一疋寧無好東絹，憑誰畫此碧玲瓏」，《續文》有「觀二公所云」五字。當亦佳處也。

夔州府治奉節縣，訪永安宫故址，今爲府學。季漢治白帝城，在瞿唐峽口，永安宫乃在城西。《三國志》云：先主改魚復爲永安，仍於州西七里築永安宫。《水經注》謂：宫前距平地可二里許，江山迥闊，入峽所無。放翁《入蜀記》：州在山麓沙上，所謂魚復永安宫，景德中轉運使丁謂、薛顔所徙，比白帝頗平曠者是也。按周移信州治永安宫南，則徙城在隋之前，然唐故夔州，放翁謂與白帝城相連，引杜詩「白帝夔州各異城」爲據。《方輿勝覽》亦云：唐時州理白帝，而武侯廟在城西卧龍山上，故少陵詩云「猶有西郊諸葛廟」云云。蓋周、隋間曾移城于此，唐又還治白帝，宋景德中又移今治，遂沿至今耳。太守留飲詩史堂，堂本王龜齡先生守郡時因少陵建，燬于兵，太守甫興葺之。

卧龍山下里許至少陵祠，有石碣，題「唐杜工部子美遊寓處」。堂三楹，祠中有沔陽陳文燭修祠舊《蠶尾續文》無「舊」字。碑，宋治平中知州賈昌言嘗刻少陵夔府詩爲十二碑，建中靖國元年運判王蘧又刻十碑于瀼西果園，今「昆明池水」一篇獨完，蓋《續文》作「則」。後人别刻《秋興》八碑，非宋之舊矣。

白帝城枕白帝山，石垣繚繞，上極青冥，羊腸數轉，始達絶頂。正俯瞿唐兩崖，灩澦石在其西，孤峙江面。南向爲昭烈廟，規製宏麗明良，殿凡五楹，中祀昭烈皇帝，以武侯、關、張配食，像設古雅。舊傳有山谷題名及元和碑，皆不存。正德中，行軍右都御史林公俊一碣，記舊有廟祀公孫述，林以征藍之役駐軍於此，始廢述祀，改創三功祠。三功者，后土氏、江瀆之神、漢伏波將軍馬援也。乃知此地曾祀子陽及伏波矣。放翁《白帝廟》詩：「參差層巔上，邦人祀公孫。力戰死社稷，宜享廟貌尊。丈夫貴不撓，成敗何足論。」二公持論不同如此，亦各有見。《蠶尾續文》無「亦各有見」四字。祠北即《續文》作「有」。麝香山，杜詩注引《寰宇記》謂在秭歸縣東南者，非。城西門去江岸直下數十丈，余《續文》無「余」字，有「爲之」二字。震掉下馬徐步，舉少陵「白帝城門水雲白，低身直下八千尺」之句，宛然目中。

巫山縣在江北，緣山爲墉，正面巫山，吴之建平郡也，山形絶肖巫字。泊舟即騎，登高唐觀，觀在城西土山《蠶尾續文》無「土山」二字。三里許，荒涼特甚。朝雲之廟，略無髣髴。其東即陽雲臺，在縣治西北五十步，高一百二十丈，二山皆土阜，殊乏秀色，而古今豔稱之，詎不以楚大夫詞賦重耶？溪東一山，枕江岸之北，與巫山隔水相望，曰箜篌山。《續文》有「山下」二字，無下文八字。山前復有小山，其巔即神女廟，舊燬于兵，近始構茆屋三楹。西向，冠帔儼然，頗得婉孌幽静之態。有嘉靖中范守己碑，極辨神女是王母第二十三女，爲雲華上宫夫人，嘗命其侍大翳、庚辰、童律、虞余等佐禹治水，有大功德于人，不應緣宋玉微詞，以兒女子褻之。按：六朝唐人詩，多言入夢之事，白樂天刺忠州，泝峽未至，繁知一先題詩廟中云：「忠州刺史今才子，行到巫山必有詩。爲報高唐神女道，早排雲雨候清詞。」時人傳爲佳話。至二蘇乃作詩正之，子瞻云：「上帝降瑶姬，來處荆巫間。神容豈在猛，玉座幽且閒。」子由云：「堯使大禹導九川，石隕山墜幾折股。丹書玉笈世莫窺，指示文字相爾汝。」騷賦之詞，不必深辨也。廟西有琵琶峽，《續文》作「驛」，疑譌。相傳其鄉婦女多善吹笛，嫁時諸女子相與吹笛唱《竹枝》送之。陽臺之南爲南陵山，凡一百八盤，山谷《歌羅驛》詩：「浮雲一百八盤縈，落日四十九渡明。鬼門關外莫言遠，四海一家皆弟兄。」「命輕人鮓甕頭船，日瘦鬼門關外天。北人墮淚南人笑，青壁無梯聞杜鵑。」按鬼門關在夔州東北三十里，人鮓甕在歸州，四十九渡水，今黔江縣柵山即其處也。并録三。《漁洋詩話》。

巫峽中神女廟在箜篌山麓，茅茨三間，而神像幽閒婉孌可觀。其西即高唐觀也。余壬子過之，賦詩云：「箜篌山下路，遺廟問朝雲。冠古才難並，流波日易曛。玉顏空寂寞，山翠日氤氳。西望章華晚，含情尚爲君。」同上。

真定神女樓，昔趙武靈王夢神女於此，令群下賦詠之。此乃真夢，非如宋玉微詞，而古今罕知者。余庚子、丙子屢過之，賦詩云：「神女樓空雁塞孤，照眉池涸半寒蕪。邯鄲賓客皆能賦，誰似朝雲楚大夫？」

《古夫于亭雜録》。今真定府隆平縣，漢之廣阿也。《史記》趙武靈王常游於此，夢見神女，使群從賦之，以侈其事。然則夢神女者不唯楚襄王也。彼猶寓言，此則真夢，而古今詞人賦詠概不之及，何歟？按真定有神女樓，余壬子過之，有詩云：「神女樓高望杳冥，恒陽縹緲亂峰青。百年河北蟠三鎮，千里行山入五陘。」即此樓也。

過西瀼，記稱少陵亦嘗居之，有草堂遺址。考少陵年譜，以大曆二年居夔州瀼西草堂，三年正月去夔，有《將别巫峽贈南鄉兄瀼西果園》詩，三月即至江陵，秋移公安，未嘗淹留巴東，復有西瀼之宅。蓋土人以山間之流通江者，通呼曰瀼，瀼西名適相類，因傅會耳。

歸州山水粗劣，與巴東略似，三閭大夫實産是鄉。屈原宅、女嬃廟、女嬃砧皆在。七里有宋玉宅，放翁入蜀時尚見石刻。王龜齡詩：「城郭舊爲夔子國，人民多是楚王孫。」陸務觀詩：「江上荒城猿鳥悲，隔江便是屈原祠。一千五百年間事，只有灘聲似舊時。」何仲默詩：「古郡山頭數家住，客舟江上一燈明。《竹枝》慣聽巴人曲，鳥道纔通楚國程。」荒山寒日，江聲怒號，獨坐吟此數詩，不必猿鳴三聲淚霑裳也。

西陵峽口有三游洞，昔白樂天自江州司馬遷忠州刺史，與弟知退偕行，元微之自通州司馬遷虢州長史，遇于彝陵，同遊此洞，各賦詩二十韵，自記其事，洞以名焉。二蘇公嘗侍老泉遊此，亦各有詩，載集中。余發興獨往，躡巉巖而上，甫行半里，舟人云徑久荒翳，迫發舟，廢然而返。昔人謂身到處莫放過，固未易言。亦見《蠶尾續文》。

峴山西北十里爲萬山，山下有潭，杜元凱沈碑處。孟詩：「神女昔解珮，傳聞于此山。」蓋解珮渚亦在其下矣。已上《蜀道驛程記》。

廬州合肥縣北廢梁縣，有鮑明遠讀書臺，蘄州黄梅縣治，相傳照故居，後人取杜詩「俊逸鮑參軍」之句，作亭名俊逸亭。

三祖寺一名山谷寺，後有摩圍泉，又名山谷泉，相傳黄魯直守舒州時，愛此泉，因自號摩圍居士。予按魯直謫戎州時，有詩云：「竹竿坡前蛇倒退，摩圍山腰猢猻愁。杜鵑無血可續命，何日金鷄赦九州。」則摩圍乃夔、巫間地名，未必因泉，或後人因魯直以名泉耳。

漢太尉橋玄故宅，在灊山北三里彰法山。山麓溪流紆折，松竹鬱秀，今改爲廣教寺。寺前有井，相傳二喬梳妝之所，至今水胭脂色，土人號爲胭脂井。山谷詩云：「松竹二喬宅，雪雲三祖山。」并録一《漁洋詩話》。二喬宅在灊山縣，近三祖山，故山谷詩云：「松竹二喬宅，雪雲三祖山。」今遺阯爲彰法寺。余甲子過之，有詩云：「修眉細細寫春山，疏竹泠泠響珮環。霸氣江東久銷歇，空留初地在人間。」

黄梅五祖道場在東山，廣濟四祖道場曰西山，二山相去僅四十里。西山即破額山，柳宗元詩「破額山前碧玉流」是也。

附識：此條後段：東山寺，唐大中時建。入明，寺燬于火。五祖真身如故，乃移山隈，建今寺。上有白蓮峰，峰下有池，生白蓮，瓣可千數，每瓣中有蓮房，不結實，五祖手植也。

贛州有三臺：曰鬱孤，在府治前西南隅，唐李汧公勉望闕故址。曰章貢，在府治西北城上，宋趙清獻公抃故蹟。曰八境，在東北城上，宋孔公周翰所創，請東坡賦詩者。今唯八境臺重建三層樓，餘皆頹廢。并録一

《南來志》。八境臺，宋知虔州孔宗翰作，東坡有詩。

武水出桂陽臨武縣，右合肄水，是爲武溪，即漢馬援所云「武溪深何毒淫」者也。并録二。

《南來志》。曲江城西南武溪，水自樂昌來，注于湞，水即馬文淵所謂：「武溪毒淫」者也。武溪中有三瀧，韓退之《瀧吏詩》「南行逾六旬，始下昌樂瀧」，今曰韓瀧。

《皇華紀聞》。三瀧水出韶州府樂昌縣監豪山，舊曰新瀧、曰腰瀧、曰垂瀧，皆漢周府君所開，後以韓文公過此賦《瀧吏詩》，易名韓瀧。上流西岸有周府君祠，以文公配食。瀧水，即馬伏波武溪水也。

粵省城南有大忠祠，祀宋文丞相、陸丞相、張越公。其傍有五先生祠，五先生，明初孫蕡、黄哲、王佐、趙介、李德也。地名南園，稱南園五先生。有詩四卷，海鹽葛徵奇巡按廣東時刻之。崇禎間，陳子

壯、黎遂球復結詩社于此。并録一。

《廣州游覽小志》。大忠祠祀宋文信國、陸丞相、張越國三公。其東祠南園五先生。五先生者，孫典籍蕡、黄待制哲、王給事中佐、趙御史介、李長史德，明初結詩社于南園，此其遺址。崇禎戊寅，巡按御史葛徵奇葺三忠祠，并鋟五先生詩于版。久之，皆廢。同年彭吏部襄爲番禺令，復新之。祠有池閣，背枕河流，亦一勝地。

滁西南琅邪山，《十道志》謂晉平吴，琅邪王伷出滁中，孫皓送璽至此，因名。獨孤及《琅邪谿述》謂晉元帝之居琅邪邸，而爲鎮東也，嘗游息是山，厥跡猶存，故長夫名溪曰琅邪。劉唐灣《琅邪谿記》謂崔祐甫《寶應寺碑》、王元之《留題琅邪谿》詩注，皆謂元帝爲琅邪王南渡駐蹕此山，以其似東海琅邪山而名。按顧況詩云「東晉王家住此谿」云云，又似吾家始興公曾聚族于此，與前二説不合。今滁州南亦有烏衣鎮。已上《皇華紀聞》。并録二。

同上。西澗在滁州城西，宋藝祖自清流關浮西澗以取滁州，亦非細流。昔人或謂西澗潮所不至，指爲今六合縣之芳草澗，謂此澗亦以韋公詩而名，滁人争之。余謂詩人但論興象，豈必以潮之至與不至爲據，真癡人前不得説夢耳。如宋之問《題大庾嶺》詩「江静潮初落」，大庾嶺北止有章水如衣帶，去潯陽且千餘里，抑豈潮所可到耶？前輩謂相如《上林賦》「灞滻涇渭，東注太湖」，李善注：太湖，所謂震澤。關中八水皆注黄河，焉得東注震澤？此則太寥闊耳。

《漁洋詩話》。滁州西澗有野渡庵，取韋詩命名。余題詩云：「西澗蕭蕭數騎過，韋公詩句奈愁何。黄鸝唤客且須住，野渡庵前風雨多。」又題清流關云：「瀟瀟寒雨渡清流，苦竹雲陰特地愁。回首南唐風景盡，青山無數繞滁州。」

渡荆山口，水勢如江湖。渡河，次徐州，黄樓在東城隅。坡公詩：「黄樓高十丈，下建五丈旗。」形勝宛然。

龍山放鶴亭西即黄茅岡，有石刻蘇公詩手蹟，有蘇公石牀，有祠祀蘇公及韓文公、楊龜山、陳后山。北望小山有樓櫓曰戲馬臺，宋武帝九日送孔令處。

發桐城，望盛唐山，漢武作「盛唐之歌」者也。

過唤渡亭，亭以白傅詩得名，有白詩石刻。堤行二里，人家種竹爲藩籬，雞聲人語，皆在竹中。并録二。

《皇華紀聞》。唤渡亭在修水南岸，白居易過此有詩云：「建昌江水縣門前，立馬教人唤渡船。好似當年歸蔡渡，草風莎雨渭河邊。」黄庭堅書之亭上，明知縣梁崧重刻，石今存。

《居易録》。予過江西建昌縣，南渡修水，岸上有亭貯白樂天詩碣。一絶句云：「修江江水縣門前，立馬教人唤渡船。好似當年歸蔡渡，草風莎雨渭河邊。」愛其風調，然未詳蔡渡所在。偶閲《渭南縣圖經》云：渭水至臨潼縣交口渡東入渭南境。又東折至縣城北，曰上漲渡。又東南流，曰下漲渡。又東北折而流，曰蔡渡，以漢孝子蔡順得名。其地有蔡順碑，與樂天故居紫蘭村，正隔渭河一水耳。

浴日亭在海光寺外西偏小山，下俯海岸，所謂「扶胥之口，黄木之灣」者也。東南望虎頭門，雲濤萬里，泱漭無際，亭有蘇長公詩碣。已上《南來志》。

往開先寺，出建昌門數里，過玉京山，陶詩所謂「夙昔家上京」即此。《北歸志》。

蒲澗寺在白雲山麓，氣象疏古，寺門諸山環抱，門内二石碣，刻宋蘇文忠公詩、崔清獻公詞。《廣州游覽小志》。

蘆溝橋，范石湖詩：「草草輿梁枕水低。」今石橋，金明昌中造也。

宗枏按：此條從《北征日紀》采録，系年戊辰，故序於南海諸志之後，此下《長白山録》條數畸零，祗依集本卷次，附列於左。

繡江源出長白山南百脈泉，元好問詩：「長白山前繡江水，展放荷花三十里。看山水底山更佳，一堆蒼烟收不起。」《濟南行記》云：「繡江發源長白山下，參佐張子鈞、張飛卿觴予繡江亭，漾舟荷花中十餘里，樂府皆京國之舊。」

顧野王《輿地志》云：齊城西南百五十里有長白山，陳仲子夫妻所隱處。《太平寰宇志》引之。按山在齊城東北，非西南也。唐張説詩：「昔聞陳仲子，守義辭三公。身賃妻織履，樂亦在其中。豈無窮賤苦，羞與傾巧同。長白臨江上，於陵入濟東。我行弔遺跡，感歎石泉空。」已上《漁洋文》。

眉州蟆頤山有老翁泉，葉石林云：東坡晚亦號老泉居士。《墨莊漫録》云：蘇黄門薨于許，王定國作挽詞云：「徒泣巴山路，空悲蜀道程。弟兄仁達意，千古各垂名。」注云：「公與東坡常泊巴江，夜雨，相約伴還蜀，竟不果歸。今東坡葬汝，公歸眉。王祥有言：歸葬，仁也。留葬，達也。」又少公自作《潁濱遺老傳》云：「先君之葬，在眉山之東，昔嘗約祔於其盧，雖遠不忍負也。」又《卜居賦序》云：「昔先君相彭眉之間，指其庚壬曰：此而兄弟之居也。今子瞻不幸已藏郟山，予年七十有三，異日當追蹈前約。昔貢少翁爲御史大夫，年八十一，家居琅邪，一子年十二，自憂不得歸葬，元帝哀之，許以王命辦護其喪。譙允南年七十二，終洛陽，家在巴西，遺令其子輕棺以歸。今予廢棄久矣，少翁之寵非所敢望，而允南舊事，或可庶幾。」其賦云：「諸子送我，歷井捫天。庶幾百年，歸掃故阡。」按：長公葬汝州郟城縣鈞臺鄉上瑞里嵩陽峨眉山，少公祔焉。今《河南志》并載二公墓，而四川志止載老蘇墓，不及少公。定國之詩、《遺老傳》、《卜居賦》之語，豈不果耶？外兄徐東癡夜適書來訂此疑，因書此復之。

附録：《居易録》：「宋程卓《使金録》云：『十八日早，頓欒城縣，蘇黄門轍墓尚存縣治之側。』按，潁濱自嶺外歸老許州，葬郟縣小峨眉，與長公同兆域，欒城安得有墓？按歐陽公銘老泉墓云：『蘇顯唐世，實欒城人，以宦留眉，蕃蕃子孫。』潁濱文集號『欒城』，示不忘本也。」

韓翃詩：「春衣晚入青楊巷，細馬春過皂莢橋。」按：青楊巷在荆州，梁何妥居白楊巷，蕭眘居青楊巷，時人語曰：時有二儁，白楊何妥，青楊蕭脅。皂莢橋在揚州，晁無咎揚州詩曰：「皂莢村南三四里，春江不隔一程遥。雙陂鬬起如牛角，知是隋家萬里橋。」

司馬文正公《詩話》載青州劉概孟節詩「昔年曾作瀟湘客」云云。概棄官居野原山，今州南四十里臨朐縣有冶源，亦名冶泉，有水竹之勝，或云歐冶鑄劍之地，世爲馮氏别業，即文正所謂去人境四十里者也。野原蓋冶源之訛。并録二。

《漁洋詩話》。冶源在臨朐縣西南，水竹勝絶，世爲馮氏别業。酈注所謂：「水色澂明，而清泠特異，桂筍尋阪，輕舟委浪，是焉棲寄，實可憑襟。」今有憑襟亭。司馬文正記劉概孟節隱野原，蓋不考證之誤。

《蠶尾續文》。冶泉出古朱虚縣北西溪山，如初弦之月，自東北入山，有二泉，瀵出西巖下，東流爲大溪，夾岸皆竹，竹徑逶迤而達於馮氏之園，二泉皆徑園中。水周於園，竹周於水，石路陰翳，干霄切雲，仰不見曦景，山鳥千百巢其中，嘲哳不可辨，摩詰所云「暗入商山路，樵人不可知」者也。

《後山叢談》云：齊之龍山鎮有平陸故城，高五丈四，方五里。附城有走馬臺，其高半之，闊五之三，上下如一，其西與南則在内，東、北則在外，莫曉其理。今平陵城故址尚在，在歷城、章丘界所謂走馬臺者，不可復識矣。坡公詩「濟南春好雪初晴，行到龍山馬足輕」，即此地。《孟子》之平陸，則在今汶上縣。此城本東平陵，唐齊王祐反，縣人不從，太宗嘉之，詔改縣名爲全節。後山云平陸，亦訛也。

附録：《香祖筆記》：「東平陵城，唐之全節縣也，即古譚子國。《詩》所謂『譚公維私』者也。故城址尚存，城東門有漢夏侯勝墓。」

儀真縣西地名仙人掌，有柳耆卿墓。按《避暑録》，柳死，旅殯潤州僧寺，王平甫爲守，出錢葬之。真潤地相接，或即平甫所卜兆也。予《真州》詩云：「殘月曉風仙掌路，何人爲弔柳屯田。」并録一。《分甘餘話》。柳耆卿卒於京口，王和甫葬之，然今儀真西地名仙人掌，有柳墓，則是葬於真州，非潤州也。余少在廣陵有詩云：「江鄉春事最堪憐，寒食清明欲禁烟。殘月曉風仙掌路，何人爲弔柳屯田。」

京師雙塔乃安禄山、史思明所造，而劉侗《景物略》不載。元迺賢易之詩云：「安史開元日，千金構塔基。世尊寧妄福，天道自無私。寶鐸游絲罥，銅輪碧蘚滋。停驂指遺蹟，含憤立多時。」已上《池北偶談》。

竟陵古三澨地，楚澤國也。城夾兩湖，曰西湖者，中有西塔寺，陸鴻漸故蹟在焉，唐人詩所云「不獨支公住，曾經陸羽居」者是也。《蠶尾文》。

過太真墓，陸縣丞宏承從行，出壬子歲《馬嵬懷古》二詩示之，陸請刻石墓旁。抵扶風縣鳳翔府境，城南瀕漳水，水南飛鳳山上有天和寺，東坡先生詩所謂「遠望若可愛，朱闌碧瓦溝。聊爲一駐足，且慰百迴頭」是也。并録一。

《秦蜀驛程後記》。宿武功縣，扶風孔令送東坡天和寺石刻搨本。過馬嵬太真墓，興平張令宏圖、陸丞宏承已勒予詩墓側。抵興平使院，又一碑盡刻予茂陵諸詩，皆陸丞書。

附録：《蜀道驛程記》：「漢武置茂陵縣，屬右扶風。西三十里馬嵬坡，太真葬處在始平原，荒落殊甚。相傳出白土，名貴妃粉。」

鳳翔東湖在郡城東隅，僅三畝許，得雨益清瀏，水亭曰宛在，其北堂三楹曰喜雨亭，後爲蘇公祠。按：坡在杭、在潁、在惠，皆有西湖，故當時或獻詩曰：「我公所至有西湖。」唯岐稱東湖。

附録：《池北偶談》：「《粤劍編》云：『惠州豐湖在郡城西，人呼爲西湖。東以城爲儲胥，西南北三方皆群山爲衛，儼然與武林相似。蘇長公曾買此湖爲放生池，出御賜金錢築堤障水，人號曰蘇堤。』是天下有兩西湖、兩蘇堤也。潁州亦有西湖，坡知潁州謝表云：『出守二邦，輒爲西湖之長。』是又三西湖也。」

秦穆公墓在鳳翔城東南隅，已犁爲田。《三輔黄圖》云：「穆公冢在橐泉宫祈年觀下。」坡詩：「橐泉在城東。」墓在城中無百步，乃知昔未有此城。秦人以泉識公墓，今橐泉亦不知所在，唯嘉靖一碑，僉事任唯賢撰文尚存。

柴關嶺上下大木千章，尤多漆樹，下嶺即古陳倉道。過紫柏山留侯祠，相傳辟穀處，并祀黄石公、赤松子。祠中有趙文肅公貞吉《歸山詩》碑，臨海王恒叔士性和作刻碑陰。

神宣驛即諸葛忠武侯籌筆驛也。題一詩。或云：朝天峽上有籌筆驛故址。

上亭舖古名郎當驛，明皇入蜀，雨中於此聞鈴聲，問黄旛綽鈴語云何，對曰：「似謂三郎郎當。」因令樂工張野狐製《雨淋鈴》曲。唐詩「雨淋鈴夜卻歸秦，猶聽張徽一曲新」是也。并録一。

《香祖筆記》。蜀道有郎當驛，即明皇雨中聞鈴聲處。予丙子歲過之，題詩驛壁云：「金鷄賜帳事披猖，河朔從兹不屬唐。卻使青騾行萬里，三郎當日太郎當。」「三郎郎當」，黄旛綽對明皇語也。

渡潼水望長卿山，相傳司馬相如讀書處，明皇幸蜀過之，賜今名。李義山詩：「梓橦不見馬相如，更欲南行問酒壚。」

落鳳坡上有諸葛公、龐靖侯祠，祠燬于獻賊，唯祠門石狻猊尚存其一，有碑題「漢龍鳳二公祠」。東鹿頭關即士元墓，杜詩所謂「鹿頭何亭亭」者也。

宗枏附識：《柳南隨筆》：「《三國志·龐統傳》云：『先主進圍雒縣，統率衆攻城，爲流矢所中，卒。』按統致命處在鹿頭山下，今其墓尚存。落鳳坡之稱，蓋小説家妝點之辭，而王新城弔龐士元之作，竟以『落鳳坡』三字著之于題，然則《演義》可據爲典要乎？又《牡丹亭》詞曲『雨絲風片』之語，新城《秦淮雜詩》中用之，亦是一敗闕。」案：惠氏注引曹學佺《蜀中名勝記》：「鹿頭山上平坦，有小徑，僅容車馬，三國時營壘也。其下名落鳳坡。按鳳雛先生龐士元侍昭烈至此，卒于流矢下，其葬在鹿頭關桃花溪東岸。」觀此，則坡名未爲無據，第不審石倉所本爾。至「雨絲風片」，則引《金樓子》曰：「雨之細者如織懸絲。」元微之《景中秋詩》：「雨柳枝枝弱，風光片片斜。」亦非竟用曲語也。顧後學好異喜新，漫無持擇者，故當以柳南語規之。

房次律西湖在城西隅，湖自宋熙寧間奏墾爲田，遂廢。房公彈琴處，舊有竹亭，李衛公、劉賓客賦詩憑弔之地，不可識矣。

漢兗州刺史雒陽令王君稚子雙闕，其一又題侍御史河内縣令。樂府《雁門太守行》「孝和帝在時，洛陽令王君，本自益州廣漢蜀民」，又云「從温補洛陽令」，即此。而題「雁門太守」，未詳。吴兢作《樂府解題》，亦嘗疑之。

昭覺，宋佛果大士道場，陸務觀詩「静院春風傳浴鼓，畫廊微雨溼茶烟」，即題昭覺作也。

過閿鄉有閿亭，涉郎水，李義山詩「思子臺前風正急，玉娘湖上月應沉」即此。與河中永樂鎮隔河相望，永樂即義山所居也。過戾太子冢，有望思臺、泉鳩水。

靈寶縣，古弘農縣桃林地也。唐天寶初，獲靈符于古函谷，改今名。又改虢略縣，今有虢略鎮，即古虢州，《左傳》「東盡虢略」是也。唐岑嘉州參賦詩處，有西樓、西亭、三堂諸名蹟。

硤石，古二崤也，與函谷東西相距百七十里。《左傳》：蹇叔曰：「崤有二陵焉，其南陵夏后皋之墓，北陵文王之所避風雨也。」峻坂崎嶇，抵石壕，即杜詩所云「石壕吏」者。

新安東門外一里，即漢之函谷關，樓船將軍楊僕耻居關外，請以己財移函谷于此。義山詩「楊僕移關三百里，可能全是爲荆山」是也。食磁澗見壁上蓬池吴闓章三詩，辭翰并佳。已上《秦蜀驛程後記》。

緜州東涪水、安昌水合處，滙爲芙蓉溪，即杜子美所云「東津觀打魚」地。今有漁父邨，相傳漢涪翁所居。

附録：《秦蜀驛程後記》：「渡涪江，涪水自龍安來，經緜州城西，東南與安昌水合，滙于芙蓉溪，宛成巴字，流入潼川州古梓州界。康熙三十一年涪漲，潰入北城，公私廬舍皆汨没。今州治移西南，版築方始，予暫託宿焉。州有思賢堂，在舊治東，祀揚雄、李白、杜甫、樊宗師、蘇易簡、歐陽修、司馬光、蘇軾、黄庭堅九人。又有六一堂，宋歐陽觀爲推官，文忠實生于此。」

成都東門内大慈寺，有唐肅宗御書賜額，蜀金堂令張蠙題詩，有「牆頭細雨垂纖草，水面迴風聚落花」之句。王衍與徐太后遊寺見之，給筆札，令進詩三百首。又東坡有《與子由大慈寺觀盧楞伽畫跡留題》，今盡燬。

大雅堂在丹稜縣南三里，宋人楊素請黄山谷書杜蜀中全詩，刻石作堂貯之，山谷爲之記，見《豫章集》。明弘治丁巳，巡按御史榮華重新祠宇，立像勒石，知縣事江謙春秋率紳士往祭焉，自後遂爲故事。蜀亂後，祭廢。

寧羌州嶓冢山下有大禹廟，僅存茅茨一間，有嘉靖二十二年《重修祠記》碑，監察御史閬中舒鵬翼撰文，復作《九歌》，俾土人誦之以侑饗祀。歌曰：「洚水儆堯兮汎濫國中，四岳薦禹兮俾爲司空，禹治水兮注之東。」「力拯横流兮爲民粒食，言乘四載兮勞身焦思，克蓋前愆兮萬世之利。」「聲爲律兮身爲度，其言可信兮其仁可附，庶土交正兮厎慎財賦。」「不自滿假兮拜昌言，聲教訖兮奠黎元，水土平兮生鹵繁。」「洛出書兮錫九疇，通九道兮開九州，亹亹穆穆兮六府孔修。」「娶塗山兮辛壬，啓呱呱兮何心，荒度土功兮五服弼成。」「膺曆數兮帝命赫，泣罪人兮痛自責，舞干羽兮有苗格。」「輯五瑞兮建皇極，朝玉帛兮會萬國，戮防風兮明黜陟。」「宅百揆兮股肱良，敷文明兮庶事康，于堯舜兮大耿光。」

唐人記板橋三娘子事甚怪異。板橋在今中牟縣東十五里，白樂天詩：「梁苑城西三十里，一渠春水柳千條。若爲此路今重過，十五年前舊板橋。」李義山亦有《板橋曉别》詩，皆此地。已上《隴蜀餘聞》。

帶經堂詩話卷十四

漁洋山人

考證門二

遺蹟類下

上清宫即唐玄元皇帝廟。按《劇談録》云：神仙像皆開元中楊惠之所塑，又有吴道子畫壁。杜子美詩所謂「五聖聯龍衮，千官列雁行」者也。

陳給事言明妃塚在歸化城南三十里。歸化，隋之東豐州也。又有西豐州。州南有空城，城中浮圖一，六角七級，高矗天半。南向，篆書顔額曰「萬部華嚴經塔」。第七級壁上大書「金大定二年奉勅重修」。多金、元人題字，墨跡如新，而辭率俚鄙，唯一詩近雅，云：「去年曾醉海棠叢，聞説新枝發舊紅。昨夜夢回花下飲，不知身在玉堂中。瑞伯書。」按此詩宋元絳厚之之作也。

土木在懷來城北三十里，本名統漠鎮，隋末高開道據懷戎時所置，後訛今名。按王惲《中堂事記》云：統墓店以店北舊有統軍墓故稱。又《扣舷録》云：相傳遼主遊幸，嘗張大幕於此，因名「統幕」。後訛「土幕」，又訛「土木」。引元人陳孚詩云：「千里茫茫草色青，亂塵飛逐馬蹄生。不知何代開軍府，猶有當年統幕名。」

予遊廬山萬杉寺，乃宋仁宗所建，相傳有仁宗御書，不復存。唯石上有「龍虎嵐慶」四大字，云是宋人槐京書，殊無文義。適讀《桯史》，見張孝祥與王阮同遊萬杉賦詩，張云：「老榦參天一萬株，廬山佳處著浮圖。祇因買斷山中景，破費神龍百斛珠。」王云：「昭陵龍去奎文在，萬歲靈杉守百神。四十二年真雨露，山川草木至今春。」阮詩號《義豐集》。桑御史喬作《廬山紀事》，極簡潔，而不收此。予匆匆題五言一篇云：「晨過玉京山，緬想陶公里。谿迴得寺門，曲折松杉裏。雨中念佛鳥，交語清人耳。風吹修竹林，下有寒泉水。」爾時未覩二公詩，又不詳仁宗建寺始末，故略之，殊以爲憾。

舒城縣南有璇源館，相傳李伯時别業。予過舒，行李匆匆，未及訪其遺跡。若龍眠山莊，則舒城、桐城争之，而問其所在，土人皆不能詳。偶讀《欒城集・題李公麟山莊圖》二十絶句，聊識其亭館之名于左：曰建德館、墨禪堂、華巖堂、雲薌發真塢、薌茅館、瓔珞巖、棲雲室、秘全庵、延華洞、澄玄谷、雨花谷、泠泠谷、玉龍峽、觀音巖、垂雲沜、勝金巖、寳華巖、陳彭漈、鵲源。陸友仁云：李伯時嘗讀書龍眠山，故有龍眠書院在舒城縣治東，飛霞嶺之北。

東粤石刻，唯湞陽峽周夔《到難》一篇最古，予《皇華紀聞》記之。讀郭功父《青山集・補到難篇》詩云：「文格迴欺韓愈老，字書尤逼小王真。」蓋宋人已珍重之如此。此文姚鉉收之《文粹》，「碧瀾之下，寸寸秋色」，乃篇中奇語。元遺山詩云：「碧瀾寸寸皆秋色，空對山靈説到難。」

東阿魚山即曹子建聞梵處，有墓在焉。山上有臺二：曰柳書，曰羊茂。見隋碑。皆傳爲子建讀書處。二臺名義不甚可解。魚山一名吾山，即漢武帝《瓠子歌》所云「吾山平兮鉅野溢」是也。并録一。

《漁洋詩話》。東阿魚山是陳思王聞梵處，冢墓在焉，即《瓠子歌》之「吾山」也。又有神女智瓊祠，余題絶句云：「雲車入洛幾時還，松桂淒涼滿舊山。歌罷迎神送神曲，山青無際水潺湲。」王摩詰有《魚山神女祠歌》。

宗柟按：吾山之吾，《集韻》牛居切。《史記·河渠書》「功無已時兮吾山平」，注：徐廣曰：東郡東阿有魚山，或者是乎？與《晉語》「暇豫之吾吾」，注吾讀如魚同。

《墨客揮犀》記鄜州西有相思河、相思舖，引令狐挺詩「誰把相思號此河」云云。予昔使蜀，過重慶府，登塗山，其西北曰縉雲山，山上有相思寺，生竹形如桃釵，名相思竹，寺有迦葉尊者手跡，寺以相思名，尤奇。并録二。

《居易録》。天下佛寺之名率用梵典，予所經歷其名有新異者，如蜀重慶府有相思寺，青州府沂水縣有花之寺。相思者，以寺産相思竹得名。「花之」二字不可解。周侍郎櫟園亮工詩云：「月明蕭寺夢花之。」其長子在浚，字雪客，予門生也，遂取二字以名其詞，太好奇矣。

《分甘餘話》。沂水縣有花之寺，不解其義。張杞園問之土人，云：以寺門多花卉，而徑路窈折如之字形，故以爲名。周侍郎櫟園詩：「月明蕭寺夢花之。」其長子在浚有《花之詞》一卷。

宗柟附識：歙程哲聖跋《蓉槎蠡説》：「櫟下周司農元亮有《城隅南望寄弟靖公》詩云：『雨過寒河尋水向，月明蕭寺夢花之。』夜頭水一名向，今沂州向城鎮是。花之，寺名，在沂水西。又《與劉公蕃談花之寺》句云：『佳名獨愛花之寺，隱地誰尋石者居。』臨朐傅國作石者居於黄雲山中。『水向』、『石者』兩對『花之』，天機妙合。」按程曾從山人受業，《帶經堂集》，其所序刻也。

孔博士東塘言曲阜縣東北有石門山，即杜子美詩《題張氏隱居》所謂「春山無伴獨相求」、《劉九法曹鄭瑕丘石門宴集》所謂「秋水清無底」者是也。李太白有《石門送杜二甫》詩「何言石門路，復有金尊開」，亦其地。山麓今尚有張氏莊，相傳爲唐隱士張叔明一作卿。舊居。張蓋與太白、孔巢父輩同隱徂徠，稱「竹溪六逸」者也。山不甚高大，石峽對峙如門，故名。中有石門寺，寺後曰涵峰，峰頂有泉流，入溪澗，往往成瀑布。孔於寺前水滙處作亭，曰秋水，又於其左起館，曰春山，皆取杜句也。山南有兩小阜，俗稱金耙齒、銀耙齒者，子美詩「不貪夜識金銀氣」之句，蓋偶然即目耳，非身歷其處固不知也。又故魯城北有范氏莊，即太白訪范居士失道落蒼耳中者。孔亦將修復其址，仍取李詩「閑園養幽姿」之句，名以閑園。予喜其好事，諾爲其作記，而先書於此。注家引《水經注》，謂石門在臨邑，非是。

《郡國志》：臨淄縣東有陰陽里，即諸葛武侯《梁甫吟》云「步出齊城門，遥望陰陽里」云云，今樂府作「蕩陰」，非是。

《路史》云：邢之堯山縣，漢之柏人，西十二里有南巒古城。今相有古柏人城。《九域記》引《世紀》爲堯都。縣東北二十二里有柏鄉城，與趙都柏鄉縣東西中分。《城冢記》言堯所置，有堯廟，謂堯登此眺洪水，訪賢人者，今唐山縣之巏嵍山是也。五代馬彧詩：「別後巏嵍讀如權旄。山上望，羨君時復見王喬。」并録二。

《居易録》。裴秀《冀州記》云：王僑，犍爲武陽人，爲柏人令，于緱氏山登仙。按今唐山縣即漢之柏人，巏嵍山在其城北，故馬彧贈韓定辭詩云：「別後巏嵍山上望，羨君時復見王喬。」《後漢書》：王喬河東人，顯宗時爲葉令。或云即古仙人王子喬。

同上。五代馬彧贈韓定辭詩，巏嵍山見《顔氏家訓》，予《池北偶談》已詳之。其首句云：「燧林芳草綿綿思，盡日相攜陟麗譙。」燧林，未詳出處。考《拾遺記》云：燕昭王遊于西王母燧林之下，説燧皇鑽火之事，在申彌國，近燧明國，去都萬里，則非燕地明矣。王子年著書皆杜撰，韓馬特引此以矜奇炫博，非事實也。

司馬温公言王右丞詩「崇梵僧」，初謂是僧名，乃寺名，近東阿覆釜邨。名見《鄰幾雜志》。然覆釜自是山名，司馬公不知何據？

曾子固曾通判吾州，愛其山水，賦詠最多。鮑山、鵲山、華不注山皆有詩，而于西湖尤惓惓焉。如鵲山亭、環波亭、芍藥廳、水香亭、静化堂、仁風廳、凝香齋、北渚亭、歷山堂、濼源堂、閲武堂、下新渠、舜泉、趵突泉、金絲泉、北池、郡樓、郡齋皆有作。及遷知襄州，尤不能忘情，《離齊州後》云：「千里相隨是明月，水西亭上一般明。」又：「文犀剡剡穿林筍，翠靨田田出水荷。正是西湖消暑日，卻將離恨寄烟波。」「將家須向習池遊，難忘西湖十頃秋。從此七橋明湖上有七橋。風與月，夢魂長到木蘭舟。」「荷氣夜凉生枕簟，水聲秋醉入簾幃。一帆千里空回首，寂寞船窗衹自知。」「西湖一曲舞霓裳，勸客花前白玉觴。誰對七橋今夜月，有情千里莫相忘。」按，明湖一名濯纓，一名蓮子，今俗稱北湖，而子固謂之西湖，以在城中西北隅也，當從之。已上《居易録》。并録八。

《香祖筆記》。環明湖有七橋：曰芙蓉、水西、湖西、北池、百花、濼源、石橋。曾子固詩：「從此七橋風與月，夢魂長到木蘭舟。」

附録：《筆記》又云：「濟南藩司署後臨明湖，西偏即曾子固集中所謂西湖也。曾守郡日，嘗作名士軒，軒今入署中，明時尚有古竹數竿，芍藥一叢，傳是宋故物。」

《居易録》。蘇子由官齊州，亦有西湖諸詩。《環波亭》云：「過盡緑荷橋斷處，忽逢朱檻水中央。」又《北渚亭》、《鵲山亭》、《檻泉亭》疑此即趵突泉。《和李誠之燕别西湖》、《西湖觀捕魚》、《食雞頭》、《踏藕》，凡八九篇。後又寄濟南守李公擇云：「岱陰皆平田，濟南附山麓。山窮水泉見，發越遍溪谷。下田滿粳稻，秋成比禾菽。池塘浸餘潤，菱芡亦云足。」又云：「不知西城下，滉漾千畝緑。仰見鷗鷺翻，俯視黿魚浴。」其于吾州亦不薄矣。

《香祖筆記》。蘇潁濱和孔武仲《濟南四詠》，《環波亭》云：「過盡緑荷橋斷處，忽逢朱檻水中央。」《北渚亭》云：「西湖已過百花汀，未厭相攜上古城。」據此，則北渚亭當在北城之上不疑。《鵲山亭》，《檻泉亭》，檻泉即趵突也。又《和李誠之待制燕别西湖》，西湖即明湖之西偏，曾子固詩亦稱西湖。又《西湖二詠》。又《徐正權秀才城西溪亭》云：「溪上路窮唯畫舫，城中客至有罾魚。」徐，石介之壻也。又《次韻李昭叙燕别湖亭》。又《遊泰山四首》、《初入南山》云：「茲人謂川路。」今黄山舖已南至泰山皆名川路，故其下又云：「嘉陵萬壑底，棧道百迴屈。厓巇互峥嶸，征夫時出没。」因川路以寄故鄉之思也。《四禪寺》、《靈岩寺》、《嶽下》。又《舜泉詩》四言，序曰：「始余在京師，聞濟南多甘泉，流水被道，蒲魚之利與東南比，會其郡從事闕，求而得之。既至，大旱，問之其人，云：『城南舜祠有二泉，今竭矣。』明年夏，雖雨，而泉不作，相與驚曰：『舜其不復享耶？』又明年夏，大雨，麥禾薦登，泉乃復發。民驩曰：『舜其尚顧我哉！』泉之始發，瀦爲二池，釃爲石渠，自東南流于西北，無不被焉。灌濯播灑，蒲蓮魚鼈，其利滋大。因爲詩，使祠者歌之。」詩不具録。按，李公擇亦爲齊守，而歷下詩不多見，唯《潁濱集》有《和公擇赴歷下道中雜詠》十二首耳。公擇、子由，在齊正同時也。

《居易録》。曾子固以熙寧五年守濟南，其後二十一年，晁無咎繼來爲守。作《北渚亭賦》最著，有《别歷下》二絶句云：「來見芙蕖溢渚香，歸途未變柳梢黄。殷勤趵突溪中水，相送扁舟向汶陽。」「鴛央鸂鶒遶漁梁，摇漾山光與水光。不管使君征棹遠，依然飛下舊池塘。」又《將行陪貳車觀燈》云：「行歌紅粉滿城懽，猶作常時五馬看。忽憶使君身是客，一時揮淚逐金鞍。」又《赴齊州》詩云：「淮南蒙召鬢毛斑，乞得東秦慰病顔。曉整輕鞍汶陽北，卻銜微雨看青山。」吾州於宋得子固、子由、無咎三公，而東坡公過此亦有「濟南春好雪初晴，行到龍山馬足輕」之詠，足敵唐北海、子美、太白三公矣。

《香祖筆記》。無咎《將别歷下》詩云：「來見紅蕖溢渚香，歸途未變柳梢黄。殷勤趵突溪中水，相送扁舟向汶陽。」「鴛鴦鸂鶒繞漁梁，摇漾山光與水光。不管使君征棹遠，依然飛下舊池塘。」《將行陪貳車觀燈》云：「行歌紅粉滿城歡，猶作常時五馬看。忽憶使君身是客，一時揮淚逐金鞍。」《譙郡對酒憶玉函山》自注：齊州西樓對此山。云：「不遺西樓對此山，宋譙頻綴副車銜。今年重污花前酒，猶是揚州別駕衫。」

同上。《歸潛志》載劉勳少宣《濟南》詩云：「舟行著色屏風裏，人在回文錦字中。」勳初名訥，字辯老，雲中人。

《居易録》。元遺山濟南賦詠尤多而工，如「濟南山水天下無，鵲山寒食泰和年」等句，古今膾炙，具載《遺山集》。

同上。趙子昂同知濟南亦有詩，唯趵突泉詩最著，餘數篇人罕述之。如《初到濟南》云：「自笑平生少宦情，龍鍾四十二專城。青山歷歷空懷古，流水泠泠盡著名。官府簿書何日了，田園歸計有時成。道逢黃髮驚相問，只恐斯人是伏生。」《勝概樓》云：「樓下寒泉雪浪驚，樓前山色翠屏横。登臨何必須吾土，嘯傲聊因得此生。簾外白雲來托宿，梁間紫燕語關情。濟南勝概天下少，試倚闌干眼自明。」《懷宋齊彦學士田師孟省郎》云：「乍可望塵迎使者，何堪據案箠疲民。濟南雖有如澠酒，準議愁中過一春。」《東城》云：「野店桃花紅粉姿，陌頭楊柳緑烟絲。不因送客東城去，過卻春光總不知。」《湖上莫歸》云：「春陰柳絮不能飛，雨足蒲芽緑更肥。正恐前呵驚白鷺，獨騎款段遶湖歸。」《春日漫興》云：「春事匆匆轉眼過，滿城流水緑陰多。西園總有紅千葉，塵土埋頭奈爾何。」又《送山東廉訪照磨于思容》：名欽，著《齊乘》者。「林生春動紫烟生，策馬東風十里程。若到濟南行樂處，城西泉上最關情。」

唐劉蜕《文冢銘》自評其文粲如星、光如貝、氣如蛟宫之水，此喻最妙。文冢在今潼川州，予康熙壬子曾過之，爲賦一詩。唐末古文並稱樵、蜕，蜕《文泉子》予所手録，然不逮樵遠甚。樵之文在大中時，唯杜牧可稱勍敵。

嘉陵江岸有刀鐶山，康熙丙子，余再使蜀，舟過之，口占絶句云：「晨過赤銅水，望見刀鐶山。閨中應計日，不見槀砧還。」赤銅亦利州水名。蓋用古樂府「槀砧今何在，山上復有山。何當大刀頭，破鏡飛上天」語也。此詩偶逸之，未編入《雍益集》，聊記此。《蠶尾續文》有「耳」字。

《諾皋記》載妬婦津乃劉伯玉妻段氏，字明光，聞伯玉誦《雒神賦》，自沉死。武曌嘗過此津，不敢渡。先兄西樵過之，有詩云：「解使金輪開道避，斯人何減駱賓王。」亦快心語也。并録一。《分甘餘話》。妬婦津在臨濟，相傳武后不敢渡，别取道以避之。先兄西樵有詩云：「解使金輪開道避，斯人何減駱賓王。」妬婦之神，劉伯玉妻也。

李按察攀龍白雪樓，初在韓倉店，所謂「西揖華不注，東揖鮑山」者。後改作于百花洲，在王府後碧霞宫西，許長史詩所謂「湖上樓」也。今趵突泉東有白雪樓，乃後人所建，以寓仰止之意，非舊蹟也。

娥皇女英祠在趵突泉，今廢。曾子固詩：「層城齊魯衣冠會，況有娥英詫世人。」《水經注》濼源亦謂娥英水，以泉上有舜妃娥英廟故也。俗人但知吕仙祠矣。

宋王闢之澠水燕談云：皇祐中范文正公守青州，興龍僧舍西南洋溪中有甘泉涌出，公構亭泉上，刻石記之。幽人逋客，往往賦詩鳴琴烹茶其上，日光玲瓏，珍禽上下，真物外之游。歐陽永叔、劉貢父皆有詩刻石，青人目之曰「范公泉」。按范公泉非一，今益都西南百八十里顔神鎮城東秋谷有范公祠，泉清泠出祠中，東北流，合城西之籠水，亦名顔孃泉，北流歷淄川、長山、新城爲孝水。鄒平長白山東峰上之書堂、西峰下之醴泉寺，皆有范公泉。蓋文正幼隨其母流寓長山，讀書長白山中，又往來秋谷，故范泉有三，皆其孤貧流寓時讀書之蹟。而青州之范泉，則既貴後宦游之蹟也。世或不知，故詳著之。

乾州武則天陵墓，過客題詩譏笑者，必有風雷之異。利州乃武生處，今四川廣元縣是也。嘉陵江岸皇澤寺有其遺像，乃是一比丘尼。予過之，題詩云：「鏡殿春深往事空，嘉陵禍水恨難窮。曾聞奪壻瑶光寺，持較金輪恐未工。」蓋用《洛陽伽藍記》語以謔之，且曰：「爾果有靈，不妨以風雷相報。」已而晴江如練，微風不作，豈老狐獨靈于乾陵，不靈于利州乎？記之以發一笑。李義山亦有二絶句，自注云：「感孕金輪處。」已上《香祖筆記》。并録一一。

《漁洋詩話》。今廣元縣，唐利州也，武后生於此。嘉陵江岸皇澤寺，有石像，乃是一比丘尼。余過之，戲題詩云：「鏡殿春深往事空，嘉陵禍水恨難窮。曾聞奪壻瑶光寺，持較金輪恐未工。」蓋用《洛陽伽藍記》「瑶光寺尼工奪壻」之語以詭之。昔聞過乾陵作譏刺詭浪語輒有風雷之異，乃是日嘉陵風平浪静，老狐何靈於乾州，而不靈於利州耶？

古利州，武所生處。江干皇澤寺有則天尼像，余投以詩云：「鏡殿春深往事空，嘉陵禍水恨難窮。曾聞奪壻瑶光寺，持較金輪恐未工。」蓋用《洛陽伽藍記》語以詭之。是日風平浪静，更無風雷之變。余笑謂則天虐燄獨能施於乾陵，而不能神於利州邪？抑薄余詩爲不足較邪？《古夫于亭雜録》。武則天祔葬乾陵，過客有譏毁者，輒報以風雷之異。丙子，余再使蜀，過廣元縣，縣

荚陵，漢武帝葬李夫人處，距茂陵數武。余過之，有詩云：「長門買賦草萋萋，冤魄雲陽杜宇啼。唯有佳人解傾國，荚陵長傍茂陵西。」楊妃墓在馬嵬西北原上，余爲立小碣，題詩云：「巴山夜雨卻歸秦，金粟堆邊草不春。一種傾城好顔色，茂陵終傍李夫人。」并録一。《秦蜀驛程後記》。漢武帝茂陵，李夫人冢在陵西北數步，謂之荚陵。漢諸陵皆在咸陽，唯茂陵在槐里，不載祀典。武帝雄猜，使鉤弋無罪不得其死，獨惓惓于李氏，作爲詩歌，播諸樂府，死猶祔葬，女寵亦有幸不幸焉。

鄭州夕陽樓，李義山有詩。余過之，題詩云：「野塘菡萏正新秋，紅藕香中過鄭州。僕射陂頭疏雨歇，夕陽山映夕陽樓。」

謝康樂石門詩凡二，其一則《皇華紀聞》無「則」字。登石門最高頂，所謂「晨策尋絶壁，夕息在山棲」

者，永嘉之石門也。其一石門，新營所住，四面高山，迴谿石瀨，《紀聞》有「茂林修竹」四字。所謂「躋險築幽居，披雲卧石門」者，匡廬之石門也。桑喬《廬山紀事》最稱簡核，然取前一首，誤矣。

始興江口有三楓亭，梁范雲遺跡也。余以甲子使粵過之，題詩云：「二月一日春態閒，桃花欲落鳥緜蠻。回頭不識中原路，人在三楓五渡間。」又廣州六榕寺猶是坡公題牓。并録一。《北歸志》。次始興江口，縣去江口十八里。舟中閱《澹歸集》，詩筆雄肆，可謂辨才。晚次修仁水口，范雲賦詩處，舊有三楓亭。

粵王臺枕廣州北城，有呼鸞道故蹟，女牆閒皆木緜，花時紅照天外，亦奇觀也。余甲子祭告入粵，屢遊之，賦詩云：「歌舞岡前輦路微，昌華故苑想依稀。劉郎去作降王長，斜日紅緜作絮飛。」

東坡《送李孝博之嶺表》詩石刻，在蜀岡禪智寺，斷仆已久，而字畫幸無刓缺。余訪之，出諸榛莽間，緘以鐵。會重修禪智，三峰碩揆禪師來爲住持，屬陷石方丈壁間，所謂「新苗未没鶴，老葉初翳蟬」者也。余次韵亦刻一石。汪鈍翁詩：「鶴影蟬聲野徑長，髯翁遺墨冷斜陽。游人盡説迷樓好，誰訪殘碑到蜀岡。」并録一。

《居易録》。東坡先生《次韵伯固游蜀岡送叔師奉使嶺表》五言詩所云「新苗未没鶴，老葉初翳蟬」者，此石在揚州禪智寺，久斷闕仆草間。順治辛丑，予官廣陵，求得之，又次韵一篇。康熙乙巳，靈隱碩揆上人來居此寺，因謀陷蘇公詩石於壁，上人及予兄弟賦詩紀事，諸名士和之，有《禪智倡和詩》一卷。

青谿故有張麗華小祠，《金陵圖經》不載。余少時客秦淮，賦雜詩二十餘首，而獨遺此，因補賦二絶句云：「璧月依然瓊樹枯，玉容猶似憶黄奴。過江青蓋無消息，寂寞青谿伴小姑。」「臨春結綺已消沉，遺廟荒涼碧蘚侵。唯有青谿嗚咽水，千年猶自怨韓禽。」唐修隋史，書韓禽虎曰韓禽，避廟諱也。并録一。《分甘餘話》。秦淮青谿上有張麗華小祠，不知何代所建。余賦詩二首紀之，以存古蹟云：「璧月依然瓊樹枯，玉容猶似憶黄奴。過江青蓋無消息，寂寞青溪伴小姑。」「臨春樓閣已銷沉，遺廟荒涼碧蘚侵。唯有青溪嗚咽水，至今猶自怨韓擒。」唐修隋史，謂韓擒虎曰韓擒，避廟諱也。

附録：《香祖筆記》：「陳霆字水南，吴興人，著《兩山墨談》，甚有義理。閲《金陵瑣事》，始詳其本末。霆字震伯，僦居白下，又著《唐餘紀傳》、《渚山詞話》，嘗作詞弔張麗華云：『麗華死于青溪，後人哀之，爲立小祠，祠像乃二女郎，其一即孔貴嬪也。』今祠亦不復存。」

松江有白燕庵，袁海叟故居也。康熙丙戌，門人周策銘彝翰林寫其遺集相寄。編首有空同、大復二序，余感而題之云：「鼎足高楊爾不慚，百年遺跡改名藍。烏衣王謝俱零落，七字風流白燕庵。」

蕪湖江岸有蟂磯，上有昭烈孫夫人祠。余甲子使粤歸，過之，題二詩云：「白帝江聲尚入吴，靈祠片石倚江孤。魂歸若過劉郎浦，還憶明珠步障無？」「霸氣江東久寂寥，永安宫殿草蕭蕭。都將家國無窮恨，分付潯陽上下潮。」已上《漁洋詩話》。

宗柟附識：兄寒坪云：「昭烈孫夫人祠有過客題楹帖云：『思親淚落吴江冷，望帝魂歸蜀道難。』工絶，惜未詳其氏名矣。」

老杜《玉華宫》詩千古絶唱，張文潛用元韵儗之，作《别黄州》詩，自謂似之，特其音節耳，未神似也。吾觀《谷音》下卷所載臨江楊雯《宋武帝廟》詩，雖不摹杜，反得神似，此非深於詩者未易知也。詩云：「谿聲答松風，巨石出老拳。古樹不知名，岌岌蛟龍纏。」云云。案：宋武帝廟在新淦縣四十里尚樂山。《山經》云：本秃女皇后廟。秃女少孤，後母苦之，令牧豕於陂。陂生藕，因取食，聚藕絲結爲履，靈鵲銜於武帝殿下，帝異之，取以爲后。其説不經。《臨江府誌》載之，亦傳疑也。或云：唐光化中，邑人劉輝以尚樂山羅公阬地形之勝，創爲廟阯，而設宋武帝像與秃女并爲一祠，遂稱宋武帝廟。要無所考據云。

宗柟附識：宛丘儗作頗著，楊詩僅見《谷音》，近汲古閣印本亦鮮單行。其全篇云：「溪聲答松風，巨石出老拳。古樹不知名，岌岌蛟龍纏。夕陰互出没，秋華帶芳鮮。葱葱帝王氣，棟宇垂千年。虎賁秉霜戟，慘淡生雲烟。宫人翠龍駕，手持玉連蜷。昌明坐恍惚，精神雷在天。大呼司雍門，旬月無秦燕。昔爲萬夫特，今受衆目憐。石馬亦埋没，歲時草芊芊。小臣異代士，見之淚迸泉。齊人思爽鳩，蜀人哀杜鵑。江東舊正朔，禮奉敢不虔。但願君王心，不忘載荻船。下山又再拜，白日當空懸。」

陸放翁詩「扁舟繫著古梅林」，初以爲汎然語耳。案宋縉雲馮時行從諸朋舊十有五人，攜酒具出西梅林，分韵賦詩。林本王建梅苑，樹老，其大可庇一畝，屈盤如龍，孫枝叢生直上，尤怪古者凡三四。酒行，以「舊時愛酒陶彭澤，今作梅花樹下僧」爲韵。然後知「梅林」之義。蓋梅林即所謂梅龍者也。已上《古夫于亭雜録》。

《青箱雜記》云：王安國詩好用「酒樓」，嘗問「子詩有幾酒樓」。余因憶康熙甲子，奉命往祭南海，大雪渡潯陽江，後二十二年作詩贈鄆城人樊祾祾善琵琶。云：「苦竹黄蘆滿目愁，嘈嘈切切似江州。茫茫九派多風雪，憶泊潯陽舊酒樓。」不知安國見之，以爲何如也？

陳倉有古賣酒樓，東坡嘗賦詩。余丙子再以祭告入蜀，過之，題一絶句云：「昨向宜春下苑遊，曲江烟草似悲秋。珠簾甲觀俱黄土，何必陳倉賣酒樓。」故友余澹心懷《詠孫楚酒樓》云：「江南城西酒樓紅，無數楊柳迎春風。孫楚去後李白醉，千年不見紫髯公。」余選入《感舊集》。此亦二酒樓也。

《墨莊漫録》云：濟南爲郡，在歷山之陰，水泉清泠，凡三十餘所。如舜泉、爆流、金線、真珠、孝感、玉環之類，皆奇。李格非文叔作《歷下水記》，叙述甚詳，文體有法。曾子固詩「爆流」作「趵突」，未知孰是。按，文叔《水記》，宋人稱之者不一，而不得與《洛陽名園記》並傳，可恨也。吾郡名泉凡七十二，此云三十餘者，蓋未詳也。已上《分甘餘話》。

遊鷄籠、龍潭之明日，遂往鍾山。山行屢有向背，峰巒蔽虧，雲日明晦，誦沈隱侯「千雲非一狀」、蘇端明「峰多巧障日」之句，歎其極工。已下遊覽附。

梅花庵寒香數百樹，横斜山翠中，問周顒草堂、王安石定林舊址，皆不可詳。日夕樵唱滿山，悲風騷屑，澗水潺湲，屢亂流而渡，昔人登樂遊原詩，若爲今詠之。上人貽予《豁堂詩》，自蔣陵至青溪，遂盡其卷，湯休、帛道猷之流也。

自烏衣巷出聚寶門，造報恩寺，寺即古長干寺，明金陵八大寺之一也，龍象巨麗甲諸刹。登九級塔，俯視金陵城闕，旭日飛甍，參差可見。西瞰大江，南望牛首，東面蔣山，紫雲丹巘，出没烟霧，鬱作龍蟠。近眺秦淮，青溪三十六曲，才若一綫。雲逢逢起腋下，鳥俯其背。忽憶唐諸公詩「塔勢如湧出，連山若波濤」，所謂「眼前有景道不得」也。

金陵城西南隅最幽僻處，古瓦官寺在焉。鄧太史元昭招予結夏萬竹園，園與寺鄰，喜勝地落吾手也。時方燠甚，忽雲葉四垂，雨如屈注，高柳清溪，御風以往。至鳳遊寺，即上瓦官也。殿左空圃有土阜，高丈許，上多梧桐林，即古鳳凰臺址。今寺去江遠甚，臺近培塿，不可以望遠。太白詩所謂「一風三日吹倒山，白浪高於瓦官閣」故蹟，滄桑不可復考。

自六朝園出石城門登舟，暮泊燕子磯，山氣蓊鬱，漁燈舟火與星河上下。新秋雨歇，江沱晚凉，遂登宏濟寺。入石闕，兩崖奔峭，如行楚蜀峽中。石磴紆曲，繚紹江滸。謁八難殿，東炬觀蘇术「長江巨石」四大字，勢欲飛去。僕舊泊燕子磯，得句云：「長江巨石想飛動。」意取諸此。

燕子磯西北，烟霧迷離中，一塔挺出，俯臨江滸者，浦口之晉王山也。山以隋煬得名，東眺京江，西溯建業，自吴大帝以迄梁、陳，憑弔興亡，不能一瞬。詠劉夢得「潮打空城」之語，惘然久之。時落日橫江，烏桕十餘株，丹黄相錯，北風颯然，萬葉交墜，與晚潮相響答，悽慄慘骨，殆不可留，題兩詩而歸。宿一鐙樓。樓爲施愚山題額，窗檻洞豁，下臨無地。南望師子山，如在杯案。一峰秀拔，林木薈蔚如繡者，獻花巖也。山月皎然，烟鳥初定，俯視下方，群動都息，不知此身去塵世幾由旬也。與方爾止論詩至丙夜，罷去，各成一詩。

祖堂寺呈劍堂觀石公詩畫，標格不減寂音尊者，天界浪杖人弟子也。阮司馬大鋮被廢後居此寺，寺多其書蹟。僧雛出所藏甲申五月詩觀之，殊多齮齕蜀洛清流之語。

石公禪室，破扉短籬，高竹萬个，青光鑑人鬚眉皆緑。禮祖師洞，洞内一石，佛字宛然，阮司馬題云：「巖花長吐天人供，春草難遮佛字痕。」皆紀實也。寺門近對吉山，爲阮墓道。石湖邢昉孟貞過此，曾賦詩曰「高墳何纍纍，中有窮奇骨」也。遠對姑孰之橫望，《真誥》稱其洞穴盤紆，絶宜朮藥，宋人詩「陶家舊宅寄山坳」即此。

天開巖地險逕狹，怪石如齟齬，挾雨與屐齒鬬，竹木蒙翳，猩鼯之迹交錯。於是斬刜叢箐，達巖上，尋唐宋人題名，漫漶不可識，唯上元張函二詩頗佳。峰頂三茅君殿，鍾公惺官南祠部時所建，志所謂高百三十丈者，此其絶頂。左太冲「振衣千仞岡，濯足萬里流」，何必多讓哉！

華山在句容縣北六十里，一名寶華山，以誌公得名也。從攝山雨行萬山中，山村人家多臨溪居，溪水自四山而下，潨潨可聽。輿中得一詩云：「萬山堆裏看雲松，曲崦幽溪復幾重。爲愛泉聲過林去，不知烟寺遠聞鐘。」夜宿山樓，晨興禮佛，謁銅殿，登西峰，觀龍池，涓然一泓，出石罅間，蜥蜴數十頭，游泳自如，見人不驚。僧徒以盎貯之，形如守宮，腹尾作硃色，斑然有文。僧言：每將雨，雲霧輒自池中出。按，《抱朴子》記甘宗奏西域事，謂外國方士，能臨川禹步吹氣，龍初浮出，長數十丈，每一吹，龍輒一縮，至數寸，取著壺中，往往賣之，一龍直金數十斤。乃發壺出龍，著淵中，復禹步吹之，更長數十丈，須臾而雨四集。夫龍神物也，而偃然受豢如此，安在其爲靈耶？豈韓子所謂失其所憑依，而不可者耶？抑未階尺木，而自混于蝘蜓者耶？爾止舉白公「麒麟爲脯龍爲鮓，何似泥中曳尾龜」之語，相與三歎。

自招隱至竹林，山路紆曲，長松如畫，修竹數萬竿，清風拂戛，上捎雲日。與崑崙小憩鉗錘室，聽中上人談林公開山舊事，日移晷不能去。憶唐人詩「殷勤竹林寺，更得幾回過」，惘然自失也。已上《漁洋文》。

壽陽縣使院中有韓文公使成德絶句，元祐癸酉左宣義郎知縣事孟天常子履重刻。公詩以團字爲韻，和作詩版甚衆，大抵牽率，唯鄢陵陳斐文岡三詩合作。

上長樂坡，望終南。遶長安城東北西行，經漢武帝通天臺故址，望高帝長陵。渡灃水，《注》云：灃水出豐溪，西北流，昆明池水注之，北入于渭，渭水在咸陽城下。時返照初霽，亂雲乍歸，南望白閣、紫閣諸峰，紫翠萬狀。渼陂、高冠潭諸勝，皆在咫尺。杜詩「錯磨終南翠，顛倒白閣影」，岑詩「遥看白閣雲，半入紫閣松」，形容酷肖。

寶雞縣西南，彌望連峰叠巘，杳然無際。詠坡詩「北客初來試新險，蜀人從此送殘山」，感歎久之。有觀音碥奇石插天，犀株林立，飛湍箭激，凝爲深淵，其色黝黑，潭而不流，憑高下瞰，令人魂悸。有舊碑在道左，大書「雲棧首險」。近陜撫賈中丞煅石開道，置欄楯，行旅便之。余在京師時，友人宋荔裳作《棧道平歌》紀其事，語最豪健，沈繹堂書之，時稱二絶。今已陷石嵌絶壁。余踏危石奔浪，仰視，略見髣髴，因賦詩懷二君。

大安驛，唐之三泉縣，有龍門山、潭毒關諸蹟。陸放翁有游三泉、龍門，及遊潭毒關羅漢院詩，又有自三泉汎舟至益昌詩。今四川保寧府昭化縣。

廣元縣城西二里有烏奴山，陸游詩「暮雪烏奴停醉帽，秋風白帝放歸船」者也。

天馬山富邨驛，楊文忠詩：「才到富邨風景别，竹林松徑是人家。」今豺虎窟穴耳。窗外即荒山，蟲聲四起，夜不成寐。

登天柱山，盤折而上下，連山渡河，野宿漢州界。自閏七月朔入棧，時逾旬月，途歷二千，至此始出山。杜詩「連山西南斷，始見千里豁」，信爲實録。

石佛山，坡詩「卜田向何許，石佛山南路。下有爾家川，千畦種秔稌」者也。今彌望數十里無炊烟，最爲荒闃。

九盤山臨青衣江，石壁如横磨大劍，江濤奔突其下，令人骨慄。遥望大峨，秀出天半，雲嵐萬狀，積雪晶然。中峨如傴僂，少峨如拱揖。北來諸山，蜿蜒起伏，争趨峨下。放翁《望峨眉》詩云：「白雲如玉城，翠嶺出其上。異境墮我前，心目久蕩漾。」身未到此，不知語意之工。

余所歷名山，太行、霍、太山、《蠶尾續文》無「山」字。姑射、中條、太華、終南、太白、岷山、青城諸勝，唯太華與峨眉差相伯仲。昨一望于九盤，再望于高望樓，又望于玉清絶頂，望于凌雲，雖身未到八十四盤，佳處已領其要，可謂歸去得雄誇矣。

林生來，借得《文選》半部，舟中無書，藉此送日耳。生以其尊人命，持《巴字園詩文集》乞序。解纜出巴峽，王右丞詩「際曉投巴峽」，即此。

黄牛山謁黄陵廟，登名山大川閣，望天柱諸峰，尋歐公詩刻，不可得。亦見《蠶尾續文》

下牢溪，望虎牙、荆門二山，錯峙江上，此下即荆江，江流洪闊舒緩，遠山映帶。自入峽七百里，重巒叠崿，虧蔽霄漢，至此始覺天日清朗。杜詩云：「始知雲雨峽，忽盡下牢邊。」

過枝江，風大作，一葉簸蕩巨浪中，前後舟俱相失，長年面盡土色。更餘，始得泊處。危坐待曙，夜大風不止。東坡詩云：「賦命窮薄輕江潭。」今乃益信。

松滋渡雀兒尾，江面益闊，四望莽蕩，了無一山，與西陵以上不侔。孟松滋詩云：「獵響驚雲夢，漁歌激楚詞。」杜詩云：「紗帽隨鷗鳥，扁舟繫此亭。」欲賦一詩，憶此二篇，遂閣筆。已上《蜀道驛程記》。

過楓香嶺，抵龍山，渡河。寒山雪麓，長橋漁浦，居然《雪浦待渡圖》也。是夕歲除，誦唐人「亂山殘雪夜，孤燭異鄉身」之句，宛如目前。

遠公影堂西偏爲三笑堂，東壁見故友徐東癡三詩，蓋癸亥歲赴德安所題，遂成絶筆。已上《南來志》。

白鹿洞西文會堂中，紫霞道人長歌墨蹟，絶奇偉。《北歸志》。

粤城古道場，以光孝爲第一。氣象古朴，殊乎他刹。同游黄太史忍庵、高廷評旻園，屈翁山、陳元孝、張超然三處士，程燕思秀才，人賦五言詩。

五羊觀五仙祠後有崇臺，可以眺遠。其東爲三元殿，殿前有池，片石陂陀，一泓出其中，湛文簡公少時讀書于此，有詩刻石。已上《廣州遊覽小志》。

巴縣户侍倪斯蕙所居有巴字園，俯臨城堞，南對塗山，下有龍門，浩擅巴郡江山之勝。自題一聯云：「居臨巴水真成字，家對龍門好著書。」

青州城南花林疃，泉石清幽，有塵外之趣。山泉翁題詩云：「山藏柳市無車馬，水隔桃源有子孫。」馮宗伯琦愛其語，遂與鍾司空羽正約卜鄰其地。已上《池北偶談》。

西嶽下訪宗人山史宏撰山居，潔樸無纖塵，聯額皆孫鍾元奇逢、鄭谷口簠、李天生因篤諸名士書。戊申歲，山史在京師，屬賦獨鶴亭詩，今不可至矣。

敷水出羅敷谷，谷受秦嶺以北諸水。樂天詩：「上得籃輿未能去，春風敷水店門前。」

驪山東繡嶺石壁上，有宋轉運使金部郎中李參絶句，書法似柳誠懸，詩不甚工而近雅。

濟寧州太白酒樓，下俯漕河，憑高眺遠，據一州之勝。碑版林立，唯唐人沈光記大篆最古，僅餘數行可辨。又元人陳孚詩。其左爲二賢祠，祀太白、賀監。由夾城出小東門至南池，淵著渟泓，芰荷被渚，夾岸楊柳，淖約近人，最爲佳境。池上有亭、有堂，沿岸東行百步許，復有一亭，亭南有碑，刻杜詩，明嘉靖間都御史詹瀚所置也。唐詩人首李、杜，遊跡皆萃于此，樓與池又咫尺相望，遊人不出跬步而兼有之，亦一奇也。已上《秦蜀驛程後記》。

長白山會仙峰之北滸山濼中有墨王亭，從叔祖洞庭象咸之别業也。米元章稱法書曰「墨王」，陸友仁謂非鍾、王不能當，亭名義取諸此。别業今爲鄒平張氏所有，亭猶在。予少時題句云：「墨王亭子水中央，四面菰蒲作夏凉。」周櫟園亮工侍郎過此，有詩見懷云：「獨有墨王亭畔水，空明與客憶王郎。」

馮大木廷櫆舍人愛墨王之名，因爲道其緣起如此。并録一。《漁洋詩話》。

鄒平滸山濼獺水滙處，烟波浩淼，中有墨王亭，是從叔祖洞庭象咸別業。周侍郎櫟園過之，賦詩見懷云：「獨有墨王亭畔水，空明與客憶王郎。」墨王見陸友仁《研北雜志》。

附録：《蠶尾文・跋研北雜志》云：「米元章稱法書曰墨王，見此書下卷。從叔祖洞庭工懷素草書，崇禎時官光禄署正，嘗奉詔寫御屏，有別業在長白山下滸山濼中，築一亭，榜曰『墨王』。向疑所出，兹乃灑然。昔人云開卷有益，諒哉！」

李侍讀漁村澄中《滇行日紀》載板橋驛驛壁有題句云：「滇海盈盈一水遥，解鞍明日問歸橈。還如謝朓宣城路，南浦新林過板橋。」甚有風調，不知誰作也。按，此升庵詩也，題作《于役江鄉歸經板橋》，首句「千里長征不憚遥」。《滇程記》云：楊林達板橋號三亭，實六亭。已上《居易録》。并録一。《漁洋詩話》。

雲南有地名板橋，升庵題句云：「還如謝朓宣城路，南浦新林向板橋。」曹能始學佺《板橋》詩云：「兩岸人家映柳條，玄暉遺蹟草蕭蕭。曾爲一夜青山客，未得無情過板橋。」汴梁西三十里有板橋，是白樂天題詩處。

廣州城南長壽庵有大池，水通珠江，潮汐日至。池南有高閣甚麗，可以望海。其下曰離六堂，予爲題一聯云：「紅樓映海三更日，石瀨通江兩度潮。」《香祖筆記》。

江行看晚霞，最是妙境。余嘗阻風小孤三日，看晚霞極妍盡態，頓忘留滯之苦。雖舟人告米盡，不恤也。賦三絶句云：「彭澤縣前風倒吹，三朝休怨陗帆遲。餘霞散綺澂江練，滿眼青山小謝詩。」

「白浪空江斷去人，連朝風色起青蘋。小孤山外紅霞影，定子當筵别是春。」「瀟瀟寒雨暗潯陽，日日江潮過馬當。東望滄溟天萬里，乘風欲渡赤城梁。」《漁洋詩話》。

余兩使秦蜀，其間名山大川多矣，經其地，始知古人措語之妙。如右丞：「秋山斂餘照，飛鳥逐前侶。采翠時分明，夕嵐無處所。」二十字真爲終南寫照也。余丙子再使蜀，歸次嘉陵江，有絶句云：「冒雨下牛頭，眼落蒼茫裏。一半白雲流，半是嘉陵水。」蓋牛頭山最高，一徑蠃旋而下，人行雲氣中，雲與江水相連，沆漭一氣，不可辨。詩語雖不工，亦寫照也。《古夫于亭雜録》。

坡公作《攓雲篇》，余昔行秦棧中，見道左石罅間烟氣如縷，頃刻瀰漫山谷，已而雨大至，行人衣袖中皆雲也，始信囊雲非妄。《分甘餘話》。

帶經堂詩話卷十五

漁洋山人

考證門三

氏籍類

《酉陽雜俎》載北齊房君豹山池在濟南，有詩云「風淪歷城水，月倚華山樹」云云，初不詳何許人。案《隋書·房彦謙傳》，彦謙事伯父樂陵太守豹竭力，四時珍果，口弗先嘗。乃知豹即彦謙之伯父，玄齡大父行也。《古夫于亭雜録》。

唐末詩人韓定辭仕爲鎮、冀、深、趙等州觀察判官，尚書祠部郎中兼侍御史，爲王鎔聘劉仁恭，與馬彧倡和，所謂「崇霞臺上神仙客，學辨癡龍藝最多」者，事載《全唐詩話》。按《安陽集·重修五代祖塋域記》，定辭乃忠獻王琦四世伯祖。忠獻五代祖又賓，稱庶子府君，歷仕鎮帥王紹鼎、景崇、鎔三世，有子二人，長定辭，次昌辭。昌辭仕爲鼓城令，即忠獻王高祖也。東坡嘗書前詩，而云定辭不知何許人，豈未考其家世耶？

唐有兩裴迪。一天寶詩人，與王維、杜甫友善。一爲王鐸辟租庸招納使，朱温鎮宣武，辟節度判官，既篡位，拜右僕射。温自岐還，將吏皆賜迎鑾，叶贊功臣入見，温目迪曰：「叶贊之功，唯裴公有之。」見《五代史・雜傳》。已上《池北偶談》。

嘉興魯訔《杜工部詩年譜》一卷，謂甫生于先天元年壬子，卒于大曆五年庚戌。趙子櫟杜《年譜》一卷，謂生于開元元年癸丑，鈔本作「二年」，非。没于大曆六年辛亥。先是吕汲公始創爲年譜，訔書成于紹興癸酉，譜説蓋沿汲公之舊。而趙則謂汲公之譜生歿所值紀年，與紀年所值甲子，皆有一歲之差。近錢先生牧齋之譜獨遵吕説。并録一。

《居易録》。費著撰《蜀杜氏族譜》云：杜翊世以死節顯。其世祖甫來蜀依嚴武，家青城者，實宗文裔。世孫準，皇祐五年第進士，宰綿竹以卒。子翊世，徙成都，紹聖元年第進士，官至朝議大夫通判懷德軍，靖康元年死節，特贈正議大夫，命官其後十人。五子慥、忱以賞得官，孫逸老、俊老、廷老，曾孫光祖、大臨，以忠義遺澤得官，今猶稱「忠義杜」云。著此説不知何據，坡詩有《蠶尾文》無「有」字。云：「聞道華陽版籍中，至今尚有城南杜。」則子美有後于蜀，其信然耶？

唐詩人劉方平，河南洛陽人，家世最貴。政會事高祖、太宗爲洪州大都督，贈户部尚書，封渝國公，謚襄。四世至褧，開元中以功臣後賜進士第，官東阿縣令。子藻、全成、方平皆有文。方平子符，户部侍郎，贈司徒，八子崇龜、崇珪等皆仕宦。崇珪子岳，後唐吏部侍郎，贈司徒。子温叟，宋初御史中丞。子照，贊善大夫。燁，龍圖閣直學士。燁子几登第，忱爲監司，子唐老右正言。温叟嘗求退，太祖曰：「侯選有守道正直如卿者，即可代。」爗嘗獨對，明肅太后謂曰：「知卿名族十餘世，欲一見卿家譜，恐吾同宗也。」爗對曰：「不敢。」后數問，度不可免，因陛對，佯爲風眩仆而出。蓋世有風節如此。唐中葉詩人，後嗣昌盛者，莫如盧綸。而方平歷五代，迄宋科名德業相繼，又爲過之。并録一。

《居易録》。前卷記唐詩人河南劉方平累代閥閲之盛，按《唐書》，河中盧綸子姓貴盛，功名著聞，唐之詩人亦罕其比。綸子四人，簡能、簡辭、宏正、簡求，皆有文名，登進士。李衛公對文宗云云。簡能字子拙，司封郎中。簡辭字子策，歷户、兵、刑三部侍郎，工、刑二部尚書，兼御史大夫，忠武、山南二軍節度使。宏正字子强，歷工部侍郎，户、兵二部尚書，武寧、宣武二軍節度使，贈右僕射。簡求字子臧，歷工、刑二部尚書，兼御史大夫，義武、隴西二軍節度使，太原尹，以太子太師致仕，贈左僕射。唯簡能不登六卿，其子知猷歷兵部侍郎，户、工二部尚書，右僕射，太子少師兼太師檢校司空。簡求子汝弼，仕後唐，歷官户部侍郎，贈兵部尚書。簡求子嗣業，禮部郎中。其子文紀，仕後周，官至中書侍郎平章事。

《集古録·跋沈傳師道林嶽麓寺詩》云：「唐侍御、姚員外二人之詩不見，不知何人。」按《侯鯖録》，姚詩不復見之，今得唐侍御詩，題云「儒林郎監察御史唐扶」，其詩即所云「壁間杜甫原少恩」者也。此篇與崔珏、韋蟾諸篇俱載楊用修集，永叔顧未之見，何哉？已上《居易録》。

唐相國段文昌，史云西河人，褒國公志元之後。志元本臨淄人，文昌徙居荆南，又云荆、蜀皆有先祖故第，又云先人墳墓在荆州，其稱臨淄人，以先世本籍故，而與鄒平無涉，不知何以封鄒平公？今鄒平縣西北地名段家橋，謂是文昌故居，傅會不足信也。子成式柯古罷江州刺史，居襄陽，與李商隱、温飛卿倡和，故號《漢上題襟集》。然柯古著《酉陽雜俎》，多言齊州事，如長白山沙彌、二桃之類，皆在鄒平。《香祖筆記》。

附録：《蜀道驛程記》：「宜城縣古都地，隸襄陽府，山川頑劣，而多産才士，宋玉、王逸、段成式皆生其地。今叔師故宅在城南，故宜城西。柯古，吾鄉臨淄人，又云梁鄒人。其父文昌，封鄒平郡公，今鄒平有地曰段橋，傳爲文昌舊居，而宜城木香村亦云段氏故宅，所未詳也。又唐處士王士源，藻思清遠，深鑒文理，常造《亢倉子》九篇，撰《孟浩然詩序》，其文清綺如魏晉間人，亦宜産。」

《丹鉛録》極稱唐劉綺莊「桂楫木蘭舟，楓江竹箭流」一篇，其詩果不減太白。升庵博雅，亦未詳綺莊何許人也。按《吴中人物志》，劉綺莊，崑山尉，研窮古今，博考傳記，作類書一百卷，號《崑山編》。其平生著作最夥，而所傳止《池北偶談》作「祇」。此一詩，可惜也。《漁洋詩話》

杜詩：「近時馮紹正，能畫鷙鳥様。」《歷代名畫記》：紹正開元中官少府監，八年爲户部侍郎，喜畫鷹、鶻、雞、雉。《談賓録》云：高力士父喪，左金吾衛大將軍陸伯獻、少府監馮紹正二人於喪前被髪而哭，甚於己親，人皆笑之。即是人也。

元、白《長慶集》皆有「老劉」，白謂夢得，元謂太真，非一人也。

盛唐詩人多有贈康洽之作，最傳者李頎所謂「西上雖因長公主，還須一見曲陽侯」，蓋指楊國忠暨秦、虢輩也。後長慶中，白居易作忠州刺史，亦有贈康詩云：「殷勤憐汝無他意，天寶遺民見漸稀。」天寶至是已歷六朝，而康猶在，則禄山之亂，流落西蜀，至元和、長慶之時，亦已老矣。又案段安節《樂府雜録》，有康老子者，是長安富家子，常與國樂游處，家産蕩盡，後以半千從一嫗買得冰蠶絲褥，遇波斯胡，酬直千萬，不經年復盡，尋卒。伶人嗟惜之，遂製此曲，亦名《得至寶》。似又別是一人。已上《古夫于亭雜録》。

段拂、吴激皆米元章之壻。拂字去塵，元章有潔癖，見其名字，喜曰：「既拂矣，又去塵，真吾壻也。」以子妻之。拂南渡後仕至參知政事。激字彦高，入金爲翰林學士，以詩樂府知名，與蔡松年齊名，號「吴蔡體」。

《老學叢談》載陸務觀姚將軍、趙宗印二詩，惜不得姚名字。今《渭南文集》有《姚平仲傳》，庶齋豈未睹之耶？

葉石林《詩話》載吴縣寇主簿國寶一絶句云：「黄葉西陂水漫流，籧篨風急滯扁舟。夕陽暝色來千里，人語鷄聲共一丘。」語甚工。且云寇徐州人，嘗從陳無己學。予考《後山集》，有贈國寶二絶句云：「承家從昔如君少，得士於今孰我先。口擬説詩心已解，世間快馬不須鞭。」又有《和寇十一詩》十數篇，所謂「畫樓著燕春風裏，楊柳藏鴉白下東」者是也。又有《贈寇荆山》詩，蓋寇之字。陳又有《寇參軍集序》，稱寇氏兄弟曰元老、元弼。元弼名其仕，許州參軍，蓋國寶諸父云。并録二。

《居易録》。予嘗愛宋人寇國寶詩「黄葉西陂水漫流，籧篨風急滯扁舟」云云。後考之陳無己集，始知爲彭城人，及后山之門。讀羅端良願《新安志》，言彭門寇鈞國家藏李廷珪下至潘谷十三人製墨，東坡先生臨郡日取試之，因爲書杜詩十三篇，各于詩下書墨工姓名，而品次之。蓋亦國寶兄弟行，嗜古而好事者也。

同上。山谷甥徐師川、洪龜父輩，人皆知之。吕居仁《紫微詩話》記楊道孚克一，張文潛之甥，少有才思，爲舅所知。元符初，滎陽公吕希哲謫居歷陽，道孚爲州法曹掾，嘗從出遊，以職事遽歸，遺公詩云：「雨緑霜紅郭外田，山濃水澹欲寒天。參軍抱病陪清賞，一檄呼歸亦可憐。」此詩之妙，不減徐、洪也。道孚極喜李義山詩「嫦娥應悔偷靈藥，碧海青天夜夜心」，以爲作詩當如此學，亦居仁云。又《石林詩話》記寇國寶一絶云：「黄葉西陂水漫流，籧篨風急滯扁舟。夕陽暝色來千里，人語鷄聲共一丘。」又云：寇徐州人，久從陳無己學，此詩尤佳，從蘇、黄門庭中來，固自不同。正石林所云文字淵源有所自來，亦不難辨也。豫章别集有《題道孚畫竹》，所謂「人物英秀，有外家風氣」者，即克一也。

坡詩有「琴聰」、「蜜殊」，謂僧思聰、仲殊也。放翁《筆記》云：思聰大觀政和中以琴遊權貴間，遂還俗，官御前使臣。仲殊自縊以死。參寥尤爲坡公所喜，政和中老矣，亦還俗。又《墨莊漫録》載吕温卿爲浙漕，屢起大獄，復欲網羅參寥，參寥本名曇潛，東坡改之曰道潛，吕索牒勘驗，竟坐刑之，還俗，編管兗州。

《筆記》云：錢緦字穆，范祖禹字淳，本皆一字。予按，古如爰絲、房喬、顏籀、劉乂之類，皆一字字也。今文士有寶應陶澂字季，萊陽董樵字樵。二人皆以布衣遊于都門，初不相識，予爲介之曰：「二君非但詩筆相當，即一字字亦絶對也。」二君遂賦詩定交。按《龍川别志》，有隋時道士屈突無爲，字無不爲。晁景迂一字伯以父，見陸務觀文集。劉敞、劉攽兄弟字伯貢父、仲原父，見歐公所作原父墓誌。前凉張天錫字公純嘏，見《十六國春秋》。此又三字字也。陶一字昭萬有，太原傅山字青主，一字公之佗。

宗柟附識：《静志居詩話》：「袁小修《序頭責齋詩》有云：『今人字皆兩字，而京字獨一字，自東漢以下無之矣。然自漢以降，如顏之推字介，李曇字雲，劉乾字天，羅靖字禮，房玄齡字喬，顏師古字籀，張巡字巡，孫晟字鳳，李條、徐倫字堅，毛欽字傑，正難悉數也。』按京乃明汝南諸生秦鎬之字。」

宋桑世昌《蘭亭考》載三米《蘭亭》本，有米尹仁、尹知二跋，注尹仁即友仁。又范文度摹刻石本有温公跋「旃蒙單閼厲陬壬戌晦，涑水司馬某公實觀」，注温公曾字公實。吴虎臣《漫録》載曾子固《懷友》一首，其曰介卿者，即王介甫少字也。《研北雜志》云張曲江初名博物。翟耆年《籀史》載李龍眠洗玉池篆款云：「元祐唯五年庚午正月初吉，舒李叔時公麟。」韓文公《慈恩塔題名》稱李翺翔之，見本集。石守道有《讀安仁學士詩》一篇，《後邨詩話》云：石曼卿舊字安仁。已上《池北偶談》。

坡公之有斜川，人艷稱之，而集不傳，唯傳其《颶風賦》及「試誦北山移，爲我招琴聽」數語耳。《蠶尾文》無「而集」下二十四字。谷之甥徐師川、洪駒父輩皆著名，而世《蠶尾文》無「世」字。不知其後人之盛。後郄云：思陵尤重谷詞翰，擢其甥至執政。至茂陵而其後益蕃，子邁、子畊皆顯，融伯庸尤貴重。克昌者最後出，爲名公所稱。示予《甲稾》、《丙稾》、《春風雜詠》、《過秦詩》，字其名曰《紹谷集》、曰《後谷》。《甲稾》已有鼻祖熙豐氣骨，《丙稾》而後，則漸入元祐、建中境界。使加以原本作「一」，今從《蠶尾文》。年，駸駸黔宜晚筆矣。坡、谷之後，南渡以後皆昌大，又能以文章世其家，豈非天哉？

附録：《居易録》：「晁以道作蘇叔黨墓誌云：『先生帥定武，謫知英州，繼貶惠州，遷儋耳，漸徙廉州、永州，邈乎萬死不測之險。獨叔黨侍先生以往來，於先生飲食服用，凡生理晝夜寒暑之所須者，一身百爲而不知其難。翁板則兒築之，翁樵則兒薪之，翁賦詩著書則兒更端起拜之，爲能須臾樂乎先生者也。其初至海上也，爲文一篇曰《志隱》，效於先生前，先生攬之，曰：吾可以安于島夷矣。先生因欲自爲《廣志隱》，以極窮通得喪之理。嘗命叔黨作《孔子弟子別傳》，則固有以處其子矣。先生不至永州，稍還仕版，居陽羨，不幸疾不起。叔黨兄弟葬先生於汝州郟城縣之小峨眉山，遂家潁昌。偶從湖陰營水竹數畝，名之曰小斜川，自號爲斜川居士。時一至京師，自得於醒醒，而徜徉一世之外。所遇者與談，靡不傾盡，造次大笑謔浪間，節概存焉，若世未嘗有小人也。宣和五年十二月乙未，以暴疾卒鎮陽行道中，年五十有二。悲夫！』」

《洛陽名園記》，濟南李格非文叔譔，易安之父也，家今章丘縣北之臨濟。《記》有紹興中張琰德和序，首曰山東李文叔，又曰女適趙相挺之子，亦能詩，上趙相救其父云「何况人間父子情」，識者哀之云云。而常熟毛氏刊本，乃訛作華州李廌撰。廌字方叔，乃蘇門六君子之一，且陽翟産，非華州，又訛之訛也。同時李端叔之儀著《姑溪集》，趙郡人，以草范忠宣公遺表爲蔡京所惡，編管太平州，亦文忠客也。

《文昌雜録》，單父龐文英著，宋人説部之佳者，予家有寫本。文英官禮部郎官，丞相潁公之子也。《後山集》有《贈舅氏龐大夫》詩云：「傳家聲烈三公後，貯腹平生萬卷餘。」謂文英也。後山爲潁公外孫。又有龐謙孺字祐甫，南渡後客吴興，著《白蘋集》，見《吴興掌故》。亦見《蠶尾文》。

后山寄山谷書云：「正夫有幼子明誠，好文義，每遇蘇、黄詩文，雖半簡數字必録藏，以此失好于父，幾如小邢矣。」乃知向、歆無足怪者。正夫謂丞相挺之。明誠與婦易安居士撰《金石録》，后山與丞相僚壻也，小邢謂恕子居實。

張伯雨《句曲外史集外詩》一卷，中有《魏國趙夫人管君挽詩》，落句云：「千秋鄉中名不没，墓有通兒書老銀。」自注：「歐陽率更子通，自書母夫人銘。夫人諱老銀。」

緱長弓，太湖中人，通文史，善鑄鐵冠如意。嘗爲楊廉夫鑄鐵笛，楊贈詩云：「湖中冶師緱長弓，有如漢代陶安公。」已上《居易録》。

虞山詩：「揮毫對客曹能始，簾閣焚香尹子求。」子求名伸，蜀宜賓人。予過叙州，詢其後人，無有，得其遺詩及《泝峽記略》一卷於其門人樊星煒。樊云：蜀亂，尹先生死之。有胡生約之者攜此集避兵芒部，胡亦死，此集流落一彝生家。久之，叙州士人某客遊其地，一日與論先生詩，彝生摇手曰：「浪得名耳。」出此集，則塗抹幾徧，士人遂乞取以歸。而予略爲論次刻之。樊字子景，老儒也。子求止有一孫，名惷，字若魯，亦樊云。《池北偶談》。

予鄉文獻舊家，以臨朐馮氏爲首。初閭山公裕居遼東，從賀醫閭學，中正德進士，官止副使，歸居青州。有四子：唯健，舉人；唯重，進士，官行人；唯敏，舉人，官通判；唯訥，進士，官光禄寺卿。唯訥字汝言，最有文名，著《古詩紀》、《風雅廣逸》諸書。唯健字汝强，以詩名。唯敏字汝行，詞曲爲明第一手。唯重字汝威，名稍遜伯叔季，而其子子咸以進士官給事中，夢天帝以韓魏公爲其子，遂生文敏公琦，官至禮部尚書，號文章經濟大儒。光禄曾孫易齋公溥，本朝官少傅、文華殿大學士，兼刑部尚書。數代皆有集傳於世。《居易録》。并録一。《漁洋詩話》。馮氏自閭山先生裕起家進士，以詩名海岱間，有四子：唯健、唯重、唯敏、唯訥，皆有詩名。唯敏兼工詞曲，唯訥纂《古詩紀》、《風雅廣逸》諸書，有功藝苑。唯重之孫則文敏公琦也，萬曆中以經術推重館閣，文毅則唯訥之玄孫云。

宗柟案：文毅乃相國易齋公謚，前條云光禄曾孫，此云玄孫，偶然誤記。

花林疃在雲門山南，益都山水佳處也。山泉翁詩云：「山藏柳市無車馬，水隔桃源有子孫。」馮宗伯北海、鍾司空龍淵皆屬和。翁嘉靖間進士，名澄甫，官御史，壽光人，文和公珝之孫。《漁洋詩話》。并録一。

《古夫于亭雜録》。余極喜山泉翁「山藏柳市無車馬，水隔桃源有子孫」之句，《池北偶談》載之矣。然不詳爲何許人。閲《壽光縣志》，乃知山泉名澄甫，姓劉氏，字子静，文和公珝之孫，正德戊辰進士，官御史，有直聲。與弟淵甫范泉皆工詩。歸田後，與馮閭山裕、黄海亭卿諸老爲海岱吟社。其叔鈗號西橋，八歲通《五經》，成化中以神童召見文華殿，以廕累官太常少卿，與何、李、康、邊諸公相倡和，有《西橋集》。

品誼類

劉眘虚，盛唐詩人之傑。李華作《三賢論》，論眘虚與元德秀、蕭穎士曰：劉名儒，在京下嘗寢疾，太尉房公時臨扶風，聞之，通夕不寐，謂賓從曰：「挺卿日若不起，無復有神道。」尚書劉公每詣與談，歎曰：「聞劉公清言，見皇王之理矣。」又云：元罷魯山，終于陸渾。劉避地，逝于安康。蕭歸葬先人，殁于汝南。無復下壽云。眘虚學行蓋不僅詩人之冠冕，惜不概見于後世，而所傳五言亦止十四篇。新、舊《唐書》皆不爲眘虚立傳，與韋蘇州同一憾事。眘虚字挺卿，今亦無知者。并録一。

《漁洋詩話》。劉眘虚字挺卿，其詩超遠幽夐，在王、孟、王昌齡、常建、祖詠伯仲之間。考其人，蓋深於經術，不但辭華也。李華《三賢論》曰：劉名儒，史官之家，兄弟以學著稱，述《易》、《詩》、《書》、《春秋》、《禮》、《樂》爲五説，條貫源流，備古今之變。尚書劉公每有勝理，必詣與談，終日忘返。殷直清有識，尚恨言理少對，未與劉面，常想見其人。高適達夫落落有奇節，皆重劉者也。按《唐書》《儒學》、《文苑》皆不爲昚虚立傳，而《全唐詩話》、《唐詩紀事》亦略之，故詳於此。

崔信明「楓落吴江冷」五字，初唐所少。信明，吾鄉益都人也。以五月五日午時生，有異雀數頭，五色畢備，鳴于庭樹。初仕隋爲堯城令，竇建德欲引用之，族弟敬素爲建德鴻臚卿，勸以立事，信明曰：「昔申胥海畔漁者，尚能固其節，吾終不能屈身僞朝。」遂隱太行山。貞觀中，應詔舉爲秦川令，卒。信明不獨才名冠一時，而大節毅然，尤爲可書。其自負詩過李百藥，非蹇傲也。鄭世翼何許人，乃敢肆其輕薄耶？

《具區志》止載麴信陵《投江禱雨文》，余讀洪文敏《萬首絶句》，載信陵詩三首，一《過真律師舊院》，一《酬談上人海石榴》，一《出自賊中謁恒上人》。詩皆不工，而信陵篇什賴此尚存後世。按，信陵貞元元年鮑防下及第，以六年爲望江令。白樂天《秦中吟》云：「身殁欲歸葬，百姓遮路岐。攀轅不得歸，留葬此江湄。」則信陵卒于官，未嘗遷秩審矣。不知其何時陷賊，豈未第以前事邪？已上《香祖筆記》。

余嘗謂唐末詩人馬戴爲冠，其行誼亦不可及。《摭言》記戴佐大同軍幕，許棠往謁之，流連數月，但詩酒而已。忽一旦，大會賓友，出棠家書授之，啓緘，乃知潛遣一介邮其家矣。此事亦古人所少。《古夫于亭雜録》。

司馬文正公集中載和安石二詩，如安石《明妃曲》云「漢恩自淺胡自深」，公則云「妾身生死知不歸，妾意終期寤人主」。《和烘蝨》云：「醯酸蚋聚理固然，爾輩披攘我當坐。」直如水火枘鑿之不相入，而君子小人之用心亦可見矣。《池北偶談》。

附録：此條前後段：司馬文正公爲中丞，奏彈王安石言非行僞，王制所誅，非曰良臣，實爲民賊。安石亦云：「自新法之行，始終以爲不可者，司馬君實也。」張子韶云：「温公之門，一傳而得劉器之，再傳而得陳瑩中。介甫之門，一傳而得吕惠卿，再傳而得蔡確，三傳而得章惇，四傳而得蔡京，五傳而得王黼。」

題跋古人書畫，須論人品品格，高足爲書畫增重，否則適足爲辱耳。葉石林《詩話》載王摩詰《江干初雪圖》，末有元豐間王珪、蔡確、韓縝、章惇、安惇、李清臣等七人題詩。詩非無佳語，但諸人名字，千古而下，見之欲唾，此圖之辱，爲何如哉？余少嘗語汪鈍翁云：「吾輩立品，須爲他日詩文留地步。」正此意也。每觀《鈐山集》，亦作此歎。

附録：《香祖筆記》：「予嘗謂詩文書畫，皆以人重。蘇、黄遺墨，流傳至今者，一字兼金。章惇、京、卞，豈不工書？後人糞土視之，一錢不直，所謂三代之直道也。永叔有言：『古之人率皆能書，獨其人之賢者傳遂遠，使顔魯公書雖不工，後世見者必寶之。』非獨書也，詩文之屬莫不皆然。」

宗柟附識：《柳南隨筆》：「新城王阮亭先生自重其詩，不輕爲人下筆。内大臣明珠之稱壽也，崑山某公先期以金箋一幅請于先生，欲得一詩以侑觴。先生念曲筆以媚富貴，君子不爲，遂力辭之。先生殁後，門人私謚爲文介。即此一事推之，則所以易其名者洵無愧云。」

蘇州滄浪亭本吴越廣陵王元璙南園，以蘇子美之故，遂名吴中。不知此園後歸章惇，大觀末又賜蔡京，京詩「八年帷幄竟何爲，更賜南園寵退師」是也。二人爲南園之辱甚矣。前乎子美，則王元之宰長洲日，攜賓客飲于此，有詩云：「他年我若功成後，乞取南園作醉鄉。」雖託空言，要足爲滄浪增重也。南渡後，歸韓蘄王，庶幾一湔章、蔡之恥。

鄒忠介公元標與慈溪姜松槃太常應麟以氣節相許，嘗從奉常曾孫西溟見公與姜公數束，聊録其一云：「翁丈與吾輩俱老年，雖禀得厚，未可輕恃。日間只用一味，如臨深淵，如履薄冰，養德養身，並切要。諸世間事何足齒牙。天奉林泉佚我老，政是大賜，敢不拜嘉。」又二詩，録其一云：「曾向承明並直廬，當年意氣重璠璵。登車已負澄清志，盛事猶存痛哭書。雞黍喜來論舊雨，雲山聊自共閒居。相看爾我俱垂老，且向衡門賦遂初。」讀之可想見前輩道義交契之厚。已上《居易録》。

襲故類

唐詩佳句多本六朝，昔人拈出甚多，略摘一二爲昔人所未及者。如王右丞「積水不可極，安知滄海東」，本謝康樂「洪波不可極，安知大壑東」。「春草年年緑，王孫歸不歸」，本庾肩吾「何必游春草，王孫自不歸」。「還家劍鋒盡，出塞馬蹄穿」，本吴均「野戰劍鋒盡，攻城才智貧」。「結廬古城下，時登古城上」，本何遜「家本青山下，好登青山上」。「莫以今時寵，能忘昔日恩」，本馮小憐「雖蒙今日寵，猶憶昔時憐」。「颯颯秋雨中，潺潺石溜瀉」，本王融「潺湲石溜瀉，緜蠻山雨聞」。「白髮終難變，黃金不可成」，本江淹「丹砂信難學，黃金不可成」。「如何此時恨，噭噭夜猿鳴」，本沈約「噭噭夜猿鳴，溶溶晨霧合」。孟襄陽「木落雁南度，北風江上寒」，本鮑明遠「木落江渡寒，雁還風送秋」。郎士元「暮蟬不可聽，落葉豈堪聞」，本吳均「落葉思紛紛，蟬聲猶可聞」。崔國輔「長信宮中草，年年愁處生。故侵珠履迹，不使玉堦行」，則竟用庾詩「全因履迹少，併欲上堦生」也。

漢桓帝時童謠云：「小麥青青大麥枯，誰當穫者婦與姑，丈夫何在西擊胡。吏買馬，君具車，請爲諸君鼓嚨胡。」杜《大麥行》全襲其語，《兵車行》句調亦本此。

《柏梁詩》大官令云「枇杷橘栗桃李梅」，語本可笑，而後人多效之。如韓文公《陸渾山火》云「鴉鴟鵰鷹雉鵠鵾」，蘇文忠公《韓幹牧馬圖》云「騅駓駰駱驪騮騵」，李忠定公《題李伯時畫馬》云「騂騏騮駱駰驪黃」，陳后山《上蘇公》云「桂椒柟櫨楓柞樟」，林艾山《資中行》云「鐘鎛鼎鬲匜盤盂」，韓子蒼詩「蓴藕藷芋蘘荷薑」，然皆施於歌行耳。若鄧林「鴻鵠鵾鵬鶚鶻，鱒魴鰷鯉鰋鱨魦」，用之律，則非矣。蓋皆本史游《急就篇》，如鯉鮒蟹鱓鮐鮑鰕、竽瑟箜篌琴筑箏、騂騩騅駮驪騮驢、牂羖羯羠羝羭之類。又仰山答溈山云「瓶盤釵釧券盂盆」，禪語偶亦相似。并録一二。《香祖筆記》。

韓蘇七言詩學《急就篇》句法，如「鴉鴟鷹鵰雉鵠鵾」、「騅駓駰駱驪騮騵」等句，予既載之《池北偶談》，近又得五言數語。韓詩「蚌螺魚鼈蟲」，盧仝「鰻鱣鮎鯉鰌，鸂鶒鴿鷗鳧」，蔡襄「弓刀甲盾弩，筋皮毛骨羽」，然此種句法間作七言可耳，五言即非所宜，解人當自知之。《居易録》。

潙山問仰山：「作麽生是無異名底道理？」仰曰：「瓶盤釵釧券盂盆。」此句似柏梁詩體。

宗柟附識：芷齋述蒿廬先生云：「先生和吴孟舉《種菜》詩亦有『葵韭韲蓼蘇』之句，想不過游戲爲之耳。愚按《柏梁詩》乃後人擬作，語多非體，大官令句已屬可笑，若五言與律，前賢雖有之，斷不足法。」

元陳伯通宣慰，雲中人，跛而眇，自述云：「肢傷一體婁師德，目眇三分李雁門。」先兄西樵吏部甲辰歲以磨勘事下西曹，兄談笑賦詩，有句云：「縱跛尚如習鑿齒，有腸終類佛圖澄。」較陳句又勝之。亡友唐耕塢工楷法，詩最清婉，嘗有句云：「殘花野蕨圍荒砦，破帽疲驢避長官。」蓋本徐文長詩：「疲驢狹路愁官長，破帽殘衫拜孝陵。」然宋王君玉已云：「疾風甚雨青春老，瘦馬疲牛緑野深。」并録一。《漁洋詩話》。

宣城唐祖命允甲，故明中書舍人也。亂定後，有詩云：「殘花野蕨圍荒砦，破帽疲驢避長官。」頗似徐文長「疲驢狹路愁官長，破帽殘衫拜孝陵」。

閻古古爾梅在濟南有詩云：「四圍松竹山當面，一望樓臺水半城。」雖本白太傅「燈火萬家樓四面，星河一道水中央」，實難甲乙也。劉後邨亦云：「地占百弓全是水，樓無一面不當山。」予少時在濟南，亦有句云：「郭邊萬户皆臨水，雪後千峰半入城。」今前集不載。

予改官翰林侍講時，淄川唐濟武夢賚太史寄詩云：「蠟燭五侯新制誥，鞦韆三影舊郎中。」語雖巧，特工妙。後讀王威寧詩有云：「江浙老成新運使，户曹公道舊郎中。」乃知前輩已有此句法，但工拙異耳。

予贈徐隱君東癡夜詩云：「先生高卧處，柴門翳苦竹。雪深門未開，邨雞鳴喬木。日午炊烟絶，吟聲出茅屋。」云云。故友葉文敏公方藹最愛之，而不解「雞鳴喬木」之句，以爲江南若見雞上木鳴，則以爲妖孽矣。然古詩已云：「雞鳴高樹顛。」陶詩云：「雞鳴桑樹顛。」而諺亦有云：「雞寒上樹，鴨寒下水。」此皆目前習見語，訒庵豈忘之邪？已上《池北偶談》。

世傳李易安詩：「露花倒影柳三變，桂子飄香張九成。」葉石林《避暑録話》云：子瞻于四學士中最善少游，常戲云：「山抹微雲秦學士，露花倒影柳屯田。」李蓋襲蘇語。《居易録》。并録一。

《分甘餘話》。余官祭酒日，有《送陳子文歸安邑》詩云：「月映清淮何水部，雲飛隴首柳吴興。」按葉石林云：「山抹微雲秦學士，露花倒影柳屯田。」又李易安云：「露花倒影柳三變，桂子飄香張九成。」或謂余句法本此，竊自謂青出於藍，後當有知之者。

宗楠附識：芷齋述蒿廬先生云：「『御亭一回望，風塵千里昏。』梁庾肩吾《亂後行經吴御亭作》起語也。漁洋《南海集・留别》詩起句亦似本此，而忘其語意之不倫耳，宜爲秋谷所譏矣。今案《談龍録》，《南海集》首章《留别諸子》云『蘆溝橋上望，落日風塵昏』云云，不識謫宦遷客更作何語？次章《與友夜話》云：『寒宵共盃酒，一笑失窮途。』窮途定何許？非所謂詩中無人者耶？」竊謂前條所指良是，玩次章結處，窮途乃屬友人，宫贊并此訾之，則題中明著「慰余澹心處士」語，未免掉以輕心已。

《唐國史補》謂「漠漠水田飛白鷺，陰陰夏木囀黃鸝」乃右丞竊取李嘉祐語。論者或爲王諱，以爲增「漠漠」四字便是點鐵成金手段，此亦囈語。然此事往往有之。予門人太倉崔舉人華字不雕，貧而工詩，嘗有句云：「溪水碧于前渡日，桃花紅似去年時。」余在廣陵作《論詩絶句》四十首，舉此二句云：「江南腸斷何人會，只有崔郎七字詩。」後汪鈍翁在京師，亦有句云：「溪水碧于前渡日，桃花紅似去年人。」謂非取崔前語乎？汪于崔亦前輩也。《香祖筆記》。

宗枏附識：《別裁集》論老杜《登高》作云：「前人謂中聯俱可截去二字，以此爲病。試思『落木蕭蕭下，長江滾滾來』，復何語耶？不成議論如是。」愚按，「水田」一聯固非此比，然味「漠漠」、「陰陰」四字，覺情景如畫，下五字栩栩欲活，點鐵成金，故非妄歎，嗤爲囈語，竊謂未然。且與《夫于亭雜録》以叠字益見蕭散之言自相矛盾矣。芷齋云：「兄此段與《石林詩話》及《韻語陽秋》語意暗合。」

東坡廬山詩云：「溪聲即是廣長舌，山色豈非清浄身。」萬曆中，董思白其昌宗伯寄先大司馬太師府君詩云：「鐃歌即是廣長舌，大纛豈非精進幢。」全襲坡語，稍變其意耳。時府君以兵部尚書視師行邊，故云。《分甘餘話》。

近似類

山谷詩云：「子瞻謫海南，時宰欲殺之。飽喫惠州飯，細和淵明詩。」吾友黃州杜濬亦有詩云：「堂堂復堂堂，子瞻出峨眉。早讀范滂傳，晚和淵明詩。」二作説盡東坡一生，并識之。《蠶尾文》。并録二。

《池北偶談》。黄岡杜濬晚號茶邨老人，少時詠蘇長公：「堂堂復堂堂，子瞻出峨眉。早讀范滂傳，晚和淵明詩。」合肥龔端毅公酒間常擊節誦之，以爲二十字説盡東坡一生，真不可及。

《漁洋詩話》。杜于皇詠坡公云：「堂堂復堂堂，子瞻出峨眉。早讀范滂傳，晚和淵明詩。」龔端毅每誦之，以爲二十字説盡東坡一生。余因憶宋人一詩云：「東坡謫嶺南，時宰欲殺之。飽喫惠州飯，細和淵明詩。」二作殆不易軒輊。

李衛公作《步虚引》云：「仙家女侍董雙成，桂殿夜寒吹玉笙。曲終却從仙官去，萬户千門空月明。」「河漢玉女能鍊顔，雲軿往往在人間。九霄有路去無跡，裊裊天風吹珮環。」許彦周《詩話》歎爲人傑。王安石《題畫扇》云：「玉斧修成寶月團，月中仍有女乘鸞。青冥風露非人世，鬢亂釵横特地寒。」此詩之工，不減贊皇也。鄉人長山張某者，工畫，尤好寫《毛女圖》，予嘗得之，欲題一詩，憶二公前詩，瑟縮而止。己未歲，同故友施侍讀愚山閏章訪華陰王徵士無異宏撰於昊天寺，出唐子華《水仙圖》共觀，予爲題長句，中有云：「青峰出没高歷歷，海天萬里迴春潮。六銖衣輕逐風舉，飛龍决起横烟霄。」摹寫畫中意態，頗謂傳神，意欲髣髴二公於文句之外耳。《居易録》。

白樂天詩：「吴孃暮雨瀟瀟曲，自别江南久不聞。」極是佳句。虞山錢牧翁宗伯詩：「東風誰唱吴孃曲，暮雨瀟瀟閶禁城。」予亦有二絶句云：「波遶雷塘一帶流，至今《水調》怨揚州。年來慣聽吴孃曲，暮雨瀟瀟水閣頭。」「七載離筵唤奈何，玉壺紅淚斂青蛾。瀟瀟暮雨南陽驛，重聽吴孃一曲歌。」

「時聞西窗琴，凍折三兩絃。」孟東野詩也。「浄几横琴曉寒，梅花落在絃間。」楊慈湖詩也。「松枝落雪滿琴絃。」倪雲林詩也。「鮮魚出水浪花圓，北固樓前四月天。忽憶戴顒窗户裏，櫻桃風急打琴絃。」予在廣陵時詩也。此詩今不存集中。已上《香祖筆記》。

汪鈍翁琬《吴江絶句》云：「江上西風滿棘枝，夕陽遥映去帆遲。不須便作思歸計，且爲鱸魚住少時。」徐昌穀詩：「淼淼太湖秋水闊，扁舟摇動碧琉璃。松陵不隔東南望，楓落寒塘露酒旗。」二詩風味何其相似。《漁洋詩話》。

老杜詩「白鳥去邊明」，坡公詩「貪看白鳥横秋浦，不覺青林没晚潮」。余少登京口北固山多景樓，亦有句云「高飛白鳥過江明」，一時即目，不覺暗合。《分甘餘話》。

句意類

張祜詩：「人生只合揚州死，禪智山光好墓田。」元遺山擬作兩句云：「人生只合梁園死，金水河頭好墓田。」蓋哀金宫人之被俘擄者。亦如宋末孟鯁《折花怨》、鮑輗《重到錢唐》諸作，諷謝太后北行之意，與張詩語同而意義迥别也。《漁洋文》。

應璩《與滿公琰書》云：「高樹翳朝雲，文禽蔽緑水。」甚似魏晉間人五言。

范仲闇文光在金陵嘗云：「鐘聲獨宜著蘇州用。唐人『姑蘇城外寒山寺，夜半鐘聲到客船』，如云『聚寶門外報恩寺』，豈非笑柄？」予與陳伯璣允衡論此，因舉古今人詩句，如：「流將春夢過杭州」，「滿天梅雨是蘇州」，「二分無賴是揚州」，「白日澹幽州」，「黄雲畫角見并州」，「澹烟喬木隔緜州」，「曠野見秦州」，「風聲壯岳州」，風味各肖其地，使易地即不宜。若云「白日澹蘇州」，或云「流將春夢過幽州」，不堪絶倒耶？并録二。

《居易録》。地名各有所宜。故友陳伯璣嘗語予：「姑蘇城外寒山寺，夜半鐘聲到客船」，若作「金陵城外報恩寺」，有何意味？此雖謔語，可悟詩家三昧。予因廣之云：「流將春夢過杭州」、「滿天梅雨是蘇州」、「白日澹幽州」、「黄雲畫角見并州」之類，皆不可移易。予二十年前在廣陵，有句云：「緑楊城郭是揚州。」好事者至取爲圖畫。若云「白日澹蘇州」、「流將春夢過幽州」，有不捧腹絶倒者耶？宋人謂「五月臨平山下路，藕花無數滿汀洲」，改「六月」便不佳，亦此意也。

《漁洋詩話》。陳伯璣常語余：「姑蘇城外寒山寺，夜半鐘聲到客船」，妙矣，然亦詩與地肖故爾。若云「南城門外報恩寺」，豈不可笑耶？余曰：固然。即如「滿天梅雨是蘇州」、「流將春夢過杭州」、「白日澹幽州」、「風聲壯岳州」、「黄雲畫角見并州」、「澹烟喬木隔緜州」，皆詩地相肖。使云「白日澹蘇州」、「流將春夢過幽州」，不堪絶倒耶？

李廣射虎，没石飲羽。《荀子・解蔽篇》已云：「冥冥而行者，見寢石以爲伏虎也。」唐詩：「山風吹空林，颯颯如有人。」《荀子》已云：「見植林以爲後人也。」并録一。《分甘餘話》。岑詩：「山風吹空林，颯颯如有人。」黄庶詩：「山精水怪衣薜荔，天禄辟邪眠莓苔。」余游廬山，亦得句云：「薜荔衣怪樹，山風恐行人。」各寫一時所見，而句法相似。然岑亦本古詩「羅帷卷舒，似有人開」，意非創也。

漢光武諸書詔最有情態，西京所無，沿及明、章亦然。光武賜侯霸璽書云：「崇山幽都何可偶，黄鉞一下無處所。」古勁絶似漢人詩句。又范書語往往有似詩者，如「柴門絶賓客」、《楊震傳》。「僕妾盈紈素」《楊秉傳》。之類是也。光武微時，嘗歎曰：「仕宦當作執金吾，娶妻當得陰麗華。」亦似漢人樂府語。已上《池北偶談》。

武侯《與張裔書》：「去婦不顧門，委韭不入園。」似漢魏樂府。《隴蜀餘聞》。

杜詩《從人覓小胡孫》一首，第三句云「舉家聞若駭」，下云「爲寄小如拳」，結云「許求聰慧者，童稺捧應顛」，殊不貫。宋劉昌詩《蘆浦筆記》云：合移「童稺」句作第四，移「爲寄小如拳」作結，則一篇意義渾全，亦成對偶。甚有理。而錢牧翁不采其説，想未見此書耶？然此詩殊不成語。《居易録》。

字義類

往在京師，吴門文點爲予作《讀書圖》，汪苕文題詩云：「借問鄰家競笙管，一絇能絡幾多絲。」後改作「一絇絲路幾多時。」一日讀馬永卿《懶真子》云：諺云「一絇絲能得幾時絡」，喻小人逐目前之樂也。「絇」字當作「緰」，《太玄經》「絡之次五」曰：「蜘蛛之務，不如蠶一緰之利。」緰音七侯反，與絇音同。

韓致堯詩：「白玉堂東遥見後，令人評泊畫楊妃。」李子田云：評泊者，論貶人、是非人也，今作評駁者非。近諸本或作「斗薄」，或轉訛「陡薄」，殊無意義。《萬首絶句》本作「評泊」，當猶近古。

唐詩：「空聞明主提三尺。」宋人云：三尺乃歇後語。此説非是。予按《漢書·高帝紀》：「吾以布衣三尺取天下。」師古曰：「三尺，劍也。」《韓安國傳》所云「三尺」亦同。而俗本或云「提三尺劍」，「劍」字後人所加耳。「提三尺」三字全用班書語，安得謂之歇後？

秀水朱竹垞簡討彝尊云：「杜詩『老去詩篇渾漫與』，今本皆訛作『漫興』，非也。」予考舊刻劉會孟本、《千家注》本，果皆作「與」字。趙云：「耽佳句而語驚人，言其平昔如此，今老矣，所爲詩則漫與而已，無復著意於驚人也。」劉後邨集《跋陳教授杜詩補注》亦云：或信筆漫與云云。然近日虞山錢宗伯本仍作「興」字，略無辨證。又云：「倪雁園粲簡討有宋刻《十家宫詞》，内王建『太平天子朝元日』作『朝迎日』。」亦新。

宗枏按：漫與之説詳見《静志居詩話》及《敬業堂續集》。芷齋述蒿廬先生云：「朝迎日即國語朝日之意。」今倪刻宋本《宫詞》亦不多覯。蒿廬先生曾贈予一册，凡四卷，前有朱太史竹垞序。

杜牧之弔沈下賢詩云：「一夜小雩山下夢，水如環佩月如襟。」坊刻訛作「小孤」，與本題無涉。按《吴興掌故》，雩山在烏程縣西南二十里。《易》曰震爲雩，雩，花蒂也。《説卦》：山之東曰雩。此山在福山東，故名福山，又名小雩山，與雩山相連接，唐詩人沈亞之下賢居此。予鄉華不注，「不」作跗解，亦與雩同義。

劉節之孔和有詩云：「虚堂微月影玲㻌，茗粥筵中解静聽。已許來年仍小泊，未須催曉唱瓏璁。」「瓏璁」二字出揚子《法言》：「瓏璁其聲者，其質玉乎？」則商玲瓏作商瓏玲，亦何不可之有？已上《池北偶談》。

梁皙次先生於古文不多作，其有作，必合古人矩度，而於禪悦文字尤善。嘗共讀杜詩，至「分減」二字，諸家注皆不之及，先生謂出《華嚴經》。其淹博皆此類。《蠶尾文》。

宗枏按：詩中用禪語，注家博引釋藏類，然矣。然其字見諸傳記者，亦復有之。《居易録》云：「董師張字遐周，湖州人，號博雅。所著《吹景集》一條云：『佛典中本師二字見《史記·樂毅傳》，祖師見《漢書·丁姬傳》，居士見《禮記》及《韓非子》、《魏志·管寧傳》，侍者見《國語》及《漢書》，眷屬見《史記·樊噲傳》，本作婘，注音眷。長老見《漢書》，宰官見郭象《莊子注》，某甲見《周禮》鄭玄注及應劭《漢官儀》，布施見《國語》，供養見《嵇中散集》，煩惱見河上公《老子注》，幢字見《方言》、《西京》、《東都》二賦，蒴字見《釋名》。』」右援據可謂詳博，當是内典偶合耶，抑襲取耶？

偶與學子言：詩用字不可臆爲杜撰。即如古人名字，司馬長卿，「長」字無平聲。相如，「相」字無仄聲，「如」字或作上聲。馬援，「援」字無平聲。曹操，「操」字無平聲。之類，今人率通融以就己便，非也。又如樂毅稱樂生，賈誼稱賈生，司馬長卿稱馬卿，李膺稱李君，阮籍稱阮公，嵇康稱嵇生，山濤稱山公，王導稱王公，郗愔稱郗公，謝安石、謝靈運、謝朓皆稱謝公，庾亮稱庾公，王凝之稱王郎，袁粲稱袁公，江淹稱江郎，徐陵自稱徐君，杜甫稱杜公，李白稱李生，孟浩然稱孟公，韓愈稱韓公，韋應物稱韋公，白居易稱白公，歐陽修稱歐公，蘇軾稱蘇公，又謝惠連、謝朓皆稱小謝，宋祁稱小宋，蘇轍稱小蘇，杜牧稱小杜之類，皆有所本，即是出處，不可假借。若杜甫稱杜生，李白稱李公，知復爲誰耶？

嘗讀耶律文正詩「花落餘香著莫人」，蓋本朱淑真詞「無奈春寒著摸人」語。適讀宋彭器資汝礪《鄱陽集》，有《湖湘道中見梅花》絶句云：「滴葉開花妙入神，酥盤憶看北堂春。瀟湘此日堪腸斷，隨處幽香著莫人。」乃前此矣。唐人唯元白集中多用此等字，未暇考《長慶集》也。

宗楙案：著莫等字，宋元人詩中未易縷舉，就愚所憶及者，如孔平仲《懷蓬萊閣》云：「深林鳥語留連客，野徑花香著莫人。」《飲夢錫官舍出文君西子小小畫真》云：「一樽美酒留連客，千載香魂著莫人。」味此二聯，則其義亦曉然矣。孔與彭鄱陽亦同是元祐、紹聖間人也。

韓退之於莽鹵、纆徽、帖妥等字多倒用，皆有據，非杜撰。推之玲瓏之爲瓏玲，噌吰之爲宖噌，孟浪之爲浪孟皆然。若魯直以西巴爲巴西，則趁韵耳。已上《居易録》。并録一。

韓退之詩多倒用成字，蓋本諸《三百篇》。孫季昭《示兒編》所拈如中林、中谷、中河、中路、中同上。

田、家室、裳衣、衡從、稷黍、瑟琴、鼓鐘、斯螽、下上、羊牛、甥舅、孫子、女士、京周、家邦、鼐鼎、息偃之類，不一而足。

宗枏附識：《野客叢書》：《漢臯詩話》曰：字有顛倒可用者，如羅綺、綺羅之類，方可縱横。唯韓愈、孟郊輩才豪，故有慨慷之語，後人亦難放效。僕謂慨慷二字，退之、東野亦有所祖。前後名人如左太沖、張文昌、王昌齡、岑參等皆用此語。古人顛倒用字，又不特慨慷而已。悽慘作慘悽，琴瑟作瑟琴，參商作商參，皆隨韵而協之耳。又如綢繆二字，張敞則曰：「内飾則結繆綢。」近韓詩箋注云：「元和詩人皆好顛倒，如盧仝有揄揶，白居易有摩揣，退之以參差爲差參，又有湖江、白紅、慨慷之句。大抵兩字兩義者可，兩字一義者不可。」愚按：倒用成字，隨韵而協，《三百篇》已下，唯漢魏及唐人始足據依。如方注云云尚自鶻突，蓋以西巴爲巴西，雖在山谷，未免趁韵耳。

樂府「碧玉破瓜時」，而《談苑》載吕洞賓謁張洎贈詩云「功成應在破瓜年」，洎後以六十四卒。破瓜者，二八也。老少男女皆可稱破瓜，亦奇。

「僅」字有少、餘二義，唐人多作餘義用。如元微之云：「封章諫草，繁委箱笥，僅逾百軸。」白樂天《哭唐衢》詩：「著文僅千首，六義無差忒。」小説《崔煒傳》：「大食國有陽燧珠，趙佗令人航海盗歸番禺，僅千載矣。」《甘澤謡・陶峴傳》：「浪跡怡情，僅三十載。」《摭言》：「曲江之宴，長安僅于半空。」《玉壺清話》：「南唐先主傳：吴越災，遣使唁之，賫帑幣糧鏹僅百餘艘。」之類。至宋人始率從少義，迄今沿用之。

宗枏附識：芷齋云：案東坡先生題晉人帖有「僅千軸」之語，是亦作餘字解矣。

康熙辛亥，宋荔裳琬在京師。一日，招龔芝麓大宗伯、梁蒼巖大司馬及予兄弟飲梁家園子。予首倡，偶用纈字，明日梁問予纈字之義，對不能悉。按《潘氏記聞》云：唐明皇柳婕妤妹適趙氏，性巧慧，鏤版爲雜花，打爲夾纈，代宗賞之，命宮中依樣製造。又《西河記》：西河婦女無桑蠶，皆著碧纈。韵書但言文繒耳。已上《香祖筆記》。

兄考功士禄作《憶萊子》雜詩二十篇，有「潮勢汩三韓」之句，或疑「汩」字所出，汪編修琬曰：「杜詩『吴楚東南坼』，『坼』字、『汩』字正以獨造爲奇。」

南海鄺露集《香祖筆記》無「集」字，有「湛若嶠雅」四字。有詩云：「峻嶺極金鄰，《筆記》作「潾」。摩天見九真。」《筆記》有「初見鈔本作金鄰出吴都賦」凡十一字。按《筆記》無「按」字，有「後讀」二字。《升庵集》云：張籍《蠻中詩》：「銅柱南邊毒草春，行人幾日到金潾。」金潾，交趾地名，《水經注》所謂「金潾清渚」是也。潾與鄰通，今刻本作麟，非。已上《漁洋詩話》。

帶經堂詩話卷十六

考證門四

音訓類

宋人謂漢唐人多以阿字爲發語，如阿嬌、阿誰、阿家、阿房宫之類，則阿房之「阿」，亦當作去聲。又山谷詩「語言不韵無阿堵」，「阿」字反作平聲。予《蜀道集》詩有句云：「緑苔未央瓦，黄土阿房宫。」本此。《池北偶談》。

宗柟附識：芷齋述蒿廬先生云：「按阿字但有平、入二聲，此言去聲，俟考。愚謂阿房之『阿』亦作發語辭。」竊所未解。案《爾雅》「偏高阿丘」，《小雅》「止於丘阿」，《正義》曰：「丘阿非二物，阿即丘之曲中也。」《玉篇》、《廣韵》俱烏何切，倚也，曲也，丘也，近也。《史記・秦始皇紀》「先作前殿阿房」，注：《括地志》云：「秦阿房宫亦曰阿城，在雍州長安縣。」顔師古曰：「阿，近也，以其去咸陽近，故號阿房。」又芷齋云：「《寰宇記》：『始皇築阿房宫，十五年始成，以在山阿之旁，故名。』歷考諸書，未可作去聲讀也。若阿堵作平聲，或從倚也、曲也之解。第山谷所本未能詳審爾。」

中興、中酒二「中」字音，予嘗言之。適讀王敬美集一段，附著於後云：「中酒二字，始見《徐邈傳》。中聖人，義如中著之『中』，而音反從平聲。《樊噲傳》：『項羽既饗軍士，中酒。』顔注云：『飲酒之中也，不醉不醒故謂之中。』義宜從平聲，而音乃竹仲切，何也？然古人詩如『氣味如中酒』之類，皆從平聲，無竹仲一讀。」又宋王觀國《學林》云：「老杜『新數中興年』、『百年垂死中興時』，『中』并去聲。《烝民》詩《序》曰：『任賢使能，周室中興焉。』陸德明《音義》曰：『中，丁仲反。』觀國按，中字有鐘、衆二音，音鐘者當二者之中，首尾均也。音衆者首尾不必均，但在二者之間爾。此中興之中所以音衆。又如中年、中葉、中天、中塗、中詘之類，皆當從衆。」并録三。

《池北偶談》。中興「中」字去聲，杜詩「漢家新數中興年」，楊仲弘詩「一代人才頗中衰」，此字概無平聲。中酒「中」字平聲，如「氣味如中酒」、「濁賢清聖時中之」皆平聲，此字概無去聲。近人用二字往往交誤。姚福云：中酒作去聲，於義爲長。蓋中有中傷之義，又今兩京有治中，呼作平聲，非是。《周禮·天官》：「凡官府都鄉州及都鄙之制，治中受而藏之。」鄭司農曰：「中者，要也。謂其職治簿書之要也。」

《居易録》。中酒之「中」平聲，中興之「中」去聲，然又有不盡然者。王楙《野客叢談》引《漢書·樊噲傳》「軍士中酒」注「竹仲反」。齊己詩「穠低似中陶潛酒」，作去聲，祖此。予按葉石林《建康集·次韵程伯禹》次章云：「漢道中興此一時。」作平聲。石林號博雅，必有所本。

同上。梅聖俞《宣州雜詩》有云：「一過響山畔，常思路中丞。」中丞之「中」亦作竹仲切，僅見於此。

能，奴登切，又乃帶切，獸名，熊屬，足似鹿。《説文》曰：「能獸堅中，故稱賢能，而彊壯，稱能傑也。」音奴登切。字書：三足鼈曰能。音乃帶切。阮嗣宗《詠懷詩》：「誰云君子賢，明達安可能。」與萊、哉相叶。阮瑀《七哀詩》：「身盡氣力索，精魂靡所能。」與來、萊相叶。則是賢能之能，亦乃帶切，叶平。

蕪湖蕭尺木雲從以畫擅名江左，常作《杜律細》一卷，以爲杜律無拗體，穿鑿可笑。而援據甚博，聊記一二條於此，以資拊掌。如「江草日日喚愁生」，「草」音騷。《詩》「勞心慅慅」，又「勞心草草」，皆牢騷之轉音也。「盤渦鷺浴底心性」，底即低，《説文》：「下也。」隋薛道衡使江南，作人日詩，首二句人笑之曰：「是底言？」低同，輕忽之也。「獨樹花發自分明」，「發」音飛。《左傳》「建而不旆」，音霏。《荀子・議兵篇》引作「載發」，注：「發，旆也。」分，去聲。《爾疋》：「律謂之分。」郭璞讀也。此應作仄者。若杜《社日》詩「陳平亦分肉」，當作平，然不合律，亦作仄聲。蓋此字元有二聲。「十年戎馬暗南國」，「暗」音庵。《書》「高宗諒闇」，鄭注作梁庵，小室曰庵，閉户曰闇，不明曰暗。「異域賓客老孤城」，「客」音開，元曲凡如青雲客、讀書客俱作平聲。孤音故，如姑作鼓、沽作估、箍作股例。「渭水秦川得見否」，「得」音登，《公羊傳》「登來也」，注：「登，得也。」則得可云登。《易・豫》：「繇豫，大有得，勿疑，朋盍簪。」簪音尊，得叶之。又「一雙白魚不受釣」，「白」音杯。《七命》「燕髀猩脣，髦殘象白，靈淵之龜，萊黄之鮐」叶。魚音勇，《荀子・禮論》「絲鮝縷翣」，《禮記》作「魚」，曰「魚躍沸池」，鮝亦音勇。《易》「貫魚」叶「宫人寵」。不，平聲。沈《韵》載十一尤。受音收，傅玄詩：「悠悠建平，皇澤未流。朝選於衆，乃子之授。」「未聞細柳散金甲」，散，平聲，生南反。元詩：「酒户年年減，山行漸漸難。欲終心懶慢，轉覺意闌散。」潘岳《笙賦》：「輟張女之妙彈，罷廣陵之清散。」散叶彈。諸仿此。

李子田舉唐人詩用字音與今人别者，如劉夢得「停杯處分不須吹」，「分」作去聲。王建「每日臨行空挑戰」、羅虬「不應琴裏挑文君」，「挑」皆上聲。包佶「曉漱瓊膏冰齒寒」，「冰」去聲。段成式「玳牛獨駕長擔車」，「長」上聲。予按，《白氏長慶集》中此例尤多。如「請錢不早朝」，「請」作平聲。「四十著緋軍司馬」，「司」入聲。「紅闌三百九十橋」，「十」讀如諶。「爲問長安月，如何不相離」，「相」思必切。「燕姬酌蒲桃，燭淚粘盤壘」，蒲桃「蒲」上聲。「三年隨例未量移」，「量」平聲。「金屑琵琶槽」，「琵」仄聲之類，子田皆未暇及。又劉夢得「幾人雄猛得寧馨」，「寧」平聲。「拋却丞郎争奈何」，「争」去聲。獨孤及「徒言漢水纔容舠」，「纔」去聲。盧綸「人主人臣是親家」，「親」去聲，讀如靚。徐鉉《騎省集》「莫折紅芳樹，但知盡意看」，自注云「但平聲」。予按，《老學庵筆記》云：「但姓音讀如檀。」又宋陶穀「尖簷帽子卑凡厮」，「厮」入聲。宋文安「三十六所春宫館」、「鄜州軍司馬，也好畫爲屏」，亦如白詩。又《猗覺寮記》舉李商隱「可惜前朝玄菟郡」，「菟」去聲。「九枝燈檠夜珠圓」、唐彦謙「燈檠昏魚目」，《釋文》：「檠音景。」《前漢·蘇武傳》注音警。唐人如此尚多，未能枚舉。又陸游「燒灰除菜蝗」，「蝗」仄聲。「拭盤堆連展」，「連」上聲，今山東製新麥作條食之，謂之連展，「連」讀如輦。東坡詩「左元放」，「放」作平聲。「司馬相如」，「如」作上聲。并録一。

宗楙附識：勇參云：「《野客叢書》以蒲桃之『蒲』爲入聲，《柳亭詩話》司馬『司』字作仄聲，老杜『殊錫曾爲大司馬』，武黄門『唯有白鬚張司馬』，白樂天『四十著緋軍司馬』，亦止于夏官用之，餘『司』罕見。」芷齋云：「《老學庵筆記》：世多言白樂天用相字多從俗語，作思必切，如『爲問長安月，如何不相離』是也。然北人大抵以相字作入聲，至今猶然，不獨樂天。老杜云『恰似春風相欺得，夜來吹折數枝花』，亦從入聲讀，乃不失律。」

《居易録》。《吹景集》又載唐人詩用字異音，有予《池北偶談》中廣李子田丹浦《窾言》所未及者，補録數則于此。韓退之《岳陽樓》詩「軒然大波起，宇宙隘而防」，「防」音訪。《東都》詩「新輩只嘲評」，「評」音病。元微之《東南行》「徵俸封魚租」，「封」音奉。《痁卧》詩「一生長苦節，三省詎行怪」，「怪」音乖。《嶺南》詩「洞照失明鑒」，「鑒」平聲。《夜池》詩「高屋無人風張幕」，「張」音漲。又「苦思正旦酬白雪」，「旦」音丹。又「雁思欲回賓」，自注：「思上聲。」白樂天「仁風扇道路，陰雨膏閭閻」，「扇」平聲，「膏」去聲。李義山《石城》詩「簟冰將飄枕」，自注：「冰去聲。」陸魯望「海客施明珠，湘蕤料淨食」，自注：「料平聲。」

《全唐詩話》、《唐詩紀事》並載馬彧贈韓定辭詩云：「燧林芳草綿綿思，盡日相攜陟麗譙。別後巏嵍山上望，羨君時復見王喬。」按字書，「嵍」音務，《顔氏家訓》云：「柏人城東北有孤山，闞駰《九州志》以爲舜納於大麓，即此山，世俗或呼爲宣務山。予嘗爲趙州佐，共太原王邵讀柏人城西門内碑，碑是漢桓帝時縣人爲令徐整所立。銘云：『上有巏務山，王喬所仙。』方知此巏務山也。巏字遂無所出，務字依諸字書，即旄丘之旄也。旄字，《字林》一音忘付反，今依附俗名，當音權務耳。入鄴，爲魏收道之，收大嘉歎。其作《趙州莊嚴寺碑銘》云『權務之精』，即謂此也。」予按，此則馬詩當作莫毫反耳。并録一。

《漁洋詩話》。馬彧贈韓定辭詩：「別後巏嵍山上望，羡君時復見王喬。」按，《顔氏家訓》云：「柏人城東北有孤山，闞駰《九州志》謂即大麓，世俗呼爲宣務山。余嘗爲趙州佐，同太原王邵讀柏人城西門内碑，碑是漢桓帝時爲令徐整所立。銘云：『上有巏嵍山，王喬所仙。』巏字遂無所出，務字依諸字書，即旄丘之旄也。入鄴，爲魏收道之，收大嘉歎。其作《趙州莊嚴寺碑銘》云『權務之精』，謂此也。」按此則馬詩當作莫毫反，定辭即忠獻曾祖行，東坡書此詩，乃云不知何許人，亦失於考據矣。

《劉貢父詩話》云：「司馬君實論九旗之名，旗與旂相近，緩急何以區別？《小雅・庭燎》『夜向晨，言觀其旂』，《左傳》『龍尾伏辰，取虢之旂』，當爲芹音耳。」康熙己未，御試博學鴻儒，施愚山侍講閏章卷，閣擬一等，上親閲定名第，以旗字押韵偶誤書旂，遂改置二等，亦由施素讀二字不甚分別故也。

宗柟附識：《柳南隨筆》：「案旗字入支韵。《周禮》：『司常所掌，熊虎爲旗。』又《釋名》：『熊虎爲旗，將軍所建，象其猛如虎，與衆期其下也。』旂字入微韵。《周禮》：『交龍爲旂。』又《釋名》：『旂，倚也，畫兩龍相依倚也。』乃知旗、旂本爲二物，亦不同韵，人自忽過耳。若楊升庵轉注以旂字叶真、文等韵，此蓋據宋人劉貢父之説。然如《池北偶談》第十四卷所載，不言旂字本音，但據貢父之説若旂字當直音芹者，則又誤後學不淺也。」

崑山顧寧人炎武詩有云：「落日江頭送伍員，秋風壠上別徐君。偶來圯上逢黃石，便向山中禮白雲。」竊疑「員」字舊作王問切，唐人語曰「令君四俊，苗吕崔員」是也。後見吴曾引《春秋左氏傳》「伍奢子員」，陸德明《釋文》音云平聲，乃知顧詩用韵有據。又如馬援，援字作延絹切，無作平聲者。宋王景文詩云：「直翁謂史相浩自了平生事，不了山陰陸務觀。」放翁見之，笑曰：「我字務觀，乃去聲，如何把做平聲押了？」此雖謔語，亦可爲用字不詳出處者戒。貞觀年號及陸務觀俱去聲，今人皆讀平聲。《池北偶談》。

宗枏附識：勇參云：「務觀之觀既作去聲，然則少游之名亦當作去聲讀矣。」

岣嶁音訓皆作去聲。予向有金山寄友人詩：「憶君楚澤佳風日，也上岣嶁九面山。」或以爲誤。按常熟顧充仲達《字義總略》云：「岣嶁，一字三音，平聲鉤樓，上聲莒旅，去聲勾陋。」又按無可和尚《通雅》：「岣，共于、居侯、果羽、古后四切。嶁，龍朱、郎侯、隴丑、郎豆四切。《史記》音苟樓，猶寵嵸、蘢蓯，可平可上也。」又張謂《長沙土風碑》：「五嶺南指，三湘北流。鄰連滄浪，邊遥岣嶁。」亦平讀也。

宗枏附識：字有異音自須詳核。如華山之「華」，《經典釋文》户花反，又户化反。《廣韵》作「崋」，注：西嶽名也，呼瓜切，又户化切。《玉篇》户瓜切，又户化切。今人或但知其一爾。又案，《居易録》：「張説《西岳碑》云：『西岳太華山者，當少陰用事，萬物生華，故曰華山。』如此則與吾濟華不注山同音義。」故華山有平去二讀。又《柳南隨筆》：「古人詩中用番字往往平仄互見。如昌黎《笋》詩云：『庸知上幾番。』山谷云：『一霎社公雨，數番花信風。』此作平聲用。老杜云：『會須上番看成竹。』元微之云：『飛舞先春雪，因依上番梅。』此作仄聲用。又上番二字或謂應切竹説，今觀微之句，知又不必拘。而錢圓沙解杜詩，謂上番猶上緊也，然則番字是虚字矣，而微之又何以用對春字乎？即可以證其説之謬矣。」又云：「支韵靡字，亡池反，音糜，縻也，與縻通。《易・中孚》『我有好爵，吾與爾靡之』是也。又散也，《禮・少儀》『國家靡敝』是也。他若封靡、披靡、嫚靡、妖靡、侈靡、妙靡、綺靡、猗靡之類，並應讀上聲，入紙韵。又嶷字，在支韵音宜，在質韻則音逆。《毛詩》『克岐克嶷，以就口食』，嶷與食叶也。又支韻釐字，鄰其切，音離，理也。而《史記・孝文本紀》之『祝釐』，如淳曰：『福也。』《賈誼傳》之『受釐』，徐廣曰：『祭祀福胙也。』並音禧，與禧同。又魚韻譽字，羊諸切，音余，稱美也，御韻譽字，余據切，音豫，美稱也，兩音分死活。故朱子於《四書》諸譽字，獨注『誰毀誰譽』、『如有所譽者』兩譽字爲平聲，而他處不注。又齊韻齊字，前題切，音臍，平也，整也；而《禮記・月令》『火齊必得』、《内則》『食齊』、『羹齊』、『醬齊』、『飲齊』，陳皓並音去聲，即劑字之省也，當入霽韻；而《玉藻》『趨中采齊』，陳皓音慈，他書有竟作采茨者，以《記》所云采齊即指《楚茨》之詩也，此又當入支韻。又文韻斤字，舉欣切，音與巾同，而《毛詩》『斤斤其明』，『斤』字，朱子音去聲，讀如僅字。《爾雅・釋訓》云：『斤斤，察也。』故《毛傳》解亦如之，與平聲作斧類及斤兩解迥別。又觀字，在寒韻音官，在翰韻則音貫。蓋物在前而自我觀之，此觀字當平聲，讀如仰觀、縱觀、相觀、遊觀、旁觀之類是也。有以示人而使之來觀，此觀字當去聲，讀如大觀、貞觀、京觀、容觀、甲觀、壯觀之類是也。又陽韻行字，寒剛切，音杭，列也；而《史》、《漢》『大父行』、『丈人行』之行字，又當讀去聲，入漾韻。按《漢書・蘇武傳》『漢天子，我丈人行也』，顔師古云：『行音胡浪反。』杜詩『王孫丈人行，垂老見飄零』，又云『豈如吾甥不流宕，丞相中郎丈人行』，皆仄用。又商字，内從八，爲尸張切，音傷，入陽韻。而商字，内從十，爲丁歷切，音的，入錫韻。《詩・東方未明》注疏云：『《尚書緯》謂刻爲商。』《古今韻略》引《士昏禮》云：『日入三商爲昏。』此商字與商字迥別。又青韻庭字，唐丁切，音亭，門屏之内也。而《莊子・逍遥遊》『大有逕庭』，陸德明《經典釋文》云：『庭，勑定反。逕庭謂激過也。』按此當讀如聽字，入敬韻。又鹽韻占字，職瞻切，音詹，視、兆、問也；而口占二字則當入霰韻，作去聲，讀音戰。按《漢書・陳遵傳》『遵馮几口占書數百封』，注云：『占，隱度也，口隱其詞，以授吏也。』又《朱博傳》『口占檄文』，顔師古並音之贍反。又《通雅》『唐王劇當五王出閤，劇召五吏分占』，亦與口占同義，皆言不起草也，音亦當讀去聲。特摘以告學者，俾知取正於《唐韻》、《廣韻》、《集韻》、《韻補》等書，而無爲俗學所誤云。」

《詩・常棣》：「兄弟鬩于墻，外禦其侮。每有良朋，烝也無戎。」劉原父《七經小傳》云：「戎疑當作戍，戍亦禦也。」吴才老《補音》云：「務字，古人讀作蒙，疑侮當作雺，以叶戎。」《童子問》載朱子云：「戎、汝二字，古人通用，是叶音汝也。如『南仲太祖，太師皇父，整我六師，以修我戎』，亦叶汝也。」予按，三説當以原父爲長。已上《池北偶談》。

附録：《居易録》：宋時制科以詞賦試士，凡用經釋音，以首釋爲證，用史釋音，以末釋爲證。徐鳳少監《代嗣王謝賜玉帶表》，用《禮記》孚、尹二字，以尹爲平聲，乃用第二音，有司謂其失粘。見葉紹翁《四朝聞見録》。

《盤洲集・和景盧野處解嘲詩》：「園池如此休言小，但放芻蕘雉兔行。」「但」字注平聲，與徐騎省「莫折紅芳樹，但知盡意看」同。二公皆精《説文》之學也。

樂府拂舞歌有《獨漉篇》，一作「獨禄」，一作「獨鹿」。《宛委餘編》子史文選，訓解云：罣麗，小網也，音獨禄。按古辭云：「獨漉獨漉，水深泥濁。」蓋因水邊所見以起興。漉、禄、鹿三字，舊俱無解，則作網義釋亦通。

氿字，《説文》引《爾雅》云：西至于氿國，氿，西極之水也。府巾切。杜牧《送孟遲先輩》詩「小溪光汃汃」，自注：「普汃切。」宋黄仁傑《夔州苦雨》詩「汃月不虚爲朽月，今年賴得是豐年」，汃音怕，平聲。《東方朔傳》「令壺齟，老柏塗」，「塗」與汃同，注云：丈加切。并録一。

宗枏附識：《字彙》補氿，阻立切，音輯，逼以水勢也。汃，滂巴切，帕平聲，秋分後遇壬謂之八，霑曰汃月。

《古夫于亭雜録》。杜牧詩「小溪光汃汃」，宋黄傑詩「汃月不虚爲朽月，今年賴得是豐年」，楊用修云：汃，怕平聲，又丈加切。案《正字通》，普八切，攀入聲。《爾雅》：西極于汃國，汃，西極水名。又水相激聲。韓愈詩「獠江息澎汃」，與湃同。張衡《南都賦》「流湍投濈，砏汃輣軋」，注音八。汃有平、去、入三聲。

宗柟案：汃字《玉篇》彼銀切，《唐韵》府巾切，《集韵》悲巾切，並音邠。又與湃同，《廣韵》普拜切，《集韵》、《韵會》怖拜切，並音湏。又普八切，攀入聲。是有平、去、入三聲也。至汃字，《集韵》：汃或省作汃，札色切，音側，湢汃水勢。音義概與汃字無涉。上條首作三汃，字疑汃字之譌，次條汃與湃同，引《南都賦》注音八，乃《六書本義》八音背，分異也，非轉爲布拔切之音捌也，讀者詳之。又案，上條注普汃切，汃字疑亦譌。勇參云：考《全唐詩》，作普八切。

門人太原閻詠寄予書云：「此間有一傖父，自謂精通小學，問詠今代詩人誰爲第一？詠以吾師新城公對。渠云：吾家少陵詩『賓客減應劉』，『應』爲人姓，當讀作平聲，何新城公作仄聲用？詠不能對，歸質家尊。家尊云：皆可用也。此字正爲《左傳》、《國語》應爲武王之子所封之國，陸氏、宋氏無音，故黄公紹《韵會》於蒸部應字曰人姓，陰時夫《韵府》於徑部應字曰人姓，非平、仄兩用之證乎？亦猶吾鄉之枚乘，《漢書》無音，故子美作仄聲，『枚乘文章古』是也，太白又作平聲，『八月枚乘筆』是也，安得是李而非杜，是杜而非李乎？伍子胥之員讀作運，亦讀作云，故陸魯望詩『賴得伍員騷思少』，未聞以『令公四俊』之謡而病其不識字也。徐自笑曰：『吾作新城公桓譚得否？』」百詩博聞强記，漢、唐注疏皆能舉其詞，此其緒餘耳。然予詩用「應劉」，只作平聲，彼云作仄用者，不知其何據也。

宗枏案：應爲人姓，未有作仄聲用者。《廣韻》於蒸部下注曰：當也。又姓，出南頓，本自周武王後。《左傳》曰：邘、晉、應、韓，武之穆也。漢有應曜隱于淮陽山中，八代孫劭集解《漢書》。於證部下注曰：物相應也，又音膺。本極分明，乃陰氏蒸部下所注與《廣韻》無異，而於徑部下復引《左傳》邘、晉、應、韓之文，且歷舉古人某某，是仍混而一之矣。朱太史竹垞謂時夫《韵府》，學者每笑其弇陋，然猶識字云云。似此援引淆訛，烏容據以爲證耶？

蕭相國封酇。酇二音：一音贊者，在南陽。一音嵯者，在沛。班孟堅《泗水亭銘》云：「文昌四友，漢有蕭何。序功第一，就封於酇。」孟堅漢人，本朝故事必不誤。且相國沛人，自合封沛。舍沛之酇，而遠食南陽之酇，安所取乎？而王楙《野客叢書》據《唐書・劉晏傳》釋文以駁孟堅之非，且歷引楊巨源、姚合、賈島諸人詩作嵯字用者，以爲皆誤，謬矣。按劉肅《大唐新語》云：「蕭何封酇侯，先儒及師古以爲南陽筑陽之城。筑陽今屬襄州，竊以封功臣當就本土，張良封留是爲成例，何須穿鑿，更制別音？」此言得之矣。《七修類稿》云：「沛國者何始封邑，南陽者何子孫所封。」已上《居易録》。

明秦人趙統伯一《驪山集》云：「韵書《五噫》噫本平聲，楊眉庵基解梁鴻《五噫歌》、趙大洲『梁君五噫今安否』皆作去聲，誤。」按字書，噫音依，恨聲。又音隘，飽食氣滿而有聲也。則依音爲是。

笭箵之「箵」，有平、上二讀。元次山「能帶笭箵，全獨而保生」，蘇子美《松江觀漁》詩「擬來隨爾帶笭箵」，謝幼槃《嚴陵》詩「身前萬事一笭箵」，皆在青韵。今小本《詩韵》止收笭字，誤。亦見《蠶尾續文》。已上《香祖筆記》。

宗柟附識：勇參云：「《大唐新語》曰：『漁具總曰笭箵，漁服總袯襫。』『箵』音平聲，與生相協。今《唐書音釋》乃作蔽挺切，誤矣。故蘇子美《松江觀漁》詩『擬來隨爾帶笭箵』作平聲。右見《能改齋漫録》。」楠案：箵字作平聲，《廣韵》亦不收，愚檢《集韵》，箵字在四十静紐下，注云：「笭箵也。」而平韵無之。蓋不獨《廣韵》爲然也。《漫録》謂與生協，亦祇據《元結傳》自釋語。其作平聲入九青韵，御定《康熙字典》注中載蘇舜欽句外，又有黄庭堅、秦觀、陸游詩云。

盤山釋拙庵訪宋牧仲中丞於吴中，一日，會滄浪亭唱和，裟字韵，拙庵押「衲裟」。近讀唐人李群玉《惱僧自澂》詩：「常聞天女會，玉指散天花。莫遣春風裏，紅芳點架裟。」則架字從木，作去聲。唐人用字必有據依，惜向來未之知也。案袈裟本作毠毲，葛洪始改今字從衣。毠與架音同。《古夫于亭雜録》。

名物類

《唐會要》：嶺南節度使徐浩奏：十一月二十五日，懷集縣陽雁來，乞編入史。徐禎卿詩「陽月隨陽雁，遥從塞上來」，陳子龍以爲無出，改爲陽鳥，蓋不覩《會要》耳。唐人閻防詩：「陽雁叫平楚。」

貝吉多樹枝榦皆左旋，甚奇古，望之如畫枯木。二月葉始生，三月作花，五出，如木筆，邊白，内黄外紫，氣馥郁，略如梔子，瓣亦左旋，其葉較菩提尖而大，紋理如繡，可作書。按《酉陽雜俎》云：「貝多出摩伽陀國，有三種。一多羅婆力叉貝多，一多黎婆力叉貝多，三疑當作一。都闍婆力叉貝多。」即《西域記》之多羅樹也。杜詩：「吾知多羅樹，却倚蓮花臺。」并録二。

《居易録》。嶺南貝吉多樹無根可活，昔在廣州，劉都督顯芳招飲署中，堂後有此樹。予戲折一枝，手植寓館。時方雨，一昔鬱茂，因署數字楣間，以紀歲月。繫詩云：「貝葉無根插短籬，一宵春雨發華滋。他年誰續羊城志，記取漁洋手種時。」今《南海集》不載，追記于此。

《漁洋詩話》。粵東有貝多樹，余嘗於劉將軍署見之。從者誤折一枝，余惋惜，携歸使院，植諸階墀。值雨，一昔而活，菁葱可愛。余題詩壁間云：「貝葉無根插短籬，一宵春雨發華滋。他年誰續羊城誌，記取漁洋手種時。」今二十餘年，計已成圍矣。

宗柟附識：愚嘗不解六十花甲之義，《皇華紀聞》中言之甚明，因貝多樹而類及之。鐵樹如棕櫚，榦甚奇古，葉而不華，在廣域提學公署見之。按王濟雨舟云：六十花甲子以鐵樹開花而名，此樹遇六十年方開花。昔官横州，親見此樹在一指揮圃中，其人言洪武十年、正統九年、弘治十七年，三開花矣，今當於嘉靖四十三年再花云。

素馨花，藤本叢生，花白如粟。舊産花田，今移海幢寺南地名沙園邨。鬻花人先一夜摘其蓓蕾，貫以竹絲，傍晚入城，鬻於市。閨閣晚妝用以圍髻，花在髻上始盛開，芳香竟夜。先兄西樵有《茉莉》詩云：「花向美人頭上開。」可移贈也。又有黄素馨一種，簪之頗有風韵，而香不及。《南方草木狀》作耶悉茗花。

宗柟附識：勇參云：「王樓邨先生《南唐宫詞》自注：『宫女素馨者，喜插白花，即名其花曰素馨花。』」

木棉俗名攀枝花，樹高數十丈，春月作花，殷紅如錦，照映數里。其緜摇颺如柳花，可絮茵褥，或混稱刺桐者，非。佛桑混稱朱槿，亦非。先花而後葉。予在峽山時見一株，時孟夏葉長，而花尚爛熳，與葉紅碧相間。或又謂葉先于花則年豐，花先于葉則年荒，故黄棠詩有「只愛青青不愛紅」之句。其説不足據。又有樹頭緜，以吉貝苗接烏桕根，收花最多。

高雷間山中有藥樹，瑶僮采其汁以傅弩箭機阱，鳥獸值之，無不立斃，蓋惡物也。唯山有半夏，則其毒解。按漢唐宫殿有藥樹二株，唐詩云：「藥樹監搜可得知。」李紳《追昔遊集》云：「新昌宅書堂有藥樹一株，長慶中于翰林院西軒移得，今則長成，名之天上樹。」詩云：「白榆星底開紅甲，珠樹宫中長紫霄。」

樂府有《渾脱舞》，《明皇雜録》、《歷代名畫記》皆云公孫大娘善舞西河《劍器》、《渾脱》，故杜詩云云。注家多不詳渾脱之義。朱中丞《浣水續談》云：「唐長孫無忌以烏羊毛爲渾脱氈帽，時人效之，號『趙公渾脱』。予于役三關，次太子灘，隔岸群彝來見，亂流而渡，見有騎一物浮水面者，問之，曰渾脱也。蓋取羊皮，去其骨肉，令不透水，以氣管吹之，宛然羊也。彝人乘以渡水，若壺然。蓋渾脱其肉骨而製之，故以爲名。趙公之帽，義亦應爾。」愚因憶南卓《羯鼓録》載杜鴻漸嘗於嘉陵江樓，月夜以柘枝擊羯鼓，見岸上群羊皆低昂盤旋舞，應節奏，則舞名渾脱，亦當以羊取義。頃聞奮威將軍王進寶自河西恢復蘭州時，賊盡拘船于河東，王乃縫羊皮爲囊以濟師，須臾飛渡。蓋中丞所見即此製也。并録一《居易録》。渾脱之義，予向詳之《皇華紀聞》。閱李中麓開先太僕《塞上曲》一首云：「黄河萬里障邊隅，黠虜年來謀計殊。不用輕帆并短棹，渾脱飛渡只須臾。」與朱秉器中丞《河上楮談》所記略同。李自注云：「脱音駝。」然後知「渾脱舞」、「渾脱帽」皆當作平聲也。

予有粤東之役，家司成公遣覓砂床，問之粤人，無知者。閲《河上楮談》，乃知出辰州麻陽萬山中。其坑深不可測，砂有床，取砂人携燭入，且行且鑿，有行數日不獲一床者。床在石中，色如白玉，砂如箭出床上，床有寬尺許者，去其砂，床尚可直十餘金。取爲屏，瑩潔可愛。砂所出處，紅白相錯，過江湖必裹以狗皮，藏之米中，不然即有蛟龍之患。高似孫《謝人惠砂床》詩云：「宜州丹砂産暘谷，不比辰溪如箭鏃。素霓深抱赤城霞，猩紅半染于闐玉。」蓋宜州亦有之矣。已上《皇華紀聞》。

葉石林舉東坡「獨看紅蕖傾白墮」，白墮，人名，此正如吴下饌鵝設客云「請共過食右軍」。不知此例正多。如山谷詩「春網薦琴高」，琴高亦人名。皆自曹瞞「唯有杜康」作俑。并録一。

《居易録》。「天邊趙盾益可畏，水底右軍方熟眠。」昔人有湯燖王羲之之誚。予讀張文潛《宛丘集》，此首乃《仲夏詩》，字句小異，云：「雲間趙盾益可畏，淵底武侯方熟眠。若無一雨爲施澤，直恐三伏便欲然。」謂龍眠則亢暘不雨，武侯云者，如言卧龍也，此謔當更云湯燖諸葛丞相耳，與右軍無涉。又相傳有送鵝及梅子札云：「湯燖右軍二隻，醋浸曹公一瓶。」傳以爲笑。故友董侍御文驥，玉虬之子，常遺風雨梅，予喜其名甚雅，戲爲口號謝之云：「吴中五月梅黄雨，想像千林舶趠風。珍重遺來香軟齒，不須將醋浸曹公。」韓致堯詩云：「齒軟越梅酸。」

黄詩「春溪蒲稗没鳧翁」，樂府「化爲白鳧如老翁」；《急就篇》「春草雞翹鳧翁濯」，顔師古注：「翁，頸上毛也，象鳧在水中引濯其毛也。」黄詩蓋出此，與老翁義别。《漢・郊祀志》：「鳧翁雜五采文。」又北齊武成帝湛，小字鳧翁，北齊童謡云：「中興寺内白鳧翁，四方側聽聲嚨嚨，道人聞之夜打鐘。」

左公蘿石手書一帖云：乙酉年五月，客燕之太醫院，從人有自市中買得古刺水者，上鐫「永樂十八年熬造，古刺水一礶，浄重八兩，礶重三斤」，内府物也。揮涙賦此：「玉泉山下水，遠流帝陵前。蘆溝橋下水，其流聲濺濺。瓶中古刺水，製自文皇年。製之扃天府，元石流清泉。列皇飲祖澤，旨之如羹然。逆寇犯天紀，守陴臣匪賢。君不棄社稷，鼎髯垂自天。經筵赤金几，斤斧生炊烟。況兹天府水，寧不落市廛。小臣侍筵者，睹水心如煎。再拜嘗此水，含之不忍咽。心如南生柏，自注：子卿墓柏，大小數百株，枝皆南向，在韓城，予曾爲文記之。涙似東流川。捧之以南旋，跪詠豐芑篇。」并録一。《居易録》。 左先生蘿石有《古辣水》詩一篇，予在揚州日，通州有老布衣古姓者，自號古辣泉，初未詳其義云何。《辟寒録》云：「古辣本賓、横間墟名，以墟中之泉釀酒，埋之地中，日足取出，名古辣泉。」予同年孟縣薛理丞大武奮生自號老峰，按薛老峰乃嵩山之峰名也。

顧太初《説略》引鄭康成、顔師古、崔豹諸説，辨罘罳之制甚詳，以爲闕屏間刻鏤鳥獸雲氣，疏通連綴之狀。唐蘇鶚引《子虛賦》「罘網彌山」，證罘當爲網，顧以爲非是。予按《柏梁詩》上林令云「走狗逐兔張罘罳」，則罘罳之爲網明甚。罘罳之爲網户，正以其象類網而借用耳。

宗柟附識：勇參述蒿廬先生云：「《日知録》有論罘罳一條，當並觀之。愚按《日知録》，罘罳字雖從網，其實屏也。參考諸書，當從屏説。然山人引漢詩，自屬明據，特網户與闕屏，其説尚未融爾。」

元人《竹枝詞》云：「黄魚上得青松樹，阿儂始是棄郎時。」然《本草》陶注：「鰻鱺魚能緣樹食藤花。」《雜俎》：「鯢魚能上樹。贊曰：有足若鯢，大首長尾，其啼如嬰，緣木弗墜。」宋祁《方物略》曰：「魶魚出西山溪谷及雅江，狀似鯢，有足，能緣木。」

予蜀道詩有「熊館四時陰」之句，亡友葉文敏訒庵方藹以爲射熊館乃漢上林館名，不可借用，非也。《夢溪筆談》云：「熊於山中行數千里，悉有跧伏之所，必在石巖枯木中，山民謂之熊館。」訒庵或偶忘之耳。又有句云：「東道連朐䏰。」按，朐䏰音潤蠢，而顔師古《地理志》注音劬，予從顔音。

蜀人謂衣紐曰舩，蓋方言也。陸處士嘉淑贈予詩有「跣足到門衣不舩」之句，用此。《谷水談林》釋杜詩「天子呼來不上舩」，乃引方言，鑿矣。并録二。

《居易録》。海寧陸冰修嘉淑，浙西名宿也。康熙己未、庚申間，客京師，每與宣城施愚山侍講、梅耦長庚、毘陵邵子湘長蘅夜過予邸舍，劇談至三鼓始各散去。陸有詩紀事云：「科跣到門衣不船。」船，襟紐也。或以杜子美《飲中八仙歌》「天子呼來不上船」亦作此解，謬甚。《菽園雜記》已言之矣。

《香祖筆記》。陸冰修昔在京師，與施愚山、梅耦長每夕必過予邸，不冠不襪，縱談至夜分始別去。陸有絶句紀事云：「科跣到門衣不船。」船，襟紉，蓋方言也。若杜子美「天子呼來不上船」，自紀實事，《冷齋夜話》以爲用方言，則鑿矣。

《詩·相鼠》，孫奕云：相，地名。陸璣云：「海東有大鼠，能人立，交前兩脚於頭上，跳舞善鳴。」按地志，相州與河東相鄰，《荀子》「鼯鼠五技而窮」，《本草》、《廣雅》皆謂螻蛄一名鼫鼠。《易》「晉如鼫鼠」，孔穎達《正義》引蔡邕《勸學篇》云：「鼫鼠五能，不成一技。《荀子》云云。」並爲螻蛄也。

榕城書肆有虹橋板一片，色黝而澤，文理堅栗，發聲清越，材中琴瑟，云産武夷山中，不辨何木也。興化林穆之賓王賦《虹橋板行》記其事。

西域種羊，或云以皮肉埋地，或云以脛骨，率用初冬季春未日，其詳見於《異物志》、《剡溪漫筆》諸書。吴立夫《淵潁集》有《波斯國種羊皮書褥歌》。又元僧楚石詩：「自言羊可種，不信繭成絲。」予嘗考之，不自立夫、楚石始也。北齊高昂詩：「隴種千口羊，泉連百壺酒。朝朝圍山獵，夜夜迎新婦。」形諸歌詠，其來久矣。《雙槐歲鈔》以骨羊、草馬作對，云：「雲南越賧故地之西，多薦草，産善馬。始生若羔，歲，中紐莎縻，飲以米瀋，七年可御，日馳數百里，世稱越賧駿。見《唐書》。」周嬰《卮林》云：「《太平廣記》引《談藪》作『壠種千口羊』，《詩紀》、《詩所》乃云『千口牛』，誤也。」

宗柟附識：勇參云：「按《樂郊私語》『種羊』一條，與山人所記約略相同。又拂林國有羔羊生於土中，然其臍與地連，割之則死。唯人着甲走馬擊鼓駭之，其羔驚鳴而臍絶，便逐水草。見《集異記》。」

《雙槐歲鈔》云：「東粤順德縣有地曰壽星塘，山水幽勝。有物名赤蝦子，如嬰兒而絶小，自樹杪手相牽掛而下，笑呼之，聲亦如嬰兒，續續垂下，甫至地而滅。俗謂蓬萊仙女遺類也。」《諸皋記》載：昔有姚、汪、王三姓，食都樹皮餓死，化爲鳥都，皮骨爲猪都，婦女爲人都，皆棲大樹，即如人形而絶小，男女自相配偶。在樹根者名猪都，在樹尾者名鳥都，在樹尾可攀及者名人都。左腋下有鏡印，闊二分，其禁有山鵲法、打土壟法，食其巢味如木芝。有術者周元大，能禹步，爲厲術，以左合赤索圍木斫之，樹仆，剖其中，三都皆不能化，乃執而烹之。周侍郎櫟園詩「人都擁樹形同鳥」是也。又《月山叢談》載：廣西思恩縣近邨樹杪有二人，約長一尺五寸，武人裝束，白竹纏芒屩，其行如飛，此當即赤蝦子之類，蓋閩、粤皆有之。

唐韋蟾《嶽麓道林》詩：「静聽林飛念佛鳥，細看壁畫馱經馬。」按王得臣《麈史》，安陸有念佛鳥，小於鸜鵒，色青黑，常言「一切諸佛」，宋元憲詩「鳥解佛經言」，張齊賢守郡日，爲作古詩一篇。

《麈史》謂《野有死麕》之詩曰「舒而脱脱兮，無感我帨兮」，婦人服飾獨言帨者，按《内則》注云：帨，婦人拭物之巾也。居則設於門右，佩則分之於左，常以自潔之用也。古者女子嫁，則母結帨而戒之。徐太室徑定《野有死麕》爲淫詩，甚有理。

西域哈烈、撒馬兒罕諸國，多風磨。其制築垣墻爲屋高處，四面開門，門外設屏墻迎風，室中立木爲表，木上用圍，置板乘風，下置磨石，風來隨表旋動，不拘東西南北俱能運轉，風大而多故也。耶律文正詩：「衝風磨舊麥，懸杵搗新粳。」又有風扇，於帳房中高懸布幔，下多用頭髮，當面設繩索，牽動自然有風，不用揮扇也。見陳誠《西域録》。《録》載沙塵海牙在撒馬兒罕之東五百餘里，有草春生秋死，臭氣逼人。取其汁，熬以成膏，即阿魏也。又有小草，高二尺許，遍身棘束，葉網如籃，清秋露降，綴於枝榦，甘如餳蜜，可熬爲糖，名達郎古賓，即甘露也。

姑孰青山李白墓生蘆，其形如筆，號筆蘆。績溪舒頔道原有詩云：「筆蘆蕭蕭青山巔。」頔元末人，有《華陽文集》七卷。

昔見朱竹垞簡討詩云：「捉臥甕人選新格。」初不解，及觀《通志》，有趙昌言《捉臥甕人格》及《採珠局格》、《旋棋格》、《金龍戲格》等名，始悟所謂。

《本草圖經》。人蓡一椏至四椏，各五葉。今遼東采蓡者識其苗，不語，急以緯簾涼帽名。覆其上，然後集人發掘，則得蓡甚多。否則，苗倏不見，發之無所得。《禮斗儀》云：「下有人蓡，上有紫氣。」理或然也。康熙戊午，予直内庭，曾應制賦御苑人蓡詩，親覩其樹。唐人詩詠人蓡者絶少，唯韓翃云：「上黨人蓡五葉齊。」温岐云：「松刺流空石差齒，烟香風軟人蓡蘂。」并録六。

《池北偶談》。人蓡詩昔人甚少，前已言之，適讀《唐詩紀事》，又得段成式《求人蓡》詩云：「少賦令才猶强作，衆醫多失不能呼。九莖仙草真難得，五葉靈根許惠無？」周繇《遺柯古人蓡》詩云：「人形上品傳方志，我得真英自紫團。慙非叔子空持藥，更請伯言當《古夫于亭雜録》作審。細看。」又《高麗采參讚》云：「三椏五葉，背陽向陰。欲來求我，椵樹相尋。」椵音賈，葉似桐。《雜録》注中有「案周詩殊劣，伯言非抗字，亦誤也」，凡十三字。

《古夫于亭雜録》。錢起《紫葠歌并序》：「紫葠，幽芳也。五葩連萼，狀飛禽羽舉，俗名之五鳥花。故山道人蘭若豐此藥，校書劉公詠歌，俾余繼作：遠公林下滿蒼苔，春藥偏宜間石開。往往幽人尋水見，時時仙蝶隔雲來。陰陽彫刻花如鳥，對鳳連雞一何小。春風宛轉虎谿旁，紫翼紅翹翻霽光。貝葉經前無住色，蓮花會裏暫留香。蓬山才子憐幽性，白雪陽春動新詠。應知仙卉老烟霞，莫賞天似當作夭。桃滿蹊徑。」

同上。皮日休《謝人葠》詩：「神草延年出道家，是誰披露記三椏。開時的定涵雲液，斸後還應帶石花。名士寄來消酒渴，野人煎處撥泉華。從今湯劑如相贈，不用金山焙上茶。」陸龜蒙和：「五葉初成椵樹陰，紫團峰外即雞林。名參鬼蓋須難見，材似人形不可尋。品第已聞升碧簡，携持應合重黄金。殷勤潤取相如肺，封禪書成動帝心。」

《居易録》。予頃搜人葠故事，欲作《人參譜》，未暇，雜見於《池北偶談》、《居易録》卷中。讀坡集，又得數篇。其一《紫團參寄王定國》，帥中山時作。其《小圃五詠》第一首爲人參，居惠州作。又《次韵表兄程正輔同遊白水山》云：「恣傾白蜜收五稜，細斸黄土栽三椏。」自注云：「正輔分人參一苗，歸種韶陽。」

《古夫于亭雜録》。東坡《以紫團葠寄王定國》詩：「谽谺土門口，突兀太行頂。豈唯團紫雲，實自凌倒景。剛風被草木，真氣入苕穎。舊聞人銜芝，生此羊腸嶺。纖纖虎豹鬣，蹙縮龍蛇瘦。蠶頭試小嚼，龜息變方騁。矧予明真子，已造浮玉鏡。清宵月挂户，半夜珠落井。灰心寧復然，汗喘久已静。東坡猶故日，北藥致遺秉。欲持三椏根，往侑九轉鼎。爲予置齒頰，豈不賢酒茗。」

同上。東坡《小圃五詠》人參一首：「上黨天下脊，遼東真井底。玄泉傾海腴，白露灑天醴。靈田此孕毓，肩股或具體。移根到羅浮，越水灌清泚。地殊風雨隔，臭味終祖禰。青椏綴紫萼，圓實墮紅米。窮年生意足，黄土手自啓。上藥無炮炙，齕齧盡根柢。開心定魂魄，憂恚何足灑。糜身輔吾軀，既食首重稽。」

附録：《古夫于亭雜録》引《五雜俎》云：「人葠出遼東、上黨者最佳，頭面手足皆具。清河次之，高麗、新羅又次之。今生者不可得見，其入中國者，皆繩縛蒸而夾之，故上有夾痕及麻線痕。新羅參雖大，皆數斤似當作莖。合而成之，其力反減。擇參唯取透明如肉，及近蘆有横紋，則不患其僞矣。」又云：「王介甫曰：『平生無紫團參，亦活到今日。』案紫團，上黨山名也。《本草》及唐宋已來皆貴黨參，今唯貴遼東及高麗産，佳者每一兩價至白金五兩，而上黨每一斤價止白金二錢。近人參驟貴，始稍以黨參代之，每一斤價至白金一兩有奇，而購之亦不易也。」

宗枏附識：近日參價十倍曩時，佳者每一兩價幾百金矣。貧人固無由購得，唯富貴家不問所患何症，輒以此味爲君，醫者漫無定見，亦復宛轉從之，冀以冒功而委咎。不思參、蓍妄投，禍與烏、附同烈，奈之何哉？

《治安策》：「今民賣僮者，爲之繡衣、絲履，偏諸緣。」又云：「白縠之表，薄紈之裏，緁以偏諸服。」注曰：「如牙條以作履緣。」顔曰：「偏諸若今之織成，以爲要襻及標領者也。」杜詩：「客從西北來，遺我翠織成。」錢注引《廣雅》：「天竺有細織成。」《宋書·禮志》：「諸織成衣帽、錦帳、純金銀器、雲母從廣一寸以上，皆爲禁物。」《高麗史》：「獻織成衣襖、弓劍。」按子美詩題乃《太子張舍人遺織成褥段》，蓋褥帳、衣帽、要襻、標領皆有織成，而偏諸以爲衣履之緣者，乃織成之一耳。

錢舜舉《折枝牡丹》一卷，有蜀郡桑門公實悟光題云：「三月江南媚景天，姚黄魏紫鬭争妍。那知十丈將軍樹，却在青城古洞前。」自注云：「青城山丈人觀前牡丹二株，一高十丈，名大將軍，一高五丈，名小將軍。」并録一。

《池北偶談》。高淳縣花山有白牡丹，歲開數枝，種非人力，亦無恒所，有折者輒得疾。施愚山詩云：「空山石纍纍，獨立天風吹。攀條莫敢折，含芳貽阿誰。」

附録：《居易録》：「高淳縣丹陽湖之南花山有白牡丹，歲開不過五枝、七枝，香聞十餘里。散生石罅中，移山下人家，輒不活。山南有孔家邨，孔氏聚族於此，每山上花時，邨中異香彌月不散。」又云：「曹州五色牡丹天下第一，居人於花圃種植，左牡丹右芍藥，則花繁盛，反是則不花，花亦不繁。」又《池北偶談》：「曹州牡丹品類甚多，先祭酒府君嘗往購得黄、白、緑數種，長山李氏獨得黑牡丹一叢，云：曹州止諸生某氏有之，亦不多得也。又云：館陶人家有墨芍藥，與曹州黑牡丹皆異種。」又《分甘餘話》：「黄牡丹今亳州、曹縣皆有之，荷花則未聞有黄色者。《墨莊漫録》云京師五嶽觀凝祥池有黄蓮花甚奇，僅見於此。」

鄠縣東三十里秦渡鎮，即文王豐邑故地，有靈臺址，傍有靈沼，周數十頃，沼中産黄蓮花，然不常見。又有安石榴一株，傳爲漢上林種，不時結實。鄠即上林故地也，縣多竹園，有詩竹，莖短而葉大，堅厚，土人以代箋幅。已上《池北偶談》。

《西溪叢語》，宋姚寬撰，鶬鳴館舊刻。陶詩《讀山海經》第十二篇云：「鴟鴸見城邑，其國有放士。」《經》云：「拒山有鳥，其狀如鴟而人手，其音如痺，其名曰鴸，其鳴自號，見則其國有放士。」此書首尾無序，不知刻者誰何。其云鶬鳴，殆正、嘉間朝士之被放逐者歟？《蠶尾文》。

蝎子草即杜詩所云「其毒甚蜂蠆」者，吴若注蘞草，是也。一名山韭，觸之如蠆尾之螫人，今城郭彌望皆是。又有蟆子者，蚊蝱之屬。元微之《蟆子詩序》云：「黑而小，不礙紗縠，夜伏晝飛，嚙人成瘡。秋夏不愈，膏楸葉傅之，則差。聞柏烟麝香即去。」此二物，蜀地之最可憎者。《隴蜀餘聞》。

嘗疑神農嘗百草，日數十死，不識以何解之。讀元人白湛淵《演雅》有云：「草食押不蘆，雖死元不死。未見滌腸人，先聞棄篋子。」注言：「漠北有草名押不蘆，食其汁立死，然以他藥解之即蘇。」《癸辛雜識》云：「回回國之西數千里，産一物極毒，名押不蘆，全類人形，若人參之狀。」李肇《國史補》云：「南方有鴆之地，必有犀牛，有水弩之處，必有鸂鶒，及生可療之草，物固有相制者如此。」但神農何以預知，而預儲之耶？

《齊民要術》引《廣志》曰：東墻色青黑，粒如葵，子似蓬草，十一月熟，出幽、凉、并、烏丸地。河西語曰：「貸我東墻，償我田粱。」《魏志》曰：「烏丸地宜東墻，能作白酒。」憶昔龔端毅公飲餞董御史玉虬之隴右道，同人分杜甫《秦州詩》爲韵，鄢陵梁御史晳次分得墻字，座客皆難之，未有憶及此者，信强記之難也。《許彦周詩話》恨賦七夕詩押尼字，不記佛書烏鵲爲芻尼，亦此類。趙師羿號東墻。

鳥曰雄雌，獸曰牝牡，然「牝雞之晨」、「雉鳴求其牡」，見于經文者，亦可互用。《高麗史・辛禑傳》：「遣密直副使張方平獻歲貢雄馬十五匹、雌馬三十五匹。」馬亦得稱雄雌也。古詩云：「雄兔脚撲朔，雌兔眼迷離。」《詩》曰：「雄狐綏綏。」

偶約座客賦《琴魚》詩，姜宸英西溟、吴麐仁趾、魏坤禹平作皆佳。姜詩云：「枯藤雙倚退食餘，折柬相召一事無。坐中唯有城西朱竹垞，且喜南榮日曝書。軟語移時動深酌，仰看參横挂屋角。閒徵瑣細到蟲魚，飣盤遥數江南樂。不見涪翁句，春綱薦琴高。千里誰封裹，致此溪中毛。神仙風味遺《爾雅》，自得新詩更蕭灑。中丞先有長句。儂家本住扶桑東，扶寸的皪連杈筒，海艷之味將無同。海艷，甬東産，酷肖此魚。勿訝鄉物輕比擬，爲公多致爲佳耳。他日徵公海艷詩，但言此心已馳彼。」吴云：「憑誰封寄到京華，下筯猶憐道路賒。怪底人誇風味美，年年春漲食桃花。」魏《驀山溪》詞云：「桃花潭近，千尺揉藍早。一曲是琴溪，過清明、腥風吹到。仙人去後，水族也留名。鱗影細，浪痕圓，翠網都收了。

騎鯨無分，客裏銜杯好。玉椀忽擎來，最堪憐、小於白小。脆能下酒，不用鱠銀絲。除非並，箭頭魚，風味輸多少。」按《賓退録》云：「涇縣東北二十里有琴溪，溪側有石高一丈，曰琴高臺，有廟存焉。溪中別有一種小魚，相傳琴高投藥汁所化，號琴高魚。歲三月，數十萬一日來集。舊以入貢，乾道中始罷。前輩多形之賦詠。梅聖俞、歐陽文忠公、王禹玉皆有《和梅公儀琴高魚詩》。梅詩云：『大魚人騎天上去，留得小鱗來按觴。吾物吾鄉不須念，大官常膳有肥羊。』歐云：『琴高一去不復見，神仙雖有亦何爲。溪鱗佳味自可愛，何必虛名務好奇。』公儀元倡未見。禹玉人不足道，詩句亦平平。歐、梅大手，二絶句乃傖父面目，以今視昔，孰謂古今人不相及耶？」《録》又記汪彦章此字韵古詩，頗勝諸作。

宋時士大夫多重兗墨，余已記之前卷。讀范宣公集有《兗墨》詩云：「誰爇長松製作勤，輕煤匀膩雜蘭薰。中疑玄石無纖翳，外似靈犀有密紋。溪石乍研浮紫翠，蜀箋試寫落烟雲。會將點畫傳青簡，千古忠邪爲爾分。」忠宣公不以詩名，五言如「溪風消酒力，烟樹入春愁」，最工。

附録：《居易録》云：「晁氏《墨經》云：『兗、沂、登、密之山總謂之東山。東山之松，色澤肥膩，性質沉重，品唯上上。工則兗州陳朗、朗弟遠、遠子唯進、唯迨，與易水奚氏並稱。』又云：『王氏《談録》：李廷珪墨凡數等，其作下邽之邽者爲上，作圭潔之圭者次之，作珪璧之珪者又次之，其云奚廷珪者最下。』又云：『南唐徐常侍鉉言，常得李超墨一挺，長不過尺，細才如筯，與弟鍇共用之，日書約五千字，十年乃盡。』超與常侍同時，其珍重已如此，宜北宋諸公得其殘圭斷璧，以爲希有也。」又《香祖筆記》：「李文叔云：客出墨一函，其製爲璧、爲丸、爲手握，凡十餘種，以錦囊之。詫曰：李廷珪爲江南李國主父子作墨，絶世後二十年，乃有李承晏。又二十年，有張遇。自是無繼者。余用薛安、潘谷墨三十餘年，皆如吾意，不覺少有不足，不知所謂廷珪墨者，用之當何如也？又云：宋時製墨名家有潘谷、陳贍、張谷，又有常山張順、九華朱覲，嘉禾沈珪、金華潘衡，宣政間有關珪、關瑱、梅鼎、張滋、田守元、曾知唯、桐栢張浩、河東解子誠、韓偉昇，可與李氏父子相甲乙。又云：羅文龍墨如空青水碧、珊瑚木難。」

宗柟附識：《静志居詩話》：「古人製墨率用松烟，漢取諸扶風，晉取諸廬山，唐則易州、上黨。自李超徙歙、張谷徙黟，皆世其業。其後耿仁遂、高慶和、戴彦衡、吴滋、胡智，率多歙人。明則羅文龍少華、邵克己格之、程大約君房輩，咸以製墨稱，而方于魯所製最夥，凡三百八十五式，刊成圖譜，曾上呈乙覽。」勇参云：「《查浦輯聞》：楊用修云：元時米萬初墨，純用松烟，蓋取二三百年摧朽之松，精英不可泯者，非常松也。近世多用桐油烟，姿媚而不深重。宣和曾以蘇合油搜烟爲墨，金章宗購之，墨一兩黄金一觔，欲倣爲之，不能，乃以張遇麝香小團爲畫眉墨，亦精。」愚按，搜字從傳鈔之本，疑有譌。又寒坪兄嘗語余，明丁雲鵬、吴去塵亦善製墨云。

廣南人以䔲爲茶，予頃著之《皇華紀聞》。閲《道鄉集》，有張糾送吴洞䔲絶句云：「茶選修仁方破碾，䔲分吴洞忽當筵。君謨遠矣知難作，試取一瓢江水煎。」蓋志完遷昭平時作也。又有《薑蒡菜》詩云：「丹桂葉舒推重碧，木蘭花發避深紅。」皆可入《南方草木狀》也。李仲賓學士言，交趾茶如緑苔，味辛烈，名之曰登，或即䔲字。見《研北雜志》。

附録：《居易録》：「《爾雅》曰：『荼，苦菜，可食。』《齊民要術》引《詩義疏》曰：『山田苦菜，甜，所謂「堇荼如飴」。』又《爾雅》曰：『檟，苦荼。』郭璞注云：『樹小似梔子，冬生葉，可煮作羹飲。』今呼早采者爲荼，晚取者爲茗，一名荈，蜀人名之苦荼。《齊民要術》引《博物志》曰：『飲真茶令人少眠。』前人乃謂古無茶字，以荼即是茶，大謬。」又《皇華紀聞》：「粤俗好用䔲葉雜茶烹飲，號爲茶䔲。䔲産粤西，入口味苦，頃之則齒頰微甘，略如橄欖。案字書云：䔲，都騰切，金䔲草名。」又云：「茶樹二三月作花，花似荔支，粤人采其葉爲茶，非真茶也。五代王閩時，甘露殿有茶樹二，鬱茂婆娑，宫人呼爲清人樹，或即此。粤唯西樵産茶，云唐人曹松流寓此山，教人種茶，山中人至今業之。」

生男胎衣名紫河車，别有草藥亦名紫河車，生楚蜀峽山中。范石湖詠之云：「緑英吐弱綫，翠葉抱修莖。矗如青旄節，草中立亭亭。根有却老藥，鱗皴友松苓。」詩見《石湖集》。

吉、贛間鳥，有名功曹、主簿者。故予過泰和，有詩云：「木客山都人比舍，功曹主簿鳥多名。」《茅亭客話》云：「孔雀名都護。」《酉陽雜俎》云：「齊郡函山有鳥，名王母使者。」

宗枏附識：《記事珠》載花鳥别名，惜不詳其出處，未可據依，聊掇其名之佳者如左。鶴曰仙客、曰山君、曰軒郎、曰還丹使、曰九皋處士、曰羽衣道士。孔雀曰南客、曰鸞友、曰文禽。鷺鷥曰雪客、曰春鋤、曰獨春、曰篁棲叟、曰風標公子、曰荻塘女子。鶯曰搏黍、曰趨時鳥、曰黄栗留、曰淩霄君、曰金衣公子。鷹曰嘉賓、曰殊翁、曰駕鵝、曰錦字、曰書空匠者。鸚鵡曰隴客、曰慧鳥、曰辯哥、曰緑衣使、曰武仙郎、曰雪衣娘。燕曰社君、曰烏衣王。鵲曰芻尼、曰青喜。鷗曰海翁、曰婆娑兒、曰碧海舍人。杜鵑曰觀自在。白鷴曰閒客、曰元素先生。鷄曰會稽公、曰戴冠郎、曰長鳴都尉。翡翠曰繡衣、曰碧衣女子。鴿曰飛奴、曰插羽佳人。烏曰黑鳳凰、曰烏中曾參。鴨曰青頭道士。啄木曰采藥使。又《查浦輯聞》收香鳥一名桐花鳳，又名么鳳。又蜀嘉定州有鳥名雨道士，見陸深《蜀都雜抄》。

《爾雅》：「購，蔏蔞。」郭璞注：「蔏蔞，蔞蒿也。生下田，初出可啖，江東用羹魚。」故坡詩云：「蔞蒿滿地蘆芽短，正是河豚欲上時。」七字非泛詠景物，可見坡詩無一字無來歷也。并録一。《漁洋詩話》。

坡詩：「蔞蒿滿地蘆芽短，正是河豚欲上時。」非但風韵之妙，蓋河豚食蒿蘆則肥，亦如梅聖俞之「春洲生荻芽，春岸飛楊花」，無一字汎設也。

附録：《居易録》：天津河豚最多，然唯吴人嗜之，罹其毒者亦不少。予所見葉文敏方藹、陳太史維崧，皆以食此致病。陳頭目悉腫，至不可辨識。昔人云：「不食馬肝，未爲不知味。」乃文人學士，知而故蹈之，不可解也。陶九成録方或龍腦浸水，或至寶丹，或橄欖，皆可解。又槐花微炒，與乾臙脂各等分搗粉，水調灌即效。

宗枏附識：吴中正月競尚河豚，春前臘雪綿綿，則食者更多，以其毒差減故，顧烹飪必屬良庖，非可草率。客有劇嗜者，語余曰：「魚族之美，曰肥，曰鮮，曰脆，江鰣尚矣，一食河豚，則彼亦同嚼蠟矣。」余固不知其味，最喜《曝書亭集》句云：「客來疾呼莫莫莫，亟當投畀煩丁寧。」又云：「入唇美味縱快意，累客坐久心方寧。」妙寫情事，畫所不到。然聞中毒甚者，須以真金汁灌之，猝乍不得，非糞水莫解，所謂「神方解厄《本草》缺，儻有潔癖愁煞汝」，秋錦示誡之詞，其意切矣，不特語帶詼諧，令人絶倒也。

元微之詩：「顧我無衣搜藎篋。」本集注：「藎，草名。」今刻作「畫篋」，字形之譌也。段柯古連句詩「蝶閑移忍草」、「忍草雜蘭蓀」，「忍」皆作「綛」。

熊有緑者，猺獞取爲鄣泥，塵不敢揚，威懾虎豹。樂府云：「郎眠緑熊席。」又：「温柔籍緑熊。」

藤江有鯖魚，大者餘百斤，其膽治目，功比空青。魚大膽小者上，魚大膽大者中上，魚小膽大者中下。漁者得魚，官税其膽始敢市，其僞者以鯇膽灌黄藤膏爲之。鄺詩云：「金環殉吉鵜，花縣税鯖魚。」

《延綏鎮新誌》「花木類」有後姚婆，一莖作蓓蕾，開花五六瓣，翠色，俗云舜母，亦曰虞美人，因虞字而傅會，殊謬。按，虞美人即鶯粟花，俗名米囊，有千瓣五色，又名滿園春。《通雅》曰：「虞美人有吴、蜀二種。」《碧雞雜志》言桑景舒作《虞美人》曲，而此花輒動。先王父方伯公《群芳譜》云：「虞美人草，獨莖三葉，葉如决明，一葉在莖之端，兩葉在莖之半相對。人或歌《虞美人》曲，則葉動如舞，又名舞草，出雅州。」宋曾慥詩：「芳心寂寞寄寒枝，舊曲聞來似斂眉。哀怨裴回愁不語，恰如初聽楚歌時。」今詩餘調有《虞美人》，古今通詠虞姬事，舜母之名妄矣。《通雅》：「蓓蕾謂之葤，又爲莈，北人謂之孤薄，音如孤都，即宋景文所云胍肫，今山東方言尚云孤都也。」

宗枏附識：《記事珠》：牡丹曰貴客、曰花王、曰鼠姑、曰花彤史、曰花師傅、曰花宮闈、曰木芍藥、曰百葉仙人、曰蓬萊相公。芍藥曰嬌客、曰餘客、曰近客、曰花相、曰艶友、曰牡丹近侍。桂曰仙客、曰文客、曰岩客、曰癡客、曰仙友、曰山友、曰花仙。梅曰清客、曰清友、曰奇友、曰花御史、曰花中巢許。荼蘼曰雅客、曰才客、曰韵友、曰玉友、曰沉香密友。薔薇曰野客。瑞香曰佳客、曰閨客、曰殊友。茉莉曰遠客、曰狎客。梔子曰禪客、曰禪友。海棠曰蜀客、曰艶客、曰名友、曰花貴妃、曰花命婦、曰花中神仙。丁香曰素客、曰情客。菊曰壽客、曰佳友。蓮曰浄客、曰浄友、曰水芝、曰芙蕖、曰芙蓉、曰梅弟、曰凌波仙、曰妙法華萱、曰歡客、曰兒女花、曰獨立仙。辛夷曰木筆、曰迎春。芙蓉曰木蓮、曰拒霜。紫薇曰詞客、曰不耐癢花。凌霄曰勢客。素馨曰韵客。鳳仙曰羽客。木芙蓉曰醉客。楊花曰狂客。玫瑰曰刺客。月季曰瘦客。桃花曰妖客。含笑曰佞客。勇叄云：「案《三餘贅筆》，宋張敏叔名景修，禮部郎中，吳中人，以十二花爲十二客，各有詩。曾端伯以十花爲十友，各爲之詞。似即《記事珠》所本，中唯蘭爲幽客、茉莉雅友，此條不載，餘悉同。」

滇南舊無鴻雁，順治庚子始有之，千百爲群，皆西向飛去。自是年年有之，不見北鄉者。右見滇志。然《升庵集》有《泛滇池見新雁》詩。《居易録》。

户部主事孔尚任東塘有《龍卵聯句》云：燕市得一卵，其堅如石，圓尺有三寸，鵝子形，色類漬象牙，偏體龞點，有紋蟠結如蛟螭狀。古云龍蛇卵有龞點，蛇圓龍長，龍卵經火不煅，試之良然。

今京師臘月即賣牡丹、梅花、緋桃、探春諸花，皆貯暖室以火烘之，所謂堂花，又名唐花是也。案《漢書·召信臣傳》，信臣爲少府，大官園種冬生葱、韭、菜、茹，覆以屋廡，晝夜爇藴火，待温氣乃生。唐人詩：「内園分得温湯水，二月中旬已進瓜。」蓋漢、唐以來皆然。

附録：《香祖筆記》：宋時武林馬塍藏花之法，紙糊密室，鑿地作坎，覆竹，置花其上，糞土以牛溲硫黄，然後置沸湯于坎中，俟湯氣熏蒸，則扇之，經宿則花放。今京師園丁亦然。予嘗以冬月寄諸盆花，約明年花樹不敗則酬其直，唯桂花不能如舊。《西湖志餘》謂桂必清涼而後放，法當置石洞岩竇間暑氣不到處，鼓以凉颸，乃開。今與桃、梅、牡丹之屬同置暖室地窖，宜其不殖也。此亦格物者所當知。

宗枏附識：勇參云：「宋王暐《道山清話》：『立春日於茄根上接牡丹花，不出一月，即爛漫。』又云：『梅花初折宜火燒折處，固滲以泥。牡丹初折宜燈燃折處，待軟乃歇。薝蔔花初折宜搥碎其根，擦鹽少許。荷花初折宜亂髮纏根，取泥封竅。海棠初折薄荷包根入水。除此數種，可任意折插。牡丹花宜蜜養，蜜仍不壞。竹枝、戎葵、金鳳、芙蓉用沸湯插枝，葉乃不萎。』」

白居易詩：「嫁得黔婁作夫壻，可能還寄蜀茶來。」謂蜀産如蒙頂茶之類也。然閩有蜀茶一種，樹似山茶，高者丈餘，花開以二三月，大如牡丹，色皆正紅，但香稍不逮耳。已上《居易録》。

今京師宴席，最重鹿尾，雖猩脣、駝峰未足爲比。然自唐已貴之，陳子昂《麈尾賦》云：「卒網羅以見逼，受庖割而罹傷。豈不以斯尾之有用，而殺身於此堂。爲君雕俎之羞，厠君金盤之實。」云云。若六朝已來，則以麈尾爲談柄耳，未聞充盤俎也。耶律楚材西域詩亦以鹿尾、駝蹄作對。并録一《古夫于亭雜録》。京師極貴鹿尾，予向引陳子昂賦、耶律楚材詩證之。考《酉陽雜俎》所記，乃不始於唐。魏使崔劼、李騫在中丞劉孝儀坐，孝儀曰：「鄴中鹿尾，酒肴之最。」劼曰：「生魚熊掌，孟子所稱；雞跖猩脣，吕氏所尚。鹿尾乃有奇味，竟闕載籍。」騫曰：「鄭氏稱益州鹿𣨙，但未是尾耳。」觀此，則自南北朝已貴之。𣨙，烏魁切，弱病也。鹿𣨙之義未詳。

附録：《雜録》又云：「余前言『鹿𣨙』二字未詳，適閲王伯厚《漢制考》，引《周禮》『麋鹿魚爲菹』，注云：『今益州有鹿𣨙者，近由此爲之矣。』疏：『益州人將鹿肉畜之𣨙爛，謂之鹿𣨙也。𣨙於僞反。』」又《香祖筆記》：「熊掌最難熟，故楚靈王請食熊蹯而死。明秦府王孫不羈云：『用草繩匝掌煮之則易熟。』燕窩名金絲，海商云：『海際沙洲生蠶螺，臂有兩肋，堅潔而白，海燕啄食之，肉化而肋不化，并津液吐出，結爲小窩，銜飛渡海，倦則棲其上。海人依時拾之以貨。紫色者尤佳。』《湖海搜奇》云：『出廣東陽江縣，乃海燕採小魚營巢，故名燕窩。』《閩小紀》云：『燕窩有烏、白、紅三種，唯紅者最難得。白者能愈痰疾，紅者有益小兒痘疹。』櫟園又云：『參皆益人，沙元、苦參亦兼補，海參得名亦以能温補故也。生于土爲人參，生于水爲海參，故海參以遼海者爲良。』」又《居易録》：「海蠶大如蠶，青黑色，頂有一竅，温、台人取置塘中，插竹如林，蠶食水草，久之則緣竹而上，自竅吐粉凝於竹末，粉盡，蠶入水死，即海粉也。」

予奉使廣州，屢見紅鸚鵡，又有五色者尤珍麗。姚旅云：「滇中多紅斑鳩。」又云：「曩宫中有黄鸚鵡。屠長卿詩云：『一入雕籠奪翠裳，羽毛新得染鵝黄。』此與漢赤雁、朱鷺，隋宦官劉繼詮獻芙蓉鷗，皆異物也。」

宗柟附識：勇參云：「《酉陽雜俎》載唐明皇時有五色鸚鵡，性最靈。張燕公表賀，稱時樂鳥。」

石蛣，音劫。《南越志》云：「形如龜甲，或云脚。遇春雨則生花。」右丞詩「來經石蛣春」，春字非趁韵也，古人字無虚設如此。

從伯文玉，諱與玫，號能詩，嘗有詠宋高宗一絶云「千金空買玉孩兒」，不得其解。讀《西湖志餘》，高宗嘗宴大臣，見張循王俊持扇有玉孩兒扇墜，上識是舊物，昔往四明，誤墜于水者。問俊所從得，對曰：「臣從清河坊舖家買得之。」詢舖家，云得之提籃人。復詢之，乃從候潮門外陳宅厨孃處得之。詢之，厨孃云：破黄花魚腹中所得也。上大悦，舖家、提籃人補校尉，厨孃封孺人。

宗柟案：玉孩兒雖佳，非寶玉、大弓也，失而復得，殊無足異。必欲究其所從來，縱温言諭使而展轉致詢，實擾民間，重以校尉、孺人之封，則濫假名器，其事更爲傎甚。夫二帝未還，兩河未復，此乾坤何等時，而乃喜小物之倖存，固已忘大仇之必報矣。《籠鵝館》詩未見，味其所詠，殆于高宗有微辭乎？

中牟南湖數十畝，中有亭，額以「蒲盧」，爲張林宗觴詠地。予過之，易名「墊巾」。按《毛詩・小宛》疏云：「螟蛉，桑蟲也。果蠃，蒲盧也，細腰土蜂謂之蒲盧。」郭璞《爾雅注》：「細腰蜂俗呼蠮螉，若水中之蒲，其根著在土，而浮蔓多緣木，故亦或謂之果蠃。」是細腰、水蒲得以互稱，於命名之義無一可者，不知當時義何居也。

明大内英華殿供西番佛像，殿前菩提樹二，孝定皇太后手植也。《光禄寺志》云：「英華殿四月八日供大不落夾二百對，小不落夾三百對。」叔祖季木考功詩云：「慈寧宮裏佛龕崇，瑶水珠燈照碧空。四月虔供不落夾，内官催辦小油紅。」蓋紀此事也。慈寧宮當作英華殿爲確。并録一。

《古夫于亭雜録》。明故事，四月八浴佛日賜百官不落夾。案萬曆中慈聖李太后宫中祀九蓮菩薩，四月供不落夾。先從祖季木象春考功詩云：「慈寧宮裏佛龕崇，瑶水珠燈照碧空。四月虔供不落夾，内官催辦小油紅。」蓋故事四月供佛後即賜百官，不始萬曆也。夾，《蒓園雜記》作莢。

《驪山集》辨鳩逐婦一則云：鳩逐婦，乃感天地之雨暘，而動其雌雄之情，求好逑也，非逐而去之之謂。歐陽永叔云：「天將陰，鳴鳩逐婦啼中林，鳩婦怒啼無好音。」非也。

明天啓時，内官多購異花，種于臨幸之處，有紅水仙、蛺蝶菊、番蘭栜之屬。陳悰《天啓宫詞》云：「春風香艷知多少，一樹番蘭分外紅。」又云即美人蕉。

薝蔔鮓方，薝蔔，即梔子也。采嫩花釀作鮓，最爲香美。昔劉賓客饋白太傅菊苗虀、蘆菔鮓，换取樂天六班茶二囊，有詩載集中。

附録：此條前段：越中筍脯，俗名素火腿，食之有肉味，甚腴，京師極難致。偶閲《安老懷幼方》，載芭蕉根有兩種，一種粘者爲糯蕉，可食。取作手大片，灰汁煮熟，去汁，再以清水煮，易水，令灰味盡，取壓乾，乃以直醬、蕪荑、乾薑、熟油、胡椒等研浥一兩宿，取出焙乾，略搥令軟，食之全類肥肉之味。嫩蓮房去蒂，去皮，用新汲井水入灰煮浥如蕉脯法，焙乾，以石壓令扁作片，收之。十月以後，取牛蒡根洗乾去皮，用慢火少煮，勿太爛，硬者熟煮，并槌令軟，下雜料物如蕉脯法，浥焙取乾。

揚州瓊花，天下祇一株，晏元獻守揚，作無雙亭於其側。宋德祐乙亥，北兵至，花遂不榮。趙棠國炎有詩曰：「他年我若修花史，合傳瓊花烈女中。」然《山房隨筆》所記，仁宗慶曆中，嘗分植禁中，輒枯，比載還，則鬱茂如故，又何説耶？

附録：《香祖筆記》：世言瓊花天下唯蕃釐觀一株，故宋人作無雙亭于其側。然元遺山《續夷堅志》云：「鄠縣南十里炭谷，入谷五里有瓊花，樹大，四人始合抱。逢閏即花，以初伏開，末伏乃盡。花白如玉，中有玉胡蝶一，高出花上，花落不著地，乘空而起。」按此則不止廣陵有之矣。

成、弘間，留都扇骨以李昭製者爲最，見顧東江清集。往徐健庵司寇爲宫坊時，贈予金陵仰氏扇，予謝以詩，有「舊京扇貴李昭骨」之句。翼日相遇朝班，問李昭出處，予但據《東江集》答之。後閲《金陵瑣事》，乃詳李昭、李贊、蔣誠三人製扇骨最精，徐守素、蔣徹、李信修補古銅器如神。恨昔者不能舉此應之，信彊記之難也。

《南園漫録》云：桂有桂樹之桂，有桂花之桂。桂樹則《楚詞》桂酒、箘桂之類，今醫藥所用，取其氣味甘辛，乃用其皮也。桂花之桂，則詩詞所言，今人家園囿所植，取其香氣郁烈，乃尚其花也。類書所載皆未别白，雖《白孔六帖》亦然。

温飛卿以蒼耳子對白頭翁，寧陽許襄敏公彬取作一聯云：「道上鈎衣蒼耳子，風前聒客白頭翁。」

蓋其去國之作，上句即「迷陽迷陽，勿傷吾行」，下句即「違山十里，蟪蛄之聲尚猶在耳」之義。

玉茗花、海紅花，皆山茶也。古詩云：「淺爲玉茗深都勝，大曰山茶小海紅。」都勝即寶珠山茶。

附録：《香祖筆記》：勞山多耐冬花，花色殷紅，冬月始盛開，雪中照曜山谷，彌望皆是。説者謂即南中之山茶，然花不甚大，所云海紅花是也。

宗柟附識：勇參云：「按《柳亭詩話》，山茶小者曰海紅，淺色曰玉茗，深紅曰都勝。又《陵川詩》注：山茶大者曰月丹，又大者曰照殿紅。」

吾家西第石帆亭玉版書屋多大竹，常有小鳥，翠色，飛鳴其間，大僅踰婦人釵梁物，或結巢堅致如罘罳，似即嶺南之翡翠也。柳文暢有詠白蘋洲翡翠詩，則不唯粤中有之矣。李衛公有《桐花鳳賦》，亦類此。《歸田録》載宜春庫有翡翠琖一隻，形似碧玉，乃所謂翡翠屑金者，非此鳥之羽也。

蜀道有花名龍爪，花色殷紅，秋日開林薄間，甚艷。又有蟲，其聲清越如擊磬然。予壬子初入蜀，曾有絶句云：「稻熟田家雨又風，枝枝龍爪出林紅。數聲清磬不知處，山子晚啼黄葉中。」

雪峰百里間多䉤竹，筍味甚美。寺衆自三月至六月猶饜飫，是義存禪師手植。余考戴凱之《竹紀》六七十種，而無䉤竹。先方伯贈尚書府君譜竹尤多，亦不之及。近杭僧䉤堂有詩名，其自號殆取諸雪峰云。䉤音豁，字書云空大也。

上金謂之紫磨金，劉迎詩：「紫磨金餅噉扶桑。」迎字無黨，萊州人。

宗柟附識：《水經注》：「初楊邁母懷身，夢人鋪楊邁金席，與其兒，落金席上，光色起，昭晰艷曜。華俗謂上金爲紫磨金，夷俗謂上金爲楊邁金。楊邁者，蓋以其夢爲嘉祥而名之耳。」

葉少藴言：唐及國初，京師皆不禁打纖，五代始命御史服裁帽，淳化初又命公卿皆服之，既有纖又有帽，故謂之重戴。祥符後，唯親王宗室得用纖，其後通及宰相、參政。今裁帽、席帽分爲兩等，中丞至御史、六曹郎中，於席帽前加全幅皂紗，僅圍其半，爲裁帽，員外郎以下則無之，爲席帽。按，此製似古婦人冪䍦、今眼紗之類，而名爲裁帽，不可解。又按張洎題右丞畫《孟襄陽吟詩圖》云：「襄陽之狀峭而瘦，衣白袍，靴帽重戴，乘款段馬，一童總角，負琴而從。」觀其圖，乃帽上加皂色幅巾垂於肩後，但不似冪䍦掩面耳，殊近裁帽之製。而謂纖與帽爲重戴，豈唐宋所謂重戴，又有殊異耶？

《太平清話》云：朱竹古無所本，宋克仲温在試院，卷尾以硃筆掃之，故張伯雨有「偶見一枝紅石竹」之句。然閩中實有此種，紅如丹砂。已上《香祖筆記》。

《金陵瑣事》云：「神樓乃劉南坦尚書製爲修煉者。用竹篾編成，懸於屋梁，僅可弓卧，其上下收放之機皆自握之，不煩他人，如陶靖節籃輿之類。文徵仲爲寫《神樓圖》，諸詞人多詠之，皆不得其旨。」余按虞山《列朝詩傳》，劉清惠好樓居，而力不能構，文徵仲作《神樓圖》以遺之。楊升庵《後神樓曲序》亦云然。《香祖筆記》有「曲中仙人五城十二樓等句，亦未詳其形製何如」凡十九字。皆所謂不得其旨者也。《漁洋詩話》。

陸魯望《詠木蘭花》詩云：「幾度木蘭舟上望，不知元是此花身。」《述異記》：「七里洲有魯班刻木爲舟，至今在洲中。」或以爲李義山詩。

唐文宗一日問宰相：「古詩云『輕衫襯跳脱』，跳脱竟是何物？」宰臣未對，上曰：「即今之腕釧也。《真誥》有『斵粟金跳脱』，是臂飾。」又宣宗嘗賦詩，上句有金步摇，遣求進士對之，温庭筠以玉條脱爲對，宣宗賞焉。二事皆見唐人小説，或是一事而傳聞異辭耶？上條出《盧氏雜記》，下條出《北夢瑣言》。

萊州府城東北滿家亭子，有水石之觀。地産石，色理如碧玉，瑩如水晶，可爲印章，但苦質脆耳。先兄考功客萊時，余寄詩云：「雁門石砆谷，崑山玉子岡。古人風流入筆墨，每恨道遠難携將。滿家亭子水清妙，試采瑶華來錦囊。」兄有答詩，載集中。

南陽門人李鴻嘗貽余墨晶印章，色如點漆，而温潤如玉，尤可愛。余刻其文曰「茗柯有實理」。鴻，名相文達公裔孫也。

附録：《香祖筆記》：印章舊尚青田石，以燈光爲貴。三十年來，閩壽山石出，質温栗，宜鐫刻，而五色相映，光采四射，紅如靺鞨，黄如蒸栗，白如珂雪，時競尚之，價與燈光石相埒。近斧鑿日久，山脈枯竭，或以芙蓉山石充之，無復寶色，其直亦不及壽山五之一矣。二山皆在福州。

宗柟附識：兄寒坪云：「壽山石以田黄爲貴，田白次之，而紅緑者最難得，即竹垞詩中所謂『桃紅艾葉緑』者是也。」勇參云：「《敬業堂詩》自注：元末諸暨人王冕，自稱煮石山農，始用花乳石刻私印。」又云：「壽山石産田中者最佳，大洞所産亞於田石，今所用者，皆出芙蓉岩。」愚按，凍石尚矣。閱高詹事《江邨集》，似石之最佳者隨其色澤，統名曰凍，非專指一種也。近有最下者曰遼凍，色嫩緑，而質極燥，或以售欺，亦甚易辨。唯吾杭昌化所産石，質明瑩，通體殷紅，較珊瑚更勝，然如優鉢曇花，不復常覯矣。

馬人見韓詩「衙時龍户集，上日馬人來」，注：馬人出《後漢書·馬援傳》。又馬人，繁昌山名，在銅官鄉。山多奇石，形肖人馬。宋人詩：「霧浴千峰失馬人。」

附録：《居易録》：王彪之《閩中賦》云：「篔簹函人。」《齊民要術》注云：「篔簹，竹節中有物，長數寸，似人形，相云竹人。」竹人之名，較楓人尤奇。又《五色綫》言馬均削竹作人，能語，須臾而雨，是别一竹人也。

孫季昭釋《詩》「黽勉從事」句云：黽，鼃屬也。《周禮》「蟈氏掌去鼃黽」，注謂鼃爲蟈黽、耿黽也。蛙黽之行，勉强自力，故曰黽勉，如猶豫狐疑之類。此説甚新。

宗柟附識：山人世業《毛詩》，凡有考辨，以《序》説爲宗，《集傳》爲非，即其援證紛綸，大指總不越此。然自屬經解，無庸闌入。間有循流溯源，爲詩家積石之導，已録數則，列之前卷。至於名物箋疏，或具别解，後來亦復常用，如此卷所采，博聞者或有取諸。

稻花、豆花、麥秀、黍離皆以入詩。蕎麥爲五穀最下之品，而其花殊嬌艷。唐人詩云：「日落鴉飛散，滿庭蕎麥花。」蕎麥自田野間物，詎可植之庭中？此較邊華泉「庭中何所有，有萱復有芋」尤可議。白樂天詩「自起開門望野田，月明蕎麥花如雪」，差不謬耳。已上《古夫于亭雜録》。

宗柟附識：北地蕎麥，是處有之。余少客河南密縣，偶步村莊，籬落間常見此花。竊謂詩人托物書懷，若近若遠，未須泥定句字，與白詩一例論也。玩唐句「日落鴉飛」，明寫荒寒之景，此中意境蕭寥，豈其廣庭曲砌，逌爾自適者耶？且花殊嬌艷，何渠不可植之庭中耶？弇州議邊詩「芋豈庭中佳物」云云，持論稍拘，前賢亦偶同也。

《畫墁録》：襄邑義塘瓜，剖之色如黛，而味甘如蜜。余昔寄同年劉考功公㦷句云「側聞西湖水，嫩緑如瓜瓤」，用此，世必疑瓜瓤無黛色者矣。

《名勝志》：太原府城内有巨鐵，常露其頂，掘之，則深入不出，曰鐵母，今有鑌鐵祠。西樵游并州，題詩云：「塊爾留其質，蕭然覆古苔。氣應于似當作干。象緯，地已絶塵埃。知有藏鋒用，無勞大冶開。風胡今已遠，珍重寶刀材。」已上《分甘餘話》。

帶經堂詩話卷十七

考證門五

注家類

《懷麓堂詩話》云："《杜律》乃張注，非虞注。宣德初有刊本。"按，張性字伯成，江西金谿人，元進士，嘗著《尚書補傳》。獨足翁吴伯慶有輓詩云："箋疏空令傳杜律，志銘誰與繼唐碑。"予在京師，曾得張注舊本。《池北偶談》。并録五。

同上。錢牧齋注杜，主宋紹興吴若季海本。若自序云："凡稱樊者，樊晃《小集》也。稱晉者，開運二年官書也。稱荆者，王介甫四選也。稱宋者，宋景文也。稱陳者，陳無己也。稱刊及一作者，黄魯直、晁以道諸本也。"又宋胡仔《苕溪漁隱》云："子美集予所見者凡八家，《杜工部小集》則潤州刺史樊晃所序也，《注杜工部集》則内翰王原叔洙所注也，吴彦高集云是元祐間秘閣校對黄本，鄧忠臣慎思所注，託名原叔。改正王内翰注則王寧祖也，《補注杜工部集》則學士薛夢符也，《校定杜工部集》則黄長睿伯思也，《重編少陵先生集并正異》則東萊蔡興宗也，《注杜詩補遺正謬集》則城南杜田也，《少陵詩譜》則縉雲鮑彪也。"

同上。杜詩「自平宫中吕太一」，黄鶴注云：「當作中官吕太一。」錢牧翁注：「《舊書》，廣德元年宦官市舶使吕太一逐廣南節度使張休。又《韋倫傳》，代宗即位，中官吕太一於嶺南矯詔募兵爲亂。」按劉肅《唐世説》，吕太一拜監察御史裏行，詠院中叢竹以寄意曰：「擢擢當軒竹，青青重歲寒。心貞徒見賞，籜小未成竿。」後遷户部員外，牒吏部云：「當須簡要清通，何必豎籬插棘。」又按《唐會要》，魏知古嘗薦洹水縣令吕太一，又張嘉貞薦吕太一及苗延嗣等，時號「令君四嶲」。此又一吕太一也，皆與中官無涉。

《居易録》。今人但貴宋槧本，顧宋板亦多訛舛，但從善本可耳。如錢牧翁所定杜集《九日寄岑參》詩，從宋刻作「兩脚但如舊」，而注其下云：「陳本作雨。」此甚可笑。《冷齋夜話》云：「老杜詩『雨脚泥滑滑』，世俗乃作『兩脚泥滑滑』。」此類當時已辨之，然猶不如前句之必不可通也。亦見《蠶尾文》

同上。予嘗厭古今注杜詩者，而深服陸務觀不敢注蘇詩之説。如劉會孟本，須溪與其子將孫二序，深契言外之意，自謂如郭象注《莊》。偶看至「巳公茅屋下」一首，引歐陽公云：「巳公，齊巳也。」按齊巳唐末人，客荆南高氏，豈得與子美同時？此注不知果出永叔否，以此例之，古今注家訛謬可勝道耶？

宗柟附識：勇參云：「《螻齋詩話》：注杜詩者謂杜語必有出處，然添却故事，減却詩好處。如『五更鼓角聲悲壯，三峽星河影動摇』，蓋言峽流傾注，上撼星河，語有興象。竹坡乃引《天官書》：『天一、槍、棓、矛、盾，動摇、角、大，兵起。』謂語中暗見用兵之意，頓覺索然。且上句已明言鼓角矣，何復暗用爲哉？『子規夜啼山竹裂，王母晝下雲旗翻』，正以白晝仙靈下降爲要眇神奇之語，李君實援張邦基《墨莊漫録》，乃言王母鳥名，尾甚長，飛則尾張如兩旗。信如此説，視作西王母解者孰勝，咀味自見，不在徒逞博洽。杜詩蒙冤如此者甚衆也。」

《池北偶談》。宋臨川吴曾虎臣著《能改齋漫録》十五卷，虞山錢公注杜詩多引之。當時有知麻城縣鄭顯文者，遣其子之翰赴御史臺，論曾事涉謗訕，有旨曾、顯文各降兩官，賴臣僚繳奏，孝宗明聖，黜顯文，其子送汀洲編管。後京鏜愛其書，始版行。見《恕齋叢談》。著書之難如此。今觀曾書多不滿王介甫之論，奸人殆猶襲黨人故智云。

會稽曾益注李長吉詩，世知之矣。晚又得其所注温岐《八叉集》，乃吴郡顧氏刻本。宋天社任淵注宋景文、黄山谷、陳后山三集，可謂獨爲其難，於益亦然。益字謙。《漁洋詩話》。并録二。

《居易録》。門人顧嗣協迂客貽所刊曾益注温庭筠《八叉集》四卷，清苑高鐈序。益曾注《昌谷集》，號精博。温注世鮮傳者。鐈字淵穎，門人陳僖藹公之師。余《池北偶談》中載其軼事。

宗枏附識：芷齋述蒿廬先生云：「《昌谷集》舊有西泉吴正子箋注，援引出處兼釋文義，雖疏漏處尚多，足稱隴西功臣矣。一厄于須溪之評，再厄于曾益之解，而長吉詩意反晦。曾益又嘗注温庭筠詩四卷，曰《八叉集》。長洲顧秀野譏其訛謬不一，因痛加芟汰，重爲編輯，今所行温飛卿詩注是也。按此，則曾注二家詩殆難與任氏並稱，山人謂爲其難，第弗深考耳。」

《古夫于亭雜録》。新津任淵，字子淵，嘗注宋子京、黄魯直、陳無己三集，號稱博洽。又摘山谷詩文爲《精華録》。案淵紹興元年乙丑類試第一，仕至潼川憲，其稱天社任淵者，新津山名也。

宗枏附識：宋景文詩注傳世絶少，黄、陳二家，愚嘗購得之。山谷詩唯内集二十卷爲任氏所注，前有鄱陽許尹序。曾從書賈獲覩元板，較勝行世刊本，又目録題下注脚數條，也是翁所歎舉世盡缺者二葉宛在，亟爲抄補，亦一快事。惜僅存首册，校勘數卷而已。青城史容續注外集十七卷，晉陵錢文子作序，及容自序。别集上下二卷，則青城史季温補注也。《後山詩注》十二卷，舊槧凡數本，芷齋所藏，弘治丁巳知漢中府袁宏刊行，石淙、楊一清跋。愚插架所有，序稱「嘉靖十年後學止庵子」，有博文堂印記。案明宗藩光澤榮端王寵㴻乃遼惠王成鍊次子，邸中積書萬卷，世宗賜堂名曰「博文」，止庵或其别號耳。

坡公《陽關》三絶，其二云：「濟南春好雪初晴，行到龍山馬足輕。使君莫忘霅溪女，時作陽關腸斷聲。」龍山在濟南郡城東七十里，章丘城西南四十里，古平陵城，唐之全節也。次公注云：「龍山，桓温九日所登之山。」按此龍山在今江南之太平府，與濟南了不相涉，詩意何緣及此？可見注詩不易，信如陸務觀語周益公云云也。《池北偶談》。并録五。

《秦蜀驛程後記》。抵龍山鎮，東坡詩「濟南春好雪初晴，行到龍山馬足輕」即此，而注家不知，遠引姑孰之龍山，陋矣。

《漁洋詩話》。東坡濟南詩云：「濟南春好雪初晴，行到龍山馬足輕。使君莫忘霅溪女，時作陽關腸斷聲。」亦《小秦王調》也。注蘇者誤以爲孟嘉落帽之龍山，不思彼在姑孰，與濟南何涉？注家之可笑如此。

《香祖筆記》。濟南郡城東七十里龍山鎮，即《水經注》巨合城也，漢耿弇討費敢，進兵先脅巨里，即此。東坡《陽關詞》「濟南春好雪初晴，行到龍山馬足輕」，舊注引孟嘉落帽事，固大謬，施注竟略之。以此知注書之難，而陸務觀、任淵皆不敢注蘇，有以也。

附録：《池北偶談》：東坡詞「行憂寶瑟僵」，乃用《漢書·金日磾傳》「行觸寶瑟僵」語，解者顧引楊行密紿朱延壽病目行觸柱僵，有何干涉？乃知注書之難。東坡、放翁猶不敢居，有以也。按東坡《南歌子》凡十九首，此其第十四，題作《有感》，起二句云：「笑怕薔薇骨，行憂寶瑟僵。」

《居易録》。宋牧仲犖中丞寄所刻《施注蘇文忠公詩集》四十三卷，宋司諫吴興施元之德初與吴郡顧禧景繁同撰，元之子宿字武子增補，見陸游《渭南集》。此書牧仲得之吴中藏書家，闕十二卷，牧仲偕幕中文士某某共爲補之，始爲完書。

同上。宋施宿字武子，湖州長城人，今長興縣。紹興間爲左司諫，又爲淮東倉曹。言路與有嫌，欲劾之，無以爲罪，宿嘗以其父所注坡詩鋟板，倉司因摭此事坐以贓私。右見《西吴里語》。按坡在湖爲小人所譖，興詩案之獄，至高宗朝正蘇、黄詩文大顯之日，而小人猶能爲祟如此，又在湖州，尤奇。牧仲中丞近刻此注於吴下，因録緣起于後，以備遺事云。亦見《蠶尾續文》

附録：《居易録》又云：施宿武子又嘗參諸家本，訂以石鼓籀文，刻于淮東倉司，辨證詳備，見宋章樵《石鼓文釋》。《吹景集》引之，以爲奧衍奇博，可與鄭漁仲争衡。亦一博雅好古君子也。

注書之難，不唯吾儒，如陸務觀所云不敢注蘇、杜之説也，乃如釋氏亦然。《神僧傳》：道安注諸經，誓曰：「若所説不遠於理，願見瑞相。」乃夢一道人，頭白眉長，語安云：「子所注甚合道理，我不得入泥洹，住在西域，當相助通。」所夢即賓頭盧也。《宗門統要》：唐紫璘供奉擬注《思益經》，南陽忠國師問：「凡注經，須會佛意始得。」供奉云：「若不會佛意，争解注得？」師令侍者盛一椀水，著七粒米在水中，椀面安一隻箸，問：「遮箇是甚麽義？」璘無語。師云：「老僧意尚不會，豈況佛意？」此二條可與陸説發明。《居易録》。

劉宋忠武公沈慶之詩：「朽老筋力盡，徒步還南岡。辭榮此聖世，何愧張子房。」按《客座贅語》云：「周子隱讀書臺下，舊爲光宅寺，乃梁武帝故居。其地又名南岡，六朝士大夫多居之。武帝評書云：『南岡士夫，徒尚風軌，不免寒乞。』正指此。」乃知沈所居在南岡，非泛設耳。已下援引附。《香祖筆記》。并録一。

《漁洋詩話》。劉宋沈忠武慶之應詔賦詩云：「朽老筋力盡，徒步還南岡。」按《客座贅語》：「周處讀書臺下，舊爲光澤寺，乃梁武帝舊居。其地又名南岡，六朝士大夫多居之。武帝評書云：『南岡士夫，徒尚風軌，不免寒乞。』正指此。」乃知沈所居在南岡，字非泛設。以此悟注詩之難。

《丹浦窾言》云：「杜詩『千人何事網羅求』，當作『干人』，杜牧之詩：『自滴堦前大梧葉，干君何事動哀吟。』」按此説，則南唐元宗戲馮延巳云：「吹皺一池春水，干卿何事？」語固有本。然《千家注》、劉會孟本只作「千」字。錢本注云：「晉作『干』，或作『千』、『十』字，恐無義。『千』字對上句『在』字亦未切。子田之説是也。」并録三。

《香祖筆記》。杜子美黑白二鷹詩「干人何事網羅求」，南唐元宗謂馮延巳云：「吹皺一池春水，干卿何事？」《舊唐書》明皇爲楚王叱金吾將軍武懿宗曰：「吾家朝堂，干汝何事，敢迫吾騎從？」此語在前，見《本紀》。

《池北偶談》。杜詩「舞馬既登牀」，《珊瑚鈎詩話》云：「舞馬，藉之以榻也。」朱翌引《樂府雜録》云：「有馬舞者，攏馬人著彩衣，執鞭於牀上舞，馬蹀躞，蹄皆應節。是登牀而舞乃馭者，而馬應節於下也。」二説未知孰是。

《居易録》。樓攻媿《答杜仲高書》曰：杜《留花門》「連雲屯左輔，百里見積雪」，以趙次公之詳且博，略不注釋。蓋花門即回鶻，嘗考回鶻之俗，衣冠皆白，故連屯左輔，百里如積雪然。又嘗與蜀士黄文叔裳食花椑，因問：「蜀有此乎？」黄曰：「此物甚多，正出閬州。杜詩『黄知橘柚來』，誤矣。嘗至蒼溪，順流而下，兩岸黄色照燿，直似橘柚，其實乃此椑耳。有好事者欲爲子美解嘲，於其處大種橘柚，終以非其土宜，無一活者。」此二條頗新異可喜。

幼讀杜牧之《杜秋娘詩》，考其始末，略記之。文宗太和五年春，上與宰相宋申錫謀誅宦官。申錫引吏部侍郎王璠爲京兆尹，以密旨諭之。璠泄其謀，鄭注、王守澄陰爲之備。上弟漳王湊穆宗之子賢，有人望，注令豆盧著誣告申錫謀立漳王，上怒，罷申錫爲右庶子，命守澄捕著所告晏敬則、王師文等，於禁中鞫之，誣服。左常侍崔元亮等力争於延英，宰相牛僧孺亦言之，乃貶漳王爲巢縣公，申錫爲開州司馬。九年，巢公湊薨，追贈齊王。初，李德裕爲浙西觀察使，漳王傅母杜仲陽坐宋申錫事，放歸金陵，詔德裕存處之。會德裕離浙西，牒留後李蟾如詔旨。至是王璠、李漢奏德裕厚賂仲陽，陰結漳王，圖爲不軌。上怒甚，宰相路隋曰：「德裕不至有此，果如所言，臣亦應得罪。」乃以德裕爲賓客分司。秋娘，即仲陽也。「燕禖得皇子」，謂漳王也。江充喻鄭注、豆盧著輩也。「王幽茅土削」，湊自漳王貶巢公也。「四朝三十載」，自憲宗元和二年誅李錡，歷穆、敬、文，凡四朝也。已上《池北偶談》。

李商隱、温庭筠、段成式倡和，號三十六體。初不解其義，《小學紺珠》云：「三人皆行第十六也。」《漢上題襟集》，今潛江莫進士與先家有之，予託門人朱載震借鈔，則云携遊江右，寄鄱陽人家失之矣。

胡震亨云：李義山《碧城》三首，蓋咏其時貴主事。唐公主多自請出家，與二教人媟近，商隱同時如文安、潯陽、平恩、邵陽、永嘉、永安、義昌、安康諸主，皆丐爲道士，築觀于外，史即不言他醜，頗著微辭。詩中簫史、洪厓一聯，及引用董偃水精盤事，大指已明。又劉夢得《題九仙公主舊院》詩：「武皇曾駐蹕，親問主人翁。」前此詩人亦不諱言，又何疑於義山耶？予謂義山他詩如：「梁家宅裏秦宫入，趙后樓中赤鳳來」、「賈氏窺簾韓掾少，宓妃留枕魏王才」、「一片非烟隔九枝，蓬巒仙仗儼雲旗。人間桑海須臾變，莫遣佳期更後期」之類，率皆戚里中語，亦非泛詠也。

宗楠附識：《曝書亭集·書楊太真傳後》云：「《碧城》三首，一咏妃入道，一咏妃未歸壽邸，一咏帝與妃定情係七月十六日，證以『武皇内傳分明在，莫道人間總不知』，是足當詩史矣。」蒿廬先生云：按王仁裕《開元天寶遺事》載，楊貴妃初承恩召，與父母相别，泣涕登車，時天寒，淚結爲紅冰，與《驪山記》所云處子入宫者頗合。秀水未歸壽邸之説良是，唯論第三章，余尚不能無疑云。案先生於山人所指數聯别具懸解，而《碧城》三首分注，更爲明確，今略其箋語如左。○首章云：前半咏妃爲女道士，住内太真宫也。後半則又包舉始末言之，君恩難恃，一朝失寵，便如星沈海底矣。佳人難得，一時遺還，無異雨過河源矣。今則當窗復見，隔座可看，即《外傳》中所云「既夜，開安興坊從太華宅以入。及曉，玄宗見之内殿，大悦」。太白《清平調》云「長得君王帶笑看」，香山《長恨歌》云「盡日君王看不足」是也。若使皇綱無缺，天下久安，則百年相守，樂孰甚焉？無如日中則昃，月盈而食，漁陽鼙鼓，驚破《霓裳》，奈何？○次章云：對影聞聲，暗指衣道士衣、奏《霓裳曲》也。玉池荷葉，則明指别疏湯泉，詔賜澡瑩矣。化實事于情景之中，最爲超詣。三句遡其從前，四句要其後日，本無佳偶，安用迴思，既已定情，誓當偕老。簫史、洪厓，皆當活看，不必定指何人。蓋既喜其芳年穉齒，又囑其白頭一心，即傳言定情之夕，授鈿合金釵以固之之意也。較元微之《古决絶詞》所云，幸他人之既不我先，又安能使他人之終不我奪者，更進一層。五六極言貴妃之恃寵，結又微刺明皇之失德，然則雖欲一生長對，其可得乎？○末章云：舊評曰工部詩「宫中行樂秘，不使外人知」，結語翻案。此首用意全本樂天《長恨歌》及陳鴻《長恨傳》。起言避暑驪山，憑肩密誓，彼一時也，其樂如何。今則物在人亡，感慨係之矣。雖天上人間，後緣可結，而月中海外，良會何時。只十四字，而比翼連枝之願，天長地久之悲，俱隱括於其中。神方駐景，即《傳》所謂太上皇亦不久人間，幸唯自安，無自苦也。鳳紙相思，即《傳》所謂使者還奏太上皇，皇心震悼，日日不豫也。已上四句，皆言馬嵬之後，非言定情之初，故次句以「至今」二字領起，語意顯然。結聯又自爲注出《武皇内傳》，蓋即隱指《長恨歌》、《傳》而言，因《傳》末言世所不聞者，又言予非開元遺民，不得知，故點化其語，收拾三章，非徒翻少陵之案也。○先生箋注《玉溪生詩》六卷，又《年譜考證》及《叢説》凡數卷，其於全詩反覆涵泳，歷有年所，復博考新、舊兩《書》、傳記百家，以逮近時評注，搜擇融洽，疏通證明，舊解或有未合，必駁正瑕璺，期與作者隱詞託寄不隔一塵。嘗見其攤書滿案，沈思獨往時，寢餐幾爲之廢，間拈微旨相示，開余茅塞良多。辛未夏五，纂輯將竣，謂余頗悉此中甘苦，命之作序。余謝弗敢承，詎意是年冬孟，竟以暴疾不起耶？空齋抱影，頓失師承，唯思綴緝遺文，以報知己，如《玉溪詩注》其一也。奈手書定稿，僅有其半，餘則零丁件繫，且塗改勾勒，殊難辨識。嗣君選堂亟欲校録成編，屬爲佽助，自分眯眼蓬心，奚堪率爾從事？悼斯人之不作，亦斯文之不幸也夫！

陸務觀過巴東弔寇萊公，有詩云：「人生窮達誰能料，蠟淚成堆又一時。」蓋以蠟淚成堆爲公貴後事耳。予續《後山談叢》云：「萊公性豪侈，自布衣夜，常設燭厠間，蠟淚成堆。及貴，而後房無嬖幸，則自其微時已然。」既爲宰相，乃所謂「無地起樓臺相公」也，此萊公英雄本色，所以不可及。已上《居易録》。

宗柟附識：《歸田録》：「鄧州花蠟燭名著天下，雖京師不能造，相傳云是寇萊公燭法。公嘗知鄧州，而自少年富貴，不點油燈，尤好夜宴劇飲，雖寢室亦燃燭達旦。每罷官去後，人至官舍，見厠溷間燭淚成堆。」按放翁詩意，頗與此合，山人祇據《談叢》云云耳。

宋孫奕季昭《示兒編》云：「東坡《雪夜》詩：『試掃北臺看馬耳，不隨埋没有雙尖。』次公曰：『馬耳，山名。』殊不知王晉之與霍辨雪夜對談，曰：『看北臺馬耳菜何如？』左右曰：『有兩尖在。』坡正用此事，趙未見而妄爲是説耳。」然孫亦不注出處。《古夫于亭雜録》。

用事類

富平李天生因篤，年三十棄諸生，博學强記，《十三經注疏》尤極貫穿。長律得少陵家法，嘗以四十韵詩贈曹秋岳，曹歎曰：「數百年無此作矣。」李有句云：「林谷闢音本，乾坤老象才。」予謂理語、經語最不易下，坡公寫杜詩至「致遠恐終泥」，停筆謂學人云：「此句不足爲法。」王敬美云：「曹子建後作者多能入史語，不能入經語。謝康樂出，而《易》辭《莊》語無不爲用。」然則用經固以康樂爲宗也。

作詩用事以不露痕跡爲高，往董御史玉虬文驤外遷隴右道，留別予輩詩云：「逐臣西北去，河水東南流。」初謂常語，後讀《北史》，魏孝武帝西奔宇文泰，循河西行，流涕謂梁禦曰：「此水東流，而朕西上。」乃悟董語本此，深歎其用古之妙。

或謂作詩使事，必用六朝已上爲古，此説亦拘墟不足信。要之，唐宋事須選擇用之，不失古雅乃可。如劉後邨詩專用本朝故實，畢竟欠雅。如：「鍊句豈非林處士，鬻書莫是穆參軍」，「艱虞夷甫方謀窟，老懶堯夫少出窩」，「未受潘郎呼作友，便教米老拜爲兄」，「山房惜未從公擇，書局聞曾擬道原」，「立志如歐母，生兒似富公」，「野人只識羹芹美，相國安知食筍甘」，自注：富鄭公事。「事先白傅求閑後，銜似温公約史年」，「公閑去伴种司諫，我懶思尋靖長官」，「清於坡老遊杭市，儉似乖厓在劍州」，「軍皆歌范老，民各像乖厓」，「賈董奇才無地立，歐蘇精鑒與人同」，「安知李膺揮門外，不覺劉幾入彀中」，此類數十聯皆宋事也。後見後邨四六亦然。并録一。

宗柟附識：勇參述蒿廬先生云：即六朝以上，亦須選擇用之乃佳。

《池北偶談》。予向謂劉後邨詩好用本朝人事，近見宋末王義山《稼邨集》，傚顰尤可厭。如「争道老泉生二秀，最難錦水又三劉」，「師魯僅存遺集在，樂天無限故人思」，「田園彭澤菊三徑，意思濂溪草一般」，「上帝遺符徵范鎮，斯民失怙哭温公」，「梅花窗下參同契，緑草庭前太極圖」，「榜文争看乖厓押，士類歡呼常衮來」，「無己許令參後社，庭堅端的是前身」，「有時覓句尋歐約，不慣斟羔學党家」，此真下劣詩魔，惡道坌出矣。宋末如王義山、何夢桂之流，酸腐庸下，而詩文獨傳至今，文之傳不傳，信有命邪。

宋任忠厚惇坐上書入籍久不得調，投時相啓云：「籠中翦羽，仰看百鳥之翔；岸側沉舟，坐閲千帆之過。」蓋用白樂天詩「沉舟側畔千帆過，病樹前頭萬木春」語。

宗柟案：「沉舟」二語，已見第二卷中，山人誤記爲白詩。

李太白《清平調》、《行樂詞》皆用飛燕昭陽事，然予觀王少伯《宫詞》，如「平陽歌舞新承寵，簾外春寒賜錦袍」，「斜抱雲和深見月，朦朧樹色隱昭陽」，「玉顔不及寒鴉色，猶帶昭陽日影來」，皆爲太真而作，皆用昭陽事，蓋當時詩人之言多如此，不獨太白。

先世父侍御公，崇禎中巡視茶馬，作《西巡雜詩》數十首，有云：「不須赤打白洪厓。」予幼誦之，不解爲何語，頃見丁謂《戲白稹》詩云：「五百青蚨兩家缺，赤紅厓打白洪厓。」蓋用此。

《高僧傳》載支道林嘗養一鷹，人或問之，答曰：「當以神俊。」今人但知其賞馬，不知其賞鷹，唯坡公有《支遁鷹馬圖》詩。《世説》郭林宗還鄉里，送車千乘，獨李膺與林宗共乘薄笨車，上大槐板，觀者望之，若喬松之在霄漢。然世止知同舟，而不言同車。

「挑戰」二字見《左傳》宣十二年「趙旃請挑戰，弗許」，唐人詩屢用之。《類要》云：「兩陣既立，各以將出鬭，謂之挑戰。」《劇談録》：白敏中興師討吐蕃，有酋帥衣緋茸裘，乘白馬出陣，頻召漢軍鬭將。有潞州小將善射，馳馬彎弧而出，射中其項，抽短劍踣於鞍上，脱緋裘金帶，奪馬而還。又李臨淮將白孝德斬賊將劉龍仙事亦相類。又《五代史・周德威傳》：有陳章者，號「陳夜叉」，乘白馬，被朱甲以自異，求陽五，欲生致之，德威出挑戰，禽之。唐宋已來實有鬭將之事，非盡稗官之妄説也。已上《池北偶談》。

附録：《古夫于亭雜録》：古者鬭將見於書傳者不一，余已著之《池北偶談》。又《隋書・史萬歲傳》：萬歲戍燉煌，竇榮定擊突厥，萬歲詣轅門請自効。遣人謂突厥曰：「士卒何罪，但當各遣一壯士决勝負耳。」突厥許諾，遣一騎挑戰，榮定令萬歲出應之，馳斬其首而還。此亦鬭將也。

周櫟園侍郎亮工有詩云：「花寒今十日，酒冷古重陽。」唐文宗開成元年，歸融爲京兆尹，時兩公主出降，有司供張事繁，又偪上巳曲江賜宴，請改日。上曰：「去年重陽取九月十九日，不失重陽之意，可以十三日作上巳。」周詩用此事，而語甚工。《隴蜀餘聞》。

宗楠附識：《野客叢書》：今言五月五日曰重五，九月九日曰重九，僕謂三月三日亦宜曰重三，觀張説文集《三月三日詩》「暮春三月日重三」、《曲水侍宴詩》「三月重三日」，此可據也。《查浦輯聞》：上巳袚除，謂之戒浴，見「袚除」疏。又將樂歸化人以三月爲小清明，八月爲大清明，櫟園先生《大清明曲》云：「敢向春風甘認小，長眠人亦畏秋聲。」《蓉槎蠡說》：三月曲水會，禊祭也。平子《南都賦》「暮春之禊，元巳之辰，方規齊軫，祓于陽瀕」是也。乃劉楨《魯都賦》「素秋二七，天漢指隅，人胥祓禳，國子水嬉」，則用七月十四日，《漢書》「八月祓於灞上」，蓋有春禊、秋禊之異。九日登高，而《鄴中記》：正月十五有登高之會。《隋書・元胄傳》：帝于正月十五日與近臣登高。昌黎又有《人日登高》詩，亦不必霜月也。《容齋隨筆》：唐玄宗八月五日千秋節，張説《上大衍曆序》「謹以開元十六年八月端午獻之」，宋璟表「月唯仲秋，日在端午」，然則端午亦無定稱。以語不讀書人，鮮不失笑。

五金之屬，銅器最壽、最貴重。至銀器，則初不聞之，唯元朱碧山鍛銀器有名，孫侍郎承澤北海、宋按察琬荔裳皆藏銀槎一，上有仙人，款曰「朱碧山製」。康熙辛亥、壬子間，予兄弟與荔裳在京師，同施侍讀閏章愚山、沈文恪荃繹堂輩爲詩社，酒次嘗出此槎勸釂，因屬賦，皆詠張騫事，予亦云「窮源過大夏，鑿空取通侯」云云，蓋本宗懍《荆楚歲時記》之説。然其仙人羽衣幅巾，似取「太乙仙人蓮葉舟」之意。又《拾遺記》：堯時有巨槎浮四海，十二月周天，名貫月槎、挂星槎，羽仙棲息其上。當詠此事爲合。并録一。

宗枏附識：勇參云：《拾遺記》堯時貫月槎，亦謂挂星槎，實一槎也。

《香祖筆記》。昔在京師，從宋荔裳所見元朱碧山所製銀槎，乃太乙仙人，一時多爲賦詩，以爲張騫事，非是。《妮古録》云：曾見所作昭君像，琵琶乘騎，眉髮、衣領、花繡、鬃鬣，種種精細，馬腹上豆許一穴，其中嵌空琵琶，上刻「碧山」二字。

《夢溪筆談》載寇萊公好《柘枝舞》，每宴客，必舞《柘枝》，舞輒竟日，時人號爲「柘枝顛」。朱凌谿詩「遥憶風流王柱史，西臺銀燭柘枝顛」，正用此事。陳大樽乃改「顛」字作「前」，風趣奇減，豈未覩出處耶？

《世説》有「看煞衛玠」之語。東坡自海外歸毘陵，病暑，著小冠，披半臂，坐船中，夾岸萬人隨觀之。先生顧坐客曰：「莫看煞軾否？」蓋用《世説》語爲謔也。予昔過毘陵，借用其語爲絶句云：「買得蜻蛉小如葉，推篷看煞九龍山。」《居易録》。并録一。

《分甘餘話》。「看煞」二字有兩出處。《世説》：「看煞衛玠。」東坡歸自海外，在毘陵舟中，兩岸聚觀者不下千萬人，坡笑語座客曰：「莫看煞軾否？」余《過梁溪》詩云：「買得蜻蛉小如葉，推篷看煞九龍山。」九龍即惠山也。

宗枏案：詩家隸事，有借用其語而離却本意者。山人《謝陳簡討遺岕茶》句云「雖復遭水厄，頗亦澆壘塊」，蓋從山谷《以小團龍贈无咎》詩「故用澆君磊隗胸」、《再答黄冕仲》詩「安用茗澆磊隗胸」，意實本此，非漫然者。第謂用《世説》王大目阮籍語，陋矣。他若宋後人所用，率爾遷就，則亦未可據依也。

唐人《宫怨》詩云：「事與年俱往，恩無日再中。」案秦王執留太子丹，與誓曰：「使日再中，天雨粟，烏頭白，馬生角，廚門木象生肉足，乃得歸！」如此用事，可謂脱化。已上《居易録》。

《揮麈新談》記費鵝湖初第謁彭文憲，文憲曰：「殿上金堦滑，須慢慢行。」吾鄉高念東侍郎有句云：「金堦路滑且徐行。」本此。

樂府詩云：「緑蛇含珠丹。」初讀之，謂偶然語耳，非有故實。後觀《鄴中記》云：「魏宫中有緑蛇，口有赤珠，若梧子大。甄后每梳粧，則盤結一髻形於后前，因效而爲髻，號靈蛇髻。」乃知樂府用此事也。

田元均爲三司使，性寬厚，有干請者，雖不從，必温顔强笑以遣之。語人曰：「爲三司使數年，强笑多矣，直笑得面似靴皮。」《月泉吟社》有《謝詩賞答啓》云，恭唯某官「笑面如靴」，蓋用此語。不唯欠雅馴，亦本非佳語，而援以爲贊頌之詞，謬矣。并録一。

《分甘餘話》。田元均爲三司使，厭權貴干請，然不欲峻拒，每温言强笑以遣之。謂人曰：「吾爲三司使數年，强笑多矣，直笑得面似靴皮。」此《歸田録》所載，本非佳語。而《月泉吟社·謝送詩賞劄》中有云：「執事吟髯似戟，笑面如靴。」引用殊不倫矣。

予爲盤山釋智朴題詩，用「苗茨」字，朴疑之，書詢出處。按《洛陽伽藍記》，柰林南有魏明帝苗茨之碑，楊衒之釋曰：「以蒿覆之，故云苗茨。」已上《香祖筆記》。

余《襄陽懷古》詩《分甘餘話》作「余過襄陽賦詩」。云：「豈有酖人羊叔子，更無悔過竇連波。殘碑墮淚回文錦，一種銷沉可奈何。」首句陸抗語，次句山谷詩，《餘話》兩「句」字下俱有「用」字。皆成句也。《餘話》無「也」字。《漁洋詩話》。

南唐李氏鑄鐵錢，宋太宗始令收民間鐵錢鑄農器，給江北流民復業者。仁宗慶曆初，詔江、饒、池三州鑄鐵錢助陝西經費，民苦之，後停罷，其患方息。山谷詩「紫蔘可劚宜包貢，青鐵無多莫鑄錢」，蓋謂此也。《古夫于亭雜録》。

《居易録》。黄山谷《送顧子敦赴河東》詩：「紫參可掘宜包貢，青鐵無多莫鑄錢。」并録一。

章丘縣西北有甯戚城，春秋齊甯戚采邑，今縣有甯氏，尚爲鉅族。余嘗輓從甥甯生一聯云：「相國悲歌扣牛角，仙人暫死食飛魚。」次句用《列仙傳》甯封事，皆甯氏也。

北齊竇泰母期而不産，有媪教之曰：「渡河湔裙，生子必易。」從之，生泰。胡文恭宿詩：「猶餘仙媪湔裙水，幾見星妃度襪塵。」

偶讀《宣和遺事》，作二絶句云：「宣仁鸞馭上青冥，社飯明年一涕零。欲問宫中天水碧，都人唯説太師青。」「平陽行酒著青衣，雨雪青城更可悲。汴上已亡金等子，臨安空賞玉孩兒。」宋時禁中有金等子、玉等子，玉孩兒事詳《西湖志餘》。「天水碧」，藝祖受命之讖，太師則蔡京也。

余爲總憲掌内臺時，蒙恩賜御書「帶經堂」三大字，蓋用漢御史大夫兒寬故事也。余因取杜子美「細雨荷鉏立，江猿吟翠屏」句意，作《荷鉏圖》。今年夏五月，汪文冶洋度自廣陵以《荷鉏圖》索題，亦用帶經故事，余爲賦絶句云：「曾向歐陽受《尚書》，生涯常憶帶經餘。披圖却愛林和靖，五字春陰入荷鉏。」五字乃和靖句也。已上《分甘餘話》。

稱謂類

唐鮑防字子慎，襄州人，仕終工部尚書，工詩，與謝良弼齊名，時亦稱「鮑謝」，見《全唐詩話》。僧鐵帆能詩，順治末予官揚州，鐵帆住木蘭寺，劉吏部公㦷體仁聞之，寄予書云：「是『天寒衣衲重』鐵帆耶？」「天寒衣衲重」乃粤僧一靈句，公㦷誤記耳。東坡在黄日，參寥往視之，京師士大夫寄書云：「聞有僧在彼，是『隔林彷彿聞機杼』和尚耶？」坡笑語參寥云：「此是吾師七字號。」公㦷帖全用此語。已上《池北偶談》。并録一。

《漁洋詩話》。昔在揚州，劉公㦷寄書曰：「聞有鐵帆者住木蘭院，豈『天寒衣衲重』鐵帆耶？」然「新寒衣納重」乃釋一靈詩句，非鐵帆也。一靈後加冠巾，即翁山。

世人作詩文，沿襲謬誤而不察，如稱曹操曰曹公，稱漢昭烈反曰劉備，予前已斥言其非。又如桓温，晉之逆臣，子玄篡位，僞謚温宣武皇帝，劉義慶《世説》既有此稱，後人因仍不改，皆曰桓宣武，竟忘其爲亂賊僞號，可怪也。玄又嘗上温廟號曰太祖，然則後世亦可稱太祖耶？《居易録》。

八米盧郎，或云八釆，説者紛紛不一。按，《太平廣記》止是八詠耳。魏高祖山陵詔魏收、劉逖、祖孝徵、盧思道各作挽詞，尚書令楊愔詮之，收四首，劉、祖各二首被用，盧獨取八首，時號爲「八詠盧郎」。此謂哀輓，且非佳事。《香祖筆記》。

宗柟案：王聞修云：「齊文宣崩，文士各作挽詩，魏收、楊休之得一二首，盧思道得八首，人稱『八米盧郎』，蓋以稻喻之，言十稻之中得八米也。」

廣平張蓋字覆輿，申鳬盟涵光友也。嘗有贈申一絶句云：「草澤賢豪盡上書，奎章閣外即公車。我同漁父因衰老，獨有涵光是隱居。」金陵黄周星九烟，明末進士也，贈長洲尤悔庵云「今朝喜得見尤侗」，皆直呼其名。此以古道自處，故以古道待其友，非知己之深者不能也，俗人且以爲倨傲無禮矣。明鹽山王忠肅公翺官太宰，滄州馬恭襄公昂官大司馬，忠肅在朝，每面呼其名。此尤古道之不易行者，又非詩文之比。

同年汪鈍翁小字液仙，程石臞小字佛壯，劉公㦷每自稱阿㦷。余在揚州日，常有詩寄西樵兄及三君云：「佛壯談詩登秘閣，液仙趨府算錢刀。還思阿㦷歸清潁，仕隱無端愧汝曹。」「天寧佛火共淹留，千里鶩逢落雁秋。何處憑闌望西北，暮雲明月滿蕭樓。」詩載《漁洋前集》。

韋集向所見諸本皆稱韋蘇州。昔奉使公路浦，嘗向門人張弨力臣借書，得舊版韋集，籤題獨稱「韋江州」，平生僅見此本，惜不記其序出何人及鋟刻年月郡邑矣。《分甘餘話》。

異同類

錢牧齋先生注杜詩，卷首附録有徐介《題耒陽杜工部祠堂》詩云：「手接汨羅水，天心知所存。故教工部死，來伴大夫魂。流落同千古，風騷共一源。消凝傷往事，斜日隱頽垣。」偶看王得臣《麈史》云：熙寧初，調官泊報慈寺，陽翟徐秀才出其父屯田忘名詩，清苦平淡，有古人風。其《過杜工部墓》一首云：「水與汨羅接，天心深有存。遠移工部死，四五六句同。江山不受弔，寒日下西原。」字句稍不同。蓋屯田即介也。前本「手接」二字不可曉，疑有誤。宋刻《鑒戒録》載前蜀興聖太子隨軍王承旨失其名詠後主出降詩云：「蜀朝昏主出降時，銜璧牽羊倒繫旗。二十萬軍齊拱手，更無一個是男兒。」此與花蕊夫人詩大同小異，必有一誤。此詩《能改齋漫録》亦兩載之。

宋小説載魏野同寇萊公遊陝郊某寺詩云：「若得時將紅袖拂，也應勝似碧紗籠。」《湘山野録》云：添蘇，長安名姬也，孫僅尹京兆日，野寄詩云：「見説添蘇亞蘇小，隨軒應是珮珊珊。」孫愛之，以示添蘇，喜如獲寶，求善筆札者大署其詩于壁。野以事抵長安，孫邀置府宅，人未之知也。有好事者與密過添蘇家，見其風貌魯質，固不前席。野忽舉頭見壁所題，乃索筆於側別紀一絶云：「誰人把我狂詩句，寫向添蘇繡户中。閒暇若將紅袖拂，還應勝得碧紗籠。」添蘇始知是野，大加禮敬。二説不同。已上《池北偶談》。

《豫章集》詩：「命輕人鮓甕頭船，日瘦鬼門關外天。北人墮淚南人笑，青壁無梯聞杜鵑。」或云李白歌羅驛詩，夢中爲魯直誦之，蓋寓言也。《侯鯖録》以爲少游南遷度鬼門關作，首句作「身在鬼門關外天」，「墮淚」作「慟哭」，末句作「日落荒郵聞杜鵑」。趙德麟及與黄、秦游，不應有誤。然山谷《書歌羅驛》尚有二篇，而此詩絶類山谷，與少游不類。且少游謫藤州，人鮓、鬼門亦非所經之路也。《録》所載改數字，不及黄本遠甚。

牧仲中丞寄豫章張吏部泰來扶長所撰《江西詩派圖録》，人各爲傳，其二十五人名氏次第，遵王伯厚《小學紺珠》定本。扶長云：胡氏《苕溪漁隱》與《山堂肆考》有何顒無高荷，又列洪朋於徐俯之後。《豫章志》有高荷、何顒，無何顗，吕本中復不在二十五人之中云。予按：劉克莊後邨《江西詩派序》云：吕紫微作《江西宗派》，自山谷而下凡二十六人，内三人袁顒、潘仲達、大觀有姓名而無詩，詩存者凡二十四家，王直方詩少，絶無可采云云。其次第則首山谷，次後山，韓子蒼、徐師川、潘邠老、三洪龜父、駒父、玉父、夏均父、二謝無逸、幼槃、二林子仁、子來、晁叔用、汪信民、李商老、三僧如璧即饒德操、祖可、善權、高子勉、江子之、李希聲、楊信祖、吕紫微，合山谷爲二十四人。王立之無傳，袁顒則與今本作何顗迥異。後邨、伯厚皆宋末人，不知各何據依，而異同如此。張云梓於厭原山中者，《詩派》一百三十七卷，《續派》十三卷，今其書不可得而見矣。張傳頗詳博，而於後邨傳無所稱引，蓋未覩《後邨全集》耳。張，康熙庚戌進士。并録三。

《居易録》。劉後邨作《江西詩派序》，不爲王直方立之作傳。牧仲中丞頃寄張吏部扶長《江西詩派圖録》，補立之傳。《蠶尾文》有「亦不甚詳」四字。適讀晁以道《嵩山集》，有立之墓銘，蓋吏部亦未之見，略録數條以備考證：立之少樂從諸丈人行游，無他嗜好，唯晝夜讀書，手自傳録，凡大編數十。時遐荒窮海有先生居焉，立之身不出京師，而傳彼所賦歌詩獨早且多，若只尺居而手授受也。立之於人，顧豈燥濕寒暑之異哉？然非其所好，雖以勢力美官誘致之，莫肯自枉也。嘗監懷州酒稅，尋易冀州羅官，僅數月，投劾歸。凡十五年，處城隅小園，嘯傲自適。命其園之堂曰「賦歸」，亭曰「頓有」，一時文士多爲賦詩。彭城陳無己卒於京師，立之割田十頃以周其孤，多此類者。立之病中，取其平生書畫古器，散之四方朋友無遺，慕義樂善如此，此事蓋《蠶尾文》作「殆」。古人所未有也。大觀三年三月日葬密縣。立之病卧久，口不能良言，猶慷慨忠憤不少僁，且曰：「我所作詩文，他日无咎序之，死則以道銘我。」所謂遐荒窮海有先生居焉者，蓋東坡也。

同上。後邨作《江端本傳》太略，但云子我弟也。子我詩多而工，舍兄而取弟，亦不可曉。張不爲端本傳，缺其字，而謂臨川人。予按晁以道《江子和端禮墓誌》云：祖休復，即鄰幾。仁宗時修起居注，有重名。父懋相，朝散郎。又《壽昌縣君劉氏墓誌》曰：夫人劉原父侍讀家女，嫁爲江鄰幾舍人之子婦，男三人，長端禮，次端友、端本。端友等一日白夫人曰：「幸見聽，敢有言。」夫人笑曰：「不欲從科舉乎？是吾素已疑之矣。且汝兄力學能文，屈於有司二十年，常爲予言有司待士之禮薄，而法益苛，愧之終其身。汝等尚少，而能不樂於此乎？汝安之，則吾何有！」故端友與弟端本遂優游於圉城數畝之田，人多高之。又按子和《誌》云：江氏自轑陽侯德爲陳留圉城人，非臨川也。端友字子我，端本字子之。

同上。《石林詩話》載魯直自戎州歸荆南，高荷以五十韵見，魯直極愛賞之，有詩云：「張侯海内長句,晁子廟中雅歌。高郎稍加筆力,我知三傑同科。」張謂文濳,晁謂无咎也。无咎聞之,頗不平。荷有《雲臺觀》詩云:「親祠聖主鑾曾駐,善夢先生蝶不歸。」見范公偁《過庭録》。晚得蘭州通判以死。頃見張吏部扶長泰來。《蠶尾文》無「扶長泰來」四字。作《蠶尾文》無「作」字。《江西宗派圖録》,高荷有傳而太略,應補入之。

漢武帝李夫人事,《史·武紀》、《封禪書》作少翁,桓譚《新論》作李少君,《拾遺記》作董仲君,唐韋進士《縷金裙記》詩云:「不教布施剛留得,恰似初逢李少君。」已上《居易録》。

范傳正作《李翰林墓碑》云:與賀監、汝陽王、崔宗之、裴周南等八人,爲酒中八仙。周南之名,杜《酒中八仙歌》無之,《唐書》白本傳所載酒八仙人,亦與杜詩同。《香祖筆記》。

《茶譜》載胡釘鉸居白蘋洲,鄰有古冢,茶飲必酹之。忽夢一丈夫曰:「我柳文暢,感子茗惠,教子爲詩。」自是遂工吟詠。余嘗戲謂柳文暢詩派乃傳釘鉸耶?然釘鉸詩載洪文敏《萬首絶句》者,實不劣也。或謂居鄭圃,夢列子教之,見《雲溪友議》。《漁洋詩話》。并録二。

《池北偶談》。《茶譜》記胡生以釘鉸爲業,居近白蘋洲,旁有古冢,每茶飲,必酹之。忽夢一人曰:「吾姓柳,感子茗惠,教子爲詩。」後遂名胡釘鉸詩。若然,則釘鉸詩派乃本柳文暢耶?又《雲溪友議》:列子墓在鄭里,有胡生家貧,少爲磨鏡鍍釘之業,遇名茶美醖輒祭。忽夢一人,刀劃其腹,納以一卷書。既覺,遂工吟咏,號胡釘鉸。此一事而傳載異耳。

《居易録》。胡釘鉸參寶壽沼禪師，師問曰：「還釘得虛空否？」後參趙州，舉前話，州曰：「祇這一縫尚不奈何。」胡于此有省，州曰：「且釘這一縫。」釘鉸能詩，又載禪林公案。

附録：《香祖筆記》：胡釘鉸事，或言列禦寇，或言柳文暢，王性之《默記》又載諸先生遇慈上座事云：「他日見胡釘鉸者，知吾所在。」後諸爲章惇引薦，特置第五甲，勉往置冠帶，而作帶者極有士人風範，問之，即胡釘鉸也。驚問慈上座何在，曰：「上座于人一舉意即知之，且頃刻已萬里矣，何可知其處也。」此胡釘鉸又異人矣。一耶？二耶？

唐大曆十才子，傳聞不一，江鄰幾所志乃盧綸、錢起、郎士元、司空曙、李益、李端、李嘉祐、皇甫曾、耿湋、苗發、吉中孚，共十一人。或又云有夏侯審。按發、審詩名不甚著，未可與諸子頡頏。且皇甫兄弟齊名，不應有曾而無冉。又韓翃同時盛名，而亦不之及，皆不可解。《分甘餘話》。

帶經堂詩話卷十八

考證門六

辨晰類

金、元間有兩郝天挺，一爲元遺山之師，一爲遺山弟子。予考《元史・郝經傳》，云其先潞州人，徙澤州之陵川，祖天挺，字晉卿，元裕之嘗從之學。裕之謂經曰「汝貌類祖，才器非常」者是也。其一字繼先，出於朵魯别族，父和上拔都魯，元太宗世多著武功。天挺英爽剛直，有志略，受業於遺山元好問，累拜河南行省平章政事，追封冀國公，謚文定，爲皇慶名臣。嘗修《雲南實録》五卷，又注《唐人鼓吹集》十卷。元時漢人賜號拔都，唯史天澤、張弘範，見《輟耕録》，漢言勇也。近常熟刻《鼓吹集》，乃以爲《隱逸傳》之晉卿，而致疑於趙文敏之序稱「尚書左丞」，又於「尚書左丞」上妄加「金」字，誤甚。

韋蘇州史失爲立傳，宋沈明遠始補傳其生平端末，終亦未詳。集中有《逢楊開府》一篇，「少事武皇帝，亡賴恃恩私」云云，後人遂疑爲三衛。而《韵語陽秋》因附會以爲恃韋后宗族云云，囈語武斷可笑，腐儒之見乃如此。

徐隱君夜示予《錦秋亭辨》，具録以備故實：北湖名錦秋，新城、博興二縣志皆以爲本於坡詩。其所謂詩，即今志所載「霜風收緑錦」五言八句者是也。予獨疑詩中「北闕」字不類宋時事跡，而東坡全集及單刻《膠西集》都無此首，詩之氣格亦不類，然無據以奪之。及閲元兵部侍郎于公欽《齊乘》「錦秋亭」一則，乃知此詩即于公作。所謂取坡詩命名者，非此詩，乃取和文與可《横湖》絶句而名之也。後來作誌者據欽書采入，不細詳文義，牽連讀去，以致承襲謬誤而不之改。據欽所記，亭爲中統間邑人所建。中統乃元初年號，後蘇公百數十年，當時豈遂有亭可賦詩耶？然何以知其取詩即《横湖》絶句也？以其篇中連綴「錦秋」二字而知之也。今欽詩霜、錦、雲、秋等字亦仍本此。輒録欽原文，并録蘇詩於後。《齊乘》一則：錦秋亭，博興東南城上，中統中邑人所建，取坡詩命名。此下予自叙述。蓋齊地淄、時、般、濼諸水匯爲馬車瀆以入海，博興宛在水中，舟楫交通，魚稻成市，昔嘗過之，愛其風景絶類江南，賦詩亭上云：「霜風收緑錦，萬頃水雲秋。海氣朝成市，山光晚對樓。舟車通北闕，圖畫入南州。且食鱸魚美，吾盟在白鷗。」其鱸雖小，亦四腮，不減松江。有蓴菜。齊人不識，目鱸爲豸云。○蘇公《横湖》絶句：「貪看翠蓋擁紅妝，不覺湖邊一夜霜。卷却天機雲錦段，從教匹練寫秋光。」外祖季木王公世目博洽，公《北湖遊記》載欽常自濟南華不注山，下經小清河，東入此湖，折而南，入時水，至索鎮，舍舟歸益都。此亦本《齊乘》時水條下所載。則知欽過此賦詩，是其常所往來之地矣。獨記中於此詩偶失簡察，尚沿舊志之訛，而外伯祖康宇先生作志亦仍之，安知後來不有據此而編入蘇集者，是不可不辨也。謂宜於湖之北岸勝處，祠蘇、于二公，額以「盟鷗」，更榜「卷雲寫練」四大字於其上，庶俾後來知此緣起。特爲筆述，俟吾地之大人君子有志乘籍者折衷焉。歲在庚戌五月九日，湖上老漁徐夜記。康宇先生即先祖方伯公也。

陶南邨《輟耕録》載唐義士珏玉潛、林義士德暘景曦收葬宋陵骨事同異，或謂「昭陵玉匣走天涯」等四首爲唐作，今考林集具載。又《冬青花》一首亦載集中，獨所謂「馬箠問髐形」一篇集無之，似屬唐作耳。考林集有《答唐玉潛》詩云：「畎畝孤心老未衰，一籬瘦菊一瓢詩。黄埃赤日漫多事，蒼狗白雲能幾時。山酒柏香春壽母，案書芸冷夜呼兒。横琴妙在無絃處，何必知音有子期。」蓋二公同時友善，同爲義舉，爾時各有詩紀事，皆以冬青寄意，而王筠庵國器、鄭明德元祐二君所記，傳聞異詞耳。南邨以東嘉去杭千里，冬青豈易持去，縱持去，豈能不枯瘁，疑是唐詩作林詩，此則未取林集參互考證之也。按林又有詩《酬謝皋父》云：「夜夢繞勾越，落日冬青枝。」此尤可證。又有《精衛》、《秦吉了》、《南山有孤樹》、《蔡琰歸漢圖》等篇，皆可互相發明。《草木子》亦以爲林景曦、唐玉蟾二公事，葉世傑去元未遠，所記多元朝遺事，聞見尤可據也。明嘉靖初，遼藩光澤王重刻《霽山集》，序之甚詳。

臨川人傅平叔占衡《永初甲子辨》云：陶詩中凡題甲子者十，皆是晉年。最後丙辰，安帝尚在，琅邪未立，雖知裕篡代形成，何得先棄司馬家年號，而豫題甲子乎？自沈約、李延壽并爲此説，顔魯公《醉石詩》亦云：「題詩庚子歲，自謂羲皇人。」蓋始以集考之，謂庚子後不復題年矣。不知陶公之出處大節，豈在區區耶？《晉書》陶傳削去甲子之説，昭明靖節傳亦無是語，一在《南史》前，一在《宋書》後，同時若此不妄附會云云。及讀宋文憲公集，乃知此論先發於潛溪，平叔特踵其説耳。宋《跋淵明像》云：「有謂淵明恥事二姓，在晉所作皆題年號，入宋之時唯書甲子，則惑於傳記之説，而其事不得不辨。今淵明之集具在，其詩題甲子者，始於庚子而迄於丙辰，凡十有七年，皆晉安帝時所作，初不聞題隆安、元興、義熙之號。若《九日閒居》詩有『空視時運傾』、《擬古》九章有『忽值山河改』之語，雖未敢定於何年，必宋受晉禪之後所作，不知何故，反不書甲子也。其説蓋起於沈約，而李延壽著《南史》，五臣注《文選》，皆因之，雖有識如黄庭堅、秦觀、李燾、真德秀，亦踵其謬而弗之察。獨蕭統撰本傳，以曾祖晉世宰輔，恥復屈身後代，朱元晦述《綱目》，遂本其説，書曰『晉徵士陶潛卒』，可謂得其實矣。烏虖！淵明之節，其待書甲子而後見耶？」

雙文詩，世以爲元微之自寓，然吾觀《元氏長慶集》中《誨姪》等詩云：「吾生長京城，朋從不少，然而未嘗識倡優之門。」觀此則小説未必真微之事也。

南昌王于一猷定作《寒碧琴記》云：昔子瞻爲登州司户參軍，子由省之，携琴遊大海。舟覆，琴墮海。後高麗人得之，獻其王，王知爲蘇氏物也，藏之數百年。迨明崇禎間，高麗困於兵，請援，遣總兵某帥師救之。瀕行，贈以琴，琴遂復還中國。按《東坡年譜》，元豐八年乙丑五月復朝奉郎知登州，到郡才五日，即以禮部郎官召，作《别登州舉人》詩，有「五日匆匆守」之句。公未嘗爲司户參軍，且到郡非久即召，少公亦未嘗省公於登也。崇禎間亦未嘗遣師援高麗。于一好奇誕，《蠶尾續文》有「而考證甚疎」

五字。每爲人欺，多此類。

周嬰，字方叔，莆田人，撰《巵林》十卷，援據該博。偶記其數條可資詩話者。如石尤風，引元相詩「罔象睢盱頻逞怪，石尤翻動忽成災」，義山《古意》詩「去夢隨川后，來風貯石郵」，以「石郵」對「川后」，蓋奇相、飛廉之屬。○又《古咄唶歌》：「棗適今日賜，誰當仰視之。」引《方言》云：「賜，盡也。」潘岳《西征賦》：「若循環之無賜。」《維摩詰經》：「如來鉢飯，悉飽衆會，猶故不賜。」《太平廣記》引《啓顔録》：山東人謂盡爲賜是也。又《光明經》：「食已飽足，飯不消澌。」澌與賜同。予按，《集韵》：「儩，盡也。見釋典。」「澌，洩水門。」《南史》有石澌，杼山詩「應思石澌訪春泉」、「石澌清心胸」，不云盡義。○又楊用修曰：唐人云君苗無姓。《宛委餘編》曰：君苗姓應，瑒之從弟，見《文選》注。非也。按陸雲《與兄平原書》云：「前作《登臺賦》，極未能成，而崔君苗作之。」又云：「君苗作《愁霖賦》極佳，見兄文，輒云欲燒筆硯。」曹志，苗之婦公，其婦與兒皆能作文，頃借其《釋詢》二十七卷，當百餘紙寫之。」則君苗清河族也。休璉與二陸相距且百年，其從弟安得尚存，復修少年鉛槧事耶？○又高似孫《緯略》：《金樓子》云劉子玄爲《水仙花賦》，時人謂不減《洛神》，予固不敢望知幾云云。按，金樓子者，梁元帝也，劉子玄，知幾也。知幾在證聖中作《史通》二十卷，後以名類玄宗，改名子玄，在元帝後百餘年矣。《御覽》引《金樓子》云：劉休玄爲《水仙賦》云云。是南宋南平王鑠也。水仙乃水上神女，陶弘景亦有賦，高氏以休玄爲子玄，以水仙爲花名，豈不謬歟？此類數十條，皆足解頤。胡元瑞、陳晦伯作

《正楊》、《筆叢》等書以駁用修，方叔作《廣陳》、《諗胡》，尤爲楊氏功臣。予按：以休玄爲子玄，正如書家以劉德升爲景升也。并録二。《池北偶談》。

北齊房君豹有山池在歷城，參軍尹孝逸將還鄴，詞人餞宿於此，自爲詩曰「風淪歷城水，月倚華山樹」，時人以比謝氏。此自北齊詩，《詩紀》未采。《詩藪》誤作中唐，且訛「華山」爲「華陽」，方叔正之是矣。至云「猿啼洞庭樹，人在木蘭舟」句格近六朝，而方叔疵之，謂是晚唐面目，則謬甚。吴郡皇甫少玄、百泉兄弟論詩，以此二語爲五言極則，藝苑流傳，焉可誣也？同上。

周嬰方叔極稱辨博，然有不必辨者。如《詮鍾》辨文明太后《青臺雀歌》、杜蘭香《贈張碩》詩數條，不知《名媛詩歸》乃吴下人僞託鍾、譚名字，非真出二公之手，何足深辯？又向來坊間有《明詩歸》，更俚鄙可笑，亦託名竟陵，又足辯耶？

蜀鹽亭縣有鵝溪，縣出絹，謂之鵝溪絹，亦名東絹，子美詩「我有一疋好東絹」是也。周紫芝詩：「百尺寒松老榦枯，韋郎筆妙古今無。何如莫掃鵝溪絹，留取天吴紫鳳圖。」此雖諧謔，然《北征》自作於赴行在時，而《題韋偃畫松》則在入蜀之後，固不可同日語也。已上《池北偶談》。

神禾原過鄭、韓二莊。鄭莊相傳是鄭谷居，韓即退之别業，宋人詩「韓莊連鄭里，相望樹交枝」。按，鄭莊近瓜州邨，宋張禮《遊城南記》：「濟潏水，涉神禾原，西望香積寺，下原過瓜州邨。」注：「瓜州邨與鄭莊近，莊，虔郊居也。」杜詩：「今日南湖采薇蕨，何人爲覓鄭瓜州。」自注：「今鄭祕監審。」審，虔之姪。則鄭莊非谷居明矣，志傳譌也。《秦蜀驛程後記》。亦見《蠶尾續文》。

邊司徒華泉詩：「自聞秋雨聲，不種芭蕉樹。」或議之謂芭蕉不得稱樹，又或議王右丞畫雪中芭蕉。宋朱翌云：「曲江冬大雪，芭蕉自若，紅蕉方作花。知前輩畫之不苟。」彼身未到蜀、粤，故少所見多所怪耳。《花間詞》云：「笑指芭蕉林裏住。」既可稱林，顧不得稱樹耶？

宗柟附識：詩詞中字有不妨通用者，有必須出處者。芭蕉稱林，僅見《花間》，更移而之樹，恐未可爲通例也。案《静志居詩話》：元美誚廷實芭蕉不可言樹，然《維摩詰經》云：「是身如芭蕉樹而不堅固。」是芭蕉未始不可名樹矣。斯言足爲諦據，山人偶思之而未及耳。

《載酒園詩話》，丹陽賀裳著，其持論有不可解處。如范石湖之視陸放翁何啻霄壤，而賀則云：「至能有驊騮騄耳過都歷塊之能。」又云：「務觀才具無多，意境不遠，唯善寫眼前景物，音節琅然可聽。」如山谷千古奇作，於杜、韓、蘇之外自闢一宗，故爲江西初祖，而賀謂其所得不如楊、劉，并疵其「春網薦琴高」之句，豈曹瞞「何以解憂，唯有杜康」之句亦未嘗寓目耶？更捨其汪洋大篇而取其二三律句，此如乞兒輕議波斯賈胡，足發一笑耳。其論晁具茨亦然。大抵所取率晚唐窕巧之語，以爲雋異，豈得輒衡量大家耶？

世言蘇、黄相訾毁，予嘗辨之于《池北偶談》。又見王明清所記李邯鄲孫亨仲言家有梅聖俞詩善本，世所傳多爲歐陽公去其尤者，忌能名之壓己也。明清辨其非實，以歐公在諫路頗詆邯鄲云爾。以歐、梅、蘇、黄四公深相知，而世俗之論尚如此，則謂子美贈李詩「李侯有佳句，往往似陰鏗」，太白贈杜詩「飯顆山頭」云云，皆爲譏誚者，又何足怪乎？

偶于故書肆買得《詩法源流》一帙，乃元人傳與礪若金述范德機語也。後附《杜詩律格》，有接項、纖腰、充股、連珠、單蹄、雙蹄等。有元至治壬戌楊仲弘序，略云：「少從叔文圭遊成都，過浣花，求工部之祠而觀焉。有主祠者，子美九世孫杜舉，居祠之後。造而問之，舉之言曰：『甫不傳諸子，而獨于門人吴成、鄒遂、王恭傳其法，予傳之三子者。子從遠方來，敢不以三子所傳者與子言之。』」按舉之名不見于書傳，吴、鄒、王三子亦不見于諸家誌序中。且子美全家避亂下峽，不應復有裔孫留居成都。又所拈《秋興》、《燕子來》、《舟中》等篇，載三子之説，大抵如邨學究語，如「仙侶同舟晚更移」一句，解爲明皇與貴妃諸臣泛舟渼陂，可笑至此，餘可例推。第不知仲弘之序何人僞造，如醉人夢囈，可恨也。

《侯鯖録》載紹聖中貶東坡，毁上清宫碑，令蔡京別撰。有人過臨江驛，題二詩，不書姓名，或云江鄰幾，或云張文潛作也。其二云：「晉公功業冠吾唐，吏部文章日月光。千載斷碑人膾炙，不知世有段文昌。」此詩因坡公而發，特以退之淮西事爲譬，非元和間人作也。其言「吾唐」者，是時黨禁方嚴，故託之前代云爾。以爲直言淮西事者誤，婁堅以爲東坡詩，尤誤《蠶尾文》無「婁堅」下九字。矣。

《南史・丘仲孚傳》：每讀書以中宵鐘爲限。《墨客揮犀》云：古有分夜鐘。則議張繼《楓橋夜泊》詩者，真兒童之見也。并録一。

《分甘餘話》。唐張繼《楓橋夜泊》詩，前人以「夜半鐘聲」爲疑。《老學庵筆記》引皇甫冉「半夜隔山鐘」、于鄴詩「遠鐘來半夜」，以爲唐時僧寺或有半夜鐘，不必姑蘇也。墨莊云：今平江城中自承天寺後改能仁寺。半夜鳴鐘，諸寺乃以次而鳴，迨今如此，蓋自唐而然。據此，則夜半鐘是姑蘇故事，務觀亦未之考也。

今人賦詩用事，不詳出處，譌謬相沿，最爲可笑。如彈棊之戲，《西京雜記》云：「成帝好蹴踘，群臣以爲勞體，非至尊所宜。帝曰：『可擇似而不勞者奏之。』家君歆謂向也。作彈棊以獻。」《博物志》云：「魏文帝善彈棊，能用手巾角。時有書生又能低頭以所冠著葛巾角撇棊。」故李義山詩云：「玉作彈棊局，中心最不平。」此與弈棊有何干涉？而今人率以弈爲彈棊，此類甚多。并録二《居易録》。王文恪鏊《姑蘇志・方技》載席謙善棊，下引杜詩云：「席謙不見近彈棊。」是亦譌彈棊爲弈也，何怪今人沿襲之謬。

《香祖筆記》。彈棊之戲始見《西京雜記》，《後漢・梁冀傳》注稍詳之，似近投壺，而其製不傳。今人詩多以弈棊當之，可發一笑。王建《宫詞》云：「彈棊玉指兩參差，背局臨虚鬭著危。先打角頭紅子落，上三金字半邊垂。」讀之亦不能通曉也。

附録：《古夫于亭雜録》：今人誤以弈棊爲彈棊，固謬，然彈棊之製終亦不解。《廣記》云：今彈棊用棊二十四色，色別貴賤。又魏戲法先立一棊于局中，餘者閒黑白圍繞之十八籌。

鄒平長白山有釋宗泐季潭石刻手蹟古今詩十五首，後題云：「右諸詩皆予洪武初雜處亂軍中作，迄今已三十年。偶持鉢過長白山，宿劉老别業，憶舊作，書之，憮然自失。時永樂二年九月，天台釋宗泐。」滄溟跋尾云：「此長白山名蹟也。嘉靖乙丑三月，歷下李攀龍書。」其詩如《戰城南》、《江南曲》、《祖龍行》等作，《列朝詩》皆載之。按季潭以胡惟庸之獄有連，奉旨免死，命往槎峰，至江浦石佛寺示寂，壽七十四。事在洪武間，而此刻署永樂二年，必有訛誤，記之以俟考。并録二。

《漁洋文》。長白山有明僧宗泐詩帖，凡古今詩十五首。自題云：「持盋過長白，宿劉老别業書之。永樂二年九月，天台釋宗泐。」李滄溟跋云：「此長白名蹟也。」按泐以胡惟庸之獄連染，免死，發往槎峰，與做散僧，渡江至江浦石佛寺示寂，事在洪武中，而此署永樂二年，謬矣。

《蠶尾文》。予鄉長白山有釋宗泐季潭石刻手蹟，凡詩十五首，末處題云：「右諸詩，皆予洪武初雜處亂軍中作，迄今已三十餘年。偶持鉢過長白劉老别業，憶舊作，書之，憮然自失。永樂二年九月，天台釋宗泐。」後有滄溟跋云：「此長白名蹟也。嘉靖乙丑三月李攀龍。」予按，季潭以胡惟庸之獄有連，奉旨免死，與做散僧，發往鳳陽槎峰，渡江至江浦石佛寺，示寂，事在洪武中，而此署永樂二年，必有譌誤。題其尾以俟考。

宋兩張子野，皆名先。一與歐陽文忠友，爲孝章皇后戚里之姻，官止知亳州鹿邑縣，寶元二年，年四十八卒。文忠誌其墓云：「好學自力，善筆札。」一與蘇文忠公爲友，公集中云：「昔自杭移高密，陳令舉、張子野皆從至松江，夜半月出，置酒垂虹亭上，子野年八十五，以歌詞聞天下，作《定風波令》。」李公擇守吴興，東坡過之，會於碧瀾堂。子野作《六客詞》，坡詩所謂「詩人老去鶯鶯在，公子歸來燕燕忙」，詞家所謂「張三影」者是也。官至都官郎中，死葬吴興弁山，有集一百卷。今有張釣魚灣，見《掌故集》。胡應麟《筆叢》云兩張先皆字子野，俱第進士，其能詩壽考悉同。一博州人，號張三影者是也。一吴興人。胡作《正楊》，而荒陋如此。并録一。

宗柟附識：兄寒坪云：「案《詞綜》，兩張先云云，見《齊東野語》，而胡應麟《筆叢》載之，則本非胡語也。」勇參云：「《蘇詩補注》載《齊東野語》，是時有兩張先，俱字子野，其一開封人，天聖三年進士，歐陽公爲作墓誌。其一湖州人，天聖八年進士，《宋史》不立傳，故其家世不詳。案《吴興志》，張子野，烏程人，康定進士，仕至都官郎中，致仕，年八十九卒，葬弁山多寶寺後。又按康定、天聖兩處不同，當從周公謹爲是。公謹南宋人，必有所據。」

《居易録》。宋人兩張先，皆字子野，人往往不能辨。前卷已各詳其履歷，然未有如《道山清話》之訛舛者。道山云：張先京師人，有文章。尤長於詩詞，人目爲「張三影」，又號三中。此官都官郎中，居湖州者，年八十餘尚無恙。以三影爲京師人已誤。其下又云：其祖母宋氏，孝章皇后妹也。子野生貴家，刻苦過於寒儒，取高科，甫改秩，爲鹿邑縣以殂。歐陽永叔雅敬重之云云。今人乃以「張三影」呼之，哀哉！歐陽爲其墓銘。此戚里官鹿邑縣者，年四十八卒，不號「三影」。觀此，則曾參、秋胡之誤又何怪乎？又按湖州張子野年八十五尚買妾，東坡贈詩云：「詩人老去鶯鶯在，公子歸來燕燕忙。」早年有《一叢花》詞云：「不如桃杏，猶得嫁東風。」歐陽公稱爲「桃李嫁東風郎中」，見范公偁《過庭録》。知兩張子野皆從歐公遊也。

杜詩《公孫大娘弟子舞劍器行序》云：「開元五載，余尚童穉，記於郾城觀公孫氏舞《劍器》、《渾脱》，瀏灕頓挫，獨出冠時。」按陳暘《樂書》云：「樂府諸曲自古不用犯聲，唐自則天末年《劍器》入《渾脱》，爲犯聲之始。《劍器》宫調，《渾脱》商調，以臣犯君，故爲犯聲。又唐多解曲，如《柘枝》用《渾脱》解之類。」觀此則《劍器》、《渾脱》自各爲舞曲之名，今人誤讀杜詩序，以「劍器」爲句，而以「渾脱瀏灕頓挫」六字爲句，以爲皆極贊舞劍器之妙，譌謬沿襲，文字中往往以「渾脱瀏灕」四字連綴用之，可笑也。

宗柟附識：勇參云：「案《天禄識餘》，《劍器》，古舞之曲名，其舞用女伎雄裝，空手而舞。見《文獻通考·舞部》。杜詩《公孫大娘舞劍器歌》指武舞而言。或以劍器爲刀劍，誤矣。」芷齋云：「此杜詩通首所以無一語涉劍也。」

輪庵和尚名同揆，明相國文文肅弟震亨之子。少爲諸生，名果，字園公。出世後，常住雲南大理府。著《洱海叢談》云：三塔寺内有黄華老人草書石刻，字大如椀，相傳以檳榔殼蘸墨汁書之。老人宋元間人，自江右來此，久之仙去。其詩即「挂鏡臺西挂玉龍，半山飛雪舞天風。寒雲直上三千尺，人道高歡避暑宫」云云。士禛按：黄華老人即金翰林修撰王庭筠，字子端。此四詩有真蹟石刻在汾州府學，朱翰林彝尊、吴徵士雯皆曾見之。蓋李中溪元陽侍御摹刻於點蒼，而滇人傅會爲仙耳。

《田疇傳》字子泰，或云子春。陶詩「聞有田子春，節義爲士雄」，姚寬引《漢書·劉澤傳》云：「高后時齊人田生，遊乏資，以書干澤，澤大悦之，用金二百斤爲田生壽。田生如長安，幸謁者張卿，諷高后立澤爲瑯琊王。」晉灼曰：「《楚漢春秋》云田生字子春。」按此詩上文云「策馬至無終」，無終正疇所居。若《澤傳》田生，乃齊人，其説謁者張卿乃遊士説客之流，安得稱節義？此寬好奇之過也。又杜詩《少年行》「黄衫年少來宜數」，寬引《霍小玉傳》「有一豪士，衣輕黄衫，挾朱筋彈」云云，更爲無稽，而虞山錢宗伯注取之。按，寬字令威，嘗測金海陵之敗，所著書二百卷，古今同異無不該括，晚始召對殿中，忽感風眩而卒，見葉正則集。并録一。

《古夫于亭雜録》。姚寬《西溪叢語》於陶詩「聞有田子春，節義爲士雄」，引《漢書·劉澤傳》「高后時齊人田生」云云，《楚漢春秋》田生名子春。按，此詩上句云：「辭家夙嚴駕，當往至無終。」無終，正田疇居處。《田疇傳》云字子春，有何可疑？況《劉澤傳》之田生乃齊人，其説謁者張卿乃游士説客之流，安得稱節義，而淵明企慕之，至形於篇什如此耶？寬字令威，宋人，出處見葉水心集。

歐陽永叔最愛常建「曲徑通幽處，禪房花木深」之句，固是絶唱具眼。或謂永叔在青州，手書此詩於解後山齋，「通」字乃作「遇」，有石本。若然，則是點金成鐵，初不解此詩之妙也。

予向以韓吏部《送李愿序》愿即西平王長子，而駁李濂《嵩渚集》疑愿《唐書》無傳之誤。適見閻若璩《博湖掌録》一則，辨此李愿别是一人。其略云：按昌黎年譜，貞元十七年公在京師，是年有《送李愿歸盤谷序》。觀稱愿之言，蓋終其身官不掛朝籍者，安得有如《唐書·李愿傳》所載云云乎，其别爲一人。一也。退之有《盧郎中寄示送盤谷子詩二章和歌》，首云：「昔尋李愿向盤谷。」當又在貞元八年退之未第之前，故得入太行訪隱淪。是時西平尚在，愿安得輒隱於此？二也。《和歌》又云：「開緘忽覩送歸作，字向紙上皆軒昂。又知李侯竟不顧，方冬獨入崔嵬藏。」則知序作於是年冬，蓋愿嘗隱盤谷，兹來遊長安，不得志，故序曰「送歸」，豈如傳所稱「勳閥」乎？三也。貞元中，濟源令刻此序盤谷石上，後書云：「昌黎韓愈，知名士也。高愿之賢，故序而送之。」此當時目擊其事者，僅稱之曰「賢」，無一語鋪張其人地。四也。《李愿傳》晟立功時，諸子未官，宰相以聞，即日召授太子賓客、上柱國。考《晟傳》，廣德初擊党項有功，即所謂立功時也，下距貞元辛巳，愿已歷宦三十九年矣，安得如序所云？五也。退之貞元辛巳冬尚在京師參調，明年始授四門博士。唐人最重爵，安敢與歷宦三十九年者雁行曰友人某？六也。《愿傳》「邇聲色而政衰」，又云「結納權近，官貲隨賂遺輒盡」，其人如是，安能吐高論，俾退之聞而壯之？七也。西平，洮州臨潭人，貞元七年辛未，以臨洮未復，請附貫萬年，詔可。是愿當爲長安人，安得於濟源之盤谷曰歸乎？八也。右詞甚辨，予《北征日紀》云云，亦已疎矣，故備著之。

宗柟附識：《北征日紀》：「李川父《嵩渚集·游盤谷記》云：『愿行實無考，新、舊《唐書》列傳皆無之。』按願即西平王長子，歷官河中等五鎮節度使，卒贈司空，《唐書》有傳。川父號稱博雅，何疎於考證如此？」山人自以此段未當，引閻氏語重爲訂正。愚案，冰蘧吕氏亦云，隴西隱者非西平子。則知此論故非創見，特閻氏加詳爾。

《契丹國志·后妃傳·道宗蕭皇后本傳》云性恬寡欲，魯王宗元之亂，道宗同獵，未知音耗，后勒兵鎮帖中外，甚有聲稱。崩，葬祖州云云而已。《焚椒録》所紀耶律乙辛、張孝傑輩讒構賜死之事，絶無一字及之。又《録》稱后爲南院樞密使惠之少女，而《志》云贈同平章事顯然之女。《志》言勒兵，似嫻武略者，而《録》言幼能誦詩，旁及經子，《録》中所載《射虎》、《應制》諸詩，及《迴心院詞》皆極工，而無一語及武事。且本紀道宗在位四十七年，改元者三：清寧、咸雍、壽昌，初無太康之號，而《録》載乙辛密奏太康元年十月據宫婢單登及教坊朱頂鶴陳首云云。已上皆牴牾不合，不可解也。按《遼史・宣懿皇后傳》雖略，而與《焚椒録》所紀同，蓋《契丹志》之疏耳。《志》唯載天祚文妃善歌詩，其《詠史》云：「丞相朝來劍珮鳴，千官側目寂無聲。《蠶尾續文》有「云云」二字，無下文六句。養成外患嗟何及，禍盡忠臣罰不明。親戚並連藩翰地，私門潛蓄爪牙兵。可憐昔代秦天子，猶向宫中望太平。」按《史》亦載此詩，是騷體，非律。《續文》有「也」字。

胡應麟元瑞《詩藪》云：「晏同叔『冰從太液池邊動，柳向靈和殿裏看』，『靈和』字僻，又與柳不切，易作『長楊』。」按，「靈和」乃張緒事，何得謂僻而不切？元瑞號博雅，豈《南史》亦未之讀耶？

宗柟附識：《静志居詩話》：「《詩藪》一編，專以羽翼《卮言》，虞山錢氏詬之太甚。觀《少室山房筆叢》，沉酣四部，自不失爲讀書種子，詎可因《詩藪》而概斥之乎？」

胡元瑞應麟作《丹鉛新録》、《藝林學山》以駁升庵之誤，然其所記誤者正復不少。如《二酉綴遺》所載「百疊漪漪水皺」六言，又「步武所臨，雲蒸霞起」四言，乃東坡夢中所作《紅靴銘》及《太真妃裙帶詞》，而胡不知，何云博洽耶？已上《居易録》。　并録一。

《香祖筆記》。胡應麟作《丹鉛新録》、《藝林學山》以駁升庵，自負博辯，然舛謬復不自覺。如引《三國志》關某傳注，謂羽欲娶布妻，啓曹公，疑布妻有殊色，因自留之。按此乃秦宜禄妻，與布何涉？元瑞豈未一檢陳書耶？又唐人「長安女兒踏春陽」一絶，見《沈亞之集·異夢録》，胡止據《博異志》，似未覩沈集者。田汝成《西湖志餘》又傅會以爲宋人西湖事，謂爲水仙與鳳俱沉湖中，則剿襲司馬才仲遇蘇小事而爲之，尤可笑。

吴師道《仙山秋月詩》自注：「宫扇馬遠畫，宋寧宗后楊氏題詩，自稱楊妹子。」詩中感慨濟王之事，以楊妹子爲楊后，誤。《蠶續文》有「矣」字。

今浙西之杭州、嘉興稱吴地，錢塘江以東乃爲越地，故唐詩曰：「到江吴地盡，隔岸越山多。」予讀《吴越春秋》，闔閭五年，吴南伐越，破檇李。《左傳》、《史記》亦然。《越絶書》：「語兒鄉故越界，名曰就李。」就李即檇李。然則春秋之時，嘉興本越之北境，初不隸吴。唐詩云云，非也。

宗柟案：杭、嘉爲越境，山人駁正唐僧處默詩最爲明劃。又吾郡與湖州舊統於直隸，明初《實録》及諸家序記章章可攷。逮洪武十四年十一月，始以二府改隸浙江。先是領郡九，至此領郡十一。凡嘉、湖諸志，俱不言分地本末，唯仁和夏時正撰《杭州府志》獨著之，詳見《曝書亭集》。後學漫無據依，於鄉邦之近，方域沿革，蒙然如坐雲霧，遑問其他。讀兩先生之言，足以徵信矣。

《唐書》言孟浩然與給事中王維善，維私邀入内直。會明皇至，浩然倉卒避匿牀下。帝問知之，喜曰：「朕聞其名久，恨未見耳。」立召見，問所爲詩云云。而《北夢瑣言》以爲李白，誤。

《閑中今古録》論李易安晚節改適，云「翁則清獻，爲時名臣」，又引瞿佑《詩話》「清獻名家厄運乖，羞將晚景對非才」云云。以挺之爲抃，謬矣。蓋以閱道謚清獻，而挺之謚清憲，故致此舛訛耳。

附録：《香祖筆記》：李易安清照，濟南李格非文叔之女，詞中大家。其母王狀元拱辰女，亦工文章。

歐陽文忠詩：「雒陽相君忠孝家，可憐亦進姚黄花。」考《澠水燕談》，雒陽進花始于李文定廸，非始思公。

宗柟案：「雒陽相君」云云，蘇文忠《荔支歎》七古結語，山人誤記爲歐公耳。

楊汝士於楊於陵座上賦詩云：「文章舊價留鸞掖，桃李新陰在鯉庭。」元、白歎伏。汝士歸謂子弟曰：「今日壓倒元、白。」又在洛中，裴晉公夜宴，汝士詩云：「昔日蘭亭無艷質，此時金谷有高人。」元、白失色。此本一事，而重複誤書之耳。按，裴、白在洛，與劉夢得多倡和聯句，裴詩所謂「成周文酒會，吾友勝鄒枚。唯憶劉夫子，而今又到來」，是其事也。是時文宗太和七年癸丑，白罷河南尹，再授賓客分司。八年甲寅，裴爲東都留守。開成元年丙辰，劉分司東都，楊汝士東川節度使。二年丁巳，留守裴侍中修禊于洛，合宴舟中。先是太和五年，元已薨于武昌，安得與樂天、汝士同在洛中，裴宴賦詩耶？小説之不考而妄語如此，可笑也。

《荆楚歲時記》：河鼓謂之牽牛，黄姑即河鼓也。古詩云：「黄姑織女時相見。」李後主詩云：「迢迢牽牛星，渺在河之陽。粲粲黃姑女，耿耿遥相望。」則又以黃姑爲織女，不知何據。

後人妄改古詩，如謝茂秦改玄暉「澄江浄如練」之類，爲世口實。唯王楙《野客叢書》改陸士衡《齊謳行》「孟諸吞雲夢，百二侔秦京」曰「八九吞雲夢」，語既渾成，對又精切，確不可易也。

唐詩人張祜字承吉，與白樂天、杜牧之同時，其詩事班班可考。《野客叢書》引祜「不信寧王迴馬來」及「金輿遠幸無人見，偷取邠王小管吹」之句，以爲祜目擊時事而作。又祜有詠武宗時孟才人之作云：「一聲河滿子，雙淚落君前。」一述明皇事，一述武宗事，遂疑其身涉十一朝，年且百二十歲云云。此説愚甚，可笑。唐人詠明皇、太真事者不可枚舉，如元、白《連昌宫詞》、《長恨歌》二篇，其最著者。又如李義山「如何四紀爲天子，不及盧家有莫愁」之類，亦多矣。豈皆同時目擊者耶？即祜樂府《春鶯囀》、《雨霖鈴》等作，皆追詠天寶間事，何獨疑于前二詩耶？

宋初收江南、西蜀，徐熙、黃筌父子皆入京師。筌畫花卉，但以輕色染成，不見墨跡，謂之寫生。熙以墨筆畫之，殊草草，略施丹粉，而神氣生動。筌惡其軋己，言其不入格，罷之。熙之子乃效諸黃之格，更不用墨，直以粉色圖之，謂之没骨圖。畫花鳥者，今有此兩種。如近日姑蘇王武，熙派也。毘陵惲壽平、金陵王槩，筌派也。二派並行，不可相非，唯觀其神氣何如耳。槩字安節，詩人方文汎山之壻，與兄蓍字宓草皆以工花鳥擅名，詩亦不凡。蓍初名尸，槩初名丐，後改今名。亡友汪鈍翁贈吴人文點與也詩云：「君家道韞擅才華，愛寫徐熙没骨花。」謂趙凡夫子婦文俶，衡山之孫女也。然沈存中謂没骨花乃熙之子，非熙也。

何大復《平涼》詩云：「唯餘青草王孫路，不屬朱門帝子家。」莫中江以爲李滄溟在河南時作，人與地皆誤也。已上《香祖筆記》。

今世俗所傳《吟窗雜録》最紕繆可笑。如第一卷《詩格》，曰魏文帝撰，而有雙聲、疊韵、迴文之類，豈建安之代已先有沈約四聲及《璿璣圖詩》耶？

小説載李翺在潭州嫁柘枝妓事，以爲韋蘇州，舒元輿詩云「誰是蔡邕琴酒客，魏公懷舊嫁文姬」，古今以爲佳話，而不知其污衊賢者也。按應物爲蘇州刺史在貞元之初，其後又有韋夏卿在貞元十年，韋覬在元和時，與習之之世差近，而翺與應物固渺不相及也。且韋、李二集具在，亦無一字相涉，則蔡邕琴酒之語，何竟武斷屬之左司耶？李觀《元賓集》中有《代人上韋蘇州》二書，每疑其暴戾恣横，不類左司所爲。觀與翺同元和中人，皆與左司無涉，此二事皆不可不辯也。乾元中，又有韋黄裳、韋之晉，大中時又有韋某，誌失名，所稱「韋蘇州」，蓋不下六七人矣，人但知有左司耳。已上《漁洋詩話》。并録一。

《居易録》。《雲谿友議》載李翺在潭州，席上有妓舞《柘枝》者，顔色憂悴，問知爲蘇州韋中丞女。殷堯藩當筵贈詩云「姑蘇太守青蛾女，流落長沙舞《柘枝》」云云。李乃於賓榻中選士而嫁之。《輟耕録》載姚燧官翰林學士日，玉堂設宴，歌妓中一人秀麗閑雅，微操閩音，叩之，泣而訴曰：「妾建寧人，真西山之後也。」遂白丞相三寶奴，爲落籍，嫁小史黄埭。嘉興貝闕有詩記事云「妾本建寧女，遠出西山翁」云云。此皆好事者爲之，媢嫉君子，污衊大賢，亦猶南渡小人傾朱晦翁，至有帷薄不修之謗，可謂無忌憚之尤者矣。《友議》出范攄手，鄙俚不足道。陶宗儀元末名士，乃亦爾，可怪也。

江都門人宗元鼎，字梅岑，以詩鳴江淮間。有詠李後主絶句云：「江南歌舞尋常事，便遣曹彬下蔣州。」余最愛其措語之妙，取入《感舊集》。近覆閲之，乃知其誤。南唐自元宗時，周世宗屢侵淮南，國勢削弱，至遷都豫章以避之，非始宋也。後主仁愛，無荒淫失德，但溺於釋氏耳。宋太祖諭徐鉉曰：「江南亦有何罪，但卧榻之旁，豈容他人鼾睡邪？」亦非以歌舞爲兵端，宗語非事實矣。

《劇談録》：元和中進士李賀善歌詩，元相國稹年老，以明經擢第，常願結交，執贄造門，賀覽刺，遽令閽者謂曰：「明經擢第，何事來看李賀？」相國慚憤而退。案，元擢第既非遲暮，於賀亦稱前輩，詎容執贄造門反遭輕薄？小説之不根如此。

宗柟附識：勇參云：「閲《劇談録》，因憶黄唐堂編修《詹言》，舊傳長吉七歲賦《高軒過》，序言韓員外愈、皇甫侍御湜見過，因而命作。按長吉七歲時，愈年三十，在汴河依董晉爲推官，未爲員外也。四十二改都官員外郎，拜河南令，四十四遷職方員外郎，計長吉在十九二十一歲之間。湜於元和元年登進士第，爲陸渾尉，計長吉時年十六，則七歲時湜未爲侍御也。」

唐彦謙《齊文惠宮人》詩：「認得前家令，宮人淚滿裾。那知梁佐命，全是沈尚書。」余以事實考之，誤也。文惠太子，武帝長子。鬱林王之父蚤薨，鬱林即位，西昌侯鸞輔政。鬱林失道，鸞遂謀篡弑，盡害高武諸王，是爲明帝。鸞之子東昏侯無道，無罪殺尚書令蕭懿，懿弟衍乃起兵於襄陽。蓋明帝乃高、武二帝之仇，而梁之革命在東昏之世，與文惠相去遠矣，不應捨蕭鸞而怨及梁也。詩人之不核史事如此。

《左思别傳》云：「皇甫謐西州高士，摯仲治宿儒知名，非思倫匹；劉淵林、衛伯輿並蚤終，未嘗爲思序注，皆思自爲，以重其文。」案太沖《三都賦》自是接跡揚、馬，乃云假諸人爲重，何其陋耶。且西晉詩氣體高妙，自劉越石而外，豈復有太沖之比？《别傳》不知何人所作，定出怨謗之口，不足信也。太沖，吾鄉臨淄人。

右丞詩：「萬壑樹參天，千山響杜鵑。山中一夜雨，樹杪百重泉。」興來神來，天然入妙，不可凑泊，而《詩林振秀》改爲「山中一丈雨」，《潼川志》作「春聲響杜鵑」，《方輿勝覽》作「鄉音響杜鵑」，此何異點金成鐵？故古人詩一字不可妄改。如謝茂秦改宣城「澄江浄如練」作「秋江」，亦其類也。近餘姚譚宗纂《唐律秋陽》，諸名家詩無不妄加點竄，古人何不幸，横遭黥劓如此？

唐劉伯芻品水，以中泠爲第一，惠山、虎丘次之。陸羽則以康王谷爲第一，而次以谷簾、惠山。古今耳食者，遂以爲不易之論。其實二子所見，不過江南數百里内之水，遠如峽中蝦蟇碚，纔一見耳，陋亦甚矣。不知大江以北，如吾郡發地皆泉，其著名者七十有二，以之烹茶，皆不在惠泉之下。宋李文叔格非，郡人也，嘗作《濟南水記》與《洛陽名園記》並傳，惜《水記》不存，無以正二子之陋耳。謝在杭品平生所見之水，首濟南趵突泉，次以益都孝婦泉在顔神鎮、青州范公泉，而尚未見章丘之百脉泉。右皆吾郡之水，二子何嘗夢見？余嘗題王秋史蘋二十四泉草堂云：「翻憐陸鴻漸，跬步限江東。」正此意也。

《竹坡詩話》云李白、柳公權俱與唐文宗論詩。夫太白與文宗安得相及？少隱譌謬，不應至此，豈傳録之誤耶？

《紫微詩話》載張子厚詩：「井丹已厭嘗葱葉，庾亮何勞惜薤根。」案三韭二十七，乃杲之事，與元規何涉？張誤用，而居仁亦無辯證，何也？已上《古夫于亭雜録》。

校勘類

「玉堦蟋蟀鬧清夜，金井梧桐辭故枝。一枕凄凉眠不得，呼燈起作感秋詩。」小説載此爲蜀中某驛卒女詩，放翁見之，納以爲妾，爲夫人所逐。又有《卜算子》詞「不合畫春山，依舊留愁住」云云。按《劍南集》，此詩乃放翁在蜀時所作，前四句云：「西風繁杵擣征衣，客子關情正此時。萬事從初聊復爾，百年强半欲何之。」「玉堦」作「畫堂」，「鬧」作「怨」，後人稍竄易數字，輒傅會，或收入閨秀詩，可笑也。

宗楠附識：芷齋述蒿廬先生云：「此條所駁極是。但放翁此詩不如删作絶句乃更佳耳。」又云：「世傳放翁出其夫人唐氏，以《釵頭鳳》詞爲證，見《癸辛雜識》，疑亦小説家傅會，不足深信。」勇參云：「『不合畫春山』一詞，調是《生查子》，非《卜算子》也。」

予舊藏杜牧之《樊川集》二十卷，後見徐健庵乾學所藏宋版本，雕刻最精，而多數卷。考《後邨詩話》云：「樊川有續别集三卷，十八九皆許渾詩。牧仕宦不至南海，别集乃有南海府罷之作，甚可笑。」宗楠附識：芷齋云：「放翁跋《樊川集》曰：『唐人詩集近多刻本，亦多經校讐，唯牧之集誤謬特甚，予每欲求諸本訂正而未暇也。』據此及《後邨詩話》，則宋刻《樊川集》亦未爲善本也。」

張昶景春《吴中人物志》云：「武后嘗吟詩『白日依山盡，黄河入海流』云云，問是誰作。李嶠對曰：『御史朱佐詩也。』賜彩百匹。子承慶嘗爲昭陵輓詩，入高等，由是父子齊名。」按，此詩諸集皆作王之涣，之涣開元間詩人，《紀事》、《詩話》亦不載佐名字，張説不知何據。

「眉山暗淡向殘燈，一半雲鬟墜枕稜。四體着人嬌欲泣，自家挼碎砑繚綾。」楊廉夫香籢詩也，見集中。今訛作韓偓，非是。已上《池北偶談》。

李君實日華鑒别法書名畫最精，然引古人詩文往往紕繆。如云：「子昂行書詩一幅，不知子昂自作，或書古人作，語氣似白樂天、陸放翁。」因録之云「山石犖确行逕微」云云，不知乃韓退之詩也。又云：「白樂天孫龜年住嵩山，遇李白，曰：『近過潼關，有一詞曰「曾宴桃源深洞」云云。』」乃後唐莊宗作也。又云：「杜樊川詩『獨憐幽草澗邊生』云云，有甲秀堂刻牧之行草真蹟。」此韋蘇州詩，與前韓詩載本集中，皆人人耳而目之者，而舛午至此，陋矣。又一條云：「林君復極富畫情，見與可、伯時終日琭琭狗人，遂不爲。」和靖乃大中祥符間人，文、李後出，安得此不根語？又云：「元有兩閒閒，一爲禮部尚書趙秉文，或云今疑作金人。」蓋未目《金史》及《中州集》耳。意此公留意書畫，而於詩文考證全疏。然劉原父、黃伯思輩，考證何嘗不精確耶？

《草堂詩話》二卷，凡二百餘條，建安蔡夢弼集，牧齋刺取增入，僅二十條而已。

宋雲林子黃伯思長睿《東觀餘論》上下卷，秀水項氏較刻大字本，仿佛宋槧。後附李忠定公撰墓誌銘，末有子訒紹興丁卯後序、嘉定中樓攻媿序。訒云：紹興初寓居福唐，以先人秘閣學士校定杜子美集二十二卷，槧本流傳。忠定稱其有《東觀文集》一百卷，又序其校定杜工部集云：「武陽黃長睿父博雅好古，尤篤喜工部詩。用東坡之説，隨年編纂，以古律相參，先後始末，皆有次第，然後子美之出處，及少壯、老成之作，粲然可觀。自開元全盛之時，迄于至德、大曆干戈亂離之際，詩凡千四百四十餘篇。長睿父官洛下，與名士大夫遊，又得逸詩數十篇，參于卷中。及在秘閣，得御府定本，校讐益號精密，非世所行者比。」忠定此序作于紹興六年丙辰，距長睿之殁十有七年。雲林博雅擅宋代，編校必精，今其書不知尚傳否。錢牧齋注杜詩，極駁梁權道、魯訔、黃鶴之徒，而獨取樊晃、吳若本，即無一字及長睿，當是未覩其書。吳若本自序雜引樊晃開運二年官書，王介甫、宋景文、黃魯直、陳無已、晁以道諸家，亦無一語及長睿。按若序作于紹興三年，而長睿書刊于紹興六年，則未見此書明矣。唯胡仔所見八本，有長睿校定杜工部集，記之俟訪于藏書者。

「邨歌聒耳烏鹽角，社酒柔情玉練槌。」宋末月泉吟社中佳句也。《山居雜志》載杭人徐炬《酒譜》，乃引作少陵詩。不辨格調之類否，而妄稱子美，則《虢國夫人》、《杜鵑行》、黄鶴、陳浩然二本。《狂歌行》裴煜所收。諸篇，妄人皆雜入杜集，又何怪乎？《居易録》亦見《蠶尾文》，無小注十一字。

《書史會要》云：「彩鸞不知何許人，作楷字小者至蠅頭許，有大字法書《唐韵》極有功，近類神仙吴彩鸞，慕彩鸞故名。」按《唐韵》即女仙吴彩鸞所書，以若所云，似屬二人，南邨謬誤耶？又云「許渾不知何許人」。按唐詩人許渾，潤州人，居丁卯橋，名籍最著。南邨草草乃如此。

「夜暗歸雲繞柁牙」一首，乃宋姜夔堯章詩，見《白石集》。《列朝詩》收之，作張如蘭詩。牧翁博極群書，亦有此誤。

杜常，北宋人，其《過華清宫》詩云：「行盡江南數十程，曉風殘月入華清。朝元閣上西風急，都入長楊作雨聲。」今唐詩多誤收之。又荆叔「漢闕山河在」一首，不知何代人，僅見石刻，今亦收入唐詩。并録一。《香祖筆記》。「行盡江南數十程，曉風殘月入華清。」宋人杜常詩也。按常爲昭憲皇后族孫，第進士，歷官工部尚書。而《霏雪録》以爲杜牧詩，誤矣。《畫墁録》云：「神宗聞昭憲之家有登第者，甚喜，有旨令上殿。翼日，謂執政曰：『杜常第四人登第，卻一雙鬼眼，可提舉農田水利。』」即此杜常也。

「南山之下，汧渭之間，想見開元天寶年。」此篇乃坡翁書韓幹馬圖作也。趙松雪題五代趙巖《調馬圖》，書此詩，而自跋云：「以杜子美詩書之。」王穉登又跋云：「拾遺集無此作，魏公何從得之？古今詞人之作散逸不傳者多，寧獨此歌而已。」云云。予閲之失笑。在子昂或一時誤書，百穀豈一生未睹蘇集耶，何孟浪至是？且子美明皇時人，安得云想見開元、天寶耶？二公亦未之思耶？已上《居易録》。

「亭皋木葉下，隴首秋雲飛」、「太液滄波起，長楊高樹秋」，皆柳文暢詩也，六朝名句，灼然在人耳目者而某詩話謂吴興趙孟頫有句云云，置之齊梁，矯矯有氣，可謂眯目人道白黑。而《詩話類編》取之，亦不注作者名氏，閲之不覺捧腹。當是松雪嘗書二詩，渠遂謂是趙作耳。又如「春江欲入户，雨勢來不已。小屋如漁舟，濛濛水雲裏」，是坡公古詩首四句，而朱隗撰《明詩平論》，乃以爲陳繼儒絶句，蓋亦以陳嘗書此四句而誤也。又姚佺撰《詩源》，載一詩云：「白日騎羊三洞遠，青天捫蝨萬峰高。」乃宋末人詩，見謝翺《天地間集》而不之知。然如麗江木青《太素軒詩》「不是閉門防俗客，愛閒能有幾人來」，即宋人「賀家湖上天花寺」詩，牧齋亦載之《列朝詩》，何也？并録一。

《漁洋詩話》。「亭皋木葉下，隴首秋雲飛」、「太液滄波起，長揚高樹秋」，皆柳文暢作，六朝名句，灼然在人耳目。《詩話類編》乃以爲趙松雪詩，且云置之齊梁，矯矯有氣。當是松雪偶書二詩，遂誤以爲趙作耳。此何異瞽人道黑白耶？

《丹鉛録》云：《麗情集》載湖州妓周德華者，劉采春女也，唱劉夢得《柳枝詞》云云，此詩甚佳，而劉集不載。余按，此乃白樂天詩，詩本六句，非絶句，題乃「板橋」，非「柳枝」。蓋唐樂部所歌，多剪截四句歌之。如高達夫「開篋淚沾臆」本古詩，止取前四句，李巨山「山川滿目淚沾衣」本《汾陰行》，止取末四句是也。白詩云：「梁苑城西三十里，一渠春水柳千條。若爲此路今重過，二十年前舊板橋。曾與美人橋上別，更無消息到今朝。」板橋在今汴梁城西三十里，中牟之東。唐人小説載板橋三孃子事，即此，與謝玄暉之「新林浦板橋」異地而同名也。升庵博極群書，豈未覩《長慶集》者，而亦有此誤耶？并録一。

《池北偶談》。白氏集有《板橋》詩云：「梁苑城西三十里，一渠春水柳千條。若爲此路今重過，十五年前舊板橋。曾與玉顔橋上別，更無消息到今朝。」訛作劉夢得，而説者疑《中山集》不載此詩，蓋未考《長慶集》耳。

《詩話類編》。唐高適官兩浙觀察使，過杭之清風嶺，題詩云：「絶頂秋風已自涼，鶴翻松露滴衣裳。前山月落一江水，僧在翠微開竹房。」至台州事竣，復登僧房，欲改爲「半江」。僧言：「月前有一官過此，稱詩佳矣，但『一』字不如『半』字。」適驚問何人，僧曰：「義烏駱賓王也。」勿論二人之世遠不相及，此詩乃晚唐任翻《巾子山寺》詩，亦非達夫作，達夫又未嘗爲兩浙觀察使。乃駱既代宋之問吟「樓觀滄海日」矣，又爲達夫改此「半江」，何其不憚煩耶？遇宋時已稱老僧，何時鍊形住世，又還俗爲官人，而爲此僧熟識耶？并録一。

《漁洋詩話》。《詩話類編》一條最可笑者：高適爲兩淛觀察使，過杭之清風嶺僧院，題詩云：「前峰月落一江水，僧在翠微開竹房。」及台州事竣，復過此，欲改「一江」爲「半江」。僧言：「前有一官人過此，言詩佳矣，但『一』字不如『半』字。」高驚問爲誰，僧曰：「駱賓王也。」余按，駱與高二人世代遠不相及，達夫亦未嘗爲兩淛觀察使。乃賓王既代宋之問吟「樓觀滄海日」矣，爾時已稱老僧，何時又鍊形住世，復還俗作官人，而爲達夫改此詩耶？真可令人噴飯。又案，此詩乃晚唐任翻之作。

廣陵陸弼字無從，隆、萬間有詩名。江都友人貽其集，末有張君某爲作小傳云：無從少游京師，譏李西涯伴食中書，投詩云「回首湘江春草緑，鷓鴣啼罷子規啼」云云。按，陸上距弘治之世遠不相及，安得以此詩屬之，誤矣。

《韵語陽秋》載錢起贈杜牧詩，今坊刻《襄陽集》有贈孟郊詩，皆可一噱。已上《香祖筆記》。

豫章徐巨源世溥，以古文名家，余素愛其文。中間《諸葛武侯論》一篇，持論甚謬，余既著説以駁之。其集末詩話一條云：王勔《冬夜對雪》詩「隔牖風驚竹，開門雪滿山」云云，使先讀唐詩，後看六朝，掩姓名而閲之，鮮不以爲左司者。此右丞詩，而巨源以爲王勔，以爲六朝，踳謬甚矣。此亦如李君實不知韓退之「山石犖确行徑微」一篇，同一笑枋也。

王涣字群吉，唐末人，嘗作《惆悵詩》者，載在《唐詩紀事》。而《才調集》譌作王之涣，洪容齋亦仍之。勿論詩之氣格相去霄壤，而開元間人預詠霍小玉、崔鶯鶯事，豈非千古笑柄？余選《才調集》、《萬首絶句》，乃爲正之。已上《古夫于亭雜録》。

帶經堂詩話卷十九

記載門一

節義類

登高座寺，拜方、景二公祠。方祠舊在岡上古木末亭側，喬木數百章。國初邵某者來作令，盡翦伐之，亭與祠並圮。今亭、祠皆徙而北，雜松數株，殊失古意。景公，陝之真寧人，靖難時死事最烈。壁上陽羨朱君一詩頗奇，今記於此：「慷慨誓死心不移，欲死不死將何爲。欲揮豫讓橋下劍，欲操博浪沙中椎。衣緋如火如衣衰，懷刃如雪甘如飴。疾行犯駕氣何壯，千秋萬世當如斯。」誦之勃勃有生氣，可以廉頑立懦也。

燕子磯有祠，祀漢壽亭侯。祠南亭三楹，壁間題字叢雜不可讀。獨椒山先生四絶句與文壽承書《關祠頌》同鐫一石。其一云：「皪皪清光上下通，風雷只在半天中。太虛雲外依然静，誰道陰晴便不同。」讀此知先生定力匪朝夕矣。已上《漁洋文》。

忠州屏風山石洞，宣公集方書處。洞左微徑達峰頂，爲唐玉虛觀故址。一碑大書「唐忠州別駕贈兵部尚書陸宣公墓」，蓋宣公初槀葬于此。聊城傅伯俊《蠶尾續文》有「光宅」二字。詩碣云：「祠前古墓千峰遶，祠下春江萬里流。自是知臣唯聖主，總《續文》作『縱』。爲別駕亦忠州。」《蜀道驛程記》。

宗柟附識：勇參云：「陸友仁《吴中舊事》：吴郡城北有一大冢，在官塘之西，相傳爲唐相陸宣公墓，故其地名陸墓。」

淦君鼎字和之，建昌人。以歲貢授贛州府學訓導，假通判銜，辦事軍前，爲楊、萬二公所重。贛城破，肅衣冠自經死。或作輓詩云：「見説平生不炫奇，恂恂處子少人知。時窮忽作驚天事，志士從來有不爲。」

劉節婦夫亡，舅姑欲嫁之，劉頌《謝貞四詩》曰：「春秋有夏姬，隋唐有王婦。蓬垢學妖冶，羞殺蘭江路。」弘治間，詔旌表。郭績妻李氏者，守節嚴苦，有詩名。催科急，賦詩上縣令曰：「有子不能遵母訓，無田空自納官錢。懶將心事爲人語，忍插荆釵帶淚眠。」令覽之，蠲其賦。劉節婦，賴國華妻也，博通書傳。華卧疾，以詩諭劉令改適，徐次答曰：「誓盟同白首，豈料負青春。萬古淫奔女，何如死節人。」竟如其志。又元末賊康猶，剽掠萬安，至龍潛江，見少婦姿首甚麗，抱一子，逼之。婦曰：「我棄子江流，還爲汝婦。」乃歌曰：「我生不辰，遭此慘酷。投諸深淵，以免污辱。」遂抱子投江死。已上皆萬安人。

贛縣李氏，名德秀，幼讀書能詩。年十五，爲寇掠置舟中。女乘間告舟人，索筆硯寄書父母，書尾有絶句云：「寄語雙親休眷戀，入江猶是女兒身。」遂赴水死。

梁指妹，高要人，舉人鏤明孫女，受儒生周頌聘。頌年二十，未婚而卒。妹聞訃，更素衣，爲位而哭，晨昏不輟。明年小祥日，哭罷，盛飾登樓自縊。留詩云：「身歸黄土魂猶在，骨化寒灰志尚堅。」父母歸其柩，與頌合葬。已上《皇華紀聞》。

伯父侍御百斯公與允，崇禎元年戊辰進士，入翰林，改御史。甲申，公家食已八年矣，聞三月十九日之變，偕妻于氏、子士和，併命寢室。南城陳伯璣允衡論次公遺集，比之宋江文忠萬里云。崑山歸莊玄恭詩云：「鼎湖痛絶競攀龍，城守諸公繼扈從。誰是簡書無誚責，獨捐頂踵又從容。九泉骨近平原廟，千古名齊日觀峰。欣慕執鞭嗟隔世，好憑詩句想遺蹤。」

無錫馬文肅公世奇，以崇禎辛未登進士。報至日，其父涵虚公夢人告曰：「忠臣不事二君。」又少時夢自吟「從今别却江南日，化作啼鵑帶血歸」之句。後果殉甲申之難。與兒書略云：「忠孝二字，是吾家風，好守之。」又云：「吾少於夢中曾吟詩二句云云，此文文山語也。曾向汝母言之。」公孫翀，字雲翎，康熙壬子舉人。年少有志節，工詩文，不愧家學。與予善，惜早卒，未見其止耳。

張果中，字于度，容城人。少從學於江邨鹿公善繼，崇禎中殉難，贈大理寺卿。左浮丘、魏廓園罹璫禍被逮，皆主其家。牧齋贈以詩，所謂「夕陽亭下頻留客，廣柳車中每貯人」是也。後從孫徵君入蘇門，高蹈遠隱。卒葬夏峰邨北原，徵君爲之傳。彭了凡，蠡縣人，舊爲諸生，甲申後遊河朔，依徵君以居。

土人授粟不受，竟坐死嘯臺旁。徵君題之曰「餓夫墓」。理鬯和，字寒石，西華人，本姓李，恥與闖逆同姓，改今姓。有詩文若干卷，亂後散軼。徵君嘗貽書西華左令，恤其老母幼孫，稱爲魯連後一人。予嘗作《蘇門三賢詩》云。

宋壯節王公，諱復，字景仁，淄川人。知徐州，粘罕以衆數萬薄徐，徐城孤勢危。公合戰，數不利，遂閉城拒守。金人重圍夾攻，凡二十餘日，城陷，敲死，闔門百口俱遇害。子倚從高宗過維揚，徐州有武衛軍，舊隸公，義不他屬，願從倚。高宗聞之，詔於樞密院，創計議官，特命倚爲之，仍領武衛。紹興八年，和議成，奏乞訪先臣遺骸，行至泗州暴卒。紹興十年，承宣使田謂扈從顯仁太后回鑾，倚子逵留淄川，一詩送謂云：「兩地音塵隔死生，十年常效執珪吟。羨君已作遼東鶴，顧我空存魏闕心。日下既蒙新眷遇，海邊休忘舊知音。倘憐萬里親庭在，爲向雲山處處尋。」詩至，而倚卒已一歲矣。

孫撥，字艾庵，浙人，爲福寧總兵官吴萬福客。閩逆叛於福州，以書招諸大帥。撥力勸吴公斬其使，絶之，發兵拒守。而賊兵奄至，吴公死之，撥從死。林舍人石來麟焆有詩弔之云：「誓師幕府勸移兵，青史應傳忼慷似當作慨。名。死節千秋比袁粲，肯教人笑褚淵生。」同時有嵇永仁者，字留山，無錫人，古文有名，爲制府范忠節公承謨客，亦從死。

附録：《池北偶談》：文肅范公文程，家法最嚴，子弟不稍假色笑。長子官户部侍郎，次子官翰林學士，往往侍立終日，不命之坐不敢坐。故忠貞承謨，歷官督撫，皆以清節著聞，終殉逆藩之難，論者以爲家教云。忠貞弟承勳，今爲雲貴總督。又《居易録》：上幸紅螺山，遣内大臣明珠，賫御酒祭奠故大學士謚文肅范文程，及其子謚忠貞范承謨。又《香祖筆記》：浙江巡撫以士民公籲，請前巡撫升浙閩總督謚忠貞范承謨春秋特祀。允行。

宗柟案：范公謚，諸書俱作忠貞，此條獨作忠節，疑有譌。今從元本。忠貞字覲公，撫吾浙時，嘗館園中旬日，賦詩贈先給諫云：「精衛銜石東南决，女媧煉石西北缺。神聖千古無完功，高人心與造化同。海鹽南郭鮮原上，萬畝桑麻平似掌。其間十畝有群松，怪石轟騰夔罔兩。借問此中居者誰，張公昔歲長安歸。補天隻手用不盡，聊于丘壑開崔嵬。平地千峰水百曲，隨意植梅與蒔竹。松雲梅雪竹烟間，又綴紅桃環柳緑。亭榭離奇皆自然，小橋仄徑偏宜偏。諸峰四面各相看，曲室幽窗時見焉。中有一峰特高聳，東望海濤如雪擁。天水平吞日夜愁，星辰匝踏參差動。我自生平最好奇，一聞名勝便居之。未問主人先看竹，不嫌涴壁狂題詩。二月春風花正好，行車東出嘉禾道。百萬蒼生爲去年，桑田變海無青草。天氣雖春民物秋，長民物者能無憂。何當大補東南缺，須知精衛難爲謀。主人又復出山去，定寫流民進朝寧。猿鶴今遺三徑空，却使忙人等閒住。張公張公天下豪，不隱山林隱市朝。補衮望君留北闕，挂冠吾欲返東臯。」後題：「辛亥春，行田海鹽，駐寓涉園，率筆留贈。」先給諫和云：「枳籬茅舍依山厔，長松謖謖真蕭瑟。自分仲蔚足蓬蒿，豈謂龐公移家室。飛書忽趣向長安，逐逐京塵誤一官。遠志出山成小草，滿堦春色空闌珊。遥聞彩仗行田至，爲留十日眈幽致。公餘屐齒遍蒼苔，荒臺瘦石咸評次。即借山花作主人，賦詩對酒不辭頻。好鳥啼聲相作和，藻采風流難比倫。蓋公自是文章伯，詞壇疇敢均茵席。弱冠巍科接鳳池，蓮燈蹔撤明光直。帝思鎖鑰重東南，半壁還煩隻手擔。百城彈壓霜威肅，萬姓謳吟惠澤覃。爲袵爲席中無已，清操只飲明湖水。時丁旱澇正殷憂，不以蘧廬置顛毁。任劇投艱弗勝勞，拂衣旋欲歸東臯。百計攀留堅未許，群情湧沸如奔濤。叩闕陳書唯恐後，欲籲天心求借寇。天心愛公兼愛民，得民知莫踰公右。特奉層霄詔墨温，强起視事酬君恩。重整綱維飭僚友，再看民氣迴春暄。公誠濟世經綸手，一丘一壑夫何有。長歌盥讀幾回環，奚於物外怡情久。雖公真性屬烟霞，寰宇懸眸意正賒。願公霖雨蒼生徧，扁舟纔汎五湖家。」二詩並鐫諸石，陷置園中偏宜偏之西壁，蓋即取詩語以顏其室。又室東偏望海樓，題牓曰「方壺几案」。楹帖曰：「身坐一卷真倨肆，目空千古大波瀾。」皆是公手筆。當年惠民遺愛，致身大節，浙人至今尸祝之。即此游覽之作，志切恫瘝乃爾。而書法端莊婀娜，直偪平原，真昭代偉人也。贈詩墨蹟完好，先比部府君曩以授柟，什襲珍之，每盥手敬觀，竊深高山仰止之慕云。

金忠節公鉉，甲申三月以兵部主事巡視皇城，盡節玉河。少好誦鄒汝愚先生詩：「龍泉山下一書生，偶占三巴第一名。世上許多難了事，市人何用苦相驚。」後果一十八歲領順天解，忤璫削籍，大節視汝愚無愧云。

甲寅，閩賊作亂。有陳某妻張氏早孀，撫孤十二年矣。賊至，題詩壁上，有句云：「乾坤此際當自決。」遂雉經。思南守陳君某爲作傳。

海寧吴忠節公麟徵，初第時常夢至一古寺，有角巾而書碑者，所書乃文信國《零丁洋》詩。問之旁人，曰：「山陰劉宗周也。」後二公先後殉國。

宗柟附識：吴公字來皇，號磊齋，吾邑人。世居澉浦，非海寧也。初謚忠節，定謚貞肅。今邑之東北隅，勑建旌忠祠，與徐忠烈從治東西並峙，有司春秋致祭焉。案《静志居詩話》：「吾鄉吴太常磊齋，於天啓壬戌登第。之前，夢一隱者，誦文信國『山河破碎風漂絮，身世浮沉雨打萍』之句。問其姓名，曰：『劉宗周也。』太常不省。時念臺先生以儀曹郎知貢舉，相見驚訝，其後交契靡間。」與此所載小異。

葉忠節映榴，字丙霞，江南上海縣人。順治辛丑進士，由庶吉士改部曹，出視陝西學政，稍遷湖北督糧參議。戊辰武昌兵變，從容拜疏，自刭死。丙霞故刑部侍郎有聲子，弱不勝衣。在部曹，嘗以虔州圍城中詩二百餘篇屬予序論，竟未及報。乃甫脱贛圍，復遭楚難，大節凛然。贈官易名，死不朽矣。

黄先生端伯，江西人，精禪理。少時見其《瑶光閣集》一卷，皆宗門語。乙酉，以給事中殉節金陵。將授命，有報恩寺僧一輪趨過，黄呼令代書一絶云：「對面絶思量，獨露金剛王。若問安身處，刀兵是道場。」書畢，從容就義死。

王若之，字湘客，益都人，明南京户部尚書基冢孫。爲人蕭灑疎誕，有晉人風致。工尺牘，好彈琴，善五言詩。嘗刻尺牘、五言四卷。以門廕入官，仕至長蘆都轉運使。南渡，死金陵。所寶古琴名桐笙，今尚在其家。

附録：《居易録》：若之服官留都，放情山水，買舟游武林，窮湖山之勝。三忤奄寺，罷官，居金陵。乙酉，辟亂姑孰。干戈崎嶇，獨載三代古鼎彝、法書名畫，兼兩連舳，寢食與俱。其答人書云：「正唯草莽之中，當堅守一之節。」遂死。所與遊者，鄒南皋、馮少墟、鍾龍淵、張藐姑、李懋明、左蘿石諸公，皆一代偉人。

宗柟案：《居易録》：湘客，故明尚書基之孫。與此條同。而《漁洋詩話》則云：父基，明户部尚書。若之以父任，歷官河南參議。前後互異，未知孰是。

范烈女者，易州范良鼐女。許字田，未婚而夫死。烈女聞之，即自縊。庭前有海棠一株，方花時，甚穠艷。女死，花忽變白。一時文人奇之，多爲賦詠云。已上《池北偶談》。

《四朝聞見録》丙集載司馬武子忠節事甚詳。大略云：司馬朴，字文秀，池之後。温公父諱。以兵部侍郎使北，不屈，在北生子，名通國，字武子，蓋本蘇武之意。通國有大志，嘗結北方之豪韓玉舉事，未得要領。紹興初，玉挈家而南，授江淮都督府計議軍事。其兄璘在北，亦與通國善。癸未九月璘以扇寄玉詩云：「嗈嗈鳴雁落江濱，夢裏年來相見頻。吟盡楚辭招不得，夕陽愁煞倚樓人。」都督魏公張浚見此詩，甲申春，遣侯澤往大梁諷璘、通國等。至亳州，爲邏者所獲。通國、璘與常所與交聶山等三百餘口，同日遇害，是歲三月十六日也。通國之姪孫振自序其事曰：「昔李翰作《張巡傳》云云，吾祖尚書，靖康間奉使，辭氣激烈，雖不能遏方張之勢，而亦足以起其敬畏之心。及扈從北狩，不以利動，不以死懼，高宗加謚忠潔，著之國史。吾祖大節，無遺憾矣。若季父武子，一心本朝，遽遭屠戮。後韓太監紀其詳，王尚書希吕書其略，雖未能載諸史册，而節義之名，庶幾不至磨滅云。」希吕序略云：「昔我先正温國文正公，逮事四朝，唯忠唯孝。忠潔公繼之，今通國又繼之，皆以忠義憤發，効死異域。忠孝之節，其萃于司馬氏乎！司馬後人如此，其視京、檜、彌遠之流，家勢翔貴者，流芳遺臭，爲何如耶？」敖陶孫《挽趙忠定》詩云：「九原若遇韓忠獻，休説渠家末代孫。」然則忠獻雖仍世賢相，其後視司馬氏亦有愧色矣。

唐魯國顔文忠公一帖云：「真卿奉命來此，事期未竟，止緣忠勤，無有旋意。然中心悢悢，始終不改。遊於波濤，宜得斯報。千百年間，察真卿心者，見此一事，知我是行亦足達于時命耳。」又題十字云：「人心無路見，時事只天知。」右魯公書，并畫像刻石在蒲州。有宋人跋云：「觀此筆蹟，不顯歲月。以事實考之，蓋使李希烈時也。希烈以建中元年陷汝州，盧杞建議遣公奉使。至正元元年八月，公不幸遇害，困躓賊庭者逾二年。刃加于頸而色不變，度無還期，誓不易節，蓋書此以自表云。重既摹公之像，繪而祠之。又訪得此石本，狀貌老矣。公以乾元元年自同徙蒲，至奉使之時，垂三十載，氣節不衰，而狀貌非昔也。乃刻石而寘之祠堂，俾觀者有考焉。靖康元年七月壬申，朝散郎祕閣修撰知同州軍州事唐重書。」載崑山顧絳亭林《求古録》。已上《居易録》。

元初西僧發會稽六陵事，亘古未聞。唐、林二義士《冬青引》諸篇，沉痛過於《黍離》、《麥秀》，載於《宋遺民録》、《輟耕録》者，與其人俱不朽矣。《分甘餘話》。

棲隱類

張處士霖者，字杏薌，世爲新城東南杜柯郈人。處士居張店鎮之東偏，有田數十畝，闢園一區，種松百頭。其南築小臺，東望花鐵、馬公諸山。其北有亭有池，緑葵紅蓼，早韭晚菘，取給有餘。處士生萬曆中，時海内無事，不樂仕宦，獨喜賦詩飲酒，以善釀聞鄉里。中更世變，益屏跡逃俗，褒衣博帶，婆娑田野，以終其身。始予過野寺，見處士題壁詩，異之。康熙甲寅，過訪其園居。處士聞予至，欣然倒屣出。坐予池上，指松謂予曰：「是皆老夫手種，今五十年矣。」時處士年已八十，意氣蓬勃，引滿勸客，如少壯人。自言生平不入城市，不謁官府。歲正月，則舉納一年之賦稅於官，故胥吏追呼，未嘗及門。今老矣，旦暮且死，死則遺令子孫，以布衣斂，即日納壙中，不棺槨，不封樹。少讀漢史，慕楊王孫之爲人，願以末路師法其萬一。其言曠達，類有道者。明年予遊京師，賦二詩寄之。《漁洋文》。

友人杭州陸麗京圻，東南名宿，出家十餘載，入粤，謁天然和尚于丹霞，法名德龍，字誰庵。棲賢僧云：天然爲易名今竟，字與安。此後往武當山，不詳出處矣。門人洪昇有《答人絶句》云：「君問西陵陸講山，飄然一鉢竟忘還。乘雲或化孤飛鶴，來往天台雁宕間。」講山，麗京別號也。《皇華紀聞》。并録二。

《漁洋詩話》。陸圻，字麗京，號講山，武林耆宿，爲西泠十子之冠。晚年遠遊不歸，或云在嶺南爲僧，釋名今龍。或云隱武當爲道士。終莫得而詳也。洪昇昉思《答人絶句》云：「君問西泠陸講山，飄然一鉢竟忘還。乘雲或化孤飛鶴，來往天台雁宕間。」

《香祖筆記》。武林陸講山，隱居賣藥，後游嶺南，又常游温、台諸山中，無定所。或以問洪昇昉思，答以口號曰：「君問西泠陸講山，飄然瓶鉢竟忘還。乘雲或作孤飛鶴，來往天台雁宕間。」昇，予門人，以詩有名京師。遭家難，流寓困窮，備極坎廪。歸杭，年餘五十矣。甲申，自苕霅歸，落水死。其詩大半經予點定。蒲州吴雯天章，詩尤超逸，予嘗目爲仙才，亦以甲申病歿于家。皆士之才而不遇者，而天終厄之如此，惜哉！

永年申和孟涵光，節愍公長子，有文章志行，以詩名河朔間。同學多爲大官，申獨隱居不出。有故人自京師寄書，申報以詩云：「日日秋陰命筍輿，故人天上落雙魚。荷花未老新醪熟，爲道無閒作報書。」其簡傲如此。一時同隱廣羊山中者，有殷岳宗山、張蓋覆輿。殷工五言古詩，平生不解爲近體。嘗爲睢寧令，輒自罷歸。張善草書，通輕俠，晚值亂離，鑿壞以居，不與人接。人有偵之者，或夜讀經傳達旦，時或痛哭。張贈申詩云：「草澤賢豪盡上書，奎章閣外即公車。我甘漁父因衰老，獨有涵光是隱居。」後發狂死。和孟爲立傳，刻其遺詩二卷。并録一。

《漁洋詩話》。申鳧盟涵光稱詩廣平，開河朔詩派。其友雞澤殷岳伯岩、永年張蓋覆輿、曲周劉逢源津逮、邯鄲趙湛秋水，皆逸民也。諸子既歿，唯秋水無恙。余丙子再使秦、蜀，於褒城驛見其《登太行》詩一篇，信是奇作，惜不記憶其全矣：「太行高萬仞，絶磴霾雲間。雪壓雁門寒，冰齊熊耳山。」鳧盟之弟觀仲涵煜孝廉，余爲誌其墓。

种放賜告西歸，有一高士，隱居三世，以野蔌一盤、詩一章贈放云：「接得山人號舍人，朱衣前引到蓬門。莫嫌野蔌無多味，我是三追處士孫。」《宋史》列放《隱逸傳》中，予嘗非之，若此君，差無愧耳。

張昉，字于東，崇禎庚午舉人。潛心伊雒之學，不言而躬行。甲申後，居一土室，不入城市。時爲五言詩，學陶靖節，書學顔平原，守令欲一見不可得。今七十餘，尚在。

吳中詩老徐波元歎，康熙初，年七十餘，尚在。居天池落木庵，與中峰、靈巖二高僧往還。虞山先生寄詩云：「皇天老眼慰蹉跎，七十年華小劫過。天寶貞元詞客盡，江東留得一徐波。」「落木庵空紅豆貧，木魚風響貝多新。常明燈下須彌頂，雪北香南見兩人。」元歎中年見知膠西相國硜齋高公，公常勸之出山，辭曰：「母病三年，子生未彌月，此身非我有也。」竟亦無後。乙酉後，有《寄楚僧寒碧》詩云：「楚鬼微吟上峽謡，中元法食可相招。憑君爲譬興亡恨，雨打秋墳骨亦銷。」寒碧少遊鍾、譚間，此詩蓋爲二公作也。并録一。

《漁洋詩話》。徐波元歎，晚居天池落木庵。虞山宗伯錢公寄詩云：「皇天老眼慰蹉跎，七十年華小劫過。天寶貞元詞客盡，江東留得一徐波。」自云喜登陟而筋力遽衰，未廢吟詩而發言莫賞。又作《落木庵記》云：「崇禎癸酉，與竟陵譚友夏在其弟服膺署中。曉起盥漱，見余白髮盈梳，曰：『子從此別，計必住山。請擇嘉名，以名其居。』服膺出幅紙，請作擘窠大字。友夏爲書『落木庵』。今三字揭諸庵門。松栝數株，撑風蔽日，玄冬霜月，蕭蕭而下。雙童縛帚，掃除不給。齋廚爨烟，皆從此出。事之前定如此。」《亂後寄楚僧寒碧》云：「楚鬼微吟上峽謡，中元法食可相招。憑師爲譬興亡恨，雨打秋墳骨亦銷。」此詩爲鍾、譚作也。

宗柟附識：《初學集》徐詩序曰：「元歎少工爲詩，隱長城藝香山中，築室奉母，數年而其詩益進。元歎之爲人，淡于榮利，篤于交友，苦心于讀書，而感憤于世道，皆用以資爲詩者也。」《有學集》又有《壽元歎六十》詩。

沈嘉客，字無謀，河間故城人，居鄭口。性孤迥，有潔癖，與德州盧德水侍御世㴶、臨清汪未央孝廉大年交好，以詩相倡和。於吴交姚孟長希孟、楊子常彝、顧麟士夢麟，於梁交吴讓伯伯裔、徐霖蒼作霖，與容城孫鍾元奇逢尤善。中年作《閉關疏》，送客不出籬落。一畝之宫，花竹清深，圖書充牣。縣令至，必式廬，復其徭役。年八十餘乃卒。予嘗愛其一絶云：「淮南作客逢春雨，破帽疲驢幾日程。六合城南呼舴艋，緑陰相送到南京。」已上《池北偶談》。

張光啓元明，章丘人，世居白雲湖上。少爲諸生，有名。崇禎庚辰，年四十，棄諸生，闢一圃，曰「省園」，以種樹藝花自樂。亂後，足不履城市，年八十餘卒。有《張仲集詩》若干篇，予删存百餘首，往往可傳。嘗有句云：「盡日閒看《高士傳》，一生怕讀早朝詩。」即其志可知也。并録一。《漁洋詩話》。張光啓，字元明，章丘人。少見知於麻城梅長公之焕、金華朱未孩大典兩公。年四十，棄諸生，隱白雲湖上。闢小圃，曰「省園」，蒔花種竹，絶跡城市，有元廉處士復之風。《山中曉起》云：「初日照西山，藜杖行共拄。山氣何濛濛，人物亦太古。」《池上》云：「倚杖池邊立，西風荷柄斜。眼明秋水外，又放一枝花。」《對菊》云：「種菊叢叢傍石根，凌晨坐卧近黄昏。沽來新釀經秋醉，開盡寒花未出門。」皆隱者之言也。

予少喜觀顔從喬《僧世説》，未詳從喬出處。觀皖志《隱逸傳》，乃得其概。從喬字若齡，懷寧人，京兆素子也。性恬曠，喜讀書，尤耽釋典。愛豹嶺林泉之勝，遂卜居終身焉。嘗作《隱士詩》以見志。有集名《種秫》。同時有倪爾嘲、方應賓二人者，同隱冶塘山中，與從喬爲世外交。倪贈詩云：「石門湖水隔溪碧，豹嶺山月當窗明。與君一别忽秋晏，短髮朝來白數莖。」皆明季高士也。阮濬，字季子，懷寧人。築草堂於龍山，冬夏唯披一衲，因以自號。性嗜酒，工畫，時携襆被、酒罏、畫具，命一僮肩之，游散山水閒，遇勝處輒流連忘返。謂其友劉鴻儀曰：「死即葬我草堂之側，磨片石，題曰：酒人阮一衲之墓。」未幾卒，劉及同志葬之如約，顔所居曰「一衲庵」。每歲晏，劉必携酒澆其墓。有詩弔之曰：「酹君君豈知，去去復回顧。一片紙錢灰，飛上梅花樹。」濬詩多寒瘦，畫格清絕，入本朝乃卒，亦高士云。

方授，字子留，桐城人，明末諸生。工詩，有鴻毛軒冕之意。甲申，聞李寇之變，遂焚筆硯。時同里世族多疾足以赴功名，其父强之，不可，則撻之，授逃之四明山中，結茅而棲，採橡栗而食。閒爲詩，得數百篇，流傳人閒，時人以爲真隱。

王子雲一翥，雲澤尚書曾孫，崇禎庚午舉人，楚名士也。亂後，隱廬山，講學五老峰下。一日與諸生同觀瀑布，忽發問曰：「『逝者如斯夫』，汝等作何解？」諸生不能對，遂拂衣歸。素與龔端毅公鼎孳善，龔使東粤，過黄州，相見賦詩極歡。或曰：上巳時佳，黄州地佳，子雲人佳，公詩不得不佳。

華亭門人王原令詒説：雲閒人蕭中素，木工也，居亭林。好爲詩，往往多佳句。晚年傳藝子孫，從受詩者數十人。又有鍛工胡姓，號良甫，居茶山，亦好爲詩，而不及蕭云。已上《居易録》。并録二。《香祖筆記》。予前記雲閒有木工蕭姓者能詩，未詳名字。近讀《觚賸》，乃知蕭名詩，字中素，別字茳厓。博學能文，尤長于詩，嘗有五言云：「遼海呑邊月，長城鎖亂山。」七言云：「山寺落梅傷別易，天涯芳草寄愁難。」皆佳句也。

《漁洋詩話》。蕭詩，字中素，華亭人，隱于木工，博學善詩。其警句云：「遼海吞邊月，長城鎖亂山。」「山寺落梅傷别易，天涯芳草寄愁難。」從學者甚衆，而執藝事如故。

京山李東白者，能詩，隱于衣工。有《登黄鶴樓》七律最佳，其中二聯云：「興饒老子胡牀上，秋在仙人鐵笛中。鄂渚霜花沿岸白，漢陽楓樹隔江紅。」明詩諸選，多録歐大任青衣李英詩，而不及東白，因著之。李宗伯本寧常識其人。後舟過雲夢，吟詩，拍手一笑，躍入水死。并録一。

《漁洋詩話》。李東白，京山人，工詩，隱于衣工。李本寧尚書兄弟皆與之游。《登黄鶴樓》云：「鄂渚荻花沿岸白，漢陽楓樹隔江紅。」後舟過雲夢，哦詩船頭，一笑赴水死。

黄周星，字九烟，崇禎庚辰進士。性簡傲，嘗遊嘉善，遇一人負薪過市，口作吟哦聲。揖入，詢其名氏，曰崔姓，名金友。出其詩，五言云：「花落無人徑，雲飛到處山。」七言云：「因風去住憐黄蝶，與世浮沉笑白鷗。」又云：「吟思白墮傾家釀，坐對青山讀異書。」自號樵隱。黄驚異，因與定交。并録一。

《漁洋詩話》。金陵黄九烟周星，客嘉善，有負擔者過市，口吟哦不絶。揖入，問之，答曰：「崔姓，名金友。適偶得句耳。」徐出其詩一卷，五言云：「水闊天垂遠，花深月到遲。」七言云：「因風去住憐黄蝶，與世浮沉笑白鷗。」「吟思白社傾家釀，坐對青山讀異書。」黄遂與之定交如平生云。

徐東癡高士，隱居系水之東，蓬門晝掩，唯余兄弟時過之。先兄西樵贈詩云：「美人自牧能貽我，名士如蠅總附君。」余時尚少，亦有句云：「湘東品第留金管，江左風流續玉臺。」諷之輒想見其人。并録一。

《漁洋詩話》。徐夜，字東癡，叔祖季木考功象春外孫，與余兄弟爲外從兄弟。詩學陶、韋，巉刻處似孟東野，余目之爲「磵松露鶴」。西樵少有贈詩云：「美人自牧能貽我，名士如蠅總附君。」余時尚羈丱，亦有句云：「湘東品第留金管，江左風流續玉臺。」

宋長安隱士高繹，有古人絶行。慶曆中，召至京師，欲命以官，固辭還山，特賜安素處士。家甚貧，妻子凍餒，終不以困故受人餽遺，閉門讀書而已。右見龐文英《文昌雜録》。末引處士譏种放詩，且云：「志意修則驕富貴，道德重則輕王公。唯安素無慚矣。」予撰《古懽録》，偶遺之，遂録于此。

田告，字象宜，篤學有文，少學詩于陳希夷。得水樹于濟南明水，將隱居焉，貽書徐常侍鉉，鉉答曰：「負鼎叩角，顧廬築岩。各由其時，不失其道。在我而已，何常之有？」遂決高蹈。筮《易》遇《睽》，因自號睽叟。此吾鄉高逸第一流。昔撰《古懽録》遺之。夏日雨過，讀《澠水燕談》，得告事，因著于篇。已上《香祖筆記》。

天啓初，潁川張遠度買田潁南之中郙，地多桃花林。一日，携榼獨游，見耕而歌者，徘徊瞳聞聽之，皆杜詩也，遂呼與語。耕者自言王姓，名清臣。舊有田，畏徭役，盡委諸其族，今爲人傭耕。少曾讀書，客有遺一册於其舍者，卷無首尾，讀而愛之，故嘗歌，亦不知杜甫爲何人也。異日，遠度過其廬，見舊曆背煤字漫滅，乃燒細枝爲筆所書，皆所作詩。後經亂不知所在，張獨記其一篇云：「人生如汎梗，飄飄殊無根。飲啄得幾許，營營晨與昏。對此春日好，荷鉏出南原。近觀草色敷，静聽鳥語繁。諸有弄化本，雜沓《偶談》作「遝」。呈真元。曉然似供我，寧不倒清樽。有身貴適意，窮達安足論。」此亦杜五郎之流歟？

林確齋者，亡其名，江右人，居冠石。率子孫種茶，躬親畚鍤負擔，夜則課讀《毛詩》、《離騷》。過冠石者，見三四少年頭著一幅布，赤脚揮鋤，琅然歌出金石，竊歎以爲古圖書中人。

吴之洞庭山有丐者，汪鈍翁記其數詩，有云：「不信乾坤大，飄然世莫群。口吞三峽水，脚踏萬方雲。」「有形皆是假，無象孰爲真。悟到無生地，梅花滿四鄰。」并録一。《池北偶談》。洞庭山有丐者，貌似狂易，常行乞道上，夜則卧庵寺廡下。僧厭苦之，驅去復來。汪鈍翁嘗記其數詩云：「不信乾坤大，超然世莫群。口吞三峽水，脚踏萬方雲。」又：「有形總是假，無象孰爲真。悟到無生地，梅花滿四鄰。」又：「燈火輝煌慶此宵，夜深兒女不相招。破蒲團上三更夢，那管明朝是歲朝。」又：「一杖穿雲到上方，湖光山色總茫茫。乾坤有我能擔擔，明月清風底太忙。」

趙士喆，字伯濬，掖縣人，明副都御史燿之子，太宰焕從子也。甲申避兵松椒山，遂不歸，與弟子董樵耦耕海上。著《石室談詩》、《建文年譜》、《遼宫詞》各若干卷。弟士亮、士冕等，皆能詩。已上《漁洋詩話》。

博雅類

華州人郭宗昌，字允伯，博雅好古文奇字，著《金石史》。時盩厔趙崡亦撰《石墨鐫華》若干卷。蓋吕與叔、薛尚功一流。錢牧齋詩云：「關中汲古有二士，郭髯趙崡俱嵯峨。」《蜀道驛程記》。并録二。《池北偶談》。漢《華山廟碑》，華州郭宗昌家物，有虞山錢宗伯長歌，即所謂「郭香香察未遑辨」者也。同上。華州郭宗昌，善鑒別書畫、金石、篆刻，分法爲當時第一。所撰《金石史》，與盩厔趙孝廉紫崡《石墨鐫華》並行於世。常熟錢宗伯詩所謂「關中汲古有二士，郭髯趙崡俱嵯峨」是也。郭性孤僻，所居泚園在白厓湖上，常構一亭，柱礎堿碣皆有款識銘贊，手書自鐫之。既極人工，旋復改作，凡三十年，亭竟不成。華陰王山史宏撰語予云。

予在京師士大夫齋壁見蔣杰書，筆力奇矯。杰字美若，普安人，萬曆己丑進士，以副使罷歸家居。喜臨池，晚年筆法益蒼勁。喜遊，足跡幾半天下，所歷輒有詩。喜琴、喜歌、喜禪、喜弈，多與高僧遊處。崇禎間，自楚歸，卒于家。

曾大奇，字端甫，泰和人。博學通經史，嘗有詩云：「鏡裏蕭蕭白髮疎，功名那復到樵漁。從今但築祈年觀，更讀人間未見書。」子文饒，字堯臣，以文章名世。

鄺露，字湛若，南海人。衣冠談笑，有晉人風。尤工篆隸、五言詩，善鼓琴。爲諸生，有名。一日，學使試士，以「恭寬信敏惠」命題，露文成，意得甚。文凡五比，以大、小篆、隸、楷、行書五體寫之。學使怒其狂，寘五等，露夷然不屑。所著詩名《嶠雅》。已上《皇華紀聞》。

耿介，字逸庵，順治壬辰進士。康熙丙寅，禮部尚書掌詹事府湯潛庵斌疏薦之，略云：「原任翰林院簡討、轉直隸大名道副使、丁憂回籍河南登封人耿介，賦質剛方，踐履篤實。服官冰蘗自矢，家居淡泊自甘。潛心經傳，學有淵源。今雖年逾六旬，精力尚健。老成宿素，罕見其儔。」奉旨授翰林院侍講學士，未幾升詹事府少詹事。予曩爲湯公作《繪川書院》詩，有云：「轘轅有耿介，上蔡有張沐。著書各滿家，衆流匯川瀆。耿公實廉吏，齋廚甘杞菊。張公赴徵車，萬里向巴蜀。」正謂是也。沐字仲誠，順治戊戌進士，曾知内黄縣，後以魏尚書環溪象樞薦，起知四川資縣，謝病歸。《池北偶談》。

附録：《池北偶談》：杭州應嗣寅徵士，名撝謙。性至孝，母病數年，撝謙侍疾，晝夜不懈。母憐之，強爲娶婦，終不入私室。母卒，逾祥禫，始行合巹禮。坐卧不下樓，人罕梯接。以經學教授里中，生徒甚盛。所著有《周易應氏集解》、《易學圖説》、《書經蔡注拾遺》、《詩傳翼》、《禮學彙編》、《春秋集解》、《古樂書》、《今文孝經辨定》、《編注古本大學中庸本義》、《語孟朱注大全拾遺》、《較定文公家禮》諸書。康熙己未，詔徵不至，卒於家。自撰《無悶先生傳》，略云：「學不適時，不好禪，不喜陸、王家言，爲文章不詭合，自怡悦而已。密友多窮交，經年不見，與日見無異。足跡不出百里，而太華、溟渤皆于書册見之。生不及古人，而羲、農、堯、舜若接聲響也。著書若干言，人來觀者亦不吝。」云云。同郡徐介，字孝先，陸圻景宣之甥也。食貧隱居，三十妻死，不更娶。一麻布頭巾，數十年不易。嘗集陶、杜詩各一卷。右皆吾杭之有道而能文者，故附著之。

張可仕，字文寺，更名文峙，字紫澱，楚人，家金陵。能詩，與歸安茅元儀善。茅死，有姬楊宛以才色稱，戚畹田宏遇欲得之，以千金壽文寺，求喻意。文寺絶弗與通。范文貞公禮爲上客，公殉國，文寺設位雨花臺，爲文哭之。崇禎末，集子史成句爲四言詩一卷，諷切時事，號《擊磬集》。弟可度，字闇筏，好佞佛，一食清齋，逌然終日。

金陵王槩，字安節，善畫山水。其兄蓍，字宓草，工花卉翎毛。兄弟皆能詩，往往可誦。蓍本名尸，槩本名丏，後改今名。嘗見槩兩篇云：「虚窗吮筆臨秋水，葭菼蒼蒼冷到天。爲愛芙蓉江月好，小亭長伴鷺絲眠。」又：「潯陽江水抱城流，庾亮曾經此夜遊。亦是新涼當八月，遂教高會擅千秋。風騷接席無今古，喬梓凌雲富唱酬。傑閣共傳詩句好，飛揚興不減南樓。」槩，詩人方文爾止壻也。

長洲尤展成侗，晚以博學宏詞入史館。在局中，仿李西涯體作《明史樂府》百篇，佳處殆不減李。今略載數首於此。《作佳傳》云：「入學宫，辭孔子，衣帶題詩自經死。出史局，别同官，官方飼猪不暇看。一死一生交情見，留與若翁作佳傳。」《閣門使》云：「閣門使，鐵簡賜。谷長史，兼理六王事。當局不敢讓，臣誼應如是。殿下百世後，難逃一箇字。下詔獄，徽髪死，嗟乎此真文成子。張辟彊，豚犬耳。」《生程濟》云：「爲忠臣，爲智士。死高翔，生程濟。身免乎，軍中祭，君免乎，宫中剃。君乘車，臣執轡，君登舟，臣操枻。寒則燎衣飢持糒。四海從亡多故人，道旁相見唯流涕。萬水千山風復雨，送君還上金陵去。天外龍蛇有日歸，鴻飛冥冥不知處。」《靖難》云：「七國反，誅家令，灌將軍出山東定。

北平起，討齊黄，曹國公出金陵亡。建文君，非景帝，燕王亦非吴王濞。靖難雖然百戰功，成敗何常總天意。太祖生男二十五，爲王爲庶知誰主。燕子高飛上帝畿，紇干凍雀無毛羽。可憐高煦亦英雄，頃刻燒死銅缸中。」《威武大將軍》云：「平陽侯，張公子，威武大將軍，三君一轍耳。漢家天子自待邊，大同宣府往復還。朕稱將軍封萬户，驃騎當屬江與錢。旌旗獵獵向北駐，樓船摇摇望南渡。豹房家裏樂未終，更覓春江花月處。朝登牛首山，夕宿鳳皇臺。鄱陽凱歌何雄哉，戎服簪花金銀牌。揚鞭却指隋堤笑，一狩江都竟不回。」《大禮》云：「明倫典，問誰作？唱者璁，和者蕚。筆者方，削者霍。浹與綰，唯且諾。天子有私臣，朝中皆黨人。武夫何知咄郭勛。配爾祖，英烈傳，中山眄眙開平歎。」《根本彗》云：「根本彗，腹心彗，門庭彗，群妖掃地偷龍睡。彗未退兮孛將至。大馮君，小馮君，忠臣孝子出一門，刺血上書動至尊。但看六月飛霜雪，君門之彗乃可滅。」《河套冤》云：「嚴夏兩家雞相鬭，曾銑仇鸞分左右。嚴雞方勝夏雞孤，銑欲劾鸞胡爲乎。套未復，身先死。朝璽書，暮西市。將軍横尸何足言，宰相駢首寧無冤。君莫哭，君不見朱仙鎮上風波獄。」《長生藥》云：「五利戮，文成死，致一真人上天去，復有紫府神霄兩高士。天子齋居，日夜禱祠。相公宿直，争獻青詞。赭衣半道，斷首滿稽。殺人媚天，修玄奚爲？四十五年元氣削，王金方進長生藥。」《海瑞疏》云：「世宗在位四十五，建言諸臣盡圜土。末年乃有海瑞疏，直訐乘輿干上怒。擲地不已遶殿步，忠臣豈肯逃亡去。大行賓天應釋汝，獄吏酒肴相勞苦。但願飽啖得死所，誰知晏駕驚聞訃。此日方看臣哭主，當時尚擬子罵父。」《逐新鄭》云：「華亭去分宜，江陵逐新鄭。賢否故懸殊，門户總同釁。主少國疑賴元老，一留一去由馮保。

宰相踉蹌出午門，先皇顧命寒秋草。大臣獄起重驚倒，不憐身歿無遺表。夫人泣涕致相公，敬爲故夫獻微寶。富貴何常忽易人，江陵簿録還如埽。噫嘻乎！前人跌，後人滑。古來名位多相軋，死姚崇算生張説。」《趙高傳》云：「委鬼當頭坐，茄花滿地紅，趙嬈曹節竟私通。涿州道上馬游龍，月華門前車鬬風。內操撾鼓鳴刀弓，犴狴流血朝班空。祠堂昭德兼崇功，乾兒義子多如蟲。讀史至此再三歎，殆哉岌岌將作難。滿朝彈章君不見，中宮獨看趙高傳。」已上《池北偶談》。　并録一。《漁洋詩話》。尤悔庵侗在史館作《明史樂府》，雖擬李西涯，而往往駕出其上。又常作《外國竹枝》百首。

龍眠孫武公先生，諱臨，字克咸。少讀書任俠，與里中方密之、爾止、周農父、錢飲光齊名。所爲歌詩古文詞，流傳大江南北。雲間陳大樽、夏瑗公、徐復庵三君，方講兵家言，先生見而篤好之，手製木牛流馬式，著平地，能自旋轉如生。大樽贈詩曰：「孫郎磊落天下才，龍文手握雙玫瑰。自言三卷授黃石，談兵説劍如風雷。」著其事也。後以監司參楊中丞龍友軍事，卒慷慨俱死。遺詩一編，大抵和平怡愉之意寡，而幽憂痛憤之言多。時實爲之，雖作者亦不自知其至是也。

明經張先生，諱紱，孔繡字也，世濟南淄川人。生而志節慷慨，負意氣，俶儻自喜。工書法，尤精篆隸。好飲酒，酒餘好爲詩。予在廣陵，常爲刻詩數十篇。所著《南游小咏》、《西征游記》、《適吴筆略》、《楚游記略》多未刻。子篤慶，詩古文最知名。

廣平申公端愍子三人，長涵光，高尚其志，著書纂言，以學行聞天下，人稱聰山先生。次涵煜，舉孝廉。次涵盼，順治辛丑進士，翰林檢討。孝廉君字觀仲，學詩于聰山，名亞其兄。書法大令，時游戲寫蘭竹，似趙子固。所著《敏庵》、《江杭》諸集若干卷。已上《蠶尾續文》。

宗栴附識：余插架有聰山《説杜》一帙，中分「總説」、「隨説」、「補説」。《自序》云：「季弟隨叔學詩于京師，家書商確，苦其難盡，乃隨所見，輒筆于册。亦云大略有然，從此推之耳。」隨叔，蓋檢討字也。

淮安門人張弨力臣，博雅精六書之學，嘗著一書，辨俗書之譌。今老矣，又耳聾，攜其兩子孫客京師，以寫真來索題。予爲賦二絶句云：「瘞鶴銘邊攜屐日，羊侯祠下卸帆時。吴山楚水探奇偏，不管秋霜點鬢絲。」「金石遺文太放紛，摩挲千卷對鑪熏。白頭更訪鴻都學，手拓陳倉石鼓文。」張嘗著《瘞鶴銘辨》及摹峴山石幢寄予，首二句皆實録也。

雞澤殷岳伯巖《留耕草堂詩》一卷，僅讀史三十首，登嵩、登岱詩各六首，餘十八首，共五十餘篇，皆五言古體也。殷平生不爲律詩，永年申涵光和孟序之云：「宗山不多作詩，復不耐聲偶。爲古詩淳龐淵穆，莽莽可敵萬夫。乙未正旦，祀先畢，即皁帽跨驢，攜一童子，遊嵩少，婆娑緱嶺，有遺世之思。已乃入大騩，大騩人好之，留數月。予與傅掌靁太史將登岱，宗山衣塵未拂，欣然同往。時方病腰脊，比歷天門，松聲謖謖，萬山在下，大叫奇絶，棄肩輿步登，不知沉疴之去體也。夜宿岳頂，予二人憊而偃卧，宗山夜數起，謂羽人：『日出時唤我。』已而雨聲淅瀝，少止，即躍起視户外，以星辰隱見爲憂喜，竟夕不寐。其嗜奇癖山水如此。」宗山亦殷字也。予往見其詠史詩于《國門集》，古鬱涼壯，有横槊之風，河朔一奇士也。和孟，節愍公子，有高義，與予兄弟相友善。同時有張蓋，字覆輿，狂士，詩亦奇。皆廣平人。又趙湛秋水、劉逢源津逮，亦廣平人，能詩，皆與予善。

朝邑李瓚中黄，以其父岸翁遺墨來求跋。岸翁名楷，關中耆宿。國初仕爲寶應知縣，高才淩物，爲忌者所中，罷官。平生作詩文，每廣坐酒酣，令兩人張絹素疋紙，懸腕直書，略不加點，如疾雷破山，怒潮穿脇，移晷而罷，擲筆引滿，旁若無人，舉坐爲之奪氣，名噪一時。亦以此坎壈失職，傲然不屑也。書學東坡，尤善飛白。此卷皆自書雜詩，中《冥蒙》二章如云：「天子傅粉墨，臣亦舞八風。古人略小節，其究莫能終。小器易以滿，如狂彼愚蒙。晉家嗜放達，四郊生兵戎。優孟何足爲，致身忘其祟。」似爲南渡甲乙時事而作。關中名士，予生平交善者如三原孫豹人枝蔚、韓聖秋詩、華陰王無異宏撰、富平李子德因篤、郃陽王幼華又旦、富平曹陸海玉珂，皆一時人豪，要當以岸翁爲冠。

李叔則楷云：「内典如『佛塔廟』，一句叠三實字，《柏梁》詩一句七果名，太白詩一絶句五地名。文機故用虚，非實字則不壯。」予觀《霧堂集》，多發前人所未發，詩文頗奥衍聳拔，有奇氣，恨才多不能裁割，加聲律不叶，未免拗折嗓子，如昔人所譏耳。

竟陵胡承諾，字君信，博學工詩，尤長五言。予官廣陵日，君信以集見寄。康熙辛酉卒，年七十五。老而嗜學，晝夜不輟。已上《居易録》。并録一。

同上。竟陵胡褎手寫其父石莊先生《讀書説》四卷、《繹志》十九卷屬序。石莊名承諾，明孝廉，博雅工詩，尤長於五言古選。褎太學生，亦能詩，有寄予八詩極佳。予編《感舊集》，取石莊五言頗多。褎詩云：「未假新文充祕玩，先將詩格入編題。」謂此也。

中州才士，近有襄城李來章禮山、劉青藜太乙。劉歌詩，李古文，皆有可傳。劉庚辰公車至京師，杯酒閒，爲余言郟縣仝軌車同，詩文皆擅絶。壬午，仝寄余長句，瀏灕頓挫，與劉勍敵也。并録二。

《漁洋詩話》。郟縣仝軌，字車同，博雅工詩。嘗以長句寄余，余賞之，而嗟其貧老不遇，爲之延譽於徐中丞、張侍御，遂聘主大梁書院。未幾，徐遷去，張卒官，而仝以乙酉中河南解元。

《香祖筆記》。郟縣仝軌領解額第一，檢篋中軌所寄詩尚存，輒録于此云：「華星炯炯羅秋穹，帝車正色臨天中。今古文章各司命，龍門吾代趨王公。賤子曾公公從祖，大羅天詠霓裳同。萬曆乙未。孔李通家踰百載，日月泥塗牛馬風。何況虞廷儀鸑鷟，和聲應答唯笙鏞。鶴唳鶯啼瘖不發，草閒誰敢矜寒蛩。東平牙齒濫餘論，江天颯颯羞吴楓。新文底用把小陸，飛夢已過尸鄉東。驚聞面赤汗浹背，進退交惑心忡忡。灑掃何年懷四本，聊將耳學思擊蒙。騷經詩史立忠義，豈徒排比鋪陳工。霧夕芙蕖詫沈范，區區兒女塗青紅。劉生示我漁洋集，南海蜀道争豪雄。工部吏部水赴海，白公蘇公金在鎔。深林二月亂桃李，大江百怪騰蛟龍。餘子我亦輕狹陋，如公誰不懷朝宗。恨不遭公問緒業，微言日日開心胸。莫訝投詩未相識，平生一瓣曾南豐。」

米紫來漢雯，宛平人，明太僕友石萬鍾之孫也。父壽都，字吉士，亦知名。紫來以順治辛丑登第，多技藝，工書畫，書仿南宮，尤工金石篆刻。以長葛知縣行取，適有博學宏詞之舉，改翰林編修，以典試罣誤。久之，召入供奉内庭，遷侍講，賜宅西華門，尋病卒。太僕有勺園，在京城西海淀，與武清侯清華園相望，亦曰風烟里，今暢春苑即兩園故址也。紫來所交游，皆海内名士，與予最相善，頗有倡和。其詩惜爲書畫所掩，亦散佚無傳矣。紫來曾以其滇中詩屬予論次。已上《香祖筆記》。

附録：《香祖筆記》：黄子鴻，名儀，常熟人，隱居博學，工書法。予刻《漁洋續集》，將仿宋槧，苦無解書者。門人崑山盛誠齊侍御符升聞子鴻多見宋刻，獨工此體，因禮致之。子鴻欣然而來，都無厭倦。今《續集》自首迄尾，皆其手書也。尤工小詞，有句云：「井桐休放月痕來，玉堦剛卧金鈴犬。」人多稱之。

傅山，字青主，亦字公之佗，太原高士。其子眉，字壽髦，能爲古賦。常賣藥四方，其子輓車，晚憩逆旅，輒課讀《史》《漢》《莊》《騷》諸書，詰旦成誦乃行。祁縣戴楓仲廷栻撰《晉四家詩》，山父子居其二。《漁洋詩話》。

附録：《池北偶談》：傅山青主，一字公之他。母夢老比丘而生。生復不啼，一瞽僧至門云：「既來，何必不啼？」乃啼。六歲，食黄精，不樂穀食。强之，乃復食。讀《十三經》、諸子、史，如宿通者。崇禎中，袁臨侯繼咸督學山西，爲巡按御史張孫振誣劾，被逮。山裹饘左右，伏闕上書，白其冤。馬君常世奇作《義士傳》，比之裴瑜、魏劭。亂後，夢天帝賜以黄冠衲衣，遂爲道士裝。醫術入神，有司以醫見則見，不然不見也。康熙己未，徵聘至京師，以老病辭，與苑陽杜越君異俱授中書舍人歸山。工分隸及金石篆刻，畫入逸品。子眉，字壽毛，亦工畫。

門人陳子文奕禧，號香泉，詩歌、書法著名當世。其書專法晉人，於秦、漢、唐、宋以來金石文字收弆尤富，皆爲題跋辯證。以户部郎中出知石阡府，補任南安，以病卒官。妙蹟永絶，清詩零落。生平與蒲阪吴天章雯最善，今先後下世矣，悲夫。《分甘餘話》。

宗枏附識：香泉先生爲枏之外從祖，其官户曹而兼理寶泉局也，與先比部府君前後相繼。每往來先君邸舍，譚讌無虚日。時枏方髫髫，猶及記憶。見其作擘窠書，長箋巨幅，運腕如飛。嘗爲先慈淑人書一金扇，楷法工細。放筆，輒自詫曰：「吾一歲中爲人作此種書未數數然也。」蓋其矜貴若是。惜年久剥落，妙蹟不存矣。

武人類

鄧子龍，字武橋，豐城人，隆、萬間名將，援朝鮮戰死。平生善書，喜吟咏，可與戚繼光、陳第並傳，而世鮮知者。有《横戈集》一卷，頗磊落。略録一二。《萬松嶺風雨催軍行》云：「應憐西事懸民瘼，長呼鐵甲燈前著。三程兩程晝夜行，千山萬山風雨惡。不妨鼓角地中來，自有將軍天上落。百戰烽塵社稷安，一怒乾坤星斗錯。歸來烹象飲天河，何代英雄無衛霍。」《金鷄橋》云：「短甲輕兵入武鄉，西風吹骨鐵衣涼。大幽山下無情水，笑問金雞舊戰場。」《皇華紀聞》。

《南史》曹景宗賦「競」、「病」二韵詩，蓋與古語暗合。僖七年，鄭大夫孔叔言於鄭伯曰：「心則不競，何憚於病。」又宋曹翰平江南後，久爲環衛。一日内宴，群臣賦詩，翰以武人不預，自陳少習爲詩，亦乞應詔。太宗限「刀」字韵，翰援筆立成，詩云：「三十年前學六韜，英名常得預時髦。曾因國難披金甲，不爲家貧賣寶刀。臂健尚嫌弓力軟，眼明猶識陣雲高。庭前昨夜秋風起，羞看盤花舊戰袍。」太宗覽之，驟遷數級。二曹事絶相類，大奇。

劉後村《跋總管徐汝乙詩》云：「宋武臣能詩者，賀鑄、劉季孫，爲坡、谷深許。其後有劉翰武子、潘檉德久，尤爲項平庵、葉水心所賞重。」明景泰中有十才子，湯參將允勣最著。予見其《東谷遺稿》十卷，了無可取。成化間，金陵姚福者，世襲千户，著《定軒集》、《避喧録》、《窺豹録》及《青溪暇筆》若干卷。予嘗見《暇筆》草稿，福手書也。記軼事頗亦可喜，而論詩膚陋。如自記《蔡琰歸漢圖》詩云：「若使胡兒能念母，他年好作倒戈人。」所取彭三吾《詠明妃》詩云：「妾分嫁單于，君恩本不孤。畫工休盡殺，夢弼要人圖。」謂得風人之體，真三家村學究見識，可爲噴飯。又嘗見南皮李騰鵬撰《明詩統》，取一詩云：「君王莫殺毛延壽，留畫商巖夢裏賢。」腐儒所見略同乃爾。又明名將如郭登、戚繼光、陳第、萬表，皆有詩名。已上《池北偶談》。

古今武人詩，如沈慶之、曹景宗輩，猶有文士之風。獨北齊高敖曹詩：「龍鍾千口牛，蟬連百壺酒。朝朝圍山獵，夜夜迎新婦。」此等語斷非文士所能道。若斛律金「風吹草低見牛羊」，則樂府絶唱矣。并録一。

《香祖筆記》。古來武人能詩，如宋沈慶之：「微生遇多幸，得逢時運昌。朽老筋力盡，徒步還南岡。辭榮此聖世，何愧張子房。」梁曹景宗：「去時兒女悲，歸來笳鼓競。借問行路人，何如霍去病。」北齊斛律金：「勅勒川，陰山下，天似穹廬蓋四野。天蒼蒼，野茫茫，風吹草低見牛羊。」高敖曹：「壠種千口羊，泉連百壺酒。朝朝圍山獵，夜夜迎新婦。」唐王智興：「三十年前老健兒，剛被郎官遣作詩。江南花柳從君詠，塞北烟霜獨我知。」宋曹翰：「三十年前學六韜，英名常得預時髦。曾因國難披金甲，不爲家貧賣寶刀。臂健尚嫌弓力軟，眼明猶識陣雲高。堂前昨夜秋風起，羞覩盤花舊戰袍。」岳鄂王飛：「潭水寒生月，松風夜帶秋。」明郭定襄登：「甘州城西黑水流，甘州城北胡雲愁。玉關人老貂裘敝，苦憶平生馬少游。」湯允勣：「苜蓿含花草露斑，奚奴擾擾出沙灣。塵飛大夏三千里，泥滿東風十二閑。直内銅符初上繳，征西鐵甲未東還。可憐絶代賢王手，少畫漁陽阿犖山。」戚武毅繼光：「畫角聲傳草木哀，雲頭對起石門開。朔風邊酒不成醉，落葉歸鴉無數來。但使玄戈銷殺氣，未妨白髮老邊才。勒名峰上吾誰與，故李將軍舞劍臺。」右偶舉數篇，皆見英雄本色，有文士所不能道者。又如宋之劉涇、賀鑄、韓蘄王世忠，明之沐昂、俞大猷、李言恭、萬表、陳第輩，不可枚舉，孰謂兜鍪之流祇解道「明月赤團團」也？唐高崇文「誰把髀兒射雁落，白毛空裏亂紛紛」，雖俚語亦不凡，可並謝胡撒鹽之句。

喻武功總制成龍，金州人。余官刑部尚書時，喻爲侍郎，余嘗定其《塞上集》。前、後《出塞》諸篇酷似少陵。如：「秋風入代郡，萬籟聲蕭蕭。」「崑崙十日雨，星海宜汎漲。」「丈夫既捐軀，豈能依骨肉。」「立馬望黄河，天青塞雲紫。」又：「風雪灑邊塵，天際莫雲紫。山銜落照明，戈鋋寒光裏。」語多警絶。

又《聞笛》云：「夢裏悠揚横笛聲，高天露下共淒清。愁來江漢人何處，望裏關山月倍明。萬里孤雲隨絶漠，十年羸馬更長征。誰知一曲中宵怨，霜雪無端兩鬢生。」已上《漁洋詩話》。

武人能詩，史載沈慶之、曹景宗，而不知周羅睺。案本傳：羅睺在陳，爲太子右衛率，時參宴席。陳主曰：「周率武將，詩每前成，文士何反後也？」都官尚書孔範曰：「羅睺執筆制詩，還如上馬入陣，不在人後。」《古夫于亭雜録》。

近下僚中多才人。婁縣縣丞施鴻，閩人，著《史測》，論南北朝事甚可聽。又雄縣馬之驌，兩爲江都、壽張管河主簿，撰《詩防》及《張秋志》各若干卷。泰州州同知趙三麒，韓城人，頗能詩。有絶句云：「虞舜昔南巡，不見南巡跡。但餘此墓旁，一片瀟湘石。」已下下僚附。《池北偶談》。并録二。

《漁洋詩話》。近日下僚中往往多文士。婁縣丞施鴻，字則威，邵武人，著《史測》十卷。江都主簿馬之驌，字旻徠，雄縣人，撰《詩防》。後補壽張簿，又撰《張秋志》。泰州同知趙三麒，字乾符，韓城人，有詩云：「虞帝昔南巡，不見南巡跡。但餘此墓旁，一片瀟湘石。」余在廣陵，常詫客曰：「吾儕官屈宋矣。」

《居易録》。門人陳奕禧子文，海寧人，善爲詩，尤工鍾王書法。以太學上舍仕爲安邑丞，著《皋蘭載筆》、《益州于役記》十餘卷。詩格尤進，如「斜日一川汧水北，秋山萬點益門西」之句，不愧古人。予少爲揚州推官時，偶見泰州同知趙三麒一詩云：「虞舜昔南巡，不見南巡跡。但留此墓旁，一片瀟湘石。」因呼與語。會雄縣人馬之驌主江都簿，能詩，撰《詩防》若干卷，予皆禮之。每詫人云：「吾以屈宋作衙官矣。抱關擊柝中莫謂無人，人自不知耳。」弇州先生有詩云：「馬頭拜迎不敢忽，恐有當時高蜀州。」用心如此，詎有遺才耶？陳近遷知深澤縣，予曾序其《虞州集》，又題詩云：「月映清淮何水部，雲飛隴首柳吴興。」

帶經堂詩話卷二十

記載門二

閨閣類

武功蘇氏，自子卿後，代有名人，項背相望。苻秦時，道質第三女蕙，嫁扶風竇滔。滔鎮襄陽，蕙織錦爲迴文詩寄之，首尾七千九百五十八首。自云：「徘徊宛轉，自成文章。非我佳人，莫之能解。」唐則天后及宋閨秀朱淑真并記其事。黄山谷詩：「千詩織就迴文錦，如此陽臺暮雨何。只有英靈蘇蕙子，更無悔過竇連波。」并録五。

《池北偶談》。辛亥冬，於京師見宋朱女郎淑貞手書《璿璣圖》一卷，字法妍嫵。有記云：「若蘭名蕙，姓蘇氏，陳留令道質季女也。年十六，歸扶風竇滔。滔字連波，仕苻秦爲安南將軍。以若蘭才色之美，甚敬愛之。滔有寵姬趙陽臺，善歌舞，若蘭苦加捶楚，由是陽臺積恨，讒毁交至。滔大恚憤。時詔滔留鎮襄陽，若蘭不願偕行，竟挈陽臺之任。若蘭悔恨自傷，因織錦字爲回文，五彩相宣，瑩心眩目，名曰《璿璣圖》，亘古以來所未有也。乃命使齎至襄陽，感其妙絶，遂送陽臺之關中，具輿從迎若蘭於漢南，恩好踰初。其著文字五千餘首，世久湮没，獨是圖猶存。唐則天常序圖首，今已魯魚莫辨矣。

初家君宦遊浙西，好拾清玩，凡可人意者，雖重購不惜也。一日，家君宴郡倅衙，偶於壁間見是圖，償其值，得歸遺予。於是坐卧觀究，因悟璿璣之理，試以經緯求之，文果流暢。蓋璿璣者，天盤也；經緯者，星辰所行之道也；中留一眼者，天心也。極星不動，蓋運轉不離一度之中，所謂居其所而斡旋之。處中一方，太微垣也，乃叠字四言詩。其二方，紫微垣也，乃四言回文。二方之外，四正乃五言回文，四維乃四言回文。三方之外，四正乃交首四言詩，其文則不回也，四維乃三言回文。三方之經以至外四經，皆七言回文詩，可周流而讀者也。紹定三年春二月望後三日，錢唐幽棲居士朱氏淑貞書。」首有「璿璣變幻」四小篆，後有小朱印。予向見《斷腸集》，不載此文，諸家撰閨秀詩筆者，皆未之載。宋桑世昌澤鄉、明雲間張元超之象撰《回文類聚》，亦未收此。家考功兄輯《然脂集》三百餘卷，多徵奥僻，因録一通歸之。後有仇英實父補圖四幅，亦極妙。按：張萱、周昉、李伯時輩皆有織錦回文圖，英此圖殆有所本也。

《居易録》。趙松雪管夫人手寫《璇璣圖》詩，五色相間，筆法工絶。後跋云：「蘇蕙字若蘭，陳留令武功蘇道質第三女也。年十六歲，歸扶風竇滔，甚敬愛之。苻堅寇襄陽，以滔爲安南將軍，留鎮襄陽，攜寵姬趙陽臺往。蘇氏怨之，不肯與俱，而滔竟與斷音問。後蘇氏悔恨，因織爲迴文錦以寄滔。滔覽之，感其意，於是迎蘇氏來襄，而歸陽臺於關中，恩好愈篤焉。按：蘇氏織錦迴文，縱廣八寸，計八百餘言，形如璇璣，理難盡識。起宗道人分圖拆類，獨得其旨，附録其右。天水管道昇。」後有仇英補圖，亦工。

同上。侯珣，桐城諸生，博洽工文，嘗衍蘇氏織錦迴文，凡三言、四言、五、六、七言，斜直方圓，周旋出入，得詩八百首。

附録：此條後段：珣又善投壺，著《壺譜》，奏矢一百四十法。其友請試之，置酒張壺，按譜投之，縱橫進退，飛躍疾徐，各臻其妙。連日繼夜，譜法纔盡。其神解如此。

同上。蘇蕙織錦回文詩，則天記云二百餘首。楊文公讀至五百餘首。明僧起宗，乃又分爲七圖一百四十七段，得三、四、五、六、七言詩至三千七百首，某王府刻之。僧亦異人。而蘇氏方寸之圖，古今衍之如無盡藏，神矣哉。

《池北偶談》。又《回文類聚》載唐婦人所作《轉輪鈎枝八花鑑銘》云：「花上八字，枝間八字，環旋讀之，四字爲句，遞相爲韵。其盤屈糾結爲八枝者，左旋讀之，自『篇』字起，至『詞』字止，當就支、脂字韵。右旋讀之，自『詞』字起，至『篇』字止，當就先、仙字韵。」兹不具録。

中江縣驛中，有膠州閨秀姜氏題詩云：「清泉石上溜松風，薄受霜華葉乍紅。曲路通村知近遠，一條竹杖萬山中。」

新都縣使院爲楊用修先生故居。用修夫人黄，亦有才情，世所傳《寄外詩》「曰歸曰歸愁歲暮，其雨其雨怨朝陽」二語，乃山谷句，夫人豈竊之耶？已上《蜀道驛程記》。并録一。

《池北偶談》。楊升庵夫人黄《寄外詩》「曰歸曰歸愁歲暮，其雨其雨怨朝陽」，乃黄魯直《答初和甫》詩句也，見《豫章外集》。詩云：「君吟春風花草香，我愛春夜璧月涼。美人美人隔湘水，其雨其雨怨朝陽。蘭荃盈懷報瓊玖，冠纓自潔非滄浪。道人四十心如水，那復夢爲蝴蝶狂。」

宗楙附識：《静志居詩話》：「『美人娟娟隔秋水』，杜子美句也。『其雨怨朝陽』，阮嗣宗句也。黄魯直寄蘇和仲計用之曰：『美人美人隔秋水，其雨其雨怨朝陽。』楊夫人復用魯直語寄用修，正陸平原所云襲故彌新者。」

女郎倪仁吉，義烏人，善寫山水，尤工篇什。予嘗見其《宫意圖詩》，其一云：「調入蒼梧斑竹枝，瀟湘渺渺水雲思。聽來記得華清夜，疎雨銀缸獨坐時。」先考功兄曾得其全集。并録一。

《漁洋詩話》。董樵，萊陽高士。康熙初，游婺郡，閨秀倪氏仁吉高其人，製方竹爲杖遺之。倪有絶句云：「怨入蒼梧斑竹枝，瀟湘渺渺水雲思。分明記得華清夜，疎雨銀釭獨坐時。」

金陵紀青，字竺遠，能詩，少爲諸生，棄去，入天台國清寺爲僧。久之，復捨去。其子映鍾伯紫，尤負詩名。女名映淮，字阿男，嘗有《秦淮竹枝》云：「栖鴉流水點秋光，愛此蕭疎樹幾行。不與行人綰離别，賦成謝女雪飛香。」及笄，嫁莒州杜氏。早寡，年五十餘，以節終。予在儀制時，下有司旌表之。予昔在秦淮，賦詩云：「十里清淮水蔚藍，板橋斜日柳毿毿。栖鴉流水空蕭瑟，不見題詩紀阿男。」伯紫見之，殊不喜。後二十年，從子啓大官莒學正，訪得其遺詩數篇，其一云：「清谿有桃葉，流水載佳人。名以王郎久，花猶古渡新。檝摇秦代月，枝帶晉時春。莫謂供憑攬，因之可結鄰。」又：「李花一孤邨，流水數間屋。夕陽不見人，牯牛麥中宿。」并録一。

《漁洋詩話》。余辛丑客秦淮，作《雜詩》二十首，多言舊院時事。内一篇云：「十里清淮水蔚藍，板橋斜日柳毿毿。栖鴉流水空蕭瑟，不見題詩紀阿男。」阿男名映淮，詩人伯紫映鍾之妹也。幼有詩云：「棲鴉流水點秋光。」後適莒州杜氏，以節聞。伯紫與余書云：「公詩即史，乃以青鐙白髮之嫠婦，與莫愁、桃葉同列，後人其謂之何？」余謝之。後入爲儀郎，乃力主覆疏旌其閭，笑曰：「聊以懺悔少年綺語之過。」

吴橋節孝范氏，名景姒，文忠公景文女弟也。好讀書，通經史，尤工書畫。繪大士像，彷彿龍眠。有《冰玉齋詩》若干卷。歸同邑王世德，二十而寡，年三十九卒。文忠撰墓誌，見集中。

禾中閨秀黄媛介，字皆令，負詩名數十年。近爲予畫一小幅，自題詩云：「懶登高閣望青山，愧我年來學閉關。淡墨遥傳縹緲意，孤峰只在有無間。」皆令作小賦，頗有魏晉風致。少時太倉張西銘溥聞其名，往求之，皆令時已許字楊氏，久客不歸，父兄屢勸之改字，不可。聞張言，即約某日會某所，設屏幃觀之。既罷，語父兄曰：「吾以張公名士，欲一見之。今觀其人，有才無命，可惜也。」時張方入翰林，有重名，不逾年竟卒。皆令卒歸楊氏。

顧姒，字啓姬，杭州人，適鄂生某。康熙庚申，從其夫至京師。嘗見所著《静御堂集》，小賦詩詞頗婉麗。九日，予與同人飲宋子昭工部小園，限「蟹」字韵。翌日，鄂詩先就，顧代作也。其末云：「予本澹蕩人，讀書不求解。《爾雅》讀不熟，蟛蜞誤爲蟹。」予驚歎。顧善歌，所製詞曲有「一輪月照一雙人面」之句，予最賞之。

宗柟附識：蒿廬先生嘗戲云：「『舉杯邀明月，對影成三人』，真神僊語。讀『一輪月照一雙人面』之句，又覺願作鴛鴦不羨僊矣。」

鄧州彭氏，布政使禹峰而述女，適李鴻。鴻字青立，文達公裔孫，學士恒茂之子，予門人也。鴻亦能詩，而才不及婦。予嘗序其《蝶龕集》，刻之京師。如《咏白蓮》云：「月亦驕花色，風偏送葉香。」《刺繡》云：「針宜停午倦，窗喜趁新晴。」《送外》云：「山川日以遠，雨雪天將寒。」皆佳句也。又《雷家灣》云：「峰峰斜倚俯清滑，一葉孤舟亂後身。洞口白雲雞犬在，此中大有避秦人。」《金銀洞》云：「絶壁繩橋萬壑深，春風何意此登臨。安禪暫借蒲團力，坐聽神龍澗底吟。」又：「陰厓如幄俯青蘿，脉脉寒泉激素波。豆大一舟沙際望，四山香氣鳥聲和。」《種桃柳》云：「繞畦烟水望迷離，種得桃枝間柳枝。好是年年芳草地，春晴須記聽鶯時。」《惜香橙》云：「幾經剪拂始成林，夏晚移牀就緑陰。却怪一朝風雪惡，惜香空負十年心。」此類數十篇，皆可誦也。

王慧，字蘭韵，太倉人，同年長源督學發祥之女。有雋才，所著《凝翠軒詩》一卷，極多佳句。《閨詞》云：「輕寒薄暖暮春天，小立閑庭待燕還。一縷柳花飛不定，和風搭在繡牀前。」又五言如：「杏花都擁屋，楊柳半垂溪。」「花陰依略彴，竹色捲瀟湘。」「風懷看緑柳，愁緒比黄楊。」「紈扇三春月，緗琴五夜霜。」七言如：「別去新篁方解籜，重來芳樹欲過頭。」「蕭蕭竹影遮紅藥，細細波紋暎白魚。」「纔過輕雷收筍箬，旋斠新水試茶芽。」「一枝香供宜金屋，半醉紅扶待畫叉。」《鶯粟花》「楊柳溪橋初過雨，杏花樓閣半藏烟。」「淚淹紅袖傷離日，愁在黄昏細雨中。」「硃添小印思題扇，釧擘輕羅憶點籌。」「牆角紅殘桃結子，石盆青淺菊分芽。」「柳絮飛殘青滿徑，荳花零亂緑圍郵。」「棠梨謝後猶花信，櫻筍過時已麥秋。」「幾處溪山留薜荔，一秋風雨在芭蕉。」皆佳句也。又《宿田家偶見粘窗破紙乃韓偓香奩詩惜而賦絶句》云：「麗情佳句有誰知，瞥見窗前字半欹。爲惜風流埋没甚，自擕紅燭拂蛛絲。」此等懷抱，亦非尋常閨閣所解。已上《池北偶談》。

田母張氏，德州儒家女，父曰禎。母之幼也，女紅之外，教以書史，輒能通知大義。笄，歸於田，齊魯間所稱蓼庵先生者也。先生以順治壬辰登第，知浙之麗水縣。未幾，屬疾不起。母擕諸孤，間關三千里，扶櫬以歸。歸，督諸子讀書，而躬自紡績，往往至戊夜。少工詩，脱稿即焚棄，所存唯《茹荼吟》三十章，諸子雯、需、霦刻附家乘。《蠶尾文》。

劉道貞，字墨仙，邛人，名士也。明末，起兵討張獻忠，不克，病卒于軍，妻子皆遇害。其子暌度，妻馮氏，詩甚清婉，有《春日即事》云：「閒步小橋東，黄鶯處處逢。梨花風雨後，人在緑楊中。」《隴蜀餘聞》。

潁川劉氏，閨閣皆知書。同年公㦸吏部，往爲予述其女姪名第五，幼工詩，兼能古文。從姪撍妻李氏，亦工詩。予壬子使蜀時，撍令洪洞，李以詩卷來相質，今皆歿矣。第五之女姪名令佑，嫁爲公㦸甥甯擢益賢子婦，今年才二十，詩詞書迹，以至金石篆刻，皆臻妙，何巾幗之多才也。嘗爲予刻二小印，款云「潁川女士」。并録一。

《池北偶談》。劉公㦷吏部姬汪氏静宜，字稺嫺，金陵人。有詩云：「長信不知君意切，相思猶隔兩重雲。不須更買長門賦，但畫蛾眉以待君。」「六月高風振海吹，遥遥親舍白雲陲。誰知天上芳菲淚，溼却新愁似斷絲。」康熙丁未，在京邸作也。踰年歸潁，至青縣覆舟死。

管夫人畫竹卷，長丈餘，離披錯落，姿態百出，與怪石奔峭相間，氣韵生動，真奇作也。後自題二句云：「竹勢撒崩雲觸石，應是瀟湘夜雨時。皇慶三年秋日作，道昇。」下方有「管氏道昇」、「仲姬」二印。湖州天聖寺壁有管夫人畫竹，或題其旁曰：「數枝密葉數枝疎，露壓烟啼秋雨餘。宋室山河多少淚，略無半點到篨篨。」

宋江西洪亶郎中妻文城縣君，李公擇尚書姊也。治《春秋》，博學能文。作公擇挽詩云：「久歷金門貴，未酬黄屋知。如聞天禄客，抱恨作銘詩。」不減前人。載江少虞《類苑》。黄山谷，公擇甥也，有《題姨母畫竹》絶句云：「白頭腕中萬斛力。」或即文城耳。

《席帽山人集》載台州余季女《寄夫詩》五章云：「妾誰怨兮薄命，一氣孔神兮化生若甑。春山娟兮秋水浄，秉貞潔兮妾之性。一。　夜夢兮食梨，靈氛兮爲予占之。曰行道兮遲遲，斂角枕兮粲如，風動幃兮心悲。二。　雲黯黯兮雪飛棘，夫子介兮如石。苦復留兮不得，望平原兮太息，涕泗横兮霑臆。三。　送子去兮春樹青，望子來今秋樹零。樹有枝兮枝有英，我胡爲兮煢煢。四。　織女兮牛郎，豈謂化兮爲參商，欲徑渡兮河無梁。霜露侵襲兮病偃在牀，嗟嗟夫子兮誰與縫裳。五。」右詞旨悽婉，音族古雅，不減徐淑。誰謂宋元以下無樂府耶？得之女子尤奇。

吾邑耿太淑人徐氏，長山人，巡撫僉都御史以貞孫，長治知縣繼志女，陝西參議耿公鳴世之配，巡撫浙江僉都御史庭柏之母也。幼讀書工詩，偶記數篇於此。寄子中丞云：「家內平安報爾知，田園歲入有餘資。絲毫不用南中物，好做清官答聖時。」《輓王烈婦畢孺人先叔祖翰林簡討象節配》云：「烈矣王門婦，賢聲著帝京。貞心同玉潔，素質宛冰清。取義丘山重，捐生一羽輕。恩承明主詔，千載播芳名。」《偶成》云：「時近清明二月天，嬌花粉竹正鮮妍。秋千架上人如玉，溪水堤邊柳似烟。紫燕飛飛歸畫棟，白鷗點點浴晴川。年來景物還依舊，不見人生再少年。」其篇什最多，壬午亂後盡散佚矣。并録一。

《池北偶談》。吾邑耿侍御省亭世鳴妻徐氏，都御史華平庭柏之母也。有賢行，能文章。兵後失其集，僅傳《寄子》詩云：「家內平安報爾知，田園歲入有餘資。絲毫不用南中物，好做清官答聖時。」有德之言，與撚脂弄粉者迥異。

女郎徐元象，字奇孺，黄州廣濟人，舉人張楚偉字小損配。詩文有雋才。其《京口寄父書》云：「兒自襁褓，未離掌膝。江頭道别，意緒淒然。舟行風水便利，遂達京口。江南佳麗，過眼成陳。廣谷大川，靡能記憶。舅氏出鮑明遠《大雷岸與妹書》與兒讀之，如賦如頌，篷窗瑣瑣，恨不能竟所思。官舍清華，几案如滌，挑燈夜坐，日起奉甘旨，晨昏戀切切耳。阿爺阿母無恙，四時之序，成功者退，山林觴詠，幽情暢遂，何必紆拖青紫，乃稱貴乎。」又《送外》絶句云：「送君入楚江，悠悠歸路長。一去隔千里，魂夢伴瀟湘。」

《惠州西湖志》載閨秀孔少娥絶句云：「西湖西子兩相儔，湖面偏宜點翠洲。一段芳華描不就，月灣宛轉似眉頭。」少娥字文淑，歸善人，歸士人劉少唐。芳華，洲名。明月，灣名。

張氏，潛江人，能詩。有絶句云：「病廢機梭老廢蠶，牙籤緗帙興猶耽。唐詩元曲都收捲，日向紗窗讀二《南》。」《詠留侯》云：「子房稱病藏機早，只待功成辭漢家。已復韓讎無所事，此心元自在烟霞。」

黄石齋先生蔡夫人，名潤石，字玉卿，工書法，與先生逼似。康熙庚辰春，得其楷書律詩一卷，楷法稍雜分隸。題云：「偶寄夏太守，時山中聞警。崇禎丙子秋八月，蔡氏玉卿書于石養山中。」時「時」疑爲詩字之譌，屬下斷句。多崇禎中魔道語，蓋先生作也。已上《居易録》。并録一。

同上。李少司馬厚庵説：黄石齋先生道周配蔡夫人，今年將九十，尚無恙。能詩，書法學石齋，造次不能辨。尤精繪事，常作《瑶池圖》遺其母太夫人云。

會稽女子商婉人，能詩，工楷法，常仿吴彩鸞寫《唐韵》作廿三先、廿四仙。武林沈磵芳名菉爲題絶句云：「簪花舊格自嫣然，顆顆明珠貫作編。始識彩鸞真韵本，廿三廿四是先仙。」商本老學究女，兼能制舉文字。嘗手評沈文一卷，又有詩贈之云：「細筆猩紅絶妙辭，掃眉窗下拜名師。從來玉秤稱才子，樓上昭容字婉兒。」

安丘女子梁頎，字秀中，號褱石道人，歸韓生。頗能詩，常有句云：「梨花皓月元同色，風竹流泉不辨聲。」蚤卒。《古夫于亭雜録》。

附録：《香祖筆記》：先兄西樵先生撰古今閨閣詩文爲《然脂集》，多至二百卷。詩部不必言，文部至五十餘卷。自廿一史已下，瀏覽采摭，可稱宏博精覈。而説部尤創獲，爲古人所未有。其全書今藏篋笥，無力刻行也。

禪林類

入高座寺，訪山雨上人。時晨雨方零，空山寂歷，宿鳥聞剥啄聲，撲刺驚起。坐僧樓，汎覽壁間衲子詩，有「鳥鳴山寺曉」之句，賞其幽絶。《漁洋文》。

黄梅東禪寺，五祖下院，有墜腰石，昔六祖用墜腰舂米者。又有爨杖楓，六祖卓爨杖于地，復榮成楓樹。石在槽廠故蹟六祖座前，或題詩云：「塊石繩穿祖迹留，曹溪血汗此中收。分明一片東禪月，遍照支那四百州。」《皇華紀聞》。

在京師，出城送客，偶憩野庵，見壁上題詩甚有意義，詩云：「春風迢遞憶天台，五月冰寒説五臺。無數好山遊未盡，秋霜又欲上眉來。」考之，乃明嘉善西林寺僧雪溪圓暎作也。暎有《西林集》。

錢塘正嵒禪師，字豁堂，賦詩清麗。予於金陵靈谷寺見其《同凡詩集》二卷，愛之，略采數首於此：「御教場中月直時，下山全不道歸遲。三松影落半湖水，一路沿鐘到浄慈。」「扁舟赤壁酹西風，千古雄雌在眼中。欲得周郎重迴顧，銅絃鐵板唱江東。」「晉人名理宗莊老，剡縣風流説謝支。雖爲神州鍾紫氣，惜君未見馬駒兒。」「幾日春遊徧若耶，入城滿面是烟霞。正愁仙福難消受，又喫人間御貢茶。」皆無香火氣。唐《宏秀集》中所少。并録一。《漁洋詩話》。徐繼恩，字世臣，武林名士。亂後爲浮屠，名止嵒，「止」字誤，當據前條作「正」。字豁堂。爲詩清麗，不落凡近一字。略其絶句數首：「御教場中月直時，下山全不道歸遲。三松影落半湖水，一路沿鐘到浄慈。」「晉人名理宗莊老，剡縣風流説謝支。雖爲神州鍾紫氣，惜君未見馬駒兒。」「人家竹樹渺茫間，浦漵林巒不記彎。安得帆隨湘勢轉，爲君九面寫衡山。」「幾日春游偏若耶，入城滿面是烟霞。正愁仙福難消受，又喫人間御貢茶。」「扁舟絶壁酹西風，千古英雄在眼中。欲得周郎重回顧，銅絃鐵板唱江東。」坡公所謂無蔬筍氣者也。

南來蒼雪法師名讀徹，居吴之中峰。常夜讀《楞嚴》，月明如水，忽語侍者：「庭心有萬曆大錢一枚，可往撿取。」視之，果然。師貫穿教典，尤以詩名。嘗有句云：「斜枝不礙經行路，落葉全埋入定身。一夜花開湖上路，半春家在雪中山。」此類甚多。己未二月，師弟子秋皋過訪説此。秋皋有句云：「鳥啼殘雪樹，人語夕陽山。」亦有家法。并録一。

《漁洋詩話》。近日釋子詩，以滇南讀徹蒼雪爲第一。如：「一夜花開湖上路，半春家在雪中山。」如：「亂流落葉聲兼下，聽徹寒扉不上關。」皆警句。其弟子某亦有句云：「鳥啼殘雪樹，人語夕陽山。」

東坡最喜杭僧惠詮「落日寒蟬鳴」一篇，至爲和作。施彦執又記其大慈塢祖塔上題一首云：「谷口兩三家，平田一望賒。春深多遇雨，夜静獨鳴蛙。雲暗未通月，林香始辨花。誰驚孤枕曉，濤白捲江沙。」此詩亦佳。《能改齋漫録》載湖僧順怡詩「久從林下遊」一首，云：「韓子蒼爲予言，後四句不同，結句云：『唯聞犬吠聲，更入青松去。』」按：此即惠詮詩，坡公所和者，但本作「青蘿」耳。《竹坡詩話》作僧守詮。《冷齋夜話》又載順怡詩云：「久從林下遊，頗識林下趣。從渠緑陰繁，不礙清風度。閑來石上眠，落葉不知數。山鳥忽飛來，啼破幽寂處。」又云「荆公愛之」。則是惠詮詩自爲坡和，順怡詩自爲介甫所賞，韓誤記爲一耳。

劉屏山子翬，朱文公師也。其《屏山集》詩往往多禪語。如《牧牛頌》云：「軟草豐苗任滿前，蒼然觳觫卧寒烟。直饒牧得渾純熟，痛處還應著一鞭。」《徑山寄道服》云：「遠信殷勤到草庵，却慚衰病豈能堪。聊將佛日三端布，爲造青州一領衫。粲粲休誇綺與紈，紉蘭製芰亦良難。此袍遍滿三千界，要與寒兒共解顔。」此類是也。先生常語文公曰：「吾少官莆田，以疾病，時接佛老之徒，聞其所謂清浄寂滅者，而心悦之。比歸，讀儒書，而後知吾道之大。」其體用之全乃如此，故文公講學，初亦由禪入。

《漫録》載僧仲殊詩云：「瑞麟香暖玉芙蓉，畫蠟凝輝到曉紅。數點漏移衙仗北，一番雨滴甲樓東。夢遊黄閣鸞巢外，身卧彤幃虎帳中。報道譙門初日上，起來簾幙杏花風。」右在平江呈黄左丞安中作。東坡所謂「蜜殊」也。

琉球天王寺有僧號瘦梅道人，賦七夕詩云：「陶公簾外赤龍下，漢武殿前青鳥來。」又萬松院僧不羈有詩云：「黄葉落三徑，白雲歸數峰。」予門人汪翰林舟次楫、林舍人石來麟焻，康熙癸亥奉使其國，見之，石來有詩云：「瘦梅道者人不識，梵夾吟題聳兩肩。賦得赤龍青鳥句，樊南甲乙可同傳。」「浮屠亦有不羈人，祇樹蕭蕭絶世塵。唐體詩中風格好，白雲黄葉鬭清新。」

新城釋成楚，字荆庵，受五戒於法慶，今居靈巖。頗能小詩，《落花》云：「高枝忍别離，逝水隨飄蕩。」《雨後》云：「青猿臨澗飲，白鳥向空翻。」《秋日》云：「風來夕沼緑荷敗，霜落秋山黄葉多。」《山居》云：「險崖句後參宗旨，陷虎機前驗作家。」《新霽》云：「嵐氣千重縈嶂背，清流萬道出雲根。」《贈奚林大師》云：「派衍靈山第一枝，無言得髓是吾師。偶然豎拂天花落，絶勝空生晏坐時。」記之，當續訪其全云。同時僧智泉者，亦新城人，有《移竹》詩云：「别去寒山寺，來依明月樓。」亦有致。

鐵漢和尚居金陵牛首東峰下，獨坐數十年。嘗蓄二猿子自隨，有所須，猿輒解意。與龍眠方學士坦庵拱乾善，特構一軒，方來即居之，號曰「坦軒」。和尚化去，二猿悲鳴不食死，葬於塔側。學士題其遺像云：「兩箇獼猴杖一根，獻花石上獨稱尊。怪公事事能超脱，留此贓私誤子孫。」并録二。

《漁洋文》。兜巖下坦軒爲鐵漢和尚故居。和尚楚人，常以二獼猴自隨，曲解其意。枯坐巖竇，不與人接。與龍眠方學士爲方外交。學士贊其畫像曰：「兩箇獼猴杖一根，獻花石上獨稱尊。怪公事事能超脱，留此臟私誤子孫。」《分甘餘話》。金陵牛首山麓兜率巖，鐵漢和尚故居。和尚京山人，枯坐巖竇數十年，有二獼猴侍左右。方坦庵少詹題其畫像云：「兩箇獼猴杖一根，獻花石上獨稱尊。怪公事事能超脱，留此臟私誤子孫。」

劉公戩吏部在鳳陽，與其友蘇懋菸銘孝廉往龍興寺，與某禪師扣擊竟日，晚歸，遂化去。是夜，蘇夢公戩來，微笑吟詩云：「六十年來一夢醒，飄然四大御風輕。與君昨日龍興寺，猶是拖泥帶水行。」已上《池北偶談》。并録一。《漁洋詩話》。劉考功公戩體仁客鳳陽，一日，同友人蘇銘茂菸過龍興寺，訪老衲，流連竟日始别。蘇歸邸，夢公戩來，笑唫詩云：「六十年來一夢醒，飄然四大御風輕。與君昨日龍興寺，猶是拖泥帶水行。」覺而異之，忽聞剥啄聲，則公戩僕人至，云已坐脱矣。

新城訪崇寧寺，房廊傾圮，極目兔葵燕麥。憶順治壬辰，予未弱冠，與考功兄同上公車，侍司徒公憩息于此，梵唄甚盛。觀壁間崔飢仲泌之詩云：「象王應不逐狐隊，玉鼓從教展鐵旗。法化終歸猛利漢，姚江滴滴到蓮池。」彈指已五十年，海水揚塵，信非妄語。已上《蠶尾續文》。并録一。

《居易録》。順治乙未春，予上公車，次北新城之高橋，憩僧寺。有崔泌之草書一詩云：「象王應不隨狐隊，玉鼓從教展鐵旗。發化終歸猛利漢，姚江滴滴到蓮池。」崔，河南人，官止知縣，明末殉節。

真定龍興寺大悲閣有宋鎮國軍節度使、特進、檢校太尉、權知鎮州軍府事錢唯治織成連環詩九十首。訪臨濟寺義元禪師道場，荒落無一僧。今臨濟兒孫徧天下，而祖庭頽廢至此，將時節因緣亦有待耶？宋證悟法師有題僧募馬祖殿瓦偈曰：「寄語江西老古錐，從教日炙與風吹。兒孫不是無料理，要見冰消瓦解時。」偶憶此，因題諸壁。并録一。

《分甘餘話》。臨濟寺，余以康熙丙子過之，荒涼頽落，闃無一僧。今臨濟兒孫滿天下，名山大刹，開堂領衆者不可勝數，而祖庭敗壞如此，無一人任興復者。余因憶宋僧證悟題馬祖殿云：「寄語江西老古錐，任教日炙與風吹。兒孫不是無料理，要見冰消瓦解時。」遂題是詩於佛殿之壁。今又十三年矣，不知竟有擔當此事者否也。

華嚴庵老僧果庵，擕詩卷見過。吴人，年八十有四。閲卷中有「軒窗無暑覺雲起，竹樹有聲知雨來」之句，頗賞之。已上《秦蜀驛程後記》。并録一。

《分甘餘話》。蜀僧果庵詩：「軒窗無暑覺雲起，竹樹有聲知雨來。」

宗柟附識：芷齋述蒿廬先生云：「二語故是佳句，微嫌『知』、『覺』二字合掌耳。」

宋王銍性之《雪溪集》附載廬山僧可和詩一篇，甚佳。詩云：「空中千尺墮柳絮，溪上一旗開茗芽。絶愛晴泥翻燕子，未須風雨落梨花。重江碧樹遠連雁，刺水緑蒲深映沙。想見方舟端取醉，酒酣風帽任欹斜。」

元僧温日觀善畫蒲桃，須梗枝葉皆草書法。予曾于宋中丞牧仲齋中觀其畫葡萄一幀，後題詩云：「明月清風宗炳社，夕陽秋色庾公樓。修心未到無心地，萬種千般逐水流。」適見《六研齋》所記此畫此詩正同，復有自題云：「『舉世只知嗟逝水，何人微解悟空花。』此大唐貫休禪師佳句，皇宋温日觀書之，仍爲寫龍鬚于後。癸巳年三月二十日，扁舟至天佛院，晴窗晚興，有兄副寺寶之。」後又書云：「紙長宜書好詩，爲後之名勝笑攬。」即前詩是也。後尚有益川張夢應、山陰曾寅孫、鄱陽葉衡、上饒程鳳飛諸人題跋，向俱無有，蓋爲人剪截矣。

盤山和尚智朴，號拙庵，徐州人。丁巳，以詩抵予，以所著《電光》、《雲鶴》諸集屬序。予亦兩有詩懷之。庚午，侍者自山中來，寄詩云：「宫詹學士老詩伯，筆掃時風絶世才。日把盤山懷我句，横肩榔櫪幾時來。」并録二。

《居易録》。拙庵山居詩有極似寒山子者。其佳句如：「雪衲經時補，春薪帶雨燒。」「青溝一派水，紫蓋萬重山。」「閑心將白日，隨意斬青茅。」「木蛇鱗甲異，俊鷂羽毛青。」「蒲團安養地，秋色浄居天。」「鬢從新處白，天自舊來青。」「竹窗來夜月，茆屋隱春雲。」皆可誦。

《漁洋詩話》。盤山釋智朴，有詩名。余在京師日，曾定其集。嘗有句云：「木蛇鱗甲異，俊鷂羽毛青。」亦未經人道語。與洪昇聯句云：「蒼松亂插連雲石，石上苔痕虎行跡。朴。拄杖來從飛鳥邊，下視蒼茫遠烟碧。昇。」昇客武康，有句云：「林月前後入，谿花春夏開。」余亦嘗删定其集云。

《宋高僧詩》前、後二集，錢唐陳起宗之編，多近體五言。予按：前集即《六一詩話》所謂「九僧詩」也。所稱「春生桂嶺外，人在海門西」，希晝句也。「馬放降來地，雕盤戰後雲」，宇昭句也。今具載集中。當永叔時，已云其集不傳，世多不知所謂九僧者。而此集更歷六七百年，完好如此，殆不可曉。又按：周輝《清波雜誌》云：「昔傳九僧，劍南希晝、金華保暹、南越文兆、天台行肇、沃洲簡長、青城唯鳳、江東宇昭、峨眉懷古、淮南惠崇。」名字與今本悉合。又云：「《九僧詩》極不多，有景德五年直史館張亢所著序，引惠崇『人遊曲江少，草入未央深』之句，皆不載，疑爲節本。」或即此本是也。今亢序亦不載。大抵九僧詩規橅大曆十子，稍窘邊幅。若「河分岡勢斷，春入燒痕青」，自是佳句，而輕薄子有「司空曙」、「劉長卿」之嘲，非篤論也。已上亦見《蠶尾文》。今摘其秀句列於左方。希晝：「捲幕知來客，懸燈見宿禽。」《吏隱亭》。「千峰臨積水，秋勢遠相依。路在深雲裏，人思絶頂歸。」《送僧歸雁蕩》。「故國寒潮闊，春城夜夢長。」《書惠崇房》。「會茶多野客，啼竹半沙禽。」《宋侍郎林亭》。「春齋山藥徧，夜舶海書通。」《寄壽春陳學士》。「微陽生遠道，殘雪下中宵。」《寄觀公》。「秋聲動群木，暮色起千山。」《送李堪》。保暹：「城中無舊識，門外是他山。」《書唯鳳壁》。「高樹下殘照，寒潮平遠山。」《文兆水閣》。「野禪依樹遠，中飯傍泉清。」《送簡長》。「懸厓乘雪度，飛瀑過雲看。」《寄白閣元貞》。「山影到平地，湖光生四鄰。」《送蔣白》。「半空山遠近，寒日水東西。」《徐希别業》。「深院無人語，長松滴雨聲。」《寄宇昭》。文兆：「吴楚十年客，蒹葭一夜風。」《寄希晝》。「諸峰微下雪，一路獨行僧。」《送宇昭》。「一徑杉松老，三更雨雪深。」《宿西山精舍》。行肇：「列樹無殘陰，積水有異光。」《中秋》。「達士絃性直，佞人膠辭柔。蘄尚『蘄』似當作『靳』。一言巧，靈均千古愁。」《湘江有感》。「野宿清溪深，月在諸峰頂。」《送希晝之九華》。「遥山去意長，大江歸夢直。」《送唯鳳》。「心絃世寡聽，意鑒古亦稀。」《送從律》。「春通三徑晚，家别九江遥。」《贈夢真上人》。「宿館荷香接，吟亭島色圍。」《送蒲奉禮簡長》。「朱弦愁零落，古意空徘徊。」《懷盧叔微》。「藉兹徘徊芳，强起寂寞遊。」《步春謡》。「落日懸秋樹，寒蕪上廢城。」《次江陵》。「寄禪依鳥道，絶食過漁邨。楚雪粘缾凍，江沙濺衲昏。」《送行禪師》。唯鳳：「林泉歸計晚，雨雪向春多。」《答宇昭》。「客路逢人少，家書入闕稀。」《寄希晝》。「静卧侵仙掌，微吟隔楚波。」《寄文兆》。惠崇：「河冰堅渡馬，塞雪密藏鵰。」《塞上贈王太尉》。「獨鶴窺朝講，鄰僧聽夜琴。」《贈文兆》。「海帆通夜市，山雨遍春耕。」《送安學士之睦州》。「三年不下嶽，衣屨古苔侵。」《贈吴黔山人》。「水烟常似暝，林雪乍如春。」《林逸人壁》。「五月無青草，滹沱流斷冰。」《古塞下曲》。「夕景孤嶼明，暗蟲四鄰響。」《剡中秋懷希晝》。宇昭：「白道沿嵩直，青蕪夾渭長。」《送從律師》。「試泉尋寺遠，買鶴到家遲。」《贈魏野懷古》。「算程芳草盡，去國故人稀。」《送田錫》。「遠水去無極，離人來幾時。」《灞陵秋居酬友人》。「白髮有先後，青山無古今。」《爛柯山》。中間唯行肇詩學孟東野，但全體微弱耳。後集以贊寧壓卷，凡三十一人，文瑩、道潛、清順皆在焉。文瑩嘗撰《玉壺清話》，道潛即參寥，清順爲東坡所賞。續集十九人，以祕演壓卷，惠洪、守詮皆在焉。祕演，歐陽永叔友，守詮，亦東坡所喜，而惠洪名尤著。《許彦周詩話》云：「覺範題李愬畫像云云，當與黔安並驅。黔安謂山谷。仲殊、參寥雖名世，皆不能及也。」

宗柟案：惠洪《題李愬畫像》起處云：「淮陰北面師廣武，其氣豈止吞項羽。君得李祐不肯誅，便知元濟在掌股。」數語有豫章風骨，通體氣亦清遒，是能不以禪寂自縛者。

福州仁王寺有僧，喜唱《望江南》詞。一日，忽題壁云云，或言於當路，延主一刹。久之不樂，又題詩云：「當初只欲轉頭銜，轉得頭銜轉不堪。何似仁王高閣上，倚闌閑唱《望江南》。」李内翰每稱之，倦遊輒曰：「吾欲唱《望江南》矣。」此與「不暇唱《渭城》」語相似，而僧詩特佳。《居易録》。

宗柟案：《池北偶談》：宋人小説記張子韶言：閭巷有人以賣餅爲生，吹笛爲樂，僅得一飽資，即歸卧其家，取笛而吹，如此有年。鄰有富人，察其人甚熟，欲委以財千餘，初不可，堅諭之，乃許諾。錢既入手，遂不聞笛聲，但聞籌算聲耳。其人大悔，急還富人錢。於是再賣餅，明日笛聲如舊。此與唐劉伯芻所言安邑里粥餅人匆匆不暇唱《渭城》事絶相類。今士大夫不及吹笛人者多矣。又案：《查浦輯聞》：劉伯芻居安邑里，鄰有餅師，每侵早輒謳歌當壚。偶招與語，極訴貧苦，因與萬錢，日取餅以償。後遂寂然不聞歌聲。而問之，答曰：「歌須閑適，近本流稍大，心境轉麄，不暇唱《渭城》矣。」侍郎歎曰：「官徒亦然。」蓋即《劉賓客嘉話録》所載也。

《鐔津集》十五卷，宋僧契嵩著。嵩有《非韓》三十篇，在集中。其詩亦多秀句。如：「習忍如幽草，觀身類片雲。」「桑柘雨中緑，人烟關外疎。」「天岸日將出，田家雞更啼。」「好山沿岸去，驟雨落花來。」「雲迷飛鳥道，雨出古龍湫。」「明月出已滿，白雲歸未多。」皆佳。《夢粱録》云：姓李，字仲靈，嘉祐中進《輔教編》，賜號明教禪師。《林間録》：嵩明教初至開先，主者命掌書記，笑曰：「我豈爲汝一杯薑杏湯耶？」乃去之西湖。坡公所云「契嵩禪師多嗔，人未嘗見其笑者」是也。

會稽釋子元璟，字借山，平湖人。投詩爲贄，頗有秀句。如：「相思若鷗鳥，咫尺隔風烟。」「鄰衲司吟卷，門生致酒錢。」「風曳鵝黄淺，寒吹鴨緑平。」「坐看春艓子，吟到闔閭城。」「清鐘來木末，白鳥落風湍。」「人家收柏子，楓樹著霜花。」「晚菘分竹圃，秋水繞籬根。」「烟中多翡翠，花裏又鉤輈。」「一笛破寒渚，千帆湊夕陽。」「懶呼猿引客，閒許鹿參禪。」「試看青菡萏，倒浸碧玻瓈。」「卜築精籃似浄名，愛君三絶擅平生。桑條緑滿門前徑，客到幽禽啼數聲。」「瘦策衝泥訪鐵厓，銅坑小喫雨前茶。無端攪亂春愁客，屋角一枝山杏花。」「玉削群峰抱一村，甘泉如乳出雲根。負薪伐竹扶犁叟，多是楊家十葉孫。」《過楊鐵厓故里》。

宗柟附識：借山一字紅椒，又字晚香，游跡殊廣。先君在京邸日，與爲方外交。借山既年老，居當湖之化城精舍。先君歸田數年，嘗挐舟訪之，柟亦從遊。記其署彌勒座旁一聯云：「寬著肚皮等佛做，大開笑口看人忙。」語亦有致。晚與初白庵主唱酬最密，遇俗子談詩，輒加侮慢，以此多忤於世云。

白楊順禪師偈：「落林黄葉水流去，出谷白雲風捲回。」作文字觀亦是妙句。

棲霞竺庵禪師，名大成，覺浪盛公弟子也。有《和寒山詩》云：「我著弊垢衣，衆人生譏誚。我著珍御衣，衆人稱切要。我著毛羽衣，衆人皆大笑。若我不著衣，何人知我妙。」又：「白鶴欲升天，黄鶴不相許。飛入鸚鵡洲，求食洞庭渚。千年復千年，雙雙變毛羽。兩兩竟成仙，誰向凡人語。」

尺木禪師者，名性休，明宗室也。得戒于崆峒天鼓，得法于漢陽不退，住沁州之永慶寺。嘗題《漁父圖》云：「東西南北任遨遊，萬里長江一葉舟。夢裏不知身是客，醒來天水一般秋。」有《銅鞮語録》，播于叢林。已上《居易録》。

附録：《居易録》：予嘗讀《三峰藏禪師語録》及《五宗原》，以爲末法中龍象。其提智證傳，闡發臨濟、汾陽三元三要之旨，而欲遠嗣法於寂音，亦天童之諍子也。而牧翁《列朝詩》謂餘分閏位，竟陵之詩與西國之教、三峰之禪，旁午發作，並爲孽於斯世云云。師與牧翁皆常熟人，而詆諆如此，豈别有謂耶？不可解也。

僧澄瀚，字郢子，濟寧人。工詩，有絶句云：「昨宵初罷上元鐙，又欲看山向秣陵。騎馬乘船都不會，飄然誰識六朝僧。」爲時所稱。《漁洋詩話》。亦見《池北偶談》。

宋熙寧中，會稽僧重喜有詩云：「地鑪無火一囊空，雪似楊花落歲窮。乞得苧蔴縫破衲，不知身在寂寥中。」此詩甚佳，惜不遇坡公，與佛印、參寥、守詮、清順輩，同蒙品藻耳。《古夫于亭雜録》。

《柳塘外集》二卷，宋廬山僧無文道璨詩也，頗有江西宗法。江都張印宣師孔遊開先，於佛藏中鈔得之，刊以行世。《分甘餘話》。

帶經堂詩話卷二十一

記載門三

蒐逸類

鄉前輩許襄敏公贈岳蒙泉詩有云：「道上鈎衣蒼耳子，風前聒客白頭翁。」公詩世不多見，此殊可誦。《漁洋文》。

馬定國，字子卿，茌平人，唐中令周裔孫。宣政末，題詩酒家壁云：「蘇黄不作文章伯，童蔡翻爲社稷臣。」用是得名。後仕劉豫，爲僞翰林學士，號薺堂先生。又有句云：「世無蘇黄六七子，天斷文章三十年。」

太湖縣龍巖，有羅近溪汝芳爲縣令時刻石，詩云：「騎馬看雲花滿溪，茗山東北皖山西。一雙野鵲馬前過，無數好峰雲外齊。田父牽牛卧青草，邨童拋石打黄鸝。長松翠竹娟娟静，彷佛河陽畫裏題。」

丘士毅，字遠程，豐城人，萬曆甲辰進士，先方伯同年友也。少遊學丹陽，旅次疾劇。一夕，夢縣宰來謁，親爲撫摩，自頂及踵，明日病良已。及謁城隍祠，覩神像，儼然夢中所見。後登進士，入翰林，歷官少詹、禮侍歸。崇禎初起用，賦詩云：「豈有纖埃裨廟略，差無半刺問權璫。」卒贈禮部尚書。

廣州安瀾門即僞漢魚藻門，有田與江岸連接，相傳僞漢時自海上浮來，其上有稻，僞主以爲祥。布衣林楚材嘆曰：「水魚湫湫兮南，國其亡矣。」未幾，潘美帥師伐粵，鋹降。楚材，富川人，有贈黄損詩云：「身閑不恨辭官早，詩好常甘得句遲。」見《詩話總龜》。已上《皇華紀聞》。

附録：《廣州游覽小志》：魚藻門，劉鋹時有稻田自海上浮來，布衣林楚材見而嘆曰：「水魚湫湫兮南。」及宋師至，潘美爲帥，人始悟爲潘字云。此段亦見《漁洋文》。「南」字下闕四字，兩本同。

廬陵張幹臣學士貞生，遠祖黻明，成化時仕爲後軍都督府經歷。嘗以救林見素得罪，與陳白沙交善。予從學士處見白沙送别詩手蹟云：「草閣春風忽兩人，坐臨江水看江雲。尋常肝肺詩中寫，六十頭顱鏡裏分。落絮風驚還著樹，行人日出又離群。布帆遠下南京道，望斷梅關不見君。」張氏以理學直諫爲家學，其淵源有自矣。

掖縣王漢，字子房，俶儻有經世才。中崇禎丁丑進士，爲縣令，上書言事。懷宗奇之，召對，擢御史，巡按河南，進巡撫都御史，死永城賊劉超之難。予少見其奏疏及《小武當詩》一篇，真奇才也。

襄陽峴山羊公祠石幢詩，可辨者三首。尚書工部員外郎、直龍圖閣、知襄州事王洙七言古詩云：「襄陽南出大路奔，小山曰峴名特尊。山形卑隤不峻極，屹若巨首臨江濆。大山半宮不成霍，絶水闕左非爲亹。砠巔贔屭戴危石，箕踞曼衍羅芳蓀。漢流長鶩濱其足，東望瀰迤皆平原。槎頭下瞰罟罶集，蔡洲近眺田園蕃。何物兹山匪秀出，得使今古聞聽喧。自昔羊公好登覽，山名直爲賢者存。鹿門望楚鎮區境，鳳林冠蓋延山樊。丹巖翠壁互幽勝，日月虧蔽烟嵐屯。公胡遺彼而樂此，談者未始聊診綸。吾謂聖達竟超豁，高覽便欲周乾坤。孔登泰山小天下，阮升廣武嗤豎。缺一字。會稽探穴禹書出，之罘望海雲濤翻。此中風景亦虚遠，極目見盡江山源。東吴未定勞機策，置酒嘯咏紓勞煩。數顧温甫恤躬後，誓將百歲游精魂。對公盛德與山永，正唯湛輩如公言。今兹去公僅千載，凛然英氣猶軒軒。我來追古一長息，舊迹廢毁成悲吞。民豪占山童其木，嘉植不得容本根。利取薪蘇積稇豢，粥之陶沆供燒燔。羊公無廟忽不祀，但縱淫鬼歆牲蘩。中亭有碑即墮淚，至今觀者懷仁恩。於民何誅不足問，非民忘德由官惛。下教里邑復祠宇，叙諸祭典躋之元。思仁愛樹恭所芟，禁止樵伐修壖垣。且欲王命得守固，謄言狀事馳九閽。書聞天子缺一字。報可，金石款刻垂後昆。缺五字。遺愛，勖爾風化常。缺二字。」給事中、知蔡州事吴育絶句：「羊公千載得清吟，芳迹雖遥契昔心。更與峴山爲故事，凛然風格照來今。」尚書屯田員外郎、知光化軍事李宗易律詩：「叔子祠荒歲已深，異時賢守重登臨。峴山岑寂瞻風槩，漢水靈長想德音。奉詔始聞新締葺，有知那復歎湮沉。又刊翠琰留南夏，先後功名照古今。」其端明殿學士、尚書禮部侍郎李淑諸人詩皆缺。并録二。

宗枏附識：厲樊榭《宋詩紀事》載此詩，中間闕文俱全，并校正譌字，列於左方：「阮升廣武歎豎昏。」「書聞天子蒙報可。」「使民永念古遺愛。」「勗爾風化常丕敦。」「診綸」作「診論」，「勞煩」作「憂煩」，「陶沆」作「陶旊」，「勖爾」作「勗爾」。

《蠶尾文》。峴山羊太傅祠有宋石幢一枚，刻王原叔重修太傅祠詩。和者自范希文、劉原父以下凡十有四人，宋賢題名多刻下方。僕壬子歲過之，幢已半爲糞土所壅，幸字畫尚完好。及今無護惜之者，恐漸就湮没。

同上。峴山羊叔子祠石幢甚古雅，又多北宋諸名勝題名。不佞曾賦一詩，并著之《蜀道驛程記》。

宗柟案：《偶談》所記石幢高闊尺寸、漫漶闕文，及《蜀道驛程記》宋人題名甚詳，文繁不具録。

雷兵部雨津起劍，蜀之井研人，明崇禎甲戌進士。嘗過楚，《題洞庭廟》云：「我是人龍君亦龍，吾今胡爲乎泥中。憑君借得青驄雨，手攬風雲滿太空。」甲申後，從張公玉笥監軍死。

上谷旅店有題壁云：「一將有餘魏武帝，百身莫贖楚懷王。」語極豪健，無名氏。并録二

附録：此條前段：涿州三家店題壁一詞，不注名氏，甚工：「客面京塵，登臨目送飛鴻絶。不堪重説，故國烟波闊。一點孤燈，一片朦朧月，交明滅。雙眉寸結，忍聽秋蛩咽。」

《居易録》。康熙壬子，于安肅縣旅次見壁間大書云：「一劍有餘魏武帝，百身難贖楚懷王。」字極奇偉，不著名氏，亦不知何指也。

《漁洋詩話》。上谷旅店壁或題二句云：「一劍有餘魏武帝，百身難贖楚懷王。」書甚奇勁，而不知所謂。

楊文貞《東里集》載：「《唐才子傳》，西域辛文房著，十卷，總三百九十七人，皆有詩名當時。其見

於《唐書》者百人，其行事不關大體，不足爲勸戒者不録。」《研北雜志》記王執謙伯益事云：「同時有辛文房良史，西域人，並稱能詩。」按：《全唐詩話》、《唐詩紀事》二書例皆以詩系人，文房此書視二書，當尤詳備，惜今無傳矣。《元文類》載文房《蘇小小歌》一篇云：「東流水底西飛魚，銜得錢唐紋錦書。幾回錯認青驄馬，著處閒乘油壁車。鸚鵡杯殘春樹暗，葡萄衾冷夜窗虚。蓮子種成南北岸，苦心相望欲何如。」

南宋朱舍人翌，字新仲，著《猗覺寮雜記》凡四百餘條，言甚博辨。劉後邨嘗稱其《讀杜詩》云「縱之逼説劍，收之入檀弓」二句，未經他人道過。

蜀資江道中石溪橋，有無名氏粉書一詩云：「桃花依舊放山青，曲几焚香對畫屏。記得當年春雨後，燕泥時污石溪亭。」并録一。《漁洋詩話》。蜀隆昌縣地名石谿橋，有堊書一絶句云：「桃花依舊放山青，隱几焚香對畫屏。記得當年春雨後，燕泥時污石谿亭。」不著名氏。

古北口一寺中有石刻蘇潁濱詩云：「亂山環合疑無路，小徑縈迴長傍溪。彷佛夢中尋蜀道，興州東谷鳳州西。」蓋公元祐間奉使契丹時所題，而遼人刻石者。已上《池北偶談》。

宗柟案：山人研心風雅，凡記憶所及，石墨所留，毋論集本存佚，章句零星，都爲掌録。如潁濱是詩，載本集十六卷，故非逸篇。兹遷就附類。他條倣此，未暇一一詳考也。

華州東關謁唐汾陽郭忠武王祠，有明秦王賓竹道人詩碣，長歌頗遒勁有氣。

縣頭鎮屬隴州，古吴山縣地，即隃麋也。元令丁帶有《吴山十詩》，殊似姚武功，而人罕知之。亦見《蠶尾續文》。已上《秦蜀驛程後記》。并録二。

《隴蜀餘聞》。吴山縣故城今爲縣頭鎮，本漢隃麋縣也。元知縣丁帶有十詩，似姚合《武功縣作》，而人無知者。予語州守族姪鶴孟津文安公孫。刻之石云。

《漁洋詩話》。吴岳東十里縣頭鎮，古吴山縣也。有元縣令丁帶十詩，極似姚合武功雜詠，而人無知者。余丙子奉命祭告，過之，録其半以傳云：「瀟灑吴山縣，岡巒繞四圍。官卑新令尹，邑古舊隃麋。趣有陶彭澤，才非陸浚儀。折腰身體重，歎適兩相宜。」「瀟灑吴山縣，居民近百家。孤城連阜起，小市枕谿斜。土潤宜栽竹，泉甘好試茶。公餘無一事，何處息紛華。」「瀟灑吴山縣，巖居共幾層。風清聞遠笛，月黑見孤鐙。酒釀南谿水，琴邀北閣僧。城隅修檻穩，衙退晚來凭。」「瀟灑吴山縣，庭虚夏亦涼。奇雲藏峻嶽，木葉暗稠桑。種稻連荆箔，分泉過石堂。不知關塞近，風物滿西鄉。」「瀟灑吴山縣，雲峰信有餘。地偏長畏虎，水急不生魚。夢去游鄉國，愁來厭簿書。拂衣空有願，何日賦歸與。」

辛稼軒詞中大家，而詩不多見。劉後邨《詩話》載其《送别湖南部曲》一詩云：「青衫匹馬萬人呼，幕府當年急急符。愧我明珠成薏苡，負君赤手縛於菟。觀書到老眼如鏡，論事驚人膽滿軀。萬里雲霄送君去，不妨風雨破吾廬。」稼軒吾濟南人，故録之。其長短句，予家有舊刊本。并録一。

《居易録》。辛稼軒詩傳者甚少，後郵又記其一聯云：「身爲僧禪老，家因赴詔貧。」稼軒墓在鉛山州南十五里陽原山中，見《研北雜志》。

申淑高，靈郡人，官右諫議大夫、知門下省事，以直諫稱。棄官歸鄉，有詩云：「耕田消白日，采藥過青春。有水有山處，無榮無辱身。」後以參知政事致仕。

予童子時，嘗見繡梅花一幅，上有絶句云：「無日詩中不説梅，小窗臨水爲花開。東風一夜消魂思，何處笛聲江上來。」情致最佳，不知誰何作也。

濟南長清縣靈巖山寺，有元至治元年忽都虎郡王太夫人八達氏詩云：「巖前松檜年年緑，殿上君王歲歲春。」

西山清涼寺有無名子題詩，甚高古。竹垞爲予誦之，詩云：「山僧汲空潭，驚起二龍子。十里雲冥濛，三日雨不止。」并録一。

《漁洋詩話》。西山盧師巖有無名氏題詩云：「山僧汲空潭，驚起二龍子。十里雲濛濛，三日雨不止。」

韓苑洛先生墨蹟一卷，自書《平陽絶句》，蓋四時詞也。詩云：「汾水春深落晚霞，緑堤十里盡桃花。畫船簫鼓遊人醉，漫説風流是杜家。」「薰風緑沼碧荷香，玳宴歌兒舞袖長。一醉襄陵傾百盞，不知風景是平陽。」「姑射泉邊萬竹稠，清風樓外四山秋。重陽醉後歸來晚，黄菊紛紛插滿頭。」「清曉寒霜候早朝，小僮羸馬禁天遥。平陽判府催徵出，棨戟重羅過豫橋。」自署「苑洛生稿」。苑洛理學、經濟一代偉人，而詩名不及其弟五泉之著，詩亦以人重耳。

余知古《渚宫舊事》載：昭王反郢，樂師扈子侍，引琴而歌曰：「王兮王兮聽讒邪，枉殺左右冤伍奢。二子懷恨東奔吴，創讎構禍破國都。鞭尸戮骸丘墓屠，賴申包胥人獲蘇。王雖返國憂未徂。」右與《吴越春秋》「窮劫」之曲全不同，楊升庵《風雅逸編》、馮少洲《風雅廣逸》俱未收入。又載樊姬《琴歌》曰：「忠信言兮從正不邪，衆妾進兮繼嗣多。」二書亦未及。楊、馮皆博極群書，何未覩此？

山谷有《陶商翁碑》，在粤西之興安，見《鄒道鄉集》，未悉陶何如人也。讀劉後邨《詩話》，載其詩，五言如：「梟鳴社旁樹，盜發冢中金。」「煉成丹竈在，騎去鶴巢空。」七言如：「山險未能留伯業，水聲唯解送年華。」「將老未聞金作印，師寒猶用鐵爲衣。」皆警策。

予昔讀《三原王端毅公逸事》，愛其詩，著之《池北偶談》。單縣族姪溥適貽《秦襄毅公紘年譜》，公事功氣節卓然爲成、弘間名臣，詳在國史，昔亦載於《偶談》。獨其詩人無知者，略識於此。《以南道御史謫沅陵北容驛驛丞寄南臺諸僚友》云：「幾磴烟邨傍水涯，驛亭喜得遠繁華。閑穿洞口尋鐘乳，悶向江頭看蓼花。葛粉熟時堪代飯，釣船到處即爲家。深源本作「洪喬」，誤。賢矣非知命，咄咄書空秖自嗟。」《以户部侍郎忤萬安謫廣西參政述懷》云：「休嗟飄泊在天邊，且趁時光度眼前。地勝那同凡世界，官閑真是散神仙。春嫌花鳥牽吟興，曉厭松風聒醉眠。疎懶竟能成底事，幾回猶夢聽朝鞭。」《以南京户部尚書致政居谷亭述懷》云：「許國何嘗敢愛身，鐵衣重整幾番新。羞貪棧豆甘求退，怕累兒孫願受貧。賜玦三爲嚴譴客，沅湘兩度再生人。秖今留得形骸在，薄暮纔臨蔗境春。」

大寧洞深處石壁有羅念庵題一絶云：「海門千丈浪如山，一轉千年瞬息間。洞裏聞雷催雨急，作龍争似作魚閒。」

吾邑工部尚書畢公亨，字嘉會，成化進士，歷仕弘、正朝，爲名臣，國史有傳。求其遺集不可得矣。偶于《釣臺集》見其五言一首，録之。詩云：「氣節扶炎祚，綸竿豈釣名。人心終不死，廟貌儼如生。木落長江迴，山高獨樹平。灘頭明月在，照見古今情。」公之子山西巡撫昭，號蒙齋，有句云：「行過竹裏如塵外，望入荷邊似鏡中。」集亦不傳于世。并録二。

《香祖筆記》。黄雪洲《同畢嘉會送馮憲副還浙》一首：「廣陵淹畢誠，越山老馮唐。兩賢師友間，力障波瀾狂。翩翩遊子衣，獨與朔雁翔。汲古尚董井，銷魂更雷塘。胡然歌式微，彩服戀故鄉。驚心濟南叟，桃李空門墻。江籬未堪折，遠思憑誰將。」嘉會，吾邑大司空畢公亨也。公官兩淮運使，爲茶陵李相所重，卒爲名臣。止從《釣臺集》得其一詩，餘不槩見。偶閲黄集，録之備公故事云。

《古夫于亭雜録》。畢九歌，字調虞，吾邑大司空亨之裔。能詩，今僅傳其一絶云：「芍藥花殘布穀啼，雞閑犬卧閉疎籬。老農荷鍤歸來晚，共説山南雨一犂。」

明刑部員外郎邵經邦，字宏齋，著《宏藝録》，載《瀫水驛與巴鈍齋憲使宴》詩云：「婺女星前瞻使節，斗牛槎底汎行舟。張騫自覓河源去，徐福從招海外遊。綺席玉林光照夜，繡衣霜簡氣横秋。來朝共擬尋天姥，白鶴翛翛下九州。」鈍齋諱思明，吾邑人，由給事中外遷監司。子孫式微，其生平亦無可考，僅存城中一坊耳，故録此詩。已上《居易録》。

李格非文叔，易安之父也，嘗著《洛陽名園記》，不見其詩。《露書》載其《臨淄懷古絶句》云：「擊鼓吹竽七百年，臨淄城闕尚依然。如今只有耕耘者，曾得當時九府錢。」頗可誦。

附録：《分甘餘話》：吾郡李文叔格非，元祐君子也。其集不傳，傳者僅《洛陽名園記》一卷，可略見其梗概。此外遺文數篇，雜見説部，余已録之。近從《楓窗小牘》又得元祐六年七月，哲宗幸太學，宰執侍從吕大防、蘇頌、韓忠彦、蘇轍、馮京、王岩叟、范百禄、梁燾、劉奉世、范純禮、孔武仲、顧臨等三十六人紀事唱和詩序一碑，雅潔，是元祐作者風氣。

余邑先輩，文獻無徵，每以爲恨，故于群書中遇邑人逸事遺文，輒掌録之。乙酉，再至安德，觀《永平府志》，得邑方伯徐公準詩一首，《盧龍塞》云：「燕呼黑水作盧龍，塞北風沙泣斷蓬。漢將已隨羌笛老，秦人莫恨久從戎。」公即詩人夜字東癡之曾祖也，萬曆中嘗爲永平太守。

唐望江令麴信陵詩，予向從《萬首絶句》得三首録之。頃又從王楙《叢書》見一聯云：「臺笠看山雨，渚田耕荇花。」語最工，而不得全篇。

富文忠公不以文章見長，《康節外紀》載其《過堯夫》一詩云：「先生自衛客西畿，樂道安閒絶世機。再命初筵終不起，獨身窮巷寂無依。貫串百代嘗探古，吟詠千篇亦造微。珍重相知忽相訪，醉和風雨夜深歸。」頗可誦。已上《香祖筆記》。

《三朝北盟會編》載徽宗北狩，至定武，《池北偶談》作「真定」。金人高會擊球，請帝賦詩，《偶談》又有「詩」字。曰：「錦裘駿馬曉棚分，一點星馳百騎奔。奪得頭籌須正過，休令綽撥入斜門。」《揮麈餘話》載道君《禋祀禮成再賜太師暹字韵詩》云：「歸問雪中誰詠絮，冥搜花底自巡簷。」佳句也。

《三原王端毅公遺事》載公巡撫三吴時，題一寺壁云：「彩鷁西飛日未斜，江邨兩岸有人家。吉祥寺裏梅千樹，不到春來不著花。」亦宋文貞《梅花賦》之比。已上《漁洋詩話》。

唐鄭谷《浯谿詩》：「曲曲清江叠叠山，白雲白鳥在其閒。漁翁醉睡又醒睡，誰道皇天最惜閑。」又唐嶺南節度使蔡京《泊浯谿》詩：「停橈積水中，極目孤烟外。借問浯溪人，誰家有山賣。」右二詩，余作《浯谿考》亦遺之，今從《萬首絶句》録出，當補入之。遠搜僻祕，而近失之眉睫之間，殊自笑也。《古夫于亭雜録》。　并録五。

《香祖筆記》。唐蔡京假節邕州，道經湘口，泊浯溪《中興頌》所，僶俛不前，題詩曰：「停橈積水中，舉目孤烟外。借問浯溪人，誰家有山賣。」此詩未收《浯溪志》，予昔撰《浯溪考》亦遺之。偶讀《雲溪友議》，追録于此，用補向來之闕。

同上。宋閨秀李清照，號易安居士，吾郡人，詞家大宗，其集名《漱玉》，而詩不槩見。兄西樵昔撰

《然脂集》，采摭最博，止得其詩二句云：「少陵也是可憐人，更待明年試春草。」此外了不可得。陳士業《寒夜録》乃載其《和張文潛浯溪碑歌》詩二篇，未言出于何書。予撰《浯溪考》，因録入之。詩云：「五十年功如電掣，華清花柳咸陽草。五坊供奉鬭雞兒，酒肉堆中不知老。胡兵忽自天上來，逆胡亦是奸雄才。勤政樓前走胡馬，珠翠踏盡香塵埃。何爲出戰輒披靡，傳置荔支多馬死。堯功舜德本如天，安用區區紀文字。著功銘德真陋哉，乃令神鬼磨山厓。子儀光弼不自猜，天心悔禍人心開。夏爲殷鑒當深戒，簡策汗青今具在。君不見當時張説最多機，雖生已被姚崇賣。」又：「驚人興廢傳天寶，中興碑上今生草。不知負國有姦雄，但説功成尊國老。誰令妃子天上來，虢秦韓國皆天才。苑中羯鼓玉方響，春風不敢生塵埃。姓名誰復知安史，健兒猛將安眠死。去天尺五抱甕峰，峰頭鑿出開元字。時移勢去真可哀，姦人心醜深如崖。西蜀萬里尚能返，南内一閉何時開。可憐孝德如天大，反使將軍稱好在。嗚呼奴輩胡不能道輔國用事張后尊，衹能道春薺長安作斤賣。」右二詩未爲佳作，然出婦人手亦不易，矧易安之逸篇乎！故著之。

《漁洋詩話》。余撰《浯谿考》，頗搜奇秘。如李清照二長句，得之陳士業《寒夜録》，此從來所未習見者。近又從《石門文字禪》得洪覺範二長句，亦前所未睹。右唐蔡京五言，近在耳目之前，而反遺之，殊自笑其疎也。

《古夫于亭雜録》。予作《浯谿考》，頗搜抉僻祕。如李易安二長句，皆世所未習見。頃讀洪覺範《石門文字禪》，有《同景莊游浯谿讀中興碑》長句一首，恨此書版行已久，不及收入，亟録於此，以補漏略。

詩云：「上皇御天功最盛，生民温飽卧安枕。醉凭艷姬一笑適，薄夫議之無乃甚。長安遮天胡騎塵，潼關戰血深没人。哥舒臣賊不足惜，要斵國忠如鱠鱗。蒼黄去國食不暇，賜死馬嵬謝天下。反身罪己成湯心，奈何猶有譏之者。取非其子疑當作「予」。又遽怱，靈武君臣無怍容。何須嗚咽讓衮服，自鞚歸鞍八尺龍。誰磨石壁湘江上，揩拭雲烟濺驚浪。龍蛇飛動忠義詞，顔玄色莊儼相向。與君來游秋滿眼，閒行古寺西風晚。道人興廢了不知，但見游人來讀碑。」此詩與易安二篇皆未佳，但珍其僻祕耳。

《分甘餘話》。余作《浯谿考》成，又得唐蔡京、鄭谷、宋釋惠洪數詩，録爲補遺。適見《清波雜志》一條，姑録於此云：「浯谿《中興頌碑》，自唐至今，題詠實繁。零陵近雖刊行，止薈萃已入石者，未暇廣搜博訪也。趙明誠待制妻易安李氏嘗和張文潛二長句，以婦人而厠眾作，非深有思致者能之乎？」李易安詩二篇曩從陳士業宏緒《寒夜録》鈔出，已入集中，忘其出處本周煇也。

采風類

周禮部星公燦，陝西臨潼人。自安南使歸，有詩一卷，頗見風土。粗載數首於此。「諒山南去萬峰稠，細雨深林石徑幽。一水隨人千百折，中宵勒馬問安州。」《夜抵安州》。「回首燕臺不計程，空山坐待月初生。乾坤自是無遺照，行盡天南一樣明。」《屯麋見月》。「一枝挺出森青玉，兩葉分披展緑雲。名是千秋兼可噉，長栽籬落護山邨。」《千秋草》。「四圍山色映晴嵐，此地交人號格甘。竹樹參差冬稻熟，風光觸目似江南。」《茶山早晴》。「滄江岸上有荒祠，栘葉棉枝近水湄。短柱高龕雙錦鶴，國俗：祠廟以木雕雙鶴爲侍。報功異域禮同之。」《黎英王交之功臣城鎮人》。「宸翰親揮日月光，龍書鳳篆照遐荒。交人奉比義文畫，首出中天頌聖皇。」《册封》其六。「才名奕奕世無雙，三譯常思戴上邦。别後懷君何處是，寒風落日富良江。」《留别阮司馬公望黎司空僖阮僉憲廷衮黄大參公寘》。「關門曉日拜天顔，得識南郊青瑣班。記得深林風雨夜，多君相伴出茶山。」《留别阮廷柱武維匡宋儒陳璹四給事》。「翠榦森森傍水涯，梢垂雀尾亂紛拏。秋來結就檳榔果，交子逢人代煮茶。」《檳榔樹》。「衣冠文物重南疆，何事關名太不祥。題曰畏天思此義，萬年帶礪控炎荒。」《易鬼門關曰畏天關》。

康熙甲子，莆田林舍人玉巖麟焻使琉球歸，有《竹枝詞》一卷，與周禮部同時示予，并録數篇，以誌本朝文物之盛云。「手持龍節渡滄溟，璀璨宸章護百靈。清比胡威臣所切，觀風先到却金亭。明使臣陳侃建。」「徐福當年採藥餘，傳聞島上子孫居。每逢卉服蘭闍問，欲乞嬴秦未火書。」「日斜沙市趁虚多，邨婦青筐藉緑莎。莫惜籌花無酒盞，人歸買得小紅螺。」「疋練明河牛斗横，鼕鼕衙鼓欲三更。思鄉坐擁黄紬被，静聽盤窗蜥蜴聲。蜥蜴能鳴，聲如麻雀。」「三十六峰瀛海環，怒潮日夜響潺湲。樓西一抹青林裏，露出烟蘿馬齒山。」「射獵山頭望海雲，割鮮挏酒醉斜曛。紙錢挂道松楸老，知是歡斯部落墳。」「心齋生白室能虚，棐几焚香把道書。讀罷憑闌笑幽獨，藤牆西角對棕櫚。」「廟門斜映虹橋路，海鳥高巢古柏枝。自是島夷知向學，三間瓦屋祀宣尼。」「王居山第兔園開，松櫪棕花倚石栽。多少從官思授簡，不知若箇是鄒枚。」「奉神門内列鴛行，乞把天書鎮大荒。喚取金縢開舊詔，侏儒感泣説先皇。」「閟宫甍桷壓山原，將享今看幾葉孫。二十七王禋祀在，鼇圭錫卣見君恩。」「譯章曾記莋都夷，槃木白狼歸漢時。何似島王懷聖德，工歌三拜鹿鳴詩。」「宗臣清俊好兒郎，學畫宫眉十樣粧。翹袖招要小垂手，簪花斫帽舞山香。」「望仙樓閣倚崔嵬，日看銀山十二回。笙鶴彩雲飛咫尺，不教弱水隔蓬萊。」「纖腰馬上側乘騎，草圈銀釵折柳枝。聯臂哀歌上靈曲，月明齊賽女君祠。」「久稽異域歲將徂，自笑流連似賈胡。三老亦知歸意速，時時風色相銅烏。」林康熙庚戌進士，同使者爲汪檢討舟次楫，別撰《中山沿革志》若干卷。二君皆予門人也。

粵西風淫佚，其地有民歌、猺歌、狼歌、獞歌、蛋人歌、狼人扇歌、布刀歌、獞人舞桃葉等歌，種種不一，大抵皆男女相謔之詞。相傳唐神龍中，有劉三妹者，居貴縣之水南邨，善歌，與邕州白鶴秀才登西山高臺，爲三日歌。秀才歌《芝房》之曲，三妹答以《紫鳳》之歌。秀才復歌「桐生南嶽」，三妹以「蝶飛秋草」和之。秀才忽作變調，曰「郎陵花詞」，甚哀切，三妹歌「南山白石」，益悲激，若不任其聲者，觀者皆歔欷。復和歌，竟七日夜，兩人皆化爲石，在七星巖上。下有七星塘，至今風月清夜，猶彷彿聞歌聲焉。同年睢陽吳冉渠淇爲潯州推官，采録其歌，爲《粵風續九》。雖侏儒之音，時與樂府《子夜》、《讀曲》相近，因録數篇。民歌曰：「妹相思，不作風流待幾時。只見風吹花落地，不見風吹花上枝。」《相思曲》。「思想妹，蝴蝶思想也爲花。蝴蝶思花不思草，兄思情妹不思家。」《蝴蝶思花》。「娘在一岸也無遠，弟在一岸也無遥。兩岸人烟相對出，獨隔青龍水一條。」《隔水曲》。「妹嬌娥，憐兄一箇莫憐多。已娘莫學鯉魚子，那河又過别條河。」《妹同庚》。「嫩鴨行遊塘栅上，嬌娥尚細不曾知。天旱蜘蛛結夜網，想晴只在暗中絲。」《塘上》。「妹相思，妹有真心弟也知。蜘蛛結網三江口，水推不斷是真絲。」《妹相思》。「科舉秀才取紅豆，相思及早辦前程。黄菊花開九月九，枝枝葉葉有娘名。」《黄菊花》。猺歌云：「思娘猛，行路也思睡也思。行路思娘留半路，睡也思娘留半牀。一。白馬兒，白馬端正也難騎。娘騎馬頭表馬尾，馬轡尖尖妹陷比。二。「陷比」即怎騎。鄧娘同行江邊路，却滴江水上娘身。滴水一身娘未怪，表憑江水作媒人。三。「鄧」，與也。黄蜂細小螫人痛，油蔴細小炒仁香。鴨兒細細著水面，表緣細小愛憐娘。四。」狼歌：「六吞六，齊度菊口籠。「六」，鳥也。「吞」，見也。「齊度」，大家也。「菊」，飛入也。「口籠」，山中也。」「大路無數岔，江河無數曲。望東西南北，花色一般紅。」又：「舊錢便好使，舊米好做糍。望北斗超生，望有彭照顧。「彭」謂所私。」「各想心各愁，心頭如馬踐。條條臘真力，百色盡眉齊。「臘」，擔也。「真力」，重也。」「三十六圖羊，四十雙圖雞。言采禮之多，盛稱夫家，與《羅敷行》同意。」獞歌：「口三六四里，踏得耳花桃。花脉淋了好，花桃淋了密。淋了細絲絲，淋了離乙乙。養勒佛排挹，養勒花排菲。里樣對鴛鴦，里樣梁山伯，山伯祝英臺。此進山踏歌之詞。「口」，入也。「脉」，辦也。「淋」，諦視也。「離」，陸離之意。「乙」，猶亞也。五六句承四五句，言桃花跗萼之穠艷。已下五句專賦踏歌之人。「勒」，兒也。「挹」，整齊也。「菲」，美麗也。男女相悦，言男如佛、女如花耳。「鴛鴦」，比之於鳥。梁祝，比之於人。」蛋歌：蛋有三種：蠔蛋、木蛋、魚蛋。此魚蛋也。「錯畔行過蘇行巷，魚通水透到花街。木墀花發香十里，蝴蝶聞香水面來。一。蛋船起離三江口，只爲無風浪來遲。月明今網船頭撒，情人水面結相思。二。「今」，拏也。「三江」，黔江、鬱江、潯江。鹿在高山喫嫩草，相思水面緝麻紗。紋藤將來作馬疋，問娘鞍落在誰家。三。「麻紗」，網也。魚蛋浮家泛宅，故所賦不離江上也。」狼人扇歌者，書歌於扇，字如蠅頭，一面則花鳥。其詞有云：「比萬兩千金，眉心又眉意。比火帝龍師，結夫妻卦世。「火帝」、「龍師」，二人名。「卦」，過也。」擔歌者，峒人多以木擔聘女，或持贈所歡，以五采齗作方段，齗處文如鼎彝，歌與花鳥相間，字亦如蠅頭。布刀者，峒人織具也。書歌於刀上，間以五采花卉，明漆沐之。又有師童歌者，巫覡樂神之曲，詞不録。并録一。

《漁洋詩話》。西粵風俗淫佚，男女婚媾皆以歌辭相酬和。同年吴冉渠淇嘗撰《粵風續九》一卷，凡民歌、猺、獞、狼、蛋、布刀、扇歌，皆具其詞。雖侏㒧，而頗有樂府清商《子夜》、《讀曲》之遺。民歌如：「蝴蝶思花不思草，兄思情妹不思家。」「兩岸人烟相對出，祇隔青龍水一條。」「已娘莫學鯉魚子，那河又過別條河。」「天旱鼅鼄結夜網，想晴只在暗中絲。」「鼅鼄結網三江口，水推不斷是真絲。」「科舉秀才取紅豆，相思及早辦前程。」「黃菊花開九月九，枝枝葉葉有孃名。」猺歌云：「黃蠭細小螫人痛，油麻細小爇仁香。鴨兒細細著水面，表因細小愛憐孃。」蛋歌云：「錯畔行過蘇行巷，魚穿水透到花街。木犀花發香十里，蝴蝶聞香水面來。」餘獞、狼諸歌則非譯不能通曉矣。

萊州趙伯濬士喆嘗作《遼宮詞》百首，可與周憲王《元宮詞》頡頏。已上《池北偶談》。

《安南志》第十八卷載安南人詩，皆近體。內附安南國公善樂老人《山園》云：「不是文公逃晉難，庶幾微子慨殷亡。」《大明殿侍宴》云：「雍容湛露歌詩什，彷彿鈞天入夢魂。」《還國》云：「幾年去國杳雲沙，身寄狨鞍暫到家。簇簇樓臺空日影，盈盈珠翠各天涯。真成東海歸遼鶴，敢望南門入鄭蛇。人物淒涼何處問，江風吹老荔支花。」《送天使張顯卿》云：「四方專對詩三百，五嶺歸來路八千。」陳聖王《挽宋臣陳仲微》云：「無端天上編年月，不管人間有死生。萬疊白雲遮故國，一堆黄壤蓋香名。」陳仁王《竹林大士饋天使張顯卿春餅》云：「柘枝舞罷試者衫，況值今朝三月三。紅雪雕盤春菜餅，從來風俗舊安南。」《和喬元朗》云：「馬頭風雪重回首，眼底江山小駐驂。」陳英王《送天使李景山》云：「五嶺山高人未度，三湘水闊雁先歸。」老國叔昭明王樂道先生《贈天使柴莊卿李振》云：「北闕衣冠爭祖道，南州草木盡知名。」内附封輔義公陳粹山《登岳陽樓》云：「烏沉谷口千林暝，龍戰波心六月寒。」安撫使賴益歸《賡參議許公東山飄然樓詩》云：「秋興亭前月上時，滿樓山色索題詩。心如柳絮沾泥早，身似蓮花出水遲。經卷已輸居士樂，酒尊宜與可人期。倚闌看遍郎湖景，塵俗紛紛總不知。」肅詩尤有佳句，《内附》云：「中朝一統有今日，南國小臣如此江。」《喜詔》云：「黄雞催曉唱玲瓏，尺五飛來紫禁中。遂使堯言布天下，始知漢詔感山東。」《侍宴》云：「元年新紀黄龍瑞，重譯今傳白雉來。」《都城》云：「寒盡苑花初著蕊，春深官柳已藏鴉。」《重九懷張憲使》云：「猶思馬上西門哭，不記鼇邊左手持。」《贈趙郎中》云：「梅花南北路，篁竹短長亭。」《送侍郎智子元》云：「桂林南去接交州，柳葉桃榔暗驛樓。使者持書臨絶域，侍郎鞭馬照清秋。元年詔下黄龍漢，九譯人歸白雉周。便化文身作章甫，歸來陸賈説前旒。」《送傅與礪》云：「滄海龍飛天子詔，青冥鶴下趙王臺。諸溪篁竹參差動，五嶺梅花次第開。」《用載道韵晚遊郎官湖》云：「鷗邊人立城陰晚，柳外花明水浄時。」《大别山禹柏》云：「神功四載殷周上，元氣一枝天地間。」《題桂林驛》云：「千里鄉心蝴蝶夢，一船秋色鷓鴣聲。」雖中州士人，無以過之。并録一。

《皇華紀聞》。安南使臣過南康縣南埜驛，賦詩云：「鼓報黄昏客泊船，咿咿軋軋櫓聲連。一雙鳧鳥滄浪外，幾箇人家楊柳邊。紅日落殘鈎挂月，白雲捲盡鏡磨天。安南萬里朝天客，暫借郵亭一夕眠。」

門人徐蘭，吴人，字芝仙，能詩，工繪事。從安郡王出塞，嘗見祁連山中花十數種，皆艷絶，不知名，中土所未有也，曾畫便面貽余。又有出塞詩數十篇，聞見詭異，足備塞外風物考證云。起輦谷元世祖陵，無封樹，獵者或踐其地，輒有風雷之異。其詩云：「聞昔未明修祀典，曾命禮臣巡禹甸。伏羲下逮宋理宗，三十六陵皆祭徧。祁連因未入提封，欲賫香帛無由從。掃階席幄順天府，春秋遥奠青芙蓉。芙蓉青青亂雲宿，中有三間老瓦屋。征人遥望緑琉璃，知是元家起輦谷。谷口番僧通漢字，留客招提話遺事。自言歷劫悟前身，親見陰房築空翠。巫媪纔牽靈馬來，聖僧已渡流沙至。僧名朝爾吉。維時指點白毫光，争覩君王顯神異。天花鋪地坐親親，夜半山頭分舍利。元祖火化時，得舍利甚多。東方日射雲窈冥，背人入山埋寶瓶。地下有天黑如漆，祕祝才宣役萬靈。亂峰高下化機械，俄頃萬壑藏雷霆。雪漬風吹不數日，依舊滿天芳草青。往年有客挾弓弩，誤入雲中踏玉虎。千雷萬霆出谷飛，百里人家苦霪雨。至今鹿兔滿巖阿，馬蹄不敢驚黄土。問余到處訪雲蘿，中國名山想遍過。聞道長陵在天上，此中靈異更如何？」已上《居易録》。

附録：此條後段：所過古廢城凡六：曰單于，曰蘇武，曰雲内，唐立雲中都督府，即中受降城之地。曰豐州，唐九原郡城，北有鸊鵜泉，有延祐七年碑，李文煥書撰。曰殺虎，曰土城。土産凡五：曰白草，曰雛鷹，曰蹶鼠，曰瑪瑙石，曰酪酒。瀚海距獨石口二千里，有明太宗永樂八年御製碑，凡五十一字云。

宗柟附識：《柳南隨筆》：徐蘭，字芬若，號芝仙，邑人也。學詩于王司寇阮亭，阮亭極稱之，采數首入《居易録》。又沈確士嘗語予云：「芬若工畫，可繼惲正叔，而白描人物一時無對，不特長于詩也。」芬若詩已付梓者，有《芝仙書屋集》一卷，計詩二百三十餘首。《出居庸關》詩有「馬後桃花馬前雪，出關争得不回頭」之句，確士亟爲予稱之，惜未刻集中，無從見其全也。

天啓中，朝鮮使臣金尚憲，字叔度，由登州入貢。鄒平張忠定公華東延登館之於家，刻其詩一卷，頗多佳句。如：「三秋海岸初賓雁，五夜天文一客星。」「濸雲微雨小姑祠，菊秀蘭衰八月時。」又《過東方曼倩故里》云：「夜開宣室儼珠旒，執戟郎官走緑鞲。首鼠轅駒俱琭琭，漢廷綱紀一俳優。」《蚕春》云：「水際城邊野馬飛，漸聞宫漏晝閒稀。東風日夜蘼蕪緑，塞北江南總憶歸。」「王灘流水繞江涯，江上松林是我家。昨夜夢尋烏石路，山前山後蚤梅花。」余《論詩絶句》云「淡雲微雨」云云，「記得朝鮮使臣語，果然東國解聲詩」。康熙己未，遣侍衛狼瞫、太學生孫致彌往朝鮮采詩，大抵律絶居什之九，古詩、歌行略見梗槩而已。孫後登戊辰進士，官翰林。《漁洋詩話》。并録二。

《池北偶談》。鄒平張尚書華東公，刻朝鮮使臣金尚憲叔度《朝天録》一卷，詩多佳句，略載於此。《曉發平島》云：「三秋海岸初賓雁，五夜天文一客星。」《初至登州》云：「南商北客簇沙頭，畫鷁青簾幾處舟。齊唱竹枝聯袂過，滿城明月似揚州。」《蓬萊閣》云：「橋石已從秦帝斷，星槎唯許漢臣通。」《登州次吴秀才韵》云：「淡雲輕雨小姑祠，菊秀蘭衰八月時。」《水城夜景》云：「五更殘月水城頭，詠史何人獨艤舟。不向東溟覓歸路，還依北斗望神州。」《夜坐聞擊柝》云：「擊柝復擊柝，夜長不得息。何人寒無衣，何卒饑不食。豈是親與愛，亦非相知識。自然同袍義，使我心肝惻。」《九日》云：「黄縣城邊落日，朱橋驛裏重陽。菊花依然笑客，鬢髮又度秋霜。」《東方曼倩里》云：「夜開宣室儼珠旒，執戟郎官走緑鞲。首鼠轅駒俱碌碌，漢庭綱紀一俳優。」《早春》云：「水際城邊野馬飛，漸聞宫漏晝閒稀。東風日日蘼蕪緑，塞北江南總憶歸。」「王灘流水繞江涯，江上松林是我家。昨夜夢尋烏石路，山前山後早梅花。」

同上。康熙十七年，命一等侍衛狼瞫頒孝昭皇后尊謚於朝鮮，因令采東國詩。歸奏吴人孫致彌副行撰《朝鮮采風録》，皆近體詩也。今擇其可誦者，粗載於此。林悌詩：「十五越溪女，羞人無語別。歸來揜重門，泣向梨花月。」《閨怨》。「羸驂馱倦客，日暮發黄州。可惜踏青節，未登浮碧樓。佳人金縷曲，江水木蘭舟。寂寂生陽館，孤燈夜似秋。」《中和道中》。白光勳詩：「秋草前朝寺，殘碑學士文。千年自流水，落日見孤雲。」《宏景廢寺》。「偶因休浣到沙門，把酒題詩古寺存。紅藕一池風滿院，亂蟬千樹雨連邨。深慚皓首從羈宦，猶喜青山似故園。聞説錦湖烟景異，何時歸棹問真源。」《奉恩寺》。吴時鳳詩：「地即黄岡勝，官如玉局閑。居然小雪日，喚作此堂顔。」《小雪堂》。金宏弼詩：「處獨居閑絶往還，只呼明月照清寒。憑君莫話生涯事，萬頃烟波數叠山。」《書懷》。趙昱詩：「十年長揜故山扉，塵土東華幾染衣。想得鑑湖春夜月，子規應唤不如歸。」《贈鑑湖主人》。姜克誠詩：「江日曉未生，蒼茫千里霧。但聞柔櫓聲，不見舟行處。」《湖堂早起》。鄭碏詩：「遠遠沙上人，初疑雙白鷺。臨風忽横笛，廖亮江天暮。」《聞笛》。成運詩：「江觸春樓走，天和雪嶺圍。雲從詩筆染，鳥拂酒筵飛。浮海知今是，趨名悟昨非。松風當夕起，蕭颯動荷衣。」《竹西樓》。白光勉詩：「旅泊依郘口，重遊屬暮年。鐘聲隔岸寺，人語渡湖船。月上蒹葭遠，烟横島嶼連。夜深風更急，落雁不成眠。」《縣津晚泊》。金宗直詩：「偶到仙槎寺，巖空松桂秋。鸊翻羅代蓋，龍蹴佛天幽。細雨僧縫衲，寒江客艤舟。孤雲書帶草，獵獵滿池頭。」《仙槎寺》。「爲訪招提境，松間紫翠重。青山半邊雨，落日上方鐘。語共居僧軟，杯隨客意濃。頹然一榻上，相對鬢蓬鬆。」《佛國寺》。奇邁詩：「南山松柏幽，北山烟霧深。游子暮何之，庭樹生秋陰。歸雲向遥岑，宿鳥棲前林。幽懷杳不極，清風吹我襟。」《直禁咏懷》。鄭道傳詩：「曉日出海東，直照孤島中。夫子一片心，正與此日同。相去曠千載，嗚呼感予衷。毛髮竪如竹，凛凛吹英風。」《嗚呼島弔田横》。魚無迹詩：「馬上逢新雪，孤城欲閉時。漸能消酒力，渾欲凍吟髭。落日無留景，栖禽不定枝。灞橋驢背興，應與故人期。」《逢雪》。權應仁詩：「結屋倚青嶂，擕鉼盛碧溪。徑因穿竹細，籬爲見山低。枕石巾粘蘚，栽花屐印泥。繁華夢不到，閑味在幽栖。」《山居》。趙希逸詩：「春寒料峭酒微醒，羈宦連年恨不平。燈暗小窗聞馬齕，夢回孤枕數雞鳴。祇憑吾友論交道，欲向何人説世情。已判此身同許國，與君終始寸心明。」《次延曙都郵韵》。「鴨水西邊是漢關，天扃地鐍限重灣。荒烟亂磧麟州戍，落日孤雲馬耳山。風定空江波瀲瀲，雪消春郭溜潺潺。思家未得平安字，歸思唯應夢往還。」《龍灣偶成》。金垵詩：「楊花落盡草萋萋，楚客傷離思轉悽。佳節一年寒食過，亂山千疊子規啼。虞翻去國身全老，王粲登樓賦漫題。想得天涯回白首，昭陽江上夕陽低。」《寄友》。李達詩：「二妃昔追帝，南奔湘水間。有淚寄湘竹，至今湘竹斑。雲深九疑廟，日落蒼梧山。餘恨在江水，滔滔去不還。」《斑竹怨》。鄭士龍詩：「隨意攤書坐，孤吟對晚暉。岸風帆腹飽，洲雨荻芽肥。籬缺通江色，簾垂礙燕飛。誰知采蘭節，和病試春衣。」《釋悶》。鄭之升詩：「細草閑花水上亭，緑楊如畫掩春城。無人爲唱陽關曲，獨有青山送我行。」《留别》。崔慶昌詩：「危石纔交一徑通，白雲千古祕仙蹤。橋南橋北無人問，落木寒流萬壑同。」《武陵溪》。「水岸依依楊柳多，小船遥聽采蓮歌。紅衣落盡秋風起，日暮芳洲生白波。」《采蓮曲》。柳永吉詩：「落葉鳴廊夜雨懸，佛燈明滅客無眠。仙山一躡傷遲暮，烏帽欺人二十年。」《福泉寺》。金質忠詩：「常苦愁腸日九迴，忽驚啼鳥報春來。三年藥物人猶病，一夜雨聲花盡開。世事紛紛難自了，天機衮衮遞相催。平生久負凌雲氣，怊悵如今半已摧。」《病出湖堂》。林億齡詩：「寂寞荒邨隱少微，蕭條石徑接柴扉。身同流水世間出，夢作白鷗江上飛。山擁客窗雲入座，雨侵書榻葉投幃。飄然又作抽簪計，塵土何由化素衣。」《送友還山》。崔壽峸詩：「老猿失其群，落日古槎上。兀坐首不回，想聽千山響。」《題畫》。金浄詩：「江南殘夢日懨懨，愁逐年華日日添。雙燕來時春欲暮，杏花微雨下重簾。」《江南春思》。鄭知常詩：「桃花紅雨燕呢喃，繞屋春山閒翠嵐。一頂烏紗慵不整，醉眼花塢夢江南。」《醉後》。偰遜詩：「一夜山中雨，風吹屋上茅。不知溪水長，祇覺釣船高。」《山中雨》。李植詩：「春風急水下輕艭，朝發驪陽暮漢江。篙子熟眠雙櫓静，青山無數過船窗。」《泊漢江》。權遇詩：「衙罷乘閑出郭西，殘僧古寺路高低。祭星壇畔春風早，紅杏半開山鳥啼。」《竹長寺》。許筠詩：「重簾隱映日西斜，小院回廊曲曲遮。疑是趙昌新畫就，竹間雙鶴坐秋花。」《晚咏》。朴瀰《題平壤館壁西京古蹟詩三十首遺田儀曹》其六云：「檀下神人始此都，至今遺廟古城隅。不知當日阿斯達，亦有攀髯墜者無。」一。「太師杖帙筆猶存，舊事鴻濛未足言。唯有青山三尺墓，東人須與孔林論。」二。「周家井制出鄒賢，猶是其詳不得傳。試向含毬門外望，平郊十里是商田。」三。「丹絡元非赤土宜，清泉何事涌中逵。鹿盧汲取瓊漿飲，千載令人説太師。」四。「高句驪起漢鴻嘉，宫殿遺墟草樹遮。惆悵乙支文德死，國亡非爲後庭花。」五。「朝天片石出江潯，鱗窟苔封草樹深。惆悵天孫何處去，野棠花發古祠陰。」六。又《送詔使還京師五言十韵》有云「紙上風雷隱，毫端造化奇。城路風旌掣，滄江鼓角悲」云云。伴送使資憲大夫、行司憲府大司憲、兼成均館大司成、廣州後人歸巖李元楨。

帶經堂詩話卷二十二

記載門四

古器類

元王文定惲《秋澗集》有《飛廉館瓦硯歌》，略云「劉郎杳杳秋風客，神鳥冥飛憶初格。豹章爵首尾蟠蛇，建章千門風冽冽」云云。此亦在銅雀之前，知漢瓦無不可爲硯也。《池北偶談》。

附録：《池北偶談》：《橘軒雜録》：鳳翔府，古雍州，秦穆公羽陽宫故基在焉。其瓦有古篆「羽陽千歲」字。昔雲中馬勝公得之，隂字在硯之左，奇古非銅雀所及。《東觀餘論》云：長安民獻秦穆公羽陽宫瓦十餘枚，若今筩瓦然，首有羽陽千歲萬歲字。《老學叢談》云：銅雀瓦皆陽字，紀建安十三年造。嘗聞其土著人云：瓦甚大，一片可爲四硯。又云：崔後渠《彰德府志・辨硯》云：世傳鄴城古瓦硯，皆曰曹魏銅雀，磚硯皆曰冰井，蓋徇名而未審其實。魏之宫室焚蕩於汲桑之亂，趙燕而後，迭興代毁，何有於瓦礫乎？《鄴中記》云：北齊起鄴南城，屋瓦皆以胡桃油油之，光明不蘚。筒瓦用在覆，故油其背；版瓦用在仰，故油其面。筒瓦長二尺，闊一尺，版瓦之長如之，而其闊倍。今或得其真者，當油處必有細紋，俗曰琴紋，有花，曰錫花。傳言當時以黄丹鉛錫和泥，積歲久而錫花乃見。古磚大者方四尺，上有盤花鳥獸紋、千秋萬歲字，其紀年非天保則興和，蓋東魏、北齊也。又有磚筒者，花紋、年號如磚，内圓外方，用承簷溜，亦可爲硯。宋刺史李琮，元豐中於丹陽邵不疑家，得唐元次山家藏鄴城古磚硯，背有花紋及萬歲字，與《鄴中記》合。又曰：大魏興和二年造。則唐賢所珍，已出於南城矣。

淄川袁松籬藩孝廉得秦鏡，高念東侍郎爲賦詩云：「河山歷歷看來空，萬古消沉向此中。便是秦時明月在，可能還照櫟陽宫？」「興亡轉轂見何頻，照膽咸陽跡已陳。多少人間怊悵事，金人辭漢鏡辭秦。」「炯如秋水了無塵，曾照阿房宫裏人。唯有玉姜今不死，蓮花掌上五雲新。」

宋荔裳琬觀察藏漢甆盞二，内有魚藻文。云在秦州時，耕夫得之隗囂故宫中。吾兄西樵爲作歌。又有元人所造銀槎最奇古，腹有文曰：「至正壬寅，吴門朱華玉甫製。」華玉號碧山，武塘人，見陶南邨《輟耕録》。并録一。

《居易録》。槎杯，元銀工朱碧山所製，有古篆二十八字云：「欲度銀河隔上闌，時人浪説貫銀灣。如何不覓天孫錦，只帶支機片石還。」朱名華玉，浙之秀水人。杯是故吏部孫侍郎北海承澤家物。

吉水李梅公侍郎元鼎有硯，五瓣如梅花狀，質如黄玉，雜翡翠、丹砂之色，纍纍墳起，云是灌嬰廟瓦，一時文士多賦之。故友鄒程邨祗謨作《硯考》，引洪文敏《容齋隨筆・灌瓦硯銘》爲證。

錢編修宫聲中諧有司馬相如小玉印。因憶元陸友仁得衛青玉印，翰林虞伯生諸公皆有詩，友仁因著《印史》。

如皋冒辟疆襄，博雅嗜古，嘗爲桐城方詹事拱乾賦《宣爐歌》，自爲之注，甚精核。云：「宣爐最妙在色，假色外炫，真色内融，從黯淡中發奇光。爇火久，燦爛善變。久不著火，即納之汙泥中，拭去如故。假者雖火養數十年，脱則枯槁。」「宣廟時，内佛殿火，金銀銅像渾而液。」又云：「寶藏焚，金銀珠寶與銅俱結，命鑄爐。」「宣廟詢鑄工：銅幾煉始精工？對以六火則殊光寶色現。上命煉十二火條之，復用赤火鎔條於鋼鐵篩格上，取其極清先滴下者爲爐，存格上者製他器。爐式不規規三代鼎鬲，多取宋瓷爐式仿之。」「宣爐以百摺彝，乳足，花邊，魚、鰍、蚰蜒諸耳，熏冠，象鼻，石榴足，橘囊，香奩，花素，方員鼎爲最。索耳分襠，判官耳，角端，象鬲，雞脚扁，番環，六稜，四方，直脚，漏空桶，竹節等爲下。」「宣爐仿宋燒斑。初年沿永樂爐製，中年嫌其掩爐本質，用番滷浸擦熏洗，易爲茶蠟，末年愈顯本色，著色更淡。後人評宣爐五等色，栗殼、茄皮、棠梨、褐色，而藏經紙色爲第一。金鎏腹下爲湧祥雲，金鎏口下爲覆祥雲，雞皮色、覆手色，火氣久而成也。」「嘉靖後之學道，近之施家，皆北鑄。北鑄閒用宣銅器改鑄，銅非清液，又小冶，寒儉無精采，且施不如學道多矣。南鑄以蔡家勝甘家，蔡之魚耳可方學道。」「真宣爐本色之厄有二：嘉隆前尚燒斑，有取本色真者重燒；有過求本色之露，如末年淡色，取本色真爐磨治一新，甚有歲一再磨。景泰、成化之獅頭彝爐等，後人僞易，鑿宣款以重其價。宣爐又有呈樣無款最真妙者，後人得之，以無款，恐俗目生疑，取宣別器有款者鑿嵌，畢竟痕跡難泯，皆宣之厄也。」

宗柟附識：《柳南隨筆》：「明宣德時内佛殿火，金銀銅像融而爲一，遂命鑄爐。凡銅煉六火則露寶光，上命加火一倍，鍊而條之。復用鋼鐵爲篩格，以赤火鎔條，取其極清而滴格下者爲爐，存格上者製他器，此宣爐之質也。爐式略仿宋瓷，其上者曰百摺彝，曰乳足，曰花邊，曰魚耳，曰鰍耳，曰蚰蜒耳，曰熏冠，曰象鼻，曰石榴足，曰橘囊，曰香奩，曰花素，曰方員鼎。下者曰索耳分襠，曰判官耳，曰角端，曰象鬲，曰雞脚扁，曰番環，曰六稜，曰四方，曰直脚，曰漏空桶，曰竹節。其款陰印陽文，真書「大明宣德年製」。又有呈樣無款者，最爲難得。此宣爐之式也。宣爐妙處在色，爇火久則假色外炫，真色內融，燦爛善變，嫩如哀梨，入口即化，凝如魚凍，呵氣便消。須有此兩種光景，斯爲上乘。又有製時空罅以赤金衝滿之者，名曰衝眼。得火則金色盡顯，益從黯淡中發奇光焉。火候既到，即久不著火，納之汙泥中，拭去而色如故，如是則爲真宣。假者雖火養數十年，不能然也。其色有初年、中年、末年之分。初年仿宋燒斑，尚沿永樂爐舊製。中年用番滷浸擦熏洗，易爲茶蠟，亦閒有滲金者。末年乃露本質，著色更淡矣。色凡五種：曰栗殼，曰茄皮，曰棠梨，曰褐色，而藏經紙色爲第一。又有所謂雞皮紋者，覆手起粟迹如雞皮，而撫之實無有。又有所謂燭淚痕者，或在腹下，或在口下。在腹下爲湧祥雲，在口下爲覆祥雲，是皆火氣所成，尤不易得。此宣爐之色也。此物爲世所珍，頗多贋者，余非鑒古之士，聊就《帝京景物略》、《遵生八箋》、方坦庵《宣爐歌》所言，並參以他說，爲之詳其質，别其式，辨其色，作《宣爐説》如左。」又《蓉槎蠡説》：「明宣廟銅器，鑪爲首。其製不一，有彝鑪、乳鑪、花邊、天雞、橘囊、壓經、香奩、角端、象鬲、匾鑪、番環、六稜、纓絡、梵書、太極、桶鑪、竹節、馬蹄、法盞、盋盂、馬槽、熏冠等式，口有燈草邊、花觚、直口、平口、瓮口、井口，耳有橋耳、魚耳、沖天魚耳、鮹耳、鵬耳、番象沖天、番象海獅、龍、鳳、天鷄、夔、龍、螭、虎、結耳、如意、風箱、索耳、寬緊鸚鵡耳、環耳、朝冠戟耳、蜓蚰、香草、壽帶、鳥獸吞口，肩有金蓮、寶相、雲肩、線肩。所取者，橋耳乳足，魚耳石榴足，鮹耳圈足，番象及鵬耳、天雞、海獅獸耳亦圈足或裙足，香草高乳足戟耳，石榴足橋耳，有三丁戈足，其品最上。次取者，法盞波斯足，鸚鵡象首湯臚足，壓經環耳低乳足，香餅足，索耳有寬緊，足有高低者，寬昂于緊。最下，桶鑪雲板足、湯臚足，熏冠、馬槽、盋盂、鑄耳，多仿宋瓷款識，有身耳逼近無餘地者，乃另鑄耳，磨治釘入。釘耳多僞，蓋宣爐鑄耳不稱，率揀出更鑄，十不存一。色種種皆仿宋燒斑者，初年色也，永樂燒班本此。蠟茶本色者，中年色也。謂燒斑掩銅質之精華，乃尚本色，用番硇同醋浸擦爲之。本色愈淡者，末年色也。純用本質燒成，色愈淡而愈精采。其色有赤金色三種、石榴皮、棠梨、秋白梨、栗殼、海棠紅、山查白、棗皮紅、淺深藏經紙、茄皮、褐色。其最淺藏經、山查白、海棠紅、秋白梨。其次鎏金色，鎏左肩爲覆祥雲，腹以下爲涌祥雲。至于雞皮色，則火氣久而自成，跡似雞皮，摸之無跡，即今所謂橘皮紋也。本色之厄有二：嘉隆前有燒斑色，時尚燒斑，故取本色鑪，重加燒斑；近則磨新厄，過求色淺，磨治一新，至有歲再磨者。款識陰印陽文，真書『大明宣德年製』，字完整，地明潤，與鑪色同，非經彫鑿熏造者。後有僞造者：北鑄，嘉靖初之學道前，近之施家。施不如學道前，間用宣銅別器改鑄，然別器銅質原次于鑪，且小冶單鑄，氣寒儉乏精華。蘇鑄蔡家，南鑄甘家，甘不如蔡，唯魚耳一種可方學道。有舊鑪僞款者，永樂之燒斑，彝耳多寬索，腹多分襠；景泰、成化間之獅頭彝等，厚赤金化雲鳥片，帖鑄原款，用藥燒『景泰年製』等字。有真鑪真款而嵌釘者，當年監造，每種成不敢鑄款，呈上準用，方依款鑄。後謂有款易售，取宣別器款色配者嵌入，其合縫在款隅邊際，但從覆手審視，自得痕影。故首視官造、民造，官造任其花素，無不莊雅，華而不妖，樸而不陋，極草率處，偏耐看玩。官鑄分兩，無零剩錢數。民鑄不然，純是琢磨車碾之精，雖窮極工巧，自乏大家規則。宣爐唯色不能僞，黯然奇光在裏，望之如至柔之物，可以掐搯，迫視如膚，有肉色，蘊火爇之，精采善變。僞者外光奪目，内質理槁然矣。」又兄寒坪云：「高詹事士奇江邨《宣銅鰍耳》詩自注：『鐫款「大明宣德年製」六字，作三行，當時命學士沈度楷書。』」

焦山海雲堂有古鼎一，高一尺三寸二分，腹徑一尺五寸八分，口徑一尺四寸五分，耳高三寸，闊四寸二分，足六寸一分，深八寸二分。腹有銘，其詞曰：「唯九月既望甲戌王及還於周宓子□于圖室司徒疑治征南仲佑□惠□立中庭王呼史受册命□惠曰官司治王□側□作錫汝元衣束帶戈琱戟縞韓彤矢鋈□鑾旂世惠敢對揚天子丕顯敷休用作尊鼎用享于□烈考用周簋簠壽萬年子孫永寶用。」此予兄弟手搨，屬新安程穆倩邃譯本，凡蝕二字，疑六字，闕九字。秀水朱竹垞彝尊云：「其曰『立中庭』，按《毛伯敦銘》文亦有之。薛尚功釋爲立，而楊南仲謂古立、位同字，古文《春秋》書『公即位』爲『公即立』，則是銘『立』字亦當讀作位也。」鼎故京口某公家物，分宜枋國時聞此鼎，欲之。某公不即獻，因嫁禍焉，鼎遂入嚴氏。嚴氏敗，鼎復歸江南，因置焦山寺中。家兄摹爲圖，賦長歌紀之。予亦有五言古詩三十韵記事，汪鈍翁琬序之。

大梁城西水磨間，土人掘地得一石，有「日月逝酒漿」五字，乃古篆也。周櫟園侍郎摹勒以傳，謂非仙者不能道。施愚山有詩記之。

順治十七年，富陽典史孫某解餉北上，舟過高郵，見湖中夜有光，令榜人跡之，得玉璽水中。方四寸六分，盤龍雙紐，辨其篆文，漢高帝《大風歌》也。十二月，疏獻於朝。鄧州人丁象煇賦《大風玉璽歌》。已上《池北偶談》。

雪浪石在定州學，作亭覆之。《墨莊漫録》云：「東坡帥中山，得石，黑質白章，如孫知微所畫。石間奔流盡水之變。作白石大盆盛之，激水其上，名其室曰雪浪齋。有銘云云。」予審視，盆四面刻紋，作芙蕖脣上，周遭即公手書銘，惜不及摹搨。旁一碑刻石，圖下方「雪浪齋」三大字，亦公書。然石實無他奇，徒以見賞坡公，侈美千載，物亦有天幸焉。或曰坡平生愛奇石，常取文登彈子渦石，以詩遺垂慈堂老人。得齊安江石，作怪石供以遺佛印。又從程德孺得仇池石，以高麗大銅盆盛之。湖口李正臣蓄異石，九峰玲瓏，坡欲以百金置之，名之曰「壺中九華」，賦詩云：「念我仇池太孤絶，百金歸買小玲瓏。」集中别有「醉道士石」、「怪石」、「石斛」詩，要皆以坡傳耳。以雪浪例之，未必奇也。《秦蜀驛程後記》。

正德間，灌口朝天寺僧於土中得斷碣，上有詩二句云：「天孫縱有閒鍼線，難繡西川百里圖。」餘剥落不可辨。

開元末，于弘農古函谷關得寶符，白石篆文，正成「乘」字。解之者曰：「乘者四十八年。」因作《弘農得寶歌》云。弘農得寶耶，遂改元天寶。事載《傳信記》。已上《隴蜀餘聞》。

米海嶽研山，是南唐寶石。其圖及得失始末，具陶南邨《輟耕録》第六卷中。初爲寶晉齋物，薛紹彭易之，元章詩云：「研山不復見，哦詩徒歎息。唯有玉蟾蜍，向余頻淚滴。」因筆想爲之圖。元梅花道人吴仲圭又畫《硯山圖》。《癸辛雜識》云：「米氏研山後歸宣和御府，流落台州戴氏家。」此石今在朱竹垞太史所，所謂華蓋峰、月巖、翠巒、方壇、玉筍、上洞、下洞、下洞三折通上洞。龍池諸勝，宛然皆具。上有「寶晉齋」三篆字，及「襄陽米氏世珍」印。并録三。《蠶尾文》。康熙戊辰春，於古藤書屋觀米氏研山後，尚欠一詩，往來胸中者三歲矣。庚午秋，卧痾休沐，始成長句一篇，附以絶句，并書上竹垞太史。倘有好手，意仿梅花道人，重作一圖，以吾輩倡和詩附其後，亦佳話也。

《香祖筆記》。南唐李主研山，後歸米元章。米與蘇仲恭學士家易北固甘露寺海嶽庵地。宣和，入御府。事詳《避暑漫鈔》。後又四百餘年，不知更易幾姓，而至新安許文穆國家，已而歸嘉禾朱文恪國祚。予戊辰春，從文恪曾孫檢討彝尊京邸見之，真奇物也。檢討請予賦詩，既爲作長句，又題一絶句云：「南唐寶石劫灰餘，長與幽人伴著書。青峭數峰無恙在，不須淚滴玉蟾蜍。」後二年，復入京師，則研山又爲崑山徐司寇購去矣。今又十五年，不知尚藏徐氏否？「青峭數峰」蓋用南唐元宗語。元章既失研山，賦詩云：「研山不可見，哦《蠶尾續文》作『我』，疑譌。詩徒歎息。唯有玉蟾蜍，向予頻淚滴。」皆用本事也。

《分甘餘話》。米元章研山以南唐寶石爲之，後歸禾中朱文恪家。余常從文恪曾孫彝尊見之，真奇物也。高濂云：「曾見宋人靈璧石研山，峰頭如黄子久皴法，中有水池深寸許，其下山脚坐水，色白若波濤狀。余舊蓄一研山，長可五六寸，高半之，自峰頂至山麓，皴法天然，而岩巒秀絶。己丑夏，爲大力者負之而趨。每一憶之，輒作米老『蟾蜍淚滴』之歎。」

附録：《池北偶談》：米太僕友石萬鍾家藏一研山，有七十二峰，洞壑奇絶。每天欲雨則水出，欲霽則先燥。太僕以五百金購之。又寶一風字研，太僕知六合縣時，嘗入覲北京，往返兩月餘，硯墨猶未燥也。康熙戊午夏，公孫紫來漢雯知長葛縣，行取入都，出硯示予，爲説如此。

宗柟附識：勇參云：「宋廣濟庫有靈璧石筆架，徽宗御書『山高月小，水落石出』八小字於背。見《笛漁小稾》注。愚按：寶晉齋研山存平湖某氏，吾友查君日華于今夏見之，圖與題跋俱完好。惜未能偕往一觀，殊以爲憾云。」

錢武肅王常作金銅佛塔，以金萬片聚成之。宋姜堯章嘗得數片，其友周文璞爲賦長句，所云「錢王納土歸京師，流落多在西湖寺」者是也。今嘉禾白蓮寺尚藏其一，上刻「放下屠刀，立地成佛」公案。周篔説。

萬曆間，浮梁人昊十九者，自號壺隱，隱於陶，能詩，書似趙承旨。所製磁器，妙極人巧。嘗作卵幕杯，瑩白可愛，一枚重纔半銖。性不嗜利，所居席門甕牖而已。樊玉衡贈詩云：「宣窑薄甚永窑厚，天下知名昊十九。更有小詩清動人，匡廬山下重回首。」李日華詩云：「爲覓丹砂到市廛，松聲雲影自壺天。憑君點出流霞盞，去泛蘭亭九曲泉。」宋牧仲中丞最好古銅玉陶器，在江右，予嘗寄訊訪昊所製，不可得矣。

附録：《居易録》：前卷言一藝之工，足以成名，而歎士人有不能及。偶觀《袁中郎集・時尚》一篇，與予説略同，并録之云：「古來薄技小器，皆可成名。鑄銅如王吉、姜娘子，琢琴如雷文、張越，磁器如哥窑、董窑，漆器如張成、楊茂、彭君寶，士大夫寶玩欣賞，與詩畫並重。當時文人墨士，名公鉅卿，不知湮没多少，而諸匠之名，顧得不朽。所謂五穀不熟，不如稊稗者也。近日小技著名者尤多，皆吳人。瓦壺如龔春、時大彬，價至二、三千錢。銅鑪稱胡四，扇面稱何得之，錫器稱趙良璧，好事家争購之。然其器實精良，非他工所及，其得名不虛也。」云云。予又曾觀《顧東江集》弘、正間舊京製扇骨，最貴李昭。《七修類纂》：天順間有楊塤，妙于倭漆，其漂霞山水人物，神氣飛動，圖畫不如。常上疏明李賢、袁彬者也。又《池北偶談》：近日一技之長，如雕竹則濮仲謙，螺甸則姜千里，嘉興銅鑪則張鳴岐，宜興泥壺則時大彬，浮梁流霞盞則昊十九，號壺隱道人。江寧扇則伊莘野、仰侍川，裝潢書畫則莊希叔，皆知名海内，如陶南邨所記朱碧山製銀器之類。所謂雖小道，必有可觀者歟？又《香祖筆記》：弇州載吳中陸子剛之治玉，鮑天成之治犀，朱碧山之治銀，趙良璧之治錫，馬勳治扇，周之治商嵌，呂愛山治金，王小溪治瑪瑙，蔣抱雲治銅，皆比常價再倍，其人或與士大夫抗禮。

國子博士孔尚任東塘，精於音律，常得漢玉羌笛、唐製胡琴各一枚，形製古雅，自爲跋刻之。又嘗於慈仁寺市得前代内府琵琶二，賦詩曰：「喬木世臣事已革，零書破琴存故國。每逢舊物重摩挲，必詰此物何從得。廟市曾收兩琵仄琶，製作不同各臻極。其一龜錦裹周身，剪犀鏤牙如縷織。背上雙紐蹲盤螭，盈尺曲柄玳瑁飾。雲楸作面波濤生，三十六峰更奇特。横挾不起斜按難，滿輪明月遮胸臆。其一瘦削美人肩，螳螂匙頭蜻蜓翼。水波雷文到四邊，碎砌檀槽百衲式。異寶妝成兩樹花，牡丹秋菊真氣逼。不似螺蚼非硨磲，剔硃填漆無顔色。次第傳觀反覆精，旁有老伶長太息。前朝琵琶屬教坊，玉熙宫中數承直。方響前列琵琶隨，一派韶音揚舜德。先皇顧曲愛繁絃，天府之藏示樂職。大者名爲大海潮，南宋流傳今到北。四絃彈動殷殿庭，却疑腕中萬斛力。小者斵從萬曆初，内府金錢費千億。年年風露催白頭，才人懷袖聲啾唧。聽來恰似秋蟬吟，針鋒細字將名刻。大聲宏亮小聲清，雄鳴雌和無差忒。龍錦囊中只兩張，舊時中侍皆能識。可惜淪落在市塵，疑當作廛。四十八年塵漬黑。折軸斷品誰安排，玉帶銀撥漫拂拭。有腹無絃訴怨難，撫今懷古中心惻。造者前王毀者誰，甲申三月遭流賊。」右《詠大海潮小吟蟬兩琵琶歌》。

附録：此條前段載孔二跋云：「康熙壬申，官京師，獲玉笛。吹孔之下，止具三孔，世無識者。考之馬融《笛賦》，稱笛出于羌，舊四孔，京房加一孔于後，以備五音。所云四孔者，乃連吹孔數之，其底原有洞孔，故加一孔而五音備焉。後之長笛又加二孔，以應七律。許慎《説文》注「笛」：「七孔笛。羌笛三孔」是也。曲有《落梅花》、《折楊柳》。古愛其曲，多爲玉笛吹之。此笛色如柳花，蓋古之甘黄玉也。雙鈎碾製，肖形竹節，頂節二寸，中節八寸，尾節五寸，較以漢尺，分毫不爽。應劭《風俗通》載漢武帝時丘仲作笛，長只四寸。今長尺五寸，且無後孔，當在漢之初年矣。噫，古器存而古音莫解，笛之三孔，亦猶文字之一畫也歟！」右跋漢玉羌笛。「胡琴本北方馬上樂，亦謂之二絃琵琶，蓋琵琶所托始也。《南部新書》載唐韓晉公滉入蜀，伐奇樹，堅緻如紫石。匠曰：『爲胡琴槽，他木不能並。』遂爲二胡琴，曰大忽雷、小忽雷。後獻德皇。《樂府雜録》云：『文宗朝，兩忽雷猶在内庫，内侍鄭中丞特善之。訓、注之亂，始落民間。』康熙辛未，予得自燕市，蓋其小者。質理之精，可方良玉，雕鏤之巧，疑出鬼工。今八百餘年矣，頻經喪亂，此器徒存，而已無習之之人。俗藝且然，傷哉！」右跋唐製胡琴。

少司空齊稽公《蠶尾文》作「工部侍郎某公」言：察兒罕國，元之嫡派也。世雄長西北諸部。傳至靈丹可汗，在位久，忽欲往西域皈佛教。其台吉那顔等苦諫不聽，國中無主，太宗皇帝因發兵追降之。其尚璽近侍以傳國玉璽倉卒坎地而霾之。兵既退，有童豎牧羊其地，一羊屢至坎所，蹄之不已，驅之復來。牧覺有異，試發土，則璽見焉。聞於官，遂進上，時天聰某年也。今藏御府。予按：何文肅喬新《椒丘集》有《傳國璽志》一篇，叙述甚詳。五代後唐從珂時，秦璽燬。石敬瑭入洛，更以玉爲之。重貴獻之遼，興宗試進士，遂以「有傳國璽者爲正統」命題。金滅遼，延禧遺傳國璽於桑乾河。元世祖時，有札剌爾氏者漁於桑乾之濱，得之，夜有光。監察御史楊桓《蠶尾文》作「植」。辨其文，以爲歷代傳國璽，上之。至正末，中山大兵至燕，順帝携之北遁沙漠。其本末如此。《蠶尾文》此下云：又案史，宣德九年，瓦剌順寧王脱歡入貢，并請進傳國璽云云。凡多二十餘字云。以文肅言考之，自五代之亂，璽歸於遼，遼歸於金，金歸於元，在察兒罕國者又二百餘年，而歸於本朝，詎偶然哉？又按：王冕詩：「青象不將傳國璽，紫駝空引舊氈房。」蓋未詳矣。

宗柟附識：《蓉槎蠡説》：「按薛尚功《鍾鼎款識》所載，辨璽文者，監察御史楊桓，非楊植也。又按：中丞崔彧進璽曰：『同知通政院事拾得既没，妻病子幼，托以玉見貿，及出，乃玉璽也。』與『札剌爾氏漁于桑乾之濱，得之』，説亦各不同。」又云：「桓字武子，兖州人。博覽群籍，精篆籀之學，官至國子司業。崔所進璽，即桓所作。拾得，札剌國王速渾察之子。」

德州趙侍郎宅掘得古冢，中有女子髑髏一，枕一磁枕。枕上有杜詩「百寶裝腰帶」四句。已上《居易録》。并録一。

《香祖筆記》。德州四牌坊西，居人掘地得古冢，中一石枕上録詩云：「百寶裝腰帶，金絲絡臂韝。笑時花近眼，舞罷錦纏頭。」

常見一貴人買得柴窑盌一枚，其色正碧，流光四照，價餘百金。始憶陸魯望詩：「九秋風露越窑開，奪得千峰翠色來。」可謂妙于形容。唐時謂之秘色也。《香祖筆記》。

宗柟附識：《曝書亭集》詞注：「後周時，請瓷器式，世宗批其狀曰：『雨過天青雲破處，者般顔色作將來。』」又《南宋雜事詩》注：「《五雜組》：柴窑之外，有定、汝、官、哥四種，皆宋器也。傳流至今者，唯哥窑稍易得，蓋其質厚，頗奈藏耳。定、汝白如玉，難於完璧。宋時宮中所用，率銅鈐其口，以是損價。《稗編》：渡江後，修内司造青器，名内窑。澄泥爲範，極其精緻。油色瑩徹，爲世所珍。後郊壇下别立新窑，餘如烏泥窑、餘杭窑、續窑，皆非官窑比，所謂舊越窑不復見矣。《四部稾》：南宋時，處州章生兄弟皆作窑。兄所作者，視弟色稍白，而斷紋多，號白芨碎。又考《古括遺芳》，稱兄所作爲哥窑。《六研齋筆記》：南宋時，餘姚有秘色磁，麄樸而耐久，今人率以官窑目之，不能别白也。」又兄寒坪云：「高江邨《宋均窑缾歌》注：『世傳柴窑色如天，聲如磬，今人得其碎片，皆以裝飾玩具。又宋以白定有芒不堪用，命汝州建青窑器，以瑪瑙末爲油。又南渡後，邵成章提舉後苑，號邵局法。政和間，京師舊製名官窑，進奉之物，臣庶不敢用。又南宋時，處州章生，兄陶者爲哥窑，弟陶者爲龍泉，足皆鐵色。哥窑多斷紋，名百圾破，更見重于世。又鷄缸、寶燒碗、硃砂盤，最爲精緻，價在宋磁上。』《成窑鷄缸歌》注：『成窑酒盃，種類甚多。有名高燒銀燭照紅粧者，一美人持燭照海棠也。錦灰堆者，折枝花果堆四面也。鞦韆盃者，士女戲鞦韆也。龍舟盃者，鬥龍舟也。高士盃者，一面畫周茂叔愛蓮，一面畫陶淵明對菊也。娃娃盃者，五嬰兒相戲也。滿架葡萄者，畫葡萄也。其餘香草、魚藻、瓜茄、八吉祥、優鉢羅花、西番蓮、梵書，名式不一，皆描畫精工，點色深淺，磁色瑩潔而質堅。又鷄缸上畫牡丹，下有子母鷄躍躍欲動。又梅邨作《宣宗餞金蟋蟀盆歌》，以鷄缸爲宣窑。』」又云：「楊致軒先生曾語余，祭紅亦作霽紅，或作際紅，惜不及問其出處。」又《蓉槎蠡説》：「窑器所傳，柴、禹、官、哥、鈞、定，可勿論矣。在勝朝，則有永、宣、成、弘、正、嘉、隆、萬官窑。其品之高下，首成窑，次宣，次永，次嘉，其正、弘、隆、萬，間亦有佳者。其土骨，紫白料法也。垩，藥水法也。底足，火法也。花青，彩畫法也。所忌者三：澤不具曰骨，罅折曰蔑，邊毁剥曰茅。成窑之草蟲可口、子母鷄勸盃、人物蓮子酒盞、草蟲小琖、青花小盞，其質細薄如紙。葡萄靶盃、五色敞口匾肚、齊箸小碟、香合小罐，皆五彩者。成盃茶貴于酒，彩貴于青，其最者鬥鷄可口，謂之鷄缸。神宗時，尚食御前成盃一雙，已值錢十萬。成、宣靶盃，皆非所貴。宣窑之祭紅盃盤，有通體紅者，有紅魚者，百果者。有西紅寶石垩塗燒者，其實光凸起。紫黑者，火候失也。青花，有茶靶盃，畫龍及松梅；有酒靶盃，畫人物、海獸。硃砂祭紅少大器壺物，有色紅鮮白鎖口者，有竹節滷壺、小壺、匾罐，皆罩蓋者。鑪、缾、盃、碟、敞口花尊、蜜漬桶罐，多五彩者。白壇盞，心有壇字暗花。白茶琖，甕肚、釜底、綫足，裏有龍鳳暗花，底有『大明宣德年製』暗款，坐墩有漏花填彩，皆深青地。有藍地填彩，有白地青花，有冰裂紋，其形以拱面爲上，凹面次之，爲其積水故也。又以花款青堊光素品者次之。水注有五彩桃注、石榴注、彩色雙瓜注、雙鴛注、鵞注。筆洗有魚藻洗、葵洗、磬口洗、螭洗。雨臺、鐙檠、幡幢、雀食罐、蟋蟀盆。徐應秋曰：宣窑不獨款式端正，色澤細潤，即其字畫亦精絶。嘗見一茶盞，乃畫『輕羅小扇撲流螢』，其人物毫髮具備，儼然一幅李思訓畫。永窑之壓手杯，傳用可久，撆口、折腰、沙足、滑底，外深青花，内雙獅球，球内篆書『永樂年製』，細如粟米。鴛鴦心次之。近仿蠢厚，約略形似耳。嘉窑泡盃，其極低小罄口者，有三友花者，稱最。水藻者次之，芝草者又次之。壇琖，大、中、小三號，内茶字者爲最，橄欖字、酒字、棗湯字次之，薑湯字又次之。琖色以正白如玉斯美，堊嫩則近青，堊不浄則近黄。其青花、五色二窑器製悉備。有三色魚匾琖，罄口、饅心、圓足。紅鉛小花合子等，有大如錢，有青花，有紅花。蓋永尚厚，成尚薄，宣青尚淡，嘉青尚濃，成青爲蘇渤泥，宣青名麻葉青，宣彩未若成彩淺深入畫也。嘉、萬之回青，特爲幽菁，鮮紅土絶，色正礬紅，而回青盛作。隆窑之秘戲，不入鑒藏。他物汁水瑩厚，如堆脂汁，故名雞皮、橘皮，質料厚實，不易茅蔑也。官窑，坯器乾經年，方用車碾，薄上堊水，候乾數次，故入骨最堅而厚。出火口足堊不滿者，則碾去土堊，更燒之，故有雞、橘紋起。用久，口不茅，身不蔑。其發棱眼、蟹爪紋者，堊中心小疵，反以諗火候之到，亦如宣鑪熱銃，他鑄無及者。至于别見他産者，略疏于後。彭窑，元時戧金匠彭均寶效古定器制，折腰樣者甚佳。土脈細白者，與足（疑當作定。）器相似。青口，欠滋潤，極鬆脆，稱爲新定。近景德倣者，用青田石粉爲骨燒造，名爲粉定，堊麄骨鬆，更不佳。龍泉窑，出浙江處州龍泉縣，與哥窑共一地道釆，時名曰青瓷。明窑移處州府，處州青色土堊，火候較舊龍泉質劣。古器質薄，一種盤底有雙魚，外有銅掇環，體厚者，不佳。象窑，出浙江寧波府象山縣，似定而粗，色帶黄，有蟹爪紋。色白滋潤者高。俱不貴。歐窑，出南直常州府宜興縣，明歐姓者燒造，有倣哥窑紋片者，有倣官鈞窑色者，彩色甚多，皆花盤、匾架諸器不一，舊者頗佳。建窑，出福建泉州府德化縣，其色有甜白、青色，深淺不同。古建瓷薄者絶類宋瓷。盌盞多是擎口，色黑滋潤，有黄兔斑滴珠，大者真。體厚者多，少見薄者。唯佛像最佳。饒器，出江西饒州府浮梁縣景德鎮及廣信府弋陽縣，宋時器色樣甚繁，其淋埿甚肥，靈透與定相近，而稍有異。明官窑皆出於此，其官造窑小而器不多，甚至一窑止燒一器者，蓋取火候和匀周密，而無欹斜、走烟、破窑之失。祭紅以西紅寶石爲埿，又有硃砂點翠、青花點色不同。埿肥，俱有橘皮紋。甜白一種，色如羊脂者，尤可愛重。埿不到，磨去復上，入窑再燒，故椶紋甚厚，久用而不茅蔑。御土窑體薄而潤，最好。素折腰樣茅口者，體薄色潤，瑩白尤佳，其值低于定器。元時燒小定印花者，内有樞府字者，高。新燒大足素者，欠潤。有青色及五色花者，今燒。此器佳者，色白而瑩，最高。青黑色戧金者，多是酒壺、酒盞之屬。吉窑，出江西吉州府廬陵縣永和鎮，色與紫定相類，體厚而質麄，不足貴。宋時有五窑，書公燒者佳。有白、紫二色花餅，大者直數金，小者有花，又有碎器，亦佳。相傳文丞相過此窑，器盡變成玉，遂止不燒。山西窑，出太原府榆次縣、平定州，平陽府霍州又出霍器。陝窑，出平涼府平涼、華亭兩縣。廣東窑，出潮州府。其器與饒器類。高麗窑，器類饒産，有甜白色，而埿乾燥，微近黄，皮麄骨輕，花素不等。細花竟似北定，印花青色者似龍泉，上有白花朵者不甚佳。大食國器，以銅骨爲身，起線，填五彩藥料燒成，俗謂法瑯是也。宋官窑色鮮菁可愛，明官窑亦佳，又謂之鬼國窑。古瓷器，出河南彰德府磁州，與定器相似，但無淚痕，亦有劃花繡花素者，值昂於定。新者不足論也。」

書畫類上

大興趙士通，精於《易》，著《易圖説》，學者稱潛夫先生。慕沈青霞之爲人，學其畫梅，往往奪真。然頗自秘惜。一日，寫一枝於縑素，自題絶句云：「桃杏色相别，李柰性不同。一發寒香後，四子稱下風。」

康熙丁巳，訒庵學士携祝京兆書見眎。其書原本晉人，爲明代之冠。世所傳類顛素草書者，皆贋也。予在廣陵一士大夫家見京兆家書十餘紙，遒美圓勁，與此略相似，信爲希有。至八詩高古，頗近韓文公《琴操》。而京兆自序，擬於白太傅《秦中吟》，殆不然也。已上《漁洋文》。

彭堯諭，號西園公子，河南鹿邑人，官通判，崇禎末頗擅詩名。予年十八九時，與先兄考功同上公車，於北道逆旅見壁上畫蘭石，甚有風致，其旁細字注曰：「西園侍兒喬、施同寫。」中書舍人吴郡文啓美震亨題其後云：「令人羡煞西園老，攜得西施共小喬。」後十餘年重過之，畫猶宛然，題一詩云：「無復湘中見氾人，西園蘭石愴如新。低回十五年前事，只有蛛絲絡暗塵。」此詩不復憶，在京師，彭庶子羡門爲予誦之，附識於此。

丙辰二月，過商丘宋子昭炘户部，觀高房山小幅。有鮮于伯機題云：「素有烟霞疾，開圖見亂山。何當謝塵跡，縛屋住雲間。」趙松雪題云：「每愛侍郎山水，絶與畫史離群。誰似高懷如許，曾看香爐曉雲。」

丁巳秋，嘉禾友人攜示王巖叟畫梅一卷，南昌袁氏家藏，有四明烏斯道十二絶句。

偶過杜子静編修鎮觀畫。一郭河陽摹王宰《平泉圖》，署「臣郭忠恕奉旨摹」。有御府圖書，後有東坡《李氏園詩》，子由書，書法類長公，署「紹聖二年十月二日」。按：長公以元祐八年自定州南遷，紹聖二年公在惠州，少公亦在謫所。而此乃御府所藏，不知何從書之，此爲可疑。吴興趙孟頫子俊跋，以爲李文饒洛陽平泉，且引「隴右諸侯」、「日南太守」之句，而卷首署「李將軍」。畫中有偉丈夫，設臯比亭中，亭下壯士林立，挾弓矢，衣袴褶，顧盻自雄。按：平泉爲衛公别墅，不應稱將軍。若蘇詩，乃爲李茂貞園作，《鳳翔八觀》之一也。茂貞以僖宗光啓三年平李昌符，尋爲鳳翔節度使，園正其時營造。詩中所謂「云昔李將軍，負險乘衰叔」者是也。俗又稱皇后園，蓋謂茂貞之妻，然又不應稱平泉。又杜子美有《王宰山水歌》，所謂「能事不受相促迫，王宰始肯留真蹟」云云，則當是開元、大曆間人，與文饒、茂貞皆不相及，皆不可解。然畫圖清麗，非俗筆。一趙文敏山水卷。山濃水淡，一小舟出没烟靄中，舟上人小如蠅頭，氣韵生動可愛。江岸有牧人驅兩烏牛，一齧水草，一前行昂首，若有待而鳴唤其群者。署「延祐庚申歲子昂」七字。後有陵陽牟巘、漢東孟淳、吴興周魯三詩。又鄒立誠一詩云：「王孫去後草萋萋，故國荒涼路欲迷。夢入江南圖畫裏，緑陰愁煞杜鵑啼。」吴僧妙才詩云：「前汀水暖新蒲緑，鸂鶒鵁鶄日日來。路入平湖半烟樹，片帆何日雨中開。」二詩尤佳。一米元章行草《弈棋圖長歌》，後署「元豐二年爲宏齋」。筆勢奇拔，類黄魯直。詩云：「神仙縹緲何年别，忽此逢迎山石裂。前溪練瀑派玉簾，更後雲林霧痕缺。聚頭磕頷方外人，擔肩抱蟾骨法新。棋枰對弈環座看，誰信樵斧忘青春。我今髪雪三千丈，尚要崑崙撑頂上。爐心且養九轉丹，拂劫銖衣記無恙。」「宏齋出此卷，皆方外一種閲世高人面目，相看皆三生歷劫中崑崙頂上聚首磕頷者，劃然良覿，喜不自勝，爲書其左方。元豐二年，米芾。」後有文休承、王元美二跋。又，元章《九月十一日曉渡揚子》五言古詩墨蹟，有「孤嶼水中圓，遥空海邊闊」之語，殊有陰、何風致。後有董宗伯跋。一梅花道人山水，上方有竹間題五言絶句詩，八分書。

宗枏附識：《藝林伐山》：「米元章之書法，人皆知之，其詩律之妙，人或不盡知也。予愛其《望海樓》一詩云：『雲間鐵甕近青天，縹緲飛樓百尺連。三峽江聲流筆底，六朝帆影落樽前。幾番畫角催紅日，無事滄洲起白烟。忽憶賞心何處是，春風秋月兩茫然。』又《詠潮》云：『怒氣號聲迸海門，州人傳是子胥魂。天排雲陣千家吼，地擁銀山萬馬奔。勢與月輪齊朔望，信如壺漏報朝昏。吴亡越霸成何事，一唱漁歌過遠邨。』又《垂虹亭》一絶云：『斷雲一葉洞庭帆，玉破鱸魚霜破柑。好作新詩繼桑苧，垂虹秋色滿東南。』又《宋詩鈔》小傳：王安石愛其詩，摘書扇上。東坡云：『元章奔逸絶塵之氣，超妙入神之字，清新絶俗之文，相知二十年，恨知公不盡。』答曰：『更有知不盡處。』其風致可想也。有《山林集》十卷，恨未見其全。」

蕭山魏文靖公詩，傳者絶少。壬戌冬，偶見黄子久畫《沙磧圖》一卷，卷尾有文靖題詩云：「江邨望極際春明，匝地人家唤欲譍。芳草一川潮灩灩，嬌鶯隨處柳層層。茅茨逼水通幽島，苔徑穿雲接斷塍。回首夕陽天末墮，老漁猶自未收罾。」秀麗可誦。

康熙辛酉六月，在慈仁寺市，見趙松雪手書杜詩一部，用朱絲欄，字作行楷，末有新鄭高文襄公跋云「趙文敏書，前人以爲上下三千年，縱横十萬里，都無此書」云云。又有管志道跋。

閻立本畫《孝經圖》一卷，褚河南書，故明大内物，後歸孫北海侍郎承澤家。相傳明時東宫出閣，例以此圖爲賜，吴祭酒梅邨偉業詩「每見丹青知聖孝，累朝家法賜東宫」是也。壬戌冬杪，於宋牧仲齋見之。

唐文皇後，唯宋高宗最愛《蘭亭序》，常臨賜群臣，至宮闈亦化之。按：宋桑世昌《蘭亭考》云：「憲聖慈烈皇后嘗臨《蘭亭》帖，佚在人間。咸寧郡王韓世忠得之，表獻。上驗璽文，知是中宮臨本，賜保康軍節度使吴益，刊於石。時紹興十七年秋七月丙寅。」又云：「太后居中宮時，嘗臨《蘭亭》。山陰陸升之代劉珙春帖子云：『内仗朝初退，朝曦滿翠屏。硯池渾不凍，端爲寫《蘭亭》。』」劉後邨跋高宗宸翰云：「大將韓蘄王，高價得硬黄本，以爲逸少真蹟，馳獻，不知其爲椒殿所書也。周必大在翰苑時，作太皇閤帖子云：『筆法似慈皇。』信哉。」

京師外城西南隅聖安寺，寺殿有商喜畫壁。康熙庚申冬，高念東刑侍將歸淄川，予與施愚山、宋牧仲諸詞人飲餞於寺，共爲聯句五十韵。牧仲有句云：「畫壁商喜留。」按：崑山劉璋圭甫明《書畫史》：「商喜，善畫山水、人物。畫虎得勇猛之勢。今大西天經廠殿壁龍神，及大軸文殊普賢變相，亦喜筆。喜宣德中授錦衣衛指揮。」牧仲云「内官」，誤也。

寒山趙凡夫子婦文俶，字端容，妙於丹青。自畫《本草》一部，《楚詞・九歌》、《天問》等皆有圖，曲臻其妙。江上女子周禧，得其《本草》臨倣，亦入妙品。禧弟子姚，亦江陰人，美而艷，作畫得俶遺意。文點，字與也，文肅公孫，俶從姪也。畫有衡山家法，亦善花卉。汪編修琬贈之詩云：「君家道韞擅才華，愛寫徐熙没骨花。曾向兒時窺指訣，筆端桃萼一枝斜。」

南宋馬和之侍郎，常寫《毛詩》進御，畫家稱其行筆飄逸，時人目爲「小吴生」。又云善畫人物、佛像、山水，效吴裝，務去華藻，自成一家。高、孝兩朝深重其畫，每親書《三百篇》，令和之圖寫。戊申歲，在京師得其畫《檜風・羔裘》、《素冠》、《萇楚》、《匪風》四章，每幅書本詩於後，楷法殊妙，有御府圖書。

益都高木王梓，予從女兄之夫，博雅君子也。常遺子晦翁墨蹟一卷，詩云：「風雪集歲晏，揜關聊自休。今晨展遐眺，倚此寒幽巖。顛倒二字。同雲暗空室，皓彩迷林丘。崩奔小澗歇，飛舞增綢繆。仰看鸞鶴翔，俯視江漢流。乾坤有奇變，澒洞驚兩眸。三酌不自温，倚杖空冥搜。悲歌動華薄，璀璨忽滿裘。向來一杯酒，浩蕩千里遊。亦復有兹賞，微言寄清酬。解攜今幾許，光景逝不留。懷人眇山嶽，省己紛愆尤。對此奇絶境，一懽生百憂。茫然發孤詠，遠思誰能收。雪中與林擇之祝弟登劉園之宴坐巖，有懷南嶽舊遊，賦此呈擇之屬和，并寄敬夫兄。乾道三年冬十二月上浣，新安朱熹奉寄。時燈下走筆。」右詩蓋書寄南軒者。昔人謂先生字學曹公，今此書正類東坡先生。卷首有柯敬仲題字，後有歐陽圭齋及大梁班彦功跋。彦功元人，善詞曲者。

元孤雲處士王振鵬畫《維摩不二圖》一卷，自記云：「至大元年二月初一日，拜住怯薛。第二日，隆福宫花園山子上西荷葉殿内，臣王振鵬特奉仁宗皇帝潛邸聖旨，臨金馬雲卿畫《維摩不二圖》草本。」又云：「至大戊申二月，仁宗皇帝在春宫，出張子有平章所進故金馬雲卿繭紙畫《維摩不二圖》，俾臣某臨於東絹，更叙説不二之因。某謹按：釋典有云，《維摩詰所説經》故唐僧皎然詩云：『禪女來相試，將花欲染衣。禪心定不起，還捧舊花歸。』東坡有《坐上戴花詩》云：『結習漸消留不住，却須還與散花天。』又云：『毘耶居士談空處，結習已空花不墜。試教天女御鉛華，千偈瀾翻無一語。』又云：『要令卧疾致文殊。』又《臂痛謁告詩》云：『小閣低窗晏卧温，了然非嘿亦非言。維摩未病吾真病，誰識東坡不二門。』又《維摩塑像詩》云：『當其在時或問法，俛首無言心自知。』杜工部題顧愷之畫維摩像云：『虎頭金粟影，神妙獨難忘。』又東坡題石恪畫維摩云：『試觀石子一處士，麻鞋破帽露兩肘。能使筆端出維摩，神通又過維摩詰。』某詳觀馬雲卿所作《維摩不二圖》，筆意超絶，似亦悟入不二門，豈非神通過於摩詰者乎？某當時奉命臨摹，更爲修飾潤色之。圖成，并書其概略進呈。因得摹本珍藏，暇日展玩以自娱也。東嘉王振鵬。」按：《元史》以功臣木華黎、赤老温、博爾忽、博爾术四族，世領怯薛之長。怯薛，猶言更番宿衛也。

祁縣戴楓仲藏管夫人道昇小畫一幀，有細書十字云：「山迴新綺閣，竹掩舊朱門。」邢子願太僕題云：「竹繞層樓罥網蛛，絲絲縷縷貌曇瞿。倦來素面流輕粉，尚衣羊肝半臂無。」戴博雅有文，與傅青主善，有《半可集》。

辛亥秋，偶觀施愚山閏章所攜書畫。東坡書二通，其一《與柳子玉寶覺師會金山》詩，又其一云：「吕夢得承事年八十三，讀書作詩，手不廢卷。室如懸磬，但貯古今書帖而已。作詩示慈雲老師。」又徐渭畫芭蕉，自題云：「蕉葉屠埋短後衣，墨描鐵鏽虎斑皮。老夫貌此堪誰比，朱亥椎臨袖口時。」筆墨奇肆之甚。

在京師士夫家，見明懷宗愍皇帝御書王維詩：「松風吹解帶，山月照彈琴。」十字筆勢飛動，上有「崇禎建極之寶」。

往見倪雲林小畫，自題詩云：「蕭蕭風雨麥秋寒，把筆臨摹强自寬。賴有俞君相慰藉，松肪筍脯勸加餐。」又在京師人家，見一詩云：「梓樹花開破屋東，鄰墻花信幾番風。閉門睡過兼旬雨，春事依依是夢中。」末題云：「至正癸卯，呈德機徵君。」右二詩皆佳。并録三

《居易録》。先從兄太液士鵠藏倪雲林畫小幅，極瀟灑。上有自題詩云：「蕭蕭風雨麥秋寒，把筆臨摹强自寬。賴有□君相慰藉，松肪筍脯勸加餐。」予少時極愛之。康熙甲辰，在揚州題程孟陽畫，和之矣。適觀卞中丞永譽《書畫考》，有王叔明《自題喬松絶壑圖絶句》，一字不異，第三句缺處是「俞」字。題下又注云：「一本作『至正十三年二月晦日倪瓚寫』，題詩與此同。」味此詩風致，斷是雲林作，然叔明何以勦襲不易一字，殊不可解也。

附録：《居易録》又云：黄鶴山樵畫款或作王子蒙，又或作叔銘。

《香祖筆記》。辛巳冬杪，得倪雲林喬柯竹石小幅，澹逸絶塵，題字尤古勁，真蹟也。詩云：「隱士江陰許士雍，鈿山湖裏泊烟篷。秋來鱸鱠蓴羹美，亦欲東乘萬里風。」後署「甲辰八月倪瓚」。雲林故居在厚

山，地名厚陽。

《漁洋詩話》。余家舊藏倪雲林畫二軸，其一題云：「瀟瀟風雨麥秋寒，把筆臨摹强自寬。賴有俞君相慰藉，松肪筍脯勸加餐。」其一云：「高士江陰許士雍，澱山湖裏泊烟篷。秋來蓴菜鱸魚好，亦欲東乘萬里風。」

嘗見《破窗風雨卷》，武夷山樵者錢惟善題云：「一鐙風雨寒窗破，讀書不知秋怒號。恍如扁舟在江海，但覺四壁皆波濤。對牀高卧無此客，倚劍長歌空二毛。曉看庭樹故無恙，千峰雲氣落青袍。」金蓋山人錢岳題云：「敬亭山下讀書庵，破紙窗寒儘自堪。但怪蛟龍嘶匣底，不知風雨暗江南。雲横黑海秋帆斷，花落彤樓曉夢酣。五色石崩天頂漏，須君手脱巨鰲鐕。」惟善字思復，錢塘人，以《羅刹江賦》得名，號曲江居士，有《江月松風集》。

又羅塞翁畫猿一軸，余鏗題云：「抛却故山久，披圖眼忽明。老夫歸未得，説與曉猿驚。」韓性題云：「栗葉秋未黄，連臂撼山雨。白晝聞清啼，愁雲夢天姥。」數詩皆佳作也。性字明善，魏公八世孫，居紹興，卒謚莊節先生，《元史·儒學》有傳。

程幼洪邑邸中閲宣和御府所藏摩詰《終南草堂圖》，上方横書「王維終南□峰草堂圖」九字，闕一。爲道君御書。倪元鎮題云：「予讀岑参集，有《歸終南草堂》詩。今摩詰之寫是圖也，豈其贈别之作耶？大抵高賢達士，於謝政歸閑之際，不能無詠歌圖繪以贈之。昔盧鴻有《嵩山草堂十圖》，亦猶是也。故徽廟標書以便後之覽者。此幅向爲社南谷先生所藏，予得之，日夕展對，不唯諸品爲之減色，而吾儕之進取，深有藉於斯圖矣。」黄子久題云：「右丞此圖與《雪谿》、《捕魚》二卷同一筆致，而秀婉過之，豈其後先之分耶？」又梅道人吴仲圭、紫芝俞和詩各一篇。

平陽普庵堂有吴道子畫水陸百二十軸。明世宗朝，西河郡王城北有隙地，傳爲廢寺址，其地中間方數尺，雨雪不濡，中夜常見光怪。王令人持畚鍤發之，五丈許得石函，以鐵絚二道束其外。發之，又得錫函，最中函以木。木函啓軸見，乃吴道子真蹟也。王甚珍之。王薨，嗣王以乞揮使吕某。吕又死，其家貧落，寺僧以恒直得之。此崇禎間事。予兄西樵使山右，爲賦長歌，今載集中。已上《池北偶談》。

宗柟附識：考功長歌自序云：「吴生畫筆，其在於今，殆片楮爲重矣。平陽西偏普庵堂水陸社，乃有吴生所畫水陸百二十軸，社之得名以此。姜子綺季爲余言畫所由出，奇甚。因亟求觀，得見三十軸，信奇筆也。遂作歌志之。」其詩後幅云：「此畫出見事亦怪，豐城寶劍同光鋩。朱隱碧黮神理在，絹素古黯增蒼茫。爲臆捉筆百靈急，搜譎抉詭誰容匿。幢纓冠玦天人儀，雲烟龍鬼幽冥色。會稽姜生爲余説，乃得發篋觀奇絶。風塵躑躅難盡窺，安得窮年傍禪悦。」

宋淳熙間，孫紹遠稽仲纂古今人題畫詩八卷爲《聲畫集》。因念六朝已來，題畫詩絶罕見，盛唐如李太白輩，間一爲之，拙劣不工。王季友一篇，雖小有致，不能佳也。杜子美始創爲畫松、畫馬、畫鷹、畫山水諸大篇，搜奇抉奥，筆補造化。嗣是蘇、黄二公，極妍盡態，物無遁形。虞伯生尤專工於此，《學古録》中歌行佳者，皆題畫之作也。入明，劉槎軒、李西涯、沈石田輩，以迨空同、大復，皆擬少陵。子美創始之功偉矣。《居易録》無已上八字。如有好事廣而續之，亦佳事也。

近世畫家專尚南宗，而置華原、營丘、洪谷、河陽諸大家，是特樂其秀潤，憚其雄奇，予未敢以爲定論也。不思史中遷、固，文中韓、柳，詩中甫、愈，子美，河南鞏縣人。近日之空同、大復，不皆北宗乎？牧仲中丞論畫最推北宋數大家，真得祭川先河之義，足破聾瞽，予深服之。其詩之工，又無論已。已上《蠶尾文》。

宗柟案：宋中丞撫蘇時，作《論畫絶句》二十六首，此條乃跋語也。宋詩有云：「李成關仝兩巨手，少年曾見長安中。名家掩映數十輩，彷佛大海當迴風。」「蟹爪樹枝鬼面石，河陽大幅太行圖。挂起淋漓元氣濕，真成驚倒倩人扶。」「平生不識洪谷子，餘子丹青各有長。却訝華亭真放膽，竟從酒肆貶長康。」「華原雪景特雄奇，筆底全將造化窺。韓碑杜句取相況，解道文人即畫師。」其意推崇北宗，故山人云然。且因畫而及詩文，亦似主張北地，然自是確論。又中丞詩自注語最解頤，并録以資談枋云：「一貴官語余曰：『骨董中鏡與劍差足取，以有用也。最無用者，唯畫乎？』余笑曰：『公好官，請以官喻。凡抱關擊柝，各有所司，所謂有用也。若宰相，無專職，而百官之職皆其職。如公言，則宰相最無用矣。世間衣服、飲食、宮室，皆用之適吾身，獨畫用之適吾心。當塵坱勞勞中，忽展名畫，便如置身長林巨壑，心爲一洗。或對古名賢高士，則肅然起敬。畫雖一藝，其用最大。願公勿輕議也。』」

帶經堂詩話卷二十三

記載門五

書畫類下

明皇命李思訓、吴道子各畫嘉陵山水于大同殿壁。王維又别用絹素寫之，謂之小簇。宋王履道詩云：「江山已暗大同殿，絃管猶喧凝碧池。别寫嘉陵三百里，右丞心事與誰知。」《秦蜀驛程後記》。

宗柟附識：勇參云：「《查浦輯聞》：『古畫至唐初皆生絹，吴生、周昉、韓幹後，皆以熱湯半熟，入朴槌如銀，故作人物精彩入神。今人收唐畫，見絹紋粗便謂贋，非也。張僧繇、閻令畫，世所存者，皆生絹。南唐畫皆粗絹，徐熙絹或如布。』愚案：米中丞漫堂嘗言：黑夜以書畫至，摩挲而嗅之，可别真贋。中丞鑒别，自具懸解。然此所云，豈亦以絹素故耶？」

宛平相國王公家一小畫，山溪紅樹間一人騎款段馬，一人執宫扇隨其後，人馬不及寸，而意態生動。題詩云：「騎龍重過到溪頭，紅葉還春碧水流。省得壺中見天地，壺中天地不曾秋。」前有乾卦小圓印，後有「御筆」小印。予曩從祁縣戴楓仲廷栻見明宣宗所畫西山霽雪，筆意與此正相類，定爲宣宗御筆無疑。

金黄華老人王庭筠自書《高歡避暑宫詩》四絶句，詩字皆奇偉，今石刻在汾州府及城武縣學。君實云：曾見所書老杜《宛馬》、《蟋蟀》、《螢火》、《林猿》等四詩，沈頓雄快，與南宋諸老並行南北，非元初巙巙子山輩所及。

户部郎中族姪祚興，康熙丁未進士，常知三水縣，云：「文太青光禄家，婢皆能詩。」曾得其倡和一卷，許貽予。又貽太青書扇一，字畫甚奇怪。詩是《攜内登文昌閣》，有句云：「酒杯好唤中黄老，侍女都看蕚緑華。」

唐詩人，人多慕而寫之，傳于畫圖，如王右丞畫《孟浩然吟詩圖》之類，故白太傅詩云：「兼聞好事者，畫我作屏風。」前蜀房從真嘗畫《常建冒雪入京圖》，見《圖繪寶鑑》。并録二《漁洋詩話》。王右丞畫《孟襄陽吟詩圖》，至今流傳以爲佳話。宣和御府所藏，又有厲歸真畫《常建冒雪入京圖》，蓋當時文人高士爲世所艷慕如此。《古夫于亭雜録》。王右丞畫《孟襄陽吟詩圖》，至今流傳以爲佳話。不知宣和所藏，又有厲歸真所畫《常建冒雪入京圖》。梁溪嚴中允蓀友繩孫以布衣游京師，見先兄西樵洎余，遂欣然爲之寫真，亦古人之誼也。

觀李中丞奉倩家周文矩畫《五王飲酪圖》。按：《宣和畫譜》有文矩《五王避暑圖》四，又《圖畫見聞志》、《玉堂故事》有南唐周文矩《五王飲酪圖》二。《鼊尾文》有「此或其一耳」五字。元人王惲有《五王避暑圖》一絶云：「翠幄留香郁棣華，紅雲縈暖鶺鴒沙。豆萁不免陳思歎，朱李寒泉是浪誇。」見《秋潤集》。

長洲徐枋昭法，隱居靈巘，不入城市。予昔在廣陵時，年甚少，與徐初無介紹，特畫靈芝于縑素見寄，且題款其上，似非泛然者。予嘗有《齋中三詠》，其一曰：「天池白雲裏，寫此商山姿。感君黄綺意，勝食齋房芝。」又金俊明孝章畫梅云：「鄧尉花時雪，幽人日往還。生綃才半樹，忽憶漁洋山。」王光承玠右草書云：「逃名東海上，時復帶經鋤。自是高人筆，非關餓隸書。」三君皆吴中高士也。孝章于辛亥歲曾親寫陶詩見寄，畫梅則壬子寄予兄弟。比至，西樵已殁。聞孝章旋亦捐賓客矣。故予有詩云：「維摩丈室幾黄昏，春草閒房日閉門。成佛生天兩何處，暗香疎影爲招魂。」「當年五字寫柴桑，又寄孤山世外香。一幅生綃千載意，也應配食水仙王。」孝章所居曰春草閒房，十笏草堂，先兄讀書處也。

查嗣瑮德尹以雲林畫索題，云：頃登崧少，道轘轅，謁登封宫詹學士逸庵耿先生介，于其齋中見此幅，歎美不容口。學士言：此故同年友顧見山大申所貽，吾無所需此，撤以相贈云。上方有倪自題詩云：「江城風雨歇，筆硯晚生涼。囊楮未埋没，悲歌何慨慷。秋山翠冉冉，湖水玉汪汪。珍重張高士，閑披對石牀。此余乙未歲戲寫于王雲浦漁莊，忽十八年矣。不意子宜友契藏而不忍棄捐，感懷疇昔，因成五言。壬子七月廿日瓚。」檇李項氏物也。朱竹垞題云：「房山潑墨太糢糊，那似倪迂意匠殊。一片湖光幾株樹，分明秋色小長蘆。」吳天章題云：「經營慘澹意如何，渺渺秋山遠遠波。豈但穠華謝桃李，空林黃葉亦無多。」予亦題二絶句云：「平生不作王門客，莫把倪迂配米顛。最憶推篷寫松石，菰蘆秋雨爇龍涎。」「曾上神嵩眺雒陽，碧伊清洛迴蒼蒼。怪來舒卷烟雲滿，得自盧鴻舊草堂。」

華陰宗人宏撰山史，博物君子也。嘗攜示《蘭亭》「湍流帶右天」五字未損本、唐棣《水仙圖》，乞予作長歌。在關中，蓋張芸叟一流人。

附録：此條前段：山史寄所著《十七帖述》並注，極雋而核。《述》云：「此帖前人謂皆與周益州者。周名撫，字道和。永和三年桓温攻成都，李勢降，以撫代毌丘奥爲益州刺史，進爵建成公，征西都護，進鎮西將軍。在官三十餘年，有惠政。卒，蜀人廟祀之。帖中多言蜀事。又案《淳化帖》有一帖云：『周益州送此邛竹杖，卿尊長，或須此，今送。』則此帖謂是與周者可信。而中有數帖非與周語。《來禽帖》，宋僧邦詩謂與桓宣武，楊用修《四川志》只載八帖是與周，則謂此帖皆是與周者，亦不然也。帖凡二十有七，以第一帖首字名篇，故曰《十七帖》。張彦遠《法書要録》云：『《十七帖》長一丈二尺，即貞觀中内本，一百七行，九百四十三字，是烜赫著名帖也。』黄長睿《東觀餘論》云：『《十七帖》多臨本，永禪師、虞世南、褚庭誨臨字皆不甚遠，故書有數本，皆不同。南唐李後主勒石澄心堂者，乃賀知章臨本。宋魏泰家有硬黄本。淳熙《祕閣續帖》亦有刻，《淳化帖》刻多殘缺。今世所傳，雖非皆右軍真蹟，然皆由于右軍，要皆不及唐人摹刻，卷尾有「敕」字及「解褚勒定」者爲佳也。』」山史工書，嘗刻郭宗昌《金石史》。康熙己未，以博學鴻儒徵，辭病歸。

門人嘉善魏坤禹平持《水邨圖》求題，予爲作四絶句云云，朱竹垞詩云：「緑蘋不礙板橋樁，紅葉常堆老樹腔。他日相過任風雨，抽帆直到讀書窗。」又跋云：「通川錢德鈞居魏塘，趙承旨爲作《水邨圖》，予嘗見其真蹟，信墨寶也。」禹平以水邨自號，吴江徐虹亭檢討亦爲作《水邨圖》，予題之云：「鷗波亭子趙王孫，曾爲錢郎畫水邨。過眼雲烟難再覩，披圖彷彿筆蹤存。」「斜插魚標颺酒旗，柳陰小犬吠笆籬。歸田最是汾湖好，我亦相期作釣師。」既而禹平復至京師，屬李南溟上舍又作此卷。案：德鈞當日亦有二圖，承旨作之于前，薊丘李息齋爲之于後，何古今人事之相類也。姜西溟詩云：「通志堂前前日見，生綃一幅似桃源。不知神物歸何處，留得青衫舊酒痕。」跋云：「曾見松雪公《水邨圖》，主人零落，此圖遂不可復問矣。或云已入祕府。」予一日入朝待漏，偶與陳説巖大司空談及，云曾于大内見松雪真蹟，後有元人題跋甚多，蓋即姜所云也。

宗枏附識：《水邨圖》詠流映古今，遂成禾中勝引。吾高祖贈觀察明孝廉府君，讀書大白居，先給諫廓之爲涉園，前後亦有二圖，先主政暨比部府君屬王叟補雲所作也。其一長卷，曩時名輩賦詠殆遍。山人爲題二律云：「好事張公子，名園顧辟疆。竹林通鶴柴，瀑水激魚梁。海近帆檣集，雲深洞壑藏。塵纓如可濯，圖畫即滄浪。」「檻曲交珠箔，廊迴映綺疏。小山皆婉孌，叢桂亦扶疏。緑樹聞歌鳥，紅泉出縢魚。黄門休沐日，曾此賦閒居。」枏案：《蠶尾續集》「林」作「陰」，「日」作「暇」。前首結聯云：「何如王給事，自繪輞川莊。」次首結聯元注云：「謂同年給事君。」詳味字句，竊謂題卷較勝。其一册子，凡十二幀，雲間楊楷人先生、朱丈初晴及外舅毘陵莊爽軒先生、同里馬兄墨麟俱有題句。今園林蕪矣，葺治爲難，存此二圖，庶後之攬者，或可與水邨並芬齒頰爾。

門人潛江朱載震悔人爲顧舍人貞觀梁汾以《竹罏卷》索詩，王舍人孟端物也。罏在惠山聽松庵，吴文定及見之，與盛侍郎冰壑賦詩相倡和，程篁墩、謝文正、倪文毅皆和，錢鶴灘跋，共爲一卷。文正、篁墩書甚佳，但詩限于韵，亦成、弘前風氣然也。匏庵紀事云：「己亥之春，予過無錫，遊惠山，入聽松庵，觀竹罏，酌第二泉煮茶，嘗賦詩紀其事。今刑部侍郎盛公，無錫人也，謂罏出于故王舍人孟端，制古而雅，乃倣而爲之，且自銘其上。其姪虞字舜臣，性尤好古，來省其伯父，不遠數千里，攜以與俱，予獲觀焉。因取前詩次韵賞之。」詩不具録。前有孟端畫山水，題云：「九龍山人王紱爲真性海上人製。」上人者，聽松庵主僧也。卷首有李西涯篆書「竹罏新詠」四大字。

樓攻媿集《跋宇文廷臣所藏吴彩鸞玉篇鈔》云：「始予讀《文簫傳》，言吴彩鸞書《唐韵》事，疑其不然。後于汪季路尚書家見之，雖不敢必其一日可辦，然亦奇矣，爲之賦詩，且辨其爲陸法言《切韵》。兹見樞密宇文公所藏《玉篇鈔》，則又過之，是尤可寶也。」既謂之鈔，竊以爲如《北堂書鈔》之類，蓋節文耳。以今《玉篇》驗之，果然。不知舊有此鈔而書之耶，抑彩鸞以意去取之耶？有可用之字而略之，有非日用之字而反取之，部居如今本，皆以朱字别之，而三字五字止以墨書，字之次序皆不與今合，皆不可致詰。輒書前歲所與汪氏詩跋于左，庶來者得以覽觀。今《玉篇》唯越本最善，末題「吴氏三十一娘寫」。問之越人，莫有知者。楷法殊精，豈亦彩鸞之苗裔耶？

石田翁《秋山晴靄圖卷》，長三丈餘，筆墨蒼勁，丘壑崇深，殆絶作也。自題云：「向予所臨松雪翁《秋山晴靄卷》，適與匏翁此詩有合，用呈請正，不識當作是觀否？弘治五年四月望後。」有吴匏庵題詩云：「長松忽生風，潨瀨復濺濺。喬岑植秋宇，翠色映雲鮮。中有高世士，攜琴寓心賞。逍遥與物平，道静地相養。恤兹林壑致，本超塵土踪。二者各有取，不必求其同。」末有嘉靖乙丑雅宜山人王寵跋云：「石田翁畫如裴令公，麤服亂頭皆好。」

張伯雨有《鵲華秋色圖詩序》曰：「吴興公自序云：『公謹父齊人也，余通守齊州，罷官來歸，爲公謹説齊之山川，獨華不注最知名，見於《左氏》，而其狀又峻削特立，有足奇者，爲作此圖。其東當作西，則鵲山也。命之曰《鵲華秋色》云。』」張雨賦詩於左：「弁陽老人公謹父，周之孫子猶懷土。南來寄食弁山陽，夢作齊東野人語。濟南别駕平原君，爲貌家山入囊楮。鵲華秋色翠可餐，耕稼漁陶在其下。吴儂白頭不歸去，不如掩卷聽春雨。」此吾郡故實，故録之。公謹名密，著書數種，《齊東野語》其一也。

《中興館閣續録》載南渡祕閣所藏徽宗御題畫三十一軸，八軸有詩，皆絶句，擇其近雅者録於此。《杏花鸚鵡》：「並亞隴雲飛，穩巢文杏枝。高棲良自得，蜂蝶莫相疑。」《桃竹黄鶯》：「出谷傳聲美，遷喬立志高。故教桃竹映，不使近蓬蒿。」已上七軸，有「宣和殿御製並書」七字。《趙昌江梅山茶》：「趙昌下筆摘韶光，一軸黄金滿斟量。借我圭田三百畝，真須買取作花王。」又御書「趙昌奇筆」四字。

宣城梅孝廉淵公清，别字瞿山，以詩名江左，畫山水入妙品，松入神品。數年來罷公車，輯《梅氏詩略》十二卷，始唐梅遠，次宋侍讀學士詢昌言、都官員外郎堯臣聖俞，迄明守箕季豹、鼎祚禹金輩，凡百有八人，寄予請序。又寫黄山十二幅，自題其首云：「漁洋山人十年前曾訊黄海之勝，索予作圖，久而未報。康熙壬申正月，春雪初晴，拈毫灑墨，偶爾成雲，此則天都第一峰也。」又寄畫梅一卷，烟雪歷落，枝幹奇古，似過王孟端。并録一。

《蠶尾續文》。宛陵梅淵公畫松爲天下第一，數寄予畫索賦詩，予爲作七言長句，又題絶句寄之，忽忽已二十年矣。康熙丁丑，聞淵公化去，妙畫通靈，從此永絶。戊寅初度，友人以瞿山十二松册見壽，披對之下，如與故人捉松枝麈尾，坐談於磊砢千尺之間，不勝感歎。

輝縣冀氏世傳楊忠愍公詔獄中畫梅一卷，自題長歌其上，河南提學副使族兄書年際有常見而和之。

王翬，字石谷，自號烏目山人，常熟人。畫與太倉王太常時敏、王廉州鑑齊名江左，稱「三王」。辛未來京師，頗自貴重其畫，不爲人作，獨欲得予一詩爲贈。屢屬諸公通意於予，又特作長幅及册子八幅相遺，其意濃至可感。竹垞題册後云：「王翬老去畫尤工，小幅吴裝倣惠崇。曾上北高峰頂望，郇邨風景似圖中。」八幅其一倣大癡《溪山雨意圖》，一倣王叔明小景，一題「夕陽山外山」，倣巨然，一倣趙吴興《采菱圖》，一倣北苑，一倣黄子久《天池石壁圖》，一寫唐伯虎詩意。詩云：「吴山多近打魚磯，磯上家家住翠微。曉日五竿人未起，查查山鷓遶簷飛。」又：「十月江南未隕霜，青楓欲赤碧梧黄。停橈坐對西山晚，新雁題詩小著行。」

米南宫寫《陰符經》墨蹟細行書，結構精密，神韻溢于楮墨，與世傳刻米書迥别，大似褚河南也。首有黄帝像，兩童子奉劍印侍，前有一鼎，後題「甲申初夏廿日南山米老學書課」，凡十三字。經後書元章及劉巨濟倡和《龍真行》二篇，字尤妙云。《龍真行》爲元章待制林公書，跋云：「秘府右軍書一卷，有一龍形真字印，故作。米芾。」「龍形真字芸香裹，伏日道山聊一啓。媪來鶱去已千年，莫怪癡兒收蠟紙。蕭衍老翁食無肉，錦質繡章能獨侈。不知劫火付冤家，却誤□仙求令史。文皇有金無鑒目，賴取穹官齊押尾。徐生小黠辯茅簷，不道天真難力至。晚薄功名歸一戲，一奩充勝三公貴。牡丹不語人能醉，墨光覺勝朱鉛媚。與身俱生無術治，又染膏肓劉巨濟。」劉涇和：「秦火蕩焚天地赤，孔堂壞後無餘壁。不知科斗六書文，化作龍蛇二王蹟。集賢他日作仙久，官姓篆章存歷歷。自憐黄眼未親逢，一段因依徒奪魄。元章揮灑早驚動，秘篋墨皇曾敬識。孤標未要後生知，劣許下官論莫逆。好奇舉世不多肯，神物尤來終變易。神鋒雙合會有時，真璽一飛無處覓。頗聞秘篋作訛語，别有擾龍招異客。不如乾没歸去來，勝在箇家遭水厄。」「芾自命此書爲跋尾，書唯題于家真蹟後，不寫以遺人。樞密太尉論書詣奥，前篇有『天真難力至』語，後篇知劉倅收書自芾始，故寫獻。」後有跋云：「《米氏小録》云：宣和間聖主命寫小楷，故倣右軍《黄庭》，少酬聖意，不能以備御覽也。余留京師，購得此帖，命工裝潢，與諸子習書，誠可寶愛。堅白老人敬題。」并録一。

《古夫于亭雜録》。米南宮寫《陰符經》墨蹟細行書，結構精密，神韵溢于楮墨，大似褚河南，與世所傳刻米書迥别。卷首有黄帝像，兩童子捧劍印侍，前有一鼎，亦古作也。經後有元章書與劉巨濟倡和《龍真行》二篇，字尤佳。自題云：「祕府右軍書一卷，有一龍形真字印，故作，米芾。」二詩甚奇偉，不具録。米又書後云：「芾自命此書爲跋尾，書唯題於家真蹟後，不寫以遺人。」又云：「樞密太尉論書法奥，前篇有『天真難力至』語，後篇知劉侯收書自芾始，故寫獻。」《陰符經》後題「甲申初夏廿日南山米老學書課」。又堅白老人跋「米氏小録」云云，不知是何許人。此帖昔在京師見之，今不知歸誰氏矣。

予舊爲朱悔人題小竹川山人王叔楚畫竹卷云：「茅齋青壁幾年成，谿路無人略彴横。一夜春雷動崖谷，四山風雨籜龍驚。」爾時但愛其畫之瀟灑，亦不詳叔楚誰何也。讀徐宗伯叔明《海隅集》，有《王山人墓銘》，乃知爲吴嘉定之羅溪人，名翹，字時羽，一字叔楚，詩宗孟郊，山水宗米芾，間出新意，尤工草蟲與竹。婁堅子柔叙其先友，有叔楚名。

吴仲圭《晴江列岫圖》一卷，自題「至正辛卯秋日梅道人寫」，有仲圭小印，文休承、弇州山人二印。鄧文原題詩云：「長江亭亭桑落洲，青山獨傲蘋花秋。邊聲已逐鼓鼙盡，水氣欲挾漁榔浮。謫仙騎鯨五柳老，真景變滅隨沙鷗。空餘秦箏與羌管，斷續不説琵琶愁。梅花庵中解蒼珮，宴作得意毫端收。空青點雲碧痕濕，方諸取月寒光流。江上老翁在何許，似覺頷首相遲留。佳峰稜稜鐵鈎鎖，千樹點點同浮漚。要知翰墨灑清氣，俗子政爾勞雕鎪。山空無人息機事，青眼不與王公酬。揮毫汗漫凛太古，疑跨獨鶴遊磯頭。人在江湖貴適意，底用絶俗藏林丘。披圖覽卷重太息，天際杳靄疑歸舟。」又跋云：「蒲城孫世美編修與予同舟南下，出嘉遯翁所藏梅道人《晴江列岫卷》相示，筆意高古，墨氣淋漓，不在董、巨之下。因作長句題之，不能讚其八法之工也。文原識。」下有「巴西鄧氏善之」印。

《溪山漁釣》一軸，趙松雪畫，故相國真定梁公家物也。松雪自題詩云：「桑苧未成鴻漸隱，丹青聊作虎頭癡。久知圖畫非兒戲，到處雲山是我師。」「溪上先人之敝廬，南山秀色照庭除。何時共買扁舟去，看釣寒江縮項魚。」「晉齋識見超卓，久與僕客京師，情因洽甚。今晉翁先得歸鄉，將與青山爲主賓，漁釣以自適，僕情爲之慚，於其行，畫此以寄意，且爲後會之故事云。」

沈石田《蘭坡圖》有徐武功題詩云：「皋鶴無遺影，坡蘭有古香。只應圖畫裏，便是白雲鄉。」沈氏凝香閣題黃鶴山人《蘭坡圖》。」後有「武功」及「文華殿御考第一人」小印。下方有石田題云：「天全存稿蘭坡句，直是蘭亭價可當。唯我與卿皆得寶，百年臭味莫相忘。」後跋云：「天全先生常題周曾大父《蘭坡圖》，此其存稿也。嗣勳親家索周作圖，連裝成軸，敬識此詩。成化甲辰歲沈周拜題。」武功草書瘦掣如金錯刀法，石田字畫俱草草，然自是真物。

京師見倪元鎮小畫，古木竹石。有余詮題云：「三春雷雨蒼龍角，萬里雲霄翠鳳毛。怪得君家圖畫裏，虛窗涼月夜蕭騷。」唐肅云：「木客夜吟秋露翻，山空無人石榻寒。不似君家子午谷，雲旗晝下玄都壇。」高巽志云：「蒼然古木石巖幽，移得江南一段秋。共説倪君知籀法，數竿瀟灑更風流。」醉樵云：「斷劍故留碧，錯刀終有神。陂陀歲寒意，不似醉時真。」王璲云：「流光冉冉逐驚波，文物空思晉永和。遼鶴重尋舊城郭，當時風致已無多。」又于思緝、盧充耘二詩不具録。倪畫甚蒼秀，諸人字畫亦多工，皆元末人也。

文信公墨蹟一幀，《跋黃文節公書》云：「山谷道人題榮州祖無大師元上人此君軒，如爐鑄鐵，而筆力遒勁，字勢飛颺，猊虎鬭争，蛇龍變幻，莫測去來之迹。是殆日月星辰章於天，山川草木形於地，而不知孰使之然也。古人詩句字畫稱，唐之盛時，詩如李杜，書如顔柳，無加矣。至我宋熙、豐、元祐間，道人者出，不唯可追駕古人，遂至兼取衆長，集之一己云云。吉州文山文天祥跋。」書不必工，有歲寒松柏之氣。

北苑山水卷，首有宣和御筆「董源夏山圖」五字，一中押，上鈐御璽。小米題詩云：「崇山過新雨，蒼翠濃欲滴。林深不通人，谿迴有吟客。日落古道青，天空暮雲碧。何處一聲蟬，幽棲仍自得。紹興五年秋八月，臣米友仁奉敕題。」後有金粟道人元顧阿瑛七言古詩一首，巴西鄧文原次韵一首。

貫休羅漢一卷，後有元統新元四月佛誕日，東海徐憲元度七言古詩，詩不甚工，楊泫、沈周二跋。泫字伯防，不知何許人。

董文敏書白詩二首，烏絲闌，書雜行楷，極工妙。自跋云：「盛唐人亦作達語，如李嶠云：『富貴榮華能幾時，山川滿目淚沾衣。不見祇今汾水上，唯有年年秋雁飛。』頗足動悟，竟無僧氣，予愛其語，録之。」又一卷雜臨宋四家書，自云用顔法，亦妙。

門人户部主事陳子文奕禧工書，所藏陳白沙草書一卷，皆七言絶句，用秃筆書，甚頹放。有白沙像，頗豐偉，似四五十許歲人。湛文簡公題二句云：「坐忘碧玉今何世，獨對青山不著書。」門人湛若水。」

宗柟附識：蕭吏部士瑋《春浮園雜録》：「讀陳白沙詩，頗有興寄深遠者。如《古耶道中有懷》云：『翠烟浮隴麥初齊，社樹青青獨鳥啼。何處相思不相見，木棉花下水門西。』《落花》云：『落花半落流水香，鳴鳩互鳴春日長。美人別我在江浦，欲來不來空斷腸。』『初晴樓上燕飛飛，樓下歌人白紵衣。一曲未終花落去，滿林啼鳥送春歸。』」按：《静志居詩話》：成化間，白沙詩與定山齊稱，號「陳莊體」。然白沙雖宗《擊壤》，源出柴桑，其言曰：「論詩當論性情，論性情先論風韻，無風韻則無詩矣。」故所作未墮惡道，非定山比也。其云「百鍊不如莊定山」，蓋謙辭爾。

陸包山治畫幅十二幀，每幅後有蔡林屋羽題贈啓之詩，凡十二篇。書畫皆入逸品，林屋草書尤逼晉人。包山自跋云：「啓之幸從林屋先生得詩十章，予乃圖之，則又幸附啓之之册者也。觀者不以象外求之，則予之負林屋者多矣。歲己亥三月，陸治識。」首有許初元復題字。惜不知啓之爲何人。

趙松雪畫《杜子美戴笠圖》，深衣烏帽，加竹笠其上，足躡芒鞋，昂首袖手，若行吟之狀。下方有「趙子昂氏」及「松雪齋」印。上有劉崧子高題絶句云「杜陵憔悴鬢如絲，飯顆淒涼日午時」云云。自跋云：「右草堂杜拾遺戴笠小像，吴興趙文敏公所畫。往年余得之高安劉氏，它日與缺三字。徵士觀畫于桃源山中，因持以歸之，併題識其上云。洪武庚申秋仲，珠林生劉崧書。」解春雨又題七言長歌一篇，書法精勁類邢太僕，云：「碧鷄坊裏春風顛，浣花溪邊晴日暄。浩歌缺二字。花弄影，慷慨缺二字。開元前。飯顆山頭憶相見，歷下新亭舊時面。吟詩未遣髭鬢愁，愁絶胡塵暗河縣。平生落筆五嶽摇，調笑不作兒女嬌。錦袍仙人伯仲耳，誰謂有作徒相嘲。詩卷長留兩不滅，玉顔癯骨俱雅絶。萬古詩人照膽寒，松柏蒼然傲冰雪。吴興公子真天人，缺一字。影自與韓衆親。新圖古色照秋水，如此子美方逼真。槎翁老仙我所敬，十年痞瘵遊珠林。新詩妙墨聚片紙，令我觀之諧夙心。嗟余豈是諸公徒，青天空行一事無。紛紛餘子風斯下，獨立唯見明星孤。吁嗟杜陵焉可呼！前翰林解縉書。」右詩不見本集，予平生所見，唯故友宋荔裳琬所刻秦州像，何宇度所刻成都浣花草堂像，皆石本，蓋皆臨松雪畫，而風神不及遠矣。

趙松雪墨梅一卷，甚饒氣韵，後書陳簡齋五絶句，自跋云：「世之論墨梅者，皆以花光爲稱首，而簡齋五絶句誠爲絶唱。余既效花光作《墨梅圖》，復寫此詩于後。大德十一年二月十三日，子昂記。」

唐六如畫温公獨樂園凡七圖，曰讀書堂、弄水軒、釣魚庵、種竹齋、采藥圃、澆花亭、見山臺，自署「正德庚辰春三月上巳，畫於桃花塢夢墨亭中」。泉石竹樹，秀絶軼塵。每幅有文徵仲題五言詩，末有徵仲書《獨樂園記》，跋云：「余觀子畏《獨樂園圖》，徵明十年前所書，不意復覩於江陰黄吉甫家。今日多在病鄉，精神稍減，乘興重録此記于後。書罷，不勝慨然。衡山居士記。」書尤佳。

文徵明畫仙山樓閣，自題詩云：「山半崔巍拱絶壁，誰開雙闕峙青雲。世人欲識仙凡路，霞術星衢自此分。嘉靖乙卯二月既望，爲竹隱作，時年八十有六。」

趙松雪墨菊一幅，題云：「物華有秋菊，頗稱傲霜枝。不謂一莖草，具此松柏姿。當時染翰者，與言可及斯。方外史□。」「化染欒京産異花，都緣地貴寵優加。香同御串應多爽，色比朝衣更有華。□本最宜陶令酒，藥苗尤勝陸生茶。江南處士窺天巧，問是吾宗第幾家。□山潘迪書。」

宋人李崧《觀潮圖》，有張仁遠題詩云：「神鰌怒決滄溟水，浪沸波騰亘天起。巨靈擘山山爲開，玉龍捲雪從東來。腥風撼地坤輿剖，長江萬鼓雷霆吼。雄威欲吞吴越軍，强弩三千皆縮手。金堤既成事已非，錢唐江上開皇畿。雕闌玉檻照東海，貪看秋潮忘黍離。中原不復民易主，百萬貔貅宿沙渚。倚樓望潮潮不來，六帝同歸一丘土。人間廢興何代無，誰能耽樂思艱虞。良工不解寫《無逸》，丹青却作觀潮圖。」

文衡山行書紅白梅花梨花等詩，前有「臣受孔子戒」圖印。

雪中偶過卞令之中丞書舍，觀陸放翁行書古詩一首云：「能自得我心，無入不自得。靈府長優閒，蕉鹿烏能惑。濁醪吞數升，浩氣漫漫塞。醉來隱几酣，屢到華胥國。人生貴適情，何當調語默。」放翁游作。」字極矯健。

附録：《居易録》：卞中丞永譽貽《書畫彙考》六十卷，其自撰也。凡詩文題跋悉載。自序云：「上溯魏晉，下迄元明，大之忠孝之蹟、法戒之圖，小之文章詞翰、江山雲物，釐甲乙，較亥豕，當務即休，退食復然。」故所收視《雲烟過眼録》、《鐵網珊瑚》諸書獨爲詳博，亦游藝不可少之書也。

唐詩人以畫名家者，首薛稷、王右丞，次鄭虔、顧况、張志和、張諲、劉商。《圖繪寶鑑》云：「劉方平工山水樹石，汧國公李勉甚重之。」又：「李林甫善山水，類昭道。」昭道，思訓之子。林甫，思誨子，蓋從兄弟也。

王觳孟端小幅山水，有自題一絶句云：「溪水涵秋鶴影孤，草堂雲冷樹糢糊。相看未遂還山約，空復年來寫畫圖。」又王汝玉、王達善、梁用行、俞行之、韓奕諸人題詩，皆明初吴郡名勝也。

附録：此條前後段：十一月廿六日，小集卞侍郎令之齋中，觀宋江貫道山水巨軸，題曰「山陰會真雪川江參作」。又：董思白宗伯臨黄鶴山樵一軸，作崇山巨壑，瀑布曲注而下，山氣沉鬱，不類文敏他作。自題「辛酉三月玄宰」。

庚辰臘月下浣六日，同田綸霞少司徒雯、吴容大少司寇涵小集卞少司寇令之永譽齋中觀畫，略記其槩。唐吴道子維摩像，殊不清癯，而髮披至額如頭陀狀。大乘山北丘志恩題上方云：「被髮編蒲浄法身，手持經卷現童真。法門不二無言説，慙愧毘耶彼上人。」唐崔徽自寫真，題云：「崔徽病中寫真寄裴使君，但不及卷中人矣。」此似傅會爲之，上有東坡長句，字頗佳。唐伯虎《良知圖爲吴匏庵摹松雪》，自署「壬午花朝」，詩不甚佳，弗及録。圖中二人，偶坐林下，旁有童子，及石鼎、茗具之屬，似是紀朱、陸鵞湖之會，但題作「良知」，殊未雅馴。李伯時《王母獻桃圖》，人物衣裝皆着色，金雷淵題詩並跋。淵字希顔，渾源人，名載《中州集》。趙松雪寫《天育驃騎歌》，上有松雪小篆「杜詩延祐四年九月既望」。柯丹丘古木，劉堪子輿題云：「短日虚窗俯遠郊，高林古木見寒梢。春風一去支離久，無復丹丘彩鳳巢。」

附録：此條中後記所觀他畫云：唐曹霸人馬。又郭熙三松。趙大年《柳莊觀荷》。關穜即仝。《袁安卧雪》大軸，畫雪入妙，一人覆紺衣偃卧草堂中，一人登柴柵窺之，洛陽令却騎徒行雪中，一人執蓋其後，寒態可掬，餘從者四五人，蔽虧林間，一一生動，真奇作也。高房山山水林木，橋道極分明，但烟雲似南宫父子耳。自題「至治元年七月高克恭」。周昉《孟母斷機圖》。趙德齊《瑶島會真圖》。嚴秋月山水。黄筌《榴花黄鸝》。趙松雪山水，自題「至大二年秋九月十日爲進之作」。文徵仲《臨松雪秋山訪隱》，自題「嘉靖壬子年八十有二」。又小幀，元方方壺山水道士。徐賁幼文《眠雲軒圖》，楊基孟載記，書畫皆佳，又有「至正丙午秋八月渤海高啓」字，三子皆明初四傑中人也。又燕文貴山水。李昭道《東華訪道圖》。李伯時《普賢洗象圖》，着色如新。趙松雪《秋郊飲馬圖》，皇慶元年十一月，有奎章閣學士院鑒書博士柯九思跋。錢舜舉《石勒問道圖》，太原王穉登六跋。顧定之竹，題「晚節」兩字，贈恭道人，明初馬治、王達二跋。《鶺鴒圖》，至正庚子張子政作。

昔人題趙松雪畫蘭絶句云：「滋蘭九畹誠多種，不及墨池三兩花。今日國香零落盡，王孫芳草遍天涯。」吾鄉劉孔和字節之，青岳相國鴻訓子也，有《題松雪畫宫女啜茗圖詩》云：「厓山遺恨卷黄沙，彩筆王孫弗憶家。忍向卷中摹舊事，直須羞煞後庭花。」

山谷居黔，有《題蟻蝶圖》六言云：「胡蝶雙飛得意，偶然畢命網羅。群蟻争收墜翼，策勳歸去南柯。」後又遷宜，此圖傳于京師，蔡京見之大怒，將以怨望重其貶，會山谷卒，乃免。小人之禍君子，其毒乃至于此。宋以忠厚開國，然文字之禍，亦他代之所無，而于坡、谷尤甚矣。已上《居易録》。

宗柟案：《居易録》又一條：黄山谷題畫云：「烈風偃草木，客子當藏舟入浦漵中，强人力牽挽，欲何之耶？」數語見道之言，極有味。然蘇之貶惠、貶儋，黄之貶戎、貶宜，皆似未解此者，何也？豈亦能言之而不能行耶？其論與此條指歸自合，蓋一以斥小人，一以警君子。記有之：「夫言豈一端而已，夫各有所當也。」

王孟端《仿雲林古木叢篁》，自跋云：「幽篁古樹玉森森，白石仙人翠作襟。夜月幾驚龍虎立，秋風時聽鳳皇吟。畫圖入思曾飛筆，山水留情獨撫琴。不是遠尋高士宅，何能愜我出塵心。」又季迪和東山逸叟和青箬谿道人四言一首。

歷下孫氏有别墅在濟南郡城西北十里，而近其地四面皆稻塍，與崵、華兩山相望。圃中有泉，相傳趙松雪洗硯泉也。一日，園丁治蔬畦，得石刻于土中，洗剔視之，乃松雪篆書二詩：「抱膝獨對華不注，孤吟四面天風來。泉聲振響暗林壑，山色滴翠落莓苔。散髮不冠弄柔翰，舉杯白月臨空堦。有時扶笻步深谷，長嘯袖染烟霞回。」「竹林深處小亭開，白鶴徐行啄紫苔。羽扇不摇紗帽側，晚凉青鳥忽飛來。」「同知濟南路總管府事趙孟頫題。」松雪篆不多見，此石刓缺處，惜爲石工以意修補，寖失古意。今其地名硯溪，在濼口之北。

史癡翁，金陵人，佯狂玩世，工詩畫樂府，妻號樂清道人，姬人何號白雲，善畫，工篆書，通音律，琵琶得兩京國工張禄之傳。翁每製一曲，即命白雲被之絃索。嘗訪沈石田于吴中，不值，見堂中幨絹素尚未渲染，輒濡墨縱筆作山水，不題姓名而去。石田歸見之，曰：「吾吴中無如此人，必金陵史癡也。」亟追邀之，相見一笑，留石田家三月而後返。

宗柟案：《廣韻》「幨」作橧，豬孟切，開張畫繒也，出《文字指歸》。《正字通》云：幀、幨、幀並同。《通雅》曰：《晉書》志：東海氣如圓窒。焦弱侯曰：窒，俗作幨，絹畫在竹格也，幨即畫幀，今人以一幅爲一幀。《韻寶》引唐詩「吴淞一幀秋」、黄山谷詩「畫出西樓一橧秋」，字别義同。此字詩家不甚習用，向見查田太史評蘇公《烟江疊嶂圖詩》句有云「又添一幨畫外畫」。合觀諸説，其解可無疑耳。

金陵胡宗仁，字彭舉，以畫名，亦工詩，與竟陵鍾伯敬爲友。嘗有與鍾書云：「兄弟子姪皆耽作畫，蓬門畫掩，茗椀罏香，閣筆盈案，妄擬堆笏滿牀。昔人一門五貴，七葉蟬連，寧復過之?」其子玉昆，字元潤，亦工畫。嘗寫杭州宋宫古梅，予題絶句云：「風雨厓山事渺然，故宫疎影自年年。何人寄恨丹青裏，留伴冬青哭杜鵑。」故友合肥李文定容齋天馥極愛此詩，常諷詠之。昔人謂沈石田相城喬木代禪吟寫此，後唯金陵胡氏足以繼之。

朱性甫《鐵網珊瑚》載：鮮于伯機所藏有唐沈傳師墨蹟一絶云：「積雪陰山欲度難，傳更深夜鐵衣寒。將軍破了單于陣，更把兵書子細看。」傳師，元和間名臣，有《嶽麓寺》長句最佳，此詩殊不類唐人風調。

余家藏宋王晉卿《烟江疊嶂圖》長卷，後有米元章書東坡長句。康熙癸未三月萬壽節，九卿皆進古書、書畫爲壽，此卷蒙納入内府。傳旨云：「向來進御，凡畫槩無收者，此卷畫後米字甚佳，故特納之。」

徐渭墨芍藥一軸，甚奇恣，上有自題云：「花是揚州種，瓶是汝州窑。注以東吴水，春風鎖二喬。」字亦怪醜。予少喜渭詩，後再讀，乃不然，只是欠雅馴耳。

倪雲林每作畫，必題一詩，多率意漫興。唯《妮古録》載一詩最佳，云：「十月江南未隕霜，青楓欲赤碧梧黄。停橈坐對西山晚，新雁題詩小著行。」

宗柟案：近刻《清閟閣集》，此詩在七卷中，題作《林亭晚岫》。「十」作「八」，「小」作「已」。前輩《居易録》謂是唐伯虎詩，似誤。

顧阿瑛題文與可竹云：「湖州昔在陵州日，日日逢人寫竹枝。一段枯梢三作折，分明雪後上窗時。」風致不減雲林。

倪雲林小畫一軸，上題字云：「三月四日解后德方郎官、九成掾使于荆溪之上，相從及旬而别。因九成徵予畫並賦詩：剡掾學阮掾，宛然西晉風。百年聊復爾，三語將無同。載酒來谿上，看山入剡中。孤帆逐雲樹，烟雨滿春空。净因庵主瓚。」沈石田摹大癡山水，自題云：「山叠氣未□，衍迤勢叵窮。溪壑互中涵，草樹發青紅。縹緲神仙居，隱現金銀宫。飛霞隔鸞鶴，叢笙思閬風。誰從此招手，度我逍遥翁。時弘治辛亥九月下浣，沈周。」右二幅，皆于濟南朱氏楓香閣觀。

元人《士女惜花圖》，叢花片石，予昔藏江上女子周禧畫《惜花春起早》一幀，似是臨摹此畫。上方有潘純、張雨、倪瓚、錢惟善四詩。錢詩云：「庭院無人春已深，東風吹老惜花心。自知命薄難承寵，不費長門買賦金。」頗有寄託。予少時有「詠梅妃」《減字木蘭花》一闋云：「天然姿媚，比似梅花應不異。一斛珍珠，得似鮫人淚點無？文園老去，恨煞無人能解賦。我見應憐，不索長門買賦錢。」意各别而語相似。已上《香祖筆記》。

宗柟案：《分甘餘話》：余少時喜作長短句，《詠楊花》云：「陌上樓前，消得香閨幾日憐。」又云：「欲問三生絶可憐，又化浮萍去。」意致婉約，余每喜誦之。

戴本孝，字務旃，和州人，詩畫皆絶俗。常貽余畫册，自題詩云：「叢薄何蓊蘙，喬木無餘陰。斧斤向天地，悲風摧我心。不知時榮者，何以答高深。」「草木亦争榮，攀援與依附。凌霄桑寄生，滋蔓尚可懼。惜哉不防微，良材化枯樹。」在京師，一夕聞人談二華之奇，晨起即襆被往遊，其興會不羈如此。弟移孝，字無忝。并録一。

《池北偶談》。戴本孝詩畫皆超絶，弟迻孝，四十不娶，亦有詩名，皆老於布衣。本孝貽予畫，自題詩云：「叢薄何蓊蘙，喬木無餘陰。斧斤向天地，悲風摧我心。不知時榮者，何以答高深。」又云：「草木自争榮，攀援與依附。凌霄桑寄生，滋蔓尚可懼。惜哉不防微，良材化枯樹。」

長洲文與也點，衡山裔孫，畫有家法。常爲鄢陵梁曰緝熙作《江邨讀書圖》，汪苕文琬題詩云：「鄢陵塈色平如掌，也有江南此景無。」余見之，曰：「吴子乃爾輕薄！」苕文笑曰：「子勿多言，行且及子。」乃賦一絶云：「髣髴春江緑樹陰，幾回掩卷幾沉吟。江南與汝干何事，賦得愁心爾許深。」以余詩有「江花江鳥不相識，寫向丹青俱眼明」之句云。余又題《茗文讀書圖》云：「朱門鼎鼎厭梁肉，忍飢誦經無此人。娜如山中好水石，他年真作孟家鄰。」「娜如」即雅宜山也。

唐杜牧之《張好好詩並序》真蹟，卷用硬黄紙，高一尺一寸五分，長六尺四寸，末闕六字，與本集不同者二十許字。卷首楷書「唐杜牧張好好詩」，宣和御筆也。又「御書」葫蘆印、雙龍小璽、「宣和」連珠印，後有「政和」長印、「政和」連珠印、「神品」小印、「内府圖書」之印。董其昌跋云：「樊川此書，深得六朝人氣韵。余所見顔、柳以後，若温飛卿與牧之，亦名家也。」愚按《宣和書譜》，唐詩人善書者，賀知章、李白、張籍、白居易、許渾、司空圖、吴融、韓偓、杜牧，而不載温飛卿，然余從它處見李商隱書，亦絶妙。知唐人無不工書者，特爲詩所掩耳。此卷今藏宋太宰牧仲家。已上《漁洋詩話》。

往在京師，於卞中丞家觀《袁安卧雪圖》，人物生動，林木籬落間積雪皓然，鬚眉衣裘皆有寒色。因憶宋真宗嘗以此圖賜王欽若，令至金陵擇江山最佳處張之，因置諸賞心亭。太平佳話，千載而下，談之齒頰俱芬，不知即此本否？但以之賜欽若，不免夜光暗投耳。數年來，此畫往來胸臆，欲賦一詩，終不能成，聊記於此。《古夫于亭雜録》。

崔子忠，字青蚓，又字道母，登州萊陽人，居京師，工畫山水人物。王崇節，字筠侶，文貞之弟，文靖季父也。官把總，生於閥閲，而任誕不羈，視富貴蔑如也。畫學青蚓，京師貴之。故相國梁公玉立清標常以筠侶畫草蟲索題，余賦二絶句云：「髯翁任誕如忠恕，脱屣朱門傲五侯。肯爲尚書寫幽興，碧花紅穗草堂秋。」「一幅丹青顧野王，草根纖意曲籬旁。風懷磊落如公少，便注蟲魚也未妨。」

余門人廣陵宗梅岑，名元鼎，居東原。其詩本《才調集》，風華婉媚，自成一家。（常）〔嘗〕題吴江顧樵小畫寄余京師云：「青山野寺紅楓樹，黄草人家白酒篘。日莫江南堪畫處，數聲漁笛起汀洲。」余賦絶句報之云：「東原佳句紅楓樹，付與丹青顧愷之。把玩居然成兩絶，詩中有畫畫中詩。」顧字樵水，亦名士。

王槩，字安節，金陵人，方螽山文之女夫也。工詩畫，常見其題山水小幅一絶云：「湖干路僻無車馬，葭菼蒼蒼冷到天。長日接䍦慵不著，草堂閑對鷺鷀眠。」

吕紀梅花雙鶴一幅，最高雅。己丑歲除，題一詩於左方云：「嫩寒春曉遊人少，繫艇孤山籬落間。想見西湖林處士，妻梅子鶴一生閑。」紀，四明人，字廷振，與林良先後以花卉翎毛得名。二人俱官錦衣衛指揮，名見《圖繪寶鑑》。

黄研旅乂以《出塞》、《度嶺》二圖索題，爲賦三絶句云：「戍樓吹角度渝關，回首孤城海氣環。下馬戰場須痛飲，朔雲飛雪十三山。」右《出塞》。「曾詢衣鉢問南華，身到曹溪六祖家。今日披圖猶髣髴，越王修竹佛桑花。」「荔子初紅江水長，鷓鴣啼處到蠻鄉。嶺南耆舊凋零盡，誰與斑騅送陸郎。」右《度嶺》。

門人程友聲鳴，畫既超詣，詩復雋逸拔俗。近爲余寫夫于亭二圖，題句皆佳。竹垞曾集成語贈之云：「吐詞合風騷，愛畫入骨髓。」又每稱其詩爲畫所掩，良然。已上《分甘餘話》。并録一。

同上。新安畫派多以漸江爲宗，門人程友聲獨遠宗董、巨。嘗爲余作《夫于亭圖》及「緑楊城郭是揚州」之句，皆得古人六法三昧。

附録：《香祖筆記》：《輟耕録》言：或題畫曰「特健藥」，不喻其義。予因思昔人如秦少游觀《輞川圖》而愈疾，而黄大癡、曹雲西、沈石田、文衡山輩，皆工畫，皆享大年，人謂是烟雲供養。則特健藥之名，不亦宜乎？

帶經堂詩話卷二十四

記載門六

警悟類

馮銀，字汝白，瓊山人，教諭源之女，歸唐繼祖。（常）〔嘗〕割股愈姑疾。訓子以聖賢之學，嘗作《遷居序》曰：「吾與子觀書，至顔子簞瓢陋巷，舍書而作曰：吾與顔氏之子同儔哉！吾雖居陋巷，朝焉命僕以耕，則有餘食矣。夜焉督婢而織，則有餘衣矣。暇則與子觀書，則有餘樂矣。又聞父祖嘗愛山谷『不可斷讀書種子』之言，予實有契于中，不自知其陋也。」《自序》云：「昔先人在福建之龍岩，而予始生。再任江西之新城，而予始聞詩禮之訓。」常有句云：「三春花木空青翠，千載松楸自緑陰。」《皇華紀聞》

先祖方伯公年九十餘，素不喜修煉之説，恒揭「寧静澹泊」四字於壁。讀書眠食外，唯瞑坐調息而已。嘗有《答侯晉陽大參》一絶句云：「問予何事容顔好，曾受高人秘法傳。打疊身心無一事，饑來喫飯倦時眠。」按：「饑來喫飯倦時眠」，乃《傳燈録》義海禪師語也。

蘇門孫徵君鍾元先生奇逢，以康熙乙卯卒，年九十二矣。其《自贊》云：「問爾爲誰，曰歲寒氏。歲既云寒，爾何爲爾？曰幼讀書，妄意青紫。長知立身，頗愛廉耻。雖困公車，屢蒙薦起。骨脆膽薄，不慕榮仕。衣厭文繡，食甘糠秕。隱不在山，逸不在水。隱於舉人，七十年矣。繞膝多男，及門有士。老而學《易》，欲採厥旨。聊以卒歲，如斯而已。」常語門人曰：「讀有字底書，要識無字底理。」又曰：「予五十年始識得一貧字。嘗有詩云：『爲人百歲只爲子，學道終身總學貧。定力原從貧處得，猿啼鬼嘯也成鄰。』」

附録：此條後段：先生嘗題壁云：「人生最繫戀者過去，最冀望者未來，最悠忽者見在。夫過去已成逝水，勿容繫也；未來茫如捕風，勿容冀也；獨此見在之頃，或窮或通，時行時止，自有當然之道，應盡之心，乃悠悠忽忽，姑俟異日，諉責他人，歲月虚擲，良可浩歎。」

蔣虎臣先生超，金壇人，自號華陽山人。幼耽禪寂，不茹葷酒。順治丁亥，年二十三，以一甲第三人及第，入翰林。二十餘載卒山居，僅自編修進修撰，終於史官。性好山水，遍遊五岳及黄山、九華、匡廬、天台、武當，不避蛇虎。晚自史館以病請告，不歸江南，附楚舟上峽，入峨眉山，以癸丑正月卒於峨眉之伏虎寺。臨化有詩云：「偶向鑊湯求避熱，那從大海去翻身。功名傀儡場中物，妻子枯髏隊裏人。」

刑書桐城姚端恪公文然，真實經濟人也。其好生之念，尤出天性。常拈句云：「嘗覺胸中生意滿，須知世上苦人多。」命諸子各録一紙，粘於壁。公戊子典山東試，闈中得先考功兄卷，異之曰：「他日必爲風雅名家。」

淄川高念東侍郎，少時與兄解元繩東瑋同舉省試，公車北上，謁鄒平尚書華東張公延登。公言：「君輩少年登第，不啻登仙。老夫少年意氣亦爾，今老矣，迴憶五十年中，功名、官職都如嚼蠟，更數十年，君閱歷當自知之。」公辛巳以南總憲考滿過家，薨於里第。司寇及兄癸未、丙戌先後成進士，司寇入翰林，十年至佐銓，已乃以事左遷，又十餘年再貳司寇。憶尚書之語，慨然賦詩云：「翹車北指五雲邊，緒論追陪豈偶然。晚節功名如嚼蠟，少年科第似登仙。曠懷久矣推先輩，微語還堪悟後賢。畢竟山中煨芋好，十年宰相亦堪憐。」

宗柟案：淄川學佛，故其詩云然。即鄒平所言，亦是莊列之旨。然下視世之熏心富貴，鐘鳴漏盡而不知休者，固如置身百尺樓頭矣。愚嘗讀《容齋隨筆》一則，與卷中諸條同旨，并録以發深省云。「士之處世，視富貴利禄，當如優伶之爲參軍，方其據几正坐，噫嗚訶箠，群優拱而聽命，戲罷則亦已矣。見紛華盛麗，當如老人之撫節物。以上元、清明言之，方少年壯盛，晝夜出遊，若恐不暇。燈收花暮，輒悵然移日不能忘。老人則不然，未嘗置欣戚於胸中也。覩金珠珍玩，當如小兒之弄戲劇。方雜然前陳，疑若可悦，即委之以去，了無戀想。遭横逆機穽，當如醉人之受駡辱。耳無所聞，目無所見，酒醒之後，所以爲我者自若也。何所加損哉？」

太倉吴梅邨偉業祭酒，辛亥元旦夢上帝召爲泰山府君，是歲病革。有絶命詞云：「忍死偷生廿載餘，而今罪孽怎消除。受恩欠債須填補，縱比鴻毛也不如。」餘三章不具録。先是，先生嘗病中賦《賀新郎》詞云：「萬事催華髮，論龔生、天年竟夭，高名難没。吾病難將醫藥治，耿耿胸中熱血。待灑向、西風殘月。剖却心肝今置地，問華佗解我腸千結。追往恨，倍淒咽。　故人慷慨多奇節。爲當年、沈吟不斷，草間偷活。艾灸眉頭瓜噴鼻，今日須難决絶。早患苦、重來千叠。脱屣妻孥非易事，竟一錢不值何須説。人世事，幾完缺。」時浙西僧水月年百餘歲，能前知，先生病亟，挐舟迎之，至則曰：「公元旦夢告之矣，何必更問老僧。」遂卒。

超一子者，廣陵殷氏女，早寡，學道三年，坐化。遺詩偈一卷，有云：「静中無箇事，反復弄虚空。地老天荒後，魂飛魄喪中。有師開道統，無法度愚蒙。忽底虚空碎，夕陽依舊紅。」又《看花》云：「土來澆灌水來栽，顛倒工夫任我來。滿院春風花自語，不將顔色向人開。」

梁國兒仕姚秦，封平輿侯。嘗於平凉自作壽冢，將妻妾入冢飲讌，酒酣升靈牀而歌。八十餘乃卒。可謂達者。近淄川高侍郎念東珩亦自作生壙，時與友人唐翰林濟武夢賚飲酒賦詩其中。德州程工部正夫先貞自作一棺，題曰「休息庵」，自作銘刻其上，酒酣便即偃卧。有詩云：「板屋蕭然密四周，愚人息矣聖人休。百年恍惚真疑夢，萬事紛紜已到頭。廣柳何時催去駕，猗蘭此夕詠閑愁。相煩雅客來欣賞，莫待遥憐土一丘。」已上《池北偶談》。

唐人題平泉詩云：「卓女壚前金線柳，隋家堤畔錦帆風。貪爲兩地行霖雨，不見池蓮照水紅。」宋賈文元題潞公許昌别業云：「畫船載酒及芳辰，丞相園林潩水濱。虎節麟符抛不得，却將清景付閑人。」乃知古來賢達之流，自其少壯多從仕宦，所謂園林水石之樂，固不易得。縱得之，而終其身汩没於形勢之途，奔走於江湖崎嶇之地，曾不獲一日從容晏息其間。雖得之，而與不得者無以異也。《蠶尾續文》。

近京師筵席多尚異味，予酒次戲占絶句云：「灤鯽黄羊滿玉盤，萊雞紫蟹等閒看。不如隨分閒茶飯，春韭秋崧未是難。」嘗憶前輩有詩云：「秋來霜露滿東園，蘆菔生兒芥有孫。我與何曾同一飽，不知何苦食雞豚。」每喜諷之，此仁人所當念也。

宗枏案：所引一絶乃蘇公《擷菜詩》。自序云：「吾借王參軍地種菜，不及半畝，而吾與過子終年飽菜。夜半飲醉，無以解酒，輒擷菜煮之。味含土膏，氣飽風露，雖粱肉不能及也。人生須底物而更貪耶？」語亦可味，並綴之。

《玉堂雜記》載孝宗和史相浩錫宴澄碧殿詩云：「朕瘠天下肥，至樂無易此。」此其所以爲孝宗也歟！已上《居易録》。

韓宗伯菼所居在宣武門外，與胡侍講任輿爲鄰。韓逝未浹月，胡亦病卒。胡，甲戌狀元也。乙丑狀元陸侍講肯堂先卒于此宅。陸是科會元，胡甲子江南解元，皆兩掄元。樊川詩云：「家住城南杜曲旁，兩株仙桂一時芳。禪師都未知名姓，始信空門意味長。」諒哉！《香祖筆記》。

李逢吉書堂在凌雲峰下，今爲折桂寺。朱文公有詩曰：「竹帛有遺臭，桂樹徒芬芳。」鄭元素者，唐末劇賊温韜之甥也。韜殛死，元素避禍南徙，居廬山青牛谷四十餘年，積書數千卷。今廬山、南康諸誌，皆載鄭元素隱居，與楊衡、苻載並列，亦失倫矣。惜無如文公者刊正之。已下諷刺附。《皇華紀聞》。

王介甫《白鶴吟》云「白鶴聲可憐，紅鶴聲可惡。白鶴静無匹，紅鶴喧無數。白鶴招不來，紅鶴揮不去。長松受穢死，乃以紅鶴故」云云。當介甫得政變法，争新法者白鶴也，所謂「招不來」者是也。吕惠卿之流，乃紅鶴也，所謂「揮不去」者是也。介甫之受穢，豈不以惠卿輩耶？此老好惡顛倒至此，可憐哉！《池北偶談》。

宋有杜善甫者，濟南名士，善爲詩。時有掌兵官遠戍，其妻宴客，竟夕笙歌，善甫賦詩云：「高燒銀燭照雲鬟，沸耳笙歌徹夜闌。不念征西人萬里，玉關霜重鐵衣寒。」聞者韙之。詩見《山書隨筆》。《香祖筆記》。

高侍郎念東珩《和寒山子》詩云：「詆佛耽空處，空於世何益。此言影響耳，元未究實際。空者空情想，空者空慾嗜。空者空煩惱，空者空榮利。未發之謂中，試想歸何處。真空乃妙有，此中生天地。空有即中和，豈得妄同異。鴟鼠笑鴻鵠，下士多苛議。學術本上乘，反訾無利濟。試看王陽明，勳業名當世。吹毛詆良知，又謂學乖刺。旨哉古人言，蚍蜉撼大樹。」又：「世儒詆仙佛，此亦不足怪。弟子不如師，門風坐頹敗。兩家之兒孫，其行同乞丐。都是師子蟲，反把師子壞。即如所謂儒，科第事冠蓋。豈徒周孔羞，那是程朱派。所以秦始皇，辣手亦痛快。」前一首破卻頑空，後一首説盡三教末流之弊。

息夫人廟今曰桃花夫人廟，王摩詰詩云：「莫以今時寵，能忘舊日恩。看花滿眼淚，不共楚王言。」杜牧之詩云：「細腰宮裏露桃新，脈脈無言度幾春。至竟息亡緣底事，可憐金谷墜樓人。」近益都孫相國沚亭廷銓詩云：「無言空有恨，兒女粲成行。」則以詼嘲出之，令人絶倒。已上《古夫于亭雜録》。并録一。

《居易録》。謝鎮西妾阿妃有國色，甚善吹笛。謝亡，阿妃誓不嫁，北原誤「比」。中郎將郄曇以計得之，阿妃終身不與曇言，此與息夫人極相似。王右丞《息嬀怨》云：「看花滿眼淚，不共楚王言。」意尚含蓄。吾鄉孫文定公沚亭《詠息夫人》詩云：「無言空有恨，兒女粲成行。」讀之輒失笑，以贈阿妃，不知當作何對也。

裁正類

永叔謝執政，買田于潁，葬于鄭，終身不歸。宋士大夫流俗揃染，輕去其鄉，雖賢者不免。故周公必大歸田日，尹直卿以詩賀之曰：「六一先生薄吉州，歸田去作潁昌遊。我公不向螺江住，羞殺青原白鷺洲。」蓋于永叔有微詞焉。《皇華紀聞》。并録一。

《居易録》。歐陽永叔致仕，乞居潁，終其身不歸廬陵。前人議者不一，洪文敏《二筆》駁之尤詳。略云：歐公吉人，其父崇公葬于其里之瀧岡，「瀧」原誤作「隴」。公自爲《阡表》。而公中年乃欲居潁，其《思潁詩序》云云，逍遥於潁，蓋無幾時，惜無一語及松楸之思。崇公唯一子，公生四子，皆爲潁人，瀧岡之土，遂無復有子孫臨之。是因一代貴顯，而墳墓乃隔爲他壤。予每讀之，輒爲太息。嗟乎！此文不作可也。此言雖起永叔於九原，不知何以自解於不孝之罪？

宗楙案：文忠不歸廬陵，前賢論之甚正。愚讀歐陽原功《圭齋集》，中有《送振先宗丈歸祖庭詩小序》云：「歐陽公晚年乞守洪州，累表不得請，於是歸江右之志遂不果。余詩所謂其居偏方，熟於歐文者能知之。蓋公之不歸廬陵，其志深有可諒者矣。南渡以後，宋人多議公此事，洪景盧、楊廷秀之賢，亦未免有此意。甚者謂公子孫居潁，爲金人所戕而遂絶，是大不然。近年奉詔修三史，一日於翰林故府中擴金人遺書，得元遺山裕之手寫《壬辰雜編》一帙，中言『安平都尉完顔斜烈，漢名鼎，字國器，嘗鎮商州，偶搜伏，於竹林中得歐公子孫甚多，以歐公之故，並其族屬鄉里三千餘人悉縱遣之。』則知未嘗殲於金兵也。此好事者爲之辭明矣。元遺山金士領袖，生平極重歐公，嘗有詩云：『九原如可作，吾願從歐陽。』北人至今佩服其言。振先歸，以似鄉先生桂隱劉公一觀。」云云。圭齋之言，特爲文忠諒其志，並爲後事白其誣，附識以諗論世之君子。又案《蜀道驛程記》：新鄭縣，宋名臣王沂公、魯簡肅公、歐陽文忠公、吕正獻公皆葬于此。蓋潁川在宋時爲近畿，卿相多賜葬地。他如范蜀公葬襄城，楊文公、蔡文忠公、晏元獻公、宋元獻公兄弟皆葬禹州，不歸葬也。第世之仕宦遷流，輕棄其先人墳墓者，固不得藉口前賢耳。

元裕之撰《中州集》，其小傳足備金源一代故實。虞山極喜之，晚年撰明《列朝詩集》，略倣元例。然元書大有紕謬，如載諸相詩，取宋叛臣劉豫、杜充之類。蔡松年史稱便佞元首，推其家學，且取其論王夷甫、王逸少之語，略無貶詞。曲筆如此，豈足徵信而顧倣之哉？

《滄浪集》有《及第後與同年宴李丞相宅》詩云：「拔身泥滓底，飄迹雲霄上。氣和朝言甘，夢好夕魂王。軒眉失舊斂，舉意有新況。爽如秋後鷹，榮若凱旋將。」一第常事，而津津道之如此，子美之早廢不達，已略可見矣。昔人議孟郊「春風得意馬蹄疾」之作，子美何以異此？

宗柟附識：兄寒坪云：「唐人得第渡江詩：『江神也世情，爲我風色好。』其陋相同。」勇參云：「陸永修先生評滄浪此詩云：『及第乃爾足快，公等亦不免此耶！』與山人之論亦同。」

梁徐悱妻劉氏令嫺，孝綽之妹，盛有才名，其祭悱文清綺可誦。及讀《玉臺新詠》所載令嫺詩，如《光宅寺》云：「長廊欣目送，廣殿悦逢迎。何當曲房裹，幽隱無人聲。」又有《期不至》云：「黄昏信使斷，銜怨心悽悽。迴燈向下榻，轉面闇中啼。」正如高仲武所云：「形質既雌，詞意亦蕩。」勉名臣，悱名士，得此才女，抑不幸耶？

杜甫《進封西岳賦表》有云：「維岳授陛下元弼，克生司空。」按《舊書》紀，天寶九載正月，群臣請封西岳，從之。二月辛亥，西岳廟災，制停封。二月，右相楊國忠守司空，天雨黄土，霑於朝服。杜所謂元弼、司空，謂國忠也。國忠以椒房進，夤緣三公，天下知其非據，而甫獨引《大雅》甫、申之詞以諛之，可謂無恥。他日作《麗人行》，又云「愼莫近前丞相嗔」，乃自爲矛盾。杜固詩史，其人品未可知，顧自許稷契，亦妄矣。已上《池北偶談》。

宗柟附識：兄寒坪云：「案《舊書》，天寶十三載二月，右相楊國忠守司空，玄宗御製《西岳碑文》云『十有一載孟冬之月』，似封西岳在前，而國忠受册司空在後。朱注《年譜》但據表中『年過四十』語，以爲進表當在十三載，史無明文，終屬臆斷之辭。其爲十一載、十二載，亦未可知。疑杜所稱司空，未必便指國忠。即指國忠，而此外别無諂頌之語，在老杜未必矛盾至此。又《全唐詩録》年表杜《麗人行》作于天寶四載，則在《進封西岳表》之前，所云『他日』亦未合。」枏案：杜集中蒿目時艱，憂心國是，任舉一事一物，獨見其大，故有「詩史」之目。若《進封西岳表》，稱引失倫，固屬詞賦家之陋。即其自許稷契，少陵果足當之乎？今案《通鑒》，天寶十三載二月丁丑，楊國忠進位司空。甲申，臨軒册命。與《舊書》合。又證之《唐會要》，臨軒册三公，自神龍已來册禮久廢，唯天寶末册楊國忠爲司空云云。是表語中元弼、司空確指國忠無疑。蓋御製碑文，自在十一載，既因廟災停封，踰年成禮，而少陵進賦，乃在十三載耳。箋注《年譜》國忠守司空受册及少陵進《封西岳》、賦《麗人行》俱係于天寶十三載，實足據依。至《全唐詩録》年表載《麗人行》云云，當天寶四載，國忠猶名釗未改，方隨供奉官出入禁中，改金吾兵曹參軍，結處「丞相」何以稱焉？竊謂山人此條時事簡核，特訾議稍過，亦緣視杜公身分太高耳。輒就家兄所疑而詳著之。

新建徐世溥巨源《居易録》無「新建」、「巨源」四字。作《諸葛武侯無成論》，狂誖無忌憚。薛能詩：「當年諸葛成何事，只合終身作卧龍。」後人非之。及周岌之難，人以爲口業之報。《該聞録》云：「薛能從事西川，每短諸葛功業，厚誣之，見於詩不一而足，竟不免許州之禍。」世溥晚死于盜，安知非口業之報哉。斯論也罪浮于能矣。《蠶尾文》。

江盈科進之集中咏張浚一絶句云：「禹聖安能蓋鯀凶，曲端寃與岳飛同。何人爲立將軍廟，更把頑金鑄魏公。」予昔于慈仁寺市覩浚墨蹟極劣，因題一詩跋其後云：「巴西白骨接符離，二十年中幾喪師。太息長城君自壞，軍中空卓曲端旗。」宋岳侍郎珂著《桯史》，述曲端本末甚詳。并録一。《居易録》。予嘗薄張浚之人，有題其墨蹟一詩，並載江盈科進之詩於前卷。頃又見王弱生《讀宋史張浚傳》二絶句云：「一立彤墀喙便長，有時鮑老也當場。富平未起符離又，可悔彈文到李綱。」「十萬良家等蟣蠓，符離一夕水流紅。魏公心法由來異，鼻息如雷學寇公。」此詩尤先得我心之同然者。

宗柟附識：袁中郎《宿朱仙鎮》絶句云：「祠前簫鼓賽如雲，立石争鐫弔古文。一等英雄含恨死，幾時論定曲將軍。」愚昔遊汴梁，取道朱仙鎮，曾於馬上諷誦數過，悲惋移時。殆與江僉事作同爲直道之遺。竹垞老人所謂助我張目，山人所謂先得我心者也。

偶看鍾繇《戎路帖》，因憶亡友韓郎中詩聖秋姬人某氏，好臨摹晉唐人法帖，獨廢鍾書。韓詰所以，對曰：「季漢正統，關侯忠義，而斥以賊帥，狂誖甚矣。書雖工，抑何足道！」韓有詩記其事云：「誰知太傅千年後，敗闕端從戎路開。」

予曩與亡友葉文敏論牛李之黨，李爲君子，牛爲小人，勿論兩人本末，即視其所與之友可知。文敏不甚以爲然。適觀眉山唐庚集《寄郭潛夫》詩云：「黔江清且碧，瀘江濁而紅。須臾盡變濁，混混顔色同。清固不勝濁，此理天下通。君視開城間，牛李争長雄。卒之贊皇老，不勝太牢公。物理自古然，徘徊歎無窮。」因憶吾前之持論非謬，而文敏或别有見，未必然也。葉石林云：「李德裕是唐中世第一流人物，可與姚崇並立，而不至爲崇之權譎。使武宗之才如明皇之初，則開元不難致。」良然。并録一

《居易録》。予昔與故友葉文敏方藹論牛李君子小人之辨，語見前卷。適讀崔鷗德符論楊嗣復，備言

小人常勝，君子常不勝，其大端有十二，而終之曰：「君子小人之不敵亦明矣，此鄭覃、陳夷行所以罷黜，李德裕所以謫死窮荒，李逢吉、宗閔、楊嗣復輩所以卒於翔徉而得志，豈足怪哉？」崑山王志堅弱生跋曰：「李贊皇之相業，唐季無兩。弇州以比裴晉公而稍昂之，其論當矣。至其爲人，論者猶或不滿，以爲不能釋憾解仇，亦不盡然也。仇士良以武宗之立非宰相意，勸帝誅楊嗣復、李珏，户書杜悰見德裕救之。三人者，皆牛黨也。使以私怨行之，立虀粉耳。乃與同列上奏，至于伏地不起，楊、李得全，僧孺、二李能之乎？二李之惡極矣，貶之未可謂私。白敏中、令狐綯皆二李黨，贊皇引用不疑，而卒受其禍。憾自不釋，仇自不解耳，非贊皇之過也。」晁无咎詠贊皇云「當年伏地全楊李，公亦何知愛惡間」云云，亦同此意。弱生著《史商》，詳載此議。觀三公之論，則知蘇黄門《牛李論》之誖，而予前説之非臆矣。恨不能起亡友于地下而質之也。

附録：《居易録》又云：海寧朱一是近修論牛李之黨：蘇轍謂牛以德度勝，李以才氣勝，並有瑕瑜焉。自吾觀之，其相去遠甚。僧孺者，無識之庸流；德裕者，經世之名佐也。僧孺之黨，若李宗閔、李逢吉之徒，皆憸險嫉媢之小人，大禍人國。而德裕之黨，若裴晉公，則國之勳臣，社稷視以安危者也。又云使天祚唐室，假武宗以年，而德裕前不小用於節使，後不摧折於貶竄，并一生之精神才智盡效於政府之區畫，將藩鎮盡革，外攘内安，不難復貞觀、開元之盛云云。其論維州事尤確。此論與予前説正合，益知潁濱立言之謬。又《香祖筆記》：唐牛、李之黨，贊皇君子，功業爛然，與裴晉公相頡頏。武宗之治，幾復開元、元和之盛。其黨又皆君子也。僧孺小人，功業無聞，怛悉當作「悉怛」。謀維州一事，怨恫神人。其黨李宗閔、楊虞卿之流，又皆小人也。二人之賢不肖如薰蕕然，不難辨也。自蘇潁濱二人皆偉人之説出，謂僧孺以德量高，德裕以才氣勝，而賢不肖始混淆矣。初僧孺尉嵩縣，而水中灘出有鸂鶒一雙飛下，僧孺果入西臺。陳仲醇云：奇章入臺，當以鳴梟應之。此雖戲論，實公言耳。吾宗鶴尹兄抃工于詞曲，晚作《籌邊樓》傳奇，一褒一貶，字挾風霜。至於維州一案，描摹情狀，可泣鬼神，嘗屬予序之而未果也。今鶴尹歿數年矣，憶前事，爲之憮然。聊復論之如此，將以代序，且以見傳奇小技，足以正史家論斷之謬誣也。鶴尹大父緱山先生作《鬱輪袍》及《裴湛和合》二曲，詞曲家稱爲本色當行。

萊陽姜如農埰、如須垓，兄弟齊名，時稱「二姜」。如農崇禎末爲給事中，建言謫戍宣城衛。鼎革後，兄弟《蠶尾續文》無「兄弟」二字。遂卜居吴郡，不歸鄉里。給事死，遺命葬宣城，以謂故君未賜環，不敢首丘。吾友張杞園貞作《祠記》書其事，南北名士多歌詠之。既而遷其夫人之匶合葬於宣，而葬給事之衣冠於父母墓左，予謂非禮也。夫給事身值滄桑，居吴不返，或歲一歸省墓，或數年一歸省墓，猶可也。死不首丘，又不歸骨先壟，顧遠葬戍所，此則矯激好名之過，而害天性之恩，可已而不已者也。至遷其夫人，遠祔江南，而以衣冠代歸葬，此尤非也。己不歸葬，已無以慰父母之望於地下，乃並其婦已葬之骸骨，大去其鄉，明其與父母絶矣，孝子忍乎哉？是何其於君臣之義厚，而於父子《續文》作「母」。之恩薄也？《禮》曰：「鳥獸失喪其群匹，越月踰時，則必反巡過其故鄉。回翔焉，鳴號焉，蹢躅焉，踟蹰焉，然後乃能去之。」而況人乎？況父母之墳墓乎？《續文》作「矧血氣之屬尤莫知於人乎」，無「而況」下十一字。予讀《思潁詩》，每致憾於歐陽永叔，兹給事之葬，亦未敢傅會以爲然。聊書杞園記後，以質諸知禮者云。

予嘗疑傅潁公友德之賢，中山而外，無與倫比。其平滇、平蜀功尤最諸將，而卒不免猜忌，以無罪死。古來功臣之冤，未有如潁公之甚者。公宿州人，予嘗過宿，憑弔而悲之，賦詩云：「躍馬千山外，呼鷹百戰場。平蕪何莽蒼，上聲。雲氣忽飛揚。寂寂通侯里，沉沉大澤鄉。潁川湯沐盡，空羨夥頤王。」陳涉亦宿人，漢高帝猶爲涉置守冢，以潁公之賢，且有大功於明，而食報顧遠不逮涉，故悲之也。

已上《居易録》。

附録：此條後段：適讀海寧朱一是所作《傅潁公傳後記》，略云：洪武末，胡、藍二獄之後，舊臣宿將，有方面之勳者，唯潁公、宋公馮勝在，而宋公將略不及潁公，心之純白亦不及潁公也。潁公，開平後一人耳。高皇帝必欲去之者何故？其時帝春秋高，皇太孫幼，不無漢景疑亞夫之心。然潁公死，而少帝之長城壞矣。漢高殺功臣與高帝類，然猶能存周勃、陳平定吕氏之亂。而高帝不能存一潁公，以拒靖難之師。其始之深防過計，凡以爲少帝，而少帝適用此亡，雖貽謀之不善，要之有天意焉。天命在太宗，欲不亡少帝不可得也。天欲亡少帝，欲不殺潁公不可得也。鄭曉《吾學編》，國書之善者也，别潁公於宋公，列諸名臣，悼潁公之爲純臣也。又云考其過惡，欲文致而無從；甚其誅夷，並贈卹而不及。所謂兔死狗烹，鳥盡弓藏，讀書尚論者，不能不撫膺流涕也。此論痛快淋漓，可爲萬古不易定案，三代之所以直道而行也。又《夫于亭雜録》：明初功臣，中山而下，唯傅潁公功最大。而始然無纖豪之過，乃終不見容，至于不保其身，不保其子，論者冤之。南渡後，始以給事中李清言追贈麗江王，謚武靖。而馮勝亦贈寧陵王，謚武壯。又進祀于功臣廟。二百七十年之缺陷，至是始快人心，而孚公論矣。二公見夢於李，肅衣冠謁謝，蓋英爽尚未泯也。

宗楠附識：朱孝廉有《爲可堂集》，七律尤多佳句，如：「牧馬官同張萬歲，進賢賞並鄂千秋。」「關河秋色三千里，風雨冬青十二陵。」「代北重關飛白雁，京西古鎮出黄花。」「三楚烽塵新幕府，六朝烟雨舊樓臺。」又《過淮陰釣臺作》云：「功成百戰歸真主，計失三齊乞假王。」陸處士辛齋以爲音響清鏘，猶是歷下、四溟敵手云。

《居易録》。張含愈光《題潁公祠》云：「野老爭傳傅潁川，當時功業冠南滇。平蠻壁壘蒼山外，破鹵旌旗白石邊。祇見荒祠通落日，不聞遺像照淩烟。陰風古樹無窮恨，長爲英雄弔九泉。」蓋滇人之思潁公，猶蜀人之思忠武也。

《香祖筆記》。王端簡公宏祚，字玉銘，滇之永昌人。爲户部尚書時，嘗屬余選張含《禺山集》。余尤喜集中《潁川侯祠》一篇，足稱詩史。至結句云：「陰風古樹無窮恨，長爲英雄弔九泉。」可以泣鬼神矣。

《分甘餘話》。余常謂古今冤獄，首漢淮陰，次則明傅潁公耳。康熙丙子，被命祭告西嶽，道出井陘，有詩云：「少日紛多慨，龍門太史書。劫殘秦復趙，齒冷耳兼餘。詎有無雙士，而師李左車。到頭鐘室恨，功狗竟何如。」又甲子奉命祭告南海，過定遠，弔傅公云：「躍馬千山外，呼鷹百戰場。平蕪何莽蒼，俱上聲。雲氣忽飛揚。寂寂通侯里，沉沉大澤鄉。潁川湯沐盡，空羨夥頤王。」蓋陳涉亦産此地，故結句云然。昔人云秦少恩哉，吾於漢、明二祖亦云。若宋文帝之殺檀道濟，北齊高洋之殺斛律光，宋高宗之殺岳忠武，明世宗之殺夏言、曾銑，又各有斷案爰書也。

宗柟附識：《野客叢書》：東坡詩曰：「蒼茫瞰奔流。」又曰：「愁度奔河蒼茫間。」趙注謂「蒼茫」兩字古人用之皆是平聲，而先生所用乃是仄聲。「蒼」字《廣韵》音麤朗反，而「茫」字上聲皆不收，不知先生所用出處，以俟博聞。僕觀揚雄《校獵賦》「鴻濛沆茫」，字音莽。白樂天《雪詩》：「寒銷春蒼茫。」又曰：「野道何茫蒼。」注並音上聲。近時蘇子美詩亦曰：「淮天蒼茫背殘臘，江路委蛇逢舊春。」自注：「『蒼茫』仄聲。」「茫」作仄用，似此甚多。《柳南隨筆》：王阮亭《符離弔潁川侯》詩亦有「平蕪何茫蒼」之句，句法似即本之樂天。今案：山人諸集俱作「莽蒼」，如柳南所引，是「茫」與「莽」字義可通用也。又案：《莊子》「莽蒼」二字俱有平上兩讀，詳見陸氏《經典釋文》。

唐武后遊石淙倡和詩，首御製，自皇太子相王以下，和者十六人。相王之後，次梁王武三思，次内史狄仁傑，次奉宸令張易之、麟臺監中山縣開國男張昌宗，又次鸞臺侍郎李嶠，鳳閣侍郎蘇味道，夏官侍郎姚元崇，奉宸大夫汾陰《蠶尾續文》作「陽」。縣開國男薛曜。書「久視元年五月刊于平樂澗之北崖」。諸詩唯李嶠、沈佺期二篇差成章，餘皆拗拙，可資笑柄耳。黄岡葉井叔封知登封縣，撰《嵩陽石刻集記》，始著録之，而删去九首，不爲無見。而朱竹垞太史憾其闕略，以得覩全碑爲喜，則亦好奇之過也。當牝朝淫昏之世，二張每侍行幸，預倡和，已令千古齒冷。而列銜于李嶠、蘇味道輩之前，諸人亦俯首甘之，當時君臣上下，豈復知有羞惡之心哉？《續文》「哉」作「耶」，下有「可爲一歎」四字。

宗枏案：武氏淫虐，宗社幾傾，當時舉朝澳涊，自狄文惠外，鮮有志存唐室者。甚而諂媚嬖倖，以希寵榮，誠爲無耻。若應制詩刻列銜署名，自以爵秩序次，于諸人乎何尤？且三思與二張類也，又何以爲梁公解乎？山人力持正論，間有未得其平處。拈出商之，非敢妄附爲諍臣也。

古今論世者，以尹吉甫爲名臣，徒以伐玁狁及《崧高》、《烝民》、《韓奕》、《江漢》四詩耳。吾獨疑吉甫惑後妻之言，至使其子伯奇衣苔帶藻，作《履霜》之操，此與晉獻驪姬之事何異？夫不能齊家，而妄稱之曰「萬邦爲憲」，吾不信也。其猶後世詞人之諛韓侂冑、賈似道者，動以伊、周擬之，其又足信乎？

已上《香祖筆記》。

豫讓不報中行氏，而報知伯，此一種見解，祇從恩怨起見，非天理民彝之正。余昔題國士橋一絶句云：「國士橋邊水，千年恨未窮。如聞柱厲叔，死報莒敖公。」此詩自謂可以敦薄。附録：《蜀道驛程記》：蒙城驛北有橋曰豫讓橋，地在太平曲沃界，與趙城國士橋皆傳疑也。

小説記漢昭烈帝有一玉人，常置甘夫人帳中，月映之，與玉人一色。此真不經之談。昭烈在劉景升座上，感髀裏肉生，慨然流涕，乃屑作此兒女態乎？唐人有《題劉郎浦》詩云：「吴蜀成婚此水潯，明珠步障幄黄金。誰將一女輕天下，欲换劉郎鼎峙心。」此語差識得英雄本色。已上《古夫于亭雜録》。

忠武侯討魏，《通鑑》以「寇」書，千古公憤，故元人楊奐詩曰：「欲起温公問書法，武侯入寇寇誰家？」余讀《通鑑》，至後唐莊宗欲討僞梁，亦以「謀入寇」書，不禁髮指，亦題一詩曰：「一代清流盡喪亡，紇干山雀可憐傷。温公書法憑誰問，又説河東欲寇梁。」

宋南渡後，高宗最重蘇、黄詩文筆墨，求其子孫官之。徐俯師川亦以山谷之甥，馴至通顯。其詩本江西派也，貴後，或以書賀之，稍及山谷淵源，師川答云：「涪翁之妙天下，君其問諸水濱。」噫！安得此負心之語。已上《分甘餘話》。

破邪類

吴中士人多私其鄉之先達，時有曲論。如陸完黨於逆濠，最爲姦邪。有某者送錢牧齋宗伯入朝，作古詩數篇，歷述吴中先賢，致期望之意，陸與焉，此詎可欺天下萬世乎？

天寶九載，楊國忠請復張易之兄弟官爵，陸務觀詩「何至詔書褒五郎」是也。此與宋復秦檜謚，明英宗立王振廟同。

黄巢自長安遁歸，奔於太山狼虎谷，爲其甥林言斬首，送徐州，其死明甚。乃小説杜撰，稱其遁去爲僧，依張全義於洛陽。曾繪己像，題詩云：「記得當年草上飛，鐵衣著盡著僧衣。天津橋上無人識，獨倚闌干看落暉。」按：此詩乃元微之《贈智度師》絶句，特改首句「三陷思明三突圍」爲云耳。此宋陶穀、劉定之説。《癸辛雜志》又云即雪竇禪師，《賓退録》亦已辨之。爲此言者，真亂臣賊子之尤也。已上《池北偶談》。

附録：《古夫于亭雜録》：世以徐敬業、駱賓王皆爲僧，且老壽，即不知果然與否，亦稍爲忠臣義士吐氣。若一雪竇禪師，而一以爲龐勛，一以爲黄巢，必傅會之以叛賊何也？此真名教之罪人矣。又《雪竇寺誌》辨黄巢墓云：案巢傳，唐僖宗乾符中，巢寇浙東，高駢擊破之，後未嘗至浙東也。及中和四年，始爲尚讓所敗，巢甥林言斬首以降，安得有墓在雪竇山中耶？而《揮麈録》言雪竇山有黄巢墓，邑官歲時遣祭之，然則巢墓亦載在祀典耶？如此不經之語，固亂臣賊子所樂聞耳。

《唐闕史》首載丁約劍解事，謂約從逆帥李師道，被獲，獻俘闕下。臨刑，用幻術以筆代己，自云歸崑崙石室矣。語云天上無不忠孝神仙，約何爲者？吾郡長山劉孔和節之有詩云：「淮南叛諸侯，趙高賊宦官。神仙乃如此，何足容褒彈。」真篤論也。否則如淮南以叛誅死，而道書猶妄爲雞犬皆仙之説，以誣聾俗，是導逆也，豈可以訓？并録一。《漁洋詩話》。金陵張可度，字劂筏，《廬山詩》云：「父居黄閣女崆峒，流水桃花石室中。多少男兒淪落盡，神仙卻讓李騰空。」騰空者，林甫之女，李太白有《送内之廬山訪女道士李騰空》詩。余往讀《林甫外傳》，疑之，天上豈有不忠孝神仙耶？吾鄉劉節之孔和有詩云：「淮南畔諸侯，趙高賊宦官。神仙乃如此，何足容譏彈。」此名通之論也。

唐人好爲鬼神誕妄之説，如織女、弄玉、西子等事，皆屬不經。李群玉賦詩湘女廟，自云遇娥皇、女英。段成式戲之曰：「君虞舜之辟陽侯也。」侮聖如此，可謂無忌憚矣。并録一。《古夫于亭雜録》。非聖侮法，學士所當深戒。如《尸子》謂舜多躗行，又唐詩人李群玉《題黄陵廟》詩，自言遇二女，或戲之曰：「君乃虞帝之辟陽侯耶？」此真無忌憚之小人，泥犁果有獄，當爲此輩設耳。

無爲州有曹操廟，和州亦有魏武祠，見劉禹錫詩及《一統志》。元吴草廬集有《毀曹操廟詩序》云：「山南江北道憲司，巡歷至夷陸，毀冀牧曹操廟，其議自書記申屠駉發之。」然則駉亦快士也。唐肅亦有《申屠子迪毁曹操廟文》。已上《居易録》。

《陳子昂文集》十卷，詩賦二卷，雜文八卷，與陳氏《别傳》及《經籍志》合。子昂五言詩力變齊梁不須言，其表、序、碑、記等作，沿襲頹波，無可觀者。《上大周受命頌表》一篇、《大周受命頌》四章，其辭諂誕不經。又有《請追上太原王帝號表》，太原王者，士彠也。《蠶尾續文》無「又有」下十八字。此與揚雄

《劇秦美新》無異，殆又過之。其下筆時，不知世有節義廉耻事矣。子昂真無忌憚之小人哉。詩雖美，吾不欲觀之矣。子昂後死貪令段簡之手，殆高祖、太宗之靈，假手殛之耳。

康熙丙子，余以祭告使秦、蜀，過劍州之南門外，有小廟一區方改作，問之，曰鄧艾廟也。余謂不祀姜伯約，反祀鄧艾，于義悖矣，乃從來有司無昌言毁之者，何也？欲賦詩正之，未果。後見唐人唐彦謙一詩云：「昭烈遺黎死尚羞，揮刀斫石恨譙周。如何千載留遺廟，血食巴山伴武侯。」已先我而言之矣。以此見三代之直不泯。并録三。

《漁洋詩話》。劍州西郭有小祠，祀鄧艾。余以丙子再入蜀，過之，語州守改祀姜維，賦詩示之云：「申屠曾毁曹瞞廟，常侍高適還焚董卓祠。劍閣至今思伯約，蜀巫翻賽棘陽兒。」

《古夫于亭雜録》。四川劍州有小廟，祀鄧艾。余欲告州守廢之而未果，追賦一詩云：「申屠曾毁曹瞞廟，常侍高適達夫還焚董卓祠。劍閣至今思伯約，蜀巫翻賽棘陽兒。」後閱唐彦謙詩云：「昭烈遺黎死尚羞，揮刀斫石恨譙周。如何千載留遺廟，血食巴山伴武侯。」三代之直，古今人所見略同也。

《分甘餘話》。蜀劍州西郭有小廟，祀鄧艾。余賦絶句示州人云：「申屠曾毁曹瞞廟，常侍還焚董卓祠。劍閣至今思伯約，蜀巫翻賽棘陽兒。」明時有官陰平者，立一碑於道左，大書曰「鄧艾入蜀路」。見者笑之，碎其石。今之立廟，得無類是耶？

玉川子詩：「《春秋》三傳束高閣。」後世乃有故實暗合者，可爲一笑。常秩治《春秋》學，著書數十卷，後以王安石薦起。安石不喜《春秋》，秩遂諱之。時兩河告饑，詔青苗錢權行倚閣，或戲秩曰：「君之《春秋》，亦權倚閣乎？」故予謂秩與种放皆穿窬小人，而無識者猶載之《隱逸傳》，不大謬耶？

政和間，以詩爲元祐學術，御史李彦章遂上疏，論淵明、李、杜以下皆貶之，因詆魯直、少游、無咎、文潛，請爲科禁，至著于律令云，諸士庶傳習詩賦者，杖一百。其紕陋一至于此。是時大臣朝士皆安石之餘孽，然安石唯欲廢《春秋》耳，其詩實于歐、蘇間自成一家，亦可概謂元祐學術乎？此古今風雅一大厄也。并録一。

《分甘餘話》。道君時以言官建議，習詩賦者杖一百。有尹天民者，爲南京教官，至之日，悉取《史記》以下至歐陽史，焚講堂下。王安石之學術爲害於世道人心如此。又按：建言者，御史李彦章也。疏以詩賦爲元祐學術，其意在黄、秦、晁、張四學士，而並劾及前代陶淵明、杜子美、李太白，皆貶之，尤可笑。定律令則何執中也。二子可謂失其本心，無耻之尤者矣。

王介甫狠戾之性見于其詩文，可望而知，如《明妃曲》等不一。其作《平甫墓誌》，通首無兄弟字，亦無一天性之語，叙述漏略，僅四百餘字，雖曰文體謹嚴，而人品心術可知。《唐宋八家文選》取之，可笑。已上《香祖筆記》。

宗枏附識：勇參述蒿廬先生云：「此論亦似太過。《八家文選》豈指鹿門《文鈔》耶？」

唐中宗時，群臣多應制賦詩，如崔湜、鄭愔、宋之問輩，皆人頭畜鳴，張柬之等五王皆死此三人之手，蓋將以擁戴武三思，危唐社稷，與宗楚客厥罪維均。乃鴟梟之音，亦溷風雅，每觀唐詩，至此未嘗不髮指也。

左良玉自武昌稱兵東下，破九江、安慶諸屬邑，殺掠甚於流賊。東林諸公快其以討馬、阮爲名，而並諱其作賊。左幕下有柳敬亭、蘇崑生者，一善説評話，一善度曲。良玉死，二人流寓江南，一二名卿遺老，左袒良玉者，賦詩張之，且爲作傳。余曾識柳於金陵，試其技，與市井之輩無異。而所至逢迎恐後，預爲設几焚香，瀹岕片，置壺一、杯一，比至，徑踞右席，説評話才一段而止，人亦不復强之也。愛及屋上之烏，憎及儲胥，噫，亦愚矣！已上《分甘餘話》。

宗柟附識：姚江黄徵君宗羲《南雷文定·柳説書傳》略云：「敬亭者，揚之泰州人。本姓曹，年十五，獷猂無賴，犯法當死，變姓柳，爲人説書，傾動市人，名達于縉紳間。華堂旅會，閒庭獨坐，争延之，使奏其技，無不當於心稱善也。寧南南下，皖師欲結歡寧南，致敬亭于幕府。寧南以爲相見之晚，使參機密，軍中亦不敢以説書目敬亭。寧南不知書，所有文檄，幕下儒生設意修詞，援古證今，極力爲之，寧南皆不説。而敬亭耳剽口熟，從委巷活套中來者，無不與寧南意合。嘗奉命至金陵，是時朝中皆畏寧南，聞其使人來，莫不傾動加禮，宰執以下，俱使之南面上坐，稱柳將軍，敬亭亦無所不安也。其市井小人，昔與敬亭爾汝者，從道旁私語：『此故吾儕同説書者也，今富貴若此。』嗟乎！寧南身爲大將，而以倡優爲腹心，其所授攝官，皆市井若己者，不亡何待乎？」又自跋云：「偶見《梅邨集》中張南垣、柳敬亭二傳，張言其藝而合于道，柳言其參寧南軍事，比之魯仲連之排難解紛，此等處皆失輕重。亦如弇州誌刻工章文，與伯虎、徵明比擬不倫，皆是倒却文章家架子。余因改二傳，其人本瑣瑣不足道，使後生知文章體式耳。」

帶經堂詩話卷二十五

記載門七

軼聞類

傅侍御宸，字蘭生，一字彤臣，别號麗農，新城人。辛卯中省試，乙未舉禮部，筮仕河間府推官，行取授御史，命按江西，道出河間，遮道攀轅者數千人。公題詩驛壁云：「直道餘風今尚在，士民接踵問平安。」其感人之深至此。《漁洋文》。

太湖北小池驛，有茶池亭，羅近溪先生汝芳，嘉靖間作令過此，父老争擕茶獻之，後人即其處建亭。有石刻詩云：「父老壺漿當日事，先生風味至今遺。」

羅城，吉水諸生。羅一峰被謫，城發憤白巡按御史陳選，徒步赴京師，上疏陳王道三十二事。當路以爲倫黨，下禮部議其罪。尚書姚夔命作雪歌，立成。姚深奬歎，名動一時。鄉人彭狀元教贈詩云：「賈誼有書歸取讀，他時捫蝨聽高談。」

保睿，南通州人。弘治中，以歲貢知曲江縣，清介自持。題詩廨壁云：「不似神仙解煉丹，無緣措置惠貪殘。毫釐百姓心頭肉，爲汝抽刀總是難。」及去，民皆流涕。已上《皇華紀聞》。

北平韓鼎業，字子新，流寓中州。李空同墓在禹州山中，爲流賊所發，韓收其骸骨，葬之吴江。計孝廉甫草東遊河北，訪謝榛墓於鄴西門外，爲立碣，表曰「明詩人謝茂秦墓」。二事皆有古人之風。按：空同山在禹州，與具茨接，獻吉本扶溝人，且生於汴，故取爲號，殁即葬焉。非平凉之空同山也。

予鄉王遵坦，字太平，益都人，太僕少卿瀠之子。劉孔和，字節之，長山人，相國鴻訓之子。二人皆負氣跅跎，相友善。王居家桑谷，劉居長白，皆有林泉之美。崇禎間，見天下將亂，散財結客。甲申歲，孔和殺闖賊僞令，率精騎萬人南赴金陵。至淮陰，以兵屬劉澤清。澤清與孔和素交，時爲藩鎮，貴重無比，然好爲詩。一日，大會將吏，廣坐朗吟，賓佐交口譽之。孔和仰視，獨無語，强問之，曰：「公誠名將才，然此事定復不急。」澤清怒罷酒，賓客皆惶懼失次，孔和傲然而出。澤清益怒，遣人追及舟中殺之。已而金陵以爲副總兵官，則孔和死數日矣。遵坦入本朝，隨肅王平蜀，爲巡撫四川都御史，卒於閬。劉有《弈棋贈丘將軍長歌》云：「伏生之里大將出，生來所志唯馬革。幕中已多指視功，疆場血戰不勝筆。堪嗟再謁典連敖，不知三世還執戟。別君十載一瞬間，歷盡鋒鏑與梏桎。背貴那可入韓罪，睛白聊足嘲吴刻。多君談笑貫索中，坐待明光銷蠹蝕。昨聞廣武拜軍師，聖主懷邦丈人吉。如今驅戰真市人，聒聒怒蛙誰與軾。願君横臂障東海，莫令桑梓生荆棘。安有健兒把犁鉏，但見春林巢小鳦。從來外攘必内安，隱憂不在河北賊。夜凉浮白戒談事，更向局中問劫急。已知文偉能辦賊，不待當場辨白黑。贊君斂手推棋枰，論兵艾艾終羞吃。君功定可勒燕然，我詩空須錦罽織。」王有詩云：「怪鴟撲人山鬼叫，草際幽燐舊年少。古冢老貍夜宴賓，髑髏爲盤羅八珍。玄熊文豹甘作使，噤不敢言但相指。夫君意氣不自持，拔劍向風劍光死。一身誰遣困蓬蒿，呼天喝月未足豪。驢脊如柴少韉勒，小挫風期非我曹。愁多歡少天白頭，倒擲河水西向流。一寸之心括千古，元氣茫茫生百憂。金盆濯足錦爲厠，以此相酬已堪恚。寄語聽冰九尾兒，鷓鴣啼上寒楓枝。」劉又有贈王詩云：「都無殺者黃江夏，豈有食之嚴鄭公。」後竟死劉澤清手，與黃祖事絶類云。丘名磊，鄒平人，少爲諸生，有才名，後走遼東，詣軍門上書，積功至總兵官，佩鎮東將軍印，亦死澤清之手。并録二。《漁洋文》。

劉孔和少倜儻，好談兵，慕陳亮、辛棄疾之爲人，文章豪邁洞達，詩尤奇恣。甲申三月，起兵長白山中，率衆南下。劉澤清開藩淮上，令客説之，使以兵屬焉。孔和貴公子，性疎放，謂澤清鄉里雅故，屢恃舊恩狎侮。澤清積不堪，且稍憚其威名，陰欲圖之。澤清武人，不知書，既貴爲藩鎮，好爲詩，往往誇示坐客。一日，高會酒酣，出詩示客，次至孔和，孔和擲不眎，大言曰：「國家舉淮東千里付足下，未聞北向發一矢，而沾沾言詩。詩即工，何益國事？况不必工耶！」澤清被酒大恚，推案起，一座震懾，不知所爲。孔和不爲動，拂衣徐出。澤清益不平，立遣壯士二十輩，追及舟中，拉殺之。一軍大譁散歸。孔和時年三十一。孔和長八尺，面目如刻畫，雙目炯炯，射人如電，望之類羽人劍客。平居好論天下大計，感激憤發，鬚髯怒張。嘗賦詩云：「並無殺者黃江夏，豈有食之嚴鄭公。」後竟死澤清手，蓋讖云。所著《日損堂詩集》、《綀要堂文集》若干卷，多可傳。

同上。王遵坦長身少鬚眉，狀類寺人，跌宕負奇，好飲酒擊劍。父瀠，失勢家居，無日不飲酒。叔父衮，才而數奇，亦跅跎放於酒。每飲酒，輒呼尊坦與俱，各盡數石，酒酣相與賦詩，大歌呼爲樂。客至，輒不得通，顧獨與孔和交善。遵坦别業在家桑谷，山水幽奇，數與孔和遊止賦詩。或屏人促膝畫地，語終日，人莫測也。王贈劉詩曰：「驢脊如柴少轡勒，小挫風期非我曹。」劉亦贈王云：「何似冉家好兄弟，同心畫出釣魚山。」齊人皆目笑之，以爲狂生。

楊懷玉者，以琴供奉明懷宗，官太常丞。鼎革後，攜賜琴流轉吴越間，文士多爲賦詩，絶似宋末汪水雲也。同時有伊爾弢者，會稽人，亦以琴供奉禁中。興化李鏡月瀅有長歌贈之，悽婉可誦。

附録：《居易録》：楊正經，字懷玉，蜀人，通音律，善鼓琴。崇禎中，修復雅樂，或薦之，召見稱旨，出内府漢文帝、唐太宗二琴賜之，官太常。癸未，以母喪歸蜀，奉賜琴以行。次旅舍，懸琴壁間，鏗然有聲者三。正經泣曰：「此亡國之徵也，不再臘矣。」是日李自成入潼關，明年甲申，明亡。正經僧服，時抱賜琴，出游吴楚間，人呼爲僧太常云。

宣城施愚山閏章，少孤，事叔譽至孝。一日，值叔誕辰，大集親戚上壽，而叔以小故忤意，堅卧不起，愚山跪榻前移晷。辛亥，客都門，每憶叔輒涕泗。事叔如此，古人所希有也。譽有遺詩一卷，愚山屬予爲論定，序而行之。

宗枏附識：勇參云：「《施氏家風述略》：閏章將就外傅，叔父慎簡人師。時水陽王夫子諱念祖，先大父同門友也，性嚴毅，方館江北巨室。叔父頓首請曰：『敢以先兄之孤辱先生。』先生遽辭重館，就薄贄。嘗一日嬉惰，師既施夏楚，叔父又痛杖之。是夕，叔父不寐，與先生相持哭曰：『孺子不可教，何以見我兄地下！』」

汴梁王金章紫綬參政，常從老儒劉文奇學。崇禎末，劉家没於水，王爲置田園廬舍於蘇門山中。後年七十餘病卒，爲之營葬，情禮甚備。予見其哭師詩，哀樂有過人者。其警句云：「門無司馬求書使，室有黔婁正被妻。」餘不具録。陶九成載檇李顧德玉葬其師新昌俞觀光事，此近之矣。

工部尚書渭南南公二太居益巡撫福建時，紅毛番以明月珠、珊瑚樹、異香、火馬諸珍寶物賄，請互市。公絶其使，焚其貢物，口占一詩云：「明月珊瑚貴莫言，番書字字誑軍門。牙前立下焚珠令，不敢持將獻至尊。」授部將以方略，討之，繫其酋高文律。閩人立石平遠臺以紀公績，崇禎間事也。

單縣秦襄毅公紘任葭州知州，調秦州，服闋，秦人三疏保留，吏部不准。秦人日哭於東拱辰門，吏部不得已，將見任奏調別州，仍授秦州。郭定襄伯贈行詩云：「早登金榜列儒紳，誰不争先覩鳳麟。曾以霜威消瘴癘，還將和氣布陽春。廟堂正擬徵黄霸，父老俄聞借寇恂。不獨兒童騎竹待，郊原草木亦欣欣。」

吾邑舊令史公，諱能仁，河南鹿邑舉人，崇禎間來爲縣，清正而才，剛柔互用，至今尸祝之。庚辰、辛巳歲，大祲，人多流亡。時邑境甘露降於林木，地生羊肚菜，公賦詩曰：「上天降甘露，徧地生羊肚。饑食羊肚菜，渴飲甘露乳。涕泣告吾民，慎無去鄉土。」真仁人之言也。後調繁淄川，遷兵部主事去。順治辛卯，復至縣，雖三尺之童亦束炬歡迎，至十餘里不絶，可稱循吏矣。惜至今未祀名宦。并録一《分甘餘話》：史能仁，字嚴居，明末爲濟南新城令，善政不可更僕。庚辰大饑，田野間徧生羊肚菜，甘美可食，四鄉又有甘露之祥，公賦詩示士民云：「上天降甘露，滿地生羊肚。饑餐羊肚菜，渴飲甘露乳。涕淚告吾民，慎勿去鄉土。」右一詩，朱竹垞選入《明詩綜》。

李滄溟先生身後最爲寥落，其寵姬蔡，萬曆癸卯年七十餘矣，在濟南西郊賣胡餅自給。叔祖季木考功見之，爲賦詩云「白雲高埋一代文，蔡姬典盡舊羅裙」云云。滄溟清節可知矣。并録一。《香祖筆記》。李滄溟食饅頭，欲有葱味而不見葱，唯蔡姬者所造乃食。其法先用葱不切入餡，而留饅頭上一竅，候其熟即拔去葱，而以麪塞其竅。此謝在杭《文海披沙》所載，即所謂「蔡姬典盡舊羅裙」者也。

宗柟附識：勇參云：「《西山日記》：李于鱗解組後，構白雪樓。樓三層，最上其吟詠處，中以居一愛姬，最下延客。四面環以水，有山人來謁，先請投其所作詩文，許可方以小舴艋渡之，否者遥語曰：『亟歸讀書，不煩枉駕也。』山人所記賣餅蔡姬，豈即第二層樓中人耶？」並綴以發一粲。

明萬曆中年以後迄啓禎間無詩，唯侯官曹能始宗伯學佺詩，得六朝初唐之格，一時名士如吴兆、徐桂、林古度輩皆附之，然海内宗之者尚少。錢牧齋所折服，唯臨川湯先生義仍與先生二人而已。能始官四川參政，與監司謁撫按，必於館中别設一几，隸人置書几上，對衆一揖，即就几披閲，不交一言，其孤亢如此。晚年大節如江萬里，尤不可及。予生甲戌，以辛卯中鄉試，乙未中會試，與先生相去一甲子，無不符合。已上《池北偶談》。

張東谷先生諱茂蘭，字德馨，濟南章丘人，弘治乙丑進士，知任丘縣。時流賊掠縣境，先生築城誓衆，散粟哺饑民，兵甲完具，樓櫓屹然，賊去之，城賴以全。御史以紀功至，先生不出迎，被詰責，先生仰視曰：「公此來何爲者耶？」御史怒曰：「奉命剿賊紀功，令獨不聞乎？」先生曰：「賊去此幾何？」御史曰：「八百里。」先生曰：「公以紀功爲名，今相距八百里，脱有冒功者，何從知之？濫殺平民者，何從知之？不責己去賊之遠，而責令奉迎之近，誠所未喻。」御史益怒，面發赤，久之曰：「何物縣令，强項若是。」亟驅車去。亡何，御史以事就逮，先生迎數十里外，稟餼甚腆。時方嚴冬，製衣裘以進。御史歎曰：「令古人也。暖不增衣，寒不減葉，吾見其人矣。」先生兩爲令，衣布飯脱粟，不名一錢，不以妻孥自隨。遷户部主事，餉軍遼陽，封還羨金於官。使歸，監兑臨清，榷舟九江，終始以潔廉自勵。舉人陳守仁贈詩云：「人道公心清似水，我言水不似公心。水流萬折終侵物，萬折公心物不侵。」先生使九江，李文康公時賦詩送之曰：「當年相與駐孤城，豺虎縱横近帝京。洛下書生曾獻策，關中令尹解談兵。時平上國仍同醉，秋盡西郊復送行。黄瘦一童牽一騎，雙流應照使君清。」《蠶尾文》。

附録：此傳後段：先生嗜飲酒，在太學，友人以公罪下刑部獄，聞獄囚日給酒，願附名其末，或問之，答曰：「獄中誠不佳，冀日可得酒耳。」嘗借《史記》、《漢書》、《文選》於縣人喬御史岱，故靳之。李太常開先問其故，喬曰：「吾非靳此書，疾此君不近人情，招之不來耳。」先生聞之，曰：「使借吾書，東西南北唯喬君命。東朝鮮，西流沙，南交趾，北居庸關，所不敢辭。」太常曰：「居庸何近也？」笑曰：「吾畏宣府耳。」其滑稽類此。又予少聞正、嘉中京師語曰：「天下清官張茂蘭。」問其後裔，則式微久矣。康熙丁卯冬，雪後遊長白李氏嘯園，園中有亭曰皆山，山中人指示予，此東谷先生故居。時山雪清寒，竹風蕭瑟，想見先生流風餘韵，爲之慨然。聞先生在郎署日，冬無絮衣，餽遺皆不受。東阿劉户部田解衣遺之，乃受，曰：「世唯劉伯耕衣可服耳。」人以比陳師道云。

柘城王培益仲官新河知縣，宋布衣登春號鶩池生者，縣人也，益仲爲置祠立碑，爲文祭之。祭之日，有雙天鵞來立碑上，人皆異之，柏鄉魏相國以下賦詩者數十人。登春居江陵之天鵞池，因以自號。所産故里曰六户鄉，今改天鵞聚云。益仲又刻其雜文一卷、詩古今體二卷，爲《宋布衣集》。

《趙清獻公集》十卷，衢州舊刻本，有景定陳仁玉、至治蒙古僧家奴鈞二序。門人太倉進士曹延懿言：相國鄴園李公，昔爲制府鎮三衢，軍旅之暇，訪清獻之裔，祇一農家子，目不知書。呼見之，爲補奉祀生員，居公祠側，以奉烝嘗。公嘗有《退居十詠》，如高齋、竹軒諸遺蹟皆不可識，唯濯纓亭爲後人重建，今尚存。族子文錦爲衢守，予以修葺清獻祠堂，及修補集板屬之。

户部郎中王埏以其遠祖《孝行録》索題。孝子名原，文安人。父珣，以逃里役去鄉里，原方在襁褓。稍長，有室段氏。日問母張：「兒父安在？」母告以故。原哀痛跪母前，欲遠遊覓其父。母止不聽，乃去之齊魯。數年至田横島，宿神祠，夜夢入古刹，日當午，見僧方炊，就乞食，僧與之一盂，曰：「此莎米飯也，味苦，爲汝和以肉羹。」既覺，有一丈人攜杖入，原告之夢，丈人曰：「日當午，南方也。莎草根，附子也。和以肉羹，附子膾也。急去，當於山寺求之。」原謝而行。抵輝縣，入帶山夢覺寺。會大雪，宿山門下。僧見而叩所從來，具以對。是時珣在寺爲僧，都養僧引原示之，曰：「此少年亦文安人，試作鄉語。」於是父子語合，抱持大哭，聚觀者皆感動泣下。住持僧法林者贈詩云：「豐干豈是好饒舌，我佛如來非偶爾。昔日曾聞呂尚之，明時又見王君子。借留衣鉢種前緣，但笑懶牛鞭不起。歸家日誦《法華經》，苦惱衆生今有此。」原遂奉珣以歸，年六十有四矣。又二十年始卒。原卒時亦八十有四。其大略如此。

楊升庵先生在滇，有張半谷含輩從游，時謂楊門六學士，以比黄、晁、張諸人。半谷即愈光，餘則楊宏山士雲、王純庵廷表、胡在軒廷禄、李中溪元陽、唐池南錡，又有吴高河懋爲七子，以擬廖明略，升庵謂「七子文藻皆在滇南，一時盛事」是也。按：朱曰藩《射陂集・人日草堂詩引》云：「升庵先生在江陽，以畫像寄余白下，揭於寓齋，日夕虔奉，如在函丈。嘉靖己未人日，西域金大輿、東海何良俊、吴門文伯仁、黄姬水、郭第、秣陵盛時泰、顧應祥相約過余，觴之齋中。齋南嚮，先生像在壁間，諸子不敢背之坐，各東西席，如侍側之禮。比丘員灦餉中泠泉，覓得陽羨貢茶一角，烹茶爲供，以宣甌注之，焚沉水於鑪。作禮畢，就坐，皆歎曰：『幸甚，今日乃得覩升庵先生。』文子曰：『今日之會奇矣，余當作《人日草堂圖》以寄先生。』余欣然拊掌，因拈『人日題詩寄草堂，遥憐故人思故鄉』之句作八鬮，散諸子，請各賦一篇，並寄先生，見吾輩萬里馳仰之懷。越二日，文子圖成，又二日，諸子詩次第成，余乃爲之引云。」牧齋曰：「嘉靖乙未，先生年七十二，以是年六月卒於永昌。詩畫郵致之時，先生已不及見矣。」按先生集，有《己未六月病中訣李張唐三君》詩，所謂「魑魅禦客八千里，羲皇上人四十年」是也。

當時先生流離顛沛，遠在天末，而遠近爲人企慕如此，何殊東坡。惜身殁南荒，不及玉局之生還耳。彼讒人者，遺臭萬年，豈止與烟草同腐已哉！

周篔，字青士，家禾郡之梅里，以賣米爲業。自晨至午居肆，過午輒下簾閉肆，登小樓讀書。喜爲詩，與朱彝尊、李良年、鍾淵映比鄰相善。一日，游嘉善，館柯氏園，月夜吟詩意得，遂至達旦。適郡丞季某以事至署，與園鄰，聞周吟聲，彷徨不能寐。詰朝，詢知其故，逮至，杖而逐之。予曰：「袁彦伯使不遇謝鎮西，幾不免虎口。」并録一。

《漁洋詩話》：周篔，字青士，秀水人，居梅里，隱於市廛。偶游嘉善，假一園居停。一夕嘯詠甚適，遂至達旦。鄰有郡丞行署，時來按部，聞周詠詩聲，亦達旦不成寐。恚甚，詰旦遣隸勾捉，將加戮辱。有士大夫援之，乃得免。或述此事，余笑曰：「使袁虎不遇謝鎮西，幾不免虎口。」一座大笑。

山谷與摩詰貌相似，其自贊云：「元豐間求李伯時作右丞像，此時與伯時未相識，而作摩詰偶似不肖，但多髯耳。今觀秦少章所蓄畫像，甚類而瘦，豈山澤之儒，故應臞哉？」又云：「登山臨水，喜見清揚。豈不優孟爲孫叔敖，虎賁似蔡中郎者耶？」今觀二公詩格不相類，而脱盡世諦則一，形貌固宜相肖，乃神似非形似也。已上《居易録》。

唐時升叔達《三易集》有《南翔八老人詩》，序云：「南翔里有八老人爲社，徐爵九十六，趙陵九十四，陸淙八十五，徐勳、張樂俱八十四，董儒八十三，朱梓八十二，陸球八十一。居止不一二里，而耄耋相望，日杯酒談笑相娛樂，誠太平盛事也。」詩云：「白鶴邨頭春日曉，香霧濛濛百花好。蒼顏素髮八老人，花前置酒相傾倒。笑説鄰翁學語時，追談邑子知名早。不知主客更勸酬，爭引曾元互提抱。今年孟春甲子晴，占云麻麥俱豐成。坐中祭酒九十六，敬酹社翁旨且清。其間迭起拜更祝，但願脚健雙眸明。桂林從事八十一，只聞唤弟無呼兄。南邨翳翳桑榆日，出且持杯歸散帙。但課兒孫種黍苗，何知道士餐芝朮。香山居士有遺篇，九十不衰真地仙。公等康健逹聖世，能無旦莫歌皇天。願炊香飯釀秫酒，日奉杖履長周旋。正嘉遺事多訛謬，欲問鑾輿南幸年。」魏學禮長林《片葉集》有《九峰青厓先生年一百二十一歲》詩，尤奇。

寶應孝廉陶成，字雲湖，以畫名家。偶閲王兆雲《揮麈新談》，載其行事怪僻，甚殆郭忠恕之流。成小時從師，見其妻，即圖之。次見其女，又圖之。皆逼真。師怒逐之。寫花鳥人物最工，芙蓉尤入神品。有富人欲求之而不敢言，乃於其游歷之所，徧栽芙蓉。秋日花盛開，成過之，喜甚。主人已預具絹素，張于庭，立成二十幅，索酒痛飲而去。嘗同朱升之赴會試，距試期僅三日，忽語升之曰：「聞張灣某氏丁香盛開，子其從我游乎？」升之不可，成買小車徑造其家，痛飲花下，五日乃去，遂誤試期。嘗以挾伎事露，御史知其名，欲全之，觀其贈伎詩曰：「此殆非子作？」成爭之曰：「天下歌詩，豈有出陶成之右者，而謂他人作乎？」竟坐除名。

宗柟附識：勇參云：「《堯山堂外紀》：黄勉之風流儒雅，卓越罕群。嘉靖戊戌，當試春官，適田子蘅過吴門，與談西湖之勝，便輟裝不北上，往游西湖，盤桓累月。此與雲湖事絶類，洵曠達之士也。」

祥符中，劉偁爲陝州司法參軍，廉慎，至貧。官罷無以辦裝，賣所乘馬，跨驢以歸。魏野以詩送之云：「誰似甘棠劉法掾，來時乘馬去騎驢。」真宗祀汾陰，見野詩，歎賞久之。召至，以爲京官。已上《香祖筆記》。

余最許石湖邢昉五言詩，以爲韋、柳門庭中人，恨未及友其人。官祭酒時，鄉人李某往令高淳，余特屬訪其子孫。李至訪之，則老妻穉孫，煢煢孤寡，饘粥不給。李脱贈三百金，爲置腴田百畝，其家竟不知意出於余也。施愚山聞之，造余再拜曰：「某交孟貞三十年，不能卹其後人之窮。公與孟貞未定交而能卹其身後，令不凍餓以死，某愧公多矣。」至爲流涕。

歷下詩派，始盛於弘正四傑之邊尚書華泉，再盛於嘉隆七子之李觀察滄溟。二公後皆式微。施愚山督學時，爲滄溟立墓碑，夢其衣冠來謝。余刻《華泉集》及其仲子習遺詩，又訪其後裔，則墓祠久廢，七世孫某已爲人家佃種矣。乃公言於當道，予以奉祀生。「兒童不識字，耕稼魏公莊。」古今同慨也。已上《漁洋詩話》。　并録一。

《香祖筆記》。予既選刻邊尚書《華泉集》及其仲子習逸詩，又訪其七世裔孫紹祖，請於當事，爲公奉祀。歷城諸生張湕，字澄源，邊氏子佃主也，又訪其集於臨邑故家，得魏允孚刻本，爲重鐫之。書來請序，並謀新公祠宇，置祭田，可謂好事喻義者，因書之。乙酉七月廿一日記。

《李西涯樂府》，謝鐸、潘辰所評。案：辰，青田人。父流清，游太學，與岳文肅公季方友善。流清早卒，辰少孤，流落京師。文肅一日過陳緝熙，見其友李斯式，愕視久之，曰：「此吾友潘流清也。」命工寫其真以遺辰。辰持歸，示其母，母涕泣而藏之。事載《菽園雜記》。近日嘉定李長蘅與景陵譚友夏貌相似，友夏有詩云：「他年誰後死，優孟免躊躕。」文正乃岳之壻。《古夫于亭雜録》。

唐韓翃以「春城無處不飛花」一詩見知九重，召知制誥，傳爲佳話，世盡知之。《杜陽雜編》又載一事：德宗西幸有二馬，一號神智驄，一號如意騮。貞元三年，蜀中進瑞鞭，有麟鳳龜龍之形，色類琥珀。一日，將幸諸苑，内廐進瑞鞭，上顧近臣曰：「昔朕西幸有二駿，稱二絶，今獲此鞭，可稱三絶矣。」因吟曰：「鴛鴦赭白齒新齊，曉日花間散碧蹄。玉勒乍迴初噴沫，金鞭欲下不成嘶。」亦翃作也。知翃詩流聞禁中者多，不獨「寒食東風」之句而已。《分甘餘話》。并録一。

同上。偶感韓翃君平事，作一絶句云：「寒食東風散蠟時，姓名早被九重知。如何白首依戎幕，剛遣兒童笑惡詩。」

韵事類上

朱秉器官蜀臬時，寄梅禹金書云：「升庵先生夫人黄娴于文詞，生平琴瑟頗不諧。先生卒，遺稿有存者，盡付之丙丁。其爲侍御公收拾者，什之五六耳。」與諸書所記頗異詞，恐未足信。先太師總制川湖時，曾刻《升庵逸稿》，丙丁之云，亦未必然也。朱又云：「用修在滇，製小肩輿，如升之形，僅可容膝。張愈光含題一聯其上云：『人到東京須氣節，地當西晉且風流。』所謂『升庵』，以此。」《皇華紀聞》。

施愚山分守湖西，製苧帳，題詩其上，寄林翁茂之。一時名士多屬和，名曰「詩帳」。或一絶句云：「斗帳殷勤白苧裁，使君親自寫詩來。孤山處士朝眠穩，朝日烘門懶未開。」

嚴感遇，烏程人，少豪宕，舉止與俗異。常畜一白鵲，行止與俱。鵲死，哭之數日。老而貧，居山中窮僻處，忍飢賦詩。一日米盡，友人遺白金一餅，攜之市米，遇小漢玉器，輒買以歸，玩弄之，餓而僵仆，幾絶。

高鐈，字淵穎，保定人。少從孫鍾元先生學，嗜酒，好遊名山水，自負鎚鑿，每得詩，必題石手鐫之。常游林慮，竟日忘返，聞峰下耕者喧呼，迴視向所來處，乃知衝虎過也。鐈有集數十卷，其門人陳僖藹公編集。《秦蜀驛程後記》。并録一。

清苑人高淵穎，博學工書，好遊名山，題名賦詠，輒手自鐫刻。著《蘆中集》、《漁邨清話》。

宋末，浦江吴渭倡月泉吟社，賦《田園雜興》近體詩，名士謝翱輩第其高下，詩傳者六十人，清新尖刻，別自一家。予幼於外祖鄒平孫公家見古刊本，後始見琴川毛氏本，（常）〔嘗〕偏和之。竊謂臯羽所品高下未盡當意，因戲爲易置次第如左。《春日田園雜興》，第一名子進，本名魏新之，號石川。第二名魏子大，梁必大。第三名全泉翁，全璧，字君玉。第四名山南隱逸，劉應龜，字元益。第五名躡雲，翁合老仲嘉。第六名仙邨人，第七名方賞，方德麟，號藏六。第八名高宇，梁相，字必大。第九名俞自得，第十名槐憁居士，黄景昌。十一名東湖散人，十二名徐端甫，十三名仇近邨，仇遠，字仁近。十四名陳希邵，陳舜道。十五名子直，魏石川。十六名司馬澄翁，馮澄，字澄翁。十七名陳緯孫，何教。十八名聞人仲伯，陳希聲。十九名君瑞，二十名田起東，劉汝鈞，號蒙山。二十一名羅公福，連文鳳，號應山，原第一名。已上《池北偶談》。并録一。

《古夫于亭雜録》。宋末，浦江吴渭清翁作月泉吟社，以范石湖《春日田園雜興》爲題，中選者若干人，謝皋羽所評定，至今人艷稱之。順治丁酉，余在濟南明湖倡秋柳社，南北和者至數百人，廣陵閨秀李季嫻、王潞卿亦有和作。後二年，余至淮南始見之。蓋其流傳之速如此。同年汪鈍翁在蘇州爲《柳枝詞》十二章，仿月泉例徵詩，浙西、江南和者亦數百人。

宗枏附識：《柳南隨筆》：新城《秋柳》詩四首，其風調之佳，如三河少年，風流自賞，蓋妙構也。近日吾邑邵青門陵作《秋柳》詞一首，風調亦復可愛，因録之。詞云：「萬樹黄金線。最無端、送春辭夏，垂垂欲倦。一自漫空飛絮盡，多少朱門晝掩。便背了、東風一面。記得清明寒食路，倚纖腰、亂打桃花片。又勾住，花間燕。　如今拋擲情何限。帶幾枝、冷烟疏雨，水邨茅店。六代山河斜照裏，無數暮鴉棲遍。又何處、笛聲哀怨。悽絶右丞三疊句，任行人、唱煞無心管。長亭路，連天遠。」勇參述蒿廬先生云：「此詞甚佳，惜兩『又』字犯重。余欲易前段『又』字爲『旋』字，庶不複。」又案：此詞調寄《金縷曲》。

予童稚時常與諸兄雪夜集東堂，酒間共和《輞川絶句》。在京師，雪夜與姜西溟諸君飲集，約分賦古人雪中一事，有《雪中唱和集》傳於都下。并録一。《分甘餘話》。康熙甲戌，余在京師，歲除大雪，偶邀老友姜西溟、吴商志、門人蔣京少、查夏重、宋山言、周策銘、殷彦來、蔣静山諸子，寓齋小集，酒酣隸事，各賦五言詠古一章，彦來詩最先成，次日，又以《歲寒詩》十五首見投。余口占絶句贈之云：「昨夜草堂風雪裏，群賢擊鉢羨殷生。朝來更愛新篇好，十五詩當十五城。」此詩《蠶尾集》不載，今追録於此。

一時公卿和彦來《歲寒詩》者凡數十家，田綸霞少司徒爲授之梓，澤州相國作序，韓宗伯慕廬作跋，亦藝林佳話，因牽連記之。

出濟南西門，行不百步，折而北，稍東爲漪園。園跨水，爲亭、爲堂、爲樓閣、爲長廊，皆因水爲勝。堂曰漱玉，後爲池。池上有楊柳合抱，長條下垂披拂，與萍藻相亂，蔭可一畝許。炎景却避，涼風灑然，遊者倚徙不能去。池之東，循廊而南，爲清皓之閣。級石而上，南山如畫屏。或書唐人詩一聯云：「泉聲到池盡，山色上樓多。」風景宛然。以「山色上樓多」爲韵，人賦五言。

予去明湖十年矣。游漪園之次日，復有泛湖之約。過百花洲，葭蘆彌望，新荷田田被水。入許忠節祠，公諱逵，正德中爲樂陵令，殺流賊，全其城，後與孫忠烈同死寧濠之亂。西階下刻何大復《樂陵令行》一碑。西北古歷下亭，即李北海、杜子美賦詩處，近頗修葺，亭中額曰「歷下此亭古」，歎其朴雅。

趙廷講，字仲聞，德州人。少聰穎强記，以蔭入國學，例當得官，不樂就，自放於酒。葺精廬，竹木花石，位置楚楚，庋圖書金石文字千卷，充牣其中。前鑿小沼，蓄文魚百頭，聽堂堂策策以爲樂。簷户間多籠語鳥，時其鳴則嘯而和之。性不喜紈綺貴游，獨與二三窮交飲，飲輒醉。或風雨客不至，獨坐引滿，讀《莊》、《騷》、《史》、《漢書》，醉乃已。亦間爲詩，有句云：「達似劉伶因酒死，窮如東野以詩鳴。」年三十六，以酒死。

兒子啓涑于緑蘿書屋之南，稍以己意布置，小具丘壑，命之曰「清遠山居」。落成，自賦十二詩紀事。門人何翰林世琪澹庵復集陶句和之，妙出天然。清遠山者，在浙之浦陽，蓋道家所謂洞天福地之一，適與涑字符合，故取以名。已上《蠶尾續文》。

帶經堂詩話卷二十六

記載門八

韻事類下

湯若士先生玉茗堂，亂後久燬兵火。門人常熟陸輅次公通判撫州，捐俸錢即堂址重新之。落成日，徧召太守以下諸同官，洎郡中士大夫大集堂中，令所携吴伶合樂演《牡丹亭》傳奇，竟夕而罷。自賦二詩紀事，一時江右傳之，多屬和者。并録一。《漁洋詩話》。門人陸次公輅，常熟人，自恩縣令遷判撫州，重建玉茗堂於故阯。半載挂冠，堂適落成，大會府僚及士大夫，出吴兒演《牡丹亭》劇二日，解纜去。自賦四詩紀事，江以南和者甚衆。余在京師寄詩云：「落花如夢草如茵，弔古臨川正暮春。玉茗又開風景地，丹青長憶綺羅人。瞿唐迴櫂三生石，迦葉聞箏累劫身。酒罷江亭帆已遠，歌聲猶繞畫梁塵。」

五月，門人蔣景祁、宋至、殷譽慶、蔣仁錫邀看棗花於崇效寺，予賦五言古詩二章，諸子和之。寺有楊忠烈公漣榜書「無塵別境」四大字，極遒勁。

宋中丞牧仲犖，偶於蘇州閶門桃花隖野圃中得片碣，題「唐六如墓」，因封樹之，立碑焉。近有書至，云方重建蘇子美滄浪亭，取予送尤太史展成侗詩句作亭聯云：「戲魚明鏡闊，喬木古亭深。」俾予作亭記。并録一。

《秦蜀驛程後記》。李方伯國亮以宋中丞牧仲新刊《二家詩鈔》至，武進邵長蘅子湘所撰，録予及牧仲詩也。又示牧仲近著《滄浪小志》。牧仲既重作蘇子美滄浪亭，又爲此志，尤檢討悔庵諸君子製詩歌美之，其風流好事如此。

沂水高中丞平仲，諱名衡，工詩畫。後撫汴有功名。崇禎辛未初，舉進士，在京師手畫白練衣一稱，寄其内張夫人。凡花卉二十五種，作三十二叢，著色生動，備極姿態。又題五、七言絶句凡八首，略云：「對月偏成憶，臨風更有思。鄉心無可寄，聊寫最嬌枝。」「花枝鮮且妍，置之在懷袖。好記花枝新，憐取衣裳舊。」「輕襦畫折枝，悠然感我思。畫時腸已斷，著時心自知。」「霧縠偏宜暑，冰綃迥出塵。著時憐百朵，應憶畫眉人。」安丘張貞杞園作《畫衣記》。并録一。

《漁洋詩話》。沂水高平仲中丞，名衡，崇禎辛未進士，官河南巡撫，歸，殉壬午之難。初登第，觀政京師，製衣一稱寄内，自畫花卉其上，凡二十六種，作三十二叢。花之左右前後，各題絶句詩，凡八首。張杞園貞待詔作《畫衣記》。詩略載于此：「對月偏成憶，臨風更有思。鄉心無可寄，聊寫最嬌枝。」「花枝嬌且妍，置之在懷袖。好記花枝新，憐取衣裳舊。」「輕襦畫折枝，悠然感我思。畫時腸已斷，著時心自知。」「霧縠偏宜暑，冰綃迥出塵。著時憐百朵，應憶畫眉人。」「客邸長安一事無，晝長人静影形孤。閒將一段鵞谿絹，寫作名花百種圖。」

《五雜俎》云：「八月望有月華，或言夜半，或言微雨後，或言凡秋夜之望皆有之，五彩鮮明，旁照數十丈，如金綫者百餘道，或言但紅雲圍繞之而已。」康熙己未、庚申間，先司徒府君以中秋夜召客，客散，留徐隱君東癡夜宿，而府君獨坐月中，徘徊未寢。漏下三鼓，忽見月華如前所云，五采金光，灼爍射人，不可名狀。急呼隱君起，重命觴酌達旦。明日，隱君賦《月華篇》紀事，載新志中。已上《居易録》

盤山拙庵智朴和尚自江南還山，以《滄浪高唱》畫册來索題。蓋師訪宋牧仲開府于吴門，適朱竹垞彝尊大史自禾中來，會于滄浪亭，共賦詩見懷，而畫史高簡圖之者也。宋詩云：「青溝闢就老烟霞，瓢笠相過道路賒。攜得一缾豆苗菜，菜名，出盤山。來看三月牡丹花。因緣大事公能了，潦倒麤官我自嗟。好向滄浪亭子上，栴檀香裏奉袈裟。」「經行斜日且觀魚，黄鳥綿蠻入耳初。接席金風舊亭長，竹垞。懷人鼊尾老尚書。阮亭。春深玉版容參悟，歲晚花宫待掃除。拂子一揮仍小住，空林明月暮鐘餘。」

十月初九日夜，再雪竟夜，積素滿庭，晚菊尚敷腴可玩。晨起，忍寒坐信古堂對雪看菊，忽梁溪琴僧岳蓮見過，彈《平沙落雁》、《漢宫秋》二曲，古音蕭寥，忘其身在長安，官是秋曹之長也。作二詩紀事。

予甲子冬奉使南海，歲杪次桐城。大雪中，陳默公焯初未相見，即過予客署，二從者背負巨囊。揖罷即呼具案，顧從者取囊書數十大册，羅列案上，指示予曰：「此吾二十年來所輯《宋元詩會》若干卷，聞公奉使當過此，喜甚，將待公決擇之，然後出問世耳。」已過其滁岑，雪中遠眺龍眠諸山，縱觀是書竟日，賓主談諧，無一言及世事，此亦冠蓋交游中所少。默公順治壬辰進士，二甲臚傳第一，以耳聾不仕終。

宗枏附識：朱太史竹垞有云：「近見選宋元詩者紛紛，目未睹全集而强爲論定去取，安能悉當乎？」斯言固然。然如北宋數大家，全集具在此，而甄綜未當，譬諸至寶當前，昧昧者如無睹也。《詩會》一編，卷帙繁重，嘗於暇日一披閱之，覺兩宋去取殊不愜人意，而元詩尤爲蕪雜，家數亦多未備。竊謂選詩者手眼平平，雖遐搜博覽，於此事猶無與爾。

高念東侍郎遊山陰道上，有句云：「筇杖古松流水外，蒲團修竹緒風間。」予愛之，命畫師禹鴻臚之鼎寫爲二圖。

田綸霞雯少司徒爲詩文好新異。康熙壬午謝病歸，浹歲卧疴，醫立方以進，輒嫌其俗，易他名始服之。如以枸杞爲天精，人參爲地精，木香爲東華童子之類。其癖好新奇如此。余聞諸其弟需子益云。

宗枏附識：《記事珠》：本草别名：甘草曰國老，車前曰芣苢，曰蝦蟇衣，茯苓曰松腴，曰雲腴，曰不死麪，艾曰冰臺，菖蒲曰緑劍真人，人參曰皺面還丹，麥冬曰禹餘糧，黄精曰重樓，曰鹿竹，曰仙人餘糧，羌活曰護羌使者，曰兩平章，檳榔曰馬金囊，曰洗瘴丹，枸杞曰仙人杖，曰却老枝，曰三尸籙，曰却暑，遠志曰細草，曰醒心杖，香附子曰抱靈居士，曰正坐丹砂，芎藭曰蘼蕪，卷柏曰萬歲，曰豹足，白蒺藜曰茨，曰止行，黄耆曰百本，防風曰百枝，旋覆花曰山薑，曰飛天蕊，當歸曰文無，曰蘼蕪，曰山蘄，麻黄曰中黄節士，百合曰中逢花，黄芩曰妬婦，曰苦督郵，白朮曰山精，亦曰山薑，石斛曰林蘭，何首烏曰交藤，陳皮曰貴老，厚朴曰淡伯，白芨曰雪如來，蜜曰甘少府，白微曰知微老，郁李仁曰隱上座，款冬花曰救肺侯，薄荷曰水喉尉，輕粉曰水銀臘，牽牛曰假君子，香薷曰清涼種，沉香曰遠秀卿，阿魏曰魏去疾，升麻曰既濟公，滑石曰石仲寧，紫蘇曰水狀元，大腹皮曰草東牀，桔梗曰吉祥杵，枇杷葉曰無憂扇，芍藥曰錦繡根，大黄曰無聲虎，松脂曰琥珀孫，生薑曰百辣雲，澤蘭曰九畹菜，硼砂曰旱水精，丁香曰瘀香嬌，鼈甲曰黑龍元，蜂房曰一寸樓臺，神麯曰化米先生，桂曰百藥之長，川烏曰昌明童子，枳殼曰洞庭奴隸，白扁豆曰雪眉同氣，梔子曰黄香影子，金鈴子曰水磨橄欖，史君子曰風稜御史，酸棗仁曰調睡參軍，石楠葉曰冷翠金剛，桃仁曰脱核嬰兒，蜜陀僧曰甜面淳于，安息香曰命門録士，寄生草曰混沌螟蛉，烏藥曰比目沉香，半夏曰痰宫霹靂，牛膝曰通天柱杖，蒼朮曰茅君寶篋，山藥曰銀條德星，地黄曰還元大品，柏子仁曰鍊形松子，藿香曰玲瓏霍去病。

余初撰《五言詩》、《七言詩》成，京師同人鈔寫袛有七部，即蔣京少景祁所刻陽羨本也。曲阜顔吏部修來光敏手鈔杜、蘇、黄、陸四家歌行，而以余詩次其後，日雒誦之。

予以順治十二年乙未科登第，甫弱冠，時預同年讌會。東歸後，有寄友人詩云：「當年曾記鳳城頭，比舍相過盡雅游。道政里中人似璧，善和坊北月如鈎。閒邀師子尋新曲，醉遣猧兒亂酒籌。今日相思一彈指，坐驚花事到黔陬。」後數年理揚州，寄嚴州詩云：「秋水初波枕畔流，欲將愁思寄嚴州。新安江水千餘里，何處天邊風露樓。」皆有本事。今思之已四五十年，如前塵昨夢。二詩皆不載集中，故追録。已上《香祖筆記》。

中牟南湖有蒲盧亭，張孝廉林宗民表時飲酒於此。余過之，嫌其命名非雅，易以「墊巾」，以存林宗故蹟。題詩云：「南郭孤亭野水濱，菰蒲獵獵水鱗鱗。林宗未遠風流在，不愧亭名是墊巾。」并録一。《分甘餘話》。中牟縣南門外有南湖，湖中有蒲盧亭。余以丙子使秦、蜀，歸過之，惜其名不雅馴，以邑名士張林宗常飲酒賦詩於此，改名「墊巾」。題一詩云：「南郭孤亭野水濱，菰蒲獵獵水鱗鱗。林宗未遠風流在，不愧亭名是墊巾。」

康熙癸卯歲將除，孫無言默欲渡江往海鹽訪彭十羡門，人問有何急事，答曰：「將索其《延露詞》，與阮亭《衍波》、程邨鄒祗謨《麗農詞》合刻之。」陳其年維崧贈以詩曰：「秦七黄九自佳耳，此事何與卿飢寒。」孫，新安人，居廣陵。并録一。《漁洋文》。無言不甚爲詩，而好朋友之詩。嘗刻諸家填詞，獨購彭十羡門之作不可得。一日，附估船往海鹽。予問之，曰：「將訪彭君耳。」然舟楫雖具，實無隔宿之舂，渡江徑去，弗顧。陽羨陳其年贈以詩，所謂「秦七黄九自佳耳，此事何與卿飢寒」，指此事也。老營一室，名曰藹窩，同人多爲賦之，索予詩，未有以報也。

先大父方伯贈尚書公，年八十餘，親教諸孫，頗及聲律之學。從叔祖洞庭先生善草書，尤喜飲酒。一日，置酒邀之，醉後顛墨淋漓。公顧諸孫，命對云：「醉愛羲之蹟。」余時年十一歲，輒應聲曰：「閒吟白也詩。」公及洞庭先生皆大喜，賜畫扇二。并録一。

《古夫于亭雜録》。童子入家塾，講誦之餘，令其屬對，凡以調聲律、覘器識，不爲無補。昔程篁墩舉神童，以此得名。余邑前輩沈徵川淵先生幼時，塾師夏楚之，負痛投地。師曰：「一滾滾下地。能對則貰汝。」公應聲曰：「兩登登上天。」師大奇之。後果以嘉靖乙丑登進士，入翰林，官國子司業。余八九歲時，先大父召叔祖洞庭象咸飲，叔祖豪於酒，而工草聖，有張顛之風。大父顧余兄弟曰：「醉愛羲之蹟。」余應聲對曰：「狂吟白也詩。」公大喜，賞以名人書畫扇。後順治辛卯，倖叨魁薦，府君時年九十一，猶及見之。

宗柟附識：《静志居詩話》：「鹿柴先生占籍嘉興，注名鴛水詩社。乙酉之春，過余外舅馮翁小飲，余陪末坐。忽問曰：『曾學詩否？』對曰：『未也。』先生曰：『詩有一學而能者，有終身學之而不能者，洵有別才焉。』余問：『學詩何從？』曰：『試作對句。』酒至，先生舉古人名俾屬對。偶記憶顧野王對沈田子，鄭虎臣對沈麟士，蔡興宗對崔慰祖，蕭子雲對任伯雨，魏知古對顔相時，吉中孚對温大有，楊完者對晁補之，杜審言對蕭思話，貢師泰對齊履謙，任蠻奴對張惡子，金安上對鄭居中，劉辰翁對逢丑父，韓擇木對李栖筠，蔡有鄰對徐無黨，王巖叟對阮佃夫，李思齊對石作蜀，柳三變對張九成，鄭櫻桃對郭芍藥，王僧綽對馬仙琕，秘彭祖對庾黔婁，劉方平對徐圓朗，劉仁本對范道根。先生見余應對之不窮也，語馮翁曰：『此將來必以詩名世，其取材博矣。』鹿柴先生者，王昆翁，名廷宰，以教諭遷知縣，松江華亭人也。」又《查浦輯聞》：「竹垞先生齋夜飲，各舉古人男女成對者爲酒令。得太白、小青，無咎、莫愁，彩鸞、赤鳳，無雙、第五，觸龍、飛燕，漂母、灌夫，武子、文君，群玉、串珠，東野、西施，紅橋、白石等字。」前輩文字之飲，韵致若是。吾見時流酒次，草野而好論官常，駔儈而侈談經濟，已屬可嗤。甚至其言糞土，猶以齒牙便利爲能，俗氣熏人，可憎亦可憐也。

余有寄懷錢唐吴寶厓陳琰二絶句云：「競説仙人萼緑華，紫金跳脱降羊家。苧蘿溪上春無主，一代紅顔獨浣紗。」「紫陌紛紛看牡丹，車如流水從去聲金鞍。那知冰雪西谿路，猶有梅花耐歲寒。」寶厓因屬禹尚基之鼎寫《西谿梅雪圖》。

余在廣陵，衙齋有鶴十二，每微雨，輒矯翮引吭，如得意者。汪苕文琬、葉子吉方藹過揚州，各籠其二歸吴中。汪有《贈鶴記》，葉有長歌，具載本集。鶴産通州吕四場者，觜脛皆緑，傳是仙種也。已上《漁洋詩話》。

汪鈍翁琬《説鈴》云：「二王好作香奩詩，倡和每至數十首。」劉公㦷體仁曰：「此雖慧業，然並此不作可也。」蓋余少時與兄西樵及海鹽彭少宰羨門孫遹倡和香奩體詩，世多傳之。彭有句云：「仙路無緣逢巨勝，珠胎有淚滴方諸。」西樵有句云：「下杜城邊分驛路，上蘭門外足長亭。」余亦有句云：「洛浦神人工拾翠，魏家公子妙彈棊。」「梅根冶裏春逢信，蘭葉舟中晚趁潮。」詳載《彭王倡和集》。《古夫于亭雜録》。

宗柟附識：《亞谷叢書》：「漁洋先生《無題詩》二首，見《皇清詩選》，《帶經堂集》不載，想是少作删去耳，姑識于此：『纔過禊節罷秋千，過眼流光倍解憐。柳絮横塘三尺水，梨花簾幙午時烟。緑熊簟冷殘春後，白鶴香濃繡佛前。愛寫名經耽慧業，不知人月共嬋娟。』『深沉院落景初遲，宿酒猶酣倦起時。爲怯夜寒生屈戌，從教花影亂罘罳。如聞長歎眠初覺，乍識餘香幔尚垂。解道游仙真夢裏，好將怊悵寄紅蕤。』」愚案：《阮亭詩選・無題和駿孫作十二首》，《漁洋集》及《帶經堂集》録存八首，芟去四首。《亞谷叢書》所載，乃四首中之二首耳。

醴泉寺在長白山之西，西有大溪，溪中多巨石，紅葉時最可游憇。石下産小蟹，百十爲群，三寸之魚，泳游其間，與日影相映，恍忽無定。去吾別業才七八里。余有詩云：「千林紅葉多，亂此一溪水。葉逝水空明，魚苗可憐紫。唐詩：『魚鱗可憐紫。』石根如蟹堁，螯跪五銖小。瑣琣腹中居，何似清流好。」

高念東先生珩作少宰日，忽賦一詩，題曰《願作杭嚴道》。或訝而問之，答曰：「吾平生慕西湖、嚴灘山水之勝，聊以寄興耳。官資高卑，不暇計也。」其漫興如此。

宗柟案：山人《送湯侍講荆峴于禮部赤山使浙》詩：「我愛西子湖，夙昔夢見之。湖光與山緑，樂事輸吴兒。譬客談江瑶，未免思朵頤。聞君往東南，起舞掀兩眉。」其於西湖興復不淺。記淄川之語，倘亦神往其閒耶？

己丑歲，自春夏至秋八月多雨，書屋後叢竹甚茂，雨後，鶩兒鴨雛拍浮其間，頗似畫本。余賦絶句云：「紫竹林中水滿塘，鶩兒得意弄輕黄。韈材賸有鵞溪絹，合付邊鸞與趙昌。」從姪磊字石丈，善丹青，當令補作一圖。

余生平最愛楓葉，行吴楚間所見多矣。尤愛雪中楓柏，淺深相間，有如畫圖。己丑九月下浣六日，未霜而有微雪，大兒涑以石帆亭楓葉十餘片至，微紅可愛，輒從枕上賦一詩云：「秋雨連宵響菊叢，石帆亭畔小池東。正衙無夢頒新曆，六見池邊楓葉紅。」時去十月朔頒曆才四日。

康熙己丑，霪雨竟歲，屋漏牀牀。偶見曦景，則舉酒相賀。十一月十八夜，始得微雪，曉起即晴。著屐過石帆亭，憶蕭亭方卧病山中，賦一詩寄懷云：「愁霖昧昏旦，歲律俄已窮。今晨喜初霽，草木開春容。一徑入雪竹，半嶺聞風松。紛吾懷故人，卧病西南峰。愛而不可見，側身欲相從。緑萼破輕素，玉茗舒新紅。何時散花室，敷坐談真空。」

德州羅酒，擅名京師，清洌在滄酒之上。余自甲申歸田，謝郎中方山重輝屢致家釀。己丑冬雪後，先以詩來云：「黄流初壓室氤氲，親貯陶缾遠寄君。非向故人誇酒旨，醉鄉風味欲平分。」余以二詩報謝云：「白家烏帽重屏裏，初試紅泥小火爐。恰是陵州酒船到，不愁風雪壓屠穌。」「酒車冒雪遠衝泥，尺素殷勤謝傅題。一樹山茶紅破蕊，花前催進玉東西。」

庚寅六月，宋太宰牧仲書來，言近日益治西陂，得孔雀、五色鸚鵡及宋槧《文選》、杜牧之書《張好好詩》真蹟，有宣和御璽題字。已上《分甘餘話》。

異徵類

王參議天鑒，字近微，别字毅州，宣鎮人。順治二年舉順天鄉試，明年舉禮部，除知恩縣，擢禮部主事，遷員外郎，進郎中。十二年，簡京朝官才優經濟者，出爲監司，公在選中，擢陝西布政使參議，分守河西道。先是讀《空同集》，偶卜出處，得「慶陽亦是先王地，城對東山不窋墳」之句，頃之果驗，人以爲異。《漁洋文》。

劉焘，字尚載，桐城人，成化間舉人，官至長沙知府。爲諸生時，與友人同赴省應選貢，途中風雨驟至，因解裝暫憇野亭，共賦《送春詩》云云。忽一老父衣簑荷笠至，聞吟詩，亦請筆硯，頃刻詩成。詩云：「怨風怨雨總皆非，風雨不來春亦歸。蜀魄啼殘花影瘦，吴蠶喫盡柘陰稀。枝頭緑軟梅初熟，口角黄乾燕學飛。我亦欲歸歸未得，擔頭猶挂舊簑衣。」二人誦之，大驚。老父曰：「山居只尺，能枉過乎？」袖出棗二枚啖之。因與同行數里，天漸暝，前阻一溪，溪有竹筏。老父招二人登焉，二人不可，謝歸。老父登筏，長嘯而去。比歸，則稻已登場，距去時半載矣。劉後壽至九十餘。門人劉元章，字貞士，言其家乘所記甚確。前朝詩所述建安莎衣道者，非事實也。宋牧仲中丞《筠廊偶筆》亦載此事，傳聞又異。按：三説當以劉爲實録。

周休休，正德間寓建昌隆道觀，題詩院壁云：「陌上紅塵撲面飛，近來覺得世情微。白雲深處招黄鶴，不識人間有是非。」後觀主以逋糧繫獄，周出藥如黍粒，點金濟之。遂絶跡。

崔琬，字文美，新建人。性至孝，父彦俊遘危疾，刲股進之，尋瘥。忽有石棊子一飛墮几案，視之，「士」字也。果益算十一年而終。琬有《悟真詩》百首傳于代。

石蓮洞在吉水縣西北，舊名石屋。羅念庵先生歸田後，静坐于此。山多虎，乃置短墻，署曰「虎豹關」。虎遂絶跡。洞南爲正學書院。先生年六十一，忽一夜聞洞外人語曰：「甲子年來甲子年，與君相見月圓前。」明日，公遂歸。望前一日，無疾而逝，世傳爲仙去云。已上《皇華紀聞》。

南陽淅川，古商於地。同年于道子先登嘗令其地，爲予言金人侵宋時，伐香嚴寺木造舟，木中有紋理，成詩云：「栽松種柏興唐日，解板乘舟破宋時。可惜香嚴千載樹，等閒零落歲寒枝。」又順治辛卯歲，雷山道人伐松葺回陽觀，諸生李霽明者禱於神，質明，松上有絶句，字如蟲蛀者，云：「修廟還留廟裏松，廟成松去鶴巢空。不如留却青松在，待得長生老化龍。」衆異之，遂止。

黄州曹石霞允昌，崇禎己卯解元，癸未進士，以文章名世。父卒官順寧，旅櫬未返，萬里入滇。順寧有民家生一兒，七歲不言，一日忽語父曰：「楚人曹石霞，吾門生也。今日至此，當往見之。」家人疑怪不信，兒輒自往，父母尾之。至通衢，果有肩輿來者。兒從稠人中直前止其輿，字而呼之曰：「石霞，吾待汝久矣。」曹愕然，兒又曰：「此地未可語，當至邸舍告汝。」既至邸，兒又曰：「可屏人闔户。」如其言。兒南向坐，曰：「我章格庵正宸也。一念之誤，三墮輪迴。始在豫，繼在粤，在此候汝又數年矣。今可隨我去乎？」曹歎訝再拜，曰：「某以父櫬未返葬，間關萬里，遠涉南荒，未能即從夫子，請俟異日。」兒默然久之，曰：「然則吾先行待汝耳。」遂至其家，是夕死矣。曹賦詩紀異。不數月，竟卒於順寧。其子以櫬歸，至某郡，忽重不可舉。視其壁上，乃有曹入滇時弔洪半石天禄詩，洪亦黄人，藁葬於此。乃啓洪窀，禱於櫬前，請同歸葬，於是遂行。楊職方鄂州兆傑説。

同年張鶴洲行人吾瑾嘗乘一驘，甚愛之。康熙甲辰，鶴洲以科場事下刑部，饘粥不繼，乃以驘抵逋於人。一日過市，酸嘶悲鳴，墮其新主而逸歸張邸。稍近之，輒蹄齧不已。家兄考功爲賦《義驘行》。

嗚呼！此贏勝華歆、賈充、褚淵六臣之徒多矣。

汾州孝義縣狐岐山多虎。明嘉靖中，一樵人朝行，失足墮虎穴，見兩虎子卧穴内，深數丈，不得出，彷徨待死。日將晡，虎來，銜一生麋飼其子。既復以餕予樵，樵懼甚，自度必不免。迨昧爽，虎躍去，暮歸飼子，復以餕與樵。如是月餘，漸與虎狎。一日，虎負子出，樵夫號曰："大王救我。"須臾，虎復入，俛首就樵，樵遂騎而騰上，置叢箐中。樵復跪告曰："蒙大王活我，今相失，懼不免他患，幸導我通衢，死不忘報。"虎又引之前至大道旁。樵泣拜曰："蒙大王厚恩，無以報，歸當畜一豚縣西郭外郵亭下，以候大王。某日日中當至，無忘也。"虎頷之。至日，虎先期至，不見樵，遂入郭。居民噪逐，生致之，告縣。樵聞之，奔詣縣廳，抱虎痛哭曰："大王以赴約來耶？"虎點頭。樵曰："我爲大王請命，不得，願以死從大王。"語罷，虎淚下如雨。觀者數千人，莫不歎息。知縣萊陽人某也，急趣釋之。驅至亭下，投以豚，大嚼，顧樵再三而去。因名其亭曰"義虎亭"。宋荔裳琬作《義虎行》，王于一猷定作《義虎傳》紀其事。

江浦周西水兵部名于漆，幼不能言，然頗能記前世爲某邑人，所常栖止處，廣庭中設一几，庭前有紅薔薇一叢，時時夢到其地。七歲時，戲門前，有僧過門，顧之曰："此郎有夙因。"周應聲即能言。家人驚喜，因令讀書。一過目，如宿習，數月徧通經書，《左》、《國》、《史》、《漢》。年十四，讀書山中精舍。一日日夕，憩溪邊石上，遇老僧，謂曰："郎忘七歲門前相見時耶？"叩其名，曰："我寶蕊也。閩人。"

周因留之舍中，日夜與論象緯、律曆、六壬、丁甲、句股、洞章之術，未半載，盡通其説。瀕行，復以黄河、海道、九邊三圖授之。且曰：「吾數學未傳人，今當游四方訪之。」又秘語周以十年之内天下必大亂，君異代人物也。自丙子迄甲申，果九年而明亡，皆如其言。周入本朝，以明經謁選人。嘗念寶蕊别時贈詩，有「元夕燈前尋賈子，秋風臺下拜鄒生」之句，未詳所謂。及謁選，得房山令。上元，與僚屬讌於賈公祠，問之，唐詩人賈閬仙祠也。問有子孫乎，吏對有賈某者，其裔也，見以逋税繫獄。周急令出之，代完其逋。是年秋調平谷令，抵縣日，即出勘田畝，夜宿山邨古廟。比晨，視其額，則鄒衍祠也，於是悟寶蕊之語一無爽焉。周述其學，著《三才儒要》三十卷。

閩陳寶鑰，字綠厓，觀察青州。一日，燕坐齋中，忽有小鬟年可十四五，姿首甚美，搴簾入曰：「林四娘見。」陳驚愕，莫知所以。逡巡間，四娘已至前萬福。蠻髻朱衣，繡半臂，鳳觜鞾，腰佩雙劍。陳疑其仙俠，不得已，揖就坐。四娘曰：「妾故衡王宫嬪也。生長金陵，衡王昔以千金聘妾入後宫，寵絶倫輩。不幸早死，殯於宫中。不數年國破，遂北去。妾魂魄猶戀故墟，今宫殿荒蕪，聊欲假君亭館延客，固無益於君，亦無所損於君，願無疑焉。」陳唯唯。自是日必一至，每張筵，初不見有賓客，但聞笑語酬酢。久之，設具讌陳及陳鄉人，公車者十數輩咸在坐，嘉肴旨酒，不異人世，然亦不知何從至也。酒酣，四娘敘述宫中舊事，悲不自勝，引節而歌，聲甚哀怨，舉坐沾衣罷酒。如是年餘，一日黯然有離别之色，告陳曰：「妾塵緣已盡，當往終南。以君情誼厚，一來取别耳。」自後遂絶。有詩一卷，長山李五絃司寇化熙有寫本云。又程周量會元記其一詩云：「靜鎖深宮憶往年，樓臺蕭鼓遍烽烟。紅顏力弱難爲厲，黑海心悲只學禪。細讀蓮花千百偈，閒看貝葉兩三篇。梨園高唱□□□，君試聽之亦惘然。」

利津李神仙者，占卜射覆多奇中。霑化李吉津宮詹呈祥在京師，一日問李前程事，李書一聯云：「洗耳目同高士潔，披襟不讓大王雄。」後半載，宮詹以建言流徙出關。途次永平，有一秀才迎道側，具刺自言貧苦，求資助。視其名，則高士潔也。大駭歎。及出關，一守備王姓，素受宮詹恩，聞公至，遠來相送，因爲誦前詩，及第六句，王駭曰：「雄即某小字也。」李公太息，以爲定數不爽如此。至康熙元年，詔許生還。李公一日偶舉此事語長洲尤太史展成侗，尤又駭曰：「此詩乃某昔年戲作《論語詩》中之一也。」李今已老，尚往來燕趙齊魯間。

井研雷侍御某爲縣令時，生一子，八歲而夭。後復生一子，年七八歲，一日晨睡不醒，喚久之乃覺，自云：適見其兄來，呼入一山，似非人境。且贈之詩云：「三生未了塵凡業，一夕初完渾沌胎。紫炁臺前千劫盡，白羅天外百花開。」正吟末句，忽云：「父母喚汝，可去，爲我致問安好也。」高念東侍郎說。

金山有義蜂冢。鎮江府廨有蜂一筒逸出，其王斃，群蜂相揉藉爭死之，不下萬餘。嘉靖中，鎮江嚴同知者爲立義蜂冢，徐尚書養齋問作《蜂冢歌》紀事云：「群蜂勢方屯，主蜂自殘折。意氣許與成君臣，義心欲奮秋陽烈。摧軀抉股同死君，田橫門客多如雲。後人重死不重義，奉頭鼠竄何紛紛。微蟲感恩乃至爾，吁嗟萬靈不如此。金山山高江水寒，孤冢蒼茫爲誰起。」《西園雜記》云嚴名應階。《緑雪堂雜言》云在北固山，楊邃庵閣老表爲「義蜂冢」。

郟縣二蘇公墓，明末劇寇吴宗聖作亂，松柏剪伐無餘。順治初，知縣張石只篤行，章丘人，丙戌進士。至，謁墓下，復爲封樹立碑，增植松樹千餘株，題詩云：「峩眉遥望獨傷情，樹盡碑殘野草生。莫道荒郵烟火絶，山家今日是清明。」是夜，夢一青衣曰：「東坡遣致謝。」問先生今何在，曰：「在臨汝，公至彼當相見。」是歲七月，以事至汝州，有青衣款門，遺一卷，乃東坡墨蹟《蜀岡送蘇伯固之嶺南》五言詩也。青衣忽不見，張異之，因命工摹勒於石，自記其本末如此。

王璵似，字魯珍，益都諸生也。康熙元年，省父保寧太守玉生，字稚崑。歸次鳳翔橫水西，迷失道。時方五月，暍甚，遥見山麓屋宇隱隱出林表，策馬赴之。可五六里，至則古木參天，藤蔓糾結，漸入陰翳，不見曦景，蝟伏鼠竄，栖鶻磔磔，驚起叢薄間。心悸欲返，更誤入敗垣。北得一亭，蒿藜没徑，闃無人跡。繫馬堦楹，轉入東北隅，有堂巍然。堂後素壁上題詩滅没不完，有云：「殘魂摇遠夢，弱骨冷空山。」又云：「金刀斷織韓香事，千載銜冤泣月明。」方吟諷然疑之頃，忽牆下窸窣有聲，一巨蛇出草間，拔刃逐之，乃引至别院。一室類祠廟，室中有塑像，緑衣少年，衣冠甚古。室東西正黑如夜，西北隅微茫有物如牀几，不敢近。稍以刃穴壞牖土石視之，天光穿漏，則一敗柩耳。睇其中，豐鬢纖足女子也。雖衣花成土，而依稀可辨。胸壓匕首，剪刀出其左脇。憶壁間詩，殆以此。因以土覆其身而出。比紆迴出林木，日已將夕，僮僕方徬徨道左，乃覓路東行。恍忽見一女子拊心倒行馬前，既而形隨目矚，化身百千。投逆旅，假寐，夢女子來云：「荷君厚意，後十三年再得相見。」比覺，問店主人，云：《續文》有「後魏」二字。「鄭刺史祠也。闖寇已來，久爲豺虎之窟，欲焚其處而未果也。」然十三年後，竟無所遇云。王生，予門人。《續文》無「云」字。「門人」下有「自述如此」四字。

《雙槐歲鈔》有《貞鶯》、《烈鴛》二詩。因憶昔在揚州署中，有青鸞二，飲啄必俱。一日，其雄爲鹿觸死，雌日夜哀鳴，不忍聽聞，數日亦死。予感其義，作《青鸞操》。

張生太室言：順治十三年，渡河至荆隆口龍王廟下，見堤夫買得大鱣魚，長六尺許。剖其腹，得紅錦袋一枚，中藏珍珠一、琲金約指四、玉條脱一、牛黄丸子一、紅甲二片、香藥一裹，又私書一紙，半已浥爛，詞甚悽惋。似是婦人欲寄所私，不遂，投河死，而入魚腹也。張賦《魚腹怨》紀之。已上《池北偶談》。

劉以平，字近塘，猗氏人。諸生時，夢入宫殿中，有王者命坐對弈。又至一所，石門上懸聯句云：「鸚鵡能迴千載夢，麒麟空卧萬年秋。」不解所謂。既登進士，爲潞府王官，王敬禮如賓師。遷陝西行太僕寺卿，過武塈墓，墓上石刻一聯，即夢中所見也。《隴蜀餘聞》。

天章説：滄州人張漢儒嘗病彌留，夢三梵僧以手三摩其腹，立愈。遂發願謁四名山。至普陀，謁大士畢，欲歸。見一老人于洞外掃除，因與語曰：「若遠來，寧欲見大士乎？但虔禱，當有所睹。」張乃跪禱，久之，忽見洞口有金光，衆諦視，果睹大士自石壁中出，唯見側面。又禱曰：「既蒙大士現身，願睹正面頂禮。」大士即又背洞面海，去人咫尺，紺髮卷鬈，高顴隆準，衣緑色，半身在雲氣中不可見。衆歡喜稽首，倏入石壁去。老人云：「始亦以得遇大士現身，故捨身于此，供灑掃之役。久亦屢見。」按：郎瑛《類纂》亦載元張光弼《普陀山觀世音善財應現》詩，蓋自昔有之矣。

崇禎九年，漢中人劉一真入終南山採藥，遇仙人，自言是徐元直，令一真奏事。有旨下撫按察訪。成都費經虞有詩云：「傳聞徐元直，尚在南山雲。我欲從之去，高峰麋鹿群。」并録一。《居易録》。小説載盧杞、李林甫仙去，固誕妄可笑。然近世有遇徐庶者，或云在終南，或云峨眉，成都費經虞有詩云：「傳聞徐元真，尚在南山雲。」

田少司寇綸霞旻説：昔官武昌監司，遂安毛際可會侯訪之。一日遊書肆，見一丐者，衣服襤褸，而神宇清異。臂布囊，中蓄鼠數十頭以爲食。毛予之錢，不受。指其囊曰：「只此足矣，得錢無所用也。」因閲毛所買書，曰：「此習見書，豈不貯腹笥，而更買諸肆乎？」毛益駭其言，因延之坐，與論九流三教，無不淹貫。又索紙自寫其詩，盡數十番，字雜行草篆隸，詩多警策，間有隱語。後數年，夏包子作亂武漢間，以其語驗之，皆合。毛詢其居處姓名，不答，顧曰：「子得遇我幸也，我從此逝矣。」遂不復見。

葉氏女，德州人，其父賣菜傭也。女生而知書，明麗若神。及笄，富貴家競通媒妁，女皆峻拒之，但乞以女紅之直，侍養父母。時注目天際，如有所思。一日晨起，嚴妝飾，趨父母前禮拜，若將遠離者。詰之無語，但頻視日景。及午，忽入室闔户，跏趺西向坐，手結三昧印，舉體香如芳蘭。母心動，入視之，已化去久矣。事在萬曆戊午年午月午日午時。程工部先貞作《火蓮行》、《午日行》二篇紀其事。

魯顛子者，無名字，云是宋肅簡公裔。常居平湖，盛暑或衣綿絮，雪中則赤體遊行，嬉笑自得。亦嘗遇人家索酒，飲數斗不醉。自言當在雲間脱殼，遂往松江。遇知府方禹修岳貢出，作醉顛狀，大呼斥其名，且曰當不良死。方怒，杖之立斃。後二年，有人見之吴閶門。有《醉歌》一首云：「擲杖下丹丘，寒花點石樓。十年殘醉裏，不見海山秋。」

譚公道者，惠州人，幼爲人牧牛，後得道羅浮。一日降乩，題王子干太守煐憶雪樓長句云：「鵞城刺史城西住，伐木結樓最高處。當牕便見四百峰，繞屋何須三十樹。江光山色望無邊，不學蘇森慣懶眠。雨過披襟共長嘯，月來把酒問青天。滄桑幾度荒蕪久，恰喜停驂向君後。疎櫺白屋只尋常，徑轉林開已非舊。知君元是住山人，五馬南來不失真。試倩維摩留妙筆，吴綾一幅可傳神。滿前花開復花落，人情翻覆秋雲薄。何如萬卷攤匡牀，幺鳳飛來棲緑萼。百年瞬息本無多，及時行樂莫蹉跎。紛紛紅土争顔色，奏爾瑶琴白雪歌。戴笠他時約蓬島，闕二字。依稀挂檐角。尊中有酒緑如澠，會須坐向樓頭酌。」又一詞，調《江城子》，亦可誦。已上《居易録》。

門生沈碉芳，嘗與友人汎西湖。未幾雨作，座有請乩仙者，至則書一絶句云：「才散笙歌罷緑么，冷風疎雨上輕舠。問予名字真消息，曾向王維雪裏描。」叩之，自云：「緑天仙子。賈秋壑半閒堂後植蕉百本，予乃其中之得靈氣者，現美人身，侍書于巾峰洞天。」翼日跡之，果有巨蕉一本，樵牧不侵。送醵金構精舍其側，自後數降乩，與諸生倡和云。《香祖筆記》。

陳子文奕禧初丞安邑，夢至一山寺，殿廡像設極宏麗。顧見西北隅下臨城堞，有園圃，新作一亭，尚未覆瓦。傍有人指示曰：「此君終身歸宿處也。」後三十年，累官知南安府。一日，遊東山寺，殿廡像設宛如夢中所見，方心異之，忽顧西北林木缺處，下有園圃，中作一亭將成，尚未覆瓦。問之，則府署後圃，子文重建宋守李彝庚緑陰亭也。益異而心惡之。歸遂寢疾。初，子文得南安，寄余書曰：「郡圃有宋人緑陰亭址，暇當重葺之，退食則吟詩作字於此亭。」將成而歿，竟未得一日居也。《分甘餘話》。

帶經堂詩話卷二十七

叢譚門一

俗砭類

近人言詩好立門户，某者爲唐，某者爲宋，李、杜、蘇、黄，强分畛域，如蠻觸民之鬥於蝸角，而不自知其陋也。唐詩三百年，一盛於開元，再盛於元和。退之《琴操》上追三代。李觀之言曰：「孟郊五言，其有高處，在古無上，其平處下顧二謝。」李翺亦云：「蘇屬國、李都尉、建安諸子、南朝二謝，郊皆能兼其體而有之。」今人號爲學唐詩者，語以退之《琴操》、東野五言，能舉其目者蓋寡矣。歐、梅、蘇、黄諸家，其才力學識皆足淩跨百代，使俛首而爲撦拾吞剥、黍屑俗下之調，彼遽不能耶？其亦有所不爲耶！《漁洋文》。

《耆舊續聞》云：後唐進士謁前輩，各投所業一卷至兩卷，但於詩賦古調中取其最精者。行兩卷，號曰雙行，已謂多矣。桑魏公維翰只行五賦，李相愚只行五首詩，便取大名。裴説補闕，只行五言十九首，至來秋復行舊卷。今投贄詩文，以多多爲善者，乃疥駱駝也。

予嘗見一布衣有詩名者，其詩多有格格不達。以問汪鈍翁編修，云：「此君坐未嘗解爲時文故耳。時文雖無與詩古文，然不解八股，即理路終不分明。」近見王惲《玉堂嘉話》一條，鹿庵先生曰：「作文字當從科舉中來，不然而汗漫披猖，是出入不由户也。」亦與此意同。

宗柟附識：勇參述蒿廬先生云：「如鈍翁言，未有八股以前，理路俱不分明耶？今之解八股者，理路果盡分明耶？此亦鈍翁主張時文太過之論。余爲更其語曰：此君坐未嘗解爲古文故耳。」又云：「謂作詩者理路不可不分明是也，謂理路分明必由于作八股，其然豈其然？」又云：「今世所謂古文，非古文也，乃散體時文耳。甚者並起承轉合之法而滅裂之，一派胡譁，是更出時文之下矣。然則鈍翁所言，似亦未可厚非。」又《柳南隨筆》：「邑諸生王某與錢木庵良擇友善，見木庵工吟詠，王亦閒效之。一日，木庵過其居，適几上有所作詩，方欲取視，而王藏去不肯出。木庵問是何著作，王不對。木庵笑曰：『吾知之矣，此必七字時文也。』噫！今之秀才撑腸無字，漫學婆和，其不爲七字時文也者幾希！」

《容齋四筆》載興國宰書稱「瀲水有驅策」云，瀲水者，彼邑一水耳，郡中未嘗知之。近時人自系鄉里，多舉其地一山一水，或一古蹟，令人茫然不知何地。甚有割裂古名，如常州稱「南蘭」而去「陵」字，江寧稱「白鍾」，蓋合白門、鍾山而各去其一字，此何説也？又嘗見諸城二士人詩卷，一稱蘇臺，一稱秦臺，或問之，則蘇臺者謂超然臺，秦臺謂琅邪臺耳，尤可絶倒。

劉貢父平生未嘗議人長短，有不韙必面折之，退無一語，此長者之行也。亡友桐城方爾止，瀟灑有天趣，每見人誦詩者，輒爲竄改，其人不樂，方亦不顧也，然退未嘗不稱其長，而揜覆其短，予以此重之。

附録此條後段：方事多可笑。秀水李良年字武曾，方一日與札，故作增字。李明日見曰：「先生誤矣，某字武曾，非增也。」方曰：「吾正恐人誤作武曾讀如層耳。」聞者皆笑。

宗枏附識：勇參云：「《柳亭詩話》：桐城方文，字爾止，好改人詩，人因呼曰『改爾之』。」

虞道園序范德機詩，謂世論楊仲弘如百戰健兒，德機如唐臨晉帖，揭曼碩如美女簪花，而集如漢廷老吏。曼碩見此文大不平，一日過臨川詰虞，虞云：「外間實有此論。」曼碩拂衣徑去，留之不可。後曼碩赴京師，伯生寄以四詩，揭亦不答。未久卒於位。偶讀梁石門寅集述此，記之。文士護前，盧後王前，千古一轍，可笑也。

宗枏案：文士護前，故由學識未至，亦屬氣習使然。揭詩婉麗，文靖評之殊當，而猶爲不平，何也？輇才小生，遠不逮文安，乃昏氣爲君，且以矜氣佐之，「唯庸故妄」，歸太僕詎肯作孟浪語耶！

崑山慧聚寺有毘沙門天王像，唐楊惠之所塑，旁二侍女尤佳。徐稚山紀其事，謂此像得塑工三昧，具戒後人不可妄加修飾。因思古人書畫詩文，寧闕疑，不可妄補，皆如此。

附録：此條後段：《西園雜記》載：杭州中天竺佛殿後壁山水，王叔明所畫，歲久剥落。有遜齋子者補之，爲方棠陵豪所譏。此今古通病也。近見秦中諸碑，如《九成宫》之屬，下方多刓缺，俗人輒以惡書補之，更數十年，真面目不可復識矣。

襄城李來章，本名灼然，以字行，改字禮山。常執經于予，工爲古文。戊辰下第，與中牟冉覲祖永光同居嵩下，從宫詹逸庵耿先生講學，各有詩一卷。庚午冬，公車見之，予曰：「《詩》三百主言情，與

《易》太極説理，判然各别。若説理，何不竟作語録，而必强之爲五言七言，且牽綴之以聲韵，非蛇足乎？荆川之徒撰白沙、定山及荆川詩爲《二妙集》，繼《擊壤集》後，以爲詩家正脉，藝林傳爲笑柄，詎可踵其陋哉？」

牛僧孺以詩謁劉夢得，夢得爲飛筆點竄，僧孺深憾之，至作相後纔吐，劉愧悔，以戒子孫。故王建云：「人怪考詩嚴。」予生平手定朋友之詩多矣，率從直諒，諒之者固多，抑豈必無怪其嚴者？昔爲郎中時，嘗爲户侍魏敏果公象樞閲其集，魏以手札報謝云：「于論文談藝之中，見吾心不欺之學。」魏講學，故云云。然「不欺」二字，實談藝根柢耳。并録二。

宗柟附識：兄寒坪云：「『莫嫌恃酒輕言語，曾把文章謁後塵。』牛與劉詩，所謂作相後纔吐也。劉答詩：『猶有舊時冠劍在，待公三日拂埃塵。』牛意消解，云：『三日二字不敢當。』」

《古夫于亭雜録》。故大司寇蔚州魏敏果公，在京師與余投契甚深，所作詩文，每相質證，一字一句，瑕纇必指。公顧大喜，語其子今宫諭無僞學誠曰：「吾在都數十載，閲人多矣，所心折者，唯有阮亭耳。」諭德甲申秋入都，爲余言如此。

同上。《顔氏家訓》云：「江南文制，欲人彈射，遇有所累，隨即改之。山東風俗，不通擊難，吾初入鄴，遂嘗以此忤人，至今爲悔。」余謂此亦存乎其人耳，不關南北也。余夙昔於朋輩兄寒坪云：朋輩即朋輩，兩朋作朋之義。詩文就質，凡佳惡必直言無隱，故翰林侍讀施愚山先生常曰：「吾交游滿天下，直諒多聞，唯王先生耳。」故刑部尚書魏環谿先生每有所作，必屬余指其瑕，即欣然改定。嘗有謝劄云：「於論文較藝之中，見吾心不欺之學。」又語其子宫諭學誠曰：「吾在京師三十餘年，唯心折一阮亭耳。」故翰林檢討唐先生濟武亦然。晚年有京朝官以詩相質，余爲指摘竄改不少隱，後遇之，頗有愠色，余始知古道不可盡行也，悔之。此事不獨顔氏，唐劉夢得與牛僧孺亦有然矣。

宗柟附識：《蓉槎蠡説》：曹子建《與楊德祖書》：「世人著述不能無病，僕常好人譏彈其文，有不善應時改定。昔丁敬禮作文，使僕潤飾，僕辭，敬禮曰：『卿何所疑，文之佳惡吾自知之，後世誰相知定吾文者。』」王儉出所作令任昉點正，昉因定數字，儉拊几歎：「後世誰知子定吾文。」家偕柳曰：「世固不乏陳思、任昉，悠悠此日，孰是敬禮、仲寶之儔哉？亦何怪乎文采風流之遠謝前輩也。」

《老學庵筆記》：張文潛言王中父詩好用助語。又記韓少師持國詩數聯，如「用舍時焉耳，窮通命也歟」之類。明啓、禎間尚竟陵詩，多用助語，世以爲口實，然古名輩先已有之。已上《居易録》并録一

《古夫于亭雜録》。放翁《筆記》言王中父、韓持國作詩喜用語助，如「用舍時焉耳，窮通命也歟」、「居仁由義吾之素，處順安時理則然」，殆可發笑。天啓後，竟陵派盛行，後生效之，多用焉、哉、乎、也等虚字成句，往往令人噴飯，不知宋人已有先之者矣。

弇州《巵言》載：滄溟在關中，過許中丞宗魯伯誠，許問：「今天下名能詩何人？」滄溟曰：「唯王元美，次則宗臣子相。」許請子相詩觀之，滄溟艴然曰：「夜來火燒却。」許面赤而已。余嘗嗤之，夫子

相詩未必能過伯誠，即索觀亦屬恒事，何至怫然如此？又蔡子木入覲，酒間自歌其夔州諸作，吳明卿輒鼾睡，鼾聲與歌聲相低昂，歌罷鼾亦止。今觀明卿詩品，亦未能過子木也。文士護前，往往夜郎王自大，適足爲識者軒渠耳。厥後蔡巡撫中州，吳謫歸德府推官，與徐子與、張肖甫皆爲屬官，蔡身爲行酒，曰：「吾安敢有其一以傲三君子哉？」子木固盛德，不知爾時明卿當復置身何地。特著二事，以爲文士相輕之戒云。

朱昂、梁周翰與楊億同爲翰林學士，時梁、朱二公年老，而楊甚少，每輕侮之。然考二公皆宋初最有文譽者，而楊以後進乃敢輕侮。杜詩：「晚將末契託年少，當面輸心背面笑。」則子美亦嘗受惡少年之侮矣。韓翃，中唐詩人眉目，兩邀人主特達之知。晚在藩鎮幕，後生至目爲惡詩。詎文章耆宿，例宜取侮後進小生耶？顧楊大年正人亦爾，則不可也。僧文瑩《玉壺清話》云：開寶塔成，太宗特詔朱昂撰記。文成，敦崇嚴重，上深加歎獎。與宗人朱遵度號大小「朱萬卷」，與弟協稱「渚宮二踈」。又詔舉賢良，昂舉陳彭，杜鎬、刁衎列章奏曰：「朱昂端介厚重，不妄舉人，況彭年實有才譽，乞免召試，備清問。」遂命以本官直史館，則朱在當時物望可知。又後苑宴，侍臣賦詩，梁得春字，曰：「百花將盡牡丹坼，十雨初晴太液春。」上特稱賞。嘗請修《時政記》，從之。二公本末如此。予往見周翰所撰《石敬瑭家廟碑》石刻，惜未購得耳。後大年竟夭死，石介至詆爲文妖，或亦少時輕薄之報耶？

詩集句起于宋，石曼卿、王介甫皆爲之，李龏至作《剪綃集》，然非大雅所尚。近士大夫競以詩牌集字，牽湊無理，或至刻之集中，尤可笑。

宗楠案：集句集字妙如己出，亦屬難能。至如迴文、離合、建除、字謎，以及人名、卦名、數名、藥名、州名、六甲、十屬之類，滄浪所云只成戲謔，不足爲法。吾嘗讀前賢懷古之什，興寄無端，今則分列數朝，專詠一事矣。登覽之篇，妙遠不測，今則或分八景，或十二景矣。又向見《三家詠物詩》，纖題巧句，取悦兒童，亟宜屏置，乃有珍爲枕秘者，何也？朱太史竹垞謂明人詩開卷即是七律，其集多不佳。有激之言，自成篤論。矧卑靡嵬瑣，如俗下所陳，殆不堪爲識者發粲爾。

予嘗謂古人詩且未論時代，但開卷看其題目，即可望而知之。今人詩且未論雅俗，但開卷看其題目，即可望而辯之。如魏晉人製詩題是一樣，宋齊梁陳人是一樣，初盛唐人是一樣，元和以後又是一樣，北宋人是一樣，蘇、黄又是一樣。明人製題汎濫，漸失古意。近則年伯、年丈、公祖、父母，俚俗之談，盡竄入矣。詩之雅俗，又何論乎！

宗楠附識：勇參云：「《艮齋雜説》：竟陵云：看詩先看題，題佳則詩佳矣。此雖僻論，要亦有意。詩須有爲而作，何得借爲應酬具乎？近有一友，越數千里來訪，呈其詩稿一部，《縉紳便覽》也，予遂掩卷不閲。愚案：《小畜集·謫居感事》詩曰：『吴郡包山側，長洲巨海湄。萬家呼父母，百里撫惸嫠。』陸處士辛齋云：『父母官見此，知爾時尚止吴中稱謂如此，他處不盡然也。然自宋迄今，且偏天下矣。亦止稱謂如此，未宜形諸筆墨也。』又案：《柳南隨筆》：凡爲人作詩文集序及墓誌銘，文末署名，于同輩當自稱同學，或友人，或友弟，于前輩當自稱後學，或後進，或通家子，方爲得體。若稱眷弟、眷姪及眷晚生，則陋甚矣。嘗見沈石田全集内附唐六如和詩，自稱『後生唐寅』，亦雅甚。今人于交游徵逐時，視其行次，呼爲某哥，以示親暱，乃至尺牘、吟箋、書款亦爾。噫！詩文之不古若也久矣，區區稱謂間，奚難去俗而從雅？南雷所云『應酬之下，本無所謂文章』。又云『嚬笑爲榮，風雅寧論』。誠有慨乎其言之矣。」

詩題有一二字不古，遂分雅俗。如古人祇有同韵、和韵，而今人則改作步韵、武韵矣。古祇有絶句，今人則改作截句矣。古人贈答，或云「以詩贈之」、「以詩寄之」，今則改「詩以贈之」、「詩以寄之」矣。此類未易更僕，但取古人集觀之，雅俗自辯，當以三隅反也。已上《香祖筆記》。

宗枏附識：《柳南隨筆》：「唐宋人酬和詩有所謂次韵者，謂如其次第先後不易也。有所謂依韵者，謂同在一韵而所押之字則不相同也。有所謂用韵者，謂用彼韵而不如其次第也。今人或未深考，有渾而稱之者矣。」

王稚欽目空一世，而能推重何仲默，愛薛君采、鄭繼之，古人作青白眼，故當如是。今人不知視夢澤何如，而妄詆前輩一錢不直。少陵云：「爾曹身與名俱滅，不廢江河萬古流。」昌黎云：「李杜文章在，光燄萬丈長。不知群兒愚，那用故謗傷。蚍蜉撼大樹，可笑不自量。」諒哉！《分甘餘話》。

宗枏附識：《蓉槎蠡説》：「文人相忌，必非文人也。梁園之客，相如後至，不聞鄒、枚有閒言。李杜、韓柳交相引重，語由中出。或以爲氣類一也。介甫、子瞻以議新法齗齗不入，似有所深惡痛絶矣，而介甫譽子瞻爲文中龍，至擬其文爲《三王世家》，令讒者咋舌，何曾有纖毫忌嫉？魏佛助、邢子才互相詆毁，未免已甚，然邢、魏之負重名，亦寒山寺片石等耳，擬於蘇、王，不啻爝火日月之不相敵也。故曰真文人必不妒。」

笑枋類

宣城老儒丘華林者，工書法，嘗賦《梅花詩》百首，以示梅禹金，梅但爲點句讀而已。一日，閩人林初文孝廉以一絶句示梅，云：「不待東風不待潮，渡江十里九停橈。不知今夜秦淮水，送到揚州第幾橋。」梅擊節，逐字爲加圈贊。丘見之，愠曰：「林詩二十八字，正得二十八圈。吾詩百篇，最少豈不直得二十八圈乎？」人傳以爲笑。《池北偶談》。 并録一。

《漁洋詩話》。閩清林初文章孝廉，古度之父也，嘗有送人詩云：「不待東風不待潮，渡江十里久停橈。不知今夜秦淮水，送到揚州第幾橋。」以示梅禹金鼎祚，禹金激賞之。宣城有老儒丘華林，嘗以詩質禹金，但爲分句讀而已。見之大恚，曰：「林詩二十八字，正得二十八圈。吾詩字數不啻倍之，仍不得一圈耶？」聞者笑之。

蕭山毛簡討大可生平不喜東坡詩，在京師日，汪季用舉坡絶句云：「竹外桃花三兩枝，春江水暖鴨先知。蔞蒿滿地蘆芽短，正是河豚欲上時。」語毛曰：「如此詩亦可道不佳耶？」毛憤然曰：「鵞也先知，怎只説鴨？」衆爲捧腹。益都孫仲儒，文定公次子也，持論好與予左。一日見予《蜀道詩》「高秋華岳三峰出，曉日潼關四扇開」之句，輒疵之。或告以此本昌黎《上裴晉公詩》，非杜撰也，仲儒怒曰：「道是昌黎便如何？畢竟是兩扇。」又予《題涪陵石魚》云：「涪陵水落見雙魚，北望鄉園萬里餘。三十六鱗空自好，乘潮不寄一封書。」又曰：「既是雙魚，合道七十二鱗。」聞者皆笑之。或以諗予，予亦笑曰：「此東坡所謂『鼈厮踢』也。」《居易録》。 并録二。

《漁洋詩話》。蕭山毛奇齡大可不喜蘇詩，一日復於座中訾謷之，汪蛟門懋麟起曰：「『竹外桃花三兩枝，春江水暖鴨先知』云云，如此詩亦可道不佳耶？」毛佛然曰：「鵝也先知，怎只説鴨？」

同上。孫賓侗，字仲孺，益都相國沚亭仲子，有才氣，善詩文，然持論好與余左。余《蜀道詩》「高秋華嶽三峰出，曉日潼關四扇開」，孫議之，或曰：「此本昌黎，非杜撰也。」孫憤然曰：「昌黎便如何？畢竟是兩扇。」又《題涪石魚》云：「涪陵水落見雙魚，北望鄉園萬里餘。三十六鱗空自好，乘潮不寄一封書。」孫駁之曰：「既是雙魚，合道七十二鱗。」余聞之，笑曰：「此之謂鼈厮踢。」

《類纂》載武林女子金麗卿詩：「家住錢塘山水圖，梅邊柳外識林蘇。」郎瑛謂其不能守禮，出則擁蔽其面。時方食，不覺噴飯滿案。又謂謝無逸以《胡蝶詩》得名，號「謝胡蝶，後李商隱襲其語云云。則是以唐人蹈襲宋人矣，更可一笑。

唐詩人楊憑，有中表竊其詩卷登第，憑知之，怒甚，且詰之曰：「『一一鶴聲飛上天』在否？」中表答曰：「知兄最愛惜此句，不敢奉偷。」憑意稍解，曰：「猶可恕也。」宋初朝士競尚西崑體，伶人有爲李義山者，衣衫襤褸，旁有人問：「君何爲爾？」答曰：「近日爲諸館職撏撦故至。」此二事古今笑柄。予四十年來所爲詩，人間多有其本，其爲人撏撦不少矣，恐「一一鶴聲飛上天」亦非己有，偶書之，發一笑粲。并録一。

《漁洋詩話》。余在廣陵，有蜀士投詩一卷，余閲竟，曰：「中唯樂府三篇最佳。」後二十年，以詹事祭告南海，至廣州，見羅浮布衣陳恭尹元孝，則三詩皆陳舊作，蜀士竊取入行卷者也。余笑謂陳曰：「『一一鶴聲飛上天』，賴吾能辨之。」

宋時士大夫爲王氏之學者，務爲穿鑿。有稱杜子美《禹廟》詩「空庭垂橘柚」，謂「厥包橘柚錫貢」也；「古屋畫龍蛇」，謂「驅龍蛇而放之菹」也。予童時見此説，即知笑之，語諸兄曰：「信如此，則杜公之詩何殊今佛寺壁畫觀音救八難、善財五十三參，關侯廟壁畫五關斬將、水淹七軍耶？」諸兄爲之軒渠。

宗柟案：山人童時所見，乃爾超然。顧佛寺畫壁之嘲，斯言稍過。宋孫莘老云：「橘、柚、錫貢、驅龍蛇，皆禹之事，公因見此有感也。」虞山注亦采之。近富平李檢討天生云：「橘柚龍蛇，禹貢也；雲氣江聲，亦禹所時歷也。妙在於庭屋壁垣間寫之，不必定無，亦不必定有。用之禹廟亦可，通之他廟亦似，眼前點綴，絶非掌故堆填。既知其佳，彌歎其妙。」又云：「雖可通之他廟，究竟施之禹廟爲至當。」此真得詩中三昧矣，不然泛用於堯、舜之廟，復成何語乎？愚謂宋人解詩，多穿鑿附會，自須分别觀之。即檢討云云，似亦本于孫氏，而會意精融，持論圓至，愈覺杜陵用經有别具罏錘之妙。若三家邨夫子，遇此等題，輒點竄塗改以爲工，此條所譏殆難免矣。

宋明帝借張永南苑三百年，詔云「期畢便申」。周宰相王溥父祚，以觀察使致仕，一卜者諛其壽可百四十，唯百二十歲時，春夏間微苦臟腑。祚大喜，顧子孫曰：「孩兒輩切記是年，莫教我喫冷湯水。」二事癡絶可笑。杜牧詩「百年便作萬年計」，富貴中人不悟此者多矣。釋氏六如之喻，正爲此輩棒喝。

康熙初，士人挾詩文遊京師，必謁龔端毅鼎孳公，次即謁長洲汪苕文琬、潁川劉公㦷體仁及予三人。陽羨陳緯雲維嶽，其年維崧之弟也，初入都，手寫行卷三通置案上。友人問所詣，曰：「吏部劉公、户部汪公、禮部王公也。」友人曰：「吾爲子預卜之。汪得卷必摘其瑕疵而駁之，王得卷必取其警策而揚之，劉則一覽輒擲去，無所可否。」已而果然。予聞之，笑謂公戫曰：「吾二人或駁之，或揚之，皆尋常耳，唯兄此一擲最不易到。」公戫亦爲之絶倒。并録一。

《香祖筆記》。《譚輅》云：「劉季緒好詆訶文章，掎摭利病。徐陵爲一代文宗，未嘗詆訶作者。」昔予與故友汪鈍翁在京師，鈍翁好詆訶人，前輩自錢公牧翁而下，無得免者。後進以詩文請質，亦無恕詞。予每勸之。故友計甫草東嘗序予門人汪蛟門懋麟集云：「鈍翁性悁急，不能容物，意所不可，雖百賁育不能拄其口也。其所稱述，於當世人物之衆，不能數人焉。阮亭性和易寬簡，好奬引氣類，然以詩文投謁者，必與盡言其得失，不少寬假。」此數語頗得予二人梗槩。顧施愚山又嘗謂予：「公好奬引人物，自是盛德。然後進之士，學未有成，得公一言，便自詡名士，不復虚懷請益，非公誤之耶？」予思其言，亦極有理。

宗柟案：文章公器，識者定評自在，寬與嚴何容心焉。若掎摭利病，奬引氣類，前輩性或不同，自虚懷受之，其獲益則均也。聞當年後進將請質堯峰，群有「磨鈍」之謔。然議論有根柢，法度極準繩，淺學未由窺測。曩客吴門，屢訪其緒言不得，讀所著類稿及晚訂《文鈔》，覺縝密以栗，中饒夷猶澹宕之致，固宜同時名勝斂衽推之。至於悁急多忤，或者有激而然耳。如山人最號寬和，乃指摘竄改，即愠形於色，前葉所謂京朝官其人者，豈少也邪？繆種流傳，虚聲標榜，無俟前輩一言，早已自詡名士，吾恐諸公復生，亦未易使之心折矣。

朱相國平涵《湧幢小品》載其嘗館一貴人家，其人奉齋，一日怒廚人，凡易十餘品，俱不稱意。朱笑謂之曰：「何不開齋？」近吴湖州園次綺遊廣州，有僧大汕者，日伺候督、撫、將軍、諸監司之門，一日向吴自述酬應雜遝，不堪其苦，吴笑應之曰：「汝既苦之，何不出了家？」座上皆大噱。二事頗相類，而吴語尤可味。楊誠齋詩云：「袈裟未著言多事，著了袈裟事更多。」其此僧之謂乎？已上《香祖筆記》。

附録：《皇華紀聞》：比在廣州，一日王大將軍招遊海幢寺，偶見寺僧今無阿字畫像，余曰：「此乃似富貴中人，不似和上。」友人陳子升從旁笑曰：「他却何曾不富貴！」予爲一笑。

宗柟附識：吴太守風流儒雅，所著《林蕙堂集》，駢體殊工。守吴興日，禽治豪猾，多善政。性喜賓朋，極觴詠之趣，卒緣是罷官。吴祭酒梅邨贈詩云：「官如殘夢短，客比亂山多。」蓋紀實也。答僧語真足解頤。文人妙於語言，不較勝叢林棒喝邪！

余謂陸魯望「無情有恨何人見，月白風清欲墮時」二語，恰是詠白蓮詩，移用不得。而俗人議之，以爲詠白牡丹、白芍藥亦可，此真盲人道黑白。在廣陵，有《題露筋祠》絶句云：「翠羽明璫尚儼然，湖雲祠樹碧于烟。行人繫纜月初墮，門外野風開白蓮。」正擬其意。一後輩好雌黄，亦駁之云：「安知此女非嫫母，而輒云翠羽明璫耶？」余聞之，一笑而已。《漁洋詩話》。

唐九經，字行一，淛之山陰人，崇禎癸未進士。性好諂，里人有官學士者，其封君家居，唐日往造焉。或嘲以詩云：「九經第一不修身，只爲年來敬大臣。」久之，學士歿，而里中有以監司家居者，唐又日造之。或問人：「唐近日何爲？」應曰：「近日不敬大臣矣，體群臣矣。」聞者皆大笑絶倒。監司後官至尚書，而唐已前歿，不及見。《古夫于亭雜録》。

宗柟附識：《静志居詩話》：崑山吴擴，字子充，游大人以成名。嘗於元旦賦詩懷分宜閣老，其友聞之，笑曰：「曆頭第一日，懷中朝第一品官。循是懷人，即歲除亦輪不到吾輩。」此可入《啓顔録》。又《柳南隨筆》：錢錦城字鏡先，宗伯牧翁孫也。少以詩名，有集一卷，其家副憲爲序。嘗之京師，攜其集就正新城先生。先生一見其序，即曰：「其家有湘靈在，舍之而求副憲，是從爵位起見也，詩可知矣。」遂擲去不觀。

一鄉先達，在明啓、禎初，不爲清議所許。常訓子孫勿學爲古詩，作古詩恐壞人心術。或聞之，笑曰：「沈休文始創四聲，想當爲君子第一，但不知何以處陶淵明？」《分甘餘話》。

附録：《香祖筆記》：萊陽宋荔裳按察言：幼時讀書家塾，其邑一前輩老甲科過之，問：「孺子所讀何書？」對曰：「《史記》。」又問：「何人所作？」曰：「司馬遷。」又問：「渠是某科進士？」曰：「漢太史令，非進士也。」遽取而觀之，讀未一二行，輒抵于案曰：「亦不見佳，何用讀爲？」荔裳時方髫髻，知匿笑之，而此老夷然不屑。

宗柟案：《筆記》云云，與《分甘餘話》所載鄉先達可稱的對。假令二老在座談詩論文，從旁聽之，縱極侘傺無聊時，亦不覺其笑來矣。又案：俗學掉文，時多敗闕，觀《蓉槎蠡説》一則，特開藏拙法門，並記之云：《顔氏家訓》譏訕不讀書人無餘地矣，然對衆嘿塞，不失守拙也。世有一種强解事人，可資捧腹。袁太冲同數紳謁監司，候久閒話，一紳曰：「司馬相如日擁文君看畫遠山眉，甚樂也。」一紳曰：「然。然下蠶室時，亦甚苦矣。」太冲閉目摇首：「温公吃一驚。」予閱此，笑曰：「不有以《兩都賦》《燕山銘》爲班孟堅文字，何關班固？及華省名郎不畏二十八宿笑人者乎？庶幾身不讀書，無爲作才語，見向準自首免罪。」

詼諧類

金孫太師鐸，字振之，恩州人，明昌中擢户部尚書，考滿進一官，再任時同列二人俱入相，振之賀席中戲舉青州布衣張在老《柏院詩》云：「南鄰北里牡丹開，公子王孫去不回。唯有庭前老柏樹，春風來似不曾來。」爲御史所劾，降授同知河南府事。或以詩送之云：「想到洛陽春正好，南鄰北里牡丹開。」聞者皆大笑。後入相。鐸有《清明日》絶句云：「翛然一室暗塵凝，兀兀端如打坐僧。習氣未除私自笑，短檠還對讀書燈。」載元好問《中州集》。

舟中讀龔端毅公《過嶺集》、《萬安絶句》云：「今朝無虎有梅花。」予曰：「『無虎有梅花』，恰有一語絶對。」客問何如，予曰：「宋人云『有蟹無監州』，豈非此句絶對？」客爲拊掌。記之以資談柄。已上《皇華紀聞》。

同年薛給事奮生以才氣自許，常在淮陰酒間謂予云：「子文士耳，異日終依我幕下。」予答曰：「恨吾子非嚴鄭公耳。」汪苕文亦有詩調之云：「十載雕蟲稍擅名，未曾縛袴學長征。他年若得登三事，但取蕭郎作騎兵。」并録一《漁洋詩話》。河陽薛大武奮生與余輩爲同年生，豪邁任俠。一日酒酣，大言曰：「君輩文士耳，異日終當依我幕下。」余熟視薛曰：「恨吾子非嚴鄭公。」一座大笑。鈍翁賦詩云：「少日詞場偶擅名，未曾縛袴學長征。他年若得登三事，但取蕭郎作騎兵。」

祭酒舊不一二年輒遷去，春秋丁禁無過四者。順治中淄川高念東侍郎珩爲祭酒，久不遷，一日至閣，洪文襄承疇戲謂曰：「高先生可謂五丁開山矣。」高笑對曰：「無妨六丁六甲。」果三年始遷去。予在成均，迄四載始遷少詹，戲爲口占寄先生云：「嘉話曾聞役六丁，任教人笑鈍司成。六丁今日還加二，始信前賢畏後生。」然此官清簡，實宜恬静。《南史》丘靈鞠有言：「人居官願數遷，使我終身爲祭酒，不恨也。」已上《池北偶談》。

予昔與梁侍御熙曰緝、劉吏部體仁公㦷、汪太史琬苕文輩，以同年同官曹郎，好爲謔語以資噱。康熙己未，詔徵博學鴻儒，苕文與焉。既至京師，予喜其來，置酒邀之，戲先之以詩云：「名山書未就，副已滿通都。天子詢年齒，群公愛腐儒。拋殘青箬笠，染卻白髭鬚。凍煞常彝甫，來傾酒百壺。」苕文答詩有「老乏染髭方」之句，不怒也。既而與同年薛給事奮生大武相謔，有「山人高價賣青山」之句，予因戲柬四絶句云：「潁水箕山傲昔賢，金庭玉柱隔風烟。逃名卻被山英笑，兩字堯峰世已傳。」苕文居堯峰。「談經人比鄭公鄉，絲竹門生列後堂。爲奉侏儒一囊粟，山中閒煞束脩羊。」苕文授生徒于堯峰。「横山山外好烟波，可惜柴門掩緑蘿。莫怪山人高價賣，此中佳處本來多。」此首即用答給事語戲之。「吴中高士謝山靈，共指文星傍帝庭。今夜堯峰高處望，不知何處少微星。」苕文偶言文星甚明。苕文見之，遂大怒，答以四詩，有「車服倘緣稽古力，便應飛札報諸生」、「太史錯占天上象，歲星元異少微星」、「從此不稱前進士，故人親授隱君銜」云云。又有詩云：「區區誓墓心，豈因一懷祖。」爲予發也。予刻續稿，久删前詩，適見鈍翁續集，具載見答諸作，憶前事，乃録而存之，以識予過，且示子孫以戲謔爲戒云。

宗柟案：山人少年登第，司理廣陵，與堯峰投契甚久。既而南北迢遥，郵筒酬寄，殆不勝冠蓋京華，斯人憔悴之思焉。以其應詔入都，喜溢楮墨，有此四詩，蓋自託於相知之深，而不覺其調笑之過耳。刪之誠是，復録而存之，俾來者味其辭意，本屬無他，不亦善乎？堯峰答詩亦復韵甚，益歎前輩風流，雖一時喜怒之言，無些子傖氣也。又愚意山人爾時若猶是浮湛外吏，即更益數詩，汪亦不怒。觀其所答首章云：「江外重山接五湖，十年何幸住潛夫。詩翁但戀金門直，曾見漁洋樹色無？」其意亦可睹矣。故知置身清切，較之落魄青衫，尤宜矜慎筆墨，「善戲謔兮，不爲虐兮」，以全交也，亦自處之道當然爾。

門人吴雯天章、蔣景祁京少、查嗣瑮德尹偶集邸舍，談及門人陳奕禧子文在京師時，上陸嘉淑冰修詩云：「借問如何是撥鐙？」冰修，陳同里尊行也，與子文皆以書法名，見詩甚恚。子文近自安邑丞遷知深澤縣，有大吏頗自矜其書，查言子文倘以書法見知，定自水乳。予笑云：「固然，第不可獻詩問撥鐙法耳。」合坐大笑。

《老學庵筆記》：嘉興聞人滋自云作門客牙，充書籍行。近日新安孫布衣默，字無言，居廣陵，貧而好客，四方名士至者，必徒步訪之。嘗告予欲渡江往海鹽，詢以有底急，則云：「欲訪彭十羨門，索其新詞，與予洎鄒程邨作，合刻爲三家耳。」陳其年維崧贈以詩曰：「秦七黄九自佳耳，此事何與卿饑寒？」指此也。人戲目之爲「名士牙行」。吴門袁駿，字重其，亦有此名。康熙乙巳，曾渡江訪予于廣陵。

李閣學枏倚江言其世祖文定公春芳狀元及第，明世廟甚眷之，超拜翰林學士，同侍講嚴訥、中允董份俱直西内撰玄，賜一品服。時六部尚書無一品服者。一日，候朝午門外，文定衣賜衣趨而入，六卿於棕棚下望之色動，鄭端簡公曉口占絶句云：「翰林學士信堪誇，新賜宫袍一品紗。可惜六卿身上鶴，一朝飛向别人家。」諸公皆大笑絶倒。

京師某梨園部一旦，有姿首，解文義，喜誦韓閣學元少菼制舉文。予向韓詢其人本末，孝感熊公賜履因言金陵某樂部一旦，最喜誦杜于皇濬詩。陳大司徒曰：「杜詩韓文，固自應爾。」衆亦一笑。已上《居易録》。

宗柟附識：《柳南隨筆》：「韓宗伯制義，本朝推爲大家，操觚之士，至今家置一編。而古文之工，則知者絶少。所著有《懷堂集》，筋力于南、北二《史》，疎疎落落，若不經意，而每篇必有一二會心語，爽人心目。其品格當在堯峰之右。吾友陳亦韓祖范曾讀書寒碧齋，宗伯每有撰著，輒命之謄寫，因語之曰：『汝輩第知我時文耳，然我他日之可傳者，在古文而不在時文也。』蓋宗伯之自信如此。」

宜興任宏嘉，字葵尊，康熙丙辰進士，以行人改授御史，上疏請定服色，於是三品已上，始許衣貂及舍利猻。一日五鼓入朝，遇梅桐厓鋗少廷尉，時隆冬，梅有寒色，予口占絶句戲贈之云：「京堂詹翰兩衙門，齊脱貂裘舍利猻。昨夜五更寒徹骨，滿朝誰不怨葵尊。」梅今爲御史中丞，巡撫福建。《觚賸》記此，訛爲京師謡語。并録一。《漁洋詩話》。

宜興任葵尊宏嘉爲御史，疏定朝服等級，三品已上，乃得衣貂及舍利猻。一日冬夜入朝，寒甚，梅桐厓總憲鋗時爲大理少卿，以四品，不得衣貂，余戲爲口號贈之云：「京堂詹翰兩衙門，齊脱貂裘舍利猻。昨夜五更寒徹骨，滿朝誰不怨葵尊。」趙玉峰少宰見之，笑曰：「公詩大佳，正難其落韵之穩耳。」鈕玉樵琇《觚賸》載之，而不知爲余作也。

宗枏附識：《在園雜志》：古裘有五：大裘、黼裘、良裘、功裘、褻裘。大裘用黑羔皮爲之，王者祀天之服。緇衣、羔裘，朝覲用之。《鄭風》云「羔裘豹飾」，大夫燕居之服，近日不獨不以豹飾，而大夫多不羔裘矣。間或服之，唯領與袖或飾貂，或飾狐，或飾銀鼠之類。而晏子一狐裘三十年，疑用全狐，今服全狐者少。「千羊之皮，不如一狐之腋」，近之狐腋盡人而裘矣。孟嘗君之狐白裘，即集狐之白腋也，俗名天馬皮。又集項下細毛，深温，黑白成文者，俗名烏雲豹，甚暖。其腿裏一塊黄黑雜色者，集以成裘，俗名麻葉子，亦暖。至於全白狐皮，則粗冗不堪。又有玄狐一種，定例止准官一二品以上者製爲帽，上賜居多。若口外嚴寒，出差者亦准爲帽。雖名玄狐，其實蒼白色者居多也。如高昌國貢唐太宗玄狐裘，今亦難得。蘇季子黑貂裘敝，古人貴重貂裘，近日稍豐裕者即衣之，定例四品以上始用，何其僭越也。若上元夫人之青毛錦裘，漢武帝之吉光裘，程據之雉頭裘，張昌宗之集翠裘，南昌國進浮光裘，司馬相如之鷫鸘裘，度安之紫綈裘，止存其名，不知爲何物矣。更有猞猁猻一種，輕暖華美，貂裘之外，無出其右。所謂胭脂雪者，想即此耶？侍衛製爲朝衣，諸王製爲坐褥，定例亦四品以上始服，近亦僭越矣。又灰鼠一種最多，毛之白者名銀鼠，康熙初年尚少而價昂，近多而且賤矣。又以獺皮爲深衣，可禦雪，可當衾裯，粗而重，賤者之服，亦爇（似當作「褻」）。裘類也。羊皮貴羔而賤老，人皆知之。獨口外有皮軟而毛長者，俗名麥穗子，言其毛長如麥穗也。口外風高，非此不足以禦之。内地亦有此種，不如口外者佳。

案：前人説裘者少，因節録之，第所見舍利猻類皆毛質厚重，此云輕暖，殆指其最佳者邪？

登高能賦，自是佳話。若蘭亭之集，古今艷之，然詩不成受罰者若干人，殊煞風景。乃亦有不識字不成詩，傳之于後，反成佳話者。如唐人韋蟾嘲李瑒詩：「渭水秦川照眼明，希仁何事寡詩情。料應學得虞姬壻，書字才能記姓名。」宋人釣臺詩：「諸老凋零極可哀，尚留名字壓崔巍。劉郎可是疎文墨，幾點胭脂涴緑苔。」政使希仁題詩，光世能書，亦復尋常，未必如此令人解頤也。

陶岳《五代史補》載：馮道鎮同州，有酒務吏乞以家財修夫子廟，道以付判官。判官素滑稽，書一絶句于判後云：「荆棘森森繞杏壇，儒官高貴盡偷安。若教酒務修夫子，覺我慚惶也大難。」道有愧色，因出俸修之。又李穀爲陳州防禦使三日，謁夫子廟，唯破屋三間，中存聖像。有伶人李花開進口號曰：「破落三間屋，蕭條一旅人。不知負何事，生死厄于陳。」穀驚歎，遽出俸以修之。五代學校廢壞如此，賴滑稽之言始得復，故可爲浩歎。觀唐玄宗過魯謁孔子廟詩，居然盛世帝王氣象。近聖駕東巡謁聖廟，命發金錢十餘萬重修，廟貌輪奐一新，賜曲柄傘于大成殿，此又漢、唐、宋、明已來所未有者。

合肥龔大宗伯鼎孳往往酒酣賦詩，輒用杜韵，歌行亦然。予常舉以爲問，公笑曰：「無他，只是細了好打耳。」已上《香祖筆記》。

同年祁珊洲文友，東莞人，爲廬江令，有詩云：「一夜東風吹雨過，滿江新水長魚蝦。」余深喜之，戲呼爲「祁魚蝦」。祁作色而怒，余笑謝曰：「兄勿怒，此自有例。」祁問何例，余曰：「兄不聞梅河豚耶？」祁乃失笑而罷。

方翕山文，桐城人，居金陵。少多才華，晚學白樂天，好作俚淺之語，爲世口實。以己壬子生，命畫師作《四壬子圖》，中爲陶淵明，次杜子美，次白樂天，皆高坐，而已傴僂於前，呈其詩卷。余爲題罷，語座客曰：「陶坦率，白令老嫗可解，皆不足慮，所慮杜陵老子文峻網密，恐盦山不免喫藤條耳。」一座絶倒。《漁洋詩話》。并録一。

宗柟附識：予兄寒坪博雅嗜古，尤邃於詩。嘗作《四時行樂册》寄呈查田太史，懇其題句，並賦詩代簡。太史深加稱賞，手題六絶四首，具載《敬業堂續集》。雍正戊申，兄仿盦山意作行看子，自題其後云：「新城王尚書漁洋，秀水朱檢討竹垞，海寧查編修初白，爲寓内詩宗，余於三先生皆素所鄉往而未及親炙者，爰屬鄭子秋浦作此卷，題曰《我師圖》，並賦一詩，以志私淑之意云：當代文章伯，稱詩鼎峙雄。千秋尊杜甫，一瓣敬南豐。自分才懸絶，寧論派異同。平生傾倒意，只看畫圖中。」

《古夫于亭雜録》。桐城方盦山，少有才華，後學白樂天，遂流爲俚鄙淺俗，如所謂打油、釘鉸者。余常問其族子邵邨亭咸曰：「君家盦山詩果是樂天否？」邵邨笑曰：「未敢具結狀，須再行查。」

明時，京師士大夫冬日製貂爲套，著冠帽上以禦寒，名曰帽套。一詞林乘馬謁客，有騎而過者，掠而去之。明日入署，訴于其僚，同年某公好謔，改崔顥《黄鶴樓》詩贈之云：「昔人已偷帽套去，此地空餘帽套頭。帽套一去不復返，此頭千載空悠悠。」衆皆大笑。

柴窯於陶器中最古，流傳至今者，碎片與金翠同價。亡友劉吏部公㦷體仁，每自詡其詩文爲柴窯片，雖謔語，亦有所本也。已上《古夫于亭雜録》。并録二。

《居易録》。潁川同年劉吏部公㦷，在京師與予輩爲詩社，每自詫曰：「吾詩文片段柴窯也。」予笑應之曰：「良然。兄畫乃兔毛褐耳。」座客皆軒渠。唐時宣州以兔毛爲褐，亞于錦綺，復有染絲織者尤妙，時人以爲兔毛褐真不如假。見《國史補》。公戩喜作畫而不甚工，家常蓄畫師爲捉刀人，予每索畫，輒柬之云：「勿煩真作。」故以此戲之。《漁洋詩話》。劉公戩畫不及其詩，常使金陵畫師吴宏字遠度。捉刀。余每索其畫，輒先之以小柬云：「勿煩真作。」公戩面訊其故，余笑應之曰：「兄畫如宣城兔毛褐，真不如假耳。」公戩大笑。

余少官廣陵，同年義興萬雲巘錦雯罷於潛令來揚州，揖罷，余亟問曰：「還有於潛絹也無？」萬茫然。既坐定，俯首思之，忽悟，乃大笑，茶杯幾覆。

故友程石矐，南海人，嗜檳榔，官兵部職方郎中。一日早朝，余戲占口號贈之云：「趨朝夜永未渠央，聽鼓應平官有底忙。行到前門門未啓，轎中端坐喫檳榔。」聞者皆爲絶倒。按輿轎見《前漢書》。

宗枏附識：《查浦輯聞》：「淮南王安《諫繫閩越書》『輿轎而踰嶺』，『轎』字始此。」

余昔爲禮部郎時，同官吴興沈郎中雲中令式、内江岳員外石齋貞，以事鬨於堂，諸君解之不可得。余後至，笑曰：「僕魯仲連先生鄉人也，欲吟一詩，爲二兄解紛可乎？」因吟曰：「長槍大劍日紛紛，誰識毛錐亦策勳。今日東陽逢瘦沈，公然來撼岳家軍。」諸君皆一笑而罷。已上《分甘餘話》。

帶經堂詩話卷二十八

叢譚門二

瑣綴類

河間縣新鍾驛逆旅壁，有予舊題絶句，毘陵毛端士有和作，頗致聞聲之思。白兔公，唐韓翃《送齊山人歸長白山》詩：「舊事仙人白兔公，掉頭歸去又乘風。柴門流水依然在，一路寒山萬木中。」已上《漁洋文》。

陳士業宏緒，兵書道亨子，新建人。負文名，乙巳年曾序予《論詩絶句》，其絶筆也。

廣州王蒲衣名隼，詩人邦畿説作之子，梁王顧名無技，解元佩蘭藥亭之姪，皆才士也。王妻潘，梁妹某，二女子皆工詩。予居廣城不久，惜未及見。已上《皇華紀聞》。

任丘縣令鄧君文源館予李氏東園，園有閣，宜遠眺。冬暄雪霽，松竹鬱然。主人李君經垓出示司馬公《花馬池》詩。李曾祖大司馬次溪翁，先曾祖大司徒同年也。《南來志》。

出廣州南門登舟，次佛山，陳恭尹元孝自龍江來追送，有詩。故友程職方周量子衎祖、門人陳宗德各有詩贈別。衎祖示南海吴韋山帶詩，頗清逸。廣州英妙有王隼蒲衣、梁無技王顧，昨皆見之。韋獨不至。《北歸志》。

虞山極辨史仲彬《致身録》之僞，而予鄉趙隱君士喆著《建文帝年譜》多取之。劉公子孔和亦有《題致身録》一篇云：「國初殺運烈不除，越三十載還相屠。以仁守之真不足，雖有節士謀多疎。哀哉中山誠意輩已盡，大計環顧徒嗟吁。聖祖信數不建輔，使作皇覺之裔餘。鬼門一出四十載，歸來老佛唯雪顱。竄身萬里伏滇國，泰伯不得終封吴。坳葬西山一笏地，豈有方遂之疑乎。當時二十有二人，左右食屨相攜扶。未必才智似狐趙，不可及者武子愚。二百餘年士最盛，摧傷太過今如無。千秋直史不可滅，帝在均房應屢書。」

附録：《香祖筆記》：吴江門人徐翰林電發釚寄《西邨集》，集凡二十八卷，其鄉先輩史鑑明古著也。明古成化間高士，與沈啓南齊名，而與吴原博、王濟之、李貞伯友善，爲三原端毅公所知。按集中有《曾祖文質府君行狀》，祗言洪武中縛貪吏詣闕事，無一語及靖難。而吴文定爲明古表墓，止云曾祖彬，亦無一語及遜國。則《致身録》之作，果不足信。然當時胡爲而有此説，遂傳千古之疑，雖博洽諳典故如虞山錢公亦不能知也。集是陳仲醇繼儒選，初字醇儒。

馬文室者，貴陽相之廝役也，官都督。金陵破，官於其居宅井中，淘金得數萬兩，或爲賦《淘金行》焉。

劉原父與永叔相友善，然原父常言：「好箇歐九，可惜不讀書。」仁宗嘗問宰執：「劉敞何如？」魏公極稱其才，歐對曰：「劉敞文亦未佳，其博雅足重也。」二公似以名高相失。後邨《江西道中》詩云：「每嘲介甫行新法，常恨歐公不讀書。浩歎諸劉今已矣，路傍喬木日蕭疏。」

「一路荒山秋草裏，行人唯拜漢文陵。」唐人詩也。「四十二年如夢覺，春風吹淚過昭陵。」宋人詩也。「祠官如可乞，長奉泰陵園。」「先帝侍臣空灑淚，泰陵春望已模糊。」明人詩也。文帝、仁宗、孝宗三君，德澤感人之深如此。

滇永昌張含《愈光集》，升庵先生所定。又閃繼修允迪亦永昌產，在啓、禎間有詩名。端簡王公宏祚以二公皆其鄉前輩，常欲合刻其詩，屬予選較。予謂閃集可刪者過半，非張匹敵，當專刻張集，而以閃集附後，公以爲然。庚戌，公乞骸骨，歸卧金陵，不知竟果此志否。

文光禄太青翔鳳戲作《口吃詩》云：「黠子向客共哆口，漆栗筆蜜手柳酒。」本《墨客揮犀》：鳳州有三出：手、柳、酒。宣州有四出：漆、栗、筆、蜜也。予使蜀過鳳縣，彈丸小邑，在棧道中，所謂伎手纖白固無從見之，驛酒殊薄劣，柳自入棧，亦頗稀少。予近和海鹽門人陳子文奕禧《詠鳳縣金絲柳》詩云：「鳳州三絶無纖手，又少旗亭酒共傾。唯有金絲幾株柳，臨江映驛拂人行。」并録一《秦蜀驛程後記》。三岔驛之東，瀕溪大金絲柳一株，是百年物。長條拂水，婀娜可愛。昔傳「鳳州三絶」手、柳、酒，宋元豐中詔貢百株植禁中。予舊有和門人陳子文絶句云：「鳳州三絶無纖手，又少旗亭酒共傾。唯有金絲幾株柳，臨江映驛拂人行。」

霍亮雅，曲周人，倜儻任俠，喜酒，好摴蒱之戲，亦工文章。卒後，中和孟涵光爲作傳，其邑人劉津逮逢源哭以詩云：「門前債客雁行立，屋内酒人魚貫眠。」或曰此十四字是敗家子弟小影耳。

宋岳侍郎珂《玉楮集》載：唐世有刺郡江表者，時宰囑以新淦出筆，託製以相寄。刺史至，召佳手，一老父應命，百日才得二管，馳貢相府。既訝其遲，又薄其鮮，試之，乃絶不堪，大怒曰：「數千里勞寄兩管惡筆來。」刺史聞之懼，欲罪老父，老父訴曰：「使君勿草草，我所製乃歐、褚所用，丐先示以相君翰墨再製，苟不稱，甘就鼎鑊。」既示之，笑曰：「如此只消三十錢筆。」不日獻五十管。馳上之，相一試大喜，優賜匠者。夜窗偶試毘陵張顥筆，因爲賦詩云：「世間未必無皋夔，九疑虞舜不可追。武皇鋭意開絶漠，摧鋒乃亦有衛霍。嗟哉格物本一理，顧人所用何如耳。筆工在昔本市傭，束毫傅管求售同。誰云進伎不進道，意匠輒與歐褚通，虔州刺史覓佳筆，雙管何堪須百日。星馳一騎到長安，試手鳳池隨棄擲。老奴恂慄丞相嗔，能用此筆能幾人。願窺翰墨減工製，必使揮毫誇入神。斗柄初回開電笑，槖籥果符人所料。中山聚族倘未殫，束帛那容及年少。是知人才用舍識别唯一心，皋夔衛霍無古今。妍媸能否唯在上所使，此筆區區正其比。我生識字僅一丁，眼前所見徒毘陵。未知當年新淦定何若，正恐鍾衛二王無合作。君不見此老一去知幾年，當時鑒裁無復傳。紛紛鷲毛抱箭賣，恰費書傭三十錢。」

金陵舊院有頓、脱諸姓，皆元人後没入教坊者。順治末，予在江寧，聞脱十娘者，年八十餘尚在，萬曆中北里之尤也。予感而賦詩云：「舊院風流數頓楊，梨園往事淚霑裳。樽前白髮談天寶，零落人間脱十娘。」又鄭姬無美，順治中尚無恙，虞山錢宗伯贈詩云：「閑開閏集教孫女，身是前朝鄭妥娘。」

宋張魏公手書《謁范文正公祠》一絶云：「拜公祠廟識公顔，神氣如生晚不還。守土小生偏感仰，太平功業重如山。」後書「樞密副使綿竹張浚頓首題」，字畫甚拙，詩亦劣。

荆州江陵相故宅，今爲公廨，有人題詩云：「恩怨盡時方論定，封疆危日見才難。」人傳以爲確論。李天生因篤説。并録一。《漁洋詩話》。

或題江陵相故宅壁云：「恩怨盡時方論定，封疆危日見才難。」

《中山狼傳》，見馬中錫《東田集》。東田，河間故城人，正德間右都御史，康德涵、李獻吉皆其門生也。按：《對山集》有《讀中山狼傳》詩云：「平生愛物未籌量，那記當年救此狼。」則此傳爲馬刺空同作無疑。今入唐人小説，亦如《天禄閣外史》之類。

宗柟案：《静志居詩話》：《中山狼》小説乃東田馬中錫所作，今載其集中。世傳以訾獻吉者，數其負德涵也。考之康、李未嘗隙末，黄才伯有《讀見素捄空同奏疏》詩云：「憐才不是雲莊老，愁殺中山獵後狼。」然則當日所訾乃負見素耳。見素林尚書，名俊，字待用，莆田人。

吴郡尤悔庵工樂府，流傳禁中，世祖屢稱其才。既而世廟升遐，尤一爲永平推官，以細故罷去，歸吴中，時時以樂府寓其感慨。所作《桃花源》、《黑白衛》二傳奇，尤爲人膾炙。予嘗寄詩云：「南苑西風御水流，殿前無復按《梁州》。凄凉法曲人間遍，誰付當年菊部頭。」「猿臂丁年出塞行，灞陵醉尉莫相輕。旗亭被酒何人識，射虎將軍右北平。」尤爲泣下。康熙己未，尤以召試入翰林，爲檢討。并録二。

《漁洋詩話》。長洲尤悔庵侗，工樂府，蚤歲作《讀離騷》諸傳奇，流聞禁中，遂達世祖御覽，歎爲才子。後龍馭升遐，尤自北平罷歸。余寄詩曰：「南苑西風御水流，殿前無復按《梁州》。飄零法曲人間遍，誰付當年菊部頭。」尤爲泣下。

《古夫于亭雜録》。長洲尤悔庵晚年作《詩中二十四友歌》，乃仿杜《飲中八仙歌》之體，所載皆海内名士之已殁者，而中亦及余，蓋因先兄西樵考功而連類及之也。詩見本集，辭多不録。

何光遠《鑒戒録》載：王蜀盧侍郎延讓獻王建詩卷，中有「栗爆燒氊破，猫跳觸鼎翻」之句。後建與潘峭在内殿平章邊事，令宫人於爐中煨栗，栗爆出，燒損繡褥子；建多疑，每於爐中燒金鼎子，唯徐妃二妹妹侍茶湯而已，是夜宫猫誤觸鼎翻。建曰：「『栗爆燒氊破，猫跳觸鼎翻』，憶延讓詩有此一聯，先輩裁詩，信無虚境。」來日遂有六行之拜。自給事拜工部。以俚鄙之詞遂獲顯擢，與孟公「松月夜窗虚」迥異如此。人生窮通，豈非命乎？或云是盧延遜獻宋太宗詩，潘峭作潘美。

《南唐近事》載：處士史虚白嘗對客弈，旁令學徒四五輩各秉紙筆，先定題目，隨口而書，略不停綴，數食之間，衆製皆就。《封氏聞見記》：雒縣尉張陟在中書，日試萬言，令善書者三十人各操紙執筆，俱占題目，身自巡席，依題口授，周而復始，午後詩筆俱成，得七千餘字。《唐詩紀事》：長沙王璘日試萬言，崔詹事廉問，表薦於朝，先試之，璘請十吏，皆給筆札，璘口授，十吏筆不停綴。首題《黄河賦》三千字，復爲「鳥散餘花落」詩二十首。皆可謂敏速矣。又韋皋嘗於二十四化設醮，請符載撰齋詞，於時飲摩訶池上，載命小吏十二人捧硯，人分兩題，緩步池間，各授口占，其敏如此。并録一。

附録：《香祖筆記》：《歸田録》稱楊文公大年作文，則與賓客飲博投壺弈棋，而不妨構思，揮翰如飛，文不加點，門人傳録，疲于應命。真一代之文豪。歐公一代文宗，而其推服前輩如此。

《古夫于亭雜録》。文章遲速不同，此由天性，不關工拙。故漢人云：「飛章馳檄用枚皋，高文典册用相如。」唐人詩云：「潘緯十年唫古鏡，何涓一夕賦瀟湘。」又吴道子、大李將軍俱畫嘉陵江山水於大同殿壁，明皇曰：「李思訓數月之功，吴道玄一日之跡，皆極其妙。」蓋又不獨文章爲然。

淄川袁孝廉松籬藩，名士也，以康熙癸卯冠《禮經》，壬戌尚困公車，闈中賦詩云：「二十年前古戰場，卧聽譙鼓夜茫茫。三條畫燭連心爇，一徑寒風透骨涼。苦向緇塵埋鬢髮，憑誰青眼託文章。明宵別後長安月，偏照河橋柳萬行。」武康陳孝廉興公之群吟之至泣下。是科袁竟下第，乙丑病蠱卒。

宗柟附識：名場蹭蹬，千古同悲。愚每誦查田太史詩「倚竹無心矜翠袖，聽歌有淚滴紅牙」，徘徊宛轉，輒喚奈何。孝廉之吟袁詩而泣下，固其宜耳。又《柳南隨筆》：「吾友陳亦韓嘗作《别號舍文》，備極形容，其辭云：『試士之區，圍之以棘，矮屋鱗次，百間一式，其名曰號。兩廊翼翼，有神尸之，敢告余臆。余入此舍，凡二十四，偏袒徒跣，擔囊貯精，聞呼唱喏，受卷就位。方是之時，或喜或戚。其喜維何？爽塏正直，坐肱可横，立頸不側，名曰老號，人失我得，如宦善地，欣動顔色。其戚維何？厥途孔多。一曰底號，糞溷之窩，過猶唾之，寢處則那，嘔泄昏忳，是爲大瘥，誰能逐臭，摇筆而哦。一曰小號，廣不容席，簷齊于眉，墻逼于跖，庶爲僬僥，不局不脊。一曰蓆號，上雨旁風，架構綿絡，藩籬其中，不戒于火，延燒一空。凡此三號，魑魅所守，余在舉場，十遇八九，黑髮爲白，韶顔變醜，逝將去汝，湖山左右。抗手告别，毋掣予肘。』」陳爲虞山名宿，作是文之年爲雍正癸卯，受知北平黄少宰崑圃，聯登鄉會榜，偶病足，不對大廷而歸。益讀書講學，工古文辭。嘗見其爲人作墓誌銘一篇，古質簡嚴，下筆如鑄。而此游戲之文，風趣乃爾，第世之蚤掇巍科者，方懵然不解爲何語也。

《南唐書》今止傳陸游、馬令二本，胡恢書久不傳，唯江陰赤岸李氏有之。李即忠毅公應昇之叔，忘其名矣。按：恢，金陵人，《夢溪筆談》稱恢博物强記，善篆隸。韓魏公當國，恢獻詩云：「建業關山千里遠，長安風雪一家寒。」公憐之，令篆太學石經，官華州推官而卒。并録一。

《香祖筆記》：《南唐書》有馬令、胡恢、陸游三家。馬、陸二書盛行于世，近吴門又合刻。胡書罕傳，聞江陰李忠毅應昇家有藏本。廿年前屬江陰令陸雲士次雲、門人楊侍講賓實名時求之，不得。按：恢客京師，久不得調，上韓忠獻公詩云：「建業關山千里遠，長安風雪一人寒。」公深憐之，因得復官。

庚戌狀元蔡崑暘啓傳，公車過淮安，謁山陽令邵某，邵其鄉人也，批其名刺云：「查明回報。」蔡怒而去，至京，遂狀元及第。題一絶句於扇寄邵云：「去冬風雪上長安，舉世誰憐范叔寒。寄語山陽賢令尹，查名須向榜頭看。」蔡後官春坊中允，假歸卒。

宗枏附識：《柳南隨筆》：「吾邑向有官儒户，田多詭寄，弊竇百出。雍正二年，奉旨汰去，而一二奸胥輩，私以汪宫贊應銓出名，投牒縣令，冀免革除。故事，官批訟牒，必以硃筆點訟者姓名，其人或係縉紳，則用圈焉。時縣令爲喻宗桯，誤以筆點汪名，汪聞大怒，作詩云：『八尺桃笙卧暑風，喧傳名挂縣門東。自從玉座標題後，又得琴堂一點紅。』」案：宫贊字杜林，康熙戊戌賜進士第一人及第。其事與蔡相類，而語妙過之。

順治己亥，在京師，於慈仁寺市見鬻故書者，賣一敝刺，大書「客氏拜」三字。寶應朱國楨克生以三錢得之，賦《客氏行》。予笑曰：「使當天啓時，此一紙過詔旨遠矣。」

松江唐童子勳，五歲而瞽，年十二，詩多可誦。其先有汝詢字仲言者，亦瞽而能詩，嘗注唐詩，傳於世。周宿來茂源贈童子詩云：「家風師曠遠，家學卜商傳。」又永平孟元輔熊弼，忠毅公子，少而失明，好讀書，聽輒成誦，嘗選唐人詩五十家，亦奇人也。

唐詩人李頻，字德新，睦州人，名列《唐書·藝文傳》，《才調集》所載「中流欲暮見湘烟」一篇，其作也。懿宗時，爲建州刺史卒，見神梨嶽，郡人祠祀之。宋紹興中，封靈顯忠惠公，後加靈佑善應王，再加廣濟王，又加福佑威濟信順王，明洪武初改建州刺史之神，載在祀典。宋真文忠公序其詩，今所傳《梨嶽集》是也。詩人殁而爲神，未有如頻之昭昭者。并録一。《分甘餘話》。唐詩人李頻爲建州刺史，傳其殁而爲神，邦人祀之，有《梨岳集》行於世。然《北夢瑣言》載頻遺棄糟糠，别婚士族，内行如此，何以爲神？此與宋劉公漫塘以道學正人，而傳爲瘟神者，同一不經也。

李騰空，林甫女，得道廬山，李太白有《送内往廬山尋女道士李騰空》詩，金陵張可度詩所謂「父居黄閣女崆峒，流水桃花石室中」是也。茅山有秦檜女繡大士像甚靈異，居人不敢托宿。見蔣説。王安石女最工詩，見覺範詩云云，曰：「此浪子和尚耳。」見吴曾《漫録》。又蔡卞妻亦安石女，有文。三奸皆有如此女子，亦一奇也。

宜興陳其年維崧，年四十餘，尚爲諸生。一日過京口，有日者謂之曰：「君年過五十，必入翰林。」宣城梅杓司磊因贈以詩曰：「朝來日者橋邊過，爲許功名似馬周。」至己未，果以諸生應博學宏詞，薦授翰林院檢討，時五十六。又有范駷者，字文園，善相人，謂武進周清原、吴江徐釚皆當不由科甲入翰林，己未皆驗。范，海寧人，驤字文白之弟也。已上《池北偶談》。并録一。

《古夫于亭雜録》。陳其年少有文名於江左，數奇落魄。一日過京口，有相士熟視良久，曰：「君五十後當入翰林，然不由科甲。」人皆笑以爲妄。或贈詩云：「朝來日者橋邊過，見説功名似馬周。」後果以博學宏詞薦入翰林。

法慶靈巒禪師，天岸昇公嗣法弟子也。順治己亥，予曾謁岸公於法慶，未遑扣擊。康熙癸丑廬居，始與師有支、許之契。癸亥冬，師遊京師，與楊水心居士雪中見過，予賦詩爲贈云：「行忘石頭滑，坐愛地爐温。」比其還山，又賦詩送之云：「打包殘雪映，歸寺藥苗春。」《蠶尾文》。

紫柏山巔有古刹，峨嵋一老禪獨居數十載，蛇虎馴伏，今九十有六矣，惜不得其名。燈下作《頌古》十絶句寄之。《秦蜀驛程後記》。

監察御史賽圖，求其父故内閣學士禮部侍郎鄂貎圖公墓銘。公字麟閣，太宗時滿洲科目解元，幼而貧，常爇馬通讀書，尤好爲詩，滿洲文學之開，實自公始。

桐城方畿，字奕于，人品修潔，酷好爲詩，而不諳吏事。以舉人銓授宣府推官，會檄放宣鎮兵米，適有故人至，日夕與倡和爲詩，吏因爲奸利，遂坐劾罷歸。歸益耽詩，貧甚，年七十餘，訪親知山東，卒於鳳陽，含殮草草。諸子迎喪歸，易匱更斂，則舉體堅瘦如石，有異香焉。

廣東香山縣監生楊錫震，自言得沈約《四聲韵譜》古本于廬山僧今帾，因合吴棫《韵補》，詳考音義，博徵載籍，爲《古今詩韵注》凡二百六十一卷，赴通政司疏上之，奉旨付内閣，與毛簡討奇齡所進《古今通韵》訂其同異。今帾字記汝，天然禪師弟子也。

慈溪姜宸英西溟，古文有名於時。上在禁中，知其人，常與朱彝尊、嚴繩孫並稱之曰「三布衣」。己未博學鴻儒之舉，朱、嚴皆入翰林，姜獨以無薦達不得與，後年餘始以徐學士立齋薦，與黄虞稷俞郃同以諸生召入史館，食七品俸，未授官也。丁卯秋，仍以太學生應順天試，首場已擬第二人，及二場表用「點竄堯典舜典」語，監試御史某指摘，令易之，姜對以出李義山《韓碑》詩，不肯易。御史怒，輒摭其小不合例，貼出之，卷遂不得入。古云數奇，姜其是矣。并録一。

《古夫于亭雜録》。姜編修西溟爲舉子時，表聯中用「塗抹堯典舜典字，點竄清廟生民詩」語。監試御史不知出處，指摘令改易，西溟曰：「此出李義山《韓碑》詩，非杜纂也。」御史怒，借微錯貼出之。

附録：《雜録》又云：亡友姜西溟以古文名當世，其文滂沛英發，於蘇分爲多。未第時，以薦舉入明史館，分纂《刑法志》，極言明三百年詔獄、廷杖、立枷、東西廠衛、緹騎之害，其文痛切淋漓，不減司馬子長。其論文，則謂《六經》而下，衰于《左氏傳》，而再振于《戰國策》，蓋其爲文本挾縱橫之氣，故云爾。常選《唐文粹》之文，出以示余。惜未借鈔，今其家尚存此本與否，不可知。曾語其從弟孝廉宸專訪之，未見示也。

宗柟附識：姜編修所著文曰《湛園未定稿》，詩五卷，曰《葦間集》，沉鬱頓挫，得力故在韓、蘇，本朝一作手也。兼工筆札，瘦硬自成一家。先大父官部曹時，與之定交，得其書頗夥。今柟所藏，唯臨舊人數頁，及集唐楹帖而已。閒中玩賞，真所謂以澹泊見滋味者。

章惇之父俞，郇公族子，早歲無行，妻之母楊氏早寡，俞與之通，已而生子，以一合置水，緘置其内，持以還俞。俞得之云：「此兒五行甚佳，將大吾門。」既長，登第，即惇也。東坡先生送其出守湖州詩云：「方丈仙人出淼茫，高情猶愛水雲鄉。」惇以爲譏己，怨之。紹聖中爲相，坡渡海，蓋修報也。所謂燕國夫人獨處而無祔者，即楊氏也。《揮麈餘話》載之甚晰。

康熙庚戌冬，沛縣閻爾梅古古在京師，先考功兄召同吴江顧萬祺庶其飲，予在座。閻老而狂，好使酒駡坐。酒閒，愚兄弟叩其所作，閻朗誦數篇。顧以前輩事閻，執禮甚恭。至是，起贊曰：「先生詩不減杜少陵矣。」閻勃然怒，直視顧曰：「小子何知？何物杜甫，輒以況我耶？」顧面色如土，踧踖而已。予殊惡閻之僭誕，思抵巇以折其氣。有頃，閻又自舉其《雲中與曹侍郎秋岳倡和》近體詩「當日戰場成遇禮，至今兵氣滿寒空。地高天近星辰大，春少秋多草木窮」云云。予曰：「先生此詩可追空同『黃河水繞漢宮墻』之作。」閻大悅曰：「知言哉。向者芝麓謂合肥龔端毅。云有詩當示西樵、阮亭兄弟，信然。」予徐笑曰：「知言某不敢當，然有一言相質。先生謂李獻吉顧出杜子美上乎？」閻愕然曰：「何謂也？」予曰：「適顧生以子美擬先生，某私以爲太過，而先生怒斥之。某以獻吉擬先生，而先生乃大喜，然則獻吉不遠過子美乎？此某所未喻也。」閻赧甚不能答，但連呼曰：「不必言，且可飲酒耳。」未久遁去。明日，西樵謂予：「弟昨困此老已甚。予觀閻作，但工七言八句，然率有句無篇，又皆客氣，不合古人風調。至七言古詩，並音節亦不解，直如瞽詞，信口演說。世人但爲其氣岸所奪耳。自法眼觀之，不免野狐外道。」

史傳記載有可疑者，如《三國志・關羽傳》注：曹操圍吕布於下邳，羽啓操：布使秦宜禄行求救，乞娶其妻。操許之。臨破，又屢啓於操，疑其有異色，先遣迎看，因自留之。羽心不自安。又姚寬《西溪叢語》云：范文正仲淹守鄱陽，喜一樂籍，未幾召還，到京，以綿胭脂寄其人，題云：「江南有美人，別後長相憶。何以慰相思，贈汝好顔色。」至今墨蹟在鄱陽士大夫家。以二公風節行義，殊不類，何耶？

馬逢知以提督鎮松江，恃恩驕恣，所爲多不法，然好延致文士。會生日，賓客雲集爲壽。一書生預爲逢知代製詩數百篇，僞撰名公卿序數篇，又代刻之，裝潢百本，卷軸燦然，是日赴賓筵爲獻。馬大喜，贈之千金，吴人傳爲笑柄。

木客形如小兒，在恭城見之，衣服不異人，自云：「秦時造阿房宫采木，流寓於此。」嘗見其賦《細雨》詩云：「劍閣鈴逾動，長門燭更深。」又云：「何處殘春夜，和花落故宫。」此鄺露湛若所云。恐因坡老「木客解吟詩」之句而附會之耳。

《杜氏編珠》四卷，隋著作佐郎兼散騎侍郎杜公瞻撰。自序云：「隋皇在江都日，好爲雜詠，及新體詩，暨緣屬思，顧謂侍讀學士曰：『且經籍浩汗，子史恢博，朕每煩閲覽。欲其故實簡者，易爲比諷。』爰命微臣編録，得窺書囿，故目之曰『編珠』。其朱書者故實，墨書者正義。時大業七年正月奉敕撰，勒成四卷，謹序。」右内府寫本，闕三四卷，序稱煬帝曰隋皇，不可曉。其云在江都日者，按史，大業元年自長安至江都，置離宫四十餘所，秋八月行幸江都。二年三月發江都，四月至東京。書蓋奉詔旨編於是時，而稱大業七年，何也？隋世類書，僅見此。如《初學記》、《北堂書鈔》之例，但差簡耳。

甲戌經房得人最盛者，翰林院檢討彭直上始搏。鼎甲二人：胡任輿、顧悦履。庶吉士四人：黄龍眉、黄中理、周起渭、殷元福也。直上鄧州人，故布政使禹峰而述子，諸生時執經於予。任輿以辛未受知於予，俛得而復失之，後知爲任輿，名解元也，惋歎彌日。今乃受知直上，信遇合有時，文章有神也。聞任輿少時嘗夢登高山，手摘香櫞二枚，自吟詩云：「手弄雙元小天下。」至是果驗。胡，辛酉江南解元。

予觀唐末詩人，如羅隱之流，多流寓江南、吴越、荆、蜀諸國，即《全唐詩話》、《唐詩紀事》所録不下數十人，因作《五代詩話》，頗自斐然。

小説載司馬才仲夢遇蘇小事。按：《嬾真子》：才仲名棫，文正公姪孫也。嘗過澄城九龍廟，廟止有一妃，土人相傳是馮瀛王女，才仲戲題詩云：「身既事十主，女亦妃九龍。」與其弟才叔檦皆豪傑之士，咸不四十而卒。檏字文季，其雁行也。

後唐裴尚書年老致政，其門生馬裔孫知舉，放榜後，引諸進士謁謝，裴賦詩云：「三主禮闈今八十，門生門下見門生。」按此即今榜下引見之禮，然「門生門下見門生」，今詞林相隔僅兩科，即已有之，不足異也。

坡詩：「胡椒銖兩多，安用八百斛？」然建炎初籍王黼家，黄雀鮓乃至八十甕，童貫家劑成理中丸至八百斤。弇州《朝野異聞録》載籍没嚴嵩家，有珊瑚樹六十株，玻瓈、瑪瑙、水晶、珊瑚、哥柴官汝窑、象牙、瑇瑁、檀香等器三千五百五十六件，沉香五千五十八斤，空青四枚，古銅龍耳等鼎，犧樽、獅象、寶鴨等爐，一千一百二十七件，大理石、倭金等屏風一百八座，金徽玉軫等古琴五十四張，二王、懷素、歐、虞、褚、蘇、黄、米、蔡、趙孟頫等墨蹟三百五十八册，王維、小李將軍、吴道子等《清明上河》、《海天落照》、《長江萬里》、《南岳朝元》等古名畫三千二百卷册，宋版書籍六千八百五十三部軸，大理石牀十六張，雜嵌螺鈿、瑪瑙、瑇瑁等牀六百七十五張，倭刀兵器三百四十一件，象牙、瑇瑁等鑲嵌箏、琵琶、絃子樂器八十件，紫礦、白礦三百九十五兩，長砂二百五十斤，羊脂白玉、碧玉、黑玉等帶二百二條，金龍壺、杯、盤等三千五百八件，紅玉杯、漢始建國元年注水巵、白玉永和鎮宅世寶杯盤、玉屏風、玉山、玉船、玉盆、玉佛、玉人、玉馬、玉斗、玉珮、玉鑪、玉壺、玉瓢、玉盌、玉杯、玉版、玉節等八百五十七件，黄金三萬二千九百兩有奇，白金二百二萬七千兩有奇，他物稱是。籍没朱寧黄金十萬五千兩，白金四百九十八萬兩，碎金四箱，銀十櫃，玉帶二千五百束，織金仙鶴二對，螺鈿屏風五十座，大理石屏風三十三座，胡椒三千五十石，此物已什倍元載矣。蘇木七十三扛，祖母緑佛像一尊，白玉琴、琵琶各一，金船二，古畫四十扛，古銅器五十扛，銅獅子四百車，古銅鑪八百三十座，巧石八十扛，他物稱是。殆又過前代矣。世蕃又有金絲帳、金溺器、人雙陸之屬。

宗柟案：坡詩冷妙，如清夜微鐘，沁人肌骨。雖然，貪者必癡，物自有餘而意常不足，彼何嘗計及於用與否耶？他無足論，如書畫宋槧及漢玉銅器之屬，亦所謂用之適吾心者，試問當時聲馳勢奔，終年勞攘，曾得一日摩挲否？是積而不用，縱盈千纍億，只如無有爾。卒之負乘致寇，象齒焚身，唯餘一二奇珍流轉人間，適爲遺臭之資而已。覽此條者，直是心寒，奚堪眼熱？所謂前車是鑒也，否則臚陳之意荒矣。

范道人者，德州人，居衛河西琵琶邨，生於明嘉靖三十年辛亥。程工部正夫先貞以康熙庚戌見之，年一百二十歲矣，起居如平時，五官之用未嘗少衰，平生不知服食修養之術。少貧不娶，事母最孝謹，入九子祠爲香火道人。祠有祭田數畝，躬耕而食，何思何慮，與人一無所忤。正夫贈以詩云：「頗聞愛日依慈母，直數生年到肅皇。業做逍遥遊廣莫，身餘渾沌屬中央。」淄川高念東珩侍郎亦嘗訪之。

附録：《居易録》：程正夫《葛巴剌碗歌序》云：「有客自燕至，出其橐，有阿房宫磚硯一，陸探微畫一，古剌水十餘罐，玉球一，葛巴剌碗一。磚作蜜蠟色，肌理瑩滑如玉，厚三寸，方可盈尺，最發墨。陸探微六朝人，畫茫茫然，於日中彷彿可覩，是著色山水。古剌水用錫罐貯之，上朱刻『永樂二年熬造』，罐重二斤，水八兩，香氣酷烈。玉球如雞子大，山水人物、樓閣舟船，刻畫精妙，内外凡四層，疑是鬼工也。葛巴剌碗，西僧頂骨所爲，以供佛者。」予按：探微劉宋人，好作古聖賢及諸佛菩薩像，不聞畫山水，恐傳譌耳。《宣和畫譜》載陸畫十，在道釋門。

靈隱碩揆禪師，昔與予别于揚州禪智寺，今住常熟之三峰，即漢月和尚祖庭也。丙子冬十月，寺中桃花盛開，明年四月，梅花又開，花葉相間。碩揆與老友錢湘靈陸燦書來徵詩，予賦六絶句寄之，至則師已化去矣。

偶見一帖牡丹詩，題曰「開元初紀號，李邕書」。而詩中有「虢國」、「邊鸞」等句，殊可疑訝。

《浯溪新志》言黄山谷《題魯公磨厓碑詩》凡一百八十餘字，刻《中興頌》之右。順治中，永州府推官某過而賦詩，屬祁陽令刻之石，令媚推官，輒鐫去山谷書一角刻焉。千古名蹟，一旦刓缺，志載之災異，宜矣。并録一。

《居易録》。祁陽浯溪，山谷題《中興頌碑》《蠶尾續文》作「碑頌」。後詩刻，世謂之「小磨厓」，與顔書並重。順治初，有縣令媚其上官，乃磨去一角，刻其詩，過者驚惋。予觀歐陽詹《弔九江驛碑材文》云：「美玉抵禽，高冠藉足。」又云：「與有道而黜，無罪而劓，投四裔魑魅，何以别耶？石不能言，其豈無冤！」吾反復其言而悲之，先顔後黄，其揆一也。欲擬作一篇，輒著於此。《續文》無此九字。

今桐城相國張公英爲諭德時，以詩集屬予評次。予見其《梅花詩》有云：「嘉名他日傳調鼎，記取蟠根在草茅。」曰：「宰相語也。」今果驗。常熟歸少詹允肅，丙辰落第後居京師，每徒步袖詩相質。予見其和平恬澹，絶無憤懣叫號之氣，歸故善楷法，予謂之曰：「君必狀元及第。」己未果傳臚第一人。詩爲心聲，諒矣！并録一。

《香祖筆記》。《澠水燕談》記王黄州題孫僅《文編》云：「明年再就堯堦試，應被人呼小狀元。」僅果繼兄何復第一。世以元之爲知人。予昔在京師，丙辰榜後，常熟歸少詹孝儀以舉子下第，留京師，每徒步造予寓舍，以詩卷相質。予語之曰：「君書法既工，而新詩無一怨尤憔悴之語，將來必狀元及第。」己未臚傳，果第一。又丁丑常熟嚴寳成虞惇、癸未閩縣趙書山晉，予皆决其必登鼎甲，已而二君先後榜眼及第，二君皆予門生也。

季容齋相國壬戌典會試，得士最盛。子孚青先以己未進士入翰林，一日宴集諸門生，史講學夔獻詩，有云：「郎君館閣稱前輩，弟子門墻半列卿。」時以爲不減唐人「文章舊價留鸞掖，桃李新陰在鯉庭」之句。并録一。

《漁洋詩話》。合肥李相國容齋天馥服闋入都，其壬戌諸門生已多通顯，置酒新第，翰林侍讀學士史冑司夔即席賦詩曰：「郎君館閣稱前輩，弟子門墻半列卿。」時比於唐人「鸞掖鯉庭」之句。

南海舉人歐之麟，貽其從世祖禎伯《虞部集》若干卷，後附禎伯青衣李英詩，曰《歷遊集》、《餐霞集》、《當壚集》，又《贈言》一卷，則徐子與、沈蛟門、文五峰諸人之作皆在。子與極稱英《咏月》五言絶句云云，予尤喜其《皋蘭觀獵》七言云：「白草黄沙羽獵齊，將軍鏖戰馬頻嘶。籌邊已斷匈奴臂，百萬蒐田大夏西。」頗見格調。顧氏《國雅集》登其人，非過也。

馮開之先生夢禎《快雪堂集》，頗得禪悦山水之趣，予少時極喜之。武林孝廉馮念祖，字文子，先生曾孫也，執經于予。一日請集序，予問之，曰：「初刻此集成，僅摹印三十部，板尋燬于火，故流通絶少。欲以頻年館穀所入，重鋟之梓。」予嘉其志，匆匆數年，未有以報，聊記于此。

宗枏附識：勇參云：「馮開之先生本秀水人，後繼娶于杭沈氏，遂附外家以居。通籍後，與同年生沈懋學、屠隆以文章意氣相豪，縱酒悲歌，跌宕俛仰，聲華藉甚，亦以此負狂簡聲。方在史館，人或戒之曰：『翰林官婉娩靚閒，如好弱女子，至公卿如傳遞耳。』先生曰：『我則不能。如赤脚婢裹足，躄踖行數步，便思解去。亦欲耐事口噤，肺腑槎牙送出齒頰閒，我亦無如之何也。』仕至南京祭酒，誘掖奬勸，士氣翕然一變。南曹郎嫉其慢己，飛章劾之。先生曰：『此代西湖移文趣我也。』遂移疾去官，築别室于孤山之麓，名其堂曰『快雪』，益與四方賢達相周旋。凡九年而卒。」又《梅花草堂集》：「先生喜飲茶，而好親其事。人或問之，答曰：『此事如美人，如彝鼎，如古法書名畫，豈宜落他人手？』聞者歎美之。然先生對客，談輒不止，童子滌壺以待，會盛談，未及着茶，時傾白水而進之。先生未嘗不欣然，自謂得法，客亦不敢不稱善也。世號『白水先生』。」

偶得孫山人《太白詩集》六卷，大名董復亨元仲刻本也。集中載與費文憲公鵞湖倡和二詩，又有

《約費閣老先生遊武夷山》二絶句，云：「他日移居溪水上，衲衣同拜武夷君。」觀數詩，則山人與文憲交契不薄，小説記載，恐非事實，特欲重山人聲價耳。

宗柟附識：孫山人名一元，字太初，所著有《太白山人漫稿》。談仲木遷《海昌外志》所載佚事云：「關中孫太初山人寓武林南屏山，嘗畜一鶴自隨。與許給諫杞泉子善，許爲置田三畝，歲輸粟于萬峰深處，以充鶴糧。而作券文曰：『太白山人鶴田，在九杞山書院之陽，倚山面湖，左林右涂，廣從百步，歲計入粟三石有奇。以其奇爲道里費，而歸其成數于杭之西湖南屏山。歉歲則去其半，以主人潤筆取金似當作「金取」。盈焉。佃之者主人之鄰李仁，輸之者主人之僕歸義，董之者主人之弟檣卿舟仲。主人謂誰？山人之友杞泉子許台仲甫也。』名《鶴田券》。」案：是券略載《海鹽縣圖經》，給諫名相卿，世居海寧黄山，在明世廟時，宦情殊淡，營別墅于海鹽茶磨山，曰紫雲居，遂終老焉。吾師杏園先生諱夢柳，爲給諫後大宗，惓惓先業，以修脯餘資勉爲繕葺。昔歲甲寅，師有煮筍之約，招同蒿廬先生洎選堂兄、勇參、芷齋兩弟，信宿山中，仰挹清芬，令人低徊不能去。因録太白山人詩，並詳著券文，斯乃吾鄉佳話也。

吾友彭少宰羨門孫遹，以康熙丁丑假歸，己卯九月，率子姓姪甥輩登秦駐山，賦詩云：「平山幾量中郎屐，更不登臨奈老何。」明年庚辰重九後遂下世，殆讖也。已上《居易録》。

安丘劉憲石相國正宗，好爲詩，嘗賦《從軍行》云：「匣裏雙雄劍，腰間兩石弓。蓬蒿真浪死，何必怯遼東。」後竟以事隸旗下，人以爲詩讖。

宗柟附識：《野客叢書》：「《王直方詩話》舉東坡、少游、後山數詩，以爲詩讖，漁隱以爲不然。謂人之得失生喪，自有定數，烏有所謂詩讖云者，其不達理如此。僕謂此説亦偏。詩讖之説，不可謂無之，但不可謂詩詩皆有讖也。其應也往往出於一時之作，事之與言適然相會，豈可以爲常哉？漁隱舉東坡詩之不應者爲證，可笑其愚。大抵吉凶禍福之來，必有先兆，固有託於夢寐影響之間，而詩者吾之心聲也，事物變態皆能寫就，而況昧昧休咎之徵，安知其不形見於此哉？但泥於詩讖則不可。」案：自來説詩讖者，唯此最爲名通。彼好作吉祥之語，果何所應，止自成其惡詩而已。

全州謝良琦，字石臞，能爲古文。康熙初，以明經通判常州，恃才傲睨，意不可一世。常以謁巡按御史，與予解后公廨，初未相識，彼此不交一言罷去。既而知其予也，乃遣使過江致書問，通殷勤。後貽其刻集，中有爲予《漁洋詩》序。予笑語人：「謝君何前倨而後恭耶？」亦見《蠶尾續文》。

予少游京師，日與汪苕文琬、劉公戢體仁倡和，晨夕過從無間。一日，往汪邸舍，其小僕孫玉者走報曰：「王貽上來。」苕文出爲予述之，予笑曰：「此子不減蕭茂挺家僕。」

李西涯集第六卷《主一齋爲徐公肅都憲作》，又《徐亞卿原一六十二得雙生子戲贈》，原一與崑山徐健庵司寇初字同，公肅與其弟立齋相國初字同，立齋亦爲都憲，健庵亦爲亞卿，何其脗合至此？但前之二徐未悉其名耳。

蜀人射白鷴、錦雞以食，余嘗賦詩記其事。范石湖《桂海虞衡志》載嶺南近海郡，或以鸚䳇作鮓，孔雀、翡翠爲腊。余邑子又有嗜食金魚者。天地間何所不有。

荊州街子葛清，自項以下，遍體刺白居易詩，凡三十餘處，人呼爲「白舍人行詩圖」。此視書團扇、繡弓衣者奇矣，而出于市井之流，尤奇之奇。

《續文獻通考》載劉辰翁《須溪集》一百卷，今所傳止《記略》二卷，及批點《老》、《莊》、《列》、班、馬、《世説》、摩詰、子美、長吉、子瞻詩九種耳。

宗柟附識：兄寒坪云：「余所見須溪批點，有王荆公、韋左司集，則不止於九種矣。先生豈未之見耶？」案：今校刻《荆公詩注》，原本有劉評點，兄以其品藻甲乙，容有未當，並芟去之，愚更疑他人僞托也。

秦少游有姬邊朝華，極慧麗，恐妨其學道，賦詩遣之至再。後南遷過長沙，乃眷一妓，有「郴江幸自繞郴山，爲誰流下瀟湘去」之句。何前後矛盾如此？

予最愛湯義仍先生絶句：「清遠樓中一覺眠，雨鳩風燕乍晴天。年來愛作團欒語，不得中男在眼前。」昔丁卯、戊辰間，予家居而第三男啓汸官文登廣文，嘗寫此詩寄之，以代家書，真不減子由彭城逍遥堂絶句也。興觀群怨，學詩者當于此等求之。

宗柟附識：勇参述蒿廬先生云：「末二句最是。極口『清遠』一絶，未免太過，緣結句太率直耳。」

聯對雖小道，亦足見人才思。門人殷彦來曩在京師，集成語相贈，時稱其自然工妙。又汪閣學文漪灝一聯云：「尚書天北斗，司寇魯東家。」人亦稱之。已上《香祖筆記》。

宗柟附識：近時聯對，其塵俗亢戾者無論矣，即書前賢偶句，大率陳陳相因，與其人其地不肖也。乃如《玉山雅集》及《寄園寄所寄》，頗有記載，亦不得佳。吾家給諫廳事有吴侍讀默巖集唐云：「千秋鴻寶呈金鑑，一片冰心在玉壺。」涉園東隅有樓，范忠貞公書「身坐一卷」云云尚矣。外此，唯「有山有水援而止，老圃老農歸去來」一聯，歷落有致。乾隆辛未，枏於蓮葉塢東築度香池館，曾集涪翁句云：「觀水觀山皆得妙，透風透月兩明軒。」其南小閣云：「山静似太古，晝長宜讀書。」一則唐子西句，一則陳子微句，雖未甚工，差不失本色語爾。

建安徐叟又横，年八十，介其友鄭山公侍郎以詩求余序。滁州嚴叟治頊，字素臣，年八十五，介余門人吴翰林昺以其《稗言集》求余點定。皆云：待此蓋棺。計其年今皆餘九十矣，書之以無負其數千里諉諈之意。

劉公戭欲往蘇門，留詩别余與鈍翁、石矅輩云：「燕市酒徒稀。」後旬日，余賦登高詩云：「十年長事少袁絲。」公戭見之，笑曰：「何相報之速耶？」并録一《古夫于亭雜録》。同年劉吏部公戭，順治己亥官刑部主事，將假歸潁川，有詩别予及茗文、周量、曰緝，有句云：「燕市酒人稀。」未幾，予作九日詩云：「十年長事少袁絲。」公戭見之，笑曰：「何相報之速邪？」

己未博學宏詞之舉，田綸霞雯以工部郎中與焉，已而被落，題温飛卿集後云：「一代才名乾𦠆子，八吟叉手亦徒然。不教詞賦陪彫輦，空讀《南華》第二篇。」然不十年，官至巡撫江南僉都御史。

門人陳子文奕禧自黔南歸，補南安太守，未幾病卒。蔣静山仁錫哭之云：「已亡飛鳥驚蛇蹟，又失嶔崎歷落人。」子文書法名當代，人尤豪雋。余方欲作哀輓，見静山詩，遂爲閣筆。

叔子士枯幼穎悟，一日廣坐中，客有舉焦竑字弱侯爲問者，皆曰：「當亦魏相字弱翁之義。」叔子方十二歲，從末座起曰：「非也。此出《考工記・輪人》『竑其輻廣以爲之弱也』。」一座驚異。

余少與彭少宰羨門孫遹友善，後同官卿貳。一日諸公集朝房，余問彭：「兄鄉中蓴菜風味何似？」彭答云：「不知。」余笑曰：「應緣無蓴鱸之思，是以不知其味。」彭與諸公皆大笑。

宗枏附識：蓴葉似鳧葵，水深則莖肥葉少，水淺則葉多莖瘦。春，莖而未葉者，名雉蓴。三月、八月，莖細如釵股，名絲蓴。九月後漸粗硬，冬月萌在泥中，粗短，名龜蓴。又《長箋》曰：「蓴入秋爲油蓴，謂其腴也。」鹽邑素無此種，杭之西湖、蘇之太湖多有之，以蕭山湘湖爲勝，然皆距吾鄉二三百里，殊不易致。少宰不知，故是真實語。外舅馮翁曠庭昔自吳門惠寄，唯故友蒿廬先生、先兄南垞歎爲絶佳，余味之數過，終不解其美。松江之鱸亦然。益信江東之思，自是有託而云然，奚必其沾沾鄉味耶？

余官刑部尚書，一日閲爰書，有名螃蟹者，侍郎徐公青來潮因言，今歲津門蟹多而價廉。余笑謂曰：「公因紙上郭索，遽思朵頤耶？」

汪鈍翁《跋西樵阮亭手帖》云：「予友新城二王，相善也，故藏其尺牘爲多。得輒裝潢之，時一展玩，如聆其抵掌笑語。中有一帖小異，當是叔子筆耳。」謂東亭也。初鈍翁在京師，求友於余，余爲言劉公勈、梁曰緝、程周量，鈍翁遂皆與定交云。

門人殷彦來譽慶集句贈余云：「一時賢士皆從其游，天下文章莫大乎是。」

唐濟武檢討在武林，夜宿天竺，聞鄰房二僧詬誶聲，中夜不息。友人將諭解之，唐曰：「無庸，此不過文殊、普賢廝打耳。」已上《漁洋詩話》。

有求竹軒名於東坡者，久之書扁還之，乃「竹軒」二字。甚矣題牓之不易也。余再入蜀，謁武侯廟，見某中丞題牓曰「丞相祠堂」，余深歎其大雅不可移易。又吾郡重修歷下亭，或題其牓曰「海右此亭古」，亦歎其確。此所謂顛撲不破者也。

錢先生《題高忠憲公邨居詩卷》云：「存之今方爲御史大夫，踞獨坐雙藤倚，户外群僚奉手屏氣。不知存之居太微執法之署，視菰蘆中老屋數間何如也？」憶余昔官御史大夫時，退食謝客，焚香掃地，下簾讀書，自一二韋布故交以風雅相質外，門雀可羅也。然則執法之署與菰蘆老屋，豈有異哉？試以質之忠憲，必相視一笑也。

李白謂五言爲四言之靡，七言又其靡也。至於詞曲，又靡之靡者。詞如少游、易安，固是本色當行，而東坡、稼軒，直以太史公筆力爲詞，可謂振奇矣。元曲之本色當行者不必論，近如徐文長《漁陽三弄》、《木蘭從軍》，沈君庸之《霸亭秋》，梅邨先生之《通天臺》，尤悔庵之《黑白衛》、《李白登科》，激昂慷慨，可使風雲變色，自是天地間一種至文，不敢以小道目之。并録一。

宗枏附識：本朝詩餘，突過明代，顧唯竹垞太史直接南宋諸公，讀集中序論，妙旨獨得，宜《江湖載酒》諸集，冠絶古今也。山人詞話，意似微主北宋，而于奇險纖穠之作，意亦賞之。所著《衍波詞》，自屬天分過人耳，較遜詩集，奚翅數籌。

《分甘餘話》。婁江十子，虹友王攄才尤高，余嘗序其《金陵集》。鶴尹詩才不及，而獨工金、元詞曲，所爲《籌邊樓》、《浩氣吟》等傳奇，不但引商刻羽，雜以流徵，殆可謂詞曲之董狐。

宗柟案：詞餘爲曲，盛於元、明，我朝自孔東塘《桃花扇》、洪稗畦《長生殿》二曲之外，指不多屈。蓋作者固難，知之亦復不易。觀方諸生《曲律》，殆得曲中三昧。其論宮調源流，文繁不録，録其雜論數則如左：「人之賦才，各有所近。馬東籬、王實甫，皆勝國名手。馬於《黄粱夢》、《岳陽樓》諸劇，種種妙絶，而一遇麗情，便傷雄勁。王於《西廂》、《絲竹芙蓉亭》之外，作他劇多草草不稱。尺有所短，信然。」「世稱曲手，必曰關、鄭、白、馬，顧不及王，要非定論。稱戲曲曰《荆》、《劉》、《拜》、《殺》，益不可曉。殆優人戲單語耳。」「古戲必以《西廂》、《琵琶》稱首，然《琵琶》終以法讓《西廂》，故當離爲雙美，不得合爲聯璧。」「《西廂》組艷，《琵琶》修質，其體故然。何元朗並訾之，以爲《西廂》全帶脂粉，《琵琶》專弄學問，殊寡本色。夫本色尚有勝二氏者哉？過矣。」「《拜月》語似草草，然時露機趣，以望《琵琶》，尚隔兩塵。元朗以爲勝之，亦非公論。」「古曲自《琵琶》、《香囊》、《連環》而外，如《荆釵》、《白兔》、《破窑》、《金印》、《躍鯉》、《牧羊》、《殺狗勸夫》等記，其鄙俚淺近，若出一手。《殺狗》則吾友鬱藍生爲釐韵以飭，而整然就理矣。」「劇戲之道，出之貴實而用之貴虚。《明珠》、《浣紗》、《紅拂》、《玉合》以實而用實者也。《還魂》、二《夢》，以虚而用實者也。以實而用實也易，以虚而用實也難。臨川湯奉常之曲，當置法字無論，盡是案頭異書。所作五傳，《紫簫》、《紫釵》，第修藻艷語，多瑣屑不成篇章。《還魂》妙處，種種奇麗動人，然無奈腐木敗草，時繞筆端。至《南柯》、《邯鄲》二記，則漸削蕪纇，俛就矩度，布格既新，遣辭復俊，其掇拾本色，參錯麗語，境往神來，巧湊妙合，又視元人别一谿徑。技出天縱，匪由人造，使其約束和鸞，稍閑聲律，汰其膩字累語，規之全瑜，可令前無作者，後鮮來喆，二百年來一人而已。」「臨川之於吴江，故自冰炭。吴江守法，斤斤三尺，不欲令一字乖律，而毫鋒殊拙。臨川尚趣，直是横行，組織之工，幾與天孫争巧，而屈曲聱牙，多令歌者齚舌。吴江嘗謂寧協律而不工，讀之不成句，而謳之始協，是爲中之之巧。曾爲臨川改易《還魂》字句之不協者，吕吏部玉繩以致臨川，臨川不懌，復書吏部曰：『彼惡知曲意哉？予意所至，不妨拗折天下人嗓子。』其志趣不同如此。」愚不知曲而好讀曲，每於抱疴初起，或懶倦欲睡時，輒思展閲傳奇，以醒心目。奈插架所有，僅習見數種。近如柳南所稱徐復祚，字陽初，號謩竹，工詞曲，有《紅梨》、《投梭》、《祝髮》、《宵光劍》、《一文錢》、《梧桐雨》諸本，亦略知其目，而未覩其辭也。方諸生者，姓王氏，名驥德，字伯良，明天啓間吾浙之會稽人。

桐城方邵邨亨咸侍御，坦庵詹事拱乾次子。幼而穎慧，父奇愛之，命小名曰姐哥，以嬌女況之也。坦翁寓廣陵，余時爲揚州節推，以年家子見。明日，語人曰：「王君才美，勝吾姐哥。」邵邨亦語余曰：「吾書畫度曲，事事過子，唯作五七字則遠不及。」嘗爲予畫兩扇，其一花樹上作一雀雛，其一子母雞，小者如豆，意態如生，殆入神品。其詩初未入格，後游汴梁，手書近詩作長卷寄余京師，風調格律，無一不合，惜未裝潢，今忘之矣。

《捫蝨新話》載：蔡相當國日，適有美闕，兩選人競欲得之。蔡曰：「能誦盧仝《月蝕詩》乎？」耆年者應聲而誦，如瓶瀉水，一座盡傾。蔡大喜，遂得美除。近日崑山顧炎武寧人號强記，在京師，一日會於邸舍，余謂之曰：「先生博學强記，請誦古樂府《蛺蝶行》一過，當拜服。」顧即琅琅背誦，不失一字。蓋此篇聲字相雜，無句讀，又無文理可尋，最爲難讀故也。

彭堯諭，字西園，中州人，仕爲某府通判。頃見某爲作傳云：「常在京師人家席上遇竟陵鍾惺，談詩不合，欲拳毆之，鍾避去乃已。」余讀之失笑。方鍾名盛時，如堯論輩者，遇之方屏息不暇，而敢與之論詩，且拳毆之耶？不度德、不量力，姑妄言之，適足供識者一笑耳。

章秀，徐州人，家於汴，能小詩。初適市人負販者，厭之，已而棄去獨居。孫檢討子未勷游梁，與相倡和，遂歸之。時康熙丁亥，章年六十又五，而倡隨甚相得也。常在中牟，有和余三絶句云。

寫真一技，古稱顧虎頭，此藝雖精，終不能與山水、竹石、花鳥、龍魚等埒。近日如曾鯨、謝彬輩，以此擅名，吾見其晚年筆墨亦草草耳。近有鴻臚序班禹之鼎，名重輦下，曾爲吾作《放鷴》、《荷鉏》、《雪谿》、《詩思》數圖，時有利鈍。顔氏稱武烈太子偏能寫真，坐上賓客，隨宜點染，即成數人，以問童孺，皆知姓名。蕭賁、劉靈、劉孝先並文學已外，復佳此法。又有西朝中書舍人吴郡顧庭、平氏縣令彭城劉岳。昔王右丞、趙承旨並擅此長，不以爲諱，然今之名世，亦罕覯矣。

唐張祜，長慶、寶曆間詩人之翹楚。或薦於上，時元稹爲相，力沮之，不得召見，罷歸。祜見知於樂天，而沮於微之，此理之不可解者。而元之相度人品亦可想見。已上《古夫于亭雜録》。

盧循盜賊，而沙門慧遠與之友善。祖約叛逆，而少與阮孚齊名，王丞相尤愛重之，曰：「昨與祖士少語，遂令人忘疲。」是皆理之不可解者。杜子美《贈蘇涣詩》序云：「蘇大侍御涣，静者也。」涣竟煽動嶺表，與哥舒晃作亂，亦其類也。

附録：《分甘餘話》：洪覺範云：遠公拒謝康樂入社，而與盧循執手言笑。謂遠知人，則何暗於循？謂不知人，則何明於靈運？余於此段公案，固常疑之。然又念遠開蓮社，衆至百數十人，何其多耶。豈此百數十人者，心盡不雜過康樂乎？抑來者不拒乎？宜淵明之攢眉。而獨拒一康樂，何説耶？恨不起遠於地下而問之。

重陽前一日風雨，觀《冷齋夜話》劉跛子事，戲爲絶句云：「不從勾漏覓丹砂，不借飈輪轉法華。祇愛青州劉跛子，一年一看雒陽花。」又云：「蜂蝶蕭疎春日斜，雒陽花事委泥沙。野人久狎東籬菊，不愛鋪堂富貴花。」南唐徐熙畫牡丹進御，謂之鋪堂花。

韓慕廬宗伯菼嗜烟草及酒，康熙戊午，與余同典順天武闈，酒杯、烟筒不離於手。余戲問曰：「二者乃公熊魚之嗜，則知之矣。必不得已而去，二者何先？」慕廬俯首思之，良久答曰：「去酒。」衆爲一笑。後余考姚旅《露書》，烟草産吕宋，本名淡巴菰，以告慕廬。慕廬時掌翰林院事，教習庶吉士，乃命其門人輩賦《淡巴菰歌》。

宗枏附識：《在園雜志》：烟草名淡巴菰，見《分甘餘話》。而新城又本之姚旅《露書》。産吕宋，關外人相傳本於高麗國。其妃死，國王哭之慟，夜夢妃告曰：塚生一卉，名曰烟草。細言其狀，采之焙乾，以火燃之，而吸其烟，則可止悲，亦忘憂之類也。王如言采得，遂傳其種。其在外國者名髮絲，在閩者名建烟，最佳者名蓋露，各因地得名。如石馬、佘塘、浦城、濟寧。乾絲、油絲，有以香拌入者，名香烟。以蘭花子拌入者，名蘭花烟。至各州縣本地無名者甚多。始猶間有吸之者，今則遍天下矣。《樊榭山房集》咏烟草《天香》詞一闋序云：「烟草，《神農經》不載，出於明季，自閩海外之吕宋國移種中土，名淡巴菰，又名金絲薰。食之之法，細切如縷，灼以管而吸之，令人如醉。祛寒破寂，風味在麴生之外。今日偉男髫女，無人不嗜，而予好之尤至。恨題詠者少，令異卉之湮鬱也。暇日斐然命筆，傳諸好事。」詞云：「瀛嶼沙空，星槎翠翦，耕龍罷種瑶草。秋葉頻翻，春絲細吐，寄與繡囊函小。荷筩漫試，正一點、温馨相惱。纔近朱櫻破處，堪憐蕙風初裊。　嬌寒戰回料峭。勝檳榔、爲銷殘飽。旅枕半攲熏透，夢闌人悄。幾縷巫雲尚在，濺唾袖餘花未忘了。唤剔春燈，暗縈醉抱。」

近科以來，海内名士登第無遺，唯武林吴寶厓陳琰、廣陵殷彦來譽慶尚困場屋，時論惜之。余乙酉冬賦二詩寄寶厓，宋牧仲冢宰見之，即延致於家，盛爲推挽。彦來時客閩中，余亦有書寄之，其略云：「頃江浙間獻詩行在，蒙被知遇者多有，何吾彦來竟爾寂寂也？」又一書云：「比來釋屩立致青雲者何限，而彦來之才，望一鄉舉不啻千佛名經，天之厄才如此，知復何意。」雖然，遇合有時，如二君者，正將捉鼻憾不免耳。

涇陽李屺瞻念慈《汴梁竹枝詞》云：「紅油車子賣蒸羊，啓蓋風吹一道香。」余見之，笑曰：「信陵賓客，東京夢華，古今來應有多少感槩，而顧朶頤紅油車子之蒸羊，此正吕頤浩所云措大知甚好惡者耶。」

宗枏案：《竹枝》汎言風土，凡鄉曲鄙事，委巷瑣譚，風趣天然，俱堪入詠。所謂文不似絶，俚不入諺，乃是本色。唐後人佳什具在，覆按自明。若懷古之作，體格既殊，音情亦别，未可槩以一律也。山人偶然興到，自成一則解頤之語，非論《竹枝》本旨，讀者會於意言之表可矣。

昔在郎署時，與劉公㦷、汪苕文、董玉虬、梁曰緝、程周量輩，無旬日不過從倡和，吴江計孝廉甫草東亦與焉。公甋自刑部改吏部郎中，例應關防，一日甫草詣之，閽者拒，弗爲通，甫草退而獻詩云「隔墻空望馬纓花」。公甋寓邸有夜合一株最高大，花時常集飲於此，故云。長安傳以爲笑。

徐東癡隱君居系水之東，高尚其志，李容庵念慈爲新城令，最敬禮之，與相倡和。李罷官，僑居歷下。繼之者東光馬某，亦知東癡之名，然每有詩文之役，輒發硃票差隸，屬其結撰。稍遲，則籤捉元差限比，隸畏扑責，督迫良苦，東癡亦無計避之。時傳彤臣侍御里居，數以爲言，馬唯唯，然終不悛也。容庵知之，乃遣人迎往歷下，及馬罷官始歸。馬作令亦平易近人情，獨於東癡一事，殊不可解。山谷云：「士大夫唯俗不可醫。」馬令正坐一俗耳。使胸中有數卷書，定不至此也。

吴嘉紀，字野人，家泰州之安豐鹽場。地濱海，無交游，而獨喜爲詩。其詩孤冷，亦自成一家。其友某，家江都，往來海上，因見其詩，稱之於周櫟園先生。招之來廣陵，遂與四方之士應酬倡和，聲氣浸廣，篇什亦浸繁，然而寒瘦本色自在。今《陋軒集》中佳者，故不減郊、島風格。或有謂其詩品稍落，不終其爲魏野、楊朴者，似非篤論也。

司馬順，字燕克，温文正公裔孫。宋南渡，世居山陰。明祭酒恂、御史亜，皆其後也。順嘗游黔，謁先高祖忠勤祠於永寧，作長歌一篇，其叙述平羿鑾功尤悉。庚寅四月過余里，又往拜家祠，賦五言古詩一章。且云：貴竹有二王公祠，祀陽明先生暨公也。二詩别録家乘。已上《分甘餘話》。

帶經堂詩話卷二十九

外紀門一

答問類

宗枏附識：頃纂《詩話》，適芷齋購得《詩問》四卷，首卷郎氏梅谿廷槐所問，四卷長山劉氏大勤所問，兩君皆從山人受業者。至二卷、三卷，一則般陽張歷友篤慶答，一則梁鄒張蕭亭實居答，其問語與首卷悉同，蓋梅谿刊行，並及長山爾。愚既具載山人元文，復就兩家所答，有可疏通而證明者，取其一二，附録各條之後，以備參覽焉。又曩從雲間鈔得《晚年定論》數葉，即答梅谿問語也。《古夫于亭問答》數葉，即答長山問語也。中間脱譌殊多，得刊本勘正，快甚。吾友蒿廬先生昔嘗評注，今亦采附。

問：作詩學力與性情必兼具而後愉快，愚意以爲學力深始能見性情，若不多讀書、多貫穿，而遽言性情，則開後學油腔滑調、信口成章之惡習矣。近時風氣頹波，唯夫子一言以爲砥柱。已下郎氏問。

司空表聖云：「不著一字，盡得風流。」此性情之説也。揚子雲云：「讀千賦則能賦。」此學問之説也。二者相輔而行，不可偏廢。若無性情而侈言學問，則昔人有譏點鬼簿、獺祭魚者矣。「學力深始能見性情」，此一語是造微破的之論。

張歷友云：嚴羽滄浪有云：「詩有別才，非關學也；詩有別趣，非關理也。」此得于先天者，才性也。「讀書破萬卷，下筆如有神」，「貫穿百萬衆，出入由咫尺」，此得于後天者，學力也。非才無以廣學，非學無以運才。有才而無學，是絶代佳人唱蓮花落也；有學而無才，是長安乞兒著宫錦袍也。

張蕭亭云：夫曰「詩有別才，非關學也；詩有別趣，非關理也」，爲讀書者言之，非爲不讀書者言之也。

問：《古詩十九首》乃五古之原，按其音節風神，似與楚《騷》同時，而論者指爲枚乘等作。枚之文甚著，其詩不多見。且秦、漢風調自殊，何所據而指爲枚作耶？又蘇、李河梁亦有《十九首》風味，豈漢人之詩，其妙皆如此耶？求明示其旨。

《風》、《雅》後有《楚詞》，《楚詞》後有《十九首》，風會變遷，非緣人力，然其源流則一而已矣。古詩中「迢迢牽牛星」、「庭中有奇樹」、「西北有高樓」、「青青河畔草」等五六篇，《玉臺新詠》以爲枚乘作，「冉冉孤生竹」一篇，《文心雕龍》以爲傅毅之辭。二書出于六朝，其説必有據依，要之爲西京無疑。河梁之作，與《十九首》同一風味，皆所謂「驚心動魄，一字千金」者也。嬴秦之世，但有碑銘，無關風雅。

歷友云：昔人謂《十九首》爲風餘，又曰詩母，若自列國之詩涵詠而出者。如太羹醇酒，非復泛齊醒齊可埒也。

問：樂府之體，與古歌謡髣髴，必具有懸解，另有風神，無蹊徑之可尋，方入其室。若但尋章摘句，摹擬形似，終落第二義。如《穆天子傳》之《白雲謡》，《湘中記》之「帆隨湘轉」，古樂府之「獨漉獨漉，水清泥濁」之類，神妙天然，全無刻畫，始可以稱樂府。魏晉擬作，已非其長，至唐益遠矣。夏蟲語冰，殊覺妄誕，乞指示之。

樂府之名，始於漢初，如高帝之《三侯》、唐山夫人之《房中》是也。《郊祀》類《頌》，《鐃歌》、鼓吹類《雅》，琴曲、雜詩類《國風》，故樂府者，繼《三百篇》而起者也。唐人唯韓之《琴操》最爲高古。李之《遠別離》、《蜀道難》、《烏夜啼》，杜之《新婚》、《無家》諸别，《石壕》、《新安》諸吏，《哀江頭》、《兵車行》諸篇，皆樂府之變也。降而元、白、張、王，變極矣。元次山、皮襲美補古樂章，志則高矣，顧其離合，未可知也。唐人絶句如「渭城朝雨」、「黄河遠上」諸作，多被樂府，正得風之一體耳。元楊廉夫、明李賓之，各成一家，又變之變也。李滄溟詩名冠代，祇以樂府摹擬割裂，遂生後人詆毁，則樂府寧爲其變，而不可以字句比擬也明矣。來教「必具懸解，另有風神，無蹊徑之可尋，乃入其室」，數語盡之。

歷友云：樂府自樂府，歌謡自歌謡，不相蒙也。樂府不特另具風神，而亦具有體格。古今之擬樂府者，皆東家施捧心伎倆也。《雅》、《頌》爲樂府之原，西漢以來，如《安世房中歌》、《郊祀》十九章、《鐃歌》十八曲，不唯音節不傳，而字句亦多魯魚失真。然其辭之古穆精奇，迥乎神筆，豈操觚家效顰所可施？無論近代，即魏晉而降，如繆襲《鼓歌曲》、陳思王《鼙舞歌》、晉之《白紵》、《拂翔》等歌，亦豈髣髴其萬一乎？至唐世，法部如《伊》、《凉》、《甘州》之屬，多采名輩絶句，其中音節，今亦不傳。然而歌謡者，古逸也；樂府者，正樂也。不祇神妙天然，而叶應律吕，非可以騁辭縱臆爲之者。觀漢之大樂，其初皆掌之協律都尉李延年，非苟然也。固知古詩可擬，而樂府必不可擬，此錢虞山所以譏歷下爲古官錦也。

蕭亭云：古之名篇，如出水芙蓉，天然艷麗，不假雕飾，皆偶然得之，猶書家所謂偶然欲書者也。當其觸物興懷，情來神會，機括躍如，如兔起鶻落，稍縱則逝矣。有先一刻後一刻不能之妙，況他人乎？故《十九首》擬者千百家，終不能追踪者，由於著力也。一著力便失自然，此詩之不可强做也。

許蒿廬云：《大風歌》一名《三侯之章》。

問：蕭《選》一書，唐人奉爲鴻寶，杜詩云：「熟精《文選》理。」請問其理安在？

唐人尚《文選》學，李善注《文選》最善。其學本於曹憲，此其昉也。杜詩云云，亦是爾時風氣。至韓退之出，則風氣大變矣。蘇子瞻極斥昭明，至以爲小兒强作解事，亦風氣遞嬗使然。然《文選》學終不可廢，而五言詩尤爲正始，猶方圓之規矩也。「理」字似不必深求其解。

蒿廬云：昔人云：注定於五臣，音纂於曹憲。

問：李滄溟先生嘗稱唐人無古詩，蓋言唐人之五古與漢魏六朝自別也。唐人七言古詩，誠掩前絶後，奇妙難蹤。若五古，似不能相頡頏。滄溟之言，果爲定論歟？

滄溟先生論五言，謂唐無五言古詩，而有其古詩，此定論也。錢牧翁宗伯但截取上一句，以爲滄溟罪案，滄溟不受也。要之，唐五言古固多妙緒，較諸《十九首》、陳思、陶、謝自然區別。七言古若李太白、杜子美、韓退之三家，横絶萬古，後之追風躡景，唯蘇長公一人耳。

歷友云：世無印板詩格，前與後原不必其盡相襲也。歷下之詩，五古全仿選體，不肯規摹唐人，七古則專學初唐，不涉工部，所以有唐無五言古詩之説也。究竟唐人五言古，皆各成一家，正以不依傍古人爲妙，亦何嘗無五言古詩也？初唐七古，轉韵流麗，動合風雅，固正體也。工部以下，一氣奔放，宏肆絶塵，乃變體也。至如昌谷、温、李、盧仝、馬異，則純乎鬼魅世界矣。若以絶句言，則中晚正不減盛唐，又非可一槩論。

蕭亭云：五言之興，源於漢，注於魏，汪洋乎兩晉，混濁乎梁、陳，風斯下矣。唐興而文運丕振，虞、魏諸公，已離舊習，王、楊四子，因加美麗。陳子昂古風雅正，李巨山文章宿老，沈、宋之新聲，蘇、張之手筆，此初唐之傑也。開元、天寶間，則有李翰林之飄逸，杜工部之沉鬱，孟襄陽之清雅，王右丞之精緻，儲光羲之真率，王昌齡之聲俊，高適、岑參之悲壯，李頎、常建之超凡。大曆、貞元，則有韋蘇州之雅澹，劉隨州之閒曠，錢、郎之清贍，皇甫之冲秀。下及元和，雖晚唐之變，猶有柳愚溪之超然復古，韓昌黎之博大其辭。是皆名家擅場，馳騁當世，詩人冠冕，海内文宗，安得謂唐無古詩？至於七言，前代雖有，唐人獨盛。他人勿論，如李太白之《蜀道難》、《遠别離》、《長相思》、《烏棲曲》、《鳴皋歌》、《梁園吟》、《天姥吟》、《廬山謡》等篇，杜子美《哀江頭》、《哀王孫》、《古柏行》、《劍器行》、《渼陂行》、《兵車行》、《洗兵馬行》、《短歌行》、《同谷歌》等篇，皆前無古而後無今，安得謂唐無古詩乎？試取漢魏六朝絜量比較，氣象終是不同，謂之唐人之古詩則可。滄溟先生其知言哉！

問：七言律詩而外，如古詩、歌、行、詞、曲、引、篇、章、吟、詠、歎、謡、風、騷、哀、怨、擬、弄諸體，其體格音律字句，何以分别，始不混雜？

姜白石《詩説》云：「載始末曰引，體如行書曰行，放情曰歌，悲如蛩螿曰吟，通乎俚俗曰謡，委曲盡情曰曲。」大略如此，可以意會耳。

蕭亭云：《談藝録》云：「詩家名號，區别種種，原其大義，固自同歸。夫情既異其形，故辭當因其勢。譬如寫物繪色，倩盼各以其狀，隨規逐矩，員方故獲其舊。則此乃因情立格，持字圜環之大略也。若夫神工哲匠，顛倒經樞，思若聯絲，應之杼軸，文如鑄冶，逐手而遷，縱横參互，恒度自若，此心之伏機，不可强也。」嗚呼，盡之矣！

問：樂府五七言與五七言古何以分别？學樂府宜宗何人？

古樂府五言如「孔雀東南飛」、「皚如山上雪」之屬，七言如《大風》、《垓下》、《飲馬長城窟》、《河中之水歌》之屬，自與五七言古音情迥别。于此悟入，思過半矣。

問：七律，三唐、宋、元體格何以别優劣？

唐人七言律以李東川、王右丞爲正宗，杜工部爲大家，劉文房爲接武，高廷禮之論，確不可易。宋初學西崑，于唐却近。歐、蘇、豫章始變西崑，去唐却遠。元如趙松雪，雅意復古，而有俗氣。餘可類推。

蕭亭云：七言律詩，五言八句之變也。唐初始專此體，沈、宋精巧相尚，然六朝餘氣猶存。至盛唐，聲調始遠，品格始高。如賈至、王維、岑參早朝倡和諸作，各臻其妙。李頎、高適，皆足爲萬世法程。杜甫渾雄富麗，克集大成。天寶以還，錢、劉並鳴。中唐作者尤多，韋應物、皇甫伯仲以及大曆才子，接跡而起，敷詞益工，而氣或不逮。元和以後，律體屢變，其造意幽深，律切精密，有出常情之外。雖不足鳴大雅之林，亦可爲一倡三歎。至宋律，則又晚唐之濫觴矣。雖歐、梅、蘇、黄，卓然名家，較之唐人，氣象終别。至于元人，品格愈下，雖有虞、楊、揭、范，亦不能力挽頽波，蓋風氣使然，不可强也。況詩家此體最難，求其神合氣完，代不數人，人不數首。雖不敢妄分優劣，而優劣自見矣。

問：五古句法宜宗何人？從何人入手簡易？

《古詩十九首》如天衣無縫，不可學已。陶淵明純任真率，自寫胸臆，亦不易學。六朝則二謝、鮑照、何遜，唐人則張曲江、韋蘇州數家，庶可宗法。

蕭亭云：漢魏古詩，如無縫天衣，未易摹擬。六朝綺靡，實鮮佳篇。故昔人謂當取材於《選》，取法於唐。朱文公謂學詩當從韋、柳入門。愚謂不盡然。盛唐詩或高、或古、或深、或遠、或長、或雄渾、或飄逸、或悲壯、或淒婉，皆可師法。當就筆性所近，學之方易於見長。嚴滄浪云入門須正，立志須高，行有未至，可加工力，路頭一差，愈緊愈遠，由入門之不正也。

問：《竹枝》、《柳枝》自與絶句不同，而《竹枝》、《柳枝》亦有分别否？請問其詳。

《竹枝》泛詠風土，《柳枝》專詠楊柳，此其異也。南宋葉水心又創爲《橘枝詞》，而和者尚少。

歷友云：《竹枝》本出巴渝，唐貞元中，劉夢得在沅、湘，以其地俚歌鄙陋，乃作新詞九章，教里中兒歌之。其詞稍以文語緣諸俚俗，若太加文藻，則非本色矣。世所傳「白帝城頭」以下九章是也。後人一切譜風土者，皆沿其體。若《柳枝詞》，始于白香山《楊柳枝》一曲，蓋本六朝之《折楊柳》歌辭也。其聲情之儇利輕雋與《竹枝》大同小異，與七絶微分，亦歌謡之一體也。

問：七古長短句，波瀾卷舒，何以得合法？

七言長短句，唐人唯李太白多有之，滄溟謂其英雄欺人，是也。或有句雜騷體者，總不必學，乃爲大雅。

歷友云：案長短句本無定法，唯以浩落感槩之致卷舒其間，行乎不得不行，止乎不得不止，因自然之波瀾以爲波瀾，昔人云「法在心頭，泥古則失」是已。然而起伏頓挫，亦有自然之節奏在。

蕭亭云：七言長篇宜富麗，宜峭絶，而言不悉。波瀾要宏闊，陡起陡止，一層不了，又起一層。卷舒要如意，警拔而無鋪叙之跡。又要徘徊回顧，不失題面。此其大略也。如《栢梁》詩，人各言一事，全不相屬，讀之而氣實貫串，此自然之妙，得此可以爲法。若短篇，詞短而氣欲長，聲急而意欲有餘，斯爲得之。長篇如王摩詰《老將行》，短篇如王子安《滕王閣》，最有法度。

問：七古平韻仄韻句法同否？

七言古平仄相間换韻者，多用對仗，間似律句無妨。若平韻到底者，斷不可雜以律句。大抵通篇平韻貴飛揚，通篇仄韻貴矯健，皆貴頓挫，切忌平衍。

歷友云：七古平韻，上句第五字宜用仄字以抑之也，下句第五字宜用平字以揚之也。仄韻，上句第五字宜用平字以揚之也，下句第五字宜用仄字以抑之也。七言古大約以第五字爲關捩，猶五言古大約以第三字爲關捩。彼俗所云「一三五不論」，不唯不可以言近體，而亦不可以言古體也，安可謂古詩不拘平仄，而任意用字乎？故愚謂古詩尤不可一字輕下也。

蕭亭云：詩須篇中鍊句，句中鍊字，此所謂句法也。以氣韻清高深渺者絶，以格力雅健雄豪者勝，故寧律不諧，而不得使句弱，寧用字不工，而不可使語俗。七言第五字要響，所謂響者，致力處也。愚竊以爲字字當活，活則字字皆響，又何分平仄哉？

問：七古换韻法？

此法起於陳隋，初唐四傑輩沿之，盛唐王右丞、高常侍、李東川尚然，李、杜始大變其格。大約首尾腰腹須銖兩匀稱，勿頭重脚輕，脚重頭輕乃善。

歷友云：初唐或用八句一换韵，或用四句一换韵，然四句换韵，其正也。此自從《三百篇》來，亦非始于唐人。若一韵到底，則盛唐以後駸多矣。四句换韵，更以四平四仄相間爲正，平韵换平，仄韵换仄，必不叶也。

蕭亭云：或八句一韵，或四句一韵，或兩句一韵，必多寡匀停，平仄遞用，方爲得體。亦有平仍换平，仄仍换仄者，古人實不盡拘。亦有通篇一韵，末二句獨换一韵者，雖是古法，宋人尤多。

問：五古亦可换韵否？如可换韵，其法何如？

五言古亦可换韵，如古《西洲曲》之類，唐李太白頗有之。

歷友云：五古换韵，《十九首》中已有。然四句一换韵者，當以《西洲曲》爲宗。此曲係梁祖蕭衍所作，而《詩歸》誤入晉無名氏，不知何據也。

蕭亭云：《十九首》「行行重行行」、「冉冉孤生竹」、「生年不滿百」皆换韵。魏文帝《雜詩》「棄置勿復陳，客子常畏人」、曹子建「去去莫復道，沈憂令人老」，皆末二句换韵，不勝屈指。一韵氣雖矯健，换韵意方委曲。有轉句即换者，有承句方换者，水到渠成，無定法也。要之用過韵不宜重用，嫌韵不宜聯用也。

蒿廬云：胡遯叟云：一韵，五言正體；轉韵，五言變體也。

問：字中五音何以分别？古人作詩，原爲歌誦，其宫商角徵羽乃其旨要，如有不叶，終未合法，宜於何書探討？

詩但論平仄清濁，詩餘亦然。唯元人曲則辨五音，故有中州韵、中原韵之别。

蕭亭云：五音分於清濁，清濁出於喉齒牙舌脣，如公、贛、貢、穀，喉音，屬宫之宫；中、腫、衆、祝，齒音，屬宫之商；

恖、禗、謥、蔟，牙音，屬宮之角； 東、董、凍、篤，舌音，屬宮之徵； 蒙、蠓、夢、木，脣音，屬宮之羽。 此其一隅也。 清濁分而五音自判矣。 今人作詩，但論平仄，而抑揚清濁多所不講，似亦非是。 試述一例：「歸來飽飯黄昏後，不脱簑衣卧月明。」「飽飯」二字皆仄，轉作飯飽，「黄昏」二字皆平，轉作昏黄，則不諧矣。 雖然《三百篇》而後，未必盡被管絃，但求寫意興而已，故寧使音律不叶，不使辭意不工，此杜律之所以多拗體也。 不特詩爲然，傳奇之曲乃必用之謳歌者，湯若士先生「四夢」多不合譜，有改其《牡丹亭》以叶音律者，先生題詩曰：「醉漢瓊筵風味殊，通仙鐵笛海雲孤。 縱饒割就時人景，終媿王維舊雪圖。」此亦可作一證。

問：律古五七言中，最不宜用字句若何？

凡粗字、纖字、俗字皆不可用，詞曲字面尤忌。 即如杜子美詩「紅綻雨肥梅」一句中，便有三字纖俗，不可以其大家而槩法之。

蕭亭云：王敬美先生曰：律詩句有不可入古者，古詩字有必不可爲律者，詞曲家非當家本色，雖麗語博學無用，唯詩亦然，況鄙俗之言、不典之語乎？

問：七言五句古、六句古，其法若何？

七言五句起於杜子美之「曲江蕭條秋氣高」也。 昔人謂貴詞明意盡，愚謂貴矯健，有短兵相接之勢乃佳。

蕭亭云：七言五句，或第四句既合之後，復拖一句掉轉，使餘韵悠然。 或二三句雙承，第四句方轉，以取第五句之勢。 六句似當如律法，前後起結，三四兩句如律中兩聯。 總之，宜孤峭中有悠揚之致。

問：五言六句古作法？五言亦有五句古否？

五言短古詩，昔人謂貴詞簡味長，不可明白説盡。楊仲弘曰：「五言短古只是《選》詩首尾四句，所以含蓄無限。」

歷友云：五言六句古，齊梁間多用之。唐人劉文房《龍門八詠》亦善此體，然幾於半律矣，特以其參用仄韵，故亦仍爲古體。大約中聯用對句，前後作起結，平韵、仄韵皆可用也。五言古五句體，唯劉宋《前溪歌》爲然。其詞曰：「黄葛結蒙籠，生在洛溪邊。花落逐水去，何當順流還。還亦不復鮮。」此詩頗爲創格，妙有餘韵，或以爲車騎將軍沈充所作舞曲也。

問：秦漢風味與三唐何如？

秦詩具於《詩》之《秦風》。漢人蘇武、李陵、枚乘、傅毅之作，去《國風》未遠。六代唯陶彭澤，三唐唯韋蘇州二公可以企及。

蕭亭云：高廷禮曰：「詩自《三百篇》以降，漢魏質過於文，六朝華浮于實，得二者之中，備風人之體，唯唐爲然。」李本寧曰：「譬之水，《三百篇》崑崙也，漢魏六朝龍門積石也，唐則溟渤尾閭矣，將安所益乎？」由二公之言觀之，時代不同，風氣自變。苟法嚴而辭諧，意貫而語秀，皆爲絶倡，未可先後論也。

問：蕭亭先生嘗以平中清濁、仄中抑揚見示，究未能領會。已下劉氏問。

清濁如通、同、清、情四字，通、清爲清，同、情爲濁。仄中如入聲有近平、近上、近去等字，須相間用之，乃有抑揚抗墜之妙，古人所謂一片宫商也。

問：五言古、七言古章法不同如何？

章法未有不同者，但五言著議論不得，用才氣馳騁不得，七言則須波瀾壯闊，頓挫激昂，大開大闔耳。

問：嘗見批袁宣四先生詩，謂古詩一韵到底者，第五字須平，此定例耶？抑不盡然耶？

一韵到底，第五字須平聲者，恐句弱似律句耳。大抵七古句法、字法皆須撑得住、拓得開，熟看杜、韓、蘇三家自得之。

問：古詩以音節爲頓挫，此語屢聞命矣，終未得其解。

此須神會，以粗迹求之，如一連二句皆用韵，則文勢排宕，即此可以類推。熟子美、子瞻二家，自了然矣。專爲七言而發。

問：《唐賢三昧集序》「羚羊掛角」云云，即音流絃外之旨否？間有議論痛快，或以序事體爲詩者與？此相妨否？

嚴儀卿所謂如鏡中花，如水中月，如水中鹽味，如羚羊掛角，無跡可求，皆以禪喻詩。内典所云「不即不離，不粘不脱」，曹洞宗所云「参活句」是也。熟看拙選《唐賢三昧集》，自知之矣。至於議論、叙事，自别是一體，故僕嘗云：五七言詩有二體，田園丘壑當學陶、韋，鋪叙感慨當學杜子美《北征》等篇也。

問：律詩論起承轉合之法否？

勿論古文、今文，古、今體詩，皆離此四字不可。

蒿廬云：似專論五言，詳見先生《池北偶談》。

問：律詩中二聯必應分情與景耶？抑可不拘耶？

不論者非，拘泥者亦非，大槩二聯中須有次第，有開闔。

蒿廬云：當合後第二十六條參看。

問：律中起句易涉於平，宜用何法？

古人謂玄暉工於發端，如《宣城集》中「大江流日夜，客心悲未央」，是何等氣魄！唐人起句尤多警策，如王摩詰「風勁角弓鳴，將軍獵渭城」之類，未易枚舉。杜子美尤多。

問：謝茂秦論絶句之法，首句當如爆竹，斬然而斷，古人之作亦有不盡然者，何也？

《四溟詩説》多學究氣，愚所不喜，此段亦不謂然。

問：七言絶、五言絶作法不同如何？

五言絶近於樂府，七言絶近於歌行。五言難於七言，五言最難於渾成故也。要皆有一倡三歎之意乃佳。

問：沈休文所列八病，必應忌否？

蜂腰、鶴膝、雙聲、叠韵之類，一時記不能全，須檢書乃可條答。

問：蕭亭先生論詩修辭爲要，辭佳而意自在其中，未達其旨。蒿廬云：此語亦自有見解。

以意爲主，以辭輔之，不可先辭後意。

問：樂府何以別於古詩？

如《白頭吟》、《日出東南隅》、《孔雀東南飛》等篇，是樂府非古詩。如《十九首》、蘇李録別，是古詩非樂府。可以例推。

問：唐人樂府何以別於漢魏？

漢魏樂府高古渾奥，不可擬議。唐人樂府不一。初唐人擬《梅花落》、《關山月》等古題，大概五律耳。盛唐如杜子美之《新婚》、《無家》諸別，《潼關》、《石壕》諸吏，李太白之《遠別離》、《蜀道難》，則樂府之變也。中唐如韓退之《琴操》，直遡兩周。白居易、元稹、張籍、王建創爲新樂府，亦復自成一體。若元楊維楨、明李東陽，各爲新樂府，古意寖遠，然皆不相蹈襲。至於唐人王昌齡、王之渙，下逮張祜諸絶句，《楊柳枝》、《水調》、《伊州》、《石州》等詞，皆可歌也。

問：王、孟詩假天籟爲宫商，寄至味於平淡，格調諧暢，意興自然，真有無跡可尋之妙，二家亦有互異處否？

譬之釋氏，王是佛語，孟是菩薩語。孟詩有寒儉之態，不及王詩天然而工。唯五古不可優劣。

問：蕭亭先生曰：所云以音節爲頓挫者，此爲第三、第五等句而言耳。蓋字有抑有揚，如平聲爲揚，入聲爲抑，去聲爲揚，上聲爲抑。凡單句住脚字，必錯綜用之，方有音節。如以入聲爲韵，第三句或用平聲，第五句或用上聲，第七句或用去聲，大約用平聲者多，然亦不可泥，須相其音節，變換用之，但不可於入聲韵單句中，再用入聲字住脚耳。此説足盡音節頓挫之旨否？

此説是也。然其義不盡於此，此亦其一端耳。且此語專爲七言古詩而發。當取唐杜、岑、韓三家，宋歐、蘇、黄、陸四家七古諸大篇，日吟諷之，自得其解。

問：又曰：每句之間亦必平仄均匀，讀之始響亮。古詩既異於律，其用平仄之法，於無定式之中亦有定式否？

毋論古、律，正體、拗體，皆有天然音節，所謂天籟也。唐、宋、元、明諸大家，無一字不諧，明何、李、邊、徐、王、李輩亦然，袁中郎之流便不了了矣。

問：《唐賢三昧集》所以不登李、杜，原序中亦有説，究未了然。

王介甫昔選《唐百家詩》，不入杜、李、韓三家，以篇目繁多，集又單行故耳。

問：宋詩不如唐者，或以氣厚薄分耶？

唐詩主情，故多藴藉。宋詩主氣，故多徑露。此其所以不及，非關厚薄。

問：宋詩多言理，唐人不然，豈不言理而理自在其中歟？

昔人論詩曰：「不涉理路，不落言詮。」宋人唯程、邵、朱諸子爲詩好説理，在詩家謂之旁門。朱較勝。

問：昔人論七言長古作法，曰分段，曰過段，曰突兀，曰用字貫，曰讚歎，曰再起，曰歸題，曰送尾，此不易之式否？

蒿廬云：「不涉理路」二語見《滄浪詩話》。

此等語皆教初學之法，要令知章法耳。神龍行空，雲霧滅没，鱗鬣隱現，豈令人測其首尾哉？

問：有以尖、岔二字評鍾、譚、王、李者，何如？

王、李自是大方家，鍾、譚餘分閏位，何足比擬？然錢牧齋宗伯有言：王、李以矜氣作之，鍾、譚以昏氣出之。亦是定論。

問：詩中用典故，死事何以活用？

昔董侍御玉虬文驥外遷隴右道，龔端毅公鼎孳，禮部尚書。及予輩賦詩送之，董亦有詩留别，起句云：「逐臣西北去，河水東南流。」初以爲常語，徐乃悟其用魏主「此水東流，而朕西上」之語，歎其用事之妙。此所謂活用也。

問：鍾嶸《詩品》云：「吟詠性情，何貴用事？」白樂天則謂文字須雕藻兩三字文采，不得全直致，恐傷鄙朴。二説孰是？

仲偉所舉古詩，如「高臺多悲風」、「明月照積雪」、「清晨登隴首」，皆書即目，羌無故實，而妙絶千古。若樂天云云亦是，而其自爲詩却多鄙朴，特其風味佳，故雖云元輕白俗，而終傳於後耳。

蒿廬云：即前性情學問之論。

問：有謂詩不假修飾苦思者，陳去非不以爲然，引「蟾蜍影裏清吟苦，舴艋舟中白髮生」等句爲證。二説宜何從？

苦思自不可少，然人各有能有不能，要各隨其性之所近，不可强同。如所謂「書檄用枚臯，典册用相如」，又「潘緯十年吟古鏡，何涓一夕賦瀟湘」，牧齋云「揮毫對客曹能始，簾閣焚香尹子求」，皆未可以此分優劣也。

問：范德機謂律詩第一聯爲起，第二聯爲承，第三聯爲轉，第四聯爲合。又曰起承轉合四字，施之絶句則可，施之律詩則未盡然。似乎自相矛盾？

起承轉合，章法皆是如此，不必拘定第幾聯、第幾句也。律、絶分别，亦未前聞。

問：作律詩忌用唐以後事，其信然歟？

自何、李、李、王以來，不肯用唐以後事，似不必拘泥。然六朝以前事，用之即多古雅，唐宋以下，便不盡爾。此理亦不可解。總之唐宋以後事，須擇其尤雅者用之。如劉後邨七律，專好用本朝事，直是惡道。

問：孟襄陽詩，昔人稱其格韵雙絶，敢問格與韵之别？

格謂品格，韵謂風神。

問：少陵詩以經中全句爲詩，如《病橘》云：「雖多亦奚爲。」《遣悶》云：「致遠思恐泥。」又如「丹青不知老將至，富貴於我如浮雲」之句。在少陵無可無不可，或且歎爲妙絶，苦效不休，恐易流於腐。何如？

以《莊》、《易》等語入詩，始謝康樂。昔東坡先生寫杜詩，至「致遠思恐泥」句，停筆語人曰：「此不足學。」故前輩謂詩用史語易，用經語難。若「丹青」二句，筆勢排宕，亦自不覺耳。

問：羅隱詩「雲中鷄犬劉安過，月下笙歌煬帝歸」，人謂之見鬼詩，然歟？

二句最劣，此雖謔語，亦定論也。

問：詩有平仄字一句純用，而音節自諧者，如「桃花梨花參差開」、「有客有客字子美」，此遵何法？

五平、五仄體，自昔有之，頗近游戲。

問：右丞《鹿柴》、《木蘭柴》諸絶，自極淡遠，不知移向他題亦可用否？

摩詰詩如參曹洞禪，不犯正位，須參活句，然鈍根人學渠不得。

問：荆公謂漢人語仍以漢人語對，用異代則不類，此定式否？

在大家無所不可，非定式，亦非確論也。如以《左氏》、《國語》、《檀弓》、《國策》語對漢人語，何不可之有？推之魏晉已下皆然。古人又謂經語對經語，史語對史語，差有理。

問：詩中用古人及數目，病其過多。若偶一用之，亦謂之點鬼簿、算博士耶？

唐詩如「故鄉七十五長亭」、「紅闌四（蒿廬云：當改三。）百九十橋」，皆妙，雖算博士何妨？但勿呆相耳。所云點鬼簿，亦忌堆垛，高手驅使，自不覺也。

問：太白《送羽林陶將軍》詩，蕭亭先生謂古有六句律體，疑此即是。而諸選皆入七言古中，何也？

六句律體，於古有之。升庵先生撰《六朝律祖》記曾載之，今記憶不真矣。

蒿廬云：案杜牧之集有七言半律，許丁卯集中亦有五言小律，皆止六句。檢升庵先生《五言律祖》，並無此體。芷齋謂昌黎集亦有五言小律一首，題是《李員外寄紙筆》，查田先生評云：五言半律，唐人集中僅見。

問：六朝《清平調》本是樂府，而諸選皆入七言絕句，何也？

如右丞「渭城朝雨」亦絕句也，當時名士之詩，多取作樂府歌之。中、晚間如《伊州》、《石州》、《涼州》、《楊柳枝》、《蓋羅縫》、《穆護砂》等，亦皆絕句耳。

問：《短歌行》、《長歌行》，似非以句之多寡論？又有《滿歌行》、《艷歌行》，原刻「艷歌」下無「行」字，今從鈔本。《何嘗行》之屬，當時命名之旨，即吴兢《解題》亦不能盡通曉。更有《長歌》、《續》、《短歌》之名，皆非以詞之繁簡也。三曹樂府多以起句首二字命題，如「唯漢十四世，所任誠不良」即名《唯漢行》是也。

問：七言古用仄韵，用平韵，其法度不同何如？

七言古凡一韵到底者，其法度悉同。唯仄韵詩單句末一字可平仄間用，平韵詩單句末一字忌用平聲。若换韵者，則當别論。

問：古詩换韵之法應何如？

五言换韵如「折梅下西洲」一篇可以爲法，李太白最長於此。七古則初唐王、楊、盧、駱是一體，杜子美又是一體。若仿初唐體，則用排偶律句不妨也。

問：古詩忌頭重脚輕之病，其詳何如？

此似爲换韵者立説。或四句一换，或六句一换，須首尾腰腹匀稱，無他秘也。

問：五言忌著議論，然則題目有應用議論者，只可以七言古行之，便不宜用五言體耶？蒿廬云：問語甚是，余亦嘗持此論。

亦自看題目何如，但五言以藴藉爲主，若七言則發揚蹈厲，無所不可。

問：或論絶句之法，謂絶者截也，須一句一斷，特藕斷絲連耳。然唐人絶句，如「打起黄鶯兒」、「松下問童子」諸作，皆順流而下，前説似不盡然？

所謂截句，謂或截律詩前四句，如後二句對偶者是也。或截律詩後四句，如起二句對偶者是也。非一句一截之謂。然此等迂拘之説，總無足取。今人或竟以絶句爲截句，尤鄙俗可笑。

問：排律之法何如？

唐人省試皆用排律，本只六韵而止，至杜始爲長律。中唐元、白又蔓延至百韵，非古也。其法則「首尾開闔，波瀾頓挫」八字約略盡之。

問：五言排律、七言排律作法何如？

七言排律，即唐人作者亦少，近人唯見彭少宰羨門曾賦至百韵。

問：排律有多至幾十韵者，與短篇作法同否？

章法一也，特短篇波瀾少耳。

問：《竹枝詞》何以别於絶句？

《竹枝》詠風土，瑣細詼諧皆可入，大抵以風趣爲主，與絶句迥别。

問：《竹枝》與《柳枝》相類否？

《柳枝》專詠柳，《竹枝》泛詠風土。《竹枝詞》古人間有專詠竹者，乃引《柳枝》之例，然不過偶一見耳，非原旨也。

問：五言短古似與五言絶相類，但中多二句，然則中二句或如律中頷聯、頸聯，應實寫耶？

此不必拘。

問：有一字至七字，或一字至九字詩，此舊格耶？抑俗體耶？

格則於昔有之，終近游戲，不必措意。他如地名、人名、藥名、五音、建除等體，總無關於風雅，一笑置之可矣。

問：樂府是就其題直賦其事耶？抑借以發己意耶？

古樂府立題，必因一事，如《琴操》亦然。後人擬作者衆，則多借發己意。

問：今人作樂府，有用其題而絶不與題相照顧者，何也？

古如《董逃行》，與漢末事實更無關涉。《雁門太守行》乃頌洛陽令王稚子耳。不始今人。

問：《天馬引》、《天馬行》之辨？

《天馬引》是琴曲。

問：又云鍊句不如鍊字，鍊字不如鍊意，意何以鍊？

鍊意或謂安頓章法，慘淡經營處耳。

問：昔人論詩之格，曰所以條達神氣，吹噓興趣，非音非響，能誦而得之。猶清氣徘徊於幽林，遇之可愛，微徑紆迴於遥翠，求之逾深。是何物也？

數語是論詩之趣耳，無關於格。格以高下論。如坡公詠梅，「竹外一枝斜更好」，高於和靖之「暗香疎影」，林又高於季迪之「雪滿山中，月明林下」。至晚唐之「似桃無緑葉，辨杏有青枝」，則下劣極矣。

蒿廬云：「認桃」二句，石曼卿《紅梅》詩。石湖《梅譜》因東坡「詩老」二字，誤以爲聖俞詩，先生詩話又誤以爲晚唐人詩。

問：昔人謂「韵不必有出處，字不必拘來歷」，其然豈其然？蒿廬云：二語亦出《滄浪詩話》，固須善會。「字」，《滄浪》作「事」。

杜子美、蘇子瞻詩，無一字無來歷；善押强韵莫如韓退之，却無一字無出處也。

問：虞待制謂詩有十美，第二爲抛擲。何爲抛擲？

亦不解，或謂撇脱耳。

問：范德機謂廣唐人李淑《詩苑》六格爲十三，如一字血脈，二字貫穿，三字棟梁等名目，不幾穿鑿乎？

以上二條，皆涉穿鑿，説詩不必爾。

問：蘇、李詩似可以配《十九首》，論者多以爲贋作，何也？

録別真出蘇、李與否，亦不可考，要不在《古詩十九首》之下，其爲西漢人作無疑。

問：高、岑似亦微不同，或高優於岑乎？

唐人齊名，如沈宋、王孟、錢劉、元白、皮陸，皆約略相似，唯李杜、高岑迥別。高悲壯而厚，岑奇逸而峭。鍾伯敬謂高、岑詩如出一手，大謬矣。

問：王季友詩似晚唐語，而所以異於晚唐者何居？

王季友詩不多，在盛唐自是別調，亦非諸大家、名家之比。又如《篋中集》中諸人，皆別調也。

問：元人詩亦近晚唐，而又似不及晚唐，然乎否耶？

元詩如虞道園，便非晚唐所及。楊鐵厓時涉温、李，其小樂府亦過晚唐。他人與晚唐相出入耳。晚唐如温、李、皮、陸、杜牧、馬戴，亦未易及。

問：明人詩可比何代？弇州可比東坡否？

明詩勝金、元，才識學三者皆不逮宋，而弘正四傑在宋詩亦罕其匹。至嘉隆七子，則有古今之分矣。弇州如何比得東坡？東坡千古一人而已，唯律詩不可學。

帶經堂詩話卷三十

外紀門二

評杜類

宗枏附識：山人評杜，惜未睹其全，衹就傳本録存。中間有擊賞其至者，有直斥其非者，著語無多，必中肯綮，手眼故不猶人也。《譚龍録》所言，適見其誣爾。

《贈李白》：此詩語氣原不甚楚楚。

《陪李北海宴歷下亭》：此首頗近《選》。

《登歷下古城員外新亭》：此二首並《暫如臨邑》詩，與公他詩不同，當是有意倣北海耳。

《高都護驄馬行》：此子美少壯時作，無一字不精悍。

《天育驃騎歌》：「矯矯龍性合變化」二句畫出神駿。「時無王良伯樂死即休」句無限感慨，一語盡之。

《醉時歌》：「相如」二句應芟。結似律，不甚健。

《同諸公登慈恩寺塔》：西樵云：「此作不爲完美之篇，五句『方知』二字與『曠士』二句不相叶，末四句二截，一作『末八句四截』。不相續。中間一段則誠奇語耳。」「秦山」五字是憑高奇句。

《示從孫濟》：「所來爲宗族」二句全抹。笑柄。

《送孔巢父謝病歸遊江東兼呈李白》：結句有深意。

《飲中八仙歌》：無首無尾，章法突兀，然非杜之至者，亦無意味。「左相日興費萬錢」句全抹。不成句。

《麗人行》：結處意在言外，《三百篇》之致也。

《渼陂行》：結處本漢武《秋風辭》，妙在絶不相似，古人之善摹如此。

《渼陂西南臺》：「錯磨終南翠」二句刻劃。

《戲簡鄭廣文虔兼呈蘇司業源明》：「頗遭官長罵。」偶爾語妙，便成故實。

《沙苑行》：結末喻。

《哀江頭》：「明眸皓齒今何在」已下亂離事只叙得兩句，「清渭」以下以唱歎出之，筆力高不可攀。樂天《長恨歌》便覺相去萬里。即兩句亦是唱歎，不是實叙。

《哀王孫》：此等自是老杜獨絶，他人一字不敢道矣。

《大雲寺贊公房四首》：其一「開懷無媿辭。」語似陶。其三「玉繩迴斷絶。」「迴斷絶」言殿宇之高，玉繩亦爲虧蔽而斷絶也。

《蘇端薛復筵簡薛華醉歌》：「急觴爲緩憂心擣。」賞其生造。「氣酣日落西風來」已下忽然生色。

《晦日尋崔戢李封》：「崔侯初筵色」四句得此一段生色。

《喜晴》：「久旱雲亦好」、「既雨晴亦佳」，皆是人胸臆間語，公先探而出之耳。

《送樊二十三侍御赴漢中判官》：「柱史晨征憩。」趁韵。「後漢更列帝。」唐雖遭亂，然非滅而更興，不得以後漢爲比。

《送韋十六評事充同谷郡防禦判官》：結弱。

《徒步歸行》：平正通達，而嫌淺易。

《玉華宫》：後亦弩末，竟删四句更警。

《送李校書二十六韵》：「老雁春忍饑。」比。

《洗兵馬》：此杜集七言古中極整麗可法者。

《病後遇王倚飲贈歌》：又一體。

《貽阮隱居》：結説盡。

《遣興五首》：其五「送者各有死」二句達。

《前出塞》：九首是一首。

《鳳凰臺》：起處似孟郊。

《劍門》：「高視見霸王」抹「王」字。平聲。

《戲爲雙松圖歌》：起處便老放。「葉裏松子僧前落。」看此老筆底畫意。

《光禄坂行》：「暝色無人獨歸客。」不如「暝色帶遠客」。

《陳拾遺故宅》：「聖賢」、「日月」太過。

《謁文公上方》：「庭前猛虎卧。」石也。

《山寺》：「樹羽静千里。」老杜頻用「樹羽」字，皆未妥。

《桃竹杖引》：酷似太白。

《冬狩行》：「有鳥名鸜鵒」三句比也。

《太子張舍人遺織成褥段》：起處全是樂府意。

《八哀詩》：《八哀詩》本非集中高作，世多稱之不敢議者，皆揣骨聽聲者耳。其中累句，須痛刊之方善。石林葉氏之言，其識勝崔德符多矣。余《居易録》中詳之。其五「竟掩宣尼袂」句全抹。不倫。其六「事絶萬手搴」句，「正始徵勸勉，不要懸黄金」二句，俱全抹。多不可解。其七「百年見存没」二句十字悲甚。

《奉酬薛十二丈判官見贈》：「卓氏近新寡」已下西樵云：「忽入此一段，不倫不理，無端之甚。」「空中右白虎」二句抹。如囈語。「襄王薄行跡」已下此段又不倫。

《醉歌行贈公安顔少府請顧八題壁》：「君不見西漢杜陵老。」朴。

《上水遣懷》：「窮迫挫曩懷，常如中風走。」二語真。「回斡明受授」已下「回斡」五字已足，不必下四句。鄭繼之謂此等爲杜公滯處，良是。

《早行》：「前王作網罟」二句亦是警語。「碧藻非不茂。」此句語勢不亮，下句覺接不倫。

《歲晏行》：「歲云暮矣多北風」四句喜其氣老，只在參錯中。已上古體詩。

《奉贈鮮于京兆二十韻》：「計疎疑翰墨，時過憶松筠。」西樵嗟賞此二語，每三復之。

《鄭駙馬宅宴洞中》：此詩過苦，無甚趣味。「秦樓」句譃語也。

《李監宅》：意頗諷之。「屏開金孔雀」二句俗。

《天寶初南曹小司寇舅於我太夫人堂下累土爲山一匱盈尺以代彼朽木承諸焚香甆甌甌甚安矣旁植慈竹蓋茲數峰嶔岑嬋娟宛有塵外數致乃不知興之所至而作是詩》：「香爐曉勢分。」無味。

《暫如臨邑至𡺶山湖亭奉懷李員外率爾成興》：「鼉吼風奔浪。」語亦不佳。

《巳上人茅齋》：「岱宗夫如何」及此詩「可以」字，皆是少陵句法。

《房兵曹胡馬》：落筆有一瞬千里之勢。「批」、「峻」今人以爲怪矣。

《畫鷹》：西樵云：「命意精警，句句不脱畫字。」

《臨邑舍弟書至苦雨黄河泛溢隄防之患簿領所憂因寄此詩用寬其意》：「利涉想蟠桃」句抹。太遠，無涉。

《過宋員外之問舊莊》：「淹留問耆老，寂寞向山河。」二語感慨跌宕，無所不包。

《夜宴左氏莊》：起甚有風趣。結遠。

《送裴二虬作尉永嘉》：「故人官就此」二句平。

《陪鄭廣文遊何將軍山林十首》：其五「紅綻雨肥梅。」俗。

《冬日有懷李白》：「更尋嘉樹傳，不忘角弓詩。」二語竟難通。

《得家書》：此等事作一排律自不能盡意。

《行次昭陵》：「玉衣晨自舉」二句言神靈如在也。

《端午日賜衣》：何大復極贊此，吾所不知。

《題鄭縣亭子》：「巢邊野雀群欺鷰。」比也。

《望嶽》：無一句與前人登華同。

《得弟消息二首》：其一此等皆杜之可存者，不得以其平而忽之，憐存語更悽。

《憶弟二首》：其一「兵在見何由。」朴。

《秦州雜詩二十首》：其十七「簷雨亂淋幔」抹下三字。不成句。

《蒹葭》：句句太切。

《有客》：「百年麤糲腐儒餐。」作聲價，却有致。

《野老》：「片雲何意傍琴臺。」比也。

《少年行》：直書所見，不求語工，但覺格老。

《贈王二十四侍御契四十韵》：此詩自敍處太多，覺氣格亦少一作「散」緩。

《船下夔州郭宿雨濕不得岸別王十二判官》：「柔櫓輕鷗外，含悽覺汝賢。」汝俱指鷗，非也，余謂指王判官。

《謁先主廟》：「力侔分社稷」二句包舉得大。

《偶題》：此篇前半氣勢甚雄，惜後半多滯語。

《秋日夔府詠懷奉寄鄭監審李賓客之芳一百韵》：未免鋪敍，難此整贍。「霧雨銀章濕」句旁注自己。「馨香粉署妍」句旁注鄭李。

《洞房》、《宿昔》：《洞房》、《宿昔》諸詩，俯仰盛衰，自是子美絶作。

《酬韋韶州見寄》：起老。

《千秋節有感》：「鳳紀編生日」數句此等則李滄溟之濫觴也。

《舟中夜雪有懷盧十四侍御弟》：「舟重竟無聞。」遂爲詠雪粉本。

《對雪》：「金錯囊從罄，銀壺酒易賒。」囊罄不宜有銀壺。已上近體詩。